刘世德◎著

古代小说论集

国家图书馆出版社

图书在版编目（CIP）数据

古代小说论集 / 刘世德著 . -- 北京：国家图书馆出版社，2017.11
ISBN 978-7-5013-6101-4

Ⅰ . ①古… Ⅱ . ①刘… Ⅲ . ①古典小说—小说研究—中国
Ⅳ . ① I207.41

中国版本图书馆 CIP 数据核字（2017）第 145144 号

书　　名	古代小说论集
著　　者	刘世德　著
责任编辑	程鲁洁
封面设计	程言工作室

出　　版	国家图书馆出版社（100034　北京市西城区文津街 7 号）
	（原书目文献出版社　北京图书馆出版社）
发　　行	010 - 66114536　　66126153　66151313　66175620
	66121706（传真）　66126156（门市部）
E-mail	nlcpress@nlc.cn（邮购）
Website	www.nlcpress.com →投稿中心
经　　销	新华书店
印　　装	河北三河弘翰印务有限公司
版　　次	2017 年 11 月第 1 版　2017 年 11 月第 1 次印刷
开　　本	710×1000（毫米）　1/16
印　　张	31
字　　数	350 千字
书　　号	ISBN 978-7-5013-6101-4
定　　价	108.00 元

作者简介

刘世德，1932 年生，原籍山西临汾，生于北京，长于上海。1955 年毕业于北京大学中文系。同年 9 月，分配至中国科学院文学研究所（现称中国社会科学院文学研究所）工作至今。

现为中国社会科学院荣誉学部委员，中国社会科学院文学研究所研究员、博导、教授、博士后合作导师。兼任中国艺术研究院红楼梦研究所研究员、山东大学教授、湖北大学教授、华侨大学教授。

社会职务：中国古代文学学会副会长，中国三国演义学会名誉会长，中国红楼梦学会顾问，中国戏曲学会常务理事，中国古代戏曲学会常务理事，中国儒林外史学会理事，罗贯中学会会长，《文学遗产》顾问，《红楼梦学刊》编委，《罗学》编委会主任，中国古代小说网顾问。

已公开出版的专著有：《曹雪芹祖籍辨证》《红楼梦版本探微》《红学探索——刘世德论红楼梦》《红楼梦眉本研究》《红楼梦之谜——刘世德学术演讲录》《三国与红楼论集》《三国志演义作者及版本考论》《刘世德话三国》《夜话三国》《水浒论集》《明清小说——刘世德学术演讲录》等。

主编《中国古代小说研究》《中国古代小说百科全书》《古本小说丛刊》《话本大系》《中国古代公案小说丛书》等。

目　录

卷三　清代小说作家作品考论

卷四　小说小说

卷五　小说小记

卷六　回忆录

附录

卷一／古代小说概论

论古代短篇小说

——《中国古典短篇小说》前言

一

在我国古代，"小说"这个名词和我们今天的概念并不完全相同。古人最早提到它的是战国时代的庄周。他在《庄子》一书的《外物》篇中说：

饰小说以干县令，其于大达亦远矣。[①]

所谓"小说"，与"大达"对举，是指那种琐屑的言论。后来东汉时代的桓谭在《新论》中说：

小说家合丛残小语，近取譬喻，以作短书，治身理家，有可观之辞。[②]

同一时代的班固也在《汉书·艺文志》中说：

小说者，街谈巷语之说也。

可以看出，在古人的心目中，小说只是些"丛残小语"或"街谈巷语"之类而已。用了一个"小"字，无非表示，他们认为：第一，在形式上，短小简单；第二，在内容上，细小琐碎，与经世治国的大道理无关。

我国古代的小说，在形式上一开始就是短篇的。一部中国小说发展史，它的前半部分，实际上就是中国短篇小说的发展史，真正的长篇小说，那是宋元以后才产生和发展起来的。

我国古代小说起源于神话。这和世界上其他一些国家的小说发展历史大体仿佛。但我国古代神话传说的文献资料保存下来的很少，仅仅在各种古籍中有零星的记载。

从大约产生于秦汉以前的《山海经》和《穆天子传》中保留的一些神话传说故事看，它们只不过是小说的萌芽。

另外，先秦散文中的许多寓言故事，先秦、两汉时代的史传文学，对小说的形成和发展起了不小的影响。它们之中的某些作品也可以算作小说的萌芽。

班固《汉书·艺文志》著录小说十五家，一千三百多篇，但都没有完整地流传下来，只保存了若干遗文。它们的内容和子书、史传相仿，"或托古人，或记古事"。鲁迅对它们的评价是，"似子而浅薄""近史而悠谬"③。

现存"汉人小说"，有所谓班固的《汉武帝故事》和《汉武帝内传》，所谓东方朔的《神异经》和《十洲记》等等，都出于后人的伪托。

我国古代小说创作的盛行，实际上是从魏、晋、南北朝时代开始的。这也是我国古代短篇小说发展史上最早的一个繁荣期。

二

魏、晋、南北朝时代的短篇小说，一般分作两大类："志怪"和"志人"。志怪这个称谓是早就有的，两类分法则始自鲁迅《中国小说史略》④，向来沿用。也有人把志人小说叫做轶事小说。

志怪小说内容比较复杂，但有一个特点，不管是记述历史传闻，还是山川异物，都带着不同程度的神怪色彩；当然，更有专门讲述鬼神怪异故事的。这类小说的产生，同我国古代信巫的风俗和佛教的传入直接有关。因此，其中存在不少以宣扬宗教迷信为主要内容的作品，它们或者可以作为研究当时那个大动乱年代以及宗教迷信之风大盛的社会现象的某种有用的资料。

值得我们注意的是，在张皇鬼神、称道灵异的气氛下，志怪小说中也出现了一些描写不怕鬼神故事的作品。曹丕《列异传》中的宋定伯捉鬼、卖鬼的故事⑤就是有代表性的一篇。

志怪小说中出现的带有神异色彩的民间传说故事，向来为文学史家所重视，例如干宝《搜神记》中的《干将莫邪》《韩凭夫妇》，陶潜《搜神后记》中的《白水素女》等。它们不仅对后世文学题材有影响，有的甚至成为长期流行的民间故事的滥觞。像《白水素女》，后来就成为盛行于江南一带的"田螺姑娘"故事。

志人小说大抵记述当时一些知名人士的言行和轶事，流传下来的著名作品有刘义庆的《世说新语》，它与志怪小说的代表作《搜神记》历来齐名。《世说新语》主要反映上层社会人物的生活面貌。作者的主观意图是要刻画一些人物的美德和独特的品行，例如《管宁割席》和《谢安泛海》等；但也有一些有关暴虐残忍、沽名钓誉、骄奢淫逸以及诸如此类的记载，在不同的程度上暴露了当时上层人物的丑恶的嘴脸。

志怪小说和志人小说篇幅都比较短小，这就形成了它们艺术上的共同特点，写人、写事或写气氛都十分简练。在一些优秀的作品中，刻画人物往往着墨不多，性格却表现得比较鲜明、突出，故事情节也曲折跌宕，引人入胜。

这些短篇小说在人物性格的刻画上都有特色，例如宋定伯的胆大心细，何氏的坚贞不屈，李寄的机智、勇敢，谢安的沉着，王述的急躁等等，无不栩栩如生，给读者留下难忘的印象，更为难得的是作者善于捕捉细节，在细节描写上用力，使细节为刻画人物性格服务，这样就收到了画龙点睛的效果。例如邯郸淳《笑林》中的《俭啬老》，全篇字数才一百挂零，前后都是平铺直叙，唯独当中一段，五十来字，描写老人的悭吝，如见其人，如闻其声，可谓传神之笔：

> 或人从之求丐者，不得已而入内，取钱十，自堂而出，随步辄减，比至于外，才余半在，闭目以授乞者。寻复嘱云："我倾家赡君，慎勿他说，复相效而来！"

刻画悭吝者的心理，真是入木三分。再如刘义庆《世说新语》中的一个例子：

> 王蓝田性急，尝食鸡子，以箸刺之，不得。便大怒，举以掷地。鸡子于地圆转未止，仍下地以屐蹍之，又不得。瞋甚，复于地取内口中，啮破，即吐之。

这里，以描写一连串的动作为主，通过动作来表现人物的性格。不难看出，作者善于选择一些富有特征意义的细节，加以渲染和夸张，来突出人物性格的某一侧面，获得了极大的成功。人物的性格是急躁的，因而他的动作也是急促的，一个连着一个。为了和这相适应，作者有意地写下一系列的短句，显出了一种急促的节奏，十分和谐地配合了人物的急躁性格的表达。这些地方都大大地增强了作品的感染力。

故事情节的铺叙也很有匠心。一些优秀的作品往往是不单调，不枯燥，善于运用伏笔，造成悬念，吸引读者的注意力，使读者在阅读过程中能享受到一种艺术的愉快。例如《干将莫邪》写赤比为父母报仇，首先造成他怎么个报法的悬念，接着写"客"代赤比报仇，他要赤比的头和剑，这是作何用处呢？"客"既说是报仇，却去把赤比的头献给楚王，并建议把它放到汤镬中去煮，这又是怎么一回事？直到他诱使楚王镬边临视，先用剑砍断楚王之头，然后自刎而死，结果三颗头在汤中共煮，不可识别——这时，方显出了"客"的用意。可以想象，楚王平日深居简出，警卫森严，没有这样城府很深的周密安排，是很难实现报仇愿望的。所以这种情节的曲折性，既不露斧凿的痕迹，又符合生活的逻辑，在艺术上是成功的。

可以说，中国古代短篇小说从一开始就对人物性格的刻画和故事情节的铺叙相当重视，从而构成了一个优良的传统。

三

到唐代，短篇小说的创作出现了新局面，并且出现了小说的新名称——传奇⑥。当时所谓传奇，是传奇体古文的意思，以区别于正统的古文。也就是说，在当时人们的概念里，传奇是一种散文，是一种"传记"，这同古代文人轻视小说的观念有关。唐人传奇受魏晋南北朝志怪小说的影响是明显的，但汉代以来的传记文学对它也有影响。

唐代传奇小说的发展可以分为三个阶段。

初唐时期的作品可以看到魏晋南北朝志怪小说的影响还比较重，但同时在情节、人物描写上已有了显著的进步。

到开元、天宝⑦以后，即中唐时期，传奇小说作者人才辈出，作品从内容到形式丰富多彩，它们代表了唐代小说的成就。著名的《霍小玉传》《柳毅传》和《李娃传》等都是这个时期的作品。

晚唐传奇小说在数量上几乎超过了中唐时期，但在成就上却不能企及，《虬髯客传》《昆仑奴》等是这个时期的较好的作品。

唐代传奇小说的作者大都是中下层知识分子。据说，在中唐时期，像诗歌一样，传奇小说可作为一种"温卷"，在考试之前分送给当时的名人，如果得到他们的称赞，将有助于作者在科举上的及第。如果"传奇投献说"属实，这很可能是当时作者纷起，且多为知识分子的一个原因。

作者的这种情况倒没有造成作品内容的贫乏。从总的来看，唐代传奇小说比较广泛地反映了一定的社会生活，对当时的门阀制度、朋党之争、藩镇割据等等重要社会现象也都有不同程度和不同侧面的反映。写爱情和豪侠的主题，在唐代传奇小说中，占有相当的比重。其中不少作品在艺术上也比较成熟。它们的题材往往被后世的文艺作品（特别是戏剧）所采用。尽管唐代传奇小说本身的流行并不普及，它们写的好多故事却几乎传遍了整个社会。

在中国小说发展史上，唐人传奇占有特殊重要的地位。它起着里程碑的作用，它的出现标志着中国小说业已从萌芽的时期跨入了成熟的时期。只有到了唐代，"小说"这一名称才和我们今天的概念接近一致。

明人胡应麟曾说：

> 变异之谈盛于六朝，然多是传录舛讹，未必尽幻设语；至唐人，乃作意好奇，假小说以寄笔端。⑧

他指出了小说史上的一个重要现象，就是众多的传奇作者们是在有意识地创作小说。这一点和以前大不相同，在魏晋南北朝小说作者的心目中，小说和历史的分界线是模糊的，他们自认为，他们笔下所记录的乃是真的发生过的事实，不管是鬼神的显灵也好，死人的复活也好。而唐代传奇作者却很明确地知道，他们不仅是在作见闻记录，而且是在从事创作。所以他们把虚构这一艺术手段带进了小说的领域。这不能不说是小说发展历史上的一大进步。

其次，从作品所反映的内容说，唐人传奇开始驱除了长期盘踞在魏晋南北朝小说中的鬼神世界。尽管志怪小说描写鬼神实际上也还是反映了一定的社会生活，但唐传奇的作者们，以现实生活中的人物取代昔日鬼神的位置，上自官僚贵族，下至市井小民，纷纷出现在作品中，不能不说是区别于志怪的一大特点。

再次，唐人传奇小说大大地提高了小说创作的艺术。作者更加着意于人物性格的刻画。其中有些人物形象的塑造已经构成了我们今天所说的典型，例如《霍小玉传》里的霍小玉，《李娃传》里的李娃等等。和魏晋南北朝志怪小说相比，唐人传奇小说的描绘日趋细致。细节描写大量增加了，而且被用来作为反复表现人物性格特征的手段，例如《李娃传》：

> 一旦大雪，生为冻馁所驱，冒雪而出，乞食之声甚苦。闻见者莫不凄恻。时雪方甚，人家外户多不发。至安邑东门，循理垣，北转第七八，有一门独启左扉，即娃之第也。生不知之，遂连声疾呼饥冻之甚，音响凄切，所不忍听。娃自阁中闻之，谓侍儿曰："此必生也。我辨其音矣。"连步而出。见生枯瘠疥疬，殆非人状。娃意感焉，乃谓曰："岂非某郎也？"生愤懑绝倒，口不能言，颔颐而已。娃前抱其颈，以绣襦拥而归于西厢。失声长恸曰："令子一朝及此，我之罪也！"

这一段描写，充分地表现了李娃温柔可爱的性格。她虽然迫于鸨母的意旨，曾把荥阳公子驱逐出去，但在内心深处却仍然想念着他，留恋着他。这里所写的能辨其音、连步而出和拥以绣襦等等，都把李娃的这种心理和盘托出了。

再如《霍小玉传》：

> 鲍既去，生便备行计。遂令家童秋鸿，于从兄京兆参军尚公处假青骊驹、黄金勒。其夕，生浣衣沐浴，修饰容仪，喜跃交并，通夕不寐。迟明，巾帻，引镜自照，惟惧不谐也。徘徊之间，至于亭午。

这里刻画了李益往见霍小玉之前的郑重其事而又紧张不安的心情。那种患得患失的心理，写得惟妙惟肖。而这又都淋漓尽致地表现了李益爱慕虚荣的浮夸的性格特征。

在唐人传奇里，日常生活场景完整地出现在读者的眼前，展现了人物所置身的真实的生活环境。对于读者说来，作品中的这些人物是亲近的，是同一世界上存在着的有血有肉的活生生的人；这些故事更真实可信，是社会生活中发生过或可能发生的一系列事件的概括。

由于内容的需要，唐代传奇小说的篇幅加长了，情节、结构也更繁复。中国短篇小说中的故事有头有尾的传统也在这个时期正式形成。

传奇小说发展到宋代，已趋于衰落。宋人传奇实际上只是唐人传奇的余波。除了张实的《流红记》等少数作品外，绝大多数的宋人传奇都是平庸之作。而志怪创作却随着《太平广记》的修纂而流行。当时一些比较著名的作品，如徐铉的《稽神录》和吴淑的《江淮异人传》等，多讲古事，甚或专门志怪谈鬼，没有多大的社会意义。

鲁迅论述徐铉《稽神录》说：

> 其文平实简率，既失六朝志怪之古质，复无唐人传奇之缠绵，当宋之初，志怪又欲以'可信'见长，而此道于是不复振也。[9]

这段话，在很大程度上，可看作是对宋代志怪小说和传奇小说的总评。

在宋代，当白话小说兴起之后，以志怪小说和传奇小说为代表的文言小说更是一蹶不振，不见起色。

直到清初，蒲松龄的《聊斋志异》在文坛上出现以后，才大放异彩，并且产生了较大的影响。蒲松龄一个人写了五百篇左右的作品[10]，其中有不少都是在思想上、艺术上成熟的优秀之作，表明他对小说史的发展做出了突出的贡献。他继承了魏晋南北朝志怪小说和唐代传奇小说的优良传统，把文言小说的艺术推向一个新的高峰。《聊斋志异》风行一百余年，模仿它的作品纷纷产生，著名的有纪昀的《阅微草堂笔记》和袁枚的《子不语》。但在《聊斋志异》以后的文言小说，再也达不到它那样的成就，很快地就走向真的衰亡了。

四

白话小说的起源要远溯到唐代。那时，伴随着传奇小说的繁荣，出现了"市人小说"，又叫"说话"，是讲说故事的一种社会娱乐活动。

到了宋代，这种社会娱乐活动大为盛行。根据记载，宋代开封、杭州等城市里设有"瓦市"，又叫"瓦子"，相当于近代的综合娱乐场所。"瓦舍"有演出各种伎艺的勾栏，"说话"就是其中一种重要的伎艺，当时甚至还有专门表演"说话"的勾栏。此外，流动卖艺的说话人，当时叫"打野呵"的，为数当更多。所谓"说话"，就是使用当时人们流行的口语来讲述故事，这种口语后来就叫白话。因此，唐代"市人小说"实际上是我国白话小说的开始，宋代则是白话小说的繁荣期。

白话小说的体制和规模是在宋代基本上完成的。不过，这种白话小说当时主要以口头说讲形式出现，而不像前此的志怪小说、志人小说、传奇小说等文言小说那样一开始就是书面文学。当然，说话人一般也有底本，但他们并非借底本来吸引读者，却是靠说讲来招揽观众。

关于宋代"说话"的分类，有不同的说法。吴自牧《梦粱录》记有"四家数"：小说、说经、讲史和合生。从小说历史发展来看，小说和讲史是最重要的两家，它们的出现和发展形成了中国白话小说的独特传统。说经在当时和后来始终保留着说唱的特点，和弹词、鼓词等说唱文学近似。合生在当时究竟是什么样的面貌，历来无确切而一致的看法，至少它同我们今天所讲的小说并无关系。宋代的"说话"既有长篇，也有短篇；它们的底本成为话本小说，也有长篇、短篇之分。在习惯上，长篇话本叫做平话，短篇话本叫做小说。

白话小说在宋代繁荣起来，这是文学史上划时代的大事，有十分重要的意义。从形式上说，它是改变了我国历史发展进程中书面创作和口头语言越来越脱节的情况而出现的新兴文学样式。从内容上说，它的一个最大的特点是描写了城市市民的生活，并且反映了他们的思想感情，甚至市民阶层的人物成为作品的主人公，成为作品歌颂的对象。中国文学史上这时出现了真正的"市民文学"。

由于文献资料的缺乏，现存较早的话本集又大抵是元代刻本，判断具体作品的年代比较困难，一般就把早期的白话短篇小说叫做宋元话本。

元代说话也比较盛行，这是见之于记载的；事实上，一直到近代，"说话"也还是流行的文艺样式之一，不过主要是长篇平话，很少短篇话本罢了。

随着话本小说的刊行和流传，宋元以来又出现了拟话本，在体制上一如话本小说，不过它并不是专供说话人用的。为了和说话人的底本相区别，人们就称它为拟话本。现在逐渐已不采用这个名称了。因为从广义上说，直到"五四运动"前后受西方小说体制影响的新小说出现之前，许多小说都是在不同的程度上保留着话本体制的，莫非都叫拟话本？现在习惯上的用法只指短篇，只把明中叶以后产生的大量的白话短篇小说叫做拟话本。

这类作品中最著名的是冯梦龙的"三言",即《喻世明言》(《古今小说》)、《警世通言》、《醒世恒言》的合称,以及凌濛初的"二拍",即《初刻拍案惊奇》《二刻拍案惊奇》的合称。"三言"选录了一些宋元话本,也收集了不少明人写的话本体小说,其中有的可能还是冯梦龙本人的创作。"二拍"大多是凌濛初自己的作品。后来,到了清代,又陆续出现了一些话本体短篇小说集,如《石点头》《十二楼》等等。

大家都知道,话本小说在它发展过程中,艺术描写上也是越趋成熟的,话本体小说中的优秀篇章吸收了话本艺术的特点,有时还表现得更加细致。大体上说来,它们有这样一些主要的特点:

一、细节描写比唐人传奇进了一步,更加细致和生动。举凡人物性格的复杂性和深刻性,人物心理的微妙的变化,环境的衬托和氛围的渲染等等方面,都有了很大的发展。

二、善于用行动表现人物。往往有许多精彩的片段,精雕细琢地刻画人物的性格,但这些片段又都不是孤立的、游离的,而是全篇情节的有机组成部分,是推动故事向前发展的必不可少的环节。

三、故事情节十分讲究。有悬念,有伏笔,对读者有巨大的吸引力。故事的铺述力求曲折多变,避免单调、平淡,常常是一波未平,一波又起,一环扣紧一环,一步逼紧一步。巧合更是常用的手法。在一些优秀的作品中,这种巧合看来仿佛带有一定的偶然性,但毫不违反它所反映的社会生活的真实。例如《错斩崔宁》,全篇从"错"字做文章,却真实地反映了人民群众在封建社会中的悲惨遭遇。

四、大量写人物的对话,使它成为表现人物性格的一种重要的艺术手段。唐人传奇虽已开始努力写人物的对话,但却不像宋元话本这样写得生动活泼,贴合人物的身份,具有性格化的特色。试以《错斩崔宁》为例:

陈二姐:"官人何处挪移这项钱来?却是甚用?"

刘贵:"说出来,又恐你见怪;不说时,又须通你得知。只是我一时无奈,没计可施,只得把你典与一个客人。又因舍不得你,只典得十五贯钱。若是我有些好处,加利赎你回来;若是照前这般不顺溜,只索罢了!"

陈二姐:"虽然如此,也须通知我爹娘一声。"

刘贵:"若是通知你爹娘,此事断然不成。你明日且到了人家,我慢慢央人与你爹娘说通,他也须怪我不得。"

陈二姐:"官人今日在何处吃酒来?"

刘贵:"便是把你典与人,写了文书,吃他的酒才来的。"

陈二姐："大姐姐如何不来？"

刘贵："他因不忍见你分离，待得你明日出了门才来。这也是我没计奈何，一言为定。"

陈二姐（自白）："不知他卖我与甚色样人家？我须先去爹娘家里说知。就是他明日有人来要我，寻到我家，也须有个下落。"⑪

这番对话陈二姐这个贫民女儿之口，口角逼肖。她的那种善良、柔顺的性格，历历如绘；她的那种身不由己、听人摆布的命运，怎不令人同情而发出悲叹？这就是宋元话本写人物对话超过前代小说的地方。自然，受宋元话本影响而产生的明清话本体小说也大都吸收了这种特点，如《金玉奴棒打薄情郎》《卖油郎独占花魁》等不少作品中的绘声绘色的人物对话，就是大家熟悉的例子。

曾经有一种意见认为，中国古代文言短篇小说和白话短篇小说是各自独立并行发展的两个系统，如果因此而认为这两者彼此没有影响，那就不符历史实际。且不说唐代的传奇和"说话"有着密切关系，我们从大家公认的杰出的文言短篇小说《聊斋志异》来看，可以发现它无论在细致生动描写方面，讲究故事情节的波澜起伏方面，以及把对话作为刻画人物性格的重要艺术手段上，都明显地受到了话本小说的影响。所以，《聊斋志异》不仅是文言短篇小说、同时也是整个古代短篇小说的最后一个高峰。

注释：

①"甚"：高，远。"令"：美，善。"大达"：大道理。

②《新论》已散佚。这段文字引自《文选》卷三十一所载江淹《李都尉陵从军》诗的李善注。

③《中国小说史略》第一篇。

④参阅《中国小说史略》第五篇至第七篇。但鲁迅在《中国小说史略》一书中并没有提出"志人"之称。后来，他在《中国小说的历史的变迁》的第二讲才明确地把六朝小说分为"志怪的小说"和"志人的小说"两大类。

⑤干宝《搜神记》中也有这篇故事。

⑥"传奇"，这里是对唐代出现的一种文言短篇小说的专称。它与作为明代开始盛行的长篇戏曲的"传奇"有别。

⑦开元（713—741）和天宝（742—756）都是唐玄宗李隆基的年号。

⑧《少室山房笔丛》卷三十六。

⑨《中国小说史略》第十一篇《宋之志怪及传奇文》。

⑩《聊斋志异》通行本仅四百三十一篇；如再加上已知的佚稿，则总数在五百篇左右。

⑪以上这段文字，引用时已省略了作者的叙述语。

论古代公案小说

——《古代公案小说丛书》前言

一、什么叫做公案小说

什么叫做公案小说？

公案小说是中国古代小说中的一个按题材划分的门类。

正像历史演义小说、神魔小说、世情小说、侠义小说、才子佳人小说等等一样，公案小说也是中国古代小说中的一个独特的门类。

简言之，公案小说就是以公案故事为题材的小说。

那么，什么叫做"公案"呢？

"公案"二字的原意是指官府的案牍。后来它有了一个引申的含义，指那些有待于判决的事情或案件。

通俗地说，公案故事就是打官司的故事；公案小说也就是以即将打官司或正在打官司（无论是主动地，还是被动地）的故事为描写内容的小说。或者说，公案小说就是官员（无论是大的，还是小的）断案的小说。

从结构上看，公案小说通常表现出顺和逆两种格局。前者：按照实情发展的顺序，先叙述案件发生的详细经过，再叙述官府的介入。后者：以官府的受理、公堂的审问开始，再追述案件的起因和发展的过程。最后则往往以官员判决、真相大白收束。

二、古代公案小说有狭义与广义之分

公案小说有狭义与广义之分。

狭义的公案小说，专指明代的公案小说。

在明代万历年间和明末，文坛上涌现出一批公案小说。例如《百家公案》《龙图公案》《海刚峰公案》《新民公案》《详情公案》《详刑公案》《律条公案》《廉明公案》《诸司公案》《神明公案》《明镜公案》等等。

不难看出，它们的书名一无例外地以"公案"二字赘尾。于是，后世的文学史家们遂以公案小说作为称呼它们的共名。

它们都保持着短篇小说专集的形式。全书采用了分类编辑的体例。所分的类别，五花八门，有"人命""奸情""抢劫""婚姻""债负""诈伪""雪冤"等等，不一而足。

各篇的故事情节都有一定的独立性。篇与篇之间，互不衔接与照应。各篇的主人公（断案的官员），有的被固定为共同的某人（例如包公、海公），有的则张三李四，颇不一致。

每篇的内容，一般包括案情、原告人的告状、被告人的诉状、官员的判词四个部分。

各书收录的各篇的故事内容，有时大同小异，甚至还存在着彼此重复、雷同的现象。例如《百家公案》中的《断谋劫布商之冤》、《龙图公案》中的《木印》、《律条公案》中的《徐代巡断抢劫缎客》、《明镜公案》中的《陈风宪判谋布客》、《详情公案》中的《断抢劫段客》、《详刑公案》中的《徐代巡断抢劫段客》等篇，其情节基本上是类似的。

素材的来源，一部分吸收了当时流传的民间故事，一部分取自明代以前的《疑狱集》《折狱龟鉴》《棠阴比事》《断狱龟鉴》《法林灼见》《萧曹遗笔》《耳谈类增》《良谳篇》《折狱明珠》《折狱奇闻》《名公书判清明集》等书，一部分则是根据"清平山堂话本""三言二拍"等话本小说中的某些作品改写的。

除了少数作品（例如《百家公案》）之外，它们的文字比较粗糙，描写技术比较稚嫩，艺术水平不高。

广义的公案小说，则包括如下的四类作品：

第一，明代公案小说专集（即上文所说的狭义的公案小说）。

第二，收容在综合性题材的短篇小说集中的公案小说。以时代而论，其中既有宋元时代的作品，也有明清时代的作品；若从语言形式上加以区分，则白话小说（例如"三言二拍"）、文言小说（例如《聊斋志异》《子不语》《阅微草堂笔记》）兼而有之。

第三，与侠义小说合流的公案小说。它们产生于清代中叶以后；从篇幅上看，已摆脱了短篇小说的形式，而成为长篇小说。例如《三侠五义》《施公案》《彭公案》等。

第四，以长篇章回小说形式出现的公案小说，例如《武则天四大奇案》（《狄公案》)、《李公案》、《于公案》等。

三、古代公案小说的历史发展

公案小说其实并不是从明代才出现的。

把"公案"正式列为小说中的一个门类，是从宋元时代开始的。

罗烨《醉翁谈录》甲集卷一"小说开辟"条列举了小说八类，其中有"公案"一类。示例的作品篇名则有"石头孙立""三现身""圣手二郎"等十六种。可惜它们已佚失不传，究竟是什么样的内容令后人难以作出准确的猜测。同书甲集卷二"私情公案"，还收录了一篇《张氏私奔吕星哥》；庚集卷二"花判公案"也收录了十五篇小故事。这都可以看作是宋元时代的公案小说，即明代公案小说的前驱。

当然，这样的公案小说也并不是从宋元时代才出现的。

远在汉魏六朝小说中间，例如《汉武故事》中的"太子论罪"（《太平御览》卷八十八引）、《搜神记》卷七的"淳于伯"和卷十一的"东海孝妇"等作品，就已是可称之为雏形的公案小说了。到了唐代，《谢小娥传》等作品使公案小说的内容和形式得到比较丰满的体现。在宋元以来的话本小说中间，公案小说更有了长足的发展。仅以"三言二拍"为例，二百篇作品中，公案题材的小说就有六十四篇（《喻世明言》八篇，《警世通言》七篇，《醒世恒言》十七篇，《拍案惊奇》十四篇，《二刻拍案惊奇》十八篇），占百分之三十二，足可从侧面看出当时的作者、编辑者、出版者以及读者群对公案小说喜爱和欢迎的程度。

但是，作为一种文体上的概念，公案小说的真正的确立是在明代后期完成的。它的标志就是万历年间的公案小说专集的大量问世。

明代公案小说专集的创作、编辑和出版，在文学史上具有开拓的意义。然而它们的局限性也是显而易见的。它们在写法上维持着粗线条的作风，情节仅仅粗具梗概，作者对案件本身的叙述和描写更是粗疏的。创作意图在于对某些官员歌功颂德，官员断案因之变成了故事的中心。它们的书名带出了对大小官员的尊称。作者或编者甚至把官员的判词也不舍得割爱，一一堆砌在书内。也许它们出版的目的之一是想给官员和胥吏们提供必修的、可供模仿的课本。这种写法给后世的某些以"×公案"为书名的公案小说继承了下来，但却有了很大的改进，加强了对人物和故事的描写，也注意到对文字的锤炼。

和明代公案小说专集成为对比的是，传奇小说、话本小说中的公案小说采取了另外一种写法。他们以讲故事为主，官员断案被处理为最后的一个环节，不占主要的地位，只是为了向读者交代故事的结局。他们接触的题材范围、反映的生活面阔大了，描写的手段增加了，比较注重人物形象的塑造和故事情节的编织。应该说，古代公案小说的最高成就主要表现在它们身上。

四、古代公案小说的演变

古代公案小说在发展中是有所变化的。

如果用 A 来代表汉魏六朝志怪小说、唐代传奇小说、宋元话本小说、明代话本小说中的公案小说，用 B 来代表明代狭义的公案小说，用 C 来代表以"×公案"为书名的公案小说，用 D 来代表侠义小说，用 E 来代表与侠义小说合流的公案小说，那么，就可以得出两个公式：

A+B=C

C+D=E

它简明地说明了古代公案小说历史发展的演变情况。

其中最值得注意的是侠义小说与公案小说的合流。

两种不同门类的小说的合流，是中国古代小说史上的常见的现象。明代历史演义小说与神魔小说的合流，就是一个突出的例子。

侠义小说与公案小说的合流是在清代完成的。合流的体现者主要是《三侠五义》《施公案》和《彭公案》。它们以更长的篇幅、更引人入胜的情节、更多的英雄人物（例如白玉堂、黄天霸等等）为公案小说赢得了更多的读者。它们的受欢迎，不完全凭仗着书面文学。评书和戏剧的演出扩大了它们传播的范围。它们的续集的竞相出现，以及一续再续，构成了小说史上的一大奇观。《三侠五义》之后有《小五义》《续小五义》，《施公案》延至十续，《彭公案》延至八续，无不表明它们是当时的名副其实的畅销书。

这些合流的作品，严格地说，已不能被视为单纯的公案小说或单纯的侠义小说。

在它们之后，公案小说、侠义小说仍然沿着各自的发展轨迹前进。其后，终于出现了近代的侦探小说、武侠小说。

五、古代公案小说的欣赏价值与借鉴意义

作为文学作品，古代公案小说自有同它的欣赏价值和借鉴意义。

其中的许多作品讲述了许多有趣的故事。阅读之后，也也许会使我们感到艺术的愉快。

某些案例充满了智慧的火花，阅读之后，也许会对我们的分析、判断能力的增强不无帮助？

许多作品描写到古代的平民生活和社会风俗。阅读之后，也许会使我们添加一些作方面的新的认识？

一位外国的汉学家说过，中国古代公案小说中的某些作品，在写法上，即使拿外国现代侦探小说作家公认的创作法则来衡量，也是完全中规中矩的。

荷兰已故的著名汉学家高罗佩根据《狄梁公四大奇案》和其他的中国古代公案小说作品改编或再创作了《狄公案》系列小说，并已翻译成多国文字，在海外流传。

——这难道不能给与我们某些启示吗？

总之，古代公案小说像是一座美丽的大花园，里面鲜花盛开，绿草如茵，它期待着我们的走进。说不定它会带给我们些许惊喜……

论明代神魔小说

一、名称·条件

明代小说有"四大奇书"之称①。那是指《三国志演义》《水浒传》《西游记》和《金瓶梅》四部小说。这四部书不仅反映了明代小说的最高的艺术成就，而且也正好代表了明代小说发展史上的四个重要的流派。可见这个名称流传甚久，并获得了一定的稳定性，完全不是偶然的。

其中，《西游记》所代表的是明代小说发展史上的一个重要的流派——神魔小说。

神魔小说，这个名称的使用，始自鲁迅。他曾指出："明之中叶，即嘉靖前后，小说出现的很多，其中有两大主潮：一、讲神魔之争的；二、讲世情的。"②他把前者称为"神魔小说"，把后者称为"人情小说"③。从此，神魔小说作为文学史上的一个专门的名称，遂为小说史家所接受和沿用。

前人亦有称之为"神怪小说"的。这主要见于清朝末年的一些小说批评家的论著中④。时至今日，已很少有人加以引用。原因在于，它没有"神魔小说"的称呼那么准确，那么鲜明。近年间，在一些论文和著作中，偶尔还有把神魔小说中的某些作品，例如《西游记》或《封神演义》，称之为"神话小说"的，这未免显得不很贴切。因为"神话"在文学艺术术语中是个特定的概念，有着特定的含义。它与原始社会和初民紧密地联系在一起，而出现在封建社会后期的《西游记》《封神演义》等小说，从严格的意义上说，已经不再属于"神话"的性质了。

所以，照我看，惟有鲁迅昔年提出的"神魔小说"这一概念才是比较科学的，既符合于作品的实际，也符合于历史发展的实际。

神魔小说，作为出现在明代的重要的文学现象，具备着两项重要的条件：

第一，明代的神魔小说，主要出现于嘉靖、隆庆和万历时期（1522—1620）。但在明初已有滥觞，到了明末仍荡漾着余波。从明初罗贯中的《三遂平妖传》起，到明末董说《西游补》止，神魔小说的发展，可以说，贯串着明代的始终。

第二，明代的神魔小说，作品数量繁多，有艺术质量比较一般的作品，也有比较优秀的、杰出的作品，更出现了《西游记》那样第一流的伟大的作品。在明代神魔小说的世界里，既有绵亘的群山，又有巍峨的高峰；夜空布满了繁星，烘托着一轮皎洁的明月。群山和高峰，繁星和明月，对于小说史上任何一个重要的流派，都是不可或缺的。

这两项条件成为区分点。从白话通俗小说的发展历史上看，它使明代神魔小说有别于前面的宋元两代，也和后面的清代有所不同。这两项条件又是支撑点，它使神魔小说成为明代小说中的一个不能等闲视之的流派，并奠定了明代神魔小说在中国小说史上的举足轻重的地位。

二、题材·创新

神魔小说的题材并非始自明代。

古代的神话、传说中，已保存着一些涉及神仙和鬼怪的故事的片段。其后出现《汲冢琐语》《山海经》二书。《琐语》十一篇，"诸国卜梦妖怪相书也"⑤，有人说它是"古今纪异之祖"⑥。《山海经》"闳诞迂夸，多奇怪俶傥之言"⑦，"侈谈神怪，百无一真"⑧，有人说它是"古今语怪之祖"⑨。到了魏晋南北朝时代，"志怪小说"⑩大量涌现，蔚然成风。它们"张皇鬼神，称道灵异"⑪，一直占据着当时的小说主流的地位。它们的影响，历经唐、宋、元三代而不衰。宋元话本小说中有"灵怪""妖术"和"神仙"三个门类。明代的神魔小说就是在它们的影响之下成长、壮大起来的。

由此可见，明代神魔小说采用的其实是传统的题材，深受历代作者和读者喜爱的题材。但，相同的或类似的题材，在不同的时代会有不同的内容和不同的表现形式。明代的神魔小说一方面继承了志怪小说的传统，另一方面又从内容到形式突破了旧日的志怪小说的窠臼，而有了自己的创新的发展。

从表现形式上说，明代神魔小说属于白话小说或通俗小说⑫。这使它与志怪小说截然不同。从篇幅上说，明代神魔小说以长篇小说为主。这又在它和宋元话本中的灵怪小说、神仙小说、妖术小说之间画出了一条分界线。此外，它的创新的发展还表现为下列四点：

1. 变零散的、片段的故事为系统的、完整的情节。

2. 根据作者的理解，加入了明确的宗教思想。

3. 参照现实政治和宗教传说，比附地构造了神佛的体系。

4. 神话、传说故事开始定型化，人物形象也在趋向定型化。

三、明代神魔小说包括哪些作品？

明代的神魔小说包括哪些作品呢？

明初的神魔小说，今天所知道的，只有两部作品。一部是罗贯中的《三遂平妖传》，另一部是《西游记平话》⑬。前者有金陵世德堂万历间刊本⑭。后者原书已佚，仅在《永乐大典》第13139卷保存了一段"魏徵梦斩泾河龙"故事；朝鲜《朴通事谚解》一书概括地引述了"车迟国斗圣"故事的片断，另有八条注文介绍了《西游记平话》的一些主要情节。嘉靖、隆庆时期的神魔小说，今天所知道的，也只有两部。一部是吴承恩的《西游记》⑮，现存最早的刊本为金陵世德堂万历二十年（1592）刊本。另一部是沈孟柈的《钱塘湖隐济颠禅师语录》，现存隆庆间刊本。

万历时期是明代神魔小说的繁荣时期。当时，至少出版了十七种新作。现列举于下：

佚名《钟馗全传》（刘双松刊本）

佚名《南海观世音菩萨出身修行传》（焕文堂刊本）

佚名《天妃济世出身传》（熊龙峰刊本）

邓志谟《许旌阳得道擒蛟铁树记》（万历三十一年刊本）

邓志谟《吕纯阳得道飞剑记》（万历间刊本）

邓志谟《萨真人得道咒枣记》（万历三十一年刊本）

余象斗《华光天王南游志传》（崇祯四年刊本）

余象斗《北方真武祖师玄天上帝出身志传》（万历三十年刊本）

罗懋登《三宝太监西洋记》（万历二十五年刊本）

朱星祚《二十四尊得道罗汉传》（万历三十三年刊本）

朱开泰《达摩出身传灯传》（杨丽泉刊本）

朱鼎臣《唐三藏西游释厄传》（刘莲台刊本）

朱名世《牛郎织女传》（余成章刊本）

吴元泰《八仙出处东游记》（余文台刊本）

杨致和《唐三藏西游全传》（今见道光十年刊本）

潘镜若《三教开迷归正演义》（万卷楼刊本）

许仲琳《封神演义》（舒载阳刊本）

明末的神魔小说，则有五部：

冯梦龙《新平妖传》（泰昌元年序刊本）

杨尔曾《韩湘子全传》（天启三年序刊本）

方汝浩《扫魅敦伦东渡记》（崇祯八年序刊本）

穆氏《关帝历代显圣志传》（崇祯间刊本）

董说《西游补》（崇祯间刊本）

以上一共二十六部作品。明代的神魔小说可谓尽于此矣。

四、特征

明代神魔小说在发展中出现的几个特征应当引起我们的注意。

1. 由这二十六部作品构成的神魔小说园地中，长篇小说、中篇小说、短篇小说几种体裁同时出现，争奇斗胜，产生了繁花似锦的景象。

2. 有些作品以续书、增补本或删节本的形式出现。例如董说的《西游补》，书名上的一个"补"字表明了它以吴承恩《西游记》的续书自居。朱鼎臣的《唐三藏西游释厄传》和杨致和的《唐三藏西游全传》实际上是吴承恩《西游记》的两种删节本[⑯]。冯梦龙的《新平妖传》四十回这是罗贯中《三遂平妖传》二十回的增补本。由于原书深受读者的喜爱，具有较强的吸引力，惹动了一些文人作者的再创作欲望，才有可能使他们的续写、增补或删节的工作得以相继实现。

3. 出现了系列性的丛书。《四游全传》（或称《四游记》）由《东游记》《西游记》《南游记》《北游记》四书组成。这四部小说成于三位作者之手。书名本来并不整齐划一。例如《东游记》原名《八仙出处东游记》，《南游记》原名《华光天王南游志传》，《北游记》原名《北方真武祖师玄天上帝出身志传》。其中，《北游记》的书名极为牵强。主角真武祖师虽是"北方玄武大帝"，但他所住之处，有南方，也有西方，不能用"北游"二字来加以概括。编者和出版者显然是摸准了读者群众中普遍存在的求全的思想，凑齐东西南北四游，以迎合需要。从演进的轨迹来考察，不妨断定：先有《西游记》，后有《四游全传》；《北游记》这个书名当然是在被收进《四游全传》以后改定的，而它的原书《北方真武祖师玄天上帝出身志传》现存万历三十年（1602）刊本，也就是说，《四游全传》的成书约在万历三十年之后。

4. 古代有过《列仙传》和《神仙传》两部书。明代神魔小说中的许多作品其实也是在为神仙立传，只不过有的是一人一传，有的则是数人合传。前者如达摩、观世音、许旌阳、吕纯阳、萨真人、华光、真武、天妃、钟馗、韩湘子、济颠、关帝等，后者如二十四罗汉、八仙等。他们的传记，常由两个部分组成。前一部分叫做出身传，叙述他们的出身始末；后一部分叫做灵应传或降妖传，描写他们得道以后的种种降妖、除害的事迹。为神仙立传的作品，许多是集大成式的，吸收和改编了一些零散的故事传说，带有总结的性质。有的则是发轫的作品，例如《钱塘湖隐济颠禅师语录》等，它们为以后的积累性发展提供了基础。数十年间，四十几位神仙纷纷露面，"乱哄哄你方唱罢我登场"，像走马灯似的，令读者应接不暇。文坛上的热闹和兴隆，是可以想见的。

5. 在神魔小说内部，在这一作品和那一作品之间，常会交叉地出现相同的故事题材和人物形象。例如《八仙出处东游记》介绍了八仙的出身和八仙过海的传说，而《吕纯阳得道飞剑记》和《韩湘子全传》又各以八仙中的吕洞宾和韩湘子为主角，自成系统，铺演了比较完整的故事。好几部作品中都出现了孙行者、铁扇公主、观世音、哪吒、李靖、华光、赵公明等人物形象。有些法术，例如放出瞌睡虫，使人熟睡不醒，也在不同的作品里重复地使用着。令人惊诧的是，甚至连《水浒传》中的史文恭、马耳大王、独火大王等形象，竟也分别在《北方真武祖师玄天上帝出身志传》《华光天王南游志传》中出场亮相。

6. 有的作品叙述、描写尚欠细密，有时甚至在情节的安排上出现了疏漏和破绽。《钟馗全传》中，钟馗读书终南山，是在参加考试之前，还是在考试不中之后？《华光天王南游志传》中，华光究竟是不是玉皇的外甥？作者都语焉不清。

7. 有的神魔小说作家同时创作了几部作品。余象斗有两部，邓志谟则有三部之多。他们对神魔小说作品的创作和出版倾注了浓厚的兴趣和巨大的热情。

这些特征有助于我们了解有关明代神魔小说的一些情况和存在的问题。

五、主题·幻想·人物形象

神魔小说中的人物，有神，有魔，当然还有人。他们的故事，有的在神魔世界演出，有的则在人间世界进行着。前者如《西游记》和《八仙出处东游记》《华光天王南游志传》《北方真武祖师玄天上帝出身志传》，后者如《钱塘湖隐济颠禅师语录》和《封神演义》。

按不同的主题划分，明代的神魔小说约有四类：

第一，寻找、追求的主题。例如《西游记》《华光天王南游志传》《三宝太监西洋记》。《西游记》写西天取经故事，《华光天王南游志传》写华光寻母故事，主人公们经历了千辛万苦，表现出一种百折不挠的战斗精神。

　　第二，斩妖降魔的主题。例如《钟馗全传》《北方真武祖师玄天上帝出身志传》。《钟馗全传》一名《钟馗斩妖传》或《钟馗降妖传》。《北方真武祖师玄天上帝出身志传》的重要情节是收中界四方黑气，收三十六员天将。而《西游记》师徒四众取经路上的遭遇，也表现了斩妖降魔的主题。这类主题含有为人间百姓除害和造福的意义。

　　第三，征战的主题。例如《封神演义》《三宝太监西洋记》《三遂平妖传》。这类主题表现了不同的思想倾向。《封神演义》通过武王伐纣的事件，反映了正义的力量和非正义的力量之间的斗争。《三遂平妖传》则描写的是宋代封建统治集团对人民起义运动的镇压。

　　第四，修行成道的主题。例如《南海观世音菩萨出身修行传》《八仙出处东游记》《北方真武祖师玄天上帝出身志传》。这类主题表达了这样的思想：要做出一番大事业，必须先要经受种种考验，拒绝金钱、美色、魔鬼等等的引诱，锻炼出坚强的意志。

　　这四类只是大略的划分。实际上，有的作品的主题在这四类之外；而有的作品的主题又兼有这四类之中的两类或三类。但这四类主题确已概括了主要的或多数的作品。

　　明代神魔小说以神怪的人和事为题材。可贵的是，有些作品中的神怪故事，并不完全以虚构妄诞作为追求的目标也曲折地表现了对现实社会的讽喻。《西游记》师徒四众取经，途经几个人间的国度，它们就从不同的侧面反映了作者吴承恩所生活的明代的政治、社会现实。

　　明代神魔小说的神怪题材有时打上了宗教的烙印。有的作品自然受到当时道教、佛教流行的影响，不可避免地宣扬了宗教迷信。但一些优秀的作品表现了世俗的可贵的思想，揭示了神佛接近世俗的一面。大量的民间传说的采纳，也多多少少冲淡了宗教迷信的色彩。而在一些作家的笔下，神佛往往带有一定的人情味，他们的身上寄寓着人类社会生活中的美德和善行，这就使读者对他们产生了亲近感。孙悟空、华光、哪吒、济颠、观世音、吕洞宾等等一系列的形象都受到了历代广大读者的喜爱。

　　神魔小说以荒诞的幻想为特色。但是，任何幻想都离不开现实生活的土壤。孙行者的火眼金睛，反映了人民群众在复杂的社会生活和斗争中，自身需要有久经锻炼的认清一切牛鬼蛇神和识破一切阴谋诡计的能力。土行孙可以在地底日行千里，雷震子胁下长有两个肉翅，可以在空中任意飞行，这是古代人民在交通不发达的情况下所产生的一些朴素的幻想。今天的地下铁道和飞机的发明，不正是在使这些幻想变成现实吗？

　　明代神魔小说中的一些优秀作品，还塑造出几个栩栩如生的、动人的、具有典型意义的人物形象。其中，以《西游记》中的孙行者、猪八戒、唐僧，《封神演义》

中的哪吒、申公豹，尤为突出。特别是猪八戒的形象，作为《西游记》的主人公之一，他的出现，在长篇小说艺术发展史上有着格外重要的意义。在以前的长篇小说中，主人公们都赋有不平凡的智慧，不平凡的勇敢，不平凡的道德品质，不平凡的本领，甚至有时还有不平凡的身份，读者虽对他们感到钦佩和羡慕，却又自惭形秽，觉得在周围的社会生活中找不见、遇不到他们那样的人物。而像猪八戒这样的具有平民色彩、优缺点混杂在一起、有血有肉的人物形象，却使读者丢掉了陌生和敬畏的感觉，仿佛以为它就置身于自己的生活圈子之内，平素就在自己的前后左右行动着，仿佛以为他就跟自己一样的平凡。这一点，对长篇小说人物创造艺术的发展方向，具有巨大的影响力。

六、融合·影响

小说史上的各种流派，往往不是一成不变的，不是经常处于封闭的状态，也不是时时刻刻保存着纯粹的品种。有时候，两种不同的流派会汇合而成为一种新生的流派；有时候，一种流派也可能分析、归并到其他流派中去，而自行消失。在某个特定的历史时期之内，某个学说流派或许会在一定程度上维持着稳定性。但从宏观上看，在小说史发展的长河中，这种稳定性仍只是暂时的、相对的。小说流派有合有分，互相渗透，彼此影响，这才体现了小说发展史丰富多彩、错综复杂的面貌和规律。

明代的神魔小说继承了宋元话本中的志怪小说的发展；明代的历史演义小说则可以说是宋元话本中的讲史的延续。而明代的神魔小说和明代的历史演义小说，在各自的发展中，又互有钩连和交叉。从明代神魔小说的角度看，把它说成是灵怪和讲史的合流，并不过分。因为有许多神魔小说，实际上兼有神魔小说和历史演义小说的成分或因素，《封神演义》《三宝太监西洋记》《三遂平妖传》等等都是典型的例子。

兼有神魔小说和历史演义小说成分或因素的作品，呈现出两种类型。一种类型的作品，它们尽管有历史演义小说的成分，但基本上属于神魔小说的范畴。例如上文已经举出的《封神演义》《三宝太监西洋记》《三遂平妖传》。另一种类型的作品，它们虽然含有神魔小说的因素，但冠以历史演义小说的名称最为贴切。像吴门啸客的《孙庞斗志演义》就是这样的。因此，在全书中占主导地位的成分或因素是什么，便成了区别这两种类型作品的重要标志。

在这一方面，不管是哪一种类型的作品，它们都具有一些共同点：故事情节的叙述，用历史事件做框架；有时还特别点出朝代或年号；出现了历史上实有的人物，或以他们为主角，或让他们充任次要的角色。即使是比较典型的神魔小说，例如《西游记》《八仙出处东游记》《北方真武祖师玄天上帝出身志传》《钱塘湖隐济颠禅师语录》等，也无不如此。

在神魔小说和历史演义小说的钩连、交叉中，还表现出一个有趣的现象：抄袭。例如《八仙出处东游记》的第三十四回至第四十三回，实际上是杨家将故事；而在《杨家府演义》中，也铺叙了大体相似的故事。它们谁抄袭了谁，谁影响了谁，很值得仔细研究和思考。

如果说，明代神魔小说是毗邻于历史演义小说的流派，它们互为影响，彼此有融合的趋势，表现出明代小说发展史上一个鲜明的特点，那么，另一方面明代神魔小说又对明清之际正式形成的讽刺小说，以及清末出现的谴责小说，起了不可忽视的影响。

在神魔小说中，从内容到写法，大大发扬诙谐和讽刺的特色，《西游记》可以说是开其端。崇祯年间，董说的《西游补》一身而二任，既是神魔小说，又是讽刺小说。清代康熙年间，樵云山人的《钟馗斩妖传》已和明代的神魔小说大异其趣，虽然铺叙的还是钟馗斩鬼的故事，仍披着神魔小说的外衣，但从内容实质和写作手法上看，它比《西游补》更前进一步，完成了从神魔小说到讽刺小说的转化。乾隆年间，吴敬梓《儒林外史》的问世，标志着清代讽刺小说艺术的巅峰。这里有一条小说史发展的清晰的脉络。从中不难看出，明代神魔小说在清代讽刺小说的形成上所起的重要的促进作用。

明代神魔小说对小说史的贡献是非常突出的。最重要的一点是，它贡献出一部伟大的作品——吴承恩的《西游记》。《西游记》不仅在明代小说的"四大奇书"中占据了一席重要的地位，而且它的作者还获得了我国文学史上和屈原、李白、杜甫、罗贯中、施耐庵、曹雪芹等伟大作家同样的永垂不朽的声誉。

注释：

①刘廷玑：《在园杂志》卷二。

②鲁迅：《中国小说的历史的变迁》第五讲。

③鲁迅：《中国小说史略》第十六篇至第十八篇、第十九篇至第二十篇的标题分别为"明之神魔小说""明之人情小说"。

④例如邹弢《小说话》、黄摩西《小说小话》、冥飞《古今小说评林》等。

⑤《晋书》，卷五十一，束晳传。

⑥胡应麟：《少室山房笔丛》，"九流绪论"下。

⑦郭璞："山海经叙"。

⑧《四库全书简明目录》。

⑨胡应麟：《少室山房笔丛》，"四部正讹"下。

⑩"志怪小说"这个名称，首先是唐人段成式在《酉阳杂俎序》中使用的。

⑪鲁迅：《中国小说史略》，第五篇。

⑫这里使用的"通俗小说"这个概念，包括：（1）白话小说；（2）虽用浅近文言写成，但与文言小说迥然有别，而与白话小说更显接近的一些小说作品。

⑬《西游记平话》，有人认为是元代的作品，有人则认为是明初的作品。此处取明初说。

⑭此书卷四署"金陵世德堂校梓"，且第一回、第十一回、第十七回插图均记有刻工姓名，"金陵刘希贤刻"。但卷一、卷二、卷三署"钱塘王慎修校梓"，故有人称之为钱塘刊本或王慎修刊本。

⑮关于《西游记》的作者问题，在学术界有不同的意见。此处取吴承恩说。

⑯关于《西游记》吴本、朱本和杨本的关系，学术界有不同的看法。笔者认为，朱本、杨本基本上是吴本的删节本（当然，在删节的过程中，难免要有所改动，有所增饰）。

论清代小说

16 世纪中叶至 20 世纪，是中国小说史上继明代之后又一个小说创作和传播的高峰时代。

明代许多伟大优秀的小说在这时都得到了重印以及更广泛流传的机会。

清代文人作家也创作了数量众多的伟大的和优秀的小说，曹雪芹的《红楼梦》，吴敬梓的《儒林外史》和蒲松龄的《聊斋志异》就是其中的杰出代表。它们的出现，标志着中国古代白话小说和文言小说艺术的最高成就。从文学发展的历史看，清代文学也是和这三部作品的名字密不可分的。

一、清代小说的总体成就

清代小说反映了更广阔的生活面，上至封建统治集团人物，下及社会底层的劳动群众，纷纷在作品中登场。故事情节常常在日常生活的场景中展开，描写的风格因之已由昔日的粗线条逐渐向细线条演变。

从总体上说，主题思想的深刻性，也超过了前代的作品。如《红楼梦》，可以说是中国封建社会生活的百科全书。它的笔触几乎批判了整个的封建社会上层建筑和整个的封建统治阶级，形象地、有预见地反映了封建社会必然没落和崩溃的趋势。《儒林外史》和《聊斋志异》，则独特地选择了知识分子这个社会阶层的视角，通过对他们的生活遭遇和精神境界的描绘，入木三分地揭露了科举制度的弊端和罪恶。有的作品以农民起义为题材，反映和歌颂了受压迫、受剥削的人民群众的反抗、斗争。而《官场现形记》等，通过对封建官吏形象的刻画，淋漓尽致地抨击了官场的窳败和黑暗。有的作品则表现了进步的民主思想，例如对男女平等或妇女解放的理想的憧憬和追求，在当时来说，都是弥足珍贵的。

清代许多优秀的小说作品取得思想深度的原因，除了比较严肃的创作态度之外，也和艺术表现手法有关。它们的作者着眼于人生社会，在给予封建社会生活百态以艺术的再现时，既有冷静的分析，又有愤怒的抗议。

二、清代小说的艺术贡献

清代的小说样式丰富多彩，有着长足的发展。

文言短篇小说中，有的作品融合了魏晋南北朝志怪小说和唐代传奇小说的风格和手法，有的作品使故事和议论结合一起，形成"笔记＋小说"的格局。文言长篇小说的产生，更是小说园地里的一个新品种。

白话短篇小说继承了宋元话本的传统，深受"三言二拍"的影响，出现了更多的专集。白话长篇小说领域中，原有的一些样式继续流行，还出现了新的趋势。《斩鬼传》《儒林外史》等作品的流传，意味着讽刺小说的成立，尤其是《儒林外史》的问世，如鲁迅《中国小说史略》所说，"说部中乃始有足称讽刺之书"。惜乎此后的讽刺小说走入下坡路，逐步为谴责小说、黑幕小说所更替。《红楼梦》一方面打破了以往的才子佳人小说千人一面、千部共出一套的框架；另一方面在描写家庭、爱情生活时，笔端充满诗意的光辉，洗涤了晚明小说作品中给这种文学样式所带来的种种污秽，为人情小说树立了楷模。然而人情小说的末流终于不免嬗化为狭邪小说。各体小说中都或多或少地糅进了神怪小说的因素。此外，历史演义小说和英雄传奇小说交融，公案小说和侠义小说合流，也同样构成了清代小说的特色。这种种的演进、蜕变，既有自身的原因，又受到了时代、社会环境的影响，无不体现着文学发展过程中的规律性。

给名著写续书，成为一时的风气，仅《红楼梦》的续书，已达三十余种之多。

历史演义小说的叙事范围业已补充完备，历史上的各朝各代，网罗殆尽，题材的积累还促成了一些集大成式的作品涌现，例如《说岳全传》《隋唐演义》，等于是对前代同一题材的小说（甚至还包括戏曲作品）的总结性的改编和创作。

在语言上，清代小说更富有艺术表现力。

作品中的人物语言更加注意追求个性化。在一些优秀的作品中，人物的语言往往是成功地坦露人物的思想、性格的艺术手段，使之与书中其他人物有所区分，给读者留下深刻的印象。例如《红楼梦》第三回王熙凤刚一出场时说的几句话，八面玲珑，见风使舵，说哭就哭，说笑就笑，既有对黛玉的关心，又有对贾母的讨好，一下子就把一个聪明能干，口角伶俐、锋利，而又暗藏心机的形象凸现在读者面前。

而在作者的叙述语言上，无论是描绘景物、环境，刻画人物的行动，或是铺叙故事情节的展开，许多白话小说都逐步摆脱了陈词滥调，而显得流畅、简洁。

语言更接近于当时的口语，这也是清代许多白话小说的特点。直到近代，还有许多人把《红楼梦》《儿女英雄传》等作品奉为学习北京话的教材。

文言和白话小说艺术表现手法的交融，也是清代小说对中国小说发展史作出的新贡献。有的文言小说，例如《聊斋志异》等，在语言上接受了"三言二拍"等作品以及语录体文字的影响，人物的对话则有时尽量向着明白如话的方向努力，截然不同于作者叙述语言的风格。有的白话小说，如《红楼梦》《儒林外史》等，吸取了历代文言小说的长处，用简洁的字面表达了多层次的复杂的内涵；它们的作者还依赖于古典文学的素养，尝试着引进了一些古典诗词的技巧，使得小说描写中出现不少古典诗词的意境。

清代小说中塑造了一些典型人物形象，例如《红楼梦》中的贾宝玉、林黛玉、薛宝钗、王熙凤、探春、晴雯、袭人等，《儒林外史》中的范进、匡超人、马二先生等，《聊斋志异》中的杨万石（《马介甫》）等，《说岳全传》中的牛皋等，他们可以列入中国小说史上的典型人物画廊而毫无愧色。

和明代小说比较起来，这些成功的人物形象更接近于生活，缩短了和读者的距离。他们大多是平凡的生活中的平凡的人，读者随时随地都可以在身边周围遇上，因而感到可亲可信。作者在描写时，没有把他们神化，更没有涂抹夸张的笔墨。

清代小说从各个方面，都把中国古代小说的艺术发展向前推进了一步。从作品的质量和数量来看，尤其是从总的艺术成就来看，清代小说完全可以和明代小说并驾齐驱，有些甚至超过了明代小说。而把清代的小说放在整个清代文学中加以考察，也可以发现，它的成就远远地超过了清代的诗、词、散文、戏曲等。

三、清代小说发展的四个阶段

清代小说的发展可以分为四个阶段：

（一）顺治、康熙时期（1644—1722）。

（二）雍正、乾隆时期（1723—1795）。

（三）嘉庆、道光、咸丰、同治时期（1796—1874）。

（四）光绪、宣统时期（1875—1911）。

（一）第一阶段

顺治、康熙时期是清代小说的繁荣时期。

《水浒传》的金圣叹评本，《三国志演义》的毛纶、毛宗岗评本，《西游记》的汪象旭评本、陈士斌评本，《金瓶梅》的张竹坡评本，相继在这个时期脱稿、出版或流传，它们的评点有助于对作品内容和艺术的深入理解，受到读者和小说作家们的欢迎。它们不仅在推广和普及作几部第一流的名著上做出了自己的贡献，而且还对当时以及后世的小说创作产生了深远的影响。

这一时期的文言小说，以蒲松龄的《聊斋志异》为代表。《聊斋志异》在艺术上接受了魏晋志怪小说和唐人传奇的影响，并有很大的创造、发展。其语言凝练、情节曲折多变、人物刻画细腻，是中国文言小说艺术发展的顶峰。

白话长篇小说创作，则以历史演义小说、英雄传奇小说和才子佳人小说的成就为最高。

其中成就比较突出的，有《说岳全传》、《水浒后传》（陈忱撰）、《后水浒传》（青莲室主人撰）和《隋唐演义》等，它们继承和发展了《三国志演义》和《水浒传》的优良传统。历史演义小说和英雄传奇小说这两个门类，在他们身上已难分畛域。从素材的摄取、剪裁，以及从整个艺术表现能力看，作品对历史上的英雄人物的传奇式事迹的歌颂已超过了对历史事件的记述。《说岳全传》《隋唐演义》的艺术成就已分别超过元、明、清三代有关岳飞故事、瓦岗寨英雄故事题材的小说、戏曲作品。

人情小说，可观者有《续金瓶梅》《醒世姻缘传》等。后者写家庭夫妻关系的不和谐，还算有些新意。这类内容在在《聊斋志异》中也屡次出现过，因此有人曾怀疑《醒世姻缘传》的作者就是蒲松龄。

和人情小说不同，才子佳人小说在这一时期大量出现。它是明代以来的人情小说的一个重要分支。它的内容，大抵以一见钟情始，中间穿插小人拨乱，离而复合，最后以大团圆收场。以《好逑传》《玉娇梨》《平山冷燕》等作品的成就较为突出。其中许多作品仿照《金瓶梅》之例，自书中主要人物的姓名中取出三四字，组合成书名。才子佳人小说发展到后期，内容由单纯而逐渐趋向芜杂，已糅合了一部分神魔小说、历史演义小说、公案小说等的写法。

神魔小说发展到这一时期，已近尾声。有《后西游记》《济公全传》《醉菩提》等。从内容看，称之神怪小说更为恰当。以明代唐赛儿起义为题材的《女仙外史》则在分类上，历史演义、神怪兼而有之。

此外，讽刺小说转入对人情世态的冷嘲热讽，只有一部《斩鬼传》，比较突出。它是从崇祯间的《西游补》到乾隆年间的《儒林外史》之间的桥梁。

除此之外，继承明代万历以来的余风，还撰写或刊印了不少的猥亵小说。

白话短篇小说创作，有总集及自撰专集两类，分别走着"三言二拍"的路子。前者日益减少，后者日益增多，成为这方面的主流。

其中，杰出的作品有《连城璧》《十二楼》《豆棚闲话》《五更风》《照世杯》《闪电窗》等。《十二楼》收小说十二篇，每篇情节都围绕着一座楼展开，标题也以楼为名。《豆棚闲话》也收小说十二篇，用豆棚下的十二次聚会和讲述故事作为框架，把十二个故事串连起来，这都给小说的结构、布局注入了新的因素。一种新的体裁，介于短篇小说与长篇小说之间，可称为中篇小说，篇幅自 12 回至 20 回不等。它滥觞于明末，而在这时大量出现。

这一时期，有几位多产的小说作家在文坛上占着重要的地位，并具有一定的影响力。天花藏主人、烟水散人都创作或改编了不少短篇小说和长篇小说，李渔有《连城璧》《十二楼》《肉蒲团》等作品；此外，他还是一位著名的戏曲作家、理论家。石成金的《雨花香》《通天乐》，包含五十二篇短篇小说，在白话小说发展史上，他是第一个在作品题署自己的真实姓名的作者。

（二）第二阶段

雍正、乾隆时期的小说，依旧维持着繁荣的局面。

《聊斋志异》首次刊行于乾隆年间。从这个时期开始，可以在小说界感受到它的影响力。首先，它的某些篇章被改编或再创作，文言小说变成了白话小说。较早的作品有《醒梦骈言》。其次，在他的直接影响下，一系列的文言短篇小说陆续出现，比较著名的有《子不语》（一名《新齐谐》）《阅微草堂笔记》《谐铎》《夜谭随录》《萤窗异草》等，多少都有模拟的色彩，未能完全摆脱前人的窠臼，成就也未能超越于《聊斋志异》。其中，纪昀的《阅微草堂笔记》"高质黜华"，有意区别于《聊斋志异》的"细致曲折，摹绘如生"，却偏离了文学创作的规律。

白话短篇小说仍然可以分为总集和自撰专集两类。

有的总集专门从"三言二拍"与《今古奇观》以来的名著中选择一些作品，另行组合，改头换面刊印，以迎合市场需要，达到牟利的目的。例如，基本上用《今古奇观》拆成的《在团圆》《人中画》等书。另一种总集，如《四巧说》等，则是按照不同的故事情节性质或内容题材分类，选录清初的作品，分别汇集出版。

自撰专集以《五色石》《八洞天》《二刻醒世恒言》《娱目醒心编》为代表。它们成就不高，说教的味道较浓，反映了白话短篇小说走下坡路的趋势。

白话长篇小说收获丰盈。吴敬梓的《儒林外史》和曹雪芹的《红楼梦》几乎是同时出现两座高峰，小说史上的这种盛况可以和明初的《三国志演义》和《水浒传》前后媲美。

《儒林外史》"以公心讽世"（鲁迅《中国小说史略》），是讽刺小说中的佳作。它集中地描写和反映了科举制度下的知识分子的种种心态和活动。在思想内容的深刻与广泛上，已超越了《聊斋志异》以及前此的所有的题材相同的文学作品。

和《儒林外史》相比，《红楼梦》的成就更高，对当时及后世的影响也更大。从思想内容的深度与广度看，它不愧为封建社会生活的百科全书；从艺术描写的纯熟看，称得上中国古代小说最高的典范。

曹雪芹在《红楼梦》第一回中及时地对才子佳人小说提出了中肯的批评。从这个时期开始，才子佳人小说作品的思想、艺术水平普遍下降，这一门类已失去了发展的前途，代表作有《驻春园小史》《金石缘》《水石缘》《雪月梅》等。

历史演义小说中，《飞龙全传》《说呼全传》《说唐演义全传》《说唐后传》《征西演义全传》《反唐演义传》等作品吸收了民间传说的成分，很多地方离开了历史事实，写法上与英雄传奇小说相近，风格粗犷，自成一路。《东周列国志》《南史演义》《北史演义》等仍遵循着旧的传统。其中，蔡元放的《东周列国志》流传较广，影响较大，在当时完全取代了明代《列国志传》的几种不同的版本。

《绿野仙踪》和《野叟曝言》是两部优秀的作品。由于内容繁富，很难把它们归入任何一个单纯的门类。《绿野仙踪》受到了《儒林外史》的影响，有尖锐的讽刺和大胆的揭露。在结构上，几组不同的故事通过主角冷于冰的活动而贯串起来，很有特色。在温如玉和金钟儿的故事中，妓院生活的描写，细致而又真实，嫖客、妓女和两个帮闲人物的性格生动传神，人情世态惟妙惟肖，过去的小说中还没有这样成功地表现过。《野叟曝言》篇幅庞大，多至一百五十四回，内容之广，如其凡例所说："叙事说理，谈经论史，教孝劝忠，运筹决策，艺之兵诗医算，情之喜怒哀乐，讲道学，辟邪说……"，几乎无所不包。作者以小说庋藏学问文章，与后来的《镜花缘》如出一辙。

《归莲梦》以白莲教农民起义为背景，才子佳人小说、历史演义小说、神怪小说这三种写法兼而有之。《金兰筏》属于人情小说范畴，但其中关于清官微服私访，以及罗致侠士麾下效力的描写，对下一阶段出现的公案小说、侠义小说无疑有着直接或间接的影响。

（三）第三阶段

嘉庆、道光、咸丰、同治时期，小说进入了创作的衰微时期。

这主要表现为：没有创作出伟大的撼动人心的杰作，读到的多是思想和艺术上都很肤浅、平庸的作品；体裁不够多样化；题材大体上局限在前人的范围内，新意极少；作品的内容较少反映当时的社会生活现实。在小说刊印和流传上，往往形式比较粗糙，甚至不堪卒读，这自然也是小说创作不景气的间接反映。

　　在这个时期中，最重要的作品要算《镜花缘》。它有卖弄学识的一面，类似于前一时期的《野叟曝言》。它表现了乌托邦式的理想，特别是表现了尊重妇女地位的民主思想。它发展了讽刺的艺术表现手法，通过对幻想中的海外世界的描绘，来暴露和讽刺现实生活中的事物。

　　一百二十回的《红楼梦》首次印行于乾隆五十六年（1791）。几年以后就开始出现了形形色色的续书和仿作。续书和仿作的出现只能证明《红楼梦》的重大影响的存在，就原书的思想和艺术而言，它们不能望其项背。

　　这时有人把一些学术和戏曲合称为"十才子书"。其中有一半是此前的才子佳人小说，如《好逑传》等。但纯粹的才子佳人小说在这一时期已不多见。《品花宝鉴》用缠绵的笔调写优伶与狎客，开了清代狭邪小说的先河，反映着才子佳人小说向狭邪小说转变的趋势。《花月痕》继之而起，妓女替代了优伶，正式成为主角。

　　倒是在人情小说中，有几部值得注意的作品。《蜃楼志》写到了广东的洋行商人和海关官吏的生活，这是以前的白话小说没有接触过的题材。《林兰香》把一个家庭的兴衰历史和当时的政治形势的变化联系在一起，来反映广阔的社会生活，在这一点上可以看到《金瓶梅》《红楼梦》的影响。

　　《万花楼》《五虎平西前传》《五虎平南后传》等作品以历史人物为主角，与《杨家将》相仿，民间传说成分增多，仍然保留着历史演义小说的影子。《绿牡丹》《粉妆楼》等作品已转变成为侠义小说。《施案奇闻》（《施公案》）等作品则完成了侠义小说和公案小说的合流。有几种《西游记》评本出现。神怪小说也伴随着出现了《雷峰塔奇传》《希夷梦》《飞跎全传》等。

　　还有一些做翻案文章的小说。《红楼梦》的续书为了弥补缺憾，改悲剧收场为大团圆的结局。《荡寇志》的立意则是站在《水浒传》的对立面，以"尊王灭寇"为主旨，完全是《水浒传》思想倾向的反动。它代表着当时小说创作中的一股逆流。

　　这时屠绅先后写了文言小说《琐蛣杂记》（一名《六合内外琐言》）和《蟫史》。后者长达二十卷，是初次出现的文言长篇小说。其后，类似的作品还有陈球的《燕山外史》，全用四六文体写成。

　　总的来看，这七十余年的小说创作成就不高。

（四）第四阶段

　　第四阶段，光绪、宣统时期的小说。这是中国古代小说史上的最后收尾时期。

　　文言小说以《夜雨秋灯录》《淞滨漫录》《淞滨琐话》等为代表。它们仿《聊斋志异》而作，但描写的重点已不是狐鬼，而是烟花粉黛之事了。

《三侠五义》继《施案奇闻》而作。前半部偏重于公案，后半部偏重于侠义，在这之后，还有《小五义》《彭公案》《永庆升平》等。语言通俗、流畅，有平话习气，是它们的共同特点，也是它们在读者中获得广泛流传的原因之一。

《儿女英雄传》也是流传较广、影响较大的作品，以描写侠女十三妹著名。它一方面是侠义小说，与《三侠五义》等风格接近，语言也很生动活泼；另一方面又是模仿《红楼梦》而作的才子佳人小说。

狭邪小说有《青楼梦》《海上花列传》等，以妓女为描写对象，表现和反映当时的妓院生活。《海上花列传》用苏州方言写成，是第一部吴语小说。

谴责小说的登场，给这个时期的小说增添了光彩。代表作为《官场现形记》《二十年目睹之怪现状》《老残游记》《孽海花》等。谴责小说进一步扩大了题材的范围，描写以官场为主，而遍及社会生活的各个方面。反对帝国主义侵略的呼声首次响彻于小说作品之中。在艺术表现手法上接受了西方小说的影响，呈现出一些新的特点。

此外，《苦社会》《黄金世界》等写华工所受的奴役和迫害，《罂粟花》写鸦片战争，《邻女语》写庚子事变，《黄绣球》写妇女解放运动，也都是当时的优秀作品。

谴责小说作品在清末出现甚多。当时报纸、杂志的出版，以及印刷技术的进步，都对小说的创作和发表起到了促进的作用。

中国古代小说史上的最后数年因之又出现了一个小繁荣的局面。

论清代公案小说的思想倾向

—— 以《施公案》《彭公案》和《三侠五义》为例，
兼论"清官"和"侠义"的实质

戏剧界曾发生过一场对传统剧目中的公案戏的争论。在争论中，绝大多数人的意见反映了广大观众和戏剧评论工作者反对上演坏戏的正当要求。这次争论主要集中在几个京戏的剧目上，同时也牵涉到了有关的几部清代公案小说，还追溯到了较早的元代的公案戏。

对公案戏和公案小说思想内容展开讨论，其意义不仅在于这些作品最近曾在舞台上演出，或者目前还在一部分读者中间流传，因而需要对它们的思想倾向作出正确的评价；也不仅在于这些作品在历史上曾形成一种引人注意的文学现象，因而需要对它们的历史作出科学的分析；更主要的意义还是在于，这些作品所反映的思想意识和道德观念，长期以来对不少人有着莫大的吸引力，甚至就在我们这个时代里，还有人自觉或不自觉地在不同的方面和不同的程度上受到它们的影响，因而很需要指出这些作品的思想倾向，特别是批判"清官"和"侠义"的思想实质。

这里，拟就和京剧中的许多剧目有密切关系的、目前仍旧拥有一部分读者的清代公案小说加以分析，提出一些不成熟的看法。

一、公案作品的历史发展
——清代以前的公案作品的两种倾向

为了给批评清代公案小说带来便利，有必要简略地回顾一下清代以前的公案作品的历史发展。

在我国文学史上，公案小说和公案戏是宋元以来出现的文学现象。南宋时代灌园耐得翁的《都城纪胜》中记载当时临安（今杭州）的"说话"有四家，第一家是"小说"，其中又有烟粉、灵怪、传奇、说公案之分。根据宋代孟元老的《东京梦华录》，自北宋徽宗崇宁、大观以来，汴梁（今开封）的"瓦肆伎艺"中就有"小说"；非常可能，北宋时代的"小说"就包含有"说公案"的内容，甚至已有了这种名目。《都城纪胜》没有确切地说明"说公案"的内容是什么。宋元之间人罗烨的《醉翁谈录》记录了"说公案"的两种实例——"私情公案"和"花判公案"，都是写的官吏审案故事。前者只有一个故事，后者记录了十五个故事。有的故事记得较详细，有的只有寥寥数语。它们的形式大致是先述事由，再记诉状，后录判词。体裁似是一种公牍文案的变形。此外，明代洪楩编的《清平山堂话本》中标明是"公案传奇"的宋代话本有一篇《简帖和尚》，它没有状词、判词的记载，不过他同样是官吏审案故事。由此可以知道，"说公案"作为宋元时代小说的一类，它的故事内容和官吏审案分不开，它最初的形式似是由公牍文案演化而来。

宋、元时代的"说公案"话本，大部分作品在接触到官吏的描写时花费笔墨极少。它们所着重描写的是诉讼当事人之间发生的各种生活故事。这些作品的思想倾向大抵表现为对遭欺凌和受冤屈的人们的同情。但也有些作品以一种冷漠的客观态度来叙述一桩桩社会新闻，甚至以宿命论来解释人们遭欺凌和受冤屈是命定的，是"万事分已定"。

和"说话"同时留下的宋、元戏剧中，也有不少人们习惯称之为公案戏的剧本。宋、元时代的南戏的完整剧本流传下来的极少。有人认为今存的《杀狗劝夫》和《小孙屠没兴遭盆吊》就是元代南戏中的公案戏[①]。这两个剧本的思想内容和"说公案"的话本大致相同，《杀狗劝夫》中的封建道德说教相当浓厚。元代杂剧中的公案戏流传下来的比较多，而且极富特色。由于它们的出现，描写公案故事的文学作品开始了一个新的局面。在这类公案戏中，最著名的是描写包拯断案的剧本，此外还有一些描写其他官吏折狱的戏。和话本不同，元代杂剧中的公案戏很明显地表现出歌颂清官的倾向，描写他们公正地为普通人民伸冤。在有的剧本中，包拯或其他清官，且已成为主要的描写对象，占主角地位。有的戏着重描写他们在审案时表现出来的智慧，如《包待制智勘灰阑记》等，有的戏侧重刻画他们刚正不阿，敢于使"权豪势要"受到制裁，敢于和皇亲国戚作对，如《包待制陈州粜米》等；有的作品在刻画包拯等的刚正不阿的性格的同时，也描写了他们断案的精明能干和富有智慧，如《包待制智勘生金阁》等。这些戏里所描写的官吏，他们断案的宗旨是"与一人分忧，为万民除害"。他们是封建社会里的典型的清官廉吏的形象。也有个别的戏，如《包待制智斩鲁斋郎》，描写包拯处治了那个"动不动挑人眼、剔人骨、剥人皮"的鲁斋郎，受害者之一张珪唱道："今日个天理竟如何，黎庶尽讴歌。再不言宋天子英明甚，只说他包龙图智慧多。"②这里的包拯则更成为当时"黎庶"心目中的唯一能为他们主持公道、能为他们伸冤雪恨的了不起的人物了。因此，可以这样说，这些戏在不同的程度上反映了当时人民要求社会有公道的一种愿望，表达了他们要求摆脱迫害的处境的一种呼声。正是在这个意义上，元杂剧中的公案戏就成为自北宋徽宗崇宁初（1102）到清代光绪末年（1908），大约八百多年的时间内出现的大量公案作品中间的优秀作品③。

到了明代，公案小说和公案戏相继出现。比较著名的小说有《龙图公案》和《海刚峰先生居官公案传》，此外还有《国朝名公神断详刑公案》等。前二者都是短篇小说集，只是以审案人包拯和海瑞贯串各篇而已。至于后者等只是把一些官吏清正判案的异闻编集成书，也不以一个审案人为中心，体裁上近于笔记小说。

这些小说中最流行的是《龙图公案》。它通过各种折狱的故事来歌颂包拯，着重描写他审断官司时表现出来的智慧。但像元代的公案戏中刻画的包拯的那种为普通人民伸冤、处治权豪势要的刚直性格，在《龙图公案》的包拯形象中却几乎完全消失了。这部小说中还出现了在明代以前的公案作品中极少见到的迂腐的封建道学的宣传。它相当突出地把不少案件的当事人处理成"义夫""节妇"，描写包拯不仅为他们开脱冤枉官司，而且赞扬他们的"义""节"等品行，为他们向皇帝请封；甚至描写包拯在审理一件拐骗案时，责备一位受恶僧拐骗而在暴力下受到侮辱的妇女："你当日被拐，便应死，则身洁名荣……"这里的包拯则成为一个冷酷的道学家了！

《龙图公案》还大大发展了宋、元的公案作品中原已存在的封建迷信思想。神灵显身、观音托梦、鬼魂告状等情节，层出不穷。不少案件得以审清，几乎全靠鬼神的帮助，这里也就显不出审案人的智慧了。在这点上说，《龙图公案》在相当大的程度上把以前一些公案作品中突出描写的包拯的智慧也给抛弃了。《龙图公案》是这样，《海刚峰先生居官公案传》大致也是这样。它们不但没有进一步发展宋、元话本中多少有些积极的社会意义的惩恶扶善思想，反而变本加厉地发展了其中的消极成分。和元杂剧中那些在一定程度上反映了人民的愿望、描写清官的刚直不阿的公案戏相比，简直不可同日而语了。

在明代的戏剧中，也有一些公案剧目。在这些剧本中，可以分为两类：一类戏在不同程度上多少继承了元代公案戏的一些好传统，描写审案官吏不畏权势的性格，但同时也存在不少消极的成分；另一类戏侧重在宣扬忠、孝、节、义等封建道德，甚至到了狂热的地步。前一类作品可以《袁文正还魂记》④为代表。描写包拯为了主持公道，敢于处治上层人物。但这个戏中迷信色彩相当浓厚，而且比较强调皇帝的"圣明"。第二类戏可以朱素臣的《未央天》为代表，戏中的审案人闻朗，过去曾经在某些地区的京剧舞台上成为几乎是和包拯同等地位的人物⑤。这个剧本描写一个仆人为了搭救含冤的主人，竟砍下无辜的妻子的头，并且在公堂上滚钉板，表示救主的忠心。全剧极力宣传野蛮的奴隶道德，开创了公案作品中的又一种恶劣的风气⑥。

从以上简略的叙述中，可以发现，宋、元、明三代的公案作品的具体情况是很不一致的，但大致可看出两种倾向：一种倾向是着重描写清正的官吏为受迫害的人伸雪冤枉，在这方面刻画他们的智慧和刚直性格，并且通过普通人民的受迫害，暴露了当时的社会黑暗；另一种倾向是，虽也描写清官折狱，但主旨在于宣扬忠、孝、节、义等封建道德。这两种倾向也可看作是自宋至明出现的公案作品的两种传统。

清代出现的公案作品，除了少量的剧目继承了前代公案作品的好传统外，大量的小说和戏剧承袭了消极的传统影响，而且在清代统治阶级的政治影响下，还出现了前所未有的内容和反动的思想倾向。这类作品一直到光绪末年（十九世纪末叶）还在产生，终于把公案作品带进了一条死胡同。

二、清代公案小说的内容特点：
歌颂什么？反对什么？

公案小说发展到了清代，特别是清代中叶以后，在思想内容上起了重大的改变。如果说，在这以前，公案作品还有反映身居被压迫地位的人民群众愿望的一面，那么，在这以后，这一面已大大地削弱，甚至于完全消失了。许多小说日益朝着适应和配合当时的封建统治阶级的政治要求，加强和巩固当时的濒于紊乱的封建秩序的方向转化。这就从根本上决定了它们的思想内容的反动的性质。

清代公案小说数量很多。我们在这里无法一一加以分析，只能举出其中三部作为代表，这就是《施公案》⑦《彭公案》《三侠五义》⑧，以及它们的一些续书。

在当时，这三部小说流传最为广泛，几乎到了家喻户晓的地步⑨。同时，和其他公案小说比较起来，这三部小说的影响也最大。为了迎合当时读者的趣味和需要，一些人不惜一而再、再而三地编写和刊印续书。据说，《施公案》曾续至十集，《彭公案》续至十七集，《三侠五义》续至二十四集⑩。戏剧、曲艺中，以这三部小说的情节为题材的作品，也为数甚多。有的甚至在最近几年还在各种场合不断地演唱着⑪。这三部小说的内容最典型地表现了清代公案小说的特点。——这就是我们举它们作为代表的一些理由。

以《施公案》《彭公案》《三侠五义》为代表的清代公案小说，在内容的改变方面有两点值得我们注意：

　　1. 转移了描写的重点。不再是通过人民群众的痛苦遭遇来反映它们的不幸和社会的黑暗，而主要是官吏的审案的活动来歌颂它们的忠君思想。

　　2. 增添了新的内容。歌颂的对象不仅仅是清官，还有它们手底下的一大群侠义人物。

在公案小说的发展历史上，这两个特点都可以说是前所未有的。

以《施公案》等为代表的清代公案小说，描写的重点是审理案件的官吏。它们大都像是在为一些清官编写传记似的，从他们的出身写起，一直写到他们"位极人臣"，受到皇帝最大的封赏为止。例如，《施公案》全书从施仕伦在江都县知县任上审案开始；《彭公案》的第一回回目就是"彭公授任三河县"；《三侠五义》则为了"先君后臣"的缘故[⑫]，先叙关于宋仁宗的狸猫换太子的故事，然后接写"包公降生"；至于《三侠五义》中的另一个重要的清官颜查散，也毫不例外地从他上京投亲赶考写起。这样，小说里接连地、详尽地叙述了他们从没有做官到做官，从做小官到做大官的历史。自然，其中夹杂着大量的关于他们的政绩的描写。描写的范围基本上是随着他们的官职的升迁而转移的。由此可见，这些公案小说的内容其实就是"有道明君，天降贤臣"[⑬]；所写的无非就是"贤臣"如何辅佐"明君"的故事。它们的主题就是"极赞忠烈之臣、侠义之士"[⑭]。而它们的创作目的则是"使天下后世知施公之为人，且使为官者知以施公为法也"[⑮]；换句话说，它们被赋予了形象的教科书的职能，企图引导人们走上死心塌地充当封建统治阶级的奴才的道路。

我们不妨选取在几个公案作品中都有的一个情节，即关于"放粮"的描写，来具体说明公案作品发展过程中的这种日益趋向反动的转变。

元人杂剧中有一部《包待制陈州粜米》。它的故事情节是这样的：陈州亢旱三年，六料不收。刘衙内之子刘得中和女婿杨金吾被派去开仓粜米。他们二人因公干私，擅改官价，并用御赐紫金锤打死张憨古。张憨古之子小憨古在包拯面前上告，包拯就前往陈州，访察刘、杨劣迹，最后定计使小憨古也用紫金锤打死刘得中。在剧中，"打死人不要偿命，如同房檐上揭一个瓦"的"权豪势要"刘衙内被安排为包拯的对立面。杂剧歌颂了包拯"与民除害"的正义行为，特别是突出了他在斗争中不畏强暴的坚强性格："我从来不劣方头，恰便似火上浇油，我偏和那有势力的官人每卯酉。"同时也谴责了以刘衙内为代表的这些欺压百姓的权豪势要。显然，在这里，它的作者是基本上站在人民的立场，为人民说话的。

《三侠五义》在题材上接受了这部杂剧的影响，承袭了它的某些情节。它在第八回至第十五回是这样描写的：国丈庞吉之子庞昱到陈州赈济灾民，却趁机盖造花园，抢掠民间女子，残害百姓。包拯奉旨前往稽查，用龙头铡腰斩庞昱。从故事来看，这还多少保持了杂剧中的进步性。但是，我们不要忽视，和《包待制陈州粜米》比较起来，它在关于包拯性格的描绘中加进了过多的"忠君"的成分。在作者的笔下，包拯经常思索着要报答皇帝的"隆眷"。就在这桩案件处理完毕的时候，包拯沉吟说："如今趁此权衡未定，放完赈后，偏要各处访查访查，要作几件惊天动地之事，一来不负朝廷，二来与民除害，三来也显显我包某胸中的抱负。"在这些地方，"不负朝廷"已被放在"与民除害"之前，受到了特殊的强调。

《三侠五义》所塑造的包拯的形象，在某些地方，还有一定的进步性。因为这是一个长期以来在民间流传并表达了人民群众的愿望的清官的形象，后世的作者要想加以篡改，是很不容易做到的。他们就点点滴滴地把一些落后的东西强加在他的身上，或者故意东涂西抹地强调他身上原有的那已被人民群众弃去的封建意识。基于这样的认识，我们才能理解，《三侠五义》里的包拯的形象为什么会失去了先前的光彩。

《施公案》更向前发展了一步。它的续书《清烈传》第十六回至第十七回、第二十五回至第三十七回也有放粮的情节：山东发生旱灾，施仕伦奉旨前往放粮，并巡察贪官污吏。在这以前，施仕伦已经得到了山东"年景不好""贼盗蜂起"的消息。当他看到抄报以后，心中想道：

> 折报上只有报灾请赈，怎么不见奏说盗寇该剿呢？国家用人，爵以荣之，禄以养之，原期为臣子的尽心供职，与民除害，弭盗安良，自来是官场的首务。怎么匪寇闹的如此可恶，尚不奏在折内，请命捕剿？看来地面不净，这就是有负国恩，有忝厥职。

在这种看法的支配下，他请来贺天保和黄天霸，帮助他消灭了抢粮的于六、于七。他的山东之行，首要的任务不是救济灾民，而是镇压人民群众的反抗——这就是施仕伦放粮和包拯放粮两者之间的重要的区别。

清代公案小说里也描写了这些清官在地方上审理的各种大大小小的案件。不过，我们可以看出，这里既没有着重描绘人民的苦难生活，也没有反映当时的真实的社会面貌。相反的，它们充满了荒诞无稽的封建迷信的色彩⑩。这原是继承了明代公案小说中的消极面，而又有了恶性的发展。其次，这些关于审案的描写往往是在全书的开始部分出现的，只占全书一小部分的篇幅。全书的大部分的篇幅却是在描写清官如何率领着一群侠义人物去镇压人民的起义队伍，去征服那些反对官府的绿林好汉，去扫荡那些打出了造反旗号的出身于封建统治阶级的叛逆者，而且后面这些描写还成为小说中的重要线索[17]。

总之，在清代公案小说的作者们看来，忠是最主要的，忠君高于一切。用《施公案》第三十四回施仕伦的一句话来说，就是："尽忠岂能顾众！"从清代公案小说的主要内容来看，所谓清官的活动已经不表现为替人民群众主持公道，伸雪冤枉，相反的，却表现为替最高封建统治着扫除一切反对者——这就是清代公案小说的基本思想倾向。表现了这样的内容和倾向的作品，无疑是为当时的封建统治阶级服务的。它们都起着维护封建秩序的作用。

清代公案小说还有另外一点和以前的公案小说不同，就是它们描写了许许多多的侠义人物的活动。我们知道，在我国的白话小说中间，宋代就有了关于侠义人物的描写[18]。那时，演述"朴刀、杆棒"的小说被列为单独的一类。而描写清官断案的小说又另为一类。这两类小说各自独立地发展着[19]。到了清代中叶，大约自《施公案》或《三侠五义》开始，它们在最大的程度上合为一流。以后，到了清末民初，公案小说发展成为侦探小说[20]，才又和武侠小说分了家。

侠义人物的加入公案小说，是出于内容的需要。在清代公案小说里，在侠义人物出场之前，主角本来是清官。他们忠心耿耿为皇帝当差办事，他们代表皇帝在全国各地统治着人民。他们是封建统治阶级制定的政策的具体执行人，他们自己的阶级出身，他们所处的社会地位，他们所担任的官职，都要求他们在维持和加强当时的封建秩序方面起或大或小的作用。因此，他们长期面对着反对封建统治的人民群众，面对着在野的或在朝的各种各样反对封建统治集团的人们，或反对封建统治集团内部的当权派的人们，遇到来自各方的抵抗。为了顺利地执行职务，他们必须克服各种各样的阻碍，然而抵抗者的力量常常不是脆弱得一下子就可以打垮的。在这样的情况下，小说的作者就安排了一些江湖豪侠来辅佐他们。所以，在这些小说里，侠义是作为清官的臂膀出现的，而清官则是作为皇帝的臂膀出现的。他们之间实际上不折不扣地是主子和奴才的关系。

《施公案》第三十四回有一段描写，可以帮助我们认清这种关系的实质。那是在捉拿九黄、七珠和"十二寇"之后，黄天霸为江湖朋友报仇。夜入县衙行刺，事后被捕。施仕伦释放了他。他说："投到老爷台下，少效犬马之劳，以报饶命之恩。"施仕伦嫌他的姓名不雅，建议改为"施忠"，他心悦诚服地接受了。要知道，施仕伦身边的一个仆人就名叫"施安"。"施忠"，这是一个多么带有奴才气的名字啊！尽管施仕伦口口声声尊称他为"义士""壮士"，他的实际地位不过就是一个奴才而已。

且再看《三侠五义》第二十二回里的南侠展昭。包拯带领他入朝参见皇帝，当面试艺。当他表现"跐跃法"的时候——

天子看至此，不由失声道："奇哉！奇哉！这那里是个人，分明是朕的御猫一般！"谁知展爷在高处业已听见，便在房上与圣上叩头。众人又是欢喜，又替他害怕。只因圣上金口说了"御猫"二字，南侠从此就得了这个绰号，人人称他为"御猫"。

"御猫"，这也同样是一个带有强烈的奴才气的绰号。从书里所写的展昭的主要活动看来，他也的确没有辜负了这样一个象征着封建统治者的爪牙的绰号。

归根到底，这些清官是最高封建统治者的奴才，而这些侠士则是奴才的奴才。小说的作者把他们当做正面的英雄人物来描写和歌颂，正是一种向读者灌输奴才思想的表现。

清官和侠义的对立面是什么呢？根据书里的描写，主要是恶霸或盗贼，个别的也有大官或藩王之流。所谓恶霸或盗贼，那是从封建的正统立场来加以描写的。当然，其中有的可能确是地方上残害普通人民的土豪或恶徒。小说的作者写清官、侠义和这一类土豪或恶徒进行斗争，并对一些家仇或私仇的纠纷大加渲染，目的在于掩盖当时社会上存在的尖锐的阶级矛盾和民族矛盾，转移人民群众的视线。另外，在大多数的情况下，这些小说中描写的所谓恶霸或盗贼是对那些和官府作对的绿林人物形象的歪曲，有的甚至根本就是对那些反抗封建压迫的人民起义领袖形象的诬蔑。像《清烈传》第三十五回至第三十七回里抢粮的于六、于七，写的就是顺治年间的农民起义领袖于七兄弟[21]。像《再续彭公案》第九回至第三十四回的佟家务天地会八卦教的起事，就是影射康熙年间的反清秘密组织天地会和嘉庆年间的反清秘密组织八卦教[22]。这就清楚地说明了，清官和侠士的活动的重要内容是镇压农民起义和反清的秘密结社。

让我们再来看看一些侠士的出身。《施公案》里的黄天霸，《彭公案》续书里的马玉龙，在投靠施仕伦、彭朋之前，都是绿林人物。但是，他们抵挡不住高官厚禄的引诱，动摇了，投降了，甘心充当封建统治者的鹰犬，并且掉过头来穷凶极恶地为封建统治阶级剪除和残杀往日的伙伴。他们的这种投降变节行为，被当作"弃逆从顺""改过迁善"[23]的榜样来提倡。看来，作者在他们这些人身上所花的笔墨最多，特别刻画和突出他们在武艺、见识方面的不平凡。作者从各个角度来肯定他们的行为，歌颂他们的"功绩"，在不少的情况下，把他们放在比清官更重要的地位上：这一切正是为了美化叛徒的形象，以达到在阶级矛盾和民族矛盾尖锐化的时代向人们鼓吹投降变节行为的目的。

根据以上所讲的清代公案小说的内容特点，我们可以把它们的思想倾向归结为这样几点：

（一）宣扬忠君的封建道德；

（二）提倡奴才思想；

（三）鼓吹投降变节行为。

从总的方面来看，它们是适应着封建统治者的需要、为封建统治阶级的利益服务、客观上也起了这样效果的作品。

至于为什么公案小说发展到了清代，特别是清代中叶以后，在思想内容上起了这样重大的改变，表现了反动的思想倾向，则要到它们产生的时代背景里去探讨原因。

三、清代公案小说产生的时代背景：
为什么要描写对人民反抗的镇压？
为什么要鼓吹投降变节行为？

现在，一般人习惯上把《施公案》《彭公案》《三侠五义》等小说看作是清代末年产生的作品。因为这些小说的刊本的出现和普遍流传多数在光绪年间。《施公案》算是最早的，现在存有道光四年（1824）刊本㉔。其次是《三侠五义》，现在存有光绪五年（1879）活字印本。《彭公案》则有光绪十八年（1892）刊本，然而，这种看法并不完全正确。因为刊本最早出现的年代有时并不等于小说创作的年代。

远自宋人话本开始，我国的古典小说的流传就有这样一个传统：先有说话，然后才有说话的底本的刊印；而在底本刊印的过程中，又经历了说话人或编辑人从内容到形式的程度不等的加工或修改。清代的社会情况自然和宋代有所不同。但这三部小说的产生和最初的流传都在天子脚下的北京。北京是一个说书仍旧非常流行的地方。而自乾隆以后，在戏剧方面，"雅部"衰微，"花部"兴起，地方剧种在舞台上取得了优势的地位。在这种情况下，说书、戏剧和小说三者之间互相产生了巨大的影响。相同的题材在不同的领域内先后重复地出现着。在情节上，通过改编和再创作等等途径，彼此补充着、丰富着。《施公案》《彭公案》和《三侠五义》三部小说正是这样的产物。

《三侠五义》来源于说书人石玉昆的说唱本《包公案》㉕。它基本上保持了石玉昆说唱本的原来面貌㉖。而石玉昆的活动年代主要又在道光时期㉗。因此，《三侠五义》应当被看作是产生在道光年间或道光以前。另外，道光四年（1824）庆升平班剧目㉘里有九出戏，演的都是《三侠五义》的重要关目㉙。这也是《三侠五义》的产生不能晚于道光年间的一个旁证。

在这同一个剧目里，还有六出戏，演的都是《彭公案》里的情节[30]。这证明《彭公案》故事的基本面貌至少在道光初年就已经形成了。

同样，这个剧目还记录了十五出《施公案》戏[31]，也很好地证明了《施公案》小说创作的年代的下限。《施公案》小说最早刊本有一篇嘉庆三年（1798）序，署"嘉庆戊午孟冬新镌"，如果这还不足以证明嘉庆三年刊本的存在，那么，至少也能够表明《施公案》在这时已成书了[32]。

这样看来，《施公案》《彭公案》和《三侠五义》产生和流行的年代，大约是在嘉庆年间，最晚也不过道光初年。把它们固定在这个时代范围之内，进而探讨它们产生的时代背景，有很多关于公案小说的思想内容的问题便可以看得十分清楚了。

嘉庆时期，紧接着康熙、乾隆的"盛世"，从整个清代历史发展上来看，这是一个"强弩之末"的时期，是一个封建统治力量由盛到衰的转折时期。在康熙时期，清代统治者逐步地在全国范围内把各地人民群众的反抗基本上镇压下去，建立了中央集权的封建专制统治，使封建秩序在经历了一番大动乱以后重又稳定下来。在乾隆时期，清代统治者的宝座得到了进一步的巩固，社会经济也在向前发展。统治者致力于开拓疆土，征服周边多民族，完成了自己所宣扬的"十大武功"。这时，表面上是繁荣的、兴盛的，实际上却埋下了衰落、崩溃的种子。一方面，封建统治阶级大量搜刮财富，兼并土地，过着奢侈和腐朽的生活。另一方面，人民受着残酷的剥削和压迫，痛苦不堪；农民更失去土地，陷入悲惨的境地。这终于引起了阶级矛盾的尖锐化。到了嘉庆初年，全国各地人民群众的反抗运动又浩浩荡荡地兴起了。

在人民群众的反抗运动中，最有影响的是嘉庆元年（1796）张正谟、姚之富和齐王氏领导的白莲教起义，嘉庆十八年（1813）李文成、林清领导的天理教起义。白莲教起义之后不久，领袖多人先后战死或被俘，受到一定的挫折，但活动地域仍在不断扩大，势力逐渐伸向湖北、四川、陕西、河南、甘肃等省，参加人数也在不断增多，三年之内就已"数逾十万"[33]。起义历时九年之久，给予清王朝以巨大的打击[34]。天理教起义在直隶、河南、山东等地展开，有一次起义曾经直接在皇帝的腹地——北京城内举行，而且一度攻入皇宫，使封建统治者感到极大的震惊，不得不在"罪己诏"中承认这是"汉、唐、宋、明未有之事"，"较之明季梃击一案，何啻倍蓰"[35]！除了白莲教、天理教之外，嘉庆年间还发生过天地会、八卦教、闻香教的起义。

人民群众的反抗运动在普遍地开展着。它们多表现为秘密结社的形式，这也说明参加起义的人民群众已经有了比较严密的组织，力量也就随着比较壮大了。

《施公案》第三十八回，冯顺对彭朋、李七侯说："这个年月不好，皇上家的王法松，遍地是贼。"冯顺是个有七八顷地的地主，他说的话当然表现了他的阶级立场。"贼"字，我们只能作相反的理解。可见这些作品所描写的内容和嘉庆时期的社会情况有着一致的地方。因此，我们也就不难理解为什么这些作品会把它们反对的锋芒首先指向农民起义或秘密结社了。

在人民群众的反抗力量冲击下，当时的封建统治阶级想尽了各种办法来保护自己。而使他们最感到头痛的，就是他们的正式军队，从八旗兵到绿营兵，这时候全都腐朽不堪，丧失了应有的战斗力，无法完全用以对付那日益壮大的人民群众的武装队伍。统治阶级不得不另打主意，设法重用各州县地主武装的"团练乡勇"，"得其心而用其力"[36]，利用他们来帮助维持那摇摇欲坠的封建政权。在这样的情况下，地方上的一些地主恶霸以及他们的某些追随者，还有许多无业游民，都纷纷而起，表示效忠于封建统治者，参加了镇压人民反抗的罪恶活动。这成为起义军失败的一个重要因素。《施公案》《彭公案》和《三侠五义》其实正是从侧面反映了这样的情况。

《施公案》《彭公案》和《三侠五义》里所描写的侠义人物，有很多在实质上就是代表着前面所说的那种地主武装的力量。像《彭公案》的李七侯，《三侠五义》的卢方、丁兆兰、丁兆蕙等人，他们原先都是雄霸一方的地主富户，拥有大庄园，手下还有护院的保镖和武装的庄丁。他们本人又通武艺，动辄持刀弄棒。在小说里，这样一些人物被写成是甘心投顺皇帝、甘心为皇帝查办"贼寇"的急先锋，而且是成批地、反复地涌现着，正说明这几部小说所描写的故事情节是作者当时的时代环境的产物，不管它们把故事情节发生的时间安排为清代康熙年间或者甚至远在宋代。

除了那些出身于地主阶级的侠义人物以外，《施公案》《彭公案》和《三侠五义》里所写的侠义人物，还有不少是出身草泽的绿林人物。他们由反抗官府而转变为投靠官府。他们被收买而成为封建统治阶级分化人民群众反抗队伍的工具。上文已经指出，《施公案》里的黄天霸就是一个突出的例子。

公案小说的作者为什么要着力描写和歌颂这种投降变节的侠义呢？——原来这上面也打着时代的烙印。

嘉庆初年，当白莲教起义之始，封建统治者采取了"剿抚兼施"的两手政策[37]，并且特别重视招抚的工作，目的在于"借此解散余党，稍省兵力"[38]。一方面，严惩对招抚政策执行不力的大员。例如福宁，"杀戮降人，至二千余名之多"，被认为"错谬已极，适以坚贼党从逆之心""失人心而伤天理"，受到革职拿问的处分[39]。另一方面，以高官厚禄作为钓饵，诱使起义中的变节分子上钩。例如，"洋匪"黄文海投降后，"加恩赏给，外委顶带，发往陕省军营，随同官兵打仗自效"[40]。封建统治者的这项政策收到了一定的实效。它是促使白莲教起义失败的因素之一。

黄天霸之流的人物在这样的时代环境内产生，是不足为奇的。公案小说的作者对这类人物形象的塑造，正可被看做企图用文艺的形式配合当时的封建统治者的招抚政策的执行，作深入人心的宣传。

但是，在对待人民群众的武装反抗上，封建统治者始终是"剿抚兼施"的。在一个特定的时期，可能会偏重于"抚"。到了另一个特定的时期，又可能会偏重于"剿"。大体上说来，在嘉庆初年，统治者的政策偏重于"抚"。到了嘉庆十年（1805）以后，白莲教起义已被基本上镇压下去，统治者拿出了另外一副面目，而偏重于"剿"了。

试以当时对待"洋盗"的政策为例。嘉庆元年（1796），"洋盗"獭窟舵带领同伙投首，统治者"赏给守备职衔，并赏戴蓝翎，仍赏大缎二匹，用示奖励"，并命官员"向獭窟舵宣示恩谕，责以捕盗之事，如能将林发枝擒获献功固当格外优赏，否则，或林发枝听闻此信，亦思投首免罪，其余伙盗自皆闻风解散，庶可永久绥靖海疆"④。果然，一年多以后，林发枝也投首了，"赏七品衔，来京安置"④。当我们从这些史料中看到人民群众武装反抗队伍中的投降变节分子受赏做官的时候，不是立刻就会想到公案小说中的那些侠义人物的归宿吗？同样是对待"洋盗"，但在嘉庆十年（1805），统治者就同意这样的意见了："其杀贼投首之人，威客尽信。且此等盗犯罪皆凌迟斩枭，今准其投首，概置不问，荣以顶带，加以重赏，以致民间有'为民不如为盗'之谣。揆诸事理，殊属未协。"统治者并且决定："此后洋盗必须力为缉捕，断不可轻信投诚，以杜后患"④。两广总督那彦成因办理"洋匪"招抚而解任④。这可以说明，在那个时代，当封建统治阶级的力量强大的时候，就以采取"剿"的政策为主，当人民群众的反抗浩浩荡荡地展开，向封建统治阶级提出严重的挑战，使他们穷于对付的时候，他们就以采取"抚"的政策为主。在社会动乱时期产生的清代公案小说突出地鼓吹投降变节行为，无疑是适应了当时的封建统治者的政治要求，反映了嘉庆以来的时代背景。另外一方面，清代公案小说还用了较多的篇幅去描绘"官兵杀强盗"和"官兵拿反叛"的情节，也正是清王朝"剿抚兼施"政策的一种反映。

因此，可以说，以《施公案》《彭公案》和《三侠五义》为代表的清代公案小说是上述的时代的产物。它们的作者站在封建统治阶级的立场上，从封建统治阶级的观点出发，为封建统治阶级的利益服务。这就是它们所表现出来的反动的思想倾向的由来。

四、如何认识"清官"和"侠义"的实质?
施仕伦的出现——清官思想的破灭
黄天霸的道路——侠义人物的堕落

清代的公案小说,通过对施仕伦、黄天霸等人物的描绘,来宣扬反动的奴化思想,除了有时代的政治原因以外,也是历来的"清官"思想向它的一个侧面演化的结果,是历来的"侠义"思想向它的另一端发展的结果。

封建社会的广大的劳动人民,在经济上受剥削、政治上受压迫的生活实际中,当他们遭受各种迫害或者是进行各种官司争执时,会产生一种期望清官出现的思想。他们希望清正的官吏能够为百姓伸雪冤枉,公正地解决这种或那种诉讼纠纷。在这样的意义上,"清官"思想是从人民的一定的利益出发的民间心理和愿望。

然而,这种愿望并不是当时人民中间的先进思想的反映,更不是当时革命农民的要求。这里只有对封建统治者的祈求,而不存在什么反抗,即使这种愿望得到一些实现,即使封建社会里的官吏多数是清官(这是不可能的),也不能从根本上改变劳动人民在经济上受剥削、政治上受压迫的地位。如果说,长期存在于民间的对"清官"的愿望和对"好皇帝"的愿望实质上都是封建社会里农民思想的反映的话,那么,它们之间也有非常显著的差别。农民要求有"好皇帝",可以发展成为取而代之的革命行动,而"清官"思想却不能激发农民起义。从历史上众多的农民起义的情况来看,"杀贪官、锄恶霸"往往只是起义中的部分口号。而且这同"清官"思想也并不相同,因为农民起义中的"杀贪官、锄恶霸"的口号还是要求劳动人民聚集起来,付诸实现,"清官"思想却只是企求出现清正的官吏来制裁贪官、恶霸。

因此,在中国社会里长期存在于民间的"清官"思想,虽是劳动人民在遭受严酷的迫害的生活现实中发出的一种呼吁,但它的本质是改良主义的,而且是从被统治地位发出的对统治者的祈求,说明对封建统治者还存在希望,还存在幻想。正因为这样,这种"清官"思想也就易于起麻醉人民革命意志的作用。特别是在阶级矛盾尖锐、阶级斗争激烈的年代里,这种幻想对人民就更是十分有害。

由于"清官"思想是改良主义的,尽管在某种条件下它有对人民有利的方面,但在根本上它是为巩固封建统治服务的。因而,民间的这种思想常常为封建统治阶级所利用。

为了维护封建统治秩序,为了巩固封建统治阶级的统治,封建统治阶级站在自己的立场上也常常提倡和鼓励官吏的清正,希望有贤臣能吏为他们服务,既要求官吏清正地处理一般刑事和民事案件,也要求他们更严厉地处理和统治阶级对立的政治案件或带有政治色彩的案件。因为这两者都不利于他们的统治。一般刑事和民事案件的发生和处理过程中的种种情况，都同社会秩序的混乱或安宁有关，这种混乱或安宁也反过来对统治政权发生影响。而且，中国封建社会里的历代统治者，常常标榜自己是爱护百姓的，他们的官吏也经常打起"爱民如子"的招牌。如果这种标榜和招牌完全失去号召力，显然对他们非常不利。为了保持他们，也需要提倡官吏清正地处理这样一类案件。至于那些和统治阶级对立的政治案件或带有政治色彩的案件，就更严重地威胁着封建统治阶级的统治地位，要求官吏们予以严厉处理也更加是必然的了。

封建统治阶级这样做，既是从它们的阶级要求出发的，同时也充分利用了民间期望清官的心理。

在长期的封建社会的现实生活中，既然存在着民间的期望清官的心理，也存在着统治阶级的贤臣能吏政策，而且前者的改良主义性质又易于为后者利用，于是就产生了要把这两个方面统一起来的官吏。在一些公案作品中，我们就看到了清官们提出的口号："与一人分忧，为万民除害。"这个口号作为封建官吏的信条，它显然是从巩固封建统治阶级的统治权出发的，它是封建统治阶级提倡官吏清正、贤臣治世的政策思想的具体体现。

如果我们只就局部的情况来考察，在有些公案作品中，那些清正的官吏在断明一个一般刑事和民事案件后，伸雪了百姓的冤屈，因而博得了百姓的称誉；同时也是为统治阶级维护了他们需要的社会秩序，因而也获得了统治者的赞赏，这样，清官就把解"一人"之"忧"和除"万民"之"害""统一"了起来。

即使是从这种局部的情况来看，也如同我们从有些公案作品中看到的，有的官吏审判一桩一般的刑事和民事案件时，也会遇到"一人"的要求与"万民"的愿望不能统一的矛盾，这往往是案件中的被告是皇亲国戚或是其他显要人物时，也就是涉及最高统治者的私人利益时，官吏要想清正断案，就不是那么容易了。有的作品中就要描写清官施展计谋，采用一些策略手段⑤，或者不惜以丢掉自己的官职来力争。在这种情况下，清官得以最后审清官司，他所要触动的也不是封建统治阶级的根本利益，而且实质上倒是符合封建统治阶级的根本利益的。

从全部的情况也即根本利益来看，"一人"之"忧"和"万民"之"害"是无法调和的，这决定于"一人"和"万民"的经济、政治和阶级地位的根本不同。这个口号要把两种不能调和的"忧"和"害"调和起来，必然会得出这样的结论：凡是为皇帝忧患的就是为害万民的。这就是彻头彻尾的封建专制统治思想了。这里，不仅一般的刑事、民事案件成为皇帝的忧患，那些和封建统治阶级对立的政治案件或带有政治色彩的案件也就成为万民之"害"了。于是，办案时的主要锋芒针对绿林人物和人民起义的施仕伦、彭朋也就成为"清官"了，这里所需要做的只是把绿林人物和人民起义队伍歪曲描写成杀人越货的盗寇而已。

在我国文学史上，以描写清官审案为主要内容的公案作品，从刻画"包公"到描写"施公""彭公"，它们把民间的"清官"思想和统治阶级提倡的贤臣能吏政策，以及后者利用前者的情况，充分地反映了出来。从刻画包拯这样的"清官"到描写施仕伦这样的"清官"，是文学作品里的"清官"完全丧失表现人民的愿望、维护人民利益的一面，而向它的相反的方面发展的过程，因而也是民间要求清官的幻想最终破灭的过程。

如果以上的说明可以成立的话，那么，它为我们说明侠义的思想实质带来了方便。

期望有侠义人物出现，也是存在于中国旧社会里的一种民间心理。它的产生同样是因为存在着人民受迫害的生活现实。人民欢迎和期望有超人本领的侠义人物，帮助他们解除苦难，改善自己的处境。这是"侠义"思想反映人民愿望的一面。和期望清官一样，期望有侠义人物出现以拯救自己，这也是一种还没有觉悟的人民的思想的反映。当人们把主要希望寄托在个别的侠义人物身上时，就会产生一种幻想，一位具有超人本领的侠义人物就是唯一的人民的救星，有了他们，就会有"正义"和"公道"，就能解除人民苦难，一切就会"天下太平"！这种幻想就会妨碍人民群众自己起来，特别是组织起来，向统治者展开殊死的斗争。

如果说，作为一种思想意识，期待侠义人物来拯救人民和希望清官来保护人民同样是改良主义性质的思想的话，那么，作为侠义人物和清官，他们之间却又有不同之处。

侠义人物曾在旧社会里长期活动着。远在春秋、战国时代，社会上就已有了"游侠"这样的人物。而直到近代的半封建、半殖民地社会里，民间的侠义人物也并没有绝迹。众多的文学作品描写了种种侠义人物，描写了种种的侠义活动。撇开那些荒诞的剑侠传之类的作品不谈，仅就一般的侠义作品看，我们也会发现，侠义人物的情况是十分复杂的。首先，他们的生活地位很不一致。有的从事某项职业自食其力；有的靠劫盗他们认为的不义之财为生；有的本身是地主或其他剥削者，靠剥削别人过活。其次，他们的活动范围也很有区别。有的主要活动于民间；有的却在上层人物之间周旋。最后，他们的结局也很不相同。有的最终参加人民起义队伍；有的却又沦为大地主、大商人的保镖，甚至堕落为官府的爪牙。

这里，我们不打算全面地来批评侠义人物和他们活动中表现出来的种种复杂情形。我们只企图就侠义人物的一般特点来作些分析和说明，并借它来进一步批判侠义的思想实质。

一般认为的侠义人物的特点似乎是这样的：不受封建法律制度的约束，从一种反对强暴的正义感出发，凭着个人的勇敢和本事，打抱不平。这种特点就决定了他们对当时人民群众既有有利的方面，也有不利的方面；也决定了他们有反抗统治阶级的一面，也有易于为统治阶级利用和收买的一面。

一般说来，当侠义人物的活动保持和人民的联系，保持从"打抱不平"出发来反抗统治者的强暴的特点的时候，他们往往作出一些有利于人民群众的事来。这里大至刺杀压迫人民的上层人物、官僚和恶霸，小至劫盗豪门财物，施给贫穷的百姓。这，就是旧社会里在民间受到歌颂的侠义人物的有积极意义的一面。

受到民间歌颂的侠义人物和也是被民间赞扬的清官，他们的行为和思想是不同的。侠义人物常常是站在当时的法律制度以外，他们是蔑视法律和不受它的约束的，因此，他们做出有利于人民群众的事业时，采取的是为当时法律所不容许的手段；而清官只能够也只打算在维护当时的法律制度的前提下，为百姓伸雪冤枉。所以，清官可以见赏于统治者，侠义人物却不能不被统治者视为"不法之徒"，甚至他们也是为清官镇压、制裁的对象。在这个意义上说，在旧社会里同样是受到民间歌颂的侠义人物和清官，他们毕竟是分属于两个阵垒的人物。正因为这样，有的侠义人物在一定的条件下，可以从个人的行侠仗义走向集聚起义的道路，和人民起义队伍结合，打起反抗统治阶级的革命旗帜。例如《水浒传》里所描写的一些英雄，最初也是行侠仗义的江湖好汉，后来在梁山泊"聚义"，走上了反抗封建统治阶级的道路。

但当侠义人物没有走上革命的起义道路的时候，他们的所作所为尽管可以做出一些在局部上有利于人民群众的事业，在全局上却是无法改变人民的受苦难的地位的。同样，他们在局部上可以违反封建统治秩序，在全局上却又丝毫不能动摇统治阶级的统治。

侠义人物的这种局限性在最大的程度上是由他们所具有一种个人行侠和个人反抗的活动的特点决定的。正是这种特点，给他们带来很大的弱点。

个人行侠和个人反抗的活动特点往往使侠义人物以救世主的面目出现，凌驾于人民群众之上，同时就伴随着产生个人决定一切的思想。这样，他们的行为就易于为个人恩怨所左右。于是在政治上就会出现没有一定的是非标准，只有"士为知己者死"的信条，在这种信条的驱使下，那就只能让机会来决定他们的命运。为被压迫者不幸的遭遇所感动，可以帮助被压迫者反抗强暴；为封建统治者所笼络，受封建统治者之恩，又可以为封建统治者效劳，成为供封建统治者驱使的工具。等而下之，有些人还会为"身荣爵显"所引诱，投靠官府，甘心当官府的爪牙。像黄天霸、贺天保的投靠施仕伦；李七侯、张耀宗等的投靠彭朋，就是这方面最明显的例子。这时候，这些人物就脱下了"布衣"，穿上了"黄马褂"，完全走到侠义人物的反面，从所谓侠客义士堕落而为走狗奴才了。

黄天霸的道路可以说是旧社会侠义人物堕落的典型的写照。他最初是名扬江南的民间绿林好汉，为了替江湖朋友报仇，夜入县衙行刺；被擒后，却为了报答"饶命之恩"归顺于施仕伦；进而为了"远大前程"，甘心充当封建统治阶级的奴才和刽子手。这就是典型的侠义堕落的过程。

黄天霸堕落后为自己行动所作的辩白，也可以说是普天下一切从个人利害出发的叛徒和变节者的哲学的最好的供词。《施公案》第六十五回至第六十六回描写，黄天霸在恶虎庄⑯杀害他早先的绿林兄弟和逼死他们的妻子时，曾不知人间有羞耻事地说过：

> 当日天霸归顺施爷，既有当初，必有今日；小弟全信，难以全义……
> 小弟既然骑在虎身，要想下虎，万万不能。

同时，他不仅自己为了"全信"而"难以全义"，还要反过来要求当年的绿林朋友"全义"，以帮助他"全信"。在这点上，他甚至并不掩饰自己的狰狞面目，用威胁、讹诈的口吻向当年的绿林朋友们说道："众位若无义气，以天虹为样，一镖一个，谅无处可跑！试试天霸狠毒手！"

这里，非常清楚地说明：黄天霸以及黄天霸之流，他们已完全失去了侠义的对人民有积极意义的一面，他们已经彻头彻尾地变成封建统治阶级的奴才和刽子手了。

鲁迅说过：

> 满洲入关，中国渐被压服了，连有"侠气"的人，也不敢再起盗心，不敢直斥奸臣，不敢直接为天子效力，于是跟一个好官员或钦差大臣，给他保镖，替他捕盗，一部《施公案》，也说得很分明，还有《彭公案》《七侠五义》之流，至今没有穷尽。他们出身清白，连先前也并无坏处，虽在钦差之下，究居平民之上，对一方面固然必须听命，对别方面还是大可逞雄，安全之度增多了，奴性也跟着加足。⑰

这里，一针见血地指出，奴性正是清代公案小说中的"侠义"人物的实质。

注释：

①郑振铎：《元代公案剧产生的原因及其特质》，见《中国文学研究》（北京：作家出版社，1957 年）。

②据《元曲选》引。其中第三句，《古名家杂剧》本作"满城中人皆喜"。

③元杂剧中的公案戏也有因果报应和封建道德的的说教。有的作品还有相当浓厚的迷信色彩，但这些内容不是元代公案戏的主导部分。

④比《袁文正还魂记》较早出现的有《珍珠记》。

⑤京剧中的《九更天》就是据《未央天》改编而成。过去有些京剧班子常以"黑脸"（包拯）和"金脸"（闻朗）的演出作为号召。

⑥李玉的《五高风》写包拯断案，也出现"义仆"滚钉板的场面。它和《未央天》是同时出现的。

⑦《施公案》原名《施案奇闻》，一名《百断奇观》。

⑧《三侠五义》刊本原名《忠烈侠义传》，俞樾改订本易名《七侠五义传》。

⑨例如陈康祺《燕下乡脞录》卷四说："少时即闻父老言施世纶为清官；入都后，则闻院曲盲词有演唱其政绩者，盖由小说中刻有《施公案》一书，比公为宋之包孝肃，明之海忠介，故俗口流传，至今不泯也。"又，孙寿彭《彭公案序》说："《彭公案》一书，京都钞写殆遍。大街小巷，侈为异谈。皆以脍炙人口，故会庙场中，谈是书者，不记其数。一时观者如堵，听者忘倦。"

⑩《鲁迅全集》第8卷，236页。又，《西谛书目》记《彭公案》续书有二十种。

⑪例如，从《三侠五义》改编的京剧《七侠五义》，作为连台本戏，曾在上海、福州和北京等地陆续上演。

⑫问竹主人《忠烈侠义传序》。

⑬《彭公案》第一回。

⑭问竹主人《忠烈侠义传序》。

⑮《施公案序》。

⑯例如，《施公案》第一回描写：施仕伦审理第一桩无头案件时遇到困难，当晚梦见九只黄雀和七个小猪。次日升堂，限令两个捕快五日之内拿获"九黄七猪"。捕快问是人名还是地名。施仕伦回答不出，恼羞成怒，借口他们"偷闲躲懒""抗差玩法"，每人打十五板。自己却一连装病五日，不敢升堂。至第六日，又不容分说地责打捕快每人十五板，再宽限三日，并说："如再拿不住凶犯，定要处死。"后来，他自己外出私访，才查出有一个和尚名叫"九黄"，有一个尼姑名叫"七珠"，终于破案。这三部作品内类似这样可笑的情节极多。

⑰例如，在《三侠五义》的续书里，平定襄阳王的造反就是全书情节中的一条相当重要的线索。它贯串着许多热闹的情节，对有些读者也最有吸引力。

⑱例如现存残本《清平山堂话本》所收的宋人话本《杨温拦路虎传》。

⑲灌园耐得翁《都城纪胜》说："说话有四家：一者小说，谓之银字儿，如烟粉、灵怪、传奇、说公案，皆是朴刀、杆棒及发迹、变泰之事……"有人认为，其中最后一句专指"说公案"的内容。这样解释似不符原意。原文用一"皆"字，完全把兼指"烟粉、灵怪、传奇、说公案"四者的意思表达清楚了。同时，在罗烨的《醉翁谈录》里，也明明把说公案和朴刀、杆棒分为不同的门类，还列举了一些篇名，计公案十五篇，朴刀十一篇，杆棒十五篇。而且，这样的解释也缺乏具体的证据。在清代以前的小说里，我们确实还没有发现一部作品在内容和体裁上是公案小说兼侠义小说的。

⑳我国的侦探小说出现于清末民初。它的来源有二：西洋侦探小说的影响；我国的公案小说的演化。例如，光绪二十八年（1902）刊行的《李公案》就已表现了一些这种演化的痕迹。

㉑于七领导的农民起义，以山东栖霞一带的锯齿山、昆仑山和招虎山为根据地，从清顺治五年（1648）开始，到康熙元年（1662）才被镇压下去。

㉒天地会约在康熙十三年（1674）左右出现，以"反清复明"为宗旨，长期进行斗争，直到嘉庆年间仍未停止。八卦教即嘉庆年间起义的天理教的异名。

㉓珍艺书局《增像全图清烈传序文》。

㉔关于《施公案》是最早刊本，鲁迅《中国小说史略》和孙楷第《中国通俗小说书目》都记有道光十八年（1838）刊本。我们见到了一部道光四年（1824）刊本。封面题"施案奇闻"，"道光甲申秋镌"，"本衙藏板"。另外，据我们所知，尚有道光十年（1830）刊本。郑振铎《西谛书目》记有道光九年（1829）刊本。

㉕有人把说唱的《包公案》记录成稿，删去唱词，成《龙图公案》一百二十回，今存有抄本。光绪五年（1879）问竹主人写序、用活字板印行。承吴晓铃先生见告，他藏有此种抄本，序文同问竹主人序，但作"道光二十八年春三月石玉昆序"。

㉖参阅赵侃等《石玉昆及其〈三侠五义〉》，载《河北文学》1961年第四期。其中说："今北京首都图书馆所藏车王府唱本《包公案》和《三侠五义》的抄本对照来看，除删去唱词，文字上有些加工润色之外，情节上也只有两处变动。因此可以说，今本《三侠五义》基本上保持了石玉昆唱本的原来面貌。"

㉗关于石玉昆的活动年代，李家瑞认为在咸丰、同治时，见《从石玉昆的〈龙图公案〉说到〈三侠五义〉》，载《文学季刊》一卷二号；鲁迅也认为在咸丰时，见《中国小说史略》。这都不可靠。阿英根据道光间金梯云抄本子弟书《叹石玉昆》断定他是"道光时说书人"，见《关于石玉昆》，载《小说二谈》（古典文学出版社，1958年）。吴英华、吴绍英根据富察贵庆《知了义斋诗钞》断定他"是在道光年间演唱了至少

有三十多年的老艺人"，见《有关〈三侠五义〉作者的一首可贵的诗》，载《天津日报》1961年8月29日。

㉘周明泰《道咸以来梨园系年小录》引。

㉙这九出戏是：《琼林宴》《三侠五义》《遇后》《打龙袍》《花蝴蝶》《乌盆记》《铡包勉》《陈琳抱盒》《拷寇成玉（承御）》。在这九出戏中，《琼林宴》可能出于明人《琼林宴》传奇，《乌盆记》可能出于元人《盆儿鬼》杂剧和明人《断乌盆》传奇，《陈琳抱盒》和《拷寇成玉（承御）》可能出于元人《抱妆盒》杂剧。其余五出，当直接出于《三侠五义》，尽管内容或会略有出入。

㉚这六出戏是：《画春园》《武文华》《豆（窦）尔墩》《九龙杯》《普球山》《左青龙》。

㉛这十五出戏是：《连环套》《霸王庄》《盗金牌》《淮安府》《落马湖》《恶虎村》《拿谢虎》《殷家堡》《双盗镖》《虮蜡庙》《江都县》《河间府》《洗浮山》《五里碑》《小东营》。另有《清烈图》一目，可能也是《施公案》戏。赵景深《施公案考证》中认为，"《施公案》小说在戏剧之后，小说是根据戏剧编辑的"。见《小说戏曲新考》（世界书局，1939年）。但他这是相信旧说，误以《施公案》小说首刊于道光十八年（1838）；同时也未把《施公案》在说书中流传的情况考虑在内。

㉜从一般伪造序文年代的常情来判断，在一个道光刊本上伪造一篇嘉庆年间的序文是没有必要的。

㉝王先谦《东华续录》，嘉庆七。

㉞在起义开始以后的三年多的时间内，仅在财政上就使清王朝"糜费国帑八千余万"。见王先谦《东华续录》，嘉庆八。整个起义则使清王朝耗费饷银二万万两之多，见清仁宗等《平定教匪志喜联句诗》诗注。

㉟王先谦《东华续录》，嘉庆三十六。

㊱王先谦《东华续录》，嘉庆八。

㊲王先谦《东华续录》，嘉庆七。

㊳王先谦《东华续录》，嘉庆六，三年十月丁酉谕。

㊴王先谦《东华续录》，嘉庆八，四年十二月甲午谕。

㊵王先谦《东华续录》，嘉庆八。

㊶王先谦《东华续录》，嘉庆一，元年五月癸酉谕。

㊷王先谦《东华续录》，嘉庆四。

㊸王先谦《东华续录》，嘉庆二十，十年十月辛丑谕，孙玉庭折。

㊹王先谦《东华续录》，嘉庆二十一。

㊺如《包待制智斩鲁斋郎》中包拯在奏书上先把"鲁斋郎"写作"鱼齐即"，待

皇帝批准后，再改为"鲁斋郎"。

　　㊶恶虎庄，京剧中名为恶虎村。

　　㊷《鲁迅全集》第四卷，123—124 页。

重读经典，要细读、精读

——以《三国》与《红楼》为例

重读经典，必不可少的是细读、精读。

你如果是位业余的爱好者，尽可以随心所欲地读，怎么读、读什么都无所谓。

但是，你如果抱着学习、研究的态度去读，那就必须屏弃粗读、略读、跳读。

细读、精读还有书内、书外之分。

尤其是古代长篇小说，卷帙浩繁，人物众多，故事情节曲折复杂，更要前后反复地读，方能对其中的奥妙，精彩之处，有逐步的深入的了解。

以《红楼梦》为例，当你读到第二回"冷子兴演说宁国府"的时候，从冷子兴口中透露了贾府的种种情况，特别是人物的性格，人物的出身，人物彼此之间的血缘关系，贾府的经济情况等等，对你来说，等于是在进入某个风景点之前手中持有一张平面的导游图，或者说，等于是打开某个话剧剧本，头一眼看到的是前面有一个详尽的出场人物表。这无疑从一开始就提高了你的阅读兴趣，给了你莫大的帮助。我相信，当你读至若干回以后，你还会再一次翻回到这第二回，来印证你对那个贵族大家庭的初步感觉和认识。

这时，你不免会产生一个疑问：为什么冷子兴竟对贾府内部有如此深刻和熟悉的掌握呢？当然，你也许会立刻作出自己的解释：冷子兴不过是曹雪芹手下的一颗棋子，它的定位、走向和作用，都取决于曹雪芹的脑与手。曹雪芹让它朝东走，它就不会往西跑，曹雪芹让它说什么，它就只能说什么。

可是，当你往下读，读到第七回周瑞家的送宫花，顶头遇见她的女儿，曹雪芹方交代出冷子兴的真实身份：他原来是周瑞的女婿，难怪他对贾府的情况是那样的熟悉。而这一点，在第二回，却是有意地对读者进行封锁的。于是，你不得不叹服，这真是一着妙棋，曹雪芹不愧为下棋的高手。

这说的是书内。

再说书外。

读小说，特别是读几部热门的大作品，不能光读作品本身。那样写出文章来，人云亦云、蜻蜓点水、浅薄、局限，是免不了的。某位外国学者看了一篇论述《聊斋志异》的论文以后，讥评说："我敢断定，作者的书桌上只放着一部《聊斋志异》。"

《三国志演义》是以陈寿的《三国志》等史籍为蓝本改编的。你只读《三国志演义》，而对《三国志》不屑一顾，那你对某些细节就弄不懂了。第十九回曹操处死了陈宫。不知道你有没有想过，曹操为什么如此恨陈宫？陈宫不是曹操的恩人吗？在中牟县公堂上不是还救过曹操一命吗？两军交战，兵败被擒，罪不至死，陈宫又非主帅，只不过是个谋士。这样一思索，你也许就想不通了。

其实，你读一读《三国志·魏书》的武帝纪、裴松之注和吕布传，就不难了解到以下几点事实：第一，陈宫没有做过中牟县令，释放曹操的是位无名氏。这样一来，陈宫救命之恩就根本不存在了。第二，陈宫原是曹操的部下，后来叛变，占据了曹操的重要根据地，许多人纷起响应，给予曹操极大的打击和严重的威胁，使得曹操一度处于极为尴尬和难堪的境地。所以陈宫最终逃不掉做曹操刀下之鬼的命运。

同时，你也知晓了罗贯中让陈宫担任中牟县令的用意。陈宫伴随曹操出逃，一路上见到了曹操的所作所为，所思所想。在罗贯中笔下，他扮演的角色不仅是曹操的同行人，更是曹操心理、行动、思想、性格的知情人、见证人。特别是对那句名言，"宁教我负天下人，休教天下人负我"，陈宫更是起到了揭露者的作用。试想，如果不是陈宫，而换为史籍中的那位昙花一现的无名的县令，能在读者面前顺利地、有说服力地完成此项任务吗？

自然，这一切是你在《三国志演义》和《三国志》对读以后才能得到的收获。

所以，重读经典必须细读、精读。

关于小说版本研究与古今贯通研究的随感

——在一次学术研讨会上的发言

我讲两点意见。

一点是关于古代小说版本研究，还有一点是关于古代文学研究和现当代文学研究。

一、关于古代小说版本研究

先讲第一点。

在北京香山会议和福州会议上，两次读到了郭英德先生关于古代小说版本研究的论文，很受启发。忍不住也想来谈谈我对这个问题的看法。

我认为，古代小说版本研究的主要目标不在于追究哪一个字、哪一个词、哪一个句子的不同，也不在于寻找和恢复作品的"原貌"。它应该追求更高的境界。也就是说，有两个重要的方面是不可忽略的。通过古代小说版本研究，或者探索作者创作过程中的细节和构思的变化，或者阐释作品传播过程中的重大问题。这样的研究，在我看来，才是更有意义的，更有价值的。

不妨举两个例子来谈。一个例子见于曹雪芹的《红楼梦》。另一个例子见于罗贯中的《三国志演义》。

曹雪芹在《红楼梦》第一回说，他"披阅十载，增删五次"。十年和五次，说得是这样的具体，看来不像是虚话，更不像是假话。那么，能不能勾勒出他这十年之间五次修改的某些情况呢？我想是有可能的。我的那本专著《红楼梦版本探微》就是在朝着这一方面努力。

在《红楼梦》第二回，"冷子兴演说宁国府"，他向贾雨村介绍了贾府的种种情况。其中说到了迎春。他提到迎春的父亲和母亲是谁。

在现存的十几种脂本中，冷子兴的这几句话竟有六种不同的异文。异文之一，说迎春是贾赦前妻所生。异文之二，说迎春是贾政前妻所生。异文之三，说迎春是贾赦之女，但贾政养为自己的女儿。异文之四，说迎春乃贾赦之妻所生。异文之五，说迎春乃贾赦之妾所生。异文之六，说迎春乃贾赦之姨娘所生。

谁是迎春的父亲？可以看出，存在着两种说法，或说是贾赦，或说是贾政。至于贾赦生、贾政养，那不过是前两种说法的折中调和而已。

关于迎春母亲的身份，可以看出，存在着四种不同的说法，或说是贾赦之前妻，或说是贾赦之妻，或说是贾赦之妾，或说是贾赦之姨娘。妻和前妻有很大的区别。妾和姨娘只是叫法不同，实际上是一回事。甚至还有两种版本根本就没有接触到迎春的母亲是什么身份的问题。

这不过是个小问题。为什么竟会出现这样大的差异呢？我认为，这不是后人妄改的结果，应该是作者曹雪芹在不同时期所做的修改。每次修改都和他的艺术构思有关，都反映出他对书中人物关系的安排有过不同的考虑和设计。

你看，这是不是他所说的"增删五次"呢？值得我们思考。

曹雪芹有特殊性，他离开现在只有二百多年。他的《红楼梦》，现在保存着十几种早期的抄本。红学界把它们叫做"脂本"。这些脂本大多来源于他的手稿，基本上保持着原貌。它们的内容，彼此之间，在人物、故事、时间、地点等方面多多少少存在一些或大或小的歧异。这无疑给我们探索曹雪芹的创作过程提供了十分有用的途径。

罗贯中和曹雪芹不同。他是元末明初人，离开现在已经有六百多年。《三国志演义》今天也没有保存下来元末明初那个时期的抄本。所以罗贯中的创作过程的痕迹很难寻找。若要研究《三国志演义》的版本，我们的目光应该转移到它在传播过程中的一些重大问题上。我随便举个例子，就是对关羽之死的描写。

《三国志演义》嘉靖壬午本有初刻本和复刻本之分。它们的主要区别就是对关羽之死的描写。初刻本出于罗贯中的原稿，复刻本却是后人改动的结果。

在嘉靖壬午本初刻本中，关羽之死的情节是这样的：关羽败走麦城，路上被东吴军队的绊马索绊倒，跌下马，被擒。东吴的兵把他捆绑起来，送到孙权跟前。孙权劝他投降，他不肯，还破口大骂。孙权大怒，下令把他推出斩首，然后又把他的头送到曹操那里去。这一切写得都很顺畅。

到了嘉靖壬午本的复刻本里，情况发生了变化。一些细节都变了，无影无踪了。关羽被绊马索绊倒后，只听到天上有声音召唤他，叫他"归神"。于是，他就归了神。什么跌下马、被擒、捆绑、斩首，全都没有了。

为什么会这样？这又反映了什么？

原因就在于当时社会上有一种对关羽崇拜的风气。人们不愿意看到关羽被侮辱、被砍头的遭遇，甚至于不愿意说他死，而是说他已归天；他是神，而不是普通的人。

这对于研究当时的社会风尚、民族心理、信仰文化等等，都是很有帮助的。

所以，小说版本研究是有积极意义的工作，通过它，既能进入作家创作过程的研究，又可以进入作品传播过程的研究。

二、关于古代文学研究与现当代文学研究

再讲第二点。

现在有个时髦的名词，叫做"互动"。我觉得，古代文学研究界和现当代文学研究界也应该来一番"互动"。古代文学作品对现当代作家起了什么影响，现当代作家从古代文学作品中汲取了哪些养料，应属于我们共同研究的课题。俗话说，隔行如隔山。然而，在文学研究领域中，我们其实是同"行"。我们要为尽量地打破这两个"界"的阻隔而努力。

在上个世纪80年代，上海红学界的朋友们酝酿出个红学刊物，来和北京的《红楼梦学刊》《红楼梦研究集刊》鼎足而立。可惜，他们只出了一期，没有继续下去。刊物的名称叫做《我读红楼梦》。那是以巴金先生的一篇特约稿的标题命名的。巴金先生非常喜欢《红楼梦》。他的《家》《春》《秋》三部曲明显地带着《红楼梦》的烙印。但是，研究巴金作品的学者似乎不太重视这一点，而研究《红楼梦》的学者也没有写出有分量的论文来深入探讨巴金和曹雪芹之间的关联。

钱钟书先生曾不止一次地对我讲起，在古代小说名著中，他不喜欢《三国志演义》，不喜欢《水浒传》，不喜欢《红楼梦》；他喜欢的是《西游记》和《儒林外史》。喜欢《儒林外史》，还不难理解；喜欢《西游记》，却有点出乎意外。仔细一想，《西游记》《儒林外史》和《围城》之间还真有着内在的联系。诙谐、幽默、讽刺的风格，它们难道不是一脉相承的吗？同样，研究《围城》的学者似乎没有把眼光投向《西游记》和《儒林外史》这两部古代小说。令人失望的是，撰写《西游记》或《儒林外史》论文的学者也没有专门把吴承恩、吴敬梓和钱钟书放在一起加以研究。

我希望，现当代文学研究界的朋友们多来关注古代文学作家、作品。同样，我也建议，古代文学研究界的同道们，要打开门，多关注一下现当代文学作家、作品和研究现状。

卷二／明代小说作家作品考论

《京本忠义传》：在繁本与简本之间

　　《京本忠义传》是《水浒传》的一个早期的刊本。它仅存残叶二纸，现藏于上海图书馆。它的版心题名为"京本忠义传"五字，遂以之为此本的代称。

　　据著名的图书馆学、版本学专家学者顾廷龙、沈津二位的考证，《京本忠义传》是刊印于明代正德、嘉靖年间的坊刻本①。

　　也就是说，《京本忠义传》是目前所能见到的《水浒传》最早的刊本。因此，它在《水浒传》版本传播史上占有一席重要的地位。对这一点，我们应给予足够的重视。对于学术界正在深入探讨的两个有争议的问题——即：《水浒传》创作于什么年代，它是元末明初的作品，还是明代中叶的作品？《水浒传》作者生活于什么年代？——它都是至关重要的。

　　但，《京本忠义传》是《水浒传》的繁本呢，还是《水浒传》的简本？这在当前的中外学术界还存在着争议。

　　拙文准备选用《水浒传》现存的五、六种繁本及三种简本的相应文字，来和《京本忠义传》（下文简称"京本"）进行比较和判断，并顺便论及一些相关的问题。

一、《京本忠义传》残叶之一

　　《京本忠义传》残叶之一，从版心中、下端所记卷数、叶码可知，为卷十第十七叶。若以《水浒传》繁本回次而论，则它在第四十七回（"一打祝家庄"）中。此残叶文字起于"那老人道"四字，讫于"全付披挂了弓箭"七字，如下：

> 　　那老人道："你便从村里走去，只看有白杨树便可转湾，不问路道阔狭，但有白杨树的，转湾便是活路。没那树时，都是死路。如有别的树木，转湾也不是活路。若还走差了，左来右去，只走不出去。更兼死路里地下埋藏着竹签、铁蒺藜，若是走差了，踏着飞签，准定吃捉了，待走那里去。"石秀拜谢了，便问："爹爹高姓？"那老人道："这村里姓祝的最多，惟有我覆姓钟离，土居在此。"

石秀道："酒饭小人都吃勾了，即当厚报。"正说之间，只听得外面炒闹，石秀听得道："拿了一个细作。"石秀吃了一惊，跟那老人出来看时，只见七八十个军人背绑着一个人过来。石秀看时，却是杨林，剥得赤条条的，索子绑着。石秀看了，只暗暗地叫苦，悄悄假问老人道："这个拿了的是甚么人，为甚事绑了他？"那老人道："你不见说他是宋江那里来的细作。"石秀又问道："怎地吃他拿了？"那老人道："说这厮也好大胆，独自一个来做细作，打扮做个解魇法师，闪入村里来，却又不认这路，只拣大路走了，左来右去，只走了死路，又不晓的白杨树转湾抹角的消息。人见他走得差了，来路跷蹊，报与庄上大官来捉他。这厮方才又掣出刀来，手起伤了四五个人，当不住这里人多，一发上去，因此吃拿了。有人认得他，从来是贼，叫做锦豹子杨林。"说言未了，只听得前面喝道，说是庄上三官人巡绰过来。石秀在壁缝里张时，看见前面摆着二十对缨枪，后面四五个人骑战马，都弯弓插箭，又有三五对青白哨马，中间拥着一个年少的壮士，坐在一匹雪白马上，全付披挂了弓箭……

二、异文比较之一

现对京本第四十七回残叶的文字和《水浒传》几种繁本、简本中的相应的文字进行细致的比较。我选用的繁本有六种，即郑振铎旧藏所谓"嘉靖本"（下文简称"嘉靖本"）、容与堂刊本（下文简称"容本"）、天都外臣序本（下文简称"天本"）、袁无涯刊本（下文简称"袁本"）、郁郁堂刊本（下文简称"郁本"）、钟伯敬批本（下文简称"钟本"）。我选用的简本有三种，即余象斗双峰堂刊本（下文简称"余本"）、刘兴我刊本（下文简称"刘本"）、黎光堂刊本（下文简称"黎本"）。

京本和这些繁本、简本之间的异文，可举出以下十七例：

（1）那老人道……（京本）

以上一句，六种繁本均同于京本。
"道"，三种简本均作"曰"。

（2）只看有白杨树便可转湾，不问路道阔狭。（京本）

此二句，六种繁本均同于京本。
"只看有白杨树便可转湾"，三种简本均无。

"路道"，三种简本均作"道路"。

（3）没那树时，都是死路。（京本）

此二句，六种繁本均同于京本。
"时"，余本同，刘本、黎本作"处"。

（4）如有别的树木转湾，也不是活路。若还走差了，左来右去，只走不出去。（京本）

以上五句，六种繁本均同于京本。
此五句，三种简本均无。

（5）更兼死路里地下埋藏着竹签、铁蒺藜，若是走差了，踏着飞签，准定吃捉了，待走那里去？（京本）

此五句，六种繁本均同于京本。
"更兼死路里地下"，三种简本均无。
"铁蒺藜"，刘本、黎本同，余本作"铁簇藜"。
"若是走差了"，三种简本均无。
"踏着飞签"，刘本、黎本同，余本作"蹈着飞签"。
"准定吃捉了"，三种简本均作"准定捉了"。
"待走那里去"，三种简本均无。

（6）石秀拜谢了，便问："爹爹高姓？"那老人道："这村里姓祝的最多，惟有我覆姓钟离，土居在此。（京本）

此四句，六种繁本基本上同于京本②。
"了"，三种简本均无。
"便"，三种简本均作"敢"。
"爹爹"，天本、袁本、钟本作"爷爷"，三种简本无。
"道"，三种简本作"曰"。
"这村里"，袁本作"村里"，刘本、黎本作"本村"。
"的"，余本无。
"有"，三种简本均无。
"我"，刘本、黎本作"老汉"。

"土居"，三种简本均作"住居"。

（7）石秀道："酒饭小人都吃勾了，即当厚报。"正说之间，只听得外面炒闹，石秀听得道：拿了一个细作。（京本）

此七句，六种繁本基本上同于京本。
"即"，袁本、郁本作"改日"。
"炒闹"，郁本作"闹炒"。
"石秀听得道"，余本作"听得道"，刘本、藜本作"说"。

（8）石秀吃了一惊，跟那老人出来看时，只见七八十个军人背绑着一个人过来。石秀看时，却是杨林剥得赤条条的，索子绑着。（京本）

此六句，六种繁本均同于京本。
"吃了一惊"，三种简本作"大惊"。
"军人"，余本同，刘本、藜本作"庄客"。
"背绑着一个人过来"，余本作"绑杨林前走"，刘本作"绑着杨林前去"，藜本作"绑着杨林上去"。
"石秀看时，却是杨林剥得赤条条的，索子绑着"，三种简本均无。

（9）石秀看了，只暗暗地叫苦，悄悄假问老人道："这个拿了的是甚么人？为甚事绑了他？"那老人道："你不见说他是宋江那里来的细作。"（京本）

此七句，六种繁本均同于京本。
"只暗暗地叫苦"，三种简本无。
"悄悄"，三种简本无。
"道"，三种简本无。
"拿了的"，余本作"拿的"，刘本、藜本。
"甚么人"，天本作"什么人"。
"甚事"，天本作"什事"。
"为甚事绑了他"，三种简本均无。
"那老人道"，三种简本均作"老人曰"。
"你不见说"，三种简本均无。
"那里来的"，余本作"差来"，刘本、藜本作"差来的"。

（10）石秀又问道："怎地吃他拿了？"那老人道："说这厮也好大胆，独自一个来做细作，打扮做个解魇法师，闪入村里来，却又不认这路。"（京本）

此八句，六种繁本基本上同于京本。

"石秀又问道"，三种简本均无。

"怎地吃他拿了？'那老人道：'说这厮也好大胆，独自一个来做细作"，三种简本均无。

"这路"，嘉靖本作"道路"。

（11）只拣大路走了。（京本）

以上一句，六种繁本均同于京本。

此句，刘本、藜本无，余本作"他只拣大路走"。

（12）左来右去，只走了死路，又不晓的白杨树转湾抹角的消息。（京本）

以上三句，六种繁本均同于京本。

此三句，三种简本均无。

（13）人见他走得差了，来路踌蹊。（京本）

以上二句，六种繁本均同于京本。

此二句，刘本、藜本无，余本作"人见了他走差来路"。

（14）报与庄上大官来捉他。这厮方才又掣出刀来，手起伤了四五个人。当不住这里人多，一发上去，因此吃拿了。（京本）

此六句，六种繁本基本上同于京本。

"大官"，容本、天本、钟本同，嘉靖本作"大人"，袁本、郁本作"官人们"。

"去"，嘉靖本、天本、郁本无。

"因此吃拿了"，刘本、藜本无，余本作"众人拿了"。

（15）有人认得他从来是贼，叫做锦豹子杨林。（京本）

此二句，六种繁本均同于京本。

"有人认得他从来是贼，叫做锦豹子杨林"，余本作"有人认得他叫做锦豹子杨林"，刘本、藜本作"有人认得是杨林"。

（16）说言未了，只听得前面喝道，说是庄上三官人巡绰过来。（京本）

此三句，六种繁本基本上同于京本。

"说言未了"，余本同，刘本、藜本作"说犹未了"。

"只听得前面喝道，说是庄上三官人巡绰过来"，三种简本均无。

（17）石秀在壁缝里张时，看见前面摆着二十对缨枪，后面四五个人骑战马，都弯弓插箭，又有三五对青白哨马，中间拥着一个年少的壮士，坐在一疋雪白马上，全付披挂了弓箭……（京本）

此八句，六种繁本均同于京本。

"看见前面摆着"，余本作"看见前面摆"，刘本作"见前面摆"，藜本作"见前面排"。

"后面四五个人骑战马，都弯弓插箭"，余本作"后面四五个骑战马，弯弓插箭"，刘本、藜本作"後面騎着四五匹战马，弯弓插箭"。

"又有三五对青白哨马"，三种简本均无。

"中间拥着一个年少的壮士，坐在一匹雪白马上"，余本作"拥着一个年少壮士，骑匹白马"，刘本、藜本作"拥着一个少年壮士，骑匹白马"。

"全付披挂了弓箭"，三种简本均无。

三、小结之一

对京本第四十七回残叶的考察，使我们得到了以下几点认识：

（一）京本第四十七回残叶的文字基本上同于六种繁本。

在这十七例异文中，京本文字与六种繁本完全相同者十二例，京本文字与六种繁本基本上相同者五例，列表如下：

京本与繁本比较	见于第几例
完全相同	1 2 3 4 5 8 9 11 12 13 15 17
基本上相同	6 7 10 14 16

在这残叶中，京本文字与六种繁本文字完全相同或基本上相同者占绝大多数。这一点表明，京本可能是一个属于《水浒传》繁本系统的版本。

下这个断语的时候，我为什么要使用"可能是"一词？因为这只是第一个初步的结论。这个初步的结论有严重的局限性：它既没把京本第四十七回残叶中的属于简本的因素考虑在内，也没有联系到京本残叶之二（第五十回）的具体情况来作判断。

（二）第 6 例京本、嘉靖本、容本、郁本"爹爹"与天本、袁本、钟本"爷爷"的歧异，第 10 例京本、容本、郁本、钟本"解魔法师"与嘉靖本、天本、袁本"解魔法师"的歧异，都存在字形近似而致误的可能。

（三）第 7 例繁本"即"（京本、嘉靖本、容本、天本、钟本）与"改日"（袁本、郁本）的歧异，表明袁本、郁本有亲近的关系。第 14 例繁本"大官"（京本、容本、天本、钟本）与"官人们"（袁本、郁本）的歧异，也同样显示出袁本、郁本的亲近关系。从版本刊刻时间的早晚看，"即"和"大官"应是原文，"改日"和"官人们"则是出于后人的改动。

（四）京本第四十七回残叶的文字和三种简本有相当大的差异。

在拙文第二节"异文比较之一"所引列的异文中，京本文字有而简本无者计二十项[③]，京本文字与简本歧异者也有二十项。二者相加，共四十项，列表如下：

京本与简本比较	共几项	分别见于第几例
京本有而简本无	20	2 4 5 6 8 9 10 11 12 13 14 16 17
京本与简本文字歧异	20	1 2 3 6 7 8 9 11 13 14 15 16 17

这个不容忽视的数字表明，京本不可能是一个像余本、刘本、黎本那样的简本。这是我在考察京本第四十七回残叶之后得出的第二个初步的结论。

（五）第 5 例余本"簇藜"与刘本、黎本"蒺藜"之异，同例余本"蹈"与刘本、黎本"踏"之异，当是形讹。

（六）第 6 例三种简本"住居"与六种繁本"土居"之异，当是最早的简本整理者因受本身文化水平的限制，不很了解"土居"一词的含义而作的改动。

（七）第 1 例、第 7 例、第 9 例三种简本均将繁本的"道"字改为"曰"字。有人曾在比较了繁、简二本"道"与"曰"的歧异之后，断言用"曰"字的简本早于用"道"字的繁本。实际上不然。繁本中用"曰"字者有之，简本中用"道"字者亦多。这是普遍可见的情形。推测起来，原因也很简单，"曰"字较"道"字笔划少得多，刊刻时便于省工省料而已。

（同样的情况也见于第五十回的繁本和简本：京本和五种繁本的"指着乐和便道"，三种简本均作"指乐和曰"；京本和五种繁本的"指着邹渊、邹润道"，三种简本均作"指邹渊、邹润曰"；京本和五种繁本的"报道"，三种简本均作"报曰"。）

（八）第 8 例，京本、六种繁本的"军人"二字，余本同，刘本、黎本却作"庄客"。从出版时间上说，余本刊行于万历年间，刘、黎二本刊行于崇祯年间。可知余本此二字源于繁本，刘、黎二本则出于后改。

（九）在三种简本之间，彼此也存在着些微的差异。比较地说，余本更接近于繁本；刘本和黎本的关系更为亲密。例如，京本和六种繁本的"这村里"三字，余本同于繁本，刘本、黎本则同作"本村"。又如，京本和六种繁本的"惟有我"三字，余本作"惟我"，刘本、黎本则同作"惟老汉"。

（十）简本的文字明显地是自繁本删改而来。例如第13例京本和六种繁本的"人见他走得差了，来路跷蹊"两句，刘本、黎本无，余本作"人见了他走差来路"。刘、黎二本是删节了繁本，余本则是对繁本又删又改，而且在删改过程中出现了舛误。"来路"二字本是"来历"之意，"跷蹊"二字本是"奇怪"或"可疑"之意。在语意上，"来路跷蹊"这四字必须连接在一起。余本却把它生硬地拆开了，只保留了"来路"，舍弃了"跷蹊"，竟把"来路"误当作"走来的道路"，完全曲解了作者的原意。

在第（一）点认识中，拙文已指出，京本与六种繁本文字基本上一致，这似乎证明"京本可能是一个属于《水浒传》繁本系统的版本"。在第（四）点认识中，拙文又指出，"京本不可能是一个像余本、刘本、黎本一样的简本"，"这是我在考察京本第四十七回残叶之后得出的第二个初步的结论。"

第一个初步的结论和第二个初步的结论是相互补充的。

那么，是不是因此可以认定京本就是一个繁本呢？

我认为，只有在继续考察《京本忠义传》第五十回残叶之后，方能对这个问题给出比较准确的、圆满的解答。

仅仅考察京本残叶之一（第四十七回），还难以对京本残叶有完整的认识。

让我们继续对京本残叶之二进行考察吧。

四、《京本忠义传》残叶之二

现在来考察京本残叶之二，以检验京本到底是繁本还是简本。

《京本忠义传》残叶之二，为卷十第36叶。若以《水浒传》繁本回次而论，则它的情节和文字包含在第五十回（"三打祝家庄"）之内。此残叶文字，起于"（何）足道哉"三字，讫于"那厮"二字，如下：

> 足道哉。早晚也要望朝奉提携指教。"祝氏三杰相请众位尊坐。孙立动问道："连日相杀，征阵劳神。"祝龙答道："也未见胜败。众位尊兄鞍马远来不易。"孙

立便叫顾大嫂引了乐大娘子，叔伯姆两个，去后堂拜见宅眷。换过孙新、解珍、解宝参见了，便道："这三个是我兄弟。"指着乐和便道："这位是此间郓州差来取的公吏。"指着邹渊、邹润道："这两个是登州送来的军官。"祝朝奉并三子虽是聪明，却见他又有老小，并许多行李、车仗、人马，又是栾廷玉教师的兄弟，那里有疑心，只顾杀牛宰马，做筵席管待众人，且饮酒食。过了两日，到第三日，庄兵报道："宋江又调军马杀奔庄上来了。"祝彪道："我自出上马拿此贼。"便出庄门，放下吊桥，引一百余骑马军杀出来。早迎小李广花荣领军五百，出与祝彪两个斗了十数合，不分胜败。花荣卖了个破绽，拨回马便走，引他赶来。祝彪正待要纵马追去，背后有认的说道："将军休要去赶，恐防暗器。此人深好弓箭。"祝彪听罢，便勒转马来不赶，领回人马，投在庄上来，拽起吊桥，看花荣时，也引军马回去了。祝彪直到厅前下马，进后堂来饮酒。孙立动问道："小将军今日拿得甚贼？"祝彪道："今日口阵，与花荣斗了五十合，吃那厮走了。我却待要赶去追他，军人每道："那厮……""

五、异文比较之二

京本第五十回残叶的文字和五种繁本④（容本、天本、袁本、郁本、钟本）、三种简本（余本、刘本、黎本）进行比较，异文可举出以下十四例：

（1）早晚也要望朝奉提携指教。（京本）

以上一句，五种繁本均同于京本。
此句，三种简本均无。

（2）孙立动问道："连日相杀，征阵劳神。"祝龙答道："也未见胜败。众位尊兄远来，劳神不易。"（京本）

以上七句，五种繁本基本上同于京本。
"远来"，五种繁本作"鞍马"。
此七句，三种简本均作"祝龙动问众位来历"。

（3）孙立便叫顾大嫂引了乐大娘子叔伯姆两个，去后堂拜见宅眷。

以上二句，五种繁本均同于京本。

此二句，三种简本均无。

（4）换（唤）过孙新、解珍、解宝参见了，说道："这三个是我兄弟。"（京本）

以上三句，五种繁本均同于京本。

"换（唤）过"，三种简本均作"孙立指"。

"参见了，说道"，三种简本均无。

（5）指着乐和便道："这位是此间郓州差来取的公吏。"（京本）

以上二句，五种繁本均同于京本。

"指着乐和便道"，三种简本均作"指乐和曰"。

"这位是此间郓州差来取的公吏"，余本作"这是郓州差来公吏"，刘本、藜本作"这是登州差来公吏"。

（6）指着邹渊、邹润道："这两个是登州送来的军官。"（京本）

以上二句，五种繁本均同于京本。

"着"，三种简本均无。

"道"，三种简本均作"曰"。

"两个"，三种简本均无。

"送来的"，余本作"将来"，刘本、藜本作"差来"。

（7）祝朝奉并三子虽是聪明，却见他又有老小，并许多行李、车仗、人马，又是栾廷玉教师的兄弟，那里有疑心，只顾杀牛宰马，做筵席管待，众人且饮酒食。（京本）

以上八句，五种繁本均同于京本。

"并三子"，三种简本均无。

"却"，三种简本均无。

"并"，三种简本均无。

"车仗"，刘本、藜本作"军仗"。

"栾廷玉"，三种简本均作"廷玉"。

"的"，三种简本均无。

"那里有"，三种简本均作"并无"。

"只顾"，余本同，刘本、藜本无。

"杀牛宰马"，三种简本均无。

"做筵席管待"，余本作"筵席款待"，刘本、藜本作"便设席管待"。

"众人且饮酒食"，三种简本均无。

（8）过了一两日，到第三日，庄兵报道："宋江又调军马杀奔庄上来了。"（京本）

以上四句，五种繁本均同于京本。

"过了一两日，到第三日"，三种简本均无。

"庄兵"，刘本、藜本作"庄客"。

"调"，刘本、藜本作"有"。

"了"，三种简本均无。

（9）祝彪道："我自出上马拿此贼。"便出庄门，放下吊桥，引一百余骑马军杀将出来。（京本）

以上五句，五种繁本基本上同于京本。

"道"，郁本无。

在"杀"字之下，五种繁本有"将"字。

此五句，三种简本均无。

（10）早迎小李广花荣，领军五百出，与祝彪两个斗了十数合，不分胜败。（京本）

以上四句，五种繁本均作"早迎见一彪军马，约有五百来人，当先拥出那个头领，弯弓插箭，拍马轮枪，乃是小李广花荣。祝彪见了，跃马挺枪，向前来斗。花荣也纵马来战祝彪，两个在独龙冈前，约斗了十数合，不分胜败"。

此四句，三种简本均无。

（11）花荣卖了个破绽，拨回马便走，引他赶来。祝彪正待要纵马追去，背后有认得的说道："将军休要去赶，恐防暗器。此人深好弓箭。"祝彪听罢，便勒转马来不赶，领回人马，投在⑤庄上来，拽起吊桥。看花荣时，也引军马回去了。祝彪直到厅前下马，进后堂来饮酒。（京本）

以上十七句，五种繁本基本上同于京本。

"了"，袁本、郁本无。

"在"，五种繁本均无。

此十七句，三种简本均无。

（12）孙立动问道："小将军今日拿得甚贼？"（京本）

以上二句，五种繁本均同。

此二句，三种简本均无。

（13）祝彪道：今日□⑥阵，与花荣斗了五十合，吃那厮走了。（京本）

"今日□阵，与花荣"，五种繁本均作"这厮们夥里有个什么小李广花荣，枪法好生了得"。

"五十合"，五种繁本均作"五十余合"。

以上四句，三种简本均无。

（14）我却待要赶去追他，军人每道：那厮……（京本）

以上三句，五种繁本均同于京本。

此三句，三种简本均无。

六、小结之二

对京本第五十回残叶的考察，使我们得到了以下四点认识：

（一）京本与繁本相同或基本上相同者，共十二例，约占81%左右。情况略如下表：

京本与繁本比较	见于第几例
完全相同	1 3 4 5 6 7 8 12 14
基本上相同	2 9 11
歧异	10 13

单就这一点来看，在上文第二节"小结之一"所得出的第一个初步的结论相同："京本可能是一个属于《水浒传》繁本系统的版本。"

（二）京本残叶第五十回文字与三种简本两歧的情况比较特别，它有异于京本残叶第四十七回文字与六种繁本两歧的情况。当然，只发现京本有而简本无的情况，却没有发现京本无而简本有的情况。列表于下：

京本与简本比较	共几项	分别见于第几例
京本有而简本无	18	1 3 6 7 8 9 10 12 13 14
京本文字与简本歧异	9	2 3 5 6 7

京本有而简本无的十八项，不足为奇。那是因为，简本之所以为"简"，即自繁本删节而来，自然而然。

（三）三种简本与京本、五种繁本相较，它们不仅有删节，还有更改。例如（2），京本："孙立动问道：'连日相杀，征阵劳神。'祝龙答道：'也未见胜败。众位尊兄远来，劳神不易。'"三种简本作："祝龙动问众位来历。"七句变成一句，虽是更改，却带有删节的味道。

（四）奇特的是，京本残叶第五十回文字有两个例子既与简本不同，又与五种繁本不同，即例10与例13：

> 早迎小李广花荣，领军五百出，与祝彪两个斗了十数合，不分胜败。（京本）
>
> 早迎见一彪军马，约有五百来人，当先拥出那个头领，弯弓插箭，拍马轮枪，乃是小李广花荣。祝彪见了，跃马挺枪，向前来斗。花荣也纵马来战祝彪，两个在独龙冈前，约斗了十数合，不分胜败。（五种繁本）
>
> （三种简本无）

> 孙立动问道："小将军今日拿得甚贼？"祝彪道：今日□阵，与花荣斗了五十合，吃那厮走了。（京本）
>
> 孙立动问道："小将军今日拿得甚贼？"祝彪道："这厮们夥里有个什么小李广花荣，枪法好生了得，斗了五十余合，那厮走了。（五种繁本）
>
> （三种简本无）

从这两个例子看来，京本文字既与三种简本不同，也有异于五种繁本。这就动摇了我在"小结之一"中所说的第一个和第二个初步的结论，二者发生了抵牾。尤其是京本文字与五种繁本的不同，更具有特征的意义。而简本系自繁本删节而来。因此，京本残叶文字与五、六种繁本的文字相同或基本上相同，不足为奇；相反的，倒是它与繁本文字的较多的、较大的歧异，需要引起我们的注意和重视。

那么，应该怎样来给京本定位呢？

七、怎样给《京本忠义传》定位？

京本既不是繁本，也不是和余本、刘本、蔡本一样的简本，那么，在《水浒传》版本传播史上，在《水浒传》版本分类中，怎样给它定位呢？

在目前所能见到的《水浒传》众多的版本中，我们还没有发现任何一个既具有繁本性质、又具有简本性质的版本，我们还没有发现任何一个某回是繁本性质、另一回却是简本性质的版本。

怎样从版本性质上给《水浒传》分类？

前辈学者曾有"文繁事简""文简事繁""事文均繁"之分⑦。我认为，鱼与熊掌不可兼得，三分法的弊病在于违反了分类的排他性原则。就《水浒传》而言，在版本的分类上，若要追求准确性、完满性，只能采取一种标准，或以"文"（文字）为分类的标准，或以"事"（故事情节）为分类的标准。

如果"繁"或"简"指的是"事"，则在《水浒传》中，最大的"事"的区别在于有无"田王二传"的插增。这样一来，"事""繁"者反而"文""简"，"事""简"者也反而"文""繁"，这就不可避免地造成了版本分类的混乱。所以，我认为，不能以故事情节的多寡作为区别《水浒传》繁本与简本的标准。

二者择其一。若以文字的繁简来作为区别繁本与简本的唯一标准，则繁者自繁，简者自简，其间不会产生任何的纠缠。

所以，我主张两分法，简单地说来，即是：按照文字的繁（多）与简（少），可以把《水浒传》的版本分为繁本与简本两类。

那么，《京本忠义传》属于哪一类呢？

首先，它是不是一个繁本？

让我们从京本与繁本（以容本为例）、简本（以余本为例）三者相应的字数的多寡来作两个比较。用数字进行比较，孰繁孰简，立见分晓。

先看京本第四十七回残叶的字数：

版　本	字　数
京本残叶第四十七回	514
繁本（以容本为例）	514
简本（以余本为例）	215

从这第一个比较可以看出，京本残叶的字数是和繁本相同的，而和简本的差距甚大，竟然有将近三百字之多。一叶字数，五百出头，却减少了五分之三。字数的

相差可谓之悬殊。从这点看，京本可能是个繁本，它有异于余本等简本。

再来看京本第五十回残叶的字数：

版　本	字　数
京本残叶第五十回	419
繁本（以容本为例）	483
简本（以余本为例）	115

从这第二个比较可以看出，京本残叶比繁本少六十余字，这就削弱了它是繁本的可能性，增加了它是繁本的删节本的可能性。另外，比简本多出三百六十余字，也显示出它和简本之间隔着不小的距离。这就是说，在字数上，京本与繁本、简本均有差距，只不过略近于繁本，而远于简本，介乎二者之间。

尤其是在情节与文句的叙述上，如拙文第六节"小结之二"所指出的，京本第五十回残叶与繁本存在着较大的、较突出的歧异，我们不得不转而相信京本其实是个与余本、刘本、藜本不同的简本。

就《水浒传》全书而言，除了"田王二传"之外，它的故事情节大体上是相同的，差异不大；它的字数也是基本上相仿佛的。

虽然京本完整的全书尚未出现，但我相信，仅凭京本第五十回残叶，就足以否定有些学者断定它是繁本的说法。

现在出现了新情况，京本的第四十七回残叶像是繁本，它的第五十回残叶又确实像是简本。对这个问题，怎么给出一个令人信服的解释呢？

如果京本是个简本，那么，它为什么会和余本、刘本、藜本一类的简本异样呢？

大体上说，那三种简本有相同的来源。但余本更接近于繁本。从这可以看出，一些简本因刊印时间早晚不同而有层次之分，出现了差异。刘本、藜本（崇祯年间）晚于余本（万历年间）。它们删减的字数也就比余本更多。

余本刊印于万历二十二年（1594），其中已有征田虎、征王庆的故事情节。而法国国家图书馆所藏的《水浒传》残本（"插增本"）在书名中突出地强调了"插增"二字，很多学者据此认为，插增"田、王二传"者以此本为最早。

插增征田虎、征王庆故事情节乃万历年间之事。张凤翼的记载可供参考。他的《水浒传序》[⑧]作于万历十六年（1588）、十七年（1589）间，其中说：

> 刻本惟郭武定为佳，坊间杂以王庆、田虎，便成添足。

他所说的郭武定刻本，系指武定侯郭勋的《水浒传》刊本。郭武定本现已不存。但郭勋的生卒年是可以考见的。他生于成化十一年（1475），卒于嘉靖二十一年（1542）。他刊刻《水浒传》当然是他生前所为。可知张凤翼说的"坊间杂以王庆、田虎"之事，系发生于郭武定刻本之后，若《京本忠义传》为正德、嘉靖年间的刊本，则正约略与郭武定刻本同时。

因此，若《京本忠义传》果系正德、嘉靖年间的刊本，则其中显然不可能出现征田虎、征王庆的故事情节。

若京本也有征田虎、征王庆的故事情节，则它应和现存的其他简本一样，当刊行于万历年间。若京本无有征田虎、征王庆的故事情节，则它应刊行于万历之前。这一点正和顾廷龙、沈津两位学者"正德、嘉靖年间"的判断相合。

总而言之，我认为，《水浒传》简本乃是繁本的删节本，简本则有前期简本与后期简本之分。

《京本忠义传》是前期简本，余本、刘本、黎本以及其他一些包含"田王二传"的建阳刊本（简本）乃是后期简本。

前期简本和后期简本的区别主要在于以下三点：

第一，前期简本的字数比繁本少，但比后期简本多。后期简本的字数比前期简本少，当然也比繁本的字数更少。

第二，前期简本无征田虎、征王庆的情节内容，后期简本则开始"插增"了"田王二传"。

第三，前期简本刊行于正德、嘉靖年间，后期简本的刊行则自万历年间始。

注释：

①顾廷龙、沈津：《关于新发现的京本忠义传残叶》，《学习与批判》1975年第12期。

②这里所说的"基本上"是指仅有一二字或二三字歧异的情况。

③这里所说的"项"与上文所说的"例"有区别：一"例"之内可能有数"项"之多。

④在比较京本第四十七回残叶和繁本的异文时，我使用了六种繁本，其中含有嘉靖本；现在比较京本第五十回残叶和繁本的异文时，我只使用了五种繁本，其中不含嘉靖本（因为嘉靖本也是残本，缺第五十回）。

⑤"在"，此字疑是衍文，因连下文"庄"字致误。

⑥此字模糊不清。

⑦孙楷第:《中国通俗小说书目》。

⑧张凤翼:《处实堂集》续集卷六。据拙文《关于张凤翼的〈水浒传序〉》(《光明日报》1965 年 5 月 9 日《文学遗产》副刊）引。

赵弼与《效颦集》

——明代小说史札记

赵弼的小说集《效颦集》，过去没有引起小说史家的重视。

九十年前，孙楷第先生在日本东京内阁文库见到了日本旧抄本《效颦集》三卷，随后就在《日本东京所见小说书目》卷六①中比较详细地介绍了这部书的内容和一些有关的情况。

五十多年前，上海出版了赵弼《效颦集》的排印本②。排印本的底本是当时的上海市文物保管委员会所藏的"明宣德年间原刻本"。从此，此书得以在我国学术界流传。

这部小说集，在中国小说史上自有其重要性。令人感到遗憾的是，过去的文学史和小说史著作中几乎没有提到过它；另外几部专著，虽对它有所介绍，却基本上没有超出孙楷第先生当年所谈的范围。

这篇札记试图对赵弼的生平事迹，《效颦集》的内容、体裁及其重要性，作简略的介绍，并提出初步的看法。全文分为三节：一，赵弼的生卒年、经历与著述；二，赵弼的籍贯；三，《效颦集》的性质。

一、赵弼的生卒年、经历与著述

赵弼，字辅之，号雪航③。明初洪武至景泰时人。

关于他的生卒年，缺乏明确的记载。

我们可以利用他的朋友的文章中的有关文字加以推算。赵弼《雪航肤见》卷首有余铎序，撰写于正统十三年（1448），其中说：

> 南平赵先生禀中正之德，蕴卓越之才。夙以明经修行，举任师模，屡典名

邑之教。年至古稀，致政，寓居晴川，安贫守道，以著述为娱。

"古稀"，一般是指七十岁，典出杜诗"人生七十古来稀"。余铎序表明，正统十三年（1448）时，赵弼已"年至古稀"。姑以此年为七十岁计算，可知他约生于洪武十二年（1379）。

赵弼《雪航肤见》卷首另有胡萧序，撰写于景泰元年庚午（1450），其中说：赵弼在这一年"以所著《雪航肤见》一帙示余"。这足可证明，当时赵弼还健在，约年七十二岁。

他卒于景泰元年以后的哪一年，则不得而知了。

关于赵弼的经历，可以考见的，约有以下三端：

（一）据赵弼《梦游番阳彭蠡传》④自述，洪武三十二年，即建文元年（1399），"游学于闽、浙"。其时，他约二十一岁。

（二）他曾以贡生为汉阳儒学教谕。明初各府、县教官多由岁贡充任。赵弼走的也是这条道路。他任教职的时间，光绪《汉阳县识》说是"永乐年"（1403—1424）⑤，黄虞稷《千顷堂书目》则说是"永乐初"⑥。到任之初，县学附于府学，没有单独的房舍。赵弼力请筹度创建，终于落成。"尽心训迪，丕变士风"的评语⑦，是后人对他的教官生涯的概括。明初，"岁贡就教，无定期"⑧。他担任教官，没有升迁，长达数十年。

（三）晚年退休后，寓居汉阳东北的晴川，以著述为娱⑨。卒后，葬于汉阳⑩。

综观赵弼的一生，长期居住在汉阳，过着比较平静的生活。读书、教授、著述，三者几乎构成他的生活的主要内容。

赵弼的著作不少，但传世者不多。例如，据光绪《汉阳县识》，他曾于宣德年间（1426—1435）纂修《汉阳府志》，人称善本。此书似未见流传。《明史·艺文志》仅著录朱衣《汉阳府志》三卷⑪。可知赵弼所纂修者在清初即已佚失。他的著作梓行者为《效颦集》《雪航肤见》和《事物纪原删定》三种。

《效颦集》，见于高儒《百川书志》⑫，《四库全书总目提要》⑬，丁丙《善本书室藏书志》⑭的著录。现存原刻本和日本旧抄本。《四库全书总目提要》著录的是"两淮盐政采进本"，"第三卷中，阙《疠鬼对》《梦游番阳传》二篇，殆传写佚之。"但在原刻本和日本旧抄本中，这两篇都完整地保存着，只不过后者在原刻本题为《梦游番阳彭蠡传》，稍有不同。这两篇位居全书之末。因此，佚失的原因大概是磨损或缺叶。

排印本后附丁汝舟撰写于同治十三年（1874）的跋文，称原刻本为"宣德间刻本"⑮。排印本的"出版说明"也称为"明宣德年间原刻本"。其后，袁行霈、侯忠义《中国文言小说书目》⑯和谭正璧、谭寻《古本稀见小说汇考》⑰等也都沿袭了这个说法。丁汝舟的根据不知何在。估计是因为赵弼的《效颦集后序》撰写于宣德三年（1428），才产生了这样的判断。但，这个判断实际上是不准确的。《效颦集》上卷的《愚庄先生传》记述了潘文奎的生平事迹，其间提到：

> 宣德乙卯秋，主广西文衡，彻棘之后……又三日，沐浴更衣，端坐而逝。⑱

按：乙卯即宣德十年（1435）。宣德十年为宣德年号的最后一年。其年正月，宣宗崩，英宗即位，改明年为正统元年。潘文奎宣德十年秋、冬之际卒于广西，其后再有灵柩运返汉阳安葬、约请赵弼撰写传记之事；赵弼完稿后，又须有结集、刊印等事。这些事断非两三个月内所能办。《效颦集》的刊行，最早恐怕也超不过正统元年（1436）去。因此，毋宁称之为正统刊本，更符合实际情况。

《雪航肤见》又名《通鉴雪航肤见》⑲。共十卷。有成化二十年（1484）仁实堂刊本。卷首载余铎正统十三年（1448）序和胡萧景泰元年（1450）序。黄虞稷《千顷堂书目》⑳，《明史·艺文志》㉑，《四库全书总目提要》㉒，《续文献通考》㉓等曾著录。《四库全书总目提要》对它的内容作了介绍和评论：

> 是书成于正统、景泰间。杂论史事，上自羲、农，下及有宋。论多迂阔，亦颇偏驳。

《事物纪原删定》二十卷，卷首载陈华正统九年（1444）序。《事物纪原》原为宋人高承所编。赵弼对此书所进行的工作是"校正"和"删节"㉔。《明史·艺文志》著录了此书。

二、赵弼的籍贯

赵弼是哪里人氏呢？

关于这个问题，存在着一些疑问。

《效颦集》原刻本，卷首署"汉阳县儒学教谕南平赵弼撰述"。《效颦集后序》文末亦自署"南平赵弼辅之书"。他的朋友余铎称他为"南平赵先生"㉕。可见他是南平人。其后，高儒《百川书志》，《四库全书总目提要》都沿用此说。

按：南平县在福建省，明代属于延平府。因之，《效颦集》排印本的"出版说明"、胡士莹《话本小说概论》㉖、黄霖、韩同文《中国历代小说论著选》㉗，都说他是"福建南平人"。而民国《南平县志》也确有赵弼的小传：

> 赵弼，字辅之，自号雪航。博学多识，尤邃《易》学。学者称为雪航先生。㉘

看来，"福建南平人"之说似乎有根有据的了。

但有不同的说法存在。例如，光绪《汉阳县识》称赵弼为"巴人"㉙，黄虞稷《千顷堂书目》也说他是"蜀人"㉚。它们的时代要比"福建"说早得多，这不能不引起我们的注意。

我们还可以发现，《效颦集》中的许多地方涉及四川。全书二十五篇，却有十七篇的内容和四川有关，或记蜀事，或写蜀人。列举于下：

> 上卷：《蜀三忠传》《玉峰先生传》《孙鸿胪传》《赵氏伯仲友义传》《新繁胡大尹传》《觉寿居士传》。
>
> 中卷：《三贤传》《鄞都报应录》《续东窗事犯传》《铁面先生传》《蓬莱先生传》。
>
> 下卷：《青城隐者记》《两教辨》《丹景报应录》《繁邑古祠对》《泉蛟传》《疥鬼对》。

它们在篇数上占68%，比例不算小。这令人产生怀疑：如果赵弼果真是闽人，又长期居住在汉阳，他为什么要记这么多的蜀人蜀事？

更为奇怪的是，全书最后一篇《梦游番阳彭蠡传》，在篇首有这样一段文字：

> 洪武屠维单阏春季月，余游学于闽、浙，道经武昌，泊舟金沙洲侧。㉛

"游学"一词，按其通用的意义来说，是指离开本乡到外地去求学。因此，这段文字存在着两个问题：

第一，如果果真是闽人，他为什么还要"游学于闽"？"游学于闽"正好证明了他不可能是闽人。

第二，如果果真是闽人，他到闽、浙去求学，为什么要路过武昌，绕这么大的圈子？旅行的路线和方向全不对头。试换一个角度考虑问题。以闽、浙为目的地，而又"道经武昌"，显然是个由西向东的行程。其出发的地点恰恰是四川，而不可能是福建。

这使我们更倾向于相信《千顷堂书目》和《汉阳县识》的说法：赵弼是"蜀人"或"巴人"。

《汉阳县识》赵弼小传还说：

> 卒葬于县西十里，后遂占籍。子蕃，正统十三年进士，官主事。㉜

可知他的子孙后来已以汉阳为他们的籍贯。查赵蕃系正统十三年（1448）三甲九十名进士，在《明清进士题名录》中，他的籍贯注明"湖广汉阳"㉝。而这时赵弼尚在世。这证实《汉阳县识》关于"占籍"的说法是可靠的。这样一来，它的关于"巴人"的说法从而也应该是可信的。

赵弼既为"蜀人""巴人"，又是"南平人"。把这两点统一起来的，只有一种可能：南平，不仅福建有，四川也有。

检《明史·地理志》，在明初，作为县名，除了福建南平外，别无其他南平。在元代，也是这样。《元史·地理志》只记载了一个延平路的南平县㉞。这个县名大约是元代始有的，因为在《宋史·地理志》中，福建路南剑州辖县五，而无南平之名㉟。

古代文人多喜用较古的地名来指代自己的乡贯。估计赵弼不会违反这个相沿已久的习惯。

据李兆洛《历代地理志韵编今释》㊱，南平之名有九。为县名者四（湖南、广东、四川、福建）；为郡名者二（湖北）；初为郡名，后改州名者一（四川）；为州名者一（安南）；为军名者一（四川）。果然有四川的南平：

> 1. 南齐：郡，梁州；唐：州，羁縻，江南道；宋：州，羁縻，夔州路，绍庆府。今阙，按当在四川境。
>
> 2. 唐：县，剑南道，渝州。今四川重庆府巴县东南二百二十。
>
> 3. 宋：军，夔州路。今四川重庆路綦江县南九十。

值得注意的是其中的第二项，即重庆、巴县附近的南平县。因为它正与《汉阳县识》的"巴人"之说相合。

这个南平县，在《旧唐书》《新唐书》和《宋史》的地理志都有记载㊲。它始设于唐代贞观四年（630），是从巴县划分出来的。同时，并于县南界置南平州，领南平、清谷等七县。八年（634）改南平州为霸州。十三年（639）废南平州，省清谷等六县，以南平县属渝州。天宝元年（742）改渝州为南平郡。乾元（758—760）初，复为渝州。宋代雍熙（984—987）中，废南平县。由此可知，在唐、宋两代，南平县之名存在了三百五十余年。南平县原属的南平州之名，在唐代存在九年。它后来改属的渝州，又一度改名南平郡，有十六年之久。所以，赵弼用这个在元代和明初已不存在的古地名来称呼自己的乡贯，是完全可以理解的。

南平县，当初既从巴县析出，废后其地当仍并入巴县。而在明代，巴县一直存在着，属于重庆府。

所以，关于赵弼的籍贯，按照他所生活的时代的情况，我们可以说：他是四川巴县人。光绪《汉阳县识》称他为"巴人"，恐怕也就是这个意思。

但他长期离开四川故乡，官于汉阳，家于汉阳，葬于汉阳。他的后人遂为湖广汉阳人。

那么，民国《南平县志》为什么误认他为福建南平人呢？我想，原因大概是这样的："南平赵弼"的自署使民国《南平县志》的纂修者们产生了错觉。他们可能只知道元、明、清三代福建有南平县，而没有悟到唐、宋两代的南平县则在四川，根本不在福建。搜罗尽可能多的乡贤事迹入书，是方志纂修者们的普遍心理。受了这样的心理的驱使，再加上粗枝大叶的工作作风，缺乏必要的考证和辨析，遂使明初的一个四川人突然地变成了福建人。

福建南平其地与赵弼素无瓜葛，湖广汉阳乃赵弼久居之地：权衡轻重，自以《汉阳县识》为可信，《南平县志》不足为据。

三、《效颦集》的性质

《效颦集》是赵弼自己的创作，还是编辑他人的旧作[38]？这个问题涉及《效颦集》的性质。

《效颦集》正文中有许多地方流露出作者叙述的痕迹。试举七例。

例一：《宋进士袁镛忠义传》结尾说："宣德初，新安王公永静由柏台侍御擢守汉阳，以进士公传诔、柳庄先生类编诗集示余，故详知其实。乃述公忠义本末，以补蒋、林二先生缺略。"[39]文中自称的"余"，当然非赵弼莫属。

例二和例三：《蜀三忠传》和《赵氏伯仲友义传》二文的最后一段，都以"赵生曰"起端[40]。"赵生"也显然是赵弼的自称。他继承了史传文学的传统，在这里发表自己对"蜀三忠"和"赵氏伯仲"的评论。

例四：《何忠节传》文末说："南平赵弼嘉公忠义，故录其事以贻后世。非惟死者闻之快于地下，将使后之为忠者知所以劝，而不忠者知所以愧，万一有补于世教也。仍以酒馔而祭之曰……"接着，附录了他自撰的祭文[41]。

例五：《张绣衣阴德传》记述了张纯在大旱之年施粥赈济灾民的事迹，说："南平赵生乐道人之善，闻公阴德之厚如此，敬疏其实，以俟太史氏采录，续于为善骘书云。"[42]"南平赵生"也就是"南平赵弼"的另一说法。

例六：《愚庄先生传》中的潘文奎曾任汉阳府通判，致政后隐居晴川。因此，全文以"南平赵弼尝叨先生治下，故述其存殁之事，用垂不朽云"结束[43]。

例七：《泉蛟传》故事叙述结束后说："南平赵弼作《泉蛟传》，以表厥事。仍赋短歌一章，以为后人之戒云。"接着，附录了他自撰的一首不短（共五十二句）的七古[44]。

以上七个例子，用了"述""录""疏""作"等词，出现了"余""赵生""赵弼"的自称，还附录了自撰的论、赞、祭文、诗歌，无不证明《效颦集》出于赵弼的手笔。

赵弼的《效颦集后序》[45]也为我们提供了判断的根据。这篇序文一开始，就说："余尝效洪景卢、瞿宗吉，编述传记二十六篇。"可见全书二十五篇[46]都是"编述"的。"编"字在这里是撰写或编写的意思，与现代汉语中的"编辑"或"编纂"都有所不同。这可以从《后序》下文得到证明。据赵弼自己交代，《效颦集》的题材来源有二：一是"闻先辈硕老所谈"者，二是"己目之所击者"。"编述"云云，当是分指二者。

《后序》中假托了主客的一番问答。客人的问话，有"子所著忠义、道义孝友之传"和"幽冥、鬼神之类……子独乐而言之"的提法；主人的答语，则对以"余之所作"和"余辞"：在在显示了赵弼的创作权的归属。

《后序》还提到赵弼有过这样的想法："初但以为暇中之戏，不意好事者录传于士林中。每愧不经之言，恐贻大方家之诮，欲弃毁其稿，业已流传，收无及矣。"这些地方，字里行间充满了自谦的意思，说的都是自己的作品，完全不是谈论他人旧作所应有的口气。

自谦的话语还见于主客问答的最后："庶几蝇声之微，获附骥尾于千里之远也。"而且书名"效颦"的命意也在于自谦，更证实为赵弼之作无疑。

在明清两代的著录中，《效颦集》一直是被当作赵弼的个人著述看待的。陈霆《两山墨谈》称"著"[47]，高儒《百川书志》称"撰述"[48]，《四库全书总目提要》称"撰"[49]，光绪《汉阳县识》则把它列为赵弼的"著作"之一[50]。

再从《效颦集》全书来看，思想比较一致，行文和记事的风格大体上相侔，有的故事情节还互有照应，显然出于一手。二十五篇所记之事，时代不详者五篇，宋代一篇，元代（包括元末）八篇，明初十一篇。所记地域，以四川最多，江陵次之。前者为赵弼的故乡，后者邻近赵弼长期居住的汉阳。无论是时间，还是地点，都和作者赵弼本身的条件符合。

所以，如果没有确凿可靠的证据，我们不能剥夺赵弼的著作权。同时，也没有必要因《效颦集》书名的重复，而怀疑作者有为另一人的可能。

注释：

①《日本东京所见小说书目》(人民文学出版社，1981 年，北京)，114 页至 121 页。

②《效颦集》，古典文学出版社，1957 年，上海。

③据胡萧《雪航肤见序》，《四库全书总目提要》史部史评类一，民国《南平县志》卷二十文苑传。光绪《汉阳县识》卷三人物略，以雪航为字，误。

④见《效颦集》下卷。

⑤⑦⑩⑲㉙㉜光绪《汉阳县识》卷三，人物略。

⑥⑳㉚《千顷堂书目》卷五，史部史学类。

⑧《明史》卷七十一，选举志三。

⑨㉕余铎《雪航肤见序》。

⑪《明史》卷九十七，艺文志二，史类地理类。

⑫《百川书志》卷六，史部小史。

⑬《四库全书总目提要》，子部小说家类，存目二。

⑭㉔《善本书室藏书志》卷二十。

⑮《效颦集》(古典文学出版社，1957 年，上海)，119 页。

⑯《中国文言小说书目》(北京大学出版社，1981 年)，215 页。

⑰《古本稀见小说汇考》(浙江文艺出版社，1984 年，杭州)，24 页。

⑱《效颦集》，29 页。

㉑《明史》卷九十七，艺文志二，史类史钞类。按:《明史·艺文志》著录书名作《雪航睿见》，殆形近而讹。

㉒《四库全书总目提要》，史部史评类，存目一。

㉓《续文献通考》卷一百六十七。

㉖《话本小说概论》(中华书局，1980 年，北京)。

㉗《中国历代小说论著选》(江西人民出版社，1982 年年，南昌) 上册，114 页。

㉘民国《南平县志》卷二十，文苑传第二十五。

㉛《效颦集》，108 页。

㉝《明清进士题名录》。

㉞《元史》卷六十二，地理志五。

㉟《宋史》卷八十九，地理志五。按:元代的延平路相当于宋代的南剑州。元代延平路辖县五:南平、尤溪、沙县、顺昌、将乐。宋代南剑州辖县五:剑浦、将乐、顺昌、沙县、尤溪。两者相较，南平可能是剑浦的改名。

㊱《历代地理志韵编今释》卷九上。《万有文库》本，第三册，67 页。

㊲《旧唐书》卷三十九，地理志二，山南西道；《新唐书》卷四十二，地理志六，剑南道；《宋史》卷八十九，地理志五，重庆府。

㊳近代有的学者提出过这样的怀疑。此一问题的辨明，与《京本通俗小说》的真伪直接有关。

㊴《效颦集》，9页。按："进士公"即传主袁镛；"柳庄先生"指袁镛四世孙袁珙；"蒋、林二先生"指四明蒋伯尚、天台林公辅，他们曾在洪武年间撰写过袁镛的小传。

㊵《效颦集》，13页、27页。

㊶《效颦集》，16页至17页。

㊷《效颦集》，22页。

㊸《效颦集》，30页。

㊹《效颦集》，104页至105页。

㊺《效颦集》，118页。

㊻按：《后序》说是"二十六篇"，而全书实仅二十五篇。疑在刊印之前，作者已删弃一篇。

㊼《两山墨谈》卷十四："南平赵弼著《效颦集》。"

㊽《百川书志》卷六："《效颦集》三卷，汉阳教谕南平赵弼撰述。"

㊾《四库全书总目提要》子部小说家类，存目二："《效颦集》三卷，明赵弼撰。"

㊿光绪《汉阳县识》卷三，人物略。

论《封神演义》的思想内容与艺术描写

一、《封神演义》是一部优秀的作品

《封神演义》是出现在明朝的一部长篇小说。现存的最早的刻本是日本内阁文库所藏的《新刻钟伯敬先生批评封神演义》。在这个明刊本上，前面有李云翔（为霖）的序文，第二卷第一叶题作"钟山逸叟许仲琳编辑"①。究竟作者是谁，已难详考②。

据说，这部小说创作的目的是在"欲与《西游记》《水浒传》鼎立而三"③。可是在我们看来，无论是就思想性而言，或是就艺术性而言，《封神演义》和《西游记》《水浒传》这两部伟大的作品比较起来，还是稍逊一筹的。但它那思想内容上的积极因素，艺术描写上的特点，都具有一定的不可泯灭的价值。所以，在过去，它曾和《水浒传》等作品一样，获得了比较广泛的流传，如同有人所说的："凡山东、山西、河南一带，无不尊信《封神》之传；凡江、浙、闽、广一带，无不崇拜《水浒》之书。"④

我认为，在中国古代小说当中，《封神演义》还不失为一部优秀的作品。

二、《封神演义》的思想内容

《封神演义》的主题思想非常明确。它通过全书所描写的故事，具体地表现了两种力量之间的矛盾和斗争。斗争的一方面是以仁慈爱民的武王和他的丞相姜子牙为首的周，斗争的另一方面是以暴虐无道的纣王为代表的商。这显然是一种正义的力量与非正义的力量之间的斗争。斗争的结果是正义的方面取得了胜利。这样一个主题自始至终贯串着全书。全书所有的故事都围绕着它而展开。

作者在表达这个主题的时候，清楚地显示了自己的鲜明的倾向。周方，这是他所大力歌颂的对象。在作者的笔下，周的所在地西岐几乎成了一块乐土。而作者所要诅咒、鞭挞的对象，正是朝歌的昏君纣王和他左右的一群奸佞小人。

书里的主要反面人物是纣王。故事一开始，通过女娲宫烧香、伐苏护等事件，作者表现出他是一个荒淫好色之徒，二设立"虿盆""肉林""酒池"，断胫验髓、剖腹验胎，挖比干之心，醢伯邑考之尸，任意杀戮大臣，扰害百姓等例子又具体地表现了一个封建暴君的残忍不仁和暴虐无道的狰狞面目。

在纣王这个形象上，作者寄托了他对于暴政的抨击。这有着广泛的意义。历史上的封建统治者之中的暴君，哪一个的面目不和纣王相同？而在改朝换代之际，在农民大起义爆发的前夕，对于一个王朝的最后一个统治者来说，纣王的形象更有普遍典型的意义。我们知道，《封神演义》大约写成于元末农民大起义之后的不久，因而它能够生动地塑造出这样一个暴君的形象，也就是可以理解的了。

尽管殷和周在历史上并没有君臣的关系，作者却还是按照这种关系来写他们双方。这主要是在强调武王伐纣的事业是"以臣伐君"，是"以下伐上"，是"灭独夫"。而这样的思想，在我们看来，正是封建社会里的一种进步观点的反映。因为在当时，一般而言，封建统治阶级所大力提倡的，同时也是在社会上占统治地位的，乃是"君君臣臣"，"君要臣死，臣不得不死"这样的观点。在持有这样观点的人看来，君权是绝对神圣地不容侵犯的，皇帝无论是怎样的坏，总不可以用暴力去对付他，不然就是有罪。但《封神演义》却与此相反，它告诉人，在封建暴君的统治之下，可以"造反"，起来把他推翻，加以惩罚，并且还可以"取而代之"。它再三宣传这样一种思想："天下者，非一人之天下，乃天下人之天下也。"这和孙行者所说的"皇帝轮流做，明年到我家"⑤，是同样的意思。这也正是封建社会里的农民起义的理论根据之一。所以，《封神演义》所表现出的民主思想的因素，是值得我们加以重视的。

在《封神演义》里，还表现了和封建伦理观念相违背的思想。我们知道，封建社会里有所谓"五伦"的关系："父子有亲，君臣有义，夫妇有别，长幼有叙，朋友有信。"⑥这种封建伦理观念统治着一般人的心灵，它对封建秩序的巩固起着莫大的作用。在那样一个礼法森严的社会里，谁要是违反了这种封建伦理的原则，谁就会被看作是"大逆不道"，受到来自封建统治阶级的各种各样的迫害，最后以至不能在社会上存身立足。可是在另外一方面，我们知道，尽管这种封建的意识形态在当时是占统治地位的，连居于被剥削、被压迫地位的劳动人民也不得不接受它，但他们的生活条件和社会地位不可避免地要产生着与此相对立的民主的、进步的思想意识。这种思想意识在《封神演义》里得到了表现。前面所谈的"武王伐纣"，在某种意义上，也是属于这种情形。

另外，我们还可以用哪吒的故事和黄飞虎的故事来作说明。

在哪吒剔骨还肉故事里，作者刻画了两种相反的性格。首先，作者塑造了李靖这样一个形象，他"自幼访道修真"，因"仙道难成"，便"下山辅佐纣王，管居总兵，享受人间之富贵"。他做的是功名富贵的美梦。脑子里想到的只是这个，除此以外，其他一切都可以牺牲不管。所以，当他见到他的妻子段夫人给哪吒盖了一座行宫时，便说："你要把我这条玉带断送了才罢！"他害怕有人把这件事传到朝歌，奸臣参奏，"白白地断送""数载之功"。在功名富贵思想的支配下，父子亲人的感情已被抛至九霄云外。为了一条"玉带"，他做起事来，总是小心翼翼的，生怕做错了一点。懦弱怕事，因而也便成为他的性格的一个构成部分。一听到哪吒打死龙王三太子，他就"吓得张口如痴，结舌不语"，后又"顿足放声大哭"，把儿子看作是一个"惹下灭门之祸"的"冤家"。当石矶娘娘把他拿去的时候，他"苦苦哀告"，还硬心地把儿子送上死路。哪吒被石矶娘娘打败了，他还不关痛痒地袖手旁观，好像没事人一样。好容易盼得石矶娘娘说了一句："李靖，不干你事，你回去罢。"就好像得了圣旨一般地回关去了。儿子的死活，他早已丢在脑后。他所念念不忘的，便是想尽办法使自己免为"刀下之鬼"。极端的利己主义就是这样地使一个人灭绝了人性。

和李靖相反，哪吒的形象是令人喜爱的。作者把他写成是一个"年方七岁"的孩童。这样的年龄，便具有重要的特点：涉世未深，可以说是不知天有多高，地有多厚。他和一般小孩子一样，天真而又顽皮。"天气炎热""一身是汗"，见了一条小河，他就会"脱了衣裳""蘸水洗澡"。当巡海夜叉李艮和龙王三太子凶恶地对他进行干涉的时候，初次显示了他那具有反抗精神的思想性格。他用法宝打死敖丙以后，想道："打出这条小龙的本像来了。也罢，把他的筋抽去，做一条龙筋绦与俺父亲束甲。"依然是一个不懂事、天真的孩子的本色。更难得的是，和李靖完全相反，他抱着"一人做事一人当"的宗旨，为了不连累怕事的父母，为了给李艮、敖丙和碧云童子偿命，就毅然决然地自杀。故事进行到这里，读者在哪吒、李靖父子两人之间清清楚楚地看到了一条美好与丑恶的界线。故事本身的情节，自然而然地使读者产生了爱憎的感情。这时候，读者对哪吒那种被敖光称为"欺天罔上"的行动是同情的，对哪吒的死是惋惜的。

当哪吒行宫里的两个鬼判含着眼泪，向哪吒陈说李靖火焚庙宇的时候，哪吒的反抗性格获得了进一步的发展。如果说他以前已对李靖有所不满，那么，在那个时候，这种感情是隐忍住了，并没有发作出来，因为他还有着父子的情分。现在，他受到了李靖进一步的无理逼迫，况且他已"还了父母骨肉"，不能再忍受下去。所以，在得到莲花化身成形以后，他就决定要采取"下山报仇"的举动。这时，他已完全不将李靖当作自己的父亲，而是把他当作自己的"对头"看待。见到李靖以后，直呼其名，用枪刺去。李靖被他杀得大败而逃，他还紧追不舍，想把李靖捉住，"戳三枪""报一鞭之恨"。

哪吒的这种行为，在封建社会里，被看成是"忤逆乱伦"。在那个时代，封建的道德原则是"父要子亡，子不亡是为不孝"。父亲的话，儿子要当做天经地义一般地来遵从，不得违抗，所谓"天下无不是的父母"。而哪吒故事的可贵，就在于这个地方，它批判了"父子有亲"的封建伦理观念。它告诉人们，只要父亲做了对不起儿子的事情，儿子便可以不把他当父亲看待，便可以用行动来反抗他。作者所表现的这种思想，在当时说来，无疑是非常进步的。然而，我们也应当指出，作者的这种思想还是不够彻底的，并没有完全突破封建伦理观念的束缚。因此，哪吒的反抗并没有获得最后的胜利，终于在燃灯道人的玲珑塔下屈服，向李靖认罪。这和孙行者大闹天宫以后，逃不出如来佛的掌心，基本上是一种情形。

在黄飞虎反商归周故事里，作者通过黄飞虎这个人物的思想发展，具体地表现了一个人怎样突破封建伦理观念的束缚而采取了反抗性的行动。黄飞虎的显赫的地位和"造反"两个字根本是联系不上的。但是，现实使他受到了教育，妻、妹的惨死，使他第一次从切身的感受上对于暴君的罪恶有了认识。然而，在这个时候，"忠君爱国"的思想还顽强地在他的头脑里盘踞着，所以他丝毫也没有产生反抗的想法。他刚听到这个消息，只是"无语沉吟"，没有什么表示。黄明、周纪、龙环、吴谦四将上马持刀要造反，他这样说："我家妻子死于摘星楼，与你何干？你等口称反字，黄氏一门七世忠良，享国恩二百余年，难道为一女人造反？"把他们大骂一顿。在这里，《封神演义》表现了封建的愚忠思想把人毒害到怎样的地步。尽管如此，黄飞虎并非没有人的一点感情。禁不住三个幼子在他身边哭声不绝，他心里也"如火燎一般"，充满了矛盾。正在这时，四将却偏偏故意事不关己地拍手大笑，刺激他，他怎么忍受得住？所以周纪一说："兄长，你只知官居首领，显耀爵禄，身挂蟒袍。知者，说仗你平生胸襟，位至尊大；不知者，只说你倚嫂嫂姿色，和悦君王，得其富贵。"这番话正像一把利剑似的刺到了黄飞虎的心灵深处。人的尊严不允许他永久沉默下去。于是他才决定采取"造反"的行动。但这还不是最后的决心，所以《封神演义》的作者为他安排了一个进一步的发展：周纪使绝后计把他劝到午门去和纣王面对面地交兵。这样一来，最后一点君臣的名分也断绝了。黄飞虎就理直气壮地反出了朝歌，逃出了五关。

作者还写了黄飞虎的父亲黄滚这样一个人物。他也是一个脑子里充满了封建思想的人。他丝毫也不同情儿子的"造反"行为。当黄飞虎一行人来到他镇守的界牌关的时候，他不但不放他们通过，反而准备下囚车十辆，想把他们"拿解"到朝歌去。是什么样的想法驱使他这样做呢？萦绕于他脑中的只是"七代之簪缨""腰间之宝玉""人伦之大体"以及所谓"门风"，根本没有想到自己的女儿、媳妇是受到怎样的迫害而死去的。他的思想是用这样的逻辑来展开的：即使是皇帝逼死了你的妻子，你也不应该反抗他，因为你是他的臣子，因为你受过他的"恩""荫"。这样的思想，是封建统治者所散布的，也是他们所欢迎的。他们的政策是：压迫你，但不准你有任何的反抗。而黄滚所具有的那种思想在实质上恰恰维护了封建统治阶级的这种政策。通过黄滚的思想活动，作者把一个死也要做"忠臣"的愚人的面貌线条分明地刻画出来了。我们对他的这种愚蠢的想法感到好笑，然而我们又从他的身上认识到，封建思想是如何地在使人性泯灭。作者通过对黄滚的思想活动的揭露，对他进行了批判。

我认为，《封神演义》通过对封建暴君的暴政所作的抨击，对封建伦理观念所作的批判，表现了一定的反封建的思想。这就是《封神演义》是思想内容上的积极因素。对于这一点，我们必须要有充分的估计。

三、《封神演义》的艺术描写

不但《封神演义》的思想内容有着积极的意义，就是它的艺术描写也有着成功的地方，不容我们加以抹杀。通过这些艺术描写，它的思想内容才得到了更高的表现。《封神演义》的艺术描写的主要成就表现在展开情节、铺叙故事、抒写幻想、刻画人物方面。关于这几点，在前面谈思想内容的时候，有的已经接触到了。现在再另外举些例子来谈。

在《封神演义》里出现了许多的神仙和妖怪。在他们出场的时候，作者着重地描写了他们的容貌。他们的容貌往往是奇形怪状的。如杨任，他的双眼虽然被纣王剜掉了，可是由于道德真君的法力，他"眼眶里长出两只手来，手心里生两只眼睛——此眼上看天庭，下观地穴，中识人间万事"。如雷震子，他在终南山吃了两枚红杏，结果胁下长出两个肉翅，可以在空中飞行，"二翅招展，空中俱有风雷之声"。又如哪吒，他后来有三个头，八条臂膊。应当指出，这种描写虽然近于奇形怪状，但并不使人感到害怕，相反的，却能使读者发生浓厚的兴趣。这是因为作者有丰富的想像力，创造性地塑造了书中人物的肖像。另外一方面，也是因为这些描写投合了当时一般读者的口味，在某种程度上表达了他们的愿望。在那个时候，科学还不很发达，人们没有可能制造出飞机之类的东西，只能看到那些在空中自由自在地飞来飞去的鸟儿，在一种羡慕的心情下，就产生了人类胁下长出肉翅的联想。雷震子的形象的来源，就是这样的。同样，在那个时候，人们会遭遇到各种各样的苦难，其中又往往主要是肉体所受到的折磨，两眼失明就是一个例子。人们不得不想尽一切办法，来解脱和避免这种不幸。尽管有时候在现实社会中，它是不可避免的，但人们总是希望能过睁着眼睛的幸福、美满的生活。这是一个矛盾，但又无法永远获得解决。那时的人们便通过一种幻想的形式，来驱逐这种不幸的遭遇。在这样的情况下，杨任的形象就出现了。哪吒的形象也正反映了人们是如何地需要一种足以防御天灾人祸的本领。

出现在《封神演义》里的神仙和妖怪，大都是有法术的。这些法术或大或小，但总是超出了人类的能力范围。对于这些法术的描写，也和前面所说的一样，一方面是由于作者具有丰富的想像力，另一方面由于它们是以民间传说作为基础的，因而也是与当时人的愿望相通的。土行孙可以在地底行走，陆压道人的法宝可以降伏许多难以制服的妖怪，高明、高觉"目能观看千里，耳能详听千里"，无不给人以美丽的幻想。全书最活跃的人物应该算是杨戬。他"练就九转玄功"，有"七十二变化"。他被花狐貂吃进肚里，丝毫没有受到任何伤害，反而把花狐貂撑死了。他会变成花狐貂，偷取魔家四将的宝贝；又会变成武王和美女，诱捉土行孙；又会变成闻太师，把敌人所盗去的箭书抢回来。杨戬的形象不能不令人联想到《西游记》里的孙行者，他们的本领都是那样的大，又是那样的相同。这些描写都是非常美丽的，给人以美感上的享受和艺术上的愉快。

作者有时候用对比的手法来描写书中人物的法术。土行孙可以在地底日行千里，后来出现了一个张奎，他可以在地底下日行一千五百里。而两人在地底大战，便组成了一个热闹的场面。郑伦鼻中哼出两道白光，陈奇腹内哈出一道黄气，都能使敌人昏迷、跌倒。最有趣的是这两个人对面交战的时候，"郑伦鼻子里两道白光，出来有声；陈奇口中黄光，也自进出。陈奇跌了个金冠倒躜，郑伦跌了个铠甲离鞍。两边兵卒不敢拿人，只顾各人抢各人主将回营"。正因为《封神演义》的作者出色地表现了丰富的想像力，因而创造出了这样一些引人入胜的成功的描写。

在人物性格的刻画方面，《封神演义》也有着一定的可取之处。书中有些人物的性格被描写的相当生动，例如黄天化的暴躁如火，姜子牙的忠厚、懦弱，崇侯虎的贪鄙横暴，妲己的狡猾、残忍，无不在读者的脑海里留下了比较深刻的印象。有时候，作者写出了某些人物的复杂的多样的性格。在他的笔下，并非每个正面人物都是完美无瑕的英雄，也并非每个反面人物都是浑身带有缺点的坏蛋。拿土行孙来说，作者除了描写他作为一个周营将官所应有的品质和行为以外，也着重地表现了他的暴躁、骄傲、狂妄、好色、贪图富贵等等严重的缺点。再拿闻仲来说，他被描写成一个对纣王忠心耿耿的人，虽然近于愚忠，但他那种正直的性格还是能够使人觉得有些可爱的。闻仲这个形象的出现表明了纣王手下的人并不能够被简单地划分为两类：

一类是奸臣，一类是被迫害的忠良。另一方面，作者也没有把闻仲加以过度的美化，他给闻仲安排了必然的合理的下场：商纣王朝的殉葬者。

有时候，《封神演义》的作者采用了经济、简练的手法，用不多的笔墨，鲜明地刻画了一些人物的性格。最显著的例子便是申公豹。申公豹在全书之中是一个比较重要的反面人物。那些帮助纣王的神仙妖怪差不多全都是被他唆使前来跟周方为难作对的。虽然他出场的次数并不算多，可是通过并不使人感觉重复的那些受他愚弄的人的描写，一个忘恩负义、挑拨离间、倒行逆施的小人的形象一直在读者面前浮现着。尤浑、费仲也是这样。通过纣王想赦姬昌回国时、私受西岐财礼后、姬昌逃走后二人对纣王所说的话，三个不同的场合，三番口吻大不相同的对话，烘托出了两个反复无常、贪财纳贿的奸臣的形象。寥寥几笔的描写，能使读者牢记勿忘，这不能不说是《封神演义》艺术上成功的地方。

此外，书内还有许多曲折、复杂、细致、动人的描写，如广成子三谒碧游宫、苏护伐西岐、捉张奎等等，显示了故事发展的丰富内容，从而强烈地吸引了读者的注意力。结构上的紧凑，语言上的明畅、简洁，也应该算作是全书的优点。

四、《封神演义》的缺点

但是，在中国小说史上，《封神演义》并不被认为是一部突出的杰作。原因在于他有某些严重的缺点。我们应当指出，《封神演义》的作者处处表现了一种宿命论的观点。一切事情的发展，都好像是注定的，人力不可挽回。所谓"成汤气数已尽，周室天命当兴"，几乎已经成为全部故事发展的一个重要关健，在这种消极因素的气氛笼罩下，每一个参加商周之争的人都不过是来"完天地之劫数，成气运之迁移"，阵亡以后，都是"一道灵魂进封神台去了"。这种把斗争归结为"天意"的表现，正歪曲了斗争的性质，从而也就影响了主题思想的积极意义。

作者对于妇女也多少持着一种不正确的看法。这充分表现在对妲己形象的处理上。按照作者的理解，纣王亡国主要是因为他受了妲己的蛊惑。而纣王的一切倒行逆施、惨无人道的举动也仿佛都是出于妲己的指使。在封建社会里，这是一种传统的把妇女当成"祸水"的看法。实质上，它是在替封建统治者的罪行辩护，企图为之开脱，转移人民大众对于封建统治者的仇恨。在其他的地方，作者也流露了这种蔑视妇女的观点。例如"从来暗器最伤人，自古妇人为更毒""青竹蛇儿口，黄蜂尾上针，两般由自可，最毒妇人心"，这些都是书内表现出来的封建性的糟粕，必须加以批判。

书内也有少数地方，尤其是在韵语的描写上，表现出了作者的不明是非的客观主义态度。双方对阵，作者有时这样描写："这一个兴心安社稷，那一个用意正天朝；这一个千载传青史，那一个万载把名标。"双方似乎都是理直气壮地在为国争光，正义与非正义的界限在这里被模糊了。又如，帮助纣王作垂死挣扎的张桂芳、韩荣父子，余化龙父子等人自刎、阵亡或被斩，作者对他们作了不适当的歌颂。这种对封建道德"愚忠"的无原则的鼓吹，在某种程度上，削弱了武王伐纣事业的正义性质。

在艺术描写上，《封神演义》也有着若干缺陷。首先，由于作者把笔力主要用在幻想的驰骋上，忽略了对人物内心世界的揭示，因而书内大多数人物的性格不够鲜明、突出，有的甚至没个性。其次，有些地方还不免有千篇一律的公式出现。像"十绝阵"一段就是：必须先有一个人平白无故地去送死，然后阵才被破，一直重复了好几次。再其次，在情节的发展上，还留下了个别的漏洞。这都表明《封神演义》似乎不是一部经过苦心经营而创造出来的作品。难怪有人说："俗传王弇洲作《金瓶梅》，为朝廷所知，令进呈御览。弇洲惧，一夜而成《封神演义》，以此代彼，因之头白。此与云王实甫撰《西厢》，至'碧云天，黄花地'一曲，思竭而死，同一无稽。然《封神》一书，实类仓卒而就者。"[7]

尽管《封神演义》还存在着上面所说的一些缺点，但这并不能作为对全书进行评价的主要依据。因为这些缺点和它的思想内容的积极意义、艺术描写的成功之处比较起来，占的比重还是很小的。《封神演义》是一部在封建社会里写成的作品，不可避免地要带有复杂的内容，既有封建性的糟粕，又有民主性的精华。而我们在对待它的时候，从复杂之中分析出它的主要内容何在，才是实事求是的态度。

注释：

①参阅孙楷第：《日本东京所见小说书目》（人民文学出版社，1981年，北京），88页至91页。

②许仲琳字样仅见于第二卷，他卷均无此题。我们很难据此断定作者即是许氏。又有人曾依据《曲海总目提要》第三十九卷《顺天时》条："《封神传》系元时陆长庚（按：明人陆西星字长庚）所作，未知确否？"断定作者是陆西星。仅是孤证，也难成立。所以，在没有充足的证据的情况下，《封神演义》的作者问题只可存疑。

③梁章钜：《浪迹续谈》，卷六。

④陶成章：《教会源流考》。

⑤《西游记》，第七回。

⑥《孟子滕文公》上，按："叙"一作"序"。

⑦解弢：《小说话》。

论《钟馗全传》

一、两部互有残阙的刊本

《钟馗全传》是明代神魔小说中的一部重要作品。

目前，据我所知，它仅存刘双松刊本两部，一部藏于日本内阁文库中的浅草文库（下文简称"内阁文库藏本"），另一部藏于日本静冈县立中央图书馆葵文库（下文简称"静冈图书馆藏本"）。内阁文库藏本已见于孙楷第《中国通俗小说书目》（人民文学出版社，1982 年）、大塚秀高《增补中国通俗小说书目》（汲古书院，1987 年）的著录。静冈图书馆藏本则孙《目》、大塚《增补目》均失载。

原书在国内未见流传。但中国社会科学院文学研究所编辑、中华书局（北京）出版的《古本小说丛刊》第二辑收有此书内阁文库藏本的影印本（1989）；日本出版机构研究会（富山）印刷、发行了此书静冈图书馆藏本的影印本（1991）。

内阁文库藏本与静冈图书馆藏本互有残阙。内阁文库藏本封面已佚失，静冈图书馆藏本则保存着封面。内阁文库藏本卷四末叶亦佚失；静冈图书馆藏本卷四末叶（即全书末叶）前半叶保存完好，上栏图之标题为"护国庇民""功同天地"；其正文为：

> （自后五通避不敢入，遥属耳于毛保之母曰："此神正向击我金简者，汝忘我以汝故，窃物得祸，又向所遗无算，而反毒治）我耶？"语毕去，不复至。自后毛保奉祀愈隆，而钟馗之威灵遍寰区矣。

静冈图书馆藏本卷二第十叶后半叶第五行以下的五行文字残阙，而内阁文库藏本此处完好无损：

> （……诸友）皆哂其用力太过。越一日，饮食不进，病卧不起，求良医治之，亦不见愈。忽一夜，馗得一梦，梦见神人曰："余华烈，今被妖所迷，你可与之速除，毋使伤其生也。"馗觉来，是一梦。次日，携诸友诣华烈之寝处，鞠其得

病之由。华烈以（实告……）

内阁文库藏本与静冈图书馆藏本各卷卷末的残阙微有差异。其差异表现为三种情况：

（一）卷一末叶后半叶，内阁文库藏本与静冈图书馆藏本均有正文两行，图仅存两行地位，无人物，内容不详。第三行则从头至尾题写着书名，但静冈图书馆藏本此行已被裁剩小半依稀难辨，内阁文库藏本则完整："鼎锲全像按鉴唐书钟馗斩妖传卷之一终。"

（二）卷二末叶后半叶，内阁文库藏本无，而在前半叶的末行已出现卷尾的一行书名，表示此卷正文已终。可知此后半叶已被整个裁去。而在静冈图书馆藏本，此后半叶无文字，图像却残留者两行的地位，并有一个倚坐的人像。也就是说，内阁文库藏本、静冈图书馆藏本此处残阙的原因都是被后人裁去，只不过前者裁得干净（裁去整页），后者仅裁去大半页而已。内阁文库藏本与静冈图书馆藏本卷三末叶后半叶、卷四末叶后半叶，其情况和卷二末叶后半叶的情况大致相同。

（三）卷四末叶（即全书末叶）。

第二回均无回目，其回末诗第三句"幸逢神口来点化"的第四字，内阁文库藏本仅印出顶端的一撇和两点，看不出的何字。静冈图书馆藏本却清晰地显示出，这是个"僧"字。

内阁文库藏本卷三第三叶（"超度秀英"回）佚失，幸亏静冈图书馆藏本保存着，免除了读者之苦，如下：

> （猛然自思曰："此事不可不信。"仍复就寝。然自）秀英去世以后，学士、夫人时刻忧闷。夫人陡成一病，卒然而死。学士又见夫人病故，愈加痛哭，一时昏愦，夫妇相继而亡。馗闻之，亦备仪遥祭，极其悲哀。但见光阴似箭，日月如梭，不觉又值大比之年，收拾行李、书箱，辞别长老，至京赴试，考居二甲之首。业已答策金阶，得中头名状元。及至殿前谢恩，唐王嫌其貌丑，遂摈弃之而不用。馗进前辨曰："当今天下，臣闻以文罗士，未闻以貌弃人者也。"与唐王辨论一番，触阶而死。唐王后亦悔悟，赐其口袍，厚礼以葬之。然馗自触死之余，笔剑亦随之而去，魂灵直入天庭，参见上帝毕，上帝还问其故。馗以唐王见摈之事，又以父母无依与妻早逝之情，一一奏闻于帝焉。上帝听罢，乃曰："汝妻身死之时，汝曾有文疏达于天庭。彼时就差金童玉女迎至仙宫。汝之父母素行积善，亦不使其堕于地狱。"言讫，忽冥司差官解善恶文册至，帝阅毕，即唤钟馗上殿，与之言曰："今冥司解到善恶文册，与前大不相同，殊非法纪。我

今差你前去冥司地狱，仔细"（查核，即日回报……）

卷一"求医疗病"回：

> 上帝怜其心诚词恳，遂取仙丹一粒，召天使而命之曰："你可扮一云□道人，将此灵丹救甦钟惠，不可违吾旨意。"

"□"字，二本均同为墨钉。从下文可知，此字实为"游"字。卷三"寒冰地狱"回：

> 冤魂啼啼哭哭者不可胜数。那夜叉将□魂身上衣服巾帽尽皆剥落，各打数百棍，遍身流血，叫苦连天。

"□"字为墨钉。从上文看，疑是"冤"字。卷三"锯解地狱"回：

> 正观看间，忽见一牌坊，上书"鬼门关"三字。一入关内，但见恶鬼乱乱纷纷：□天鬼、顺风鬼、千里眼鬼、听壁三尸鬼、青面鬼、红头鬼、白面鬼、猪首黑面鬼、二角鬼、五花鬼、青头鬼……不计其数，跪门接送。

"□"亦是墨钉，不详为何字。

二、封面·刊刻者·书名

上一节已指出，内阁文库藏本封面已佚失，静冈图书馆藏本则保存着封面。

封面有双线框。框上横题"安正堂板"四字。框内分为上、下两截。上截是图，占三分之一；下截占三分之二，分右、中、左三行：右、左两行分列"全像唐钟馗出身祛妖传"十大字；中行下端是"书林刘双松梓行"七小字。

卷一第二行和第三行下端分别题署"书林安正堂补正""后街刘双松梓行"。"书林"系地名，其地在福建建阳县的崇化里。"安正堂"则是明代建阳刘氏开设的书肆。它刻书的年代，据可参见的资料，起自弘治年间，止于万历年间，安正堂知名的刻书家，有刘宗器、刘仕中、刘朝琯（双松）、刘永茂（莲台）[①]等祖孙四代人。刘双松为其中的第三代。考国家图书馆所藏《锲王氏秘传知人风鉴源理相法全书》题"闽建安正堂双松刘朝琯锓梓"[②]，可知朝琯、双松为一人。他刊刻的书籍，有《新编古今事文类聚前集、后集、续集、别集、外集》《合并脉诀难经太素评林》《新刻琼琯白先生文集》[③]等，均刻于万历年间[④]。

从各个方面来判断，《钟馗全传》刘双松刊本当亦刊刻于万历年间。它属于"建阳刊本"小说的系列。

它的书名，在刘双松刊本上，共有六种称呼：

（1）《鼎锲全像按鉴唐钟馗全传》（见于卷一之首）

（2）《鼎锲全像按鉴唐书钟馗斩妖传》（见于卷一之末）

（3）《鼎锲全像按鉴唐书钟馗降妖传》（见于卷二、卷三之首、卷四之末）

（4）《鼎锲按鉴唐书钟馗降妖传》（见于卷四之首）

（5）《鼎锲唐钟馗降妖传》（见于卷二之末）

（6）《钟馗传》（见于卷三之末）

如果撇开"鼎锲""全像""按鉴""唐书"或"唐"等非实质性的名词不算，书名实际上只有《钟馗传》《钟馗全传》《钟馗斩妖传》《钟馗降妖传》四种的区别。

在这四种书名之中，《钟馗斩妖传》或《钟馗降妖传》仅仅指称了全书的后半部，未免有以偏概全的弊病，只有《钟馗全传》或《钟馗传》才具有概括全书内容的意义。《钟馗全传》更优于《钟馗传》[⑤]。原因在于：

第一，书名上用来一个"全"字，十分突出地告诉读者，它既有"钟馗出身传"，又有"钟馗降（斩）妖传"。

第二，它见于全书之首卷首行，地位显要。

所以，我认为，用"钟馗全传"作为全书的正式名称，是最恰当不过的了。

三、回目·回末诗

《钟馗全传》分卷而表面上不分回。它共有四卷：

卷一共十二叶。

卷二亦十二叶（含半叶空白）。

卷三共十九叶（含半叶空白）。

卷四至十九叶止，下缺。

四卷的篇幅，大体上均匀。说它表面上不分回，是因为在书中根本找不着"第×回"等字样。但它实际上是分回的。这从下列几点可以窥出。

首先，它有相当于回目的标题，提行另刻，共三十三个（现为行文方便，姑且给每个标题编上顺序号码，暂称为"第×回"）。

全书共分为三十四回：

　　卷一：十回。

　　卷二：六回。

　　卷三：九回。

　　卷四：九回。

　　仅卷一第二回无标题。其他三十三个标题，以四字句居多，例如从卷一第六回
"游玩龙舟"起，至卷四第九回"简击五通"止，全是这样；少数为八字句，例如卷
一第一回"钟惠夫妇花园游玩"，卷一第三回"钟惠夫妇与儿取名"。卷一第五回标
题为六字句"钟惠入馆从师"，疑原为八字句，脱夺二字。此处文意欠通，与正文情
节不符。入馆从师的，应是钟惠之子，而非钟惠本人。

　　标题文字大多稚拙，间或还有错谬之处。卷一第八回及第十回的标题都是"帝
试钟馗"。细察正文，第八回所演，系玉帝派遣殿前司簿总管往下方察试钟馗事。所
以它的标题无懈可击。在第十回，考察钟馗学问的人根本不是什么"帝"，而是学士
张宪，即钟馗未来的岳父，它的标题显然有误。

　　其次，在标题之前，有上一回的回末诗。共三十二首。回末诗一律为七言四句，
另行单刻，每行两句。例如卷一第一回：

　　　　施舍沙门费万钱，广提众信结良缘。

　　　　蒙天已赐麒麟子，皆为前生布福田。

　　全书现有回末诗三十二首。内阁文库藏本卷四第九回末叶残缺，正好没有回末
诗。而静冈图书馆藏本此处保存完整，其回末诗作：

　　　　护国佑万民，威灵至今存。

　　　　功如土地并，声名万古闻。

　　卷三第九回，内阁文库藏本、静冈图书馆藏本均无回末诗。该处位于全卷末叶
的前半叶，如列入回末诗，则须延至后半叶，大概是为了偷工减料，所以在刊刻时
删削了该回的回末诗。

　　最后，在每回的回末诗之前，各有下列几种回末套语："又听下回分解""未知如
何，且听下回分解"。

　　从章回小说形式的演变看，它经历了这样六个阶段：

　　（1）不分回，也不分则。

　　（2）不分回，但分则、有字数不整齐划一的标题。

（3）不分回、分则、有字数不整齐划一的标题，但有回末套语。

（4）不分回、分则、有回末套语，但又字数整齐划一的标题。

（5）分回，回目文字比较稚拙，不讲究对仗。

（6）分回，回目呈上下联形式，文字经过比较精心的润饰。

其间，不免偶有个别的例外，但这已经概括了基本的历史事实。《钟馗全传》正处于第三阶段上。它为研究章回小说形式的演变历史提供了一个有代表性的实例。

四、图与正文的四种不一致

《钟馗全传》全书不讳"由""检"二字。这成为它是万历刊本的旁证。它不可能刊刻于万历以后的天启或崇祯年间。它保持了上图下文的格式。这也是万历年间流行的建阳刊本小说的特色之一。上图下文。每半叶一图。图约占三分之一，文约占三分之二。图的左右两侧，各有四字标题，直行排列。卷一第五图，内阁文库藏本仅存右侧标题"西岳祈嗣"，左侧标题阙如，而静冈图书馆藏本作"扫坛建醮"。

插图标题文字，和正文标题文字一样，显得稚拙。甚至还产生了插图标题和正文不一致的情况。

第一种不一致，插图标题文字顺序与正文颠倒。例如卷一第六图的标题是"谭氏分娩"⑥"昏闷于地"，而正文中却先是"忽见夫人昏懵在地"，后来才是"一时在房中生下孩儿"，两者文字相隔有五行之遥。

第二种不一致，插图标题所表示的情节内容为相应的正文所无。例如卷一第十图的标题是"钟惠叹儿""钟馗游嬉"，但在正文中，仅有"钟惠叹儿"之论，而无"钟馗游嬉"之事。

第三种不一致，表现在人物姓名上。钟馗之母，正文作"潭氏"，插图标题全作"谭氏"。卷二第三回"雷击雉精"中有一卖糖客人出场，他的名字叫做"张一本"，到了卷二第九图标题上却变为"张本卖糖"，大约是受到四字句的限制，不得不删去了"一"字。

第四种不一致，插图标题所表示的情节内容与正文歧异。例如卷一第二十五图、第二十六图的标题分别是"谛变女子""调试钟馗""钟馗变色""揭谛而退"。此二图的故事情节见于卷一第八回"帝试钟馗"。从正文看，被玉帝遣往下方察试钟馗的，乃是"殿前司簿总管"。而插图标题却说是"揭谛"或"谛"。造成这种明显出入的原因可能有二：刊刻者或绘图者一时不慎，落笔有误；更可能的是，插图所据的底本正文原作"揭谛",而我们现在看到的亦非原本,而是改本了,所以"揭谛"也就变成了"司簿总管"。

五、它是文言小说,还是白话小说?

《钟馗全传》全书用浅近的文言文写成。几乎没有纯粹的白话文的叙述。也几乎没有采用任何纯粹的白话文的对话。试引开篇一段文字:

> 却说唐朝有一大臣,姓钟名惠,字德咸,号石室,乃西下海州人也,娶妻潭氏,家世儒业,官居显宦。因无子嗣,隐居不仕。乐尧、舜之大道,慕夷、齐之高标。视富若浮云,弃轩冕如敝屣。真海内之豪雄,实浊世之丈夫也。

全书文字风格,于此可见一斑。喜用对偶句,更是它的一个特色。再引第一回一段对话:

> 一日,夫妇叙话。钟惠谓其妻曰:"粟沉贯朽,无子徒然。人有善愿,天必从之。不免将此家财施舍抚恤贫民,日后若无子息,必获好报。"夫人曰:"相公此言,乃金石之论也。妾闻西岳有一华山,甚是灵验。我与你洗心涤虑,斋戒沐浴,谨涓吉日,敬请僧道,前去华山,建做功果,祈求子嗣。"钟惠听允……

可知它摒弃了口语化,让书中人物的嘴内充满了书卷气。

作为一个例证,对于解决古代小说的分类问题,《钟馗全传》有着重要的参考意义。

人们常把古代小说分为文言小说和白话小说两类。从表面上看,这种两分法是合乎逻辑的。然而它却存在着不容忽视的弊病。《钟馗全传》与文言小说从内容到形式都有着很大的距离,你让它挤进"文言小说"的领地,显然过于生硬和牵强;它又不能为"白话小说"的阵营所容纳,严格地说,它毕竟不是用白话文写作的。其他的小说,例如《三国志演义》,以及《三言》中的某些作品等等,何尝不是属于类似的情形呢?孙楷第先生的著作《中国通俗小说书目》中的"通俗小说"这一名称,给予我们很大的启发。的确,把《钟馗全传》说成是"文言小说"或"白话小说",都会引起人们的有理由的异议,但称它为"通俗小说",大概是人们能够普遍地接受的。

六、不同的结构与布局

《钟馗全传》的故事基本上分为前后两截。前半截介绍钟馗的出身,不妨称之为

"出身传"。后半截叙述钟馗降妖、斩妖的事迹，可以用"降妖传"或"斩妖传"的名称来概括这一部分的内容。前者情节完整，浑然一体，一环套一环。循序向前发展；后者则带有拼凑的痕迹，看上去仿佛餐桌上的一盘大杂烩。

它们的结构或布局有着截然不同的分野。如果用图形来表示，出身传呈直线状。直线由许多小点连接而成，每个小点代表一个细节。由这一小点向前进展到那一小点，都有必然的因果联系。缺乏其中任何一个小点，都将破坏了完整的直线的构成。降妖传与出身传不同，它主要呈放射状，以钟馗这个人物为中心点，向四外散射，形成许多分枝，每个分枝代表一个降妖或斩妖的小故事。前一分枝和后一分枝，相互之间没有必然的因果联系。因此，缺乏其中任何一个分枝，都不足以破坏放射状的结构或布局。

这很容易使我们得出结论：出身传与降妖传，虽同在一书之内，却有出于二手的嫌疑。

七、故事情节的疏漏与矛盾

书中故事情节的叙述，在一些关键的地方有十分突出的疏漏和矛盾。这更加深了我们的怀疑。例如，钟馗应试不中的原因是什么？他落第以后，又怎么样了？按理说，这些都是重要的关目，却在书中没有得到充分的描写，没有得到应有的铺叙，有的只是几句与上文不发生任何联系的、令人疑惑不解的补述。

关于钟馗应试不中的正面叙述，见于卷二第六回"赴试不捷"。叙事比较简略，仅有三行文字：

> 却说钟馗赴试已毕，越数日榜出，报同寓中者有七人焉。馗问报者："见有钟馗否？"报者答曰："未之有也。"馗听此言，一时昏闷。

在这之前，并无任何有关赴试过程的叙述，在这一段文字之中，也无片言只字涉及不中的原因。同回还写到，钟馗给父母写信，禀告赴试不中的消息，其中也只是平平淡淡地说："及诣京应试，希图侥幸，以慰严慈之望。何期运蹇时乖之若是耶！"读者完全意识不到钟馗的落第竟会包含着特殊的因素。这是《钟馗全传》前半截的描写。

到了后半截，从卷三第一回开始，情况突然起了变化。卷三第一回"超度秀英"下半回：

　　话分两头。且说海州有一举子，姓程名巢，亦擢黄甲。职授翰林编修，与钟馗住居相连，及回家，报知钟惠夫妇。惠与潭氏闻此言，肝肠尽裂，一齐昏闷而死。

　　这一段文字可以看作是《钟馗全传》后半截的开端。它的叙事与前半截的结尾不接榫。上文写道：钟馗亲自修书，并派遣家童回家禀告父母，钟惠夫妇听到钟馗不中的消息后，"双眉紧蹙，泪流如珠"。此番程巢传信，对于钟惠夫妇，已非新闻，何以还会"肝肠尽裂，一齐昏闷而死"？程巢回家"报知钟惠夫妇"，他"报知"的是什么内容，甚为含混，缺乏必要的明确的交代[⑦]。

　　在前半截，钟馗不中后，"羞返故里"，隐居终南山读书。但在后半截的开端，钟惠夫妇上天庭后，钟惠是这样说的：

　　　　臣子钟馗，忝中状元，因唐王罢其前职，触死金阶，不免为幽冥之冤鬼。

　　钟惠所说的钟馗之死的情节，不仅在前半截的末尾不见一点踪影，而且和钟馗隐居终南山读书的情节也是抵牾的。

　　卷四第三回"回转天宫"又一次接触到这个问题，钟馗托梦终南山洁空长老说：

　　　　我非别神，乃当时在山中读书之钟相公也。自别长老，诣京赴试，忝中头名。不料唐王嫌我们貌丑，弃而不用。自思无颜回家，遂触死金阶。英魂直入天庭，就蒙玉帝委查冥司。今赐我降妖简一条，复封我为掌理阴阳降妖都元帅，更来人间扫除妖魅。无处藏身，复来终南。长老不须惊怕。

　　这段话，在故事情节上，增添了三项新的内容：

　　（1）钟馗先在终南山中读书，再赴京应试；——不是自家乡海州赴试，也不是赴试不中后在终南山读书。

　　（2）不中的原因，是"貌丑"，为唐王所嫌弃。——不存在所谓"罢其前职"。

　　（3）自杀的原因，是"无颜回家"。

　　以上三段引文，说同样一件事，竟有三种不同的说法。这究竟是什么原因造成的呢？

　　我看，有两种可能。两段补述，都为后半截所仅有。它们的情节不见于前半截，在前半截也找不到任何的暗示或伏线。它们的情节又与前半截的正面叙述失去照应，甚至抵触。这种情形，只有在出身传的作者和降妖传的作者补述同一人的条件下，方会出现。或许两段补述中的情节，为前半截所原有，但在把出身传和降妖传捏合为一部书的过程中，由于某种原因（例如受篇幅限制之类）而被割弃了。

不论是哪一种可能，都使我们倾向于认为，出身传和降妖传非出一源；它们的作者不是同一人；没有经过细心的整理和加工，它们就被人拼凑在一部书之内了。

八、乌盆故事的来源

《钟馗全传》是由钟馗出身传和钟馗降妖传两部分拼凑而成的。大体上说，卷一、卷二属于出身传，即前半截；卷三、卷四属于降妖传，即后半截。当然，前半截也含有降妖的成分。例如卷二的"雷击雉精""立斩石马""收除鳌精"就是。但被拼凑进来的降妖传却是从后半截开始的。具体地说，卷三第一回的"话分两头。且说海州有一举子"乃是后半截降妖传的真正的开端。

降妖传的写法和出身传不同。它撺拾和撮合了种种有关的民间传说或小说的记载。

从内容看，出身传所写诸事，从钟馗诞生起，到他赴试不捷止，都发生于唐代，但到了降妖传，作者的时代概念却开始混乱起来。钟馗降妖、斩妖的事迹，有的时代不明，有的发生于唐玄宗开元年间（卷四第五回"提获小鬼"），有的竟发生于宋代。卷四第七回、第八回出现了一个人物形象："包文極（拯）"。文中称他为"包爷"，说他"断狱如神"。回末诗中更以"龙图"作为他的代名。可知其人即宋代的包拯，鼎鼎大名的包公。唐代故事和宋代故事的混合辑录，构成了降妖传的一个特点。

从卷四第八回"对证盆冤"，可以了解到降妖传成书来源的线索。

"对证盆冤"的故事情节是我们所相当熟悉的"盆儿鬼"故事。它的直接的出处应是《龙图公案》（百则本）第五卷的《乌盆子》。而最早则见于元代无名氏的杂剧《丁丁当当盆儿鬼》。其后，除《龙图公案》的《乌盆子》外，另有《断乌盆》传奇[⑧]，时代当稍后于《龙图公案》。再后，有京剧《乌盆计》（一名《奇冤报》）和小说《三侠五义》（一名《忠烈侠义传》）的第五回，都演述盆儿鬼故事。

在这些作品中，主要的故事情节，彼此近似；而人名、地名、官职名和某些细节，则互有出入。唯独《龙图公案》的《乌盆子》在这些方面和《钟馗全传》的"对证盆冤"一一相合。例如，被害人扬州李浩——《盆儿鬼》作"汴京杨国用"，《乌盆计》作"南阳刘安（字世昌）"，《三侠五义》作"苏州刘世昌"；凶手丁千、丁万——《盆儿鬼》作"瓦罐赵"及其妻"嫩枝秀"，《乌盆计》《三侠五义》作"赵大"夫妇。告发人王老——《盆儿鬼》作"张憿古"，《乌盆计》《三侠五义》作"张别古"。审判人包公的官职定州太守——《盆儿鬼》作"开封府府尹"，《乌盆计》《三侠五义》作"定远县知县"。这就雄辩地证明了《钟馗全传》的"对证盆冤"是自《龙图公案》的《乌盆子》取材的。

《断乌盆》传奇已佚，剧情则在《曲海总目提要》中有所介绍。基本事实与《乌盆子》相同，但人名稍异。从这一点，可知"对证盆冤"并非取材于它。但"对证盆冤"和它并非全无渊源的关系。例如，包公请钟馗来衙作证，是一个相当重要的细节。如果舍弃这个细节，等于割断了"盆儿鬼"故事和钟馗之间的唯一的连接线，这样一来，"对证盆冤"在《钟馗全传》中便无立足之地了。而这个细节却见于《断乌盆》，为《乌盆子》所无。可知"对证盆冤"的写定，以《乌盆子》为依据，但也参考了《断乌盆》。

"乌盆"之称，始见于《乌盆子》，《断乌盆》沿用。"对证盆冤"则称"瓦盆"。这从侧面证明，是"对证盆冤"抄袭了《断乌盆》，而不是《断乌盆》抄袭了"对证盆冤"。

注释：

①刘永茂（莲台）即《唐三藏西游释厄传》（或名《唐僧出身西游记传》《唐三藏西游传》）的刊刻者。

②王重民《中国善本书提要》。

③杜信孚《明代版刻综录》。

④方彦寿《建阳刘氏刻书考》（《文献》1988年第2期、第3期）。

⑤孙楷第《中国通俗小说书目》、大塚秀高《增补中国通俗小说书目》分别以《钟馗全传》《唐钟馗全传》书名加以著录。

⑥"谭氏"，正文中一律作"潭氏"。

⑦"程巢"这个人名也很奇怪。它使人联想到黄巢。在民间传说中，黄巢不正是考中状元后，因为貌丑而被皇帝罢黜的吗？

⑧《曲海总目提要》卷三十六。

略论"三言二拍"的精华与糟粕

"三言"（《喻世明言》亦即《古今小说》与《警世通言》《醒世恒言》的合称）和"二拍"（《初刻拍案惊奇》和《二刻拍案惊奇》的合称）在我国文学史上，有着比较重要的地位。因为从宋朝开始，我国才有了一种新的文学形式，这就是白话小说。白话小说语言通俗，大量地、细致地描写了人情世态，一出现就受到社会上一般人的欢迎，而"三言二拍"的价值就在于，它选编了一些优秀的作品，代表了这类短篇白话小说的成就。

一、五类优秀的作品

"三言二拍"究竟选辑了哪些优秀的作品呢?

这些优秀的作品，按照它们的内容，大概可以分成下面几类:

（一）数量最多的是描写男女爱情的作品。

例如《蒋兴哥重会珍珠衫》《崔待诏生死冤家》《唐解元一笑姻缘》《白娘子永镇雷峰塔》《卖油郎独占花魁》《钱秀才错占凤凰俦》《闹樊楼多情周胜仙》《吴衙内邻舟赴约》《同窗友认假作真，女秀才移花接木》。这些作品表现了古代的青年男女要求摆脱封建礼教的束缚的行动，反映了他们要求过幸福、自由的美好生活的愿望。作者告诉给读者许多忠诚、专一的爱情的故事。

像《崔待诏生死冤家》里的璩秀秀，她勇敢地和她的意中人崔宁一起逃离了王府;虽然最后还是被抓回来打死了，但她非常执着，成了鬼也要和崔宁做夫妻。这是一个多么可爱的光辉的妇女形象。另外，在《金玉奴棒打薄情郎》《杜十娘怒沉百宝箱》等作品中，作者也谴责莫稽、李甲这样一些薄情、负义的小人。

这些写爱情的小说，艺术感染力大都很强。它们不断地在人民群众的口头上流传着。有的更成为戏剧题材的来源，一直在舞台上演出着。

（二）揭露封建统治阶级丑恶面貌的作品。

例如《灌园叟晚逢仙女》，写了一个宦家子弟张委仗势欺压老百姓，吞占花园的行为。《丹客半黍九还，富翁千金一笑》《沈将仕三千买笑钱，王朝议一夜迷魂阵》《赵县君乔送黄柑，吴宣教干偿白镪》告诉读者，官僚地主荒淫无耻，酷信丹术，贪恋赌博、女色，但又愚蠢透顶，终于落入圈套，被人骗去了不少的钱财。这些作品的情节还能引人入胜。通过它们，读者可以对封建统治阶级的本质有比较具体的认识。

（三）歌颂一些和官府、有钱人作对的"侠盗"的作品。

这类作品只有两篇。就是《宋四公大闹禁魂张》和《神偷寄兴一枝梅，侠盗惯行三昧戏》。作者写出了宋四公、赵正、侯兴、王秀和嫩龙这样几个英雄人物。他们十分机智灵巧，富有正义感，和官府作对，专偷"悭吝财主"和"无义富人""不入良善之家"，有时还把偷来的东西，随手散给贫苦百姓。这两篇的对封建社会的反抗性，是十分明显的。而它们的艺术风格也很突出，和《水浒传》等作品相近，读来很觉亲切。

（四）所谓"公案"题材的作品。

例如《十五贯戏言成巧祸》《陈御史巧勘金钗钿》《张员外义抚螟蛉子，包龙图智赚合同文》。作者歌颂了一些替人民洗雪冤枉的公正、精明的官吏。他们和那些糊涂、昏庸的官吏成了鲜明的对比。在这类作品里面，读者可以看到，封建社会里的人民的处境是多么的可怜，他们随时都有被害的危险。

（五）带有讽刺意味的作品。

例如《刘东山夸技顺城门，十八兄奇踪村酒肆》，是对说大话的人的讽刺。刘东山的形象确实令人发笑。他在骡马店里，自吹自擂，是多么的趾高气扬；但在路上遇到敌手的时候，却慌了手脚，连忙跪下叩头求饶，这又是多么可怜的一副脓包相！

正由于有这样一些优秀的作品，所以"三言二拍"，特别是"三言"，获得了读者的喜爱。

二、"三言二拍"有什么缺点？

那么，"三言二拍"有没有缺点呢？

有的。产生在封建社会里的作品，往往是既有精华，也有糟粕。"三言二拍"也不例外。而且就数量讲，它的糟粕还大大地多于它的精华。因而一般青年读者在阅读的时候，就应该有所选择，挑那精华来读，把那糟粕坚决地扔在一边。所以，我们在这里指出"三言二拍"的糟粕，加以分析批判，非常必要。

"三言二拍"有哪些糟粕呢？

首先，在"三言二拍"里，有些地方诬蔑当时的农民起义，并作了歪曲的描写。

例如,《范鳅儿双镜重圆》写到南宋建州地方范汝为的起义军队怎样"劫夺行李财帛"和抢掠妇女。起义首领范汝为对封建王朝的反抗被说成"造下迷天大罪"。男主人公范希周是一个老老实实的"读书君子",贪图姓名,才被迫参加起义军队,又时时思念"他日受了朝廷招安,仍做良民"。

《何道士因术成奸,周经历因奸破贼》主要是描述明朝永乐年间唐赛儿所领导的农民起义的发生和失败的经过。作者恶意丑化唐赛儿的形象,把她写成了一个庸俗、无知、荒淫、无耻的女人。小说里还引了一首诗,说唐赛儿失败被杀是理所当然的事:"福兮祸伏理难诬"。更严重的是,作者的本意是要通过这个故事,告诉当时的人:"悖逆之事天道所忌",要安分守己地过日子,忍受残酷的压迫和剥削,不能有丝毫反抗的想法和行动,否则就"死而无怨",后悔莫及。这些地方都可以看出,作者的立场是反动的。

"三言二拍"的另一个缺点在于,有些小说,无论从主题思想来看,或从题材来看,都无疑是宗教的宣传品。

例如,《张道陵七试赵升》和《唐明皇好道集奇人,武惠妃崇禅斗异法》荒诞地描写道家张道陵、张果、叶法善、罗公远、李遐周等人的法术,大肆宣扬道教可以"学成长生不死,变化无端,最为洒落"。《明悟禅师赶五戒》宣传和尚要遵守严格的戒律。《梁武帝累修归极乐》着力地刻划了萧衍等几个"持斋奉佛"的人物,并作了种种的渲染,作者大致上想通过这些奇奇怪怪的故事,写出一种神秘的气氛,引诱人们对宗教产生狂热的崇拜和信仰。

其次,"三言二拍"也在很多地方宣扬了因果报应的迷信思想。

例如,《月明和尚度柳翠》写地方官柳宣教用计害了水月寺玉通和尚,后来一报还一报,和尚去投胎转世,变成了那个地方官的女儿柳翠,长大成人以后,堕落成为妓女。《陈可常端阳仙化》写一个善良而又懦弱的可常和尚受了别人的诬陷,挨打受罚,一点也没有怨言,圆寂死去。原来他认为:"只因我前生欠宿债,今世转来还。"《王大使威行部下,李参军冤报生前》的作者不但大谈"阴报""分毫不爽",而且还用三个故事表现各种不同的报法。

宣扬封建道德的作品,在"三言二拍"里面也占了一定的比重。

例如《庄子休鼓盆成大道》《行孝子到底不简尸,殉节妇留待双出柩》《张福娘一心贞守,朱天锡万里符名》,反对妇女改嫁,提倡片面的贞操观念。《徐老仆义愤成家》提倡奴仆有忠有义,像牛马一样地为主人服务。《任孝子烈性为神》把孝子任珪写到了神话的地步。他杀死了妻子和奸夫,又杀了三条无辜的人命,没有受到刑罚,反而成了神,并且有人出钱给他盖了一座庙宇。

最后，还应该指出，"三言二拍"里面有大量的猥亵描写。

例如《金海陵纵欲亡身》《夺风情村妇捐躯，假天语幕僚断狱》《任君用恣乐深闺，杨太尉戏宫馆客》等等都是这样的格调低劣的作品。

有时，即使在比较优秀的作品里面，也往往免不了要夹杂着一些比较露骨的猥亵描写。作者写它们，多少是受了社会风气的影响，有时候也是为了迎合荒淫的地主阶级和庸俗的小市民阶层的低级趣味。一般青年读者要是意志力不够坚强，多读了以后心灵便会受到腐蚀。

以上五个方面，充分说明了"三言二拍"的严重缺点，也充分代表了"三言二拍"的糟粕。

三、"三言"高于"二拍"

一般来说，"三言"的思想内容和艺术成就都要高出于"二拍"。造成这样的情形，有着多方面的原因。编者和作者的政治立场和创作态度是主要原因。

"三言"的编者冯梦龙是一个著名的通俗文学家。他反对名教，崇拜封建社会的叛逆性人物李卓吾；推崇民间文学，主张文学作品要写得通俗易懂。他还编写过两本民歌集：《山歌》和《挂枝儿》。他在清朝初年逝世，是一个有爱国思想和民族气节的遗民。

"二拍"的作者凌濛初和冯梦龙不同。他的政治立场是反动的。他的祖父做过安徽全椒知县，曾经统率军队镇压过当时的农民起义。他自己做过上海县丞和徐州判。当时农民起义一呼百应，声势浩大，摇撼着封建王朝的统治基础。他向上级献出《剿寇十策》，得到封建统治阶级的重视，官升到楚中监军金事。明朝灭亡的那一年正月，李自成的军队打到了徐州地方，他坚决守城抗拒，不肯投降。终于吐血而死。甚至在临终的时候，他还说过这样的话："生不能保障，死当为厉鬼杀贼！"可见他对农民起义的仇恨这样的深。凌濛初写"二拍"，他自己说，是"意存劝戒，不为风雅罪人"。他反对"得罪名教"，提倡"言之者无罪，闻之者足以为戒"。

这些对于我们理解"三言二拍"的精华和糟粕的由来，有一定的帮助。

总之，"三言二拍"有着不少的精华，但也有许许多多的糟粕。而且，它的糟粕是这样的众多和复杂，以致一般的青年读者要是没有一定的批判的能力，不在正确的思想指导下阅读，就会产生不良的影响。我们认为，一般的青年读者最好是暂时不要把阅读的兴趣集中在"三言二拍"上。有人要读的话，也最好是挑选其中的一些优秀作品来读。

略谈《碾玉观音》的人物描写

宋元话本是我们祖国最宝贵的文学遗产的一部分。话本是说话人的底本，由于直接出自民间艺人之手，所以大多数作品都具有丰富的人民性；同时，宋元话本在创立中国小说的民族形式以及奠定白话的文学语言方面，更起了空前显著的作用。《碾玉观音》是话本集《京本通俗小说》中的一篇，无论思想和艺术各方面都极为完整，把它作为一篇代表作来分析，有助于对话本艺术的了解。

《碾玉观音》通过璩秀秀和崔宁的恋爱故事，写出了封建社会里身受深重压迫的妇女对于自由幸福的追求，对于封建秩序的反抗。

由于宋初的统一局面带来了生产力某种程度的解放，从而推动了工商业的发达和都市的繁荣，这就使市民阶层作为社会的新生力量而进一步成长起来。这样，市民阶层的思想意识也必然获得发扬，并与占统治地位的封建思想发生冲突。现实主义文学艺术作品反映了社会的真实面貌，反映了现实中各种复杂的矛盾和斗争。在宋代反映新兴市民阶层与封建统治阶级的矛盾和斗争的作品中，《碾玉观音》是极真实、深刻的一篇。

艺术文学的主要任务是通过具体形象来反映现实。我们觉得，《碾玉观音》在人物描写的深刻性、生动性方面比之六朝志怪、唐人传奇又向前跨进了一步。秀秀，这是一个新型的女性。她勇于反抗，追求幸福，蔑视一切礼法的桎梏。这样的性格主要决定于她的阶级出身，她是一个小手工业者的女儿，所以她的思想意识带有鲜明的新兴市民阶层的特点。当她被献入郡王府去做养娘后，对她来说，正如一头自由自在的小鸟被关进了牢笼，我们可以想像她内心所受的压抑，我们也相信她一定是要求反抗的。她热爱崔宁，并主动地迫使他一同逃往自由的天地，这固然也可以说是因为郡王曾经答应她许配崔宁，但更本质的来看，这却是她要求反抗的必然结果。因为郡王的许婚只是一时高兴，是一件偶然的事，而追求自由幸福，敢于反抗，却是秀秀性格中的必然因素，即使她不认识崔宁，她也会专心一注去爱别的青年的。但是，在封建社会里，就阶级关系来说，奴婢是不能违反主人的意志的；就婚姻关系来说，妇女是没有自由选择的权利的。所以，秀秀的逃走既触犯了郡王的尊严，也触犯了传统的礼教。结果，秀秀被郡王抓回来处死了，这是一出不可避免的悲剧。

秀秀的爱情是真挚坚定的，她自始至终处于主动的地位，和崔宁的动摇恰成为鲜明的对比。如果从比较来看，秀秀的反抗比祝英台、崔莺莺更有积极意义，也更为彻底，这是因为她们是不同时代、不同环境、不同社会地位中的人物。在祝英台的时代，唯一的反抗就是死。而秀秀则逃走、结婚以至于后来的复仇，一切都做了，最后还把丈夫拉到阴间去做鬼夫妻，这种反抗和追求可谓生死如一了。这样动人的思想、性格，只有在市民阶层壮大的条件下，才有可能形成，即使在宋代社会中，这样的人物也不会是常见的。但这种性格是现实的，她典型地代表了一定社会力量的本质。

咸安郡王（韩世忠）代表另一种力量在小说中出现，他是封建秩序的维护者，但他同时又是抗金名将、朝廷大臣，艺人们对他有一定的尊重，当然不会对他作直接的抨击；但他的形象仍然是有意义的，他可以在"帝辇之下"随便杀人、打死人，不管是否犯了死罪，只要"我恼了，如何不剐（砍）人？"这种专横急躁的性格与他作为一个专制时代的上层人物的地位是一致的，所以虽然宋元艺人并没有十分丑化他的形象，但从他身上是完全可以体会到封建制度的残酷与反人道主义的，因为它本身就是这种制度的执法人。

排军郭立，是衔接前后两部分的链子。这样一个人物应该是属于封建统治阶级内部的人物。也许他本来并没有要告发崔宁和秀秀的意思，但当他一见他的主子，他的媚上的本性就促使他不得不搬动他的嘴唇。郭排军的碰见崔宁以及后来的搬嘴，在这样特定场合下是偶然的，但在整个封建社会中，新的萌芽必然要遭到旧势力的迫害这一点上说来，崔宁和秀秀的命运却有其必然性。

此外，在情节结构方面。《碾玉观音》体现了中国民族形式中那种有头有尾地发展故事的方式，但又有它自己的生动的变化。例如秀秀被打死后，她的鬼魂赶上了崔宁，并与他一同在建康府居住。她对崔宁说自己被郡王打了三十竹篦，读者对这将信将疑；后来去找璩公、璩婆，也妙在交代得含混不清，似真似假，到后来证明秀秀、璩公、璩婆等都已是鬼魂，这立刻使读者想起前面的疑窦，记起秀秀和璩公的颇有漏洞的交代，这使读者感觉到不但崔宁把鬼魂当作真人，就连局外的读者也信以为真了。读者不得不对这富有变化的情节感到满意，因为它从生动有趣的故事中得到了美的享受。

鬼自然是幻想的产物，但在许多艺术作品中，它是作为反映现实的一种特殊形象而出现的。一般说来，现实永远是在人的意识中反映出来的。无论它被意识表现在怎样奇幻的形式中，我们最终都能在真实的生活中找到它所以要这样反映的理由。秀秀鬼魂的形象正反映了新兴的市民阶层对于爱情、幸福的追求，对于非正义势力的反抗与复仇，以及对于现实人生的执着和热爱。这也就是它所以要这样反映的理由。

论《杜十娘怒沉百宝箱》

一、《杜十娘怒沉百宝箱》是"三言"的代表作

凡是读过《杜十娘怒沉百宝箱》的同志，恐怕都永远忘记不了作者在小说结尾处用浓墨重笔描绘的那个惊心动魄的场景：风雪长江，停泊着一艘船，船头上立着一位脂粉香泽、花钿绣袄、光彩照人的青年女子，只见她满面怒色，悲愤难抑，怀里抱持着一个珠光宝气的匣子，纵身跳向江心……。片刻间，波涛滚滚杳无踪影。

这个场景是这样的震撼人心，以致我们每逢读到此处，总是感到好像有一块巨石沉甸甸地压在心头，并逐渐地从心底燃起了一团愤怒的火焰。这时，我们仿佛听见了她对那万恶的封建势力发出的大声控诉。

《杜十娘怒沉百宝箱》作于天启元年至四年（1621—1624）之间[①]。当时，正是明代的后期，文坛上出现了短篇白话小说创作、编辑和出版的繁荣局面。著名文学家冯梦龙编纂的《喻世明言》《警世通言》《醒世恒言》三部短篇小说集先后问世。它们共辑录了一百二十部作品，合名《古今小说》[②]，后人简称为"三言"。《杜十娘怒沉百宝箱》就是其中的《警世通言》的第三十二卷。无论从思想性或艺术性来说，《杜十娘怒沉百宝箱》都可以无愧地被列为"三言"的代表作。它是一部成功的富有强烈感染力和思想意义的古典作品。

二、杜十娘——一个妓女的故事

《杜十娘怒沉百宝箱》描写的是封建社会中的一个妓女的悲剧故事。

妓女，这是旧社会的一种畸形的产物。从本质上说，她们是压在当时社会最底层的一群被侮辱、被损害的人。她们之中，有的成天在这种腐朽而糜烂的生活中打滚，浑浑噩噩，麻木不仁，缺乏觉醒的意识。也有的人，不甘愿受封建统治阶级的压迫和蹂躏，不甘愿做男人的玩物，但她们却力不从心，无法彻底改变自己的处境，

只好强颜欢笑，忍痛咽下了辛酸的眼泪。其中也有少数人，要求改变现状，并用自己的具体行动进行了顽强的斗争，力求挣脱封建势力的枷锁。当然，由于种种条件的局限，她们最终不免陷于失败。但是，她们身上迸发出来的那种强烈的反抗精神，对于当时大多数被侮辱、被损害的人们，无疑地起着鼓舞的作用。杜十娘就是这种反抗者的典型形象。

杜十娘是一个年轻而美丽的妓女。因此，当时她有很大的名气。很多"公子王孙"曾为她"情迷意荡""破家荡产"。尽管如此，她却对自己作为妓女的地位和处境保持着清醒的头脑。她十分清楚，自己在妓院中的黄金时间是不可能经久不衰的，而自己的前途却又在很大的程度上掌握在那个"贪财无义"的鸨母的手里。坎坷的生活磨炼了她，使她逐渐成为一个精明的有心计的人。她追求真正的爱情，一心一意想寻觅一个称心如意的有情有义的男子，早日跳出火坑。对于所寻觅的人，她没有更多的要求，只是希望他具有"忠厚志诚"的品格，可以托付终身，如此而已。为了达到这个目的，她"风尘数年，私有所积"，数目达万金之多。她以为，凭着这个，是不难如愿以偿的。

她聪明，有主意，善于巧妙地进行斗争以夺取胜利。这主要表现在她和鸨母的谈判上。她不动声色地用话相激，让杜妈妈从自己嘴里道出身价银子的数目和宽限缴纳的日期，并且还"拍掌为定"，表示绝不翻悔。十天以后，当银子如数放在桌上时，鸨母"默然变色，似有悔意"，杜十娘便在扬言"自尽"的同时，动以利害，劝鸨母不要落个"人财两失，悔之无及"的下场。由于她的勇敢和智慧，终于获得初步的胜利，脱离了妓院，跳出了火坑。

她从容不迫、按部就班地实现着自己的计划。第一步，选中李甲；第二步，与鸨母讲定身价银和交钱的期限；第三步，劝李甲去向亲友借贷；第四步，当李甲奔走六日，空手而归时，她便取出藏在絮褥中的碎银一百五十两，嘱李甲继续谋措另外一半的数目；第五步，启程之前，她拿出路费二十两；第六步，计划两人于苏、杭一带"权作浮居"，由李甲先回家，求亲友在父亲面前说情，再把她接回去。应该承认，她的这些计划和步骤是比较缜密的。

为了跳出火坑争取自己的幸福，她表现出充分的主动性。主意，是她出的；计划，是她订的；道路，是她指示的。当李甲四出奔走，毫无收获，因而羞于回院时，杜十娘焦急地期待着，盼望着，心情"十分着紧"。她派出了小厮到街上去寻找。在整个故事中，她和他，处处成为鲜明的对比。一个主动，一个被动。一个积极，一个消极。遇到了困难，一个是坚定，前进；另一个却是动摇，退缩。就在这些细致入微的描写中，作者使杜十娘的形象放射出动人的光采。

然而等待着这个女子的前途却是投江自杀的悲剧，而不是大团圆的喜剧。表面上看，她完成了"从良"的夙愿，跨出了妓院的大门。她满以为新生活可以开始了。谁知才脱离了一个火坑，又掉进了另一个陷阱。她的初步胜利夭折了，她多年来朝思暮想的幸福愿望，也像肥皂泡一样，迅速地破灭了。

杜十娘毕竟是一个才十九岁的女子。她善良而单纯。他虽精明缺欠老练。对那些以玩弄女性为快事的一般嫖客的丑恶面目和卑劣行为，她是有所认识的；但对像李甲这样的人，却缺乏辨别的本领。对人情的硗薄，风习的窳败，也都有所感觉；但对世路的险恶，却没有足够的警惕。她的眼光的敏锐，还不足以洞察那形形色色的错综复杂的社会现象。她的才智的过人，还不足以击败那罪恶的无所不在的封建势力。这就铸定了她的失败。

作者这样写，是有他的用意的。试想，杜十娘如果只是一个平庸的女子，或者她的反抗斗争一开始就宣告失败，把这样的人物写进作品，那又有何意义？唯其不平庸，唯她由胜而败，这才显示出她的斗争的艰难，她的性格的可爱，她的精神的可贵，这才显示出她所面对的封建恶势力是如何的可怕。也就是说，通过这样的处理，作者使他所要表达的反封建主题得到了进一步的深化。这一点显示了作者的高明的艺术手腕。

三、李甲——卑劣的、自私的人物形象

作品里的另一个重要人物形象，李甲，也写得相当深刻。

他年轻，貌美，官宦门第出身，有钱，通过"捐纳"的途径取得了监生的资格。他有温柔的脾气，说起话来和颜悦色。他也仿佛懂得一点爱情之类。这几项成了他装饰门面的本钱。他的思想、性格和行为都表明，他离不开花花公子的属性。当然，与一般的花花公子不同，他是另一种类型的花花公子。若以舞台上的角色为喻，他应是潇洒、风流的小生，而不能由鼻上涂抹着豆腐块的小丑来扮演。行当的不同，掩饰不住他们在本质上的一致。他甚至比那些以丑角面貌出现的花花公子更坏。

官宦门第出身和有钱，这两点是他的命根子。他做任何事情，都以不违背这两点为前提。他本身就是，或者说即将是，封建统治阶级的一员。在封建统治阶级的根本利益（包括他的家族的根本利益）面前，他不敢越雷池一步。他的一切行为，都可以从这里得到合理的解释。

在他的思想上，和一个妓女始终不渝地相好，并且最后还要堂而皇之地把她娶回家去，这是他置身的那个社会和家族所不允许的。问题不在于舆论的压力，也不

在于封建礼教的束缚。要说有压力，那肯定产生在他自己的头脑里。门第观念，是横在他和杜十娘之间的一道不可逾越的障碍。他把杜十娘视为玩物，随时可以上手，也随时可以抛弃，根本不是作为可以与之恋爱的、地位同他自己平等的"人"来对待。在他和杜十娘的关系中，他所看到的仅仅是他个人的需要，个人的利益和家族的利益。他没有或者极少为对方设身处地考虑过。杜十娘迈出妓院的门槛，这在他是从来没有认真地想过的。

当杜十娘还保持着妓女的身份时，他可以同她"终日相守，如夫妇一般"。因为这是在他家门之外远远的地方发生的事情，对他的家族的利益没有形成直接的触犯。而当杜十娘提出要和他成为真正的"夫妇"以后，他就变成另外一种表情，这也办不到，那也有困难，终日愁眉苦脸，唉声叹气，再不然就掉几滴眼泪。

这时候，他表面上犹豫不决，优柔寡断，好像是一个性格软弱的人。实则不然。试看后来孙富劝诱他时，他不是当机立断，满口应允了吗？可见他早已有所决断，即绝不背离家族的利益。在他和孙富达成的交易当中，他既甩掉了包袱，又有了大宗银子的收入。他什么都想得到，唯有爱情他可以出让。

对于爱情和金钱的关系，李甲有自己的看法。他认为，爱情是可以用金钱来买取的，所以他在妓院中"朝欢暮乐"而心安理得；其次，爱情是可以用金钱来体现的，所以杜十娘先后向他献出二百二十两银子，他难于出口拒绝杜十娘"从良"的要求；最后，金钱又是高于爱情的，如果与家族的利益发生冲突时，爱情可以让位于金钱，所以他欣喜地以千金的代价出卖了杜十娘。

李甲就是这样一个卑劣的、自私的形象。在小说中，他是作为封建统治阶级的代表，封建势力的代表而出现的。

杜十娘想要摆脱封建统治阶级的压迫，千寻万觅，却找到了李甲这样一个纨绔子弟，这又怎能追求到真正的自由与幸福？她不找李甲，又还能找到谁呢？在封建制度下，她还能有什么更好的遭遇呢？这就是杜十娘的悲剧。

四、四个人物

在这篇小说里，出场的人物不算多，对人物的安排却有轻有重，主次分明，富有匠心。最主要的人物是杜十娘和李甲。其次是孙富。孙富的出现，使故事情节急转直下，喜剧终于化为悲剧。在这个意义上，他也可以说是一个关键性的人物。整篇小说的矛盾、斗争，主要是在他们三人之间进行的。其余的属于外围人物，起着陪衬的作用，但都是人物性格刻画和故事情节发展所不可或缺的。鸨母也是杜十娘的压迫者之一，她的存在加强了杜十娘脱离火坑的决心。小厮四儿是被派到大街上去寻找李甲的，这是为了有助于杜十娘在斗争中的主动性。谢月朗、徐素素是杜十娘的同伴，也是她的同情者，百宝箱就曾秘密地保存在她们的身边。柳遇春则是李甲的陪衬人物，他作为一个局外人，却比李甲更能对杜十娘的品格有深刻的理解。

此外，还有一个没有出场的人物，即李甲的父亲。他虽然没有正式登场，但在整个故事情节的发展中，却从头至尾都闪现着他的影子。他是真正的封建势力的直接体现者。迫害杜十娘致死的罪魁祸首，首先要数到他，其次才是李甲和孙富。

五、细节：碎银·妾·锁门

《杜十娘怒沉百宝箱》精心选择细节，运用简练的语言来刻画人物，铺叙故事。这可以举出许多例子来说明。

一个例子是，杜十娘第一次拿给李甲的一百五十两银子都是藏在絮褥内的"碎银"。——这两个字，非常简练，也很形象，包含着非常丰富的内容。这表明，这么多的银子完全是杜十娘一点一滴、日积月累、辛辛苦苦储存起来的。这还表明，她是一个有心人，有深谋远虑的性格，很早就下定了要跳出火坑的决心。

另一个例子是，孙富问李甲说："兄携丽人而归，固是快事，但不知尊府中能相容否？"李甲回答说："贱室不足虑……"。这"贱室"二字自然指的是李甲的妻子。在下文孙富与李甲的对话中，也明确地把杜十娘的地位定为"妾"。细心的读者可能会发现，关于这一点，在小说中，仅仅出现在李甲和孙富的对话中，而在李甲和杜十娘共处的场合，则是一字不见。这恐怕不是出于作者的疏忽。作者意在表明，李甲在杜十娘面前故意隐瞒了这个至关重要的事实。而这正好点出李甲平日的虚情假意。

还可以举一个例子。杜十娘和李甲交出身价银三百两时，"鸨儿无词以对，腹内筹划了半晌，只得取天平兑准了银子，说道：'事已至此，料留你不住了，只是你要去时，即今就去。平时穿戴衣饰之类，毫厘休想。'说罢，将公子和十娘推出房门，讨锁来落了锁。"杜十娘只得穿着随身旧衣，拜辞而去。这个锁门的细节当然是正面表现了鸨母"贪财无义"的性格和狠毒的心肠。但它至少还有这样两点意思：

第一，书内写道，"十娘因见鸨儿贪财无义，久有从良之志"。这个细节的出现，既说明杜十娘有准确的预见，更说明了她的争取自由幸福的斗争是必要的因而也是值得人们同情的。

第二，这个细节与百宝箱密切相关。如果杜十娘不是早作提防，把百宝箱预先藏放在姊妹们处，事到临头，如何去从鸨母手下取出？这从侧面衬托了杜十娘的精明、能干。

像这样的细节都是写得非常精彩的，安排在故事发展中非但不显出生硬造作的痕迹，而且还巧妙地起着一身两役的作用。

六、《杜十娘怒沉百宝箱》的语言

《杜十娘怒沉百宝箱》的语言，严格地说，风格还不够统一。白话与文言相杂。大致上说来，以小厮四儿上街寻找李甲为分界线。在这以前，则基本上是宋元以来的通俗的白话；在这以后，则基本上是浅近的文言。这可能是改编旧作所留下的痕迹[③]。尽管这样，总起来看，它写的语言，还是流畅的、精炼的、生动的。

它写人物的语言，有的地方十分传神。杜妈妈叱责杜十娘时说的一段话，宛然是鸨母的口吻，和她的身份、地位，和她当时感情极其相称，使人如闻其声，如见其人。杜十娘在投江前对李甲所说的：

> 妾风尘数年，私有所积，本为终身之计。自遇郎君，山盟海誓，白首不渝，前出都之际，假托众姊妹相赠，箱中韫藏百宝，不下万金，将润色郎君之装，归见父母，或怜妾有心，收佐中馈，得终委托，生死无憾。谁知郎君相信不深，惑于浮议，中道见弃，负妾一片真心，今日当众目之前，开箱出视，使郎君知区区千金未为难事。妾椟中有玉，恨郎眼内无珠，命之不辰，风尘困瘁，甫得脱离，又遭弃捐。今众人各有耳目，共作证明，妾不负郎君，郎君自负妾耳！

义正词严，字字都是血泪，具有巨大的感染力。它格外突出了杜十娘的反抗性格，并把她的悲剧进一步推向高潮，起了点题的作用。

另外，这篇小说还在不同的场合，使用一些带有一定感情色彩的词语，来补充表现人物的性格，这也成为它的一个突出的特点。

例如，李甲出场时，描写他"风流年少""把花柳情怀一担儿挑在他（指杜十娘）身上"，又对他作了这样的介绍，"俊俏庞儿，温存性儿，又是撒漫的手儿，帮衬的勤儿"。连用几个"儿"字，使得前后几个句子显得有点轻飘飘的味道，用这来衬托李甲的轻浮，是何等的妥帖。

又如，当李甲在妓院中把银钱花费净尽，因而受到鸨母的怠慢时，描写杜十娘的反映是，"见他手头愈短，心头愈热"。连用两个"愈"字，并以"短"和"热"形成鲜明的反比，突出地刻画了杜十娘对李甲的真挚的感情。

再如，杜十娘检点一千两银子以后，"乃手把船舷，以手招孙富。孙富一见，魂不附体。十娘启朱唇，开皓齿道……"。这"启朱唇，开皓齿"六个字，若出现在其他场合，可以说是陈词滥调，但用在这里却很恰当。因为这是从孙富的眼目中去写。对于孙富这种无赖、急色儿说来，首先映入他眼帘的还能有什么呢？

注释：

①我们说《杜十娘怒沉百宝箱》作于天启元年至四年（1621—1624），这是因为：一，《杜十娘怒沉百宝箱》见于《警世通言》第三十二卷，而《警世通言》卷首载"豫章无碍居士"序，署"天启甲子"，即天启四年（1624）。可知它不会作于这一年之后。二，小说中说："自永乐爷九传至于万历爷。此乃我朝第十一代的天子。这位天子聪明神武，德福兼全，十岁登基，在位四十八年，削平了三处寇乱。"而万历元年至四十八年是1573—1620：可知它不可能作于天启元年（1621）之前。

②现传的《古今小说》四十卷，实即"三言"的第一种《喻世明言》。

③《杜十娘怒沉百宝箱》本事出于宋幼清《九籥集》中的《杜十娘传》，又见于《负情侬传》。

卷三

清代小说作家作品考论

蒲松龄与《聊斋志异》

一、蒲松龄的生平

蒲松龄（1640—1715），字留仙，又字剑臣，淄川（今属山东淄博）人。蒲氏所居，原名满井庄，后改名蒲家庄；庄东有井，井水溢出为溪，旁有柳树环绕笼盖，"一曲清泉数行柳"（《柳泉消夏杂咏》），为蒲松龄所喜爱，故自号柳泉居士。

关于蒲松龄的民族成分，据他本人在《族谱引》所说，他家是当地土著，汉族；但在当今的学术界，仍存在着蒙古族、回族、女真族，以及色目人、阿拉伯人等异说。

他生于崇祯十三年（1640）四月十六日。自幼从父读书。顺治十五年（1658）应童子试，在淄川县、济南府、山东学道的三次考试中连获第一，补博士弟子员，受知于山东学道、诗人施闰章，有了小小的名气。次年与友人张笃庆、李尧臣等结为"郢中诗社"，以风雅道义相切磋。顺治十七年（1660）、康熙二年（1663）两次乡试，未能中举。

他的生活中开始发生三点变化：一、这时，兄弟析箸，家计萧条，不得不以舌耕度日，课蒙为业，长达五十年之久。其中的三十年设帐于当地绅士毕家。二、此后，在科举战场上，屡战屡北，终身不遇。三、张笃庆写于康熙三年（1664）的《和留仙韵》诗中说：

> 司空博物本风流，涪水神刀不可求。君向黄初闻正始，我从邺下识应侯。

这揭示出蒲松龄对志怪小说的喜爱，预示着他们二人将在今后的文学创作上走不同的道路。

康熙九年（1670），他应同邑进士、宝应知县孙蕙之邀，去做幕宾。"途中寂寞姑言鬼"（《途中》），在沂州旅舍读到王子章《桑生传》，后据以改写为《莲香》。在宝应县署代孙蕙起草书启、文告。次年春，又随孙蕙至高邮州署。此次南游，历时一年，使他有机会目睹官场中的尔虞我诈、弱肉强食的种种黑暗、丑陋现象，"新闻总入鬼狐史，斗酒难消磊块愁"（《十九日得家书感赋，即呈孙树百、刘孔集》）。得古今体诗七十八首，集为《南游诗草》；代孙蕙撰写的文字，称为《鹤轩笔札》。十年（1671）秋，返回故乡，为参加下一轮的乡试作准备。

十一年（1672）乡试，依然失败。后在王㟍永家中坐馆。约写于此时的《学究自嘲》和《闹馆》形象而生动地反映了农村贫穷塾师的辛酸生活。

十八年（1679），他开始到西铺毕际有家去坐馆。直到七十一岁，方撤帐归家。毕家藏书甚多，使他开阔了眼界。毕家礼遇甚厚，"居斋信有家庭乐，同食久如毛里亲"（《赠毕子书仲》），为他创作《聊斋志异》提供了方便。《鸲鹆》《五羖大夫》《狐梦》《祝翁》《马介甫》等篇的写作都和毕家有关。这年春天，《聊斋志异》已初具规模，遂作《聊斋自志》，表述了创作的动机和过程，抒发了胸中的苦闷。同乡前辈文人高珩、唐梦赉分别在这一年和二十一年（1682）为《聊斋志异》写序。

二十二年（1683）补廪膳生。然而，连年科场失意，"三年复三年，所望尽虚悬。五夜闻鸡后，死灰复欲燃"（《寄紫庭》），终困于场屋。二十三年（1684），写《上孙给谏书》，抨击孙蕙家人横行乡里、欺压民众的劣行。

二十六年（1687）与王士禛结交。王士禛既赏识蒲松龄的文学才能，又对《聊斋志异》怀有浓厚的兴趣，特别圈点出其中的三十余篇，以示喜爱。三十五年（1696）又与朱缃结交。朱缃也是《聊斋志异》的喜爱者。除借阅、过录外，还向蒲松龄提供了《司训》《嘉平公子》《老龙船户》《外国人》等篇的素材，并在题辞中说："山精野鬼纷纷是，不见先生志异书。"他在信中评价蒲松龄的艺术风格说："幽细刻露，蹙岚滴翠，非复人间有。"

四十六年（1707），增写《夏雪》。四十七年（1708）游济南，作《历下吟》五首，生动地描绘了考场的黑暗面，以及众考生受到的种种折磨。

四十八年（1709）底，撤帐归家。四十九年（1710），七十岁，被举为乡饮酒礼的宾介。不久又援例成为岁贡生。次年，长孙蒲立德应童子试并以第一补博士弟子员，他勉励而又惭愧地说："天命虽难违，人事贵自励。无似乃祖空白头，一经终老良足羞。"（《喜立德采芹》）

五十二年（1713），画家朱湘鳞为蒲松龄画像（淄川蒲松龄纪念馆藏）：身穿清代公服，端坐椅上。蒲松龄题字曰：

> 癸巳九月，筠嘱江南朱湘鳞为余肖像，作世俗装，实非本意，恐为百世后所怪笑也。

他委婉地流露出对现实不满的情绪。

不久，妻刘氏病逝，即作多首悼亡诗，哀叹"五十六年琴瑟好，不图此夕顿离分"。

五十四年（1715）正月二十二日，依窗危坐而卒，享年七十六。

其子蒲箬有《清故显考岁进士、候选儒学训导柳泉公行述》。张元有《柳泉蒲先生墓表》。王洪谋有《柳泉居士行略》。

二、《聊斋志异》——蒲松龄的代表作

《聊斋志异》是蒲松龄的代表作。

《聊斋志异》全书包含五百篇左右的作品。从体裁上说，绝大多数是短篇小说，一小部分则是简略的、没有故事情节的、没有出场人物的随笔、特写、札记、寓言或散文之类。

短篇小说的主要内容可以分为如下的五类：

一、尖锐地暴露封建社会的黑暗、政治的窳败，鞭笞为虎作伥、鱼肉百姓的压迫者、剥削者，同情善良的人民群众的种种痛苦的遭遇。《席方平》剖析了一切由金钱主宰的封建官僚机构的丑恶本质。《促织》《聂政》《王成》把批判的矛头指向封建统治集团的上层人物皇帝、藩王、亲王等。《续黄粱》《成仙》《梅女》《潍水狐》《王大》《伍秋月》《梦狼》暴露了贪官污吏的可憎的面目。《红玉》《石清虚》《窦氏》揭示了土豪劣绅明抢暗夺、作恶多端、无所不用其极的卑鄙无耻的嘴脸和令人发指的罪行，《向杲》《博兴女》中的人化虎、人化龙的情节反映了被侮辱者、被损害者强烈的复仇愿望。

二、抨击封建社会以八股取士的科举制度。《司文郎》《王子安》《贾奉雉》《僧术》《三生》对科举制度的弊端和罪恶作了广泛而深刻的揭露。蒲松龄可以说是中国文学史上第一位广泛接触科举制度题材的重要作家。

三、从不同的角度批判社会上的黑暗面和腐朽、虚伪的事物，特别是读书人的种种庸俗而丑恶的面貌和卑劣的行径。《金世成》《金和尚》刻画了两个寄生虫的形象。《劳山道士》演示了贪逸取巧、企图不劳而获的笑剧，《仙人岛》《狐联》《嘉平公子》《苗生》嘲笑和讽刺了目空一切、不通文墨、缺乏自知之明的读书人，《云翠仙》《毛狐》《丑狐》则对恋爱、婚姻中的负心人进行了笔伐。

四、歌颂真挚的爱情，揭露封建婚姻制度的不合理性，反映和表现当时广大青年男女在重重压迫和摧残下所产生的冲破樊笼、打破枷锁的愿望和行动。这也是《聊斋志异》中最突出的内容。《阿宝》《连城》《香玉》《瑞云》塑造了真诚的、痴情的男性形象。《婴宁》《青凤》《莲香》《聂小倩》《公孙九娘》《巧娘》《连琐》《辛十四娘》《花姑子》《凤仙》《小谢》塑造了一群可爱的有个性的美丽、聪明、多情的女性形象。

《鸦头》《湘裙》《菱角》表现了少女在追求恋爱自由、婚姻自主中的主动性、抗争性，《竹青》《青凤》着重描写了患难之中的互助精神。

五、歌颂建立在相互理解、尊重、帮助的基础之上的真诚、纯洁、生死不渝的友谊。《雷曹》、《酒友》写人与神、狐因饮酒的共同爱好而成为知交。《封十三娘》写一位天真活泼的少女，身处深闺之中，心灵遭到沉重的压抑，狐女的来临使她得到了可以倾诉心事、解除精神苦闷的伴侣，狐女帮助她物色到称心如意的丈夫，组成幸福的小家庭。《乔女》的女主角是位面目丑陋而品德高尚的寡妇，有一男子钟情于她，前来求婚，她已心许，口头上却未应允。男子遂立志不另娶，不久死去，留下的孤儿不断地受人欺凌，乔女不顾外界的非议，挺身而出，以母亲的身份抚育孤儿。《田七郎》强调了人们之间的互助和救援。《娇娜》写一对青年男女成为纯洁的"腻友"，更是古代文学作品中罕见的题材。

此外，还有许多细致、优美的作品。例如，《画皮》揭露恶鬼幻化害人的伎俩，《侠女》颂扬为父报仇的女性，《王者》表现一种乌托邦理想，《马介甫》塑造一个性格突出的怕老婆者的典型形象，《念秧》曲折地叙述了一些布置周密的骗局。另有描写侠客义士的《老饕》，以公案为题材的《胭脂》《冤狱》《于中丞》《折狱》《诗谳》《太原狱》《新郑狱》，记述民间技艺的《偷桃》《口技》《木雕美人》《蛙曲》《鼠戏》，也都是生动、脍炙人口的篇什。

在《聊斋志异》短篇小说中，主人公多数是幻化为人的狐鬼、神仙、虫鱼鸟兽、花精木怪，少数则是社会上的普通人，以及飞禽走兽。它们往往用简练的文笔，短小的篇幅，表达出众多的或重大的内容。细节描写，千门万户，不见重复。刻画人物性格，不追求面面俱到，而是抓住富有特征意义的细节，运用画龙点睛的手法。它们接受了魏晋志怪小说、唐代传奇小说创作的影响，但在写法上有很大的发展和创造，尤其注重情节的曲折有味和变化多端。它们不以描写社会人生的横剖面为任务，而是使故事有头有尾，使情节往纵深的方向发展，时时波澜起伏，跳荡不已。在这一点上，《聊斋志异》体现和发展了中国短篇小说传统的民族特点。

《聊斋志异》题材广泛，渔搜见闻，博采民间传说。二三友朋，谈狐说鬼，"闻则命笔，遂以成编""四方同人，又以邮筒相寄，因而物以好聚，所积益夥"（《聊斋自志》）。

三、前人对《聊斋志异》的评价

当时和后世的人们给予《聊斋志异》很高的评价。康熙时，张笃庆的题诗说：

董狐岂独人伦鉴，干宝真传造化功。（《题蒲柳泉〈聊斋志异〉书后》）

乾隆时，余集的序言也说：

> 嗟夫！世固有服声被色，俨然人类，叩其所藏，有鬼蜮之不足比，而豺虎之难与方者。下堂见虿，出门触蜂，纷纷沓沓，莫克穷诘。惜无禹鼎铸其情状，镯镂觉其阴霾，不得已而涉想于杳冥荒怪之域，以为异类有情，或者尚堪晤对，鬼谋虽远，庶其警彼贪淫。呜呼！先生之志荒，而先生之心苦矣。（《聊斋志异》青柯亭刊本序言）

其后，鲁迅又对《聊斋志异》的艺术成就作了比较中肯的概括：

> 明末志怪群书，大抵简略，又多荒怪，诞而不情，《聊斋志异》独于详尽之外，示以平常，使花妖狐魅，多具人情，和易可亲，忘为异类，而有偶见鹘突，知复非人。（《中国小说史略》）

四、《聊斋志异》的版本

《聊斋志异》脱稿后，"初藏于家，无力梓行"（蒲立德《聊斋志异跋》）。直到蒲松龄逝世五十年之后，乾隆三十一年（1766），才出现了第一个刊本。《聊斋志异》问世后，风行一时，仿作者蜂起，如袁枚《子不语》、沈起凤《谐铎》、和邦额《夜谭随录》、庆兰《萤窗异草》、宣鼎《夜雨秋灯录》、管世灏《影谈》、冯起凤《昔柳摭谈》等。

《聊斋志异》的版本，计有：

（一）

【手稿本】

残存半部，八册。卷一、四、五、十完整，卷二、三、九、十一部分残缺。共二百三十七篇。其中《牛同人》残篇未见于他本，《猪婆龙》重见，《木雕美人》有文无题。除《考城隍》篇首标明"聊斋志异一卷"外，其余各册各叶均无卷次。一百九十篇出于蒲松龄手迹，其余为他人代抄。此书原保存于蒲氏后人蒲价人手中，由淄川携往沈阳。后传于其子英灏。此书不幸因故遗失半部。英灏移家西丰，所余半部又传于其子文珊。民国二十年（1931）初，借与当时的奉天省长袁金铠。三年后，袁金铠用珂罗版影印出版了其中的二十四篇，并将原书还给蒲文珊。文珊于1950年捐献，由西丰县长刘伯涛上交。后经重新装订，移交东北图书馆（现辽宁省图书馆）

收藏。有文学古籍刊行社影印本（1955）、北京图书馆影印本（1995）。

（二）

【抄本】六种：

（1）康熙年间抄本。残存六册。其中，四册完整，两册残缺。共二百五十篇。此本系据稿本直接过录，第一册、第三册篇目、文字与稿本相同。山东省博物馆藏。

（2）铸雪斋抄本。十二卷。共四百七十四篇。另十四篇有目无文。较手稿本多出一倍。较乾隆年间二十四卷抄本多出十三篇（《产龙》《龙无目》《龙取水》《螳螂捕蛇》《馎饦媪》《缢鬼》《阎罗》《杨千总》《瓜异》《牛犊》《李檀斯》《蚰蜓》《商妇》）。较青柯亭刊本多出四十九篇。此本系张希杰于乾隆十六年（1751）据济南殿青亭主人朱氏雍正元年（1723）抄本过录，朱氏抄本则抄自蒲氏稿本。其总目与手稿本各册内部篇目次第基本上保持着一致。有王士禛、张笃庆、朱缃、张希杰、董元度等人的题辞，以及殿青亭主人、张希杰的跋语。北京大学图书馆藏。有上海人民出版社影印本（1974）、上海古籍出版社排印本（1979）、河北人民出版社重印本（1980）。

（3）乾隆年间抄本。二十四卷。共四百七十四篇。较铸雪斋抄本多出十三篇（《鹰虎神》《放蝶火驴》《某乙》《医术》《夜明》《夏雪》《周克昌》《钱卜巫》《姚安》《采薇翁》《公孙夏》《人妖》《丐仙》）。文字、篇目与铸雪斋抄本有异。文中避乾隆"弘"字讳，可能抄于乾隆十五年（1750）至三十年（1765）之间。此本系1962年于山东淄博市周村附近发现。山东人民出版社藏。有齐鲁书社影印二十四册本（1980）、齐鲁书社影印四册本（1981）、齐鲁书社排印本（1981）。

（4）雍正年间抄本。封面题《异史》、"康熙己未""聊斋焚余存稿"。各卷卷首书名均题"异史"。十八卷。共四百八十四篇。铸雪斋抄本有目无文之十四篇，此本独全。有自序，高珩、唐梦赍序，高凤翰跋，王士禛、张笃庆、朱缃题辞。北京中国书店藏。有中国书店影印本（1990）。

（5）黄炎熙抄本。选本。扉页题"聊斋志异""淄川蒲留仙先生著""榕城赵氏选尤"。各卷署"古闽黄炎熙斯辉氏订"。十二卷，现存十卷（缺卷二、卷十二）。抄于乾隆年间。其中《猪嘴道人》《张牧》《波斯人》三篇，不见于他本。四川大学图书馆藏。

（6）残抄本，山东省博物馆藏。

（三）

【刊本】种类繁多，其重要者有：

（1）青柯亭刊本。十六卷。以"沈浸穠郁，含英咀华，作为文章，其书满家"为目。据赵起杲序文可知，郑方坤宦山东时，于蒲氏家中得《聊斋志异》稿本；起杲于闽中晤方坤之子，求得其书，录副藏之；后官严州太守，属余集、鲍以文等分任校雠更正之事，为刊行问世。"凡例"又说，初拟选其尤雅者，厘为十二卷；刊既竣，爱莫能舍，遂续刻之，卷目一如其旧，所删者仅单章只句、意味平浅之四十八篇；又从张此亭《聊斋杂志》补入两篇。全书共四百二十五篇。较铸雪斋抄本少四十九篇，但有五篇可补其缺。有余集、赵起杲、高珩、唐梦赉序，《聊斋自志》《淄川县志聊斋小传》、刻书例言、蒲立德识语。此为《聊斋志异》最早的刊本，也是后来许多刊本、批评本、注释本的祖本。有台湾艺文印书馆影印本（1956）。青柯亭刊本经过几次翻刻和修改，至少存在四种不同的版本，其个别篇目互有歧异：

（a）乾隆三十一年（1766）初刊本，扉页题"青柯亭开雕"。

（b）乾隆五十年（1785）重刊本，扉页题"乾隆乙巳年重镌""青柯亭藏版"，余集序末叶题"杭州油局桥陈氏刊"，有鲍廷博《刻聊斋志异纪事》。

（c）乾隆六十年（1795）重刊本，扉页题"青柯亭藏版"，无"杭州油局桥陈氏刊"题记，无鲍廷博文，卷五第九叶、第十叶版心下端有"乙卯重刊"四字。

（d）另本，与乾隆六十年重刊本同，惟无"乙卯重刊"四字。

（2）王金范刊本。选本。又名《志异摘钞》。十八卷。分为孝、悌、智、贞、义以及神、仙、鬼、狐、妖二十六门。共二百六十五篇。系据曾氏藏抄本选抄，于乾隆三十二年（1767）刊行。目次、篇名均与手稿本、青柯亭刊本等有异。卷首题"金坛梓园横山氏删定"。有王金范序，王士禛、张笃庆、朱缃、宋允睿题辞，王升、包勷、王乔、王建华、李维梓、陆同文题词。中国社会科学院文学研究所、浙江图书馆、南开大学图书馆藏。中国社会科学院文学研究所藏本附有王芑孙批语。其后，乾隆五十年（1785）郁文堂刊本、光绪年间王毓英刊本均是王金范刊本的重刻本。

（3）李时宪刊本。乾隆三十二年（1767）刊行于上洋。有李时宪序。此乃青柯亭刊本的翻刻本。孙楷第藏。

（4）小芝山樵刊本。六卷。共五十八篇。乾隆五十九年（1794）刊行。自序云，"择其精之尤精、雅之尤雅者，选付剞劂"。

（5）步云阁刊本。据青柯亭刊本节选。十一卷，共一百四十篇。乾隆六十年（1795）刊行。扉页题"乾隆乙卯重镌""步云阁梓行"，山东省图书馆藏。

（6）敬业堂刊本。道光八年（1828）刊行，亦系青柯亭刊本的翻刻本。

（四）

【辑佚本】四种：

（1）段璈辑本。题《聊斋志异遗稿》，四卷。道光四年（1824）刊行。共五十一篇。系据济南朱氏所藏雍正年间旧抄本以补青柯亭刊本之缺。有自序，胡泉、冯喜赓、刘瀛珍等人评语。后有光绪四年（1878）聚珍堂翻刻本，改题《聊斋志异拾遗》；民国二十五年（1936）刘阶平排印本，改题《聊斋志异未刊稿》；台湾中华书局排印本（1969），刘阶平辑注，题《聊斋志异遗稿辑注》。

（2）容肇祖辑本。即《得月簃丛书》本，题《聊斋志异拾遗》，一卷，共三十九篇。其中《晋人》《爱才》《蜇蛇》三篇可补抄本、刊本之缺。篇名、文字与各本有歧异。辑自淄川蒲氏后人家藏本。刊行于道光十九年（1839）。有胡定生序。后又有《花近楼丛书》本；上海蟫隐庐翻印本（1912）；进步书局《笔记小说大观》本；商务印书馆《丛书集成初编》本；赵无忌标点本，香港明德图书馆公司印行（1961）。

（3）刘滋桂辑本。二卷，题《聊斋志异逸编》。共五十三目、五十六篇。系于同治八年（1869）辑自淄川蒲氏后人家藏本。有刘滋桂序，汤兆玛、汤容峰跋，恢默子评语。民国三年（1914）印行，国家图书馆藏。后又有民国八年（1919）裕盛铭纸局铅印本。

（4）《聊斋志异遗稿》，抄本。分花、月、雪三卷，共十七篇。有孙锡嘏跋。日本庆应义塾大学聊斋文库藏。

（五）

【批评本】三种：

（1）何守奇评本。道光三年（1823）经纶堂刊行。十六卷。扉页题"批点聊斋志异""道光三年新镌""经纶堂藏板"。版心下刻"知不足斋原本"。又有道光十五年（1835）天德堂重刊本，有杨慎修题辞。

（2）但明伦评本。十六卷。题"聊斋志异新评"。篇目与青柯亭刊本同。道光二十二年（1842）广顺但氏自刊本。两色套印，朱印评语，墨印正文。有自序。后有咸丰初年穆棣园补版校订本；光绪三年（1877）文余堂重刊本，六卷，扉页题"光绪丁丑季夏，文余堂发总"；光绪二十三年（1897）耕山书庄排印本，附吕湛恩注及同文书局石印本绘图；商务印书馆排印本，附吕湛恩注及同文书局石印本绘图；民国七年（1918）上海广益书局排印本；刘阶平编校本（1983年，台北学生书局），题"增图补校但刻聊斋志异"。

（3）四家合评本。合阳喻焜光绪十七年（1891）刊行。十六卷。汇刻王士禛、冯镇峦、何守奇、但明伦四家评语。冯镇峦评语写于嘉庆二十三年（1818），始见于此本。三色套印。书分三栏，上栏、中栏评语，下栏正文。有"合阳喻氏校刊"版记。四川省图书馆藏。后有光绪末年—得山房重刊本。

（六）

【注释本】两种：

（1）吕湛恩注本。道光五年（1825）步云楼刊行。有蔡培序、吕湛恩例言。此本无原文，仅有注释。不久，有魁文堂重刊本，增加注释，补刻一卷。至道光二十三年（1843）五云楼刊本、二十六年（1846）三让堂刊本，始将原文与吕注合刻。光绪年间，相继出现数种吕湛恩注本的绘图本。后有民国初年上海有正书局排印本，题《原本加批聊斋志异》。有正书局排印本有新文丰出版公司影印本（1979年，台北）。

（2）何垠注本。十六卷。道光十九年（1839）花木长荣之馆刊行。书分两栏，上栏注释，下栏正文。有自序，沈道宽、何彤文、陈元富、李沉训序。后有光绪七年（1881）经畲书屋评注合刊本。

（七）

【评注本】四种：

（1）维经堂刊本。同治五年（1866）刊行。王士禛评、吕湛恩注、何垠注。

（2）咸丰十一年（1861）刊本。王士禛评、吕湛恩注。

（3）咸丰年间刊本。王士禛评、吕湛恩注、但明伦评。后有新文丰出版公司影印本（1979年，台北）。

（4）商务印书馆排印本。十六卷。王士禛评、但明伦评、吕湛恩注。有王承祖、魏之琇、沈烺等人题词。有插图六十四幅，取自同文书局石印本。后有台湾商务印书馆排印本（1967年）。

（八）

【图咏本】两种：

（1）同文书局石印本。十六卷。光绪十二年（1886）印行。以吕湛恩注本为底本。图四百四十四幅，每图题七绝一首。有高昌寒食生序。后有悲英书局、商务印书馆、鸿宝斋、华文书局翻印本。同文书局石印本有广智书局影印本（香港，1956年）、珠海书院影印本（香港，1976年）、中国书店影印本（北京，1981年）、新兴书局影印本（台湾，1981年）。

（2）扫叶山房石印本。民国初年印行。据同文书局石印本而增加王士禛、但明伦评语。

（九）会校会注会评本，有张友鹤辑校本。十二卷。共四百九十一篇。正文以稿本、铸雪斋抄本为底本，校以青柯亭刊本等。采集吕湛恩、何垠两家注文。集录王世禛、王金范、冯镇峦、但明伦、何守奇以及稿本所载无名氏、段璋辑本所载段璋、胡泉等各家评语。有张友鹤后记。有中华书局排印本（1962年）；上海古籍出版社重印本（1978年），有章培恒新序；上海古籍出版社重印本（1986年），删去1978年重印本附录的《猪嘴道人》《张牧》《波斯人》三篇。

此外，《聊斋志异》还有众多的民族语文译本和外文译本。

五、《聊斋志异》的民族语文译本

民族语文译本，有满文译本、蒙文译本等。

满文译本一种，扎克丹译本，二十四卷，二十四册，选译一百二十六篇，"满汉合璧"，道光二十八年（1848）刊行，后有光绪三十三年（1907）二酉书坊翻刻本。

蒙文译本两种：

（1）苏克德尔译本，二十四卷，八册，据扎克丹满文译本转译，民国十七年（1928）沈阳东蒙出版社铅印本。

（2）德木克图译本，八卷，八册，选译一百十一篇，每册附有各篇的木刻插图，民国十七年（1928）北京蒙文出版社铅印本。

六、《聊斋志异》的外文译本

《聊斋志异》的外文译本，则有：

（一）

【德文】十种：

（1）李德顺、古斯塔夫合译本，《蒲松龄的小说》，88页，传记研究所出版（1901，莱比锡）。

（2）马丁·布贝尔译本，《中国鬼怪与爱情小说选》，十六篇，吕腾与勒宁出版社出版（1911，莱因河畔法兰克福）。其后的再版本（1927）附有木刻插图，204页。

（3）埃里希·施密特译本，选译二十五篇，216页，阿尔夫·哈格出版社出版（1924，柏林）。

（4）福斯特·斯特莱·福劳耶尔译本，《中国小说》，140页，安东·绍尔艺术出版社出版（1924，维也纳）。

（5）陶彭菲译本，《中国小说》，61页，布雷斯劳波·毛塞公司出版（1935）。

（6）安娜·冯·罗道舍尔译《胭脂》，72页，W.弗里克出版社出版（1940，维也纳）。

（7）佚名译本，《鬼狐集——聊斋志异选》，20页，施托本出版社出版（1947，柏林）。

（8）埃里希·彼得·施勒克、刘冠英合译本，《鬼，狐，魔》，232页，B.施瓦贝出版社出版（1955，巴塞尔）。

（9）赖因博尔德·格林译本，《陆判》，十六篇，112页，埃里希·罗特出版社出版（1956，爱森纳赫）。

（10）凯叶译本，《十七世纪中国小说选》，克雷姆出版社出版（1965，斯图加特）。

（二）

【法文】六种：

（1）陈季同译本，《中国小说集》，选译二十六篇，Calmann 出版（1889，巴黎）。

（2）约坦译《狐嫁女》，F·H·Schneider Imp. 出版（1905，河内）。

（3）巴兰译本，《中国小说》，其中包括《聊斋志异》二十四篇，中法文对照，北京政治学会出版（1922）。

（4）路易·拉卢瓦译本，《魔怪集——蒲松龄小说选》，二十篇，213 页，文艺出版社出版（1925，巴黎）。

（5）皮埃尔·道丹译本，《中国小说集——聊斋志异选》，五十篇，368 页，万才书局出版（1940，西贡）。

（6）佚名译本，《中国小说》，坦吉尔斯福·埃娄拉出版社出版（1940，西非）。

（三）

【日文】六种：

（1）柴田天马译本，《和译聊斋志异》，三十四篇，392 页，有插图，玄文社出版（1919，东京）。

（2）田中贡太郎译本，三十四篇，564 页，支那文学大观刊行会出版（1926）。此译本前半部为译文，后半部为公田莲太郎标点的原文（下栏）和注释（上栏）。

（3）田中贡太郎译本，488 页，有彩色插图，改造社出版（1930，东京）。

（4）柴田天马译本，《定本聊斋志异》，六册，据青柯亭刊本、吕湛恩注释翻译，有插图，修道社出版（1955，东京）。

（5）增田涉、松枝茂夫、藤田祐贤、大村梅雄合译本，上册，平凡社出版（1958，东京）。此译本系据青柯亭刊本翻译，上册译至八卷，下册尚未见出版。

（6）丸山松幸译本，《清代怪异小说——聊斋志异》，二十六篇，285 页，さえら书房出版（1977，东京）。

（四）

【英文】四种：

（1）翟理斯（H.A.Giles）译本，《中国书斋志怪小说选》，两卷，一百六十四篇，T. 德拉律公司出版（1880，伦敦）。后有别发洋行重印本（1908，1911，1926，上海）、保尼与利物赖特出版社重印本（1925，纽约）。

（2）Maung, Gyi J.A. 与 Cheah Toon Hoon 合译本，《神镜》，选译二十四篇，德瓦

兹出版社出版（1894，仰光）。

（3）苏利埃·德·莫朗译本，《聊斋志怪小说选》，二十五篇，166页，康斯特布尔出版社（1913，伦敦）、霍顿·米夫林出版社（1913，纽约、波士顿）分别出版。

（4）邝如丝译本，《中国鬼怪与爱情小说选》，四十篇，328页，附有自《红楼梦》《西厢记》选来的插图，潘西恩图书公司出版（1946，纽约）。

（五）

【越南文】三种：

（1）阮克孝译本，十八篇，1937年出版。后有明德出版社重印本（1957，河内），112页。

（2）佚名译本（1959，西贡）。

（3）佚名译本（1968，西贡）。

（六）

【俄文】两种：

（1）瓦西里·米哈依洛维奇·阿列克谢耶夫译本，八种：

（a）《狐狸的魔力》，数十篇，158页，国家出版社出版（1922，彼得堡）。

（b）《出家人的魔力》，四十余篇，270页，国家出版社出版（1923，莫斯科、彼得堡）。

（c）《奇异的故事》，256页，思想出版社出版（1928，列宁格勒）。

（d）《不寻常的人》，六十二篇，494页，科学院出版社出版（1937，莫斯科、列宁格勒）。

（e）费德林重编本，《不寻常的人》，从（d）译本中选取五十九篇，284页，文学出版社出版（1954，莫斯科）。

（f）费德林重编本，《狐狸的魔力》，从（a）译本中选取四十九篇，296页，国家出版社出版（1955，莫斯科）。

（g）费德林重编本，《出家人与不寻常的人的故事》，从（b）译本中选取四十三篇，从（d）译本中选取六十二篇，563页，国立文学出版社出版（1957，莫斯科）。

（h）艾德林选编本，《聊斋志异选》，从（a）译本中选取十四篇，从（b）译本中选取二十四篇，从（c）译本中选取十一篇，从（d）译本中选取四十一篇，国立文学出版社出版（1973，莫斯科）。

（2）乌斯金、法因盖尔合译本，《蒲松龄小说选》，四十九篇，383页，国立文学出版社出版（1961，莫斯科）。

（七）

【意大利文】两种：

（1）鲁·尼·朱拉译本，《中国故事集》，选译九十九篇，569页，A.蒙达多里出版社出版（1926，米兰）。

（2）狄弗·海伍艾等译本，216页，格里玛德出版社出版（1969，巴黎）。

（八）

【捷克文】一种：

雅罗斯拉夫·普实克译本，《命运之六道的故事》，选译五十一篇，276页，有注释及木刻插图，国立优美文学音乐与艺术出版社出版（1955，布拉格）。

（九）

【匈牙利文】一种：

佚名译本，三十九篇，1959年出版于匈牙利。

（十）

【波兰文】一种：

塔杜施·日比科夫斯基等译本，选译十八篇，204页，每篇有一插图，星火出版社出版（1961，华沙）。

（十一）

【朝鲜文】一种：

崔仁旭译本，三册，四百四十五篇，附有木刻插图，乙酉文化社（1966，汉城）。

（十二）

【罗马尼亚文】一种：

托尼·拉迪安译本，《黄英》，选译十五篇，179页，有注释，世界文学出版社出版（1966，布加勒斯特）。

（十三）

【保加利亚文】一种：

鲍拉·贝利瓦诺娃译本，人民文化出版社出版（1978，索非亚）。

此外，据闻还有西班牙、荷兰、挪威、瑞典等外文译本。

七、《聊斋志异》——小说、戏曲摄取题材的来源

《聊斋志异》问世后，成为不少小说、戏曲摄取题材的来源。

例如，蒲崖主人的短篇小说集《醒梦骈言》，将《聊斋志异》的《陈云栖》《张诚》

《阿宝》《大男》《曾友于》《姊妹易嫁》《珊瑚》《仇大娘》《连城》《小二》《庚娘》《宫梦弼》改写为十二篇白话小说。

后世戏曲作品敷演《聊斋志异》故事者，不下十余种。例如，《脊令原》来自《曾友于》，《绛绡记》来自《西湖主》，《飞虹啸》来自《庚娘》，《梅喜缘》《青梅记》来自《青梅》，《负薪记》来自《张诚》，《错姻缘》来自《姊妹易嫁》，《如梦缘》来自《连琐》，《胭脂鸟》《胭脂狱》来自《胭脂》，《情中幻》《点金丹》来自《辛十四娘》，《洞庭缘》来自《织成》，《神仙引》来自《粉蝶》，《鹤相知》来自《叶生》，等等。

近代地方戏曲中，以《聊斋志异》故事为题材的剧目，更不在少数。"聊斋戏"，在京剧中，有四十多种，在川剧中有六十多种。仅《胭脂》一篇的改编剧目，就分别见于京剧、秦腔、川剧、河北梆子、山东梆子、评剧、越剧、五音戏、眉户剧等剧种。

八、蒲松龄的其他著述

《聊斋志异》是蒲松龄的代表作。此外，他的著述甚多。有：

《聊斋文集》，现存十三卷，共五百三十九篇；

《聊斋诗集》，现存五卷（包括《南游诗草》在内），外加"续录"、"补遗"，共一千零三十九首；词，现存一百一十八阕，包括：（1）残存"柳泉居士词稿手迹"（高智怡旧藏，现存中国历史博物馆），八十五阕。（2）《聊斋诗集》卷六"诗余"多出的七阕。（3）《聊斋文集》抄本（国家图书馆藏）"词集"二卷多出的二十六阕。

通俗俚曲十五种，包括：

（1）《墙头记》，演逆子虐待老父事，约作于七十岁左右。

（2）《姑妇曲》，据《珊瑚》改编。

（3）《慈悲曲》，据《张诚》改编。

（4）《翻魇殃》，据《仇大娘》改编。

（5）《寒森曲》，据《商三言》《席方平》改编。

（6）《琴瑟乐》，写少女怀春及新婚之乐，作于三十五岁时。

（7）《蓬莱宴》，演仙女吴彩鸾与书生文箫相爱、同归仙境事。

（8）《俊夜叉》，演赌徒迷途知返事，作于六十岁时。

（9）《穷汉词》，描写农民穷困生活，作于三十七岁时。

（10）《丑俊巴》，演潘金莲、猪八戒事。

（11）《快曲》，演曹操败走华容道事。

（12）《襄妒咒》，据《江城》改编。

（13）《富贵神仙》，据《张鸿渐》改编。

（14）《磨难曲》，即《富贵神仙》的改作，写于康熙四十三年（1704）以后。

（15）《幸云曲》，演明武宗嫖院事。

这些俚曲大部分作于晚年。它们使用当地方言俚语，或通过描写家庭内部以及邻里之间的纠葛，反映了中下层社会的伦理风俗问题，或抨击科举制度的弊端，或揭露封建统治阶级对人民群众的剥削和压迫。

另著有戏曲三种：（1）《闹馆》，描写塾师生活。（2）《考词九转货郎儿》，刻画秀才入闱的心态。（3）《钟妹庆寿》。

杂著七种：

（1）《婚嫁全书》，康熙二十二年（1683）。

（2）《省身语录》，康熙二十三年（1684）。

（3）《淄川蒲氏族谱》，康熙二十七年（1688）。

（4）《怀刑录》，康熙三十五年（1696）。

（5）《日用俗字》，康熙四十三年（1704）。

（6）《农桑经》，康熙四十四年（1705）。

（7）《药祟书》，康熙四十五年（1706）。

另有《齐民要术》《会天意》《观象玩占》选辑本；《鹤轩笔札》手稿本四册，青岛市博物馆藏，其中前两册乃蒲松龄笔迹，写于宝应、高邮幕宾时期。

蒲松龄《聊斋志异》之外的著作，见于路大荒编《蒲松龄全集》（中华书局，1962年）、盛伟编《聊斋佚文辑注》（齐鲁书社，1986年）、盛伟编《蒲松龄全集》（上海学林出版社）。

论《聊斋志异》的思想与艺术

一、鬼狐史

三个世纪以前，伟大的短篇小说作家蒲松龄撰写了一部不朽的著作——《聊斋志异》。这部用文言文写成而包含着许多优秀作品的书，在文学史上占有重要的地位。清朝人倪鸿曾经对它下过这样的评价：

> 国朝小说家谈狐说鬼之书，以淄川蒲留仙松龄《聊斋志异》为第一。[①]

其实，如果把我国封建社会的短篇小说比喻作亘绵不绝的群山，那么，它显然也是一座屹立的高峰。

蒲松龄在短暂的一生中，付出了辛勤的劳动，创作了五百篇左右的作品[②]。这是一个巨大的数目字。以前的短篇小说作家还不曾创造过这样的记录。明代末年冯梦龙、凌濛初分别编著的《三言》《二拍》五部白话短篇小说集所收的作品已不算少，加起来不过两百篇上下。蒲松龄一个人却给我们留下了两倍于此的丰富的遗产。这一点已充分地说明了他对我国文学的发展所做的贡献了。何况在这五百篇之中，有价值的至少也在一百篇以上。正是这些思想内容深刻、艺术成就卓越、流传广泛的作品，奠定了蒲松龄作为一个伟大作家的不朽地位。

《聊斋志异》里的作品，有的描写的委曲婉转，有的叙述简洁，数行即尽。从风格上看，它们或近似于唐人传奇，或近似于魏晋志怪，而有的则可以说是两者的结合，如鲁迅先生所指出的："用传奇法，而以志怪。"[③]

其中，不但有细腻的描写男女爱情的作品，而且还有一些像《老饕》等那样粗犷的描写侠客义士的作品。《胭脂》《冤狱》《于中丞》《折狱》《诗谳》《太原狱》《新郑狱》七篇以公案为题材，也是别具一格。《偷桃》《口技》《木雕美人》《蛙曲》《鼠戏》记民间技艺，生动、细致，都是脍炙人口的篇什。从体裁上看，《聊斋志异》大部分是短篇小说，也有少数是间断的随笔、特写和寓言等等，不一而足。

多样的风格，多样的体裁，还有多样的内容。《聊斋志异》以记述神仙狐鬼精魅故事而闻名于世。然而，在一些比较著名的作品里，有时也没有神仙狐鬼精魅出场，它们的主人公常常是社会上的普通人。例如《阿宝》《促织》《田七郎》《侠女》《瑞云》《胭脂》《向杲》《崔猛》《细侯》《王桂庵》等篇。和那些写神仙狐鬼精魅的杰出的作品一样，它们也发射着艺术的光辉，激动过无数的读者。

就是在写神仙狐鬼精魅的作品里面，也是变化万千的。狐鬼幻化的人物写得最多。狐有娇娜、青凤、莲香、鸦头、辛十四娘、小梅、封三娘、胡四姐等；鬼有聂小倩、巧娘、宦娘、连琐、小谢和秋容、公孙九娘、伍秋月、寇三娘、章阿端等。她们都是一些令人难忘的艺术形象。而"狐鬼"二字几乎由此成为《聊斋志异》故事内容的代名词了。

除了狐鬼和神仙之外，还有不少生动活泼的作品是写虫鱼鸟兽和花精木怪的。举出一些这方面的动人的人物形象也许是有意义的。这里有蜜蜂（绿衣女、莲花公主）、蠹鱼（俞士忱和素秋兄妹），有白鳍（白秋练）、鼋（洮水八大王），有乌鸦（竹青）、鹦鹉（阿英），有老鼠（阿纤）、青蛙（十娘）、老虎（苗生）、獐（花姑子），花木方面则有耐冬（绛雪）、牡丹（香玉、葛巾和玉版）、菊（黄英和陶生姐弟）、红莲（荷花三娘子）等等。此外，如《赵城虎》《毛大福》《义犬》《象》《鸿》，更是几篇直接以动物为描写对象的作品。

不同的主人公演出着不同的故事。蒲松龄选择各种素材创作了几百篇作品，却几乎没有一篇在细节描写上是重复的。我们不能不对他那非凡的艺术天才表示赞叹。

同样是描写爱情故事的作品，却又有千差万异的种种写法。既写了青年男女的恋爱，也写了霍恒和青娥、蒋阿端和晚霞那样的少年人的恋爱；既写了郎才女貌的婚姻，也写了马二混和蕙芳那样的配偶；既写了恋爱的喜剧性的结局，也写了《葛巾》《嘉平公子》等篇那样的带有悲剧色彩的分离；既写了结合为夫妇的爱情，也写了《娇娜》《乔女》《宦娘》等篇那样的两性之间表现为纯洁友谊的爱情……

总之，这一切都说明了《聊斋志异》内容的一个非常突出的特色：丰富多彩。

这些短篇小说充满了瑰丽的幻想，情节引人入胜。具有激动人心的魅力。除了给予我们艺术享受和愉快之外，它们还使我们透过"搜神""谈鬼"的故事的外衣看到了内里所蕴含的有深刻意义的思想内容。

蒲松龄曾慨叹地说：

> 集腋成裘，妄续幽冥之录；浮白载笔，仅成孤愤之书，寄托如此，亦足悲矣！④

他把自己的创作比拟为韩非的发愤著书。由此可见，他写《聊斋志异》的时候确实是寓有"寄托"的目的。

什么样的"寄托"呢？根据我们分析全书内容的结果，简单地说来，就是对现状的不满，对封建社会的某些方面的不满。而体现了这样的创作动机的许多作品也恰恰是《聊斋志异》的菁华的构成部分。

所以，《聊斋志异》的内容和意义实际上可以援引蒲松龄本人的两句诗来作概括的说明：

> 新闻总入鬼狐史，斗酒难消磊块愁。[⑤]

对他来说，写"鬼狐史"只是一种借酒浇愁的手段而已。

他在"鬼狐史"内所寄托的"磊块愁"究竟表现在那些地方呢？下面，我们将从几个方面来谈这个问题。

二、磊块愁

蒲松龄所寄托的"磊块愁"，在《聊斋志异》里面，首先表现在这样一组作品上，它们尖锐地暴露了封建王朝的黑暗、窳败的政治，鞭挞了为虎作伥、鱼肉人民的贪官污吏和土豪劣绅。他们的政治倾向性是非常鲜明的。蒲松龄站在被压迫的人民群众的一边，同情他们的种种可怜而悲惨的遭遇，替他们提出控诉，发出呼吁，从而成为他们的代言人。

《促织》写的是在一个安分守己的普通老百姓的家庭里所发生的悲剧。造成悲剧的直接原因是：皇帝喜欢斗蟋蟀，每年都向民间征索；地方官吏媚上邀宠，为了使自己升官发财，不惜把人民逼迫到倾家荡产的地步。故事发生的时代被安排在明宣宗宣德年间（1426—1435）。这有着历史的根据，并不是凭空虚构的。明朝人沈德符谈到过斗蟋蟀之戏：

> 我朝宣宗最娴此戏，曾密诏苏州知府况钟进千个。一时语云："促织瞿瞿叫，宣德皇帝要。"此语至今犹传。[⑥]

蒲松龄显然是在借用这桩历史事件来表达他对封建社会黑暗政治的不满。皇帝喜欢斗蟋蟀，可能是个别的现象；但因斗蟋蟀而引起的自上而下的层层征索和敲诈在经常地威胁着人民群众的日常生活却是当时普遍存在的事实。因此，成名一家三口的悲剧是有典型意义的。成名最后所以能够挽救自己不幸的命运，是因为把他的幼儿的灵魂所变化的一头勇狠善斗的小蟋蟀献进了皇宫。这个情节怵目惊心地反映了封建社会里的可怕的生活真实，深刻地表现了人民群众所遭受的来自统治阶级的从肉体到精神的迫害已经到达这样的程度：走投无路，再也无法正常地生活下去，不得不化为虫豸，去充当统治者娱乐消遣的玩物。

蒲松龄无所忌惮地使自己的笔锋触动了封建社会的最高统治者——皇帝，同时也触动了属于统治集团上层人物的藩王、亲王等，在读者面前指斥他们直接或间接对人民所犯下的各种罪行。像《聂政》，抨击了"怀庆潞王"抢夺民女的荒淫行为。《王成》则通过王成贩鹑、赌鹑，"大亲王"斗鹑的情节暴露了封建贵族所过的奢侈腐化的生活。这些描写无疑具有相当大胆的批判性。蒲松龄对封建社会的不满在这些地方得到了最充分、最突出的表现。因此，人们一直把《促织》这类作品中的冠冕看作是全书的代表作之一。

和《促织》同样著名的作品是《席方平》。在《席方平》里，蒲松龄运用艺术的手腕，剖析了封建社会的官僚机构的丑恶本质。在阴曹地府，上自冥王、郡司、城隍，下至狱吏，无不见钱眼开，朋比为奸，随心所欲地蹂躏着善良无辜的老百姓。在那个世界里，没有正义，也没有公道；金钱主宰着一切。灌口二郎的判词形容得好：

> 金光盖地，因使阎摩殿上尽是阴霾；铜臭熏天，遂教枉死城中全无日月。

其实，这又何尝不是阳世人间的写照？

另一篇著名的作品《续黄粱》显然是受了唐代沈既济的传奇小说《枕中记》的影响。它的故事轮廓没有超越原来的范围：一个人在梦境里经历了宦海浮沉的荣悴悲欢的生活，醒来却不过是一刹那的功夫。但是，它却通过曾孝廉这个人物的种种遭遇，给旧有的题材注入了新的血液。他扫荡了弥漫在《枕中记》内的消极出世的气氛，以较多的篇幅描写了曾孝廉得官以后擢用私人，党同伐异，奢侈荒淫，残民以逞的种种罪行。曾孝廉的形象的意义在于，他的身上集中地表现了世上的贪官污吏所具有的品质和行为。而曾孝廉在阴间受刑，鬼使熔化他霸产所得的金钱，灌入他的口内：

> 流颐则皮肤臭裂，入喉则脏腑腾沸；生时患此物之少，是时患此物之多也。

这段犀利隽永的描写，向贪官污吏发出了有力的一击。

此外，蒲松龄还在其他许多作品里塑造了贪官污吏的群像，暴露了他们的丑恶可憎的面目。

《成生》里的成生在受尽了官僚地主的凌辱以后愤慨地说："强梁世界，原无皂白。况今日官宰半强寇，有不操矛弧者耶！"把官吏看成和盗贼一样，这在当时不能不说是一种大胆的进步的观点的反映。

《梅女》里的某典史受钱三百。诬赖梅女和强盗通奸，逼死人命。十八年后，一个老妪当面怒形于色地斥责他：

> 汝本江浙一无赖贼，买得条乌角带，鼻骨倒竖矣。汝居官有何黑白？袖有三百钱，便而翁也！

《潍水狐》用一头"倘执束蒭而诱之，则帖耳戢首，喜爱羁勒"的驴的形象来比拟贪官污吏。潍令求见狐翁，尝到了闭门羹。原因何在呢？狐翁解释说："彼前身为驴。今虽俨然民上，乃饮糟亦醉者也。仆固异类，羞与为伍。"蒲松龄笔酣墨饱地表现出贪官污吏的声名狼藉已经到了异类羞与为伍的地步。这样的刻画是入木三分的。《续黄粱》里的包学士所上的奏疏，言词慷慨激昂，是一篇义正词严、大快人心的讨伐贪官污吏的檄文。在这些地方，蒲松龄通过故事情节本身的逻辑发展，借作品中的人物倾吐来了当时社会上的受迫害的人民群众久藏在胸中的愤恨。

在更多的时候，他克制不住地用自己的作者身份向贪官污吏发射出炮弹一般的语言。《王大》说：

> 余尝谓：昔之官谄，今之官谬。谄者固可诛，谬者亦可恨！

《梦狼》说：

> 窃叹天下之官虎而吏狼者，比比也。即官不为虎，而吏且将为狼；况有猛于虎者耶！

《伍秋月》说：

> 余欲上言定律：凡杀公役者，罪减平人三等。盖此辈无有不可杀者也！

字里行间，充满了剑拔弩张、怒发冲冠式的感情。

封建社会里的人民群众所受的直接迫害的来源，除了贪官污吏以外，就要数土豪劣绅。土豪劣绅骑在人民群众的脖子上，依仗着金钱和权势，把持官府，武断乡曲，干着残害人民的勾当。蒲松龄一生中的大部分时间在农村中度过的，他对于类似这样的事情是看在眼里，记在心里。有时候他也会挺身而出，用实际行动，替受迫害的老百姓撑一下腰。他认识的一个大地主孙蕙在外做官，族人和仆人们在淄川横行霸道，为非作歹。蒲松龄就毅然写信给孙蕙，指出事实，并说：

凡此数者，皆弟之所目击而心热，非实有其事不敢言，非实有其人不敢道也。弟之言无可凭信，即先生问之他人亦必以余言为诬，但祈先生微行里井而访之焉。倘有一人闻孙宅之名而不咋舌咬指者，弟即任狂妄之罪而不敢辞。⑦

他又根据自己的认识，在《聊斋志异》的许多作品里鞭挞了土豪劣绅所犯下的令人发指的血腥罪行。

《石清虚》写邢云飞有一块玲珑石，曾被某势豪强行夺去，失而复得。后又有某尚书觊觎它，阴以旁事中伤，邢云飞被收入狱，妻子和儿子献出玲珑石，他才被释放。《红玉》写退职的宋御史抢走了冯相如的妻子，打死了他的父亲。《窦氏》写地主南三复欺骗农家女窦氏，始乱终弃。窦女起先对南三复还抱有幻想。她怀孕生了一个男孩。父亲搒打她；南三复不承认他们之间的关系；男孩也被父亲扔弃。这时，她勇敢地抱起了弃儿，奔到南家，对门人说："但得主人一言，我可不死。彼即不念我，宁不念儿耶？"但是，满腔哀怨的窦女无法使那玩弄女性的恶棍回心转意。他拒不见她。她只能依户悲啼，抱儿坐僵而死。

在这些作品里，蒲松龄揭露了剥削阶级明抢暗夺，作恶多端，无所不用其极的卑鄙无耻的嘴脸，同时又借助于凄凉的氛围的衬托，用无限的同情心描写了贫弱无依的善良人民受迫害时的惨绝人寰的情景。他形象地告诉读者：这就是黑暗社会的血淋淋的现实。

人民生活在那样的社会里，很难有力量使自己摆脱不幸的命运。蒲松龄的伟大之处在于，他运用浪漫主义的手法，积极地表达了人民群众在现实生活中所产生的复仇愿望。

《博兴女》写某势豪强抢民女，逼淫不从，就把她缢死，以石系足，沉于深渊。然而，再重的石头也压不息人民心头的反抗的火种。受害的女子终于变成一条龙，在雨天的霹雳大作的时刻，攫取了仇人的脑袋。在这阵愤怒的声音里面，我们可以清晰地听出他对当时现状的不满，对封建社会的不满。

《向杲》写向杲的庶兄被恶霸庄公子打死，他去打官司，对方广行贿赂，理不得申，又想去行刺，对方戒备严密，无隙可乘。结果，有个道士授给他一件布袍，穿在身上，人就变成老虎。这样，他才在山岭下咬死了仇人。

可以说，没有那么众多的被侮辱、被损害的人在当时强大的封建势力统治下，处于水深火热之中，过着朝不保夕的日子，并且怀有极其强烈的复仇的愿望，就很少有可能使蒲松龄虚构出博兴女化龙、向杲化虎的情节。所以，蒲松龄在《向杲》篇末呼喊说：

> 然天下事之指人发者多矣，使怨者常为人，恨不令暂作虎！

在这阵愤怒的声音里面，我们可以清晰地听出他对当时现状的不满，对封建社会的不满。

三、反戈一击

和封建社会里的大多数知识分子一样，蒲松龄从幼年时期起就走上了那个时代所规定的读书人所不得不走的道路。他怀着"十载寒窗无人问，一举成名天下知"的幻想，陶醉在科举登第的美梦里。但是，一个正直的读书人，生活在那样的社会里，他的真才实学无法受到统治集团的赏识，纵然考中，也根本无法在有益于国计民生的事业上施展出来。蒲松龄不可避免地在现实生活中遭到了一次接连一次的挫折。

"年年文战垂翅归"[⑧]的诗句十分形象地描绘了他当时的狼狈相。由于现实生活的教育，他逐渐冷静地清醒过来了。于是，一种怀才不遇、受到排挤和压抑的悲痛以及对"仕途黑暗，公道不彰"[⑨]的愤怒的感情，不禁在他心底炽热和沸腾了起来。他根据亲身的体会，写下了众多有名的作品。

通过这些作品，他抨击了封建统治阶级给读书人设下的罗网——以八股取士的科举制度。他从各个不同方面对它的弊端和罪恶作了广泛而深刻的揭露。这就是他在《聊斋志异》里表现出来的"磊块愁"的另一个内容。

科举制度本身所固有的腐朽性决定了它所要求的只是头脑麻木的书呆子——鹦鹉学舌的驯服工具。在蒲松龄看来，举行考试，不过是照例的形式而已。文章的好坏是由试官随意决定的。他们是科举制度的具体执行人，掌握着衡文取士的大权。在他们身上，集中地体现了科举制度的腐朽性。试官们是些什么样的人呢？正像《于去恶》里的于去恶对陶圣俞所介绍的：

> 略举一二人，大概可知：乐正师旷、司库和峤是也。

让瞎子和有钱癖的守财奴之类的人来充当试官，还会选拔出什么样的人材呢？所以，蒲松龄在抨击科举制度的时候，首先就把矛头指向他们。和峤型的试官纳财受贿，贪赃枉法，遵奉着金钱至上的信条。在他们评定试卷次第的时候，学问只不过被看作是一种附属的点缀品。《僧术》里的黄生只中副贡的故事揭破了科举取士的秘密：金钱的多寡决定着试生的名次高低的命运。

师旷型的试官是些不学无术的人。他们唯一的本领就是《三生》所说的"黜佳士而进凡庸"。《司文郎》描写了一个瞎和尚能以鼻代目，嗅别八股文的优劣。可是，他所作出的判断和发榜的结果正好相反：优者下第，劣者却高中了。他叹气说：

> 仆虽盲于目，而不盲于鼻；帘中人并鼻盲矣！

在这里，蒲松龄对于那些有眼无珠的试官发出了轻蔑的嘲笑。

而在《三生》里，蒲松龄所流露出来的感情却到达了愤怒的顶端。它写千万个因为考不取而愤懑死去的士子们在阎罗面前告状诉冤。阎罗判决对令尹、主司施笞刑。士子们嫌太轻，哗然不满，坚持要抉睛剖心。阎罗不得已而答应了他们的请求，方才人心大快。读过这些作品，我们不难觉察到，蒲松龄站在不幸的士子们一边，对试官表现了多么深沉的仇恨。《何仙》和《于去恶》也是属于这样的作品。

《贾奉雉》同样也含有辛辣的讽刺。贾奉雉"才名冠一时"，屡试不售。他"戏于落卷中集其阘茸泛滥、不可告人之句，连缀成文"，勉强记在心里，再去应试，竟中经魁。这是一个看来非常可笑的故事。但是，它告诉我们：这种不合理的现象，在那"聋僮署篆，文运所以颠倒"[⑩]的时代，其实倒是一种合理的存在。

在这样的情况下，必然的结果就是学问渊博的读书人的终身潦倒。《叶生》里的叶生"所如不偶，困于名场"，最后得出了结论说："半生沦落，非战之罪也！"对于这样的读书人，蒲松龄从自己的遭遇出发，显然是怀着极大的同情加以描写的。

鲁迅曾说过：

> 因为从旧垒中来，情形看得较为分明，反戈一击，易制强敌的死命。[⑪]

作为一个过来人，蒲松龄对于科举制度的虚伪性、腐朽性有深刻的体会，所以揭露起来十分有力。

四、百丑图

蒲松龄在《聊斋志异》里所寄托的"磊块愁"，不仅表现为他对封建统治集团、科举制度的某些不满，而且也表现为他对当时的人情世态、社会现象以及某些道德伦常观念的不满。蒲松龄有怀才不遇的苦闷；他的性格又正直耿介，不愿趋炎附势，随波逐流。因此，他对自己所处的生活环境产生了比较清醒的估计和了解。他注视着生活的不同的角落，注视着社会上形形色色人物的活动。结果，他发现了许多不堪入目的现象。他有一首诗表达了他的这种感受[⑫]：

　　生无逢世才，一拙心所安。我自有故步，无须羡邯郸。世好新奇矜聚鹬，
我惟古钝仍峨冠。古道不应遂泯没，自有知己与我同咸酸。何况世态原无定，
安能···仰随人为悲欢！君不见，衣服妍媸随时眼，我欲学长世已短。

　　他把丑恶的社会现象同自己高洁的理想和志趣对立起来，并且运用批判的笔，
把它们写进了《聊斋志异》。

　　他在这些作品里，采用了广泛的题材，描写了不同类型的人物。我们读了之后，
无异于看到了一幅封建社会的百丑图。

　　这些作品从各个不同的角度抨击了社会上的黑暗面和虚伪、腐朽的事物，鞭挞
了社会上的渣滓、败类。写得比较好的，例如《金世成》和《金和尚》，刻画了两个
寄生虫的形象，一个是愚弄落后群众，敛集金钱捷于酷吏的头陀，另一个是儿孙众
多的炙手可热、气焰熏天的和尚。

　　最传颂人口的不能不推《劳山道士》。它讽刺了地主阶级子弟的贪逸取巧。全篇
描写有层次，有转折。故事情节是逐步展开的。开始时，王生拜道士为师，道士指
出他有娇惰不能作苦的缺点，他却愿意留在观中，因为他还没有接慕之心，归念遂息。
又过一月，苦不可忍，在辞归时请道士授法，试术三次才成。结果，回家试术失败。
王生经历的四个阶段，写得清晰分明。随着每个阶段的转移。王生的思想也在变化着。
一环紧扣一环，合情而又合理。直到王生碰壁，额上坟起的时候，对于他的那种不
劳而获的思想所应获得的结局，我们不禁发出了会心的微笑。

　　对于当时的读书人的种种庸俗而丑恶的面貌和卑劣而无耻的行径，蒲松龄也作
了不留情的笔伐。《仙人岛》里的王勉，目空一切，却又文才鄙陋，受尽了一个少女
的嘲讪和藐视。《狐联》讽刺了读书人的迂腐。《嘉平公子》则通过温姬错爱嘉平公
子的故事，讽刺了读书人的不通文墨。而在《苗生》里，三四个缺乏自知之明的读
书人得意地朗读着自己的文章，互相阿谀称颂。苗生厉声大叫：

　　此等文只宜向床头对婆子读耳，广众中刺刺者，可厌也！

　　当他们不听劝阻的时候，苗生就大吼一声，变作老虎，扑杀了他们。这里已经
不是冷静的批判，而是愤世嫉俗的感情的爆发了。

　　在这类作品中，还有一些是以批判某些男性在恋爱、婚姻问题上表现出来的恶
劣品质为题材的。它们塑造了一系列的丑恶的形象，其中有《毛狐》里的马天荣，
他贪金而得锡，贪国色而得大足驼背的女人；有《丑狐》里的穆生，他因狐女赂遗渐
少而背德负心；有《武孝廉》里的石某，他趁着恩人酒醉，想杀死她；有《云翠仙》

里的梁有才，他为了贪图金钱，装腔作势地要鬻妻为娼。梁有才，这是一个和话本《杜十娘怒沉百宝箱》里的李甲相似的人物，但写来极有个性。

我们可以说，蒲松龄通过这些作品里面关于群丑的描写，在客观上抨击了他们所赖以存在的封建社会。

五、优美动人的恋爱故事

毛主席说过："从来的文艺并不单在于暴露。"⑬《聊斋志异》正是这样的情形。

我们已经说过，蒲松龄对当时的现状不满，对封建社会的某些方面不满。一方面，他把他感到不满的丑恶现实给予尖锐的揭露，无情的鞭挞。另一方面，冷酷的人生并没有使他绝望，也没有使他因此产生消沉颓废的情绪。他用一种执着的态度，坚持着自己所追求的理想，注视着那些在人民群众生活中涌现出来的美好事物，加以热情的歌颂，把它们作为封建社会所固有的丑恶现象的对立面，再现在读者的面前。从某种意义上说，这样作实际上也是表现了蒲松龄对封建社会的批判。

在这一方面，《聊斋志异》最突出的内容就是对真挚不渝的爱情的歌颂。属于这类题材的作品为数不少。它们动人地描写了痴心的恋爱故事，塑造了种种可爱的青年男女的性格。它们反映了封建婚姻制度的不合理，反映了当时社会上的广大青年男女在重重的压抑和摧残下所产生的冲破樊笼、打碎桎梏的愿望和行动。

《阿宝》塑造了一个情种的形象：孙子楚。他生有六个手指。当他向富翁的女儿阿宝求婚的时候，阿宝不过是开玩笑地说了一句："渠去其枝指，余当归之。"他不顾疼痛，用斧砍去枝指。不久，他在清明节出游，路遇意中人，不觉痴立，魂随阿宝而去，同居三天，才被女巫招回。后来，他们无缘再见一面。孙子楚瞧着一只刚刚死去的鹦鹉，心里想："倘得身为鹦鹉，振翼可达女室。"还没有想完，他就真的变作鹦鹉飞去了。这篇驰骋着美丽幻想的作品歌颂了和封建礼教势不相容的真挚的爱情。男主角孙子楚是个有真性情的人，可是当时有人把他看作呆子，时加嘲笑，称为"孙痴"。这不正是可以看出蒲松龄在有意识地把他的性格和行动从封建社会的一般庸夫俗子中间区别出来吗？

《连城》里的乔生、《香玉》里的黄生同样也是感情真挚的男子。乔生为了医疗意中人的瘵病，不惜刺膺割肉。黄生以白牡丹幻化的香玉为"爱妻"，以耐冬花幻化的绛雪为"良友"，为了朝夕相从，殉情而死，死后也变成一株花，苗生在她们的近侧。

如同我国的文学传统所表现的那样，在描写爱情的作品中，蒲松龄更大的贡献也还是在一系列可爱的女性性格的塑造上。

我们可以指出一些带有光彩的名字：含笑拈花、憨态可掬的婴宁，"弱态生娇，秋波流慧"的青凤，爽朗豪迈的莲香和羞涩怯弱的李女，受妖物威胁去迷人而又心地善良的聂小倩，处处不脱冤苦之色的公孙九娘，自叹命薄的巧娘，低首哀吟以寄幽恨的连琐，温柔而勤俭洒脱的辛十四娘，"寄慧于憨，寄情于恝"的花姑子，用镜中人影来督促爱人读书上进的凤仙，时而恶作剧、时而一本正经学写字、但又彼此怀有稚意的妒嫉、常常耍小心眼的秋容和小谢……。她们都是美丽、聪明、多情的女性形象，大多对封建礼教的教条抱着蔑视的态度，甚至把它践踏在脚底，积极地为自己争取美满幸福的爱情生活。

婴宁更是刻画得个性鲜明、栩栩如生的一个女性的形象。和其他一些女性比较起来，除了美丽、聪明、多情等共同点之外，她还天真乐观，而且带有一点娇惰，但是那经常不停的憨笑，却成为她的性格特征的主要表现之一。关于这一点的描写，从她一出场就给读者留下了难忘的印象，如闻其声，如见其人。封建社会对一般妇女的要求是矜持、娴静。婴宁形象的出现正好是多少挣脱了这些强加的枷锁的反映。蒲松龄在篇末亲昵地称之为"我婴宁"，表现了他对这个人物形象的热爱。他选择了这样的形象来作为女主角，显然是有其用意的。

蒲松龄笔下的这些女性形象，在处理自己的恋爱、婚姻问题的时候，行动上处处表现了出自内心而不加掩饰的主动性。外界的任何压力改变不了她们的决心。《湘裙》里的女鬼看中了晏仲。她的姐夫晏伯曾指出"以巨针刺入，迎血出不止者，乃可为生人妻"。其妻握针出门，见到湘裙，"急捉其腕，则血痕犹湿，盖闻伯言，早自试之矣"。这个意志坚强的女性为自己选择配偶，何等有主张，又何等妩媚可爱。《菱角》里的画工的女儿菱角也是一个这样的形象。少年胡大成在观音祠问她："我为若婿，好否？"她难为情地回答："我不能自主。"一时的少女的羞惭无法掩盖住她那心已许之的喜悦。胡大成走远了，她追上去细心地告诉他："崔尔成吾父所善，用为媒，无不谐。"尽管她的思想最终没有越出封建礼教的范畴，她的自动示婚的行动却是封建礼教所禁锢不住的。

噬人的封建势力在当时的广大青年男女追求恋爱自由、婚姻自主的途程上遍设了形形色色的障碍。它的体现者用尽一切伎俩，或干涉在初恋之前，或破坏在成婚之后。蒲松龄在许多场合对这种罪恶行为进行了谴责。与此同时，他又塑造了一些向恶劣的环境进行斗争，并且取得最终胜利的女性的形象，例如《鸦头》里的鸦头，她是狐女而又是娼妓。卑贱的职业却培养了她的勇烈的个性。鸦头男装私奔，被捉回后，受尽千折百磨，矢志不二。她的个性是十分勇敢和坚强的。

这些青年男女的故事在《聊斋志异》里构成了许多不同的绚丽而富于诗意的画

面。他们抵抗住封建社会所给予的各式各样的压力，坚强勇敢地行动着。他们有自己的理想，全力以赴地不倦地追求着自己的目标。他们的恋爱和结合并不完全是出于猎奇的心理或对美艳的形貌的倾倒。像《瑞云》里的贺生，把"人生所重者知己"作为衡量爱情的重要标准。尽管意中人后来在脸上布满了墨痕，像鬼怪一般的丑陋，而且还被迫从事一些不堪驱使的差役，他却不因对方的美丑、盛衰的转移而改变自己的初心。像《连城》里的乔生坚持着自己所说的"士为知己者死，不以色也"的信念，他和连城两人生不能成夫妻，就死去而成夫妻，再回到人世。共同的爱好往往使这些一对一对的互不认识的青年男女变成了终身的伴侣。

我们读了《连琐》《白秋练》《绿衣女》以后，可以看出，他们的爱情之所以产生，是由于吟诗、下棋、弹曲等等对艺术的共同爱好。《竹青》《青凤》等篇更着重地写出了他们在患难中的互助精神。

蒲松龄在这些优美动人的恋爱故事里处处表现了类似这样的思想，使它们的内容丰富起来，深刻起来，从而发射出璀璨夺目的光采。

六、纯洁的友谊

和爱情一样，友谊也是蒲松龄在《聊斋志异》里所歌颂的一个重要的主题。

有的作品，例如《雷曹》描写了人与神交友的故事，但更多的作品描写了人与狐之间的友谊。《酒友》写出了车生和狐的结交是由于对饮酒的共同的爱好。这些作品中所写的狐的性格大都很可爱。他们执着于人间的生活，在人间寻找知心的朋友。在他们的身上，我们只感到亲切，一点也看不出异类的可怕。

也许是因为蒲松龄在自己的生活圈子内所能看到的人与人之间的真诚的友谊太少了，相反，倒是后期封建社会的尔虞我诈的风气遍处可见，所以他才把自己的一部分精力去花费在这些描写异类的作品上。

《封三娘》写范十一娘和狐女封三娘两个女伴的故事。范十一娘是一个被封建礼教禁锢在深闺之内的少女，她那天真活泼的心灵遭受着沉重的压抑。封三娘的来临，使她得到了一个可以倾诉心事、解除精神苦闷的伴侣。封三娘替他物色称心的丈夫，又帮助他们组成了幸福的小家庭。没有封三娘的帮助，范十一娘不可能在生活中向前跨进一大步。所以，封三娘这个令人难忘的人物，她是作为一个冲破精神樊笼、开辟道路的形象而出现在我们面前的。

《田七郎》写的是人与人之间的友谊。武承休的好交游，田七郎的爽朗、侠义，促使他们二人在内心上逐渐接近。全篇通过他们的交往表现了这样的侠义思想：一钱不轻受，一饭不忘；小恩可谢，大恩不可谢。尽管其中还有狭隘的报恩观念的成分，更重要的积极意义却在于强调相互的帮助和救援。

这样的思想意义在《娇娜》里也有所表现。它写孔雪笠和松娘结为夫妇，和皇甫公子、娇娜兄妹结为良友的故事。从全篇来看，前半部主要写孔雪笠和皇甫公子的交谊，后半部主要在写孔雪笠和娇娜二人在危难的时刻互相救援。至于孔雪笠和松娘的婚姻，只不过是中间的穿插事件而已。在我国古典小说中间，像《娇娜》这样描写一对青年男女成为纯洁的"腻友"的作品几乎是没有的。因为在封建社会里，"男女授受不亲"的思想观念像一堵高墙似的竖立着。不少人到了这堵墙的临近就知难而退。蒲松龄却在这篇著名的作品里大胆地把它推倒了。我们不能不钦佩他的反封建的巨大勇气。

《乔女》也是一篇非常出色的作品。主人公是一个面貌丑陋而品格崇高的妇女。她的行动并不是一开始就放射出思想的光辉的。做一个顺从的封建妇女，也曾经是她努力的方向，那是在她丈夫死了以后。有一个男子敬重她，钟情于她，前来求婚，她虽已心许，在口头上却没有应允，因为她想守"节"。这个男子就立志不另娶，不久死去。留下的孤儿不断地受人欺凌，她的正义感不禁燃烧了起来。尤其是在一个虽然生疏但是知己的人的后代身上，她怎么能够容忍发生这种情况呢？这时，封建礼教的束缚，外界的非议，这一切都对她失去了作用。她毅然挺身而出，几乎是以母亲的身份去抚育着孤儿。这是一个高大的形象。在她的身上，我们可以看到我国妇女的一些见义勇为、敢于负责的优良的品质。这个故事可以说是十分动人的。

生死不渝，真挚、纯洁的友谊，建立在相互了解、尊重、帮助的基础之上的友谊，这是蒲松龄所向往的世界。但是，在他所生活的那个时代，他不可能在现实中发现它们的普遍存在。于是，他只好把自己的理想镕铸在他的那些不朽的作品里面了。

在这篇文章就要结束的时候，我觉得有必要再饶舌几句。本文旨在说明《聊斋志异》内容有两个重要的特色：丰富多采；寄托了作者对封建社会的某些方面的不满。所谈的几点，只是就全书主要内容立论，不可能详尽无遗地介绍全书所有的内容。至于《聊斋志异》的艺术特色，蒲松龄的世界观及其作品的局限性等问题，限于篇幅，这里也未能涉及，将来准备另写文章来作探讨。

注释：

①《桐阴清话》卷一。

②《聊斋志异》通行本只有四百三十一篇。那主要是刻书人刊刻的结果。今天

我们所能见到的佚文已有七十一篇。参阅已故的叶德均先生的论文《聊斋志异集外遗文考》，原载《文史杂志》第六卷第一期"俗文学专号"（1948 年 3 月）。

③《中国小说史略》第二十二篇。

④《聊斋自志》，见《聊斋志异》。

⑤《得家书感赋，即呈孔集、树百两道翁》，见《聊斋诗集》。

⑥《万历野获编》卷二十四"伎艺"类"斗物"条。

⑦《上孙给谏书》，见《聊斋文集》。

⑧《喜笏、筠入泮》，见《聊斋诗集》。

⑨《与韩樾老定州书》，见《聊斋文集》。

⑩《司文郎》。

⑪《写在"坟"后面》，见《鲁迅全集》第一卷，第 364 页。

⑫《拙叟行》，见《聊斋诗集》。

⑬《在延安文艺座谈会上的讲话》，见《毛泽东选集》第三卷，第 893 页。

评《聊斋志异》会校会注会评本

我国的一些伟大的、杰出的古典小说，几乎没有例外地存在着比较复杂的版本问题。这就在无形之中增加了我们在阅读和研究上的困难。把一部名著小说的各种不同版本汇集起来，加以详细的校勘，从而整理出一个最接近于原著的、可读的新本子——《聊斋志异》会校会注会评本，继《水浒传》的汇编整理本之后出版，正是适应了这样的要求。

要评价这部《聊斋志异》会校会注会评本，先得从它的一些显著的特点和优点谈起。

《聊斋志异》的现存版本，以数量而言，是可以称之为多的。其中，最为重要的却不外五种，这就是：

（一）手稿本。

（二）铸雪斋本。

（三）黄炎熙本。

（四）青柯亭本。

（五）王金范本。

此外，还有"遗稿"本、"拾遗"本、"逸编"本三种，属于辑佚的性质。其余还有十几种，但在文字上超不出上述诸本的范围。

手稿本是解放后在辽宁省西丰县发现的。它仅存半部，1955 年已由文学古籍刊行社影印出来。大部分的抄写出于作者的亲笔。从许多方面来判断，它可能是作者的清稿本。铸雪斋本是乾隆年间抄本，分为十二卷，收四百八十八目。它的文字与手稿本基本相同，是一部较好较全的本子。黄炎熙本也是乾隆年间抄本，属于选本的性质，分为十二卷，今存十卷，收二百六十三目，共二百六十八篇。青柯亭本过去最为流行，现存乾隆三十一年（1766）刊本。它分为十六卷，连"又篇"和"附则"在内，共收四百三十一篇。王金范本现存乾隆五十年（1785）郁文堂重刊本[①]，也属于选本的性质，按照题材内容类别分为十八卷，收二百六十四目，共二百七十七篇。

"遗稿"本现存道光四年（1824）刊本，收五十一篇。"拾遗"本现存道光间"得月簃丛书"本，收四十二篇。"逸编"本现存民国三年（1914）刊本，分为上下两卷，收五十三目，共五十六篇。

以上诸本的篇目，如果撇开重复的不算，总数约在五百以上。为通行本所未收的约有七十余篇。其中，像《张氏妇》《某经略》《鬼吏》（一作《鬼隶》）《乱离》《金世成》（一作《金头陀》）等篇，或抨击清兵的残暴行为，或讽刺汉奸的无耻面目，或暴露寄生阶层的腐朽生活，在当时都具有强烈的现实意义。这些作品有助于我们进一步认识蒲松龄的思想倾向和《聊斋志异》的社会意义。

会校会注会评本把这五百多篇作品全部收录，几乎囊罗了目前所能见到的全部佚文，从而成为《聊斋志异》的一个较为完整的本子。

此外，在复见的作品方面，它主要是荟萃了手稿本、铸雪斋本、青柯亭本的异文。其中有些地方，对于我们阅读和研究《聊斋志异》，也是大有用处的。

试以《促织》为例。《促织》是《聊斋志异》中的一篇著名的代表作品。但它却存在着复杂的版本问题。除去几处在文字上略有差异以外，它在情节内容上也有相当大的出入。例如，在成名的儿子投井而死，"（成名夫妻）取儿藁葬。近抚之，气息惙然。喜置榻上，半夜复苏。夫妻心稍慰……"之后，手稿本作：

> 但蟋蟀笼虚，顾之则气断声吞，亦不敢复究儿……。②

青柯亭本则作：

> 但儿神气痴木，奄奄思睡，成顾蟋蟀笼虚，则气断声吞，亦不复以儿为念……

再如，在临近结尾处，手稿本、铸雪斋本作：

> 由此以养虫名，屡得抚军殊宠……③

青柯亭本则作：

> 后岁余，成子精神复旧，自言：身化促织，轻捷善斗，今始苏耳。抚军亦厚赉成……

又如，在文末的"异史氏曰"里，手稿本与铸雪斋本有下列一段话：

> 天子偶用一物，未必不过此已忘，而奉行者即为定例，加以④官贪吏虐，民日贴妇卖儿，更无休止。故天子一跬步皆关民命，不可忽也。

这是三条重要的例子，前两条例子牵涉到故事情节发展的关键。因为《促织》全篇正是通过成名的儿子"身化促织"的情节，触目惊心地反映了封建社会里的可怕的生活真实，深刻地表现了人民群众遭受的来自封建统治阶级的从肉体到精神的迫害已经到达这样的程度，走投无路，再也无法正常地生活下去，不得不化为虫豸，去充当统治者娱乐消遣的玩物。所以，缺少这个情节的描写，不仅使故事出现了漏洞，而且大大削弱了作品的思想意义。令人感到奇怪的是，后出的、经过后人删改过的青柯亭本有这段描写，手稿本、铸雪斋本反而没有这段描写。这是什么缘故？难道这段描写竟是出于后人的插入？这些问题都是值得我们注意和研究的。至于第三条例子，恰巧相反，手稿本、铸雪斋本有而青柯亭本无，倒是容易理解的。因为这段话牵涉到对于封建社会最高统治者——皇帝的批评，青柯亭本的整理者赵起杲、余集等人可能是为了躲避文字狱的风波，就借着"校正"、"更定"、"斟酌去留"的名义⑤把它删弃了。这样一来，对于这段话，通行本的读者就失去了获读的机会。

我们还可以举出《仇大娘》《张诚》《嫦娥》等篇。它们的某些字句显指"明亡轶事"，含有"讥讽满人，非刺时政"⑥的意思，因而被通行本所删，也属于同样的例子。

所有这些比较重要的异文，全都包括在这部会校会注会评本里了。会校会注会评本是以手稿本、铸雪斋本为底本，校勘了青柯亭本、"遗稿"本等。它改正了手稿本、铸雪斋本、青柯亭本等上面的一些出于作者笔误或在刊印过程中发生的错字和脱漏的地方。这就使它成为一部经过初步整理的较好的《聊斋志异》读本。通过它，读者不仅可以清晰地了解到蒲松龄的《聊斋志异》的本来面貌，而且可以比较广泛地了解到上述《聊斋志异》各本的一些具体情况。

《聊斋志异》是用文言文写成的。在行文间，蒲松龄运用了一些比较生僻的词汇和典故，这在广大群众的阅读和理解上造成了一道不小的藩篱。例如，在蒲松龄所写的《自序》里，一般的读者如果不参考注释，是很难知道其中提到了屈原、李贺、苏轼、韩非、杜甫、李白等文学家的。而这对蒲松龄所接受的文学传统的影响又是非常重要的一点。

为了使这部杰出的作品能为更多的群众接受，早在一百多年以前，早已有人付出辛勤的劳动，解释字义，注明读音，替《聊斋志异》作注。通行的有吕湛恩、何垠两家的注本。

目前，在新的注本还没有出现以前，广大读者在阅读《聊斋志异》的时候，或多或少地还不免要依赖吕湛恩和何垠注本。会校会注会评本汇录了吕、何两家的注释，正满足了这样的要求。

　　然而，辑校者并没有把吕湛恩和何垠的注释照抄照搬过来，而是在汇录的时候经过了一番仔细的选择和批判。有些可以判断为错误的注释，例如《画壁》篇的"兰若"一词，原是梵语的音译，意即寺庙，吕湛恩误引柳宗元文，解释为"无哗"；又如《劳山道士》篇的"资斧"一词，应是钱财或盘费的意思，吕湛恩误引《易经》，解释"斧"字为"所以斫除荆棘以安其居者也"；再如《八大王》篇的"灌夫"一词，实是汉代人名，何垠误据《礼记》解释"灌"字为"饮也"等等，像这样一些例子，会校会注会评本尽量加以汰除，免使读者在理解上误入歧途。

　　在旧的注解里，有许多地方，脱离正文前后的联系，对字义做出了孤立的、片面的解释，对读者帮助不大，会校会注会评本也大都予以删削。

　　吕湛恩的注释和何垠的注释往往还有许多完全重复的字句或意义，辑校者就对它们采取分别对待的态度，以吕注为主，而酌量删并何注。这样做的结果之一就是节省了大量的篇幅。

　　在中国文学史上，向来就有评点小说、戏曲的风气。李卓吾、金圣叹、脂砚斋等人都为这一事业做出了杰出的贡献。它们的评点，在读者对原著的阅读和欣赏上，有时起到很大的指导的作用。所以，对于古代小说、戏曲的评点在普及作品和扩大影响等方面的意义是不容忽视的。

　　在明、清两代，凡是伟大的、杰出的小说、戏曲作品，只要它们出现在人们面前，只要它们的真正价值一旦被人们发现，往往紧接着就会有至少一种的评点的本子出现，并且受到更多的读者的欢迎，风行一时。《聊斋志异》正是这样的一部作品。通过会校会注会评本汇录的各家评语，我们不难觉察到，蒲松龄的这部著名的作品是如何地广泛流传和深入人心。

　　会校会注会评本汇录了和蒲松龄同时的王士禛及以后的冯镇峦、何守奇、但明伦、王金范、段珵、胡泉、冯喜赓等人的评语。除去一些比较琐碎的片言只语以外，今天所知的重要的评语已经差不多全部包括在这里面了。尤其是冯镇峦的评语，由于过去流传较少，罕为人知，更见珍贵。

　　从形式上看，这些评语有总批、夹批、眉批之分。从内容上看，这些评语最有价值的是阐述作品的思想内容、作家的创作动机和分析作品描写的艺术技巧等部分。他们对于读者有着一定的参考作用。

　　举例来说，像冯镇峦写于卷首的《读聊斋杂说》，其中有不少好的见解：

> 聊斋之妙，同于化工赋物，人各面目。每篇各具局面，排场不一。令读者
> 每至一篇，另长一翻精神。如福地洞天，别开世界；如太池未央，万户千门；如
> 武陵桃源，自辟村落。不似他手，黄茅白苇，令人一览而尽。

> 聊斋说鬼说狐，层见叠出，各极变化。如初春食河豚，不信复有深秋蟹螯
> 之乐。及至持螯引白，然后又疑梅圣俞不数鱼虾之语徒虚语也。

这里非常形象地道出了《聊斋志异》五百多篇作品的一个重要的特点：从题材到
写法，多种多样而不雷同。

> 昔人谓：莫易于说鬼，莫难于说虎。鬼无伦次，虎有性情也。说鬼，到说不
> 来处，可过意为补接。若说虎，到说不来处，大段著力不得。予谓：不然。说鬼
> 亦要有伦次，说鬼亦要得性情。谚语有之：说谎亦须说得圆。此即性情、伦次之
> 谓也。试观聊斋说鬼狐，即以人事之伦次，百物之性情说之，说得极圆，不出
> 情理之外；说来极巧，恰在人人意愿之中。虽其间亦有意为补接、凭空捏造处，
> 亦有大段吃力处，然却喜其不甚露痕迹牵强之形，故所以能令人人首肯也。

这里似是接触到蒲松龄的创作方法问题。这些话，虽然出自一百多年以前的古
人之口，却依然使我们感到新鲜。这无疑能促使我们进一步去探讨和解决一些关于
《聊斋志异》的复杂的问题。

另外，像但明伦在《王桂庵》篇的总评里用"蓄字诀"论述情节、结构中的
"伸""缩"等等，具体而又细致，有助于我们鉴赏《聊斋志异》的艺术。

会校会注会评本汇录了前人的评语，这样做实际上有着双重的益处。一方面，
它直接对我们的阅读和分析、评论《聊斋志异》全书起了良好的启发和参考作用；另
一方面，它又间接地使我们知道了《聊斋志异》在前人心目中的地位：他们是从什么
角度和用什么标准看待《聊斋志异》的？他们认为《聊斋志异》达到了什么样的成
就和存在着什么样的缺陷？这些问题显然能在很大的程度上使我们认识到《聊斋志
异》在文学发展过程中的重要的地位和作用。

出版《聊斋志异》会校会注会评本的目的，是"为这部古典文学的各种清代重
要版本、注释和评论做一个初步的总结工作，为学术界提供较为全面的研究资料"[7]。
现在，试从这方面谈谈它所存在的一些缺点。

对于资料书籍，首先当然是要求资料可靠。其次恐怕就是要求资料完备了。而
在这一点上，《聊斋志异》会校会注会评本的缺陷首先表现为，它没有利用到几部重

要的本子。辑校者曾经列举了手稿本、铸雪斋本、黄炎熙本、青柯亭本、王金范本、吕湛恩本、何垠本、何守奇本、但明伦本、冯镇峦本、同文书局本、"遗稿"本、"拾遗"本、"逸编"本等十四种重要的本子，然后说：

> 以上十四个本子是这次会校、会注、会评中所分别应用到的。[⑧]

至于"分别应用到"怎样的程度，没有作具体的说明。问题正在于，有些重要的本子并没有被辑校者"应用"或"全部应用"。属于这方面的例子，至少有黄炎熙本、王金范本、吕湛恩本三种。

黄炎熙本，这部会校会注会评本在书前附有书影，在书后附录了它独有的《猪嘴道人》《张牧》《波斯人》三篇，其他地方似未"应用"。可是，在文字上，黄炎熙本有一些主要的异义是不容忽视的。例如，《张诚》篇：

> 铸雪斋本："妻为北兵掠去。"
> 青柯亭本："妻为兵掠去。"
> 黄炎熙本："妻为我兵掠去。"

在这篇里，凡是铸雪斋本涉及清兵的字句，青柯亭本都作了删改。黄炎熙本基本上和铸雪斋本相同，但也有个别的例外：

> 铸雪斋本："汝兄以补秩旗下迁此官。"
> 青柯亭本："汝兄以父荫迁此官。"
> 黄炎熙本："汝兄以父荫迁此官。"

这些地方，在《聊斋志异》版本的研究上，都是值得注意的现象。

王金范本，辑校者虽然辑录了乾隆三十二年（1767）的原刊本，可能他没有亲见，而只是根据前人的书面记载。我用乾隆五十年（1785）重刊本和会校会注会评本核对，发现后者失收王金范序、宋允睿跋、宋允睿《书云萝宫主传后》诗、王昇、包燨、王乔等人题诗、陆同文、王廷华题词。此外，辑校者说：王金范本"文字基本上和手稿本、铸雪斋抄本同"。可能就是这个原因，会校会注会评本没有校出王金范本的重要异文。殊不知，王金范本的文字和手稿本、铸雪斋本的出入是很多的，有时也是很大的。

例如《张氏妇》篇开首，铸雪斋本作：

> 凡大兵所至，其害甚于盗贼。盖盗贼人犹得而仇之，兵则人所不敢仇也。
> 其少异于盗者，特不敢轻于杀人耳。甲寅岁，三藩作反，南征之士，养马兖郡，

> 鸡犬庐舍一空，妇女皆被淫污，时遭淫雨……

而王金范本则作：

> 明末，兵之所至，鸡犬庐舍一空，妇女皆被淫污。时兖郡遭淫雨……

又如《侠女》篇，铸雪斋本的"言已，出门"四字，王金范本置于"所生儿，善视之……"一句之后，显然是后者更符合人物当时的处境。《商三官》篇，铸雪斋本、青柯亭本："葬已，三官夜遁，不知所往。"王金范本作："葬已，三官攫兄旧日衣履，乘夜改装遁去，不知所往。"两相比较的结果，也是后者更符合于故事情节的逻辑发展，因为它为下文描写商三官女扮男装为父报仇一事埋下了伏线。再如，《邵女》篇——这是青柯亭本的题名，铸雪斋本题名《邵九娘》。这两个本子在正文中都没有交代出邵女名唤九娘。王金范本却没有这个漏洞。它题名《金氏》，正文当中明说："柴因询诸人，知为邵氏，唤九娘。"

另外，王金范本《商三官》篇有行间批一条，为会校会注会评本所失收。更重要的是，王金范本《自序》最后署有"康熙十八年，岁次己未，桂月上浣，古般阳聊斋蒲松龄记"等字，不同于其他任何本子，却把蒲松龄写《自序》的年、月、日具体地告诉我们了。

从这些地方看来，王金范本有着不可抹煞的版本价值，我们实不应把它摒弃于会校的范围以外。

吕湛恩本，会校会注会评本依同文书局本录出，而没有根据原本，因此产生了遗漏。细检道光五年（1825）魁文堂刊本，可以知道，会校会注会评本失收蔡培序、吕湛恩自序。前者分析了蒲松龄的创作思想和吕湛恩作注的意图，后者提到本人对于《聊斋志异》一书的喜爱——由读而癖的过程，而这对于读者都有一定的参考作用。另外，原书还有《聊斋志异注补》，约三十条上下，也为会校会注会评本所失收，而这些补注同样有着重要的意义。例如《促织》篇的附考引用了《续太平广记》的材料，使我们知道了两件事：一，蒲松龄创作《促织》并不是完全出于虚构，而是有着史实的根据；二，材料内所说的因为失去蟋蟀而想自杀一事，和《促织》的情节十分相似。

关于吕湛恩本的例子，恐怕是再一次证明了这样一个真理：在学术工作上，不宜过分信赖第二手的间接资料，而要尽可能去直接接触原始资料。

注释：

①据 1962 年 9 月 8 日《河南日报》载，最近在河南省辉县发现了王金范本原刊

本一册。1962 年第一期《郑州大学学报》（人文科学版）有一篇文章介绍了它的详细情况。但从该文所附的书影看来，它很可能是重刊本，而不是原刊本。

②黄炎熙本同。

③"由此"，黄炎熙本作"由是"；"养虫"，黄炎熙本作"善养虫"。

④此从手稿本、铸雪斋本，黄炎熙本作"加之"。

⑤参阅青柯亭本所载赵起杲《刻〈聊斋志异〉例言》和余集题辞。

⑥参阅蒋瑞藻《小说考证》所引《过日斋杂记》。

⑦见会校会注会评本的"出版说明"。

⑧见会校会注会评本的"后记"。

吴敬梓评传

一、前言

十八世纪前半期，我国的土地上生活着两位伟大的小说家。一位是《儒林外史》的作者吴敬梓，另一位则是《红楼梦》的作者曹雪芹。吴敬梓年长于曹雪芹约十余岁。他们同时而不相识。迄今为止，还没有发现任何一项文字记载，说明他们二人之间有过交往。他们都赋有艺术的天才，并不约而同地运用白话小说这种文学形式，给我国丰富多彩的文学宝库贡献了两件无价的珍品。

他们在许多方面具有共同点：都在南京一地生活过一个时期，都半世坎坷，一贫如洗，都直接或间接地把自己大半生的亲身经历和体验写进了书中……。甚至他们在文学发展史上的重要地位，他们的作品的杰出的艺术成就，无论在他们生前，或是在他们身后，并没有获得当时的人们真正的理解和普遍的确认，这一点在他们也是相同的。

似乎吴敬梓更为幸运一些。曹雪芹的作品保存下来的只有一部《红楼梦》。而吴敬梓，除了《儒林外史》以外，他的诗文集总算还能让我们读到。他的生平传记资料也比曹雪芹多得多。

吴敬梓的友人程晋芳写过一首怀念吴敬梓的五言古诗，收尾的四句提到了《儒林外史》：

> 外史纪儒林，刻画何工妍。
> 吾为斯人悲，竟以稗说传！

从诗句里，我们不难体会到两层意思。头一点，当然是对于吴敬梓那表现在《儒林外史》中的非凡的艺术工力的褒扬。再有一点，便是惋惜吴敬梓可以传世的作品竟然仅仅限于小说《儒林外史》；是他的《儒林外史》，而不是他的诗、词、散文以及解说《诗经》的学术著作等等，给他赢得了荣誉！程晋芳的惋惜，反映了那个时代大多数文人的偏见。在他们的心目中，白话小说是一种微不足道的雕虫小技，不登大雅之堂。程晋芳有这样的看法，实在不足为奇。我们不必因此而对他发表过于苛刻的议论。倒是他能通过"刻画何工妍"五个字，简单而又明确地给予《儒林外史》以很高的评价，他的这种过人的眼力，以及表达这种评价的魄力，值得我们钦佩。

的确，作为伟大的小说家，吴敬梓有了这样一位好友兼知音者，可以算得不寂寞了。而程晋芳披露了两百多年以前的评骘，无疑也多少给吴敬梓的传记增添了一些光彩。

二、鼎盛的家门

吴敬梓字敏轩，号粒民，晚年又号文木老人，别署秦淮寓客。滁州全椒（今安徽省全椒县）人。

吴氏系出周太王次子仲雍之后。据吴敬梓自己说，他的高祖吴沛为仲雍九十九世孙。他的远祖参加了燕王朱棣的"靖难之役"，立下汗马功劳，朱棣登上皇帝宝位后，被封为骁骑尉；封邑在六合（今江苏省六合县）。

始祖吴凤，号古泉。他志趣高淡，让出了世袭的官爵，自六合迁至全椒的西墅居住。

吴凤有四个儿子。四子吴谦，号体泉。习医，精于针灸术。曾因路不拾遗，而为乡人所称。吴谦之子吴沛，即吴敬梓的高祖。

自明初以来，吴敬梓的历代先人走过了这样的历程：从戎——务农——行医——业儒。从"翻玉版之真切，研金匮之奥奇"到"自束发而能文，及胜衣而稽古"[①]，这个转变正是由吴沛完成的。打这个时候起，这个家族的主要人物大都度过了读书、著书的生涯，并以科举出身作为谋取功名的途径。

吴沛，字海若。一生功名蹭蹬，以廪生终老。

他在万历三十四年（1606）应乡试[②]，受到同考官关骥的赏识，拟以第一卷选荐，但因卷中有一二字句为主考所指摘，虽经关骥力争，终未成功。关骥感到非常气愤，就安慰吴沛说："是定当发元，迟三年耳。"然而关骥的预言并没有实现。吴沛又接连考了六次，均告失败。他叹息说："我不做，儿子辈必做也！"于是，暗下决心，要培养子孙来完成自己的未遂心愿。

吴沛为人刚直耿介，宁肯贫居度日，不愿攀附权贵。关骥时任宁国知府，一再写信邀召，吴沛婉言辞谢，并拍案说："大丈夫不能生致青云，有负知己，何面目效侯门曳裾哉！"

他后来在和州（今安徽省和县）一带设馆教授生徒。

他博学多才，能文善诗，工书法，旁通方伎曲艺。著有《西墅草堂集》十二卷、《诗经心解》六卷，以及论文十二则、《四书口授真解》《读史论略》等等。卒于崇祯四年（1631）闰十一月。

吴沛生子五人：国鼎、国器、国缙、国对和国龙。四子国对和五子国龙是孪生兄弟。其母怀孕时，曾梦二龙相对，故先生者名对，后生者名龙。

吴国鼎，字玉铉，号朴斋，崇祯十六年（1643）进士，授中书舍人。顺治三年（1646）丁内艰，不复出。卒年六十七。著有《蒿园集》《诗经讲义》以及《唐代诗选》。

吴国器，字玉质，号懒翁。遵父命，主持家政。年六十一，无疾而终。

吴国缙，字玉林，号崎侯。顺治九年（1652）进士，应馆选，改江宁府教授。府学荒秽，捐募治理；款项不足时，又运自家田谷，加以抵偿。卒于官，年七十四。著有《世书堂集》四十卷、《诗韵正》五卷。

吴国对是吴敬梓的曾祖。他字玉随，号默岩。顺治十五年（1658）以第三名及第（探花），选拔为翰林院庶吉士。由于不谙习满语，次年以病去。康熙五年（1666）补编修，典试福建。迁国子监司业，补翰林院侍读，提督顺天学政。卒于康熙十九年（1680）十一月，年六十五。他工于诗赋古文，善书法。还擅长八股文，所为制艺有"衣被海内"之誉，著有《赐书楼集》二十四卷。

吴国龙，字玉□，号亦岩，与长兄同为崇祯十六年（1643）漕抚蔡士英荐举入京，中途因病请假而返。两年后陛见，称旨。康熙元年（1662）授工科给事中，改授河南道监察御史，仍回补兵科给事中。五年（1666）典试山东，转礼科掌印给事中。以乞假修祠墓归，十年十月，卒于扬州，年五十六。他任谏官多年，屡上封章，每见施行，颇有声名。著有《心远堂集》三十四卷、《吴给谏奏稿》八卷。

吴国龙生子六人。长子吴晟，字丽正，号梅原。康熙十五年（1676）进士，二十五年（1686）除宁化知县。三十三年（1694）卒，年六十一。著有《洪范辨证》《周易心解》等。五子吴昺，字永年，号颍山，康熙三十年（1691）以一甲第二名及第（榜眼），授编修。三十五年（1696）典试粤西。四十四年（1705）充宋、金、元、明四朝诗选掌局官。次年分校礼闱以翰林院侍讲为湖广学政。卒于官，年四十八。著有《宝稼堂集》十六卷、《卓望山房集》和《玉堂应奉集》等。

在吴敬梓的曾祖和祖父两代人中，共出现了六名进士。其中还有榜眼（吴敬梓的从叔祖）、探花（吴敬梓的曾祖）各一名。这些事情全都发生于从崇祯十六年（1643）到康熙三十年（1691）之间。对于吴氏家族的每一个成员来说，这短短的50年是他们引以为荣的终生难忘的黄金时代。吴敬梓在《移家赋》中，也以艳羡而自豪的口吻，回忆了昔日的盛况：

> 五十年中，家门鼎盛。陆氏则机、云同居，苏家则轼、辙并进。子弟则人有凤毛，门巷则家夸马粪。绿野堂开，青云路近。宾客则轮毂朱丹，奴仆则绣罷妆靓。厄茜有千亩之荣，木奴有千头之庆。

十年之后，也就是康熙四十年（1701），伟大的小说家吴敬梓，在这个家族的老宅里呱呱坠地。

这时，吴氏家族的黄金时代毕竟一去不复返了，吴敬梓所面临的已不是鼎盛，而是衰落。

三、衰落的开始

经历了黄金时代，吴敬梓家族的衰落过程即开始。

《孟子·离娄》下有一句话：

> 君子之泽，五世而斩。

它道出了封建社会中的许多家族发展的普遍现象，从吴国对到吴敬梓，不多不少，正好五世。吴敬梓曾不加更改地引用这八个字来概括自己家族由兴盛趋向衰败的过程，并寄托自己的感慨。

吴敬梓诞生时，他的家族处于怎样的景况呢？

吴敬梓的表兄金两铭，在一首赠吴敬梓的诗中说：

> 忆昔重光大荒落[③]，子方生时我十三。
> 乌衣门第俱依旧，止见诸阮判北南。

"乌衣"，指乌衣巷，地名，在今南京市东南。东晋时，王、谢等望族聚居于此。后世遂以"乌衣门第"为贵族门第的通指。"阮"指魏晋时代竹林七贤之一的阮咸（字仲容）等人。"判北南"则是指贫富的区别。《世说新语·任诞》说：

> 阮仲容步兵居道南，诸阮居道北。北阮皆富，南阮贫。

因此，金两铭是以阮咸代指吴敬梓、"乌衣门第俱依旧，止见诸阮判北南"两句，意思是说：吴敬梓的家族还像往日那样繁荣兴盛；尽管如此，房分之间却产生了贫富的区别，而吴敬梓这一支就居于贫穷的行列。

伴随着经济上的贫穷而来的，是政治上的不得意。

吴敬梓的曾祖吴国对生子三人：旦、勖和昇。吴旦，字东观，号卿云，增监生，授州同知。他是吴敬梓的祖父。吴勖，字程观，号大力。他们兄弟二人是嫡出。吴昇，字晓奏，庶出，康熙十七年（1678）举人。

吴敬梓的祖父吴旦早卒，只留下一个儿子霖起，由其弟吴勖抚养。吴霖起，康熙二十五年（1686）拔贡，任赣榆县学教谕。

吴霖起也只有一个儿子，即吴敬梓④。另外，他还有一个过继的女儿，是吴敬梓的姐姐。

在吴敬梓的祖辈三人中，出身比较低微，只有监生和举人。举人还出于庶出的一支。吴敬梓的父亲，不过是个贡生而已。相反的，在吴敬梓曾叔祖吴国龙的子孙中，不但先前出了进士和榜眼，而且后来又增添了一个进士，即吴敬梓的堂兄吴擎。仅仅拿这孪生兄弟吴国对和吴国龙两房来做比较，已显示出很大的差距。吴国对的子孙中，连个进士也没有。如果再进一步在吴国对这一房内部作比较，那么，显而易见，吴敬梓祖父吴旦这嫡出的一支又比不上他叔祖吴昇那庶出的一支，连个举人也没有。在科举出身上，这真可以说是一代不如一代了。

何况在吴国对这一房里还有一个特殊的情况。吴旦、吴霖起、吴敬梓三代都是嫡长子，在封建宗法制度下，自然处于可以承继大宗的地位。这是有利的一面。然而他们三代恰恰都是单传的"独根独苗"，没有同胞兄弟。一旦家族内部发生争夺遗产的纠纷时，他们将不免处于孤立和孱弱的地位。这又是不利的一面。

衣食的丰歉，功名的高低，人丁的多寡，在封建大家族内部，无一不对人与人之间、房分之间的关系有所影响。关系复杂，矛盾丛生。一切矛盾最后集中在一个焦点上：财产的争夺。

而家族的衰落和财产的争夺，都对吴敬梓日后的思想、生活和创作形成了重大的影响。

四、幼年和少年

吴敬梓的幼年是在家乡度过的。

那是一个经济拮据的家庭。父亲在千里之外的海滨小县城里做个小小的学官。家中一切的事务全仗着母亲一人的操持。

他从小聪明，天资过人，读书也非常用功。上家塾后，读书刚一过目，就能背诵出来，受到塾师和家中长辈的称赞。

当他十三岁的时候，母亲不幸去世。失去母爱，对幼小的心灵是个重大的打击。父亲又不在家，就靠比他大七岁的过继的姐姐抚育着长大。姐弟二人感情很好，相依为命地生活着。

他穿着孝服，继续上学，研读着文史典籍。但内心怀念亡母，十分哀痛，不随群儿嬉戏，常常独自一人躲在房间里，埋头读书，以排遣悲伤和烦闷的情绪。

看到吴敬梓丧母后，家中一时缺乏长辈的照顾，他的舅父就把他带往广西的官衙中去暂住。在那里停留了将近一年的光景，又把他送回全椒。大约是他的父亲不放心幼小、孤苦的儿子长期远离自己的身边，就在康熙五十三年（1714）把他领到赣榆来。吴敬梓后来在一首《赠真州僧宏明》的诗里回忆了这一段"十四从父宦，海上一千里"的经历。

吴敬梓的表兄金榘在《次半园韵，为敏轩三十初度，同仲弟两铭作》诗中也提到此事，说是"旋侍家尊到海澨，斋厨苜蓿⑤偏能甘"。吴敬梓自己在《移家赋》中是这样形容他父亲的："鲑菜萧然⑥，引觞徐酌。"可见他们父子二人在赣榆过的是一种清贫的生活。

赣榆的学宫倾颓已久，吴霖起曾捐资加以修缮。他又先后和别的官员一起，募建了明伦堂后的尊经阁和敬一亭。他的这些热心倡导儒学的活动，都给吴敬梓留下了深刻的印象。

吴霖起对儿子的管束是很严格的。像在学宫里对待生员一样，按部就班地教导儿子诵读四书五经和学习写作八股文。在父亲的督促下，吴敬梓孜孜不倦地学习着。他终于窥见八股文写作的门径，并准备着有朝一日能在科举考试场上大显身手。

同时，吴敬梓也没有放弃诗歌的创作。现存《文木山房集》刊本中的第一首诗，《观海》：

> 浩荡天无际，潮声动地来。鹏溟流陇域，蜃市作楼台。
> 齐鲁金泥没，乾坤玉阙开。少年多意气，高阁坐衔杯。

它表现了广阔的胸怀和奋发的意气，就是他这个时期的作品。

五、返回故乡

在赣榆住了三、四年，吴敬梓学业上进步很大，而且也已成年，到了应该完婚的年龄。吴霖起就让他返回故乡，娶了陶钦李的女儿。婚后，吴敬梓经常来往于全椒、赣榆两地。

吴敬梓的岳父陶钦李也是全椒人，已逝世。岳母是个柔顺而贤惠的老妇人，就和女儿、女婿住在一起，帮助"撑拄门户"。这更引起了吴氏族人的嫉恨。不久，岳母也抑郁地病故了。

这时，吴敬梓奉父命在全椒向一位别号叫梦庵的著名塾师继续学习八股文的写作，求得深造。他进步很快，"搦管为文撰俪偶，渐得佳境哦蔗甘"，"下笔缃缃千言就，纵横食叶如春蚕"。

康熙六十一年（1722），吴霖起因病辞官。吴敬梓陪伴父亲从赣榆返回家乡。谁知半路上行至南京，吴霖起病势加剧，吴敬梓在身边小心侍奉，请医服药，忧心如焚。恰巧当年举行童试，吴霖起怕耽误儿子的前程，不顾自己体虚病重，执意不肯滞留南京，而要和儿子一起动身返回家乡。到家后，又吩咐儿子立即去参加童试。吴敬梓不敢违背父亲的意愿，含着眼泪离开了父亲的病榻。他匆匆地应付了考试，也没有心思仔细推敲文字的工拙，完卷出场后，急忙回家去继续照顾父亲。

吴霖起终于一病不起。这时正好传来了吴敬梓考取秀才的捷音。吴敬梓想道：父亲日夜盼望我能有一领青衫，好不容易到了这一天，他老人家却已永久地闭上了眼睛；我已取得了穿青衫的资格，反倒先披上了一身雪白的孝服。正是"青衫未得承欢笑"，反而"麻衣如雪"，想到这里，他不禁悲从中来，嚎啕大哭起来。

父亲的去世，对吴敬梓的打击更大。这时，族人们倚仗人多势众，肆无忌惮地提出了分家的要求。作为宗子，吴敬梓成为风波的中心。"兄弟参商，宗族诟谇"。"他人入室考钟鼓，怪鸮恶声封狼贪。"一场瓜分和侵夺遗产的战斗爆发了。最后，孤立无援的吴敬梓变成失败者。族人们一个一个捧走了胜利的果实。留给吴敬梓的财产，寥寥无几。

这给了他莫大的刺激，但也使他冷静地看到了封建家族中充满了尔虞我诈和你抢我夺的人与人之间的关系的实质。

六、分家之后

分家之后，吴敬梓的体弱多病的妻子陶氏不甘心受到族人的欺凌，饮恨而死。

吴敬梓自己的性情和对人生、社会的看法也有了改变。他满怀愤激，视金钱为身外物，不再有所爱惜，"千金一掷买醉酣"，沉湎于声色，过着"放达不羁如痴憨"的浪子的生活。

没有多久，他手上的钱花完了。先是出卖祖传的田地，接着又出卖祖传的家宅。眼见他要倾家荡产，族中长老不免规劝几句，他却在盛怒之下，两眉如戟，咆哮地说：

"男儿快意贫亦好，何人郑白与彭聃⑦！"

他的行为不能为人们所理解，于是带来了更多的指责。正像他自己后来所回忆的："田庐尽卖，乡里传为子弟戒。"

这时他在科举考试上也不很得意。考取秀才以后，一直没有中举。雍正七年（1729）夏季，他到滁州去应科考。由于"文章大好人大怪"，他有被黜落的危险。他听到消息后，就低声下气地到试官面前去跪求开恩，结果遭到了试官大声的呵斥。幸亏遇见一位姓李的学政，怜才心切，才破格加以录取。但到了秋季，他参加乡试，却又名落孙山。这件事使他对科举制度的本质开始有所认识。

科举考试上的失败，更使家族和乡里内的许多人对他另眼看待。有时候，他因事去登门拜访，却得不到通报，见不到主人，被挡驾在大门之外；有时候，即使见到了主人，却又故意当着他的面杖责仆役，使他感到难堪。他在全椒感到万分的寂寞。全椒乡土风俗的浇薄，使他暗暗下定决心，不再留恋故土，要离此而去；"至于眷念乡人，与为游处，似以冰而致蝇，若以狸而致鼠。见几而作，逝将去汝！"（《移家赋》）

雍正八年（1730），他在南京度过岁末。这是一个风雪之夜，他从姓鲍的友人家中饮酒归来，信笔写了《减字木兰花·庚戌除夕客中胸中》八阕。"三十年来，那得双眉时暂开？""又客况穷愁两不堪。"发抒了胸中的牢骚不平之气。空有"文澜学海"，却是"康了⑧惟闻觥觯声"。对于过去的浪子行径，产生忏悔之意。"秦淮十里，欲买数椽常寄此"，萌发了移家南京的念头。

七、移家南京

雍正十一年（1733）二月吴敬梓和他新娶的续弦夫人叶氏，自全椒移家南京，寄居于秦淮水亭。

他很重视这次迁徙。特意写了一篇两千余字的《移家赋》，来表达他的"悲切怨愤"的思想感情。在南京定居后，他觉得心情舒畅，"偶然买宅秦淮岸，殊觉胜于乡里"。他布置了文木山房，作为他的书斋，常在其中会晤和款待一些知心的朋友。他在南京结识了许多文人、学者，甚至还和道士、伶人来往。这都为他的《儒林外史》的创作积累了不少的素材。

两年后，朝廷下令举行博学鸿词科考试。由于江宁府学训导唐时琳和上江督学郑江的推荐，吴敬梓赴安庆参加了预备考试。回到南京以后，生了病。当安徽巡抚赵国麟正式行文荐举他进京应试时，他却因病而不能就道。开始时，他还有些后悔；后来看到他的堂兄吴檠、友人程廷祚落选而归，却又感到庆幸，从而对科举制度也有所怀疑了。

南京雨花台有先贤祠，祀吴泰伯以下名贤二百三十余人。祠祀已久，吴敬梓热心地倡议修复。由于屋宇闳丽，工费甚巨，他甚至捐献了出卖房屋的钱。

他移居城东大中桥，生活日益贫困。"环堵萧然，拥故书数十册，日夕自娱。"万不得已，就卖书换米来充饥。

有时，到了冬天的夜里，气候酷冷，缺乏御寒之物，又没有酒食，他就邀集好友五六人，乘着月光，出城南门，绕着城墙步行数十里，一路歌吟呼啸，彼此应和；等到天色大亮，就从水西门进城，大笑着各自散去。夜夜如此，以为常。他们把这叫做"暖足"。

他有个亲戚程丽山，时常周济他。有一年秋季，连下了三四天大雨，程丽山对儿子说："比日城中米奇贵，不知敏轩作何状？可持米三斗、钱二千，往视之。"到了一看，吴敬梓已然饿了两天肚子了。

贫穷的境遇并没有使吴敬梓的志气受到挫折。他在一首诗中写道："一事差堪喜，侯门未曳裾。"生活再困难，他也不愿到达官贵人面前去乞讨。

王又曾《书吴征君敏轩先生文木山房诗集后》七绝十首之八说：

> 闲居日对钟山坐，赢得儒林外史详。

可知《儒林外史》撰写于吴敬梓移家南京的时期。

八、最后的一天

乾隆十九年（1754），吴敬梓离开了人世。

这一年，他寄寓扬州，居住在后土祠附近。旅况贫窘，谋生艰难。友人程晋芳，出身于富裕的盐商家庭，过去曾对他有所接济，帮助他度过了困苦的岁月。这时由于盐务上的亏耗，加以程晋芳不善治生产，家境逐渐衰落下来。吴敬梓已不能指望这样一位好朋友来改变自己的拮据的处境了。有一天，两人见了面，相对以泣，好半天说不出话来。吴敬梓叹了一口气，伤心地叹息道："子亦到我地位，此境不易处也。奈何！"

虽然身处逆境，吴敬梓还是很乐观的，有时表露出一种豁达的精神。他毫不吝惜地拿出身边的余钱，沽了酒，约上一些知心的朋友，开怀畅饮，纵谈高歌，酒酣大醉之后，就反复吟诵唐代诗人张祜的名句"人生只合扬州死，禅智⑨山光好墓田"（张祜《纵游淮南》）。他就用这种借酒浇愁的方式来打发他那剩下的不多的日子。

十月二十八日早晨，他饱饱地吃了一顿早餐，和家人一起诙谐地高谈阔论着。饭后，又接待了王又曾的来访。

王又曾是当时一位著名的诗人，和吴敬梓的长子吴烺同授中书舍人之职。他数次客游秦淮，耳闻吴敬梓的文名，倾倒备至，但一直没有晤面的机缘。正巧这时自京南下，路过扬州，停舟于馆驿之前，就按照吴烺开示的地址，登门拜访。

薄暮，吴敬梓到王又曾的船上回访。他们一见如故，欢聚畅谈，心情十分兴奋。分手之际，还订下日后客邸消寒的约会，方才别去。

返家后，吴敬梓饮了一杯酒，薄醉尽兴，就自己脱去衣衫，解开鞋带，登床睡觉。就枕后，不到一顿饭的功夫，突然一口痰涌上，堵塞在喉咙里，来不及喊叫，更来不及投药，顷刻之间，撒手而亡。这时已是十月二十九日的凌晨。

吴敬梓共有三个儿子。这时，随侍身旁的只有幼子一人。次子留守在南京家中，长子吴烺远赴京师做官。在扬州的还有个作客的亲戚，即他的表侄（后来又成为吴烺的儿女亲家）金兆燕，也是当时一位著名的文学家。金兆燕帮助幼子经营着吴敬梓的后事。王又曾听到了吴敬梓逝世的消息，连忙去禀报两淮盐运使卢见曾，恳求出资料理丧葬。

卢见曾生平喜欢结纳文士。雍正年间，曾任江宁知府，与吴敬梓有往来，二人一直保持着友谊。他在乾隆元年（1736）出任两淮盐运使。一年以后，遭人诬陷，又过了三年方始定案，远戍军台。著名的画家高凤翰和叶芳林合作，绘《出塞图》⑩为他送行。许多文人都在图上题了诗。吴敬梓的一首七古也在其内。乾隆十九年（1754），卢见曾官复原职，又回到了扬州。他一听到故人的凶耗，立刻慷慨解囊，买棺装殓。

吴敬梓的次子，自南京赶到扬州来奔丧。十一月，护送着棺木，乘船返回南京。次年春，长子吴烺自北京南还，棺木得以下葬。

关于这位伟大的小说家的葬地，流传下来两种说法。一说在南郊凤台门花田中，一说在清凉山麓，究竟在何处，已难确考。

当吴敬梓的灵榇启程运回南京时，金兆燕饱含着热泪，到扬州城外送行。他写了一首题为《甲戌仲冬送吴文木先生旅榇于扬州城外登舟归金陵》的五言古诗，抒发对吴敬梓的悼念。其中说：

> 著书寿千秋，岂在骨与肌。

这样崇高的评价，对于死者来说，一点也不算过分。吴敬梓的肉体终究不免会腐烂，然而，两百年来，他的著作（这自然主要是指他的代表作《儒林外史》小说）

经历了时间的考验，确确实实是千秋万载，永垂不朽的！

九、《儒林外史》的思想意义

《儒林外史》所描写的故事，被安排为在明代。但，它实际上所反映的却是吴敬梓所置身的清代的社会生活。这原是古代作家常用的一种手法，目的之一是为了避免当时严酷的政治迫害以及其他不必要的麻烦。

吴敬梓以耳闻目睹的事实为素材，依仗着艺术家特有的敏感，通过自己深切的体验、观察和感受，再经过很大程度的艺术加工，描写了广阔的社会生活场景，着重地塑造了形形色色的知识分子的形象。这些生活场景和人物形象往往带有十八世纪上半期的时代标记和长江下游一带的地域特征，但它们和他们都具有不同程度的典型性。从这个意义上说，吴敬梓在小说中所描写和反映的内容，对于后世广大读者的认识意义，已不能仅仅局限在作品中原来所叙述的时代和地域了。它增进和加深了读者们对于我国封建社会的本质的认识。

当然，《儒林外史》和其他几部伟大的长篇小说《三国志演义》《水浒传》《西游记》和《红楼梦》等有所区别，它的独特的贡献在于，通过一系列的人物和故事，描写和反映了"儒林"（这个名词大体上相当于我们今天所说的知识分子阶层）的思想和生活。小说取名为"儒林外史"，正突出地体现了这一点。

在《儒林外史》之前的许多小说中，尤其是在明末清初的被人们称为"才子佳人小说"的作品中，也曾出现过不少知识分子的形象。他们缺乏鲜明的个性。这一小说的主角和那一小说的主角，除去姓名不同之外，很难使读者有所区别地保持在记忆里。他们的思想境界也不高明。许多人热衷于功名富贵，以"金榜题名"为荣。他们的故事，大多单调而枯燥，落入熟套，有的还堕入恶趣。《儒林外史》的问世，打破了文学史上的这种已成的格局。它第一次塑造了那么众多的生动的、个性鲜明的知识分子的形象。它第一次在小说中，通过艺术形象对封建社会为知识分子所安排的读书、做官的生活道路公开地提出了反对。从这个角度说，它的出现，在我国古代小说发展历史上，具有划时代的意义。

《儒林外史》是一部带有强烈的批判性的小说。它对封建社会的种种腐朽、黑暗和丑恶的现象进行了深刻的揭露，对封建社会的形形色色的弊端进行了尖锐的抨击。

首先，它批判了当时的科举制度，反对用四书五经八股文取士的办法。它讽刺和嘲笑了那些热中功名富贵的人，并剖示了科举制度对他们的毒害。人们可以看到，科举制度所培养出来的是一大批不学无术、利欲熏心、装腔作势、恬不知耻的知识分子。人们甚至还能看到，科举制度是这样一步一步地把诚实拙朴的少年改造成为精神堕落、无恶不作的无赖文人的。

其次，它抨击了当时的吏治的窳败。从科举出身的官僚，绝大多数品行不端，昏庸无知，徇私舞弊，贪赃枉法，他们一个一个都在读者面前现出了丑恶的原形。

再次，它揭露了封建道德的虚伪和封建礼教的吃人的性质。它对封建道德的揭露和批判，是相当深刻的。它指出，一方面，有的人嘴上大讲仁义道德，满肚子男盗女娼，行动上更胡作非为，封建道德成了他们遮羞的招牌；另一方面，有的人信奉封建道德，行为却显得可笑，不近人情，那是因为某些封建道德本身就包含着虚伪的因素。

最后，它还把讽刺的矛头指向那些悭吝成性的地主，骄奢淫逸、冒充风雅的盐商，以及招摇撞骗、寄生虫一般的斗方名士、帮闲文人等等。

《儒林外史》刊本卷首载有一篇署名"闲斋老人"、写于乾隆元年（1736）的序文，很可能出于吴敬梓本人的手笔。其中有几句话，概括了《儒林外史》全书的主题：

> 其书以功名富贵为一篇之骨；有心艳功名富贵，而媚人、下人者；有倚仗功名富贵，而骄人、傲人者；有假托无意功名富贵，自以为高，被人看破、耻笑者；终乃以辞却功名富贵，品地最上一层，为中流砥柱。

可以说，吴敬梓对书中人物持反对或肯定的态度，是以他们对待功名富贵如何而定的。而"辞却功名富贵，品地最上一层"者，就包括了他在书中所塑造的一系列理想人物。

他所肯定的理想人物有着共同的特点：轻视功名富贵，讲究做人的品行和学问，不愿为功名富贵而屈辱自己的人格。其中，既有满怀封建地主阶级正统派思想的人物，也有对现实政治不满，尊重自己的个性，愤世嫉俗，带有离经叛道色彩的人物。比较起来，后者更是他所推崇的。尤为难得的是，他还肯定和歌颂了许多市井细民人物形象。他们远离功名富贵的竞争场，不受名缰利锁的束缚，自食其力，保持着普通老百姓善良淳朴的本色。吴敬梓抱着极大的同情，也把他们奉为自己的理想人物。

总之，对丑恶事物的批判和对美好事物的歌颂，这二者在《儒林外史》中是交错地混杂在一起的。

十、《儒林外史》的艺术特色

吴敬梓的《儒林外史》有很高的艺术成就。如果说我国古代文学里面有一个门类叫讽刺文学的话，那么，《儒林外史》就是其中最杰出的代表性作品。我们把它称作我国古代讽刺小说艺术发展的顶峰，是一点也不过分的。

讽刺是《儒林外史》最大的艺术特色。作者抱着严肃的态度进行创作。他的讽刺是尖锐的、辛辣的，然而又是蕴藉的、深刻的，不以揭发隐私为目的，不以暴露黑幕为宗旨，既没有厉声的谩骂，也没有恶意的攻讦。这在古代讽刺小说中是很难得的，其他同类作品无法望其项背。

吴敬梓的高超的讽刺艺术手法，有三点特别值得注意：

第一，他很少或者根本不出头露面来提示或表述讽刺的意图，只是作为故事的叙述者出现在读者的面前。讽刺的对象是谁，讽刺的内容是什么，这一切都留给读者自己去体会和思考。他的讽刺，全体现在故事情节的进展和人物性格的完成之中。某个人物为什么会使读者感到可笑、可鄙或可恨，主要是由这个人物自己的行动和语言引起的。一切都寓于形象之内。

第二，他调动了很多艺术手段来进行创作。他特别重视对话。通过人物的对话来揭示他们的性格和心理，在他尤为拿手。精彩的对话，尽管有时只有三言两语，却能使人物的品行和精神面貌暴露无遗，给予读者一种栩栩如生的立体感。

第三，他献给读者无数的细节描写，大多经过精心的选择。写来简练之至，浮言虚辞极少。他善于以俭啬的文字表达丰富深厚的内容。这并不排斥描写的生动、细腻和深刻。相反的，当读者阅读《儒林外史》的时候，仅仅初看或粗看，是不够的；必须多看、反复看和细看，方能领略作者笔力的精奥。经得起分析，经得起咀嚼和品味，这正是《儒林外史》细节描写的艺术魅力的所在。

吴敬梓以"外史"为书名，意在表示他的作品不以正史自居。但他却继承和发展了古代优秀的史学家的优良传统。古人所谓"皮里阳秋"的笔法，"外物臧否，而内有所褒贬"⑪，用来说明吴敬梓《儒林外史》的讽刺艺术，是十分恰当的，可以看出这种手法的渊源所自。

吴敬梓笔下创造了数十个生动的、个性鲜明的人物形象。像周进、范进、严贡生、严监生、马二先生、牛布衣、牛浦郎、匡超人等等，他们都有着不同程度的典型性。有些人物的姓名，以及那些发生在他们身上的种种小故事，将会永远地在我国文学发展史上占有一定的地位。

《儒林外史》在结构上颇具特色。它以"史"为名，自然也就有意无意地接受了我国古代历史著作中的列传体裁的影响。同时，《水浒传》的那种英雄人物传记式的写法，无疑也给予吴敬梓很大的启迪。它没有贯串全书的主角。但每一个人物的登场和退场，每一个故事的开始、转折和结束，都存在着内在的联系，在经营安排上表现出作者的匠心。这种结构，避免了松散、拖沓的弊病。而且它和广阔的社会生活的展现、集中的主题思想的表达，也是互相适应的。

十一、《儒林外史》的版本

《儒林外史》最初以抄本的形式流传。

最早的刊本，据说是金兆燕于乾隆三十三年（1768）至四十四年（1779）间在扬州梓行的[12]。当时，金兆燕正担任扬州府学的教授。后来，这个金兆燕刊本成为扬州书坊刊本的祖本。但，它仅见于前人的记载，现已不可得见。

现存最早的刊本则是嘉庆八年（1803）的卧闲草堂刊本，共五十六回。有闲斋老人乾隆元年（1736）序和评语。嘉庆二十一年（1816）的艺古堂刊本和清江浦注礼阁本则是卧闲草堂刊本的翻印本。此外，还有吴县潘氏滂喜斋抄本，五十六回；同治八年（1869）的群玉斋或苏州书局活字本，五十六回，有金和同年跋。它们都是卧闲草堂刊本的派生物。

在道光、咸丰年间，有人见到过《儒林外史》五十卷坊刊本[13]，这种五十卷刊本，迄今尚未发现。

上海申报馆排印本，五十六回，有金和同治八年跋[14]、天目山樵（张文虎）同治十二年（1873）识语。它的底本为苏州书局活字本，但校正了一些讹误。上海申报馆本有第一次排印本和第二次排印本之分。第一次排印本，刊行于同治十三年（1874）九月；第二次排印本，刊行于光绪七年（1881）三月。两者的不同在于：后者系在前者的基础上，以双行夹批的形式，逐回插增了天目山樵（张文虎）的评语；后者又订正了前者原文中的一些讹误。

天目山樵（张文虎）的评语另有单行本《儒林外史评》，二卷，现存光绪十一年（1885）宝文阁刊本。但评语文字，与上海申报馆第二次排印本稍有异同。

同治十三年（1874）的齐省堂活字本《增订儒林外史》五十六回。有惺园退士同年十月序。此本以"增订"为号召，对回目、文字和第五十六回"幽榜"的人物名次，均加以"修饰"、"删润"和"另编"，有很多的改动。

在这之后，又出现了光绪十四年（1888）上海鸿宝斋石印本《增补齐省堂儒林外史》，六十回。有东武惜红生（居世绅）同年序。它在齐省堂活字本的基础上，从第四十三回中间起，到第四十七回上半回，增加了四回文字，叙述沈琼枝嫁盐商宋为富的故事，有到寺院乞仙借种等等情节，"事既不伦，语复猥陋"，被鲁迅斥为"妄增本"[15]。

十二、其他著述

除《儒林外史》外，吴敬梓还撰写了其他著作。

他的诗文集，有两种。一种是《文木山房集》四卷，现存乾隆刊本。赋一卷，四篇；诗二卷，一百三十七首；词一卷，四十八阕。其中收录的，大体上是四十岁之前的作品。有唐时琳、吴湘皋、程廷祚、方嶟、黄河、李本宣、沈宗淳七人的序文。这个集子是他的友人方嶟捐资刊刻的。另一种是《文木山房集》十二卷。文五卷，诗七卷。它所收录的，包括了晚年的作品。在吴敬梓死后，由吴烺编定。可惜当时没有付刻，仅存抄本，现已佚失不传，无从知道它的详细内容。不过，王又曾的跋文一篇、题诗十首⑯和沈大成的序文⑰，还保存了下来。前者写于吴敬梓逝世次年的六月，后者写于吴敬梓逝世之后的十年。这两种诗文集，不仅使我们可以欣赏到吴敬梓的文学才华，而且也为我们提供了大量的研究吴敬梓生活和思想的重要的原始资料。

今天还流传着一些集外佚诗，近人辑为《吴敬梓集外诗》，共二十六首。另外，还有个别的诗题（例如《哭姊》）、逸句（例如"如何父师训，专储制举才"），也保存了下来。对于研究吴敬梓的思想，有比较重要的参考价值。举例来说，《金陵景物图诗》可以作为判断他有无民族思想的依据；又如，断句"如何父师训，专储制举才"有力地表现了他对封建科举制度的抨击。这些佚诗，和诗题、逸句，估计都曾存在于十二卷本的诗文集中。

至于他的集外佚文，可知者有三篇，《玉巢诗草序》《玉剑缘传奇序》和《尚书私学序》，是分别为他的友人徐紫芝、李本宣和江昱的诗集、戏曲和经学著作所撰写的序文。其中，《玉巢诗草序》还是一篇骈文。

吴敬梓著有《诗说》七卷，约数万言，内容是对《诗经》的解说。他不拘泥于汉儒或宋儒的学说，发表了一些独到的见解。这部书载有蒋宗海所写的序文。未经刊刻，已佚失不传。倒是在《儒林外史》小说中，屡次提及此书，并间接地披露了吴敬梓对《凯风》《女曰鸡鸣》《溱洧》《南有乔木》和《爱采唐矣》等篇主旨的阐释。

吴敬梓还著有《史汉纪疑》，但未成书。这个书名表明它应当是一部史学著作。由于属稿未终，无法了解它的具体内容。

从这些著作来看，在文学艺术领域中，无论诗、词、赋、文或戏曲，吴敬梓都很精通。此外，经学和史学也是他多年研治的对象。事实证明，他是一位有着多方面才能和成就的作家和学者。

注释：

①这四句话引自吴敬梓的《移家赋》，前两句赞扬吴凤的医道，后两句称道吴沛的才学。

②民国《全椒县志》卷十"文苑传"以为万历三年丙子（1576），误。

③重光大荒落，即康熙四十年（1701）辛巳。

④关于吴敬梓的父亲是谁，在学术界有不同的说法。近年来，有的同志认为，吴霖起只是吴敬梓的嗣父，吴敬梓的生父则为吴雯延。疑不确，这里仍从旧说。请参阅拙文《吴敬梓的父亲是谁？》

⑤"斋厨首蓿"，形容学官生活的清苦冷落。此用唐代薛令之典故。开元年间，薛令之为左庶子，时东宫官僚清谈，令之以诗自悼，复记于公署曰："朝旭上团团，照见先生盘。盘中何所有？首蓿长阑干。饭涩匙难绾，羹稀箸易宽。只可谋朝夕，那能度岁寒！"见王定保《唐摭言》卷十五。

⑥"鲑菜萧然"是说，没有什么可以下酒的像样的鱼菜。此用南北朝时代庾杲之的典故。《南齐书·庾杲之传》："清贫自业，食唯有韭葅、瀹韭、生韭杂菜。或戏之曰：'谁谓庾郎贫，食鲑常有二十七种。'言三九也。"（"韭"谐音为"九"，三乘九，得二十七。）

⑦"郑白"，指郑渠和白渠，古代关中地区著名的水利工程。班固《西都赋》："下有郑、白之沃，衣食之源。""彭聃"指彭祖和老聃，古代传说中的长寿者。

⑧"康了"，隐语，即考试落第之意。宋代秀才柳冕应举，忌讳"落"字，改"安乐"为"安康"。榜出，仆人看榜后，回报说："秀才康了也。"见范正敏《逊斋闲览》。

⑨禅智，寺名，在扬州蜀冈平山堂。

⑩此图现藏北京故宫博物院。

⑪《世说新语·赏鉴》下。

⑫见金和《儒林外史跋》。

⑬见叶名沣《桥西杂记》。

⑭有所删节。

⑮《中国小说史略》第二十三篇。

⑯见《丁辛老屋集》卷十二。

⑰见《学福斋文集》卷五。

吴敬梓的父亲是谁？

一、四种不同的说法

吴敬梓的父亲是谁？

从某钟意义上说，这本不成为大问题。一来，最近数年间在几部专著中已出现了趋向一致的固定的说法；二来，作为一位伟大的作家，吴敬梓的父亲究竟是谁，是吴甲，还是吴乙，这对他的创作似乎没有多大的重要性。

问题在于，这种趋向一致的固定的说法，在我看来，并不符合历史上的实际的情况。它能不能成立，大有商榷的余地。吴敬梓的父亲是谁，这实际上牵涉到怎样分析他在青少年时代所面临的家族矛盾的性质，关联到怎样估量他的身世和经历对他的思想的形成所起的重要作用，所以在没有彻底解决之前，还应列为吴敬梓研究中的一个课题。

因此，我们仍有必要提出——

吴敬梓的父亲究竟是谁？

关于此一问题，到目前为止，存在着四种不同的说法。

第一种说法，由朱绪曾于清代道光年间（1821—1850）提出，见于《国朝金陵诗徵》的吴敬梓小传。他认为，吴敬梓的父亲是吴雯延[①]。这种说法，在二十世纪的七十年代之前，没有引起人们的注意，也不为研究吴敬梓和《儒林外史》的许多专家、学者所重视。

第二种说法，以胡适为代表。他根据吴敬梓《文木山房集》和地方志的记载，在《吴敬梓年谱》中断定，吴敬梓的父亲是吴霖起[②]。这种说法，自1922年提出后，在七十年代之前，一直为学术界所普遍接受。

需要指出的是，胡适在提出他的说法时，并没有交代第一种说法的存在，更没有加以比较和讨论。

第一种说法和第二种说法是不同的，也是相互对立的：一个说吴敬梓的父亲是吴雯延，一个说吴敬梓的父亲是吴霖起。但，这两种不同的说法却又有共同的地方。从行文中可以看出，它们都以为吴敬梓的父亲只有一个人；吴雯延也好，吴霖起也好，他乃是吴敬梓的亲生的父亲。

第三种说法，由陈美林同志首先提出。他在先后发表的有关论著中都主张，吴霖起仅是吴敬梓的嗣父，其生父乃是吴雯延③。这种说法出现于二十世纪七十年代。后为学术界多数人接受，在有关的论文和著作中几乎已成为趋向一致的固定的说法。例如，陈汝衡同志的《吴敬梓传》④、孟醒仁同志的《吴敬梓年谱》⑤，都采纳了这一说法。

比较起来，第三种说法和第一种说法、第二种说法有同有异。相同的是，它们都承认吴雯延或吴霖起是吴敬梓的父亲；相异的是，它们主张他们两个人都是吴敬梓的父亲，并承认其中一个人是"生父"，而把另一个人安排为"嗣父"。显然，第三种说法是把第一种说法和第二种说法这两种相互对立的说法进行调和之后所创立的新说。

第一种说法可以简称为"吴雯延说"，第二种说法可以简称为"吴霖起说"，第三种说法可以简称为"生父、嗣父说"。

第四种说法是，吴霖起乃是吴敬梓的嗣父，吴敬梓的生父则不知为何许人。这种说法是在 1984 年 11 月于南京举行的纪念吴敬梓逝世二百三十周年学术讨论会期间提出的。

提出第四种说法的同志，似乎是自"吴霖起说"和"生父、嗣父说"中采撷了部分的论点而形成的。它可能不同意让吴雯延充任吴敬梓的父亲，不管是生父还是嗣父；又觉得无法推翻吴霖起是吴敬梓父亲的种种记载；又同意有生父和嗣父的区分；于是，就把"吴霖起说"中的"吴霖起"和"生父、嗣父说"中的"嗣父"拼凑在一起了。

在这四种不同的说法中，哪一种说法正确呢？

我认为，"吴霖起说"（第二种说法）是正确的，"吴雯延说"（第一种说法）是错误的，"生父、嗣父说"（第三种说法）则是不能成立的。至于第四种说法，由于它尚未形诸文字，暂时可以置而不论。为什么说"吴雯延说"是错误的和"生父、嗣父说"是不能成立的呢？

试对这两种说法分别进行考察，并加以探讨。

二、小传的舛误与矛盾

且先看"吴雯延说"。

"吴雯延说"，始自朱绪曾《国朝金陵诗徵》的吴敬梓小传。小传的全文是这样的：

> 敬梓，字敏轩，上元人。全椒廪生。有《文林山房集》。
>
> 始祖转，自六合迁全椒。曾祖国对，顺治戊戌第三人及第，官侍读。祖旦，以文名。父雯延，诸生，始居金陵。
>
> 乾隆初，诏举博学鸿词，上江督学郑某以敏轩应，会病不克举。
>
> 江宁黄河云："吴聘君诗如出水芙蓉，娟秀欲滴。词亦白石、玉田之流亚。"⑥

后来，陈作霖《金陵通传》中的吴烺小传也沿用了朱绪曾的说法。陈作霖的吴烺小传的全文如下：

> 吴烺，字荀叔，号杉亭。上元人。
>
> 始祖转，自六合迁全椒。祖雯延，始居金陵。父敬梓，字敏轩，以诸生举博学鸿词，病不克赴。
>
> 烺应乾隆十六年召试举人。⑦

他们都明确地把吴雯延说成是吴敬梓的父亲或吴烺的祖父。他们的话是否可信？

首先，应该指出，朱绪曾、陈作霖二人的时代都比较晚。吴敬梓是雍正、乾隆时人，而朱绪曾却是道光、咸丰时人，陈作霖的生活时代更在咸丰、同治、光绪和民国初年间。

陈作霖，字雨生，一字伯雨，号可园，生于道光十七年（1837），卒于民国九年（1920）⑧。他诞生之时，离开吴敬梓的逝世，已有八十余年之久。他的话，如果没有确凿可靠的根据，是很难令人相信的。更何况，我们发现，他的话，除了有关吴烺本身的几句之外，基本上抄袭了朱绪曾的说法。有的地方甚至是一字一句地搬用。因此，对于我们研究吴敬梓的家世和生平，他的话并没有什么独立的史料价值。

朱绪曾的情况稍有不同。他生于嘉庆十年（1805），其时虽比陈作霖早了三十年，仍在吴敬梓逝世五十年之后。他对吴敬梓的家世和生平的了解，可以归结为四个字：所知不多。因此，如果他的话缺乏确凿可靠的来源，如果和我们已知的吴敬梓本人的说法或吴敬梓同时代人的说法发生矛盾，我们就不应该盲目信从。

我们发现，在朱绪曾的字数不多的记载中，存在着多处舛误和矛盾。⑨

舛误之一：《文林山房集》。

朱绪曾见到过吴敬梓的诗文集《文木山房集》。不知为什么他把"木"字看成了"林"字。须知文木乃是吴敬梓之号，而对于一位治学谨严的学者来说，在传记文字中，是不应该使传主的字或号产生乖错的。

舛误之二：“始祖转，自六合迁全椒。”

这句抄自吴敬梓《移家赋》⑩的小注：“始祖讳转弟公，自六合迁全椒。”却抄漏了一个“弟”字，无形中给吴敬梓的始祖改了名字。

舛误之三：“父雯延，诸生，始居金陵。”

“始居金陵”是什么意思？是指吴敬梓的父亲个人曾一度客寓金陵呢，还是指吴家自全椒迁居金陵？

如果是指前者，那么，必须指出，这句话是违反常识的。因为吴敬梓曾祖吴国对的胞兄吴国鼎和吴国缙都曾寓居金陵，吴国缙且曾担任江宁府学教授多年⑪。不言而喻，吴敬梓的父亲并非“始”居金陵者。

但，在我看来，朱绪曾的这句话是指后者，而不是指前者。

这要联系上下文来理解。小传一开始，说吴敬梓是“上元人”；接着，又说他是“全椒廪生”。这就不免使一些不明底细的读者产生了疑问：安徽全椒的生员，为什么变成了江苏上元人？再往下看，小传提到了吴敬梓的始祖，说是“自六合迁全椒”，这更加深了读者的疑问：明明从祖上起就居住在安徽全椒，什么时候迁居江苏上元的？好像是为了回答读者的疑问，朱绪曾在下文提到吴敬梓父亲的时候，交代了一句“始居金陵”⑫。在小传全文中，除了这四个字以外，没有其他任何一个地方涉及吴家自全椒迁居的问题。所以，我认为，朱绪曾所说的“始居金陵”，是指吴家开始定居于金陵，而不是指吴家的某一个人一度客寓金陵。

在吴敬梓小传中，上文说，从他的始祖起，自六合迁居全椒；下文说，从他的父亲起，自全椒迁居金陵。这在叙述中，是十分自然的，也符合于古人行文的习惯。“敬梓，字敏轩，上元人”，“始祖转，自六合迁全椒”，“父雯延，诸生，始居金陵”，这三句内容上互有关联，语气上互有呼应。在理解上，是不能把它们孤立地割裂开来的。至于一处用“迁”字，一处用“居”字，那是为了避免重复，无非在行文中求取变化而已，在实际的意义并没有什么不同。

如果从全家迁居金陵的意义去理解这句话，我们则可以说，这句话是错误的。熟悉吴敬梓生平事迹的人们都知道，正式迁居金陵是在吴敬梓时代发生的，其时为雍正十一年（1733）。这是吴敬梓家中的一件大事，他后来还专门为此写作了那篇著名的《移家赋》。在雍正十一年之前，他的家（包括他父亲在内），一直安在全椒。

矛盾：“祖旦”，“父雯延”。

我们知道，方嶟是吴敬梓的朋友，曾出资刊印吴敬梓的《文木山房集》。他在序文中说，“全椒吴侍读公，以顺治戊戌登一甲第三人进士及第”；又说，“侍读之曾孙敏轩，流寓江宁……”⑬这就清楚地表明，吴敬梓乃吴国对的曾孙。因此，朱绪曾所说的"曾祖国对"是不错的。据陈廷敬的《翰林院侍读吴默岩墓志铭》⑭，吴旦的父亲也确实是吴国对。但，关于吴国对之孙、吴旦之子，陈廷敬是这样说的："孙男五人。长霖起，旦出。"吴旦仅此一子。白纸黑字，不容置疑。

依照陈廷敬的记载，如果吴敬梓的祖父是吴旦，那么，他的父亲就是吴霖起，而不是吴雯延；如果吴敬梓的父亲是吴雯延，那么，他的祖父就不可能是吴旦。也就是说，吴旦和吴雯延之间并没有父子的关系。

从一般的情理出发，我们宁肯相信陈廷敬的记载，而不能相信朱绪曾的后起的、与众不同的、缺乏确凿可靠的根据的说法。

朱绪曾撰写的吴敬梓小传，总共才百字左右，却出现了这样众多的舛误和矛盾，这不能不使我们对它的史料价值产生巨大的怀疑。

不能把这些舛误和矛盾轻描淡写地说成是"小疵"⑮。对于吴敬梓的生平和家世的研究来说，它们称得上是重大的弊病和缺陷。由此可见，在考证吴敬梓的父亲是谁时，我们无法信赖朱绪曾的这篇小传。尤其是它那独特的说法，如果不能获得其他史料的印证，更应当谨慎对待，不宜将此孤证贸然引用，以免从中引出错误的结论。

朱绪曾以吴雯延为吴敬梓之父，这种独特的说法并非空穴来风。它还是有来源的。它的来源在哪里呢？

三、吴霖起和吴雯延的混淆

朱绪曾对吴敬梓的家世和生平缺乏直接的了解。显而易见，他是根据一些间接的文字资料来编写吴敬梓小传的。综观朱绪曾的吴敬梓小传的全文，可以发现，它的主要来源有二：吴敬梓的《文木山房集》和程廷祚的《金孺人墓志铭》⑯。

朱绪曾确实看到过吴敬梓的诗文集《文木山房集》。他的关于吴敬梓举博学鸿词的叙述，完全以《文木山房集》卷首刊载的唐时琳的序文为依据。唐时琳说"侍读钱塘郑公督学于上江"，朱绪曾就跟着说"上江督学郑某"，以"某"代"公"，连郑江的名字也举不出。他所引用的黄河对吴敬梓诗、词的评语，也完全抄自《文木山房集》卷首刊载的黄河的序文，仅将"芙蕖"改换为"芙蓉"，此外一字不差。他的关于吴敬梓始祖的叙述，则完全抄自《文木山房集》卷一的《移家赋》的小注，这一点，上文已经说过了。

朱绪曾把"转弟"抄成"转"，把"文木"抄成"文林"，可见他在编写这篇小传时是多么的粗率和疏忽。

他的"父雯延"之说，其实也是一种粗率和疏忽的产物。

他替程廷祚的《青溪文集续编》撰写过序文，他的序文就刊载在《青溪文集续编》道光刊本的卷首。此书卷八收录的那篇《金孺人墓志铭》，必然曾经为他所寓目。同时，其中和吴敬梓有关的内容，也必然会在一定的程度上被他记住。这可能在他的脑海里形成了一些固定的印象。于是，日后在编纂《国朝金陵诗徵》一书，为之撰写吴敬梓小传的时候，就利用了他的记忆力。

然而，他的记忆力并不可靠。他对那篇墓志铭的几处文字、尤其是人名，显然有所误记。

让我们看一下程廷祚原文中的有关的部分：

> 节妇金孺人，姓吴氏，全椒人也。自幼以文学雯延之女，子于从父赣榆县教谕霖起。曾祖国对。官至翰林院侍读。祖旦，文学。其本生祖以上不具书……嗣子为鼐，以某月某日葬孺人于某山。弟敬梓，持所为传诣余，泣而言曰："吾鲜兄弟，姊又无子，后虽得旌，尚未有日，子其志焉！"

这两段文字说明了什么问题呢？

（一）吴敬梓系吴霖起之子，吴旦之孙，吴国对之曾孙。

（二）从"吾鲜兄弟"一语可知，吴敬梓为独生子。

（三）金氏系吴敬梓之姊，但非胞姊。

（四）金氏乃吴雯延之女，自幼过继"从父"吴霖起名下。

以上四点，无论哪一点也构成不了"吴敬梓的父亲（不管是"生父"或是所谓的"嗣父"）是吴雯延"之说的佐证。

我们要特别指出，程廷祚只说金氏的生父是吴雯延。他并没有说吴敬梓的生父也是吴雯延。这一点，在《金孺人墓志铭》原文中，表达得一清二楚，应该是有目共睹的。

古人撰写碑传文字，对于亲生子和嗣子的区别是相当重视的。在行文中，常作明确的交代。程廷祚就严格地遵循着这一惯例。他在这篇墓志铭内两次提到了过继的关系，一是说金氏"自幼以文学雯延之女，子于从父赣榆县教谕霖起"，二是说金氏之子为鼐乃"嗣子"。可知在他的笔下，两代人之间的过继关系是绝不含糊的。假若吴敬梓和金氏果真是同胞姊弟关系，同出于吴雯延的血统，程廷祚岂能不加说明？

金氏明明有"嗣子为鼐"，吴敬梓仍对程廷祚说是"姊又无子"。可知在吴敬梓自己的心目中，嗣子和亲生子的区分是泾渭分明的。

吴敬梓撰有《乳燕飞·甲寅除夕》词，其中说："令节穷愁里，念先人生儿不孝，他乡留滞。""先人"，指吴霖起。观"生儿不孝"一语，可知吴霖起是生父，而非嗣父也。

明乎此，吴霖起的生父实即吴霖起，旁无所谓嗣父，也就昭然若揭了。

朱绪曾在吴敬梓小传中所说的"父雯延"三字，除了程廷祚《金孺人墓志铭》以外，我们再也没有找到其他的在他之前的任何出处。

朱绪曾的错误在于，他混淆了同一篇文章中同时出现的两个人名，把吴霖起的名字误记为吴雯延[⑰]，从而导致了吴敬梓家世和生平研究中的混乱。

"生父、嗣父说"即由此而引起。

四、墓志铭的原意

朱绪曾虽然粗心大意地记错了人名，把霖起说成雯延，但他并没有说过：吴雯延是吴敬梓的生父，吴霖起是吴敬梓的嗣父。如果不施加主观的猜测，不作随意的引申，那么，不能不承认，从朱绪曾撰写的吴敬梓小传的文字叙述里我们是得不出上述结论的。

上述结论是"生父、嗣父说"提出的。持这种说法的同志轻信了朱绪曾"父雯延"的错误说法又对程廷祚的《金孺人墓志铭》作出了不符合原意的解释，从而提出了自己的新说。例如说：

> 以程廷祚的铭文和朱绪曾的小传相比推求，可以知道吴敬梓和他姐姐一样，原是吴雯延的子女而过继给吴霖起的。[⑱]

这个结论能不能成立呢？

它的根据是朱绪曾的小传和程廷祚的铭文。但，朱绪曾的小传只说吴雯延为吴敬梓之父，并没有说吴雯延为吴敬梓的生父，更没有说另有一个嗣父的存在，另有吴霖起其人的存在；程廷祚的铭文也只说金氏的生父是吴雯延、嗣父是吴霖起，并没有说吴敬梓的生父是吴雯延，嗣父是吴霖起。所以，从程廷祚的铭文和朱绪曾的小传的原文是根本得不出这个结论的。

不妨细想一下，如果说吴雯延把一女或一子过继给吴霖起，这都是可以令人理解的。但吴雯延的一女和一子为什么都要过继给吴霖起呢？这是一种历史上罕见的现象。我曾向吴敬梓的故乡安徽全椒的耆老们探询，他们都回答说，他们没有听说过类似这样的现象。1984 年 11 月，在纪念吴敬梓逝世二百三十周年学术研讨会于南京市举行期间，我又专就此事向吴敬梓的后裔吴炽榮老人请教。他也同样告诉我，在他们家乡一带，不会有这样的事。他们的意见，在判断吴敬梓是否"和他姐姐一样，原是吴雯延的子女而过继给吴霖起"的问题上，无疑有着重要的参考价值。

"生父、嗣父说"以吴雯延为吴敬梓的生父，又以吴雯延为吴国对之孙、吴勖之子，而这正有悖于程廷祚《金孺人墓志铭》的原意。

在《金孺人墓志铭》中，有一句带关键性的话，殊堪注意："其本生祖以上不具书。"这句话具有什么样的含义呢？

陈美林同志对这句话进行了解释："吴旦只是金孺人嗣父吴霖起之父，不是金孺人亲祖，金孺人既然已经过继给吴旦之子吴霖起为女，当然'本生祖'不便'具书'；其亲祖为吴旦之亲弟吴勖，同为曾祖吴国对之子，所以'本生祖以上'因前文已提及，此处不必再'具书'。"⑲这番解释，依我看，并不符合程廷祚的原意。

那么，程廷祚的原意是什么呢？

试分三点来谈。

第一，"不具书"的原因是什么？

由于金氏已过继给吴霖起做女儿，而程廷祚也已明文交代了她的祖父（即吴霖起的父亲）是吴旦，她的曾祖（即吴霖起的祖父）是吴国对，所以没有必要再一一开列她的"本生祖以上"诸人的名字。

第二，关键在于"以上"二字。

按照古人的习惯用法，所谓"本生祖以上"也者，意即包括本生祖、本生曾祖、本生高祖等等在内。不能理解为：仅仅指本生曾祖一人。

第三，"不具书"是和"已具书"相对而言的。

"不具书"的诸人的名字，不在"前文已提及"的范围之内。恰恰相反，"不具书"的倒是前文没有提及的诸人的名字。

程廷祚在前文已经提及"曾祖国对"、"祖旦"，在这里又说是"其本生祖以上不具书"，可知金氏的本生祖、本生曾祖并非吴旦、吴国对。

既然金氏的本生曾祖不是吴国对，则她的本生祖理所当然地不可能是吴国对之子、吴旦之弟吴勖了。

因此，在吴敬梓家世和生平的研究和考证上，程廷祚的《金孺人墓志铭》有着不容轻视的意义。它无助于"吴雯延说"的成立。它还直接推翻了"生父、嗣父说"的以吴雯延为吴勖之子的论点。

而以吴雯延为吴勖之子，正是"生父、嗣父说"的一个极其重要的论点。这尤其明显而突出地反映在持"生父、嗣父说"的同志们所编制的吴敬梓世系表上。

五、世系表的致命伤

在陈美林同志的《吴敬梓身世三考》、孟醒仁同志的《伪吴敬梓年谱》和陈汝衡同志的《吴敬梓传》里，都列有一张他们所编制的吴敬梓世系表[20]。对吴敬梓以上三代，它们都有详细而明确的记载。

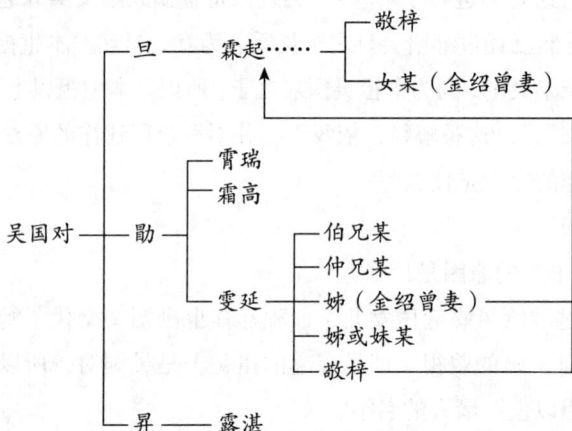

```
                              ┌── 敬梓
              旦 ── 霖起 ······┤
                              └── 女某（金绍曾妻）
                                            ↑
              ┌── 宵瑞
              ├── 霜高
  吴国对 ── 勋 ┤           ┌── 伯兄某
              │           ├── 仲兄某
              └── 雯延 ────┼── 姊（金绍曾妻）
                          ├── 姊或妹某
                          └── 敬梓
              昇 ── 露湛
```

孟醒仁同志的世系表和这基本上相同[21]。所不同者：（1）吴霖起和吴敬梓之间，用实线，不用虚线。（2）吴雯延之下，未列子女五人，而直接用虚线指向吴霖起的子女，表示出继的关系。（3）"女某"作"女"，列于吴敬梓之上，说明她是吴敬梓之姊，而非吴敬梓之妹。可以说没有原则上的重大的出入。

陈汝衡同志的世系表也和陈美林同志基本上相同[22]。所不同者：（1）"姊"作"姐"。（2）于吴雯延名旁注"原名雾远"四字。同样，两者之间也没有原则上的重大的出入。

这张世系表上有两个地方值得注意。一个是吴雯延的子女问题，另一个是吴雯延的父亲问题。

据陈美林同志和陈汝衡同志的世系表上所列，吴雯延有五个子女，三男二女，吴敬梓为幼子。言之凿凿。但是，请问：这有什么根据呢？什么书上，或者什么材料上，为这种说法提供过哪怕是片言只语的根据呢？为什么吴雯延的子女，不多不少，偏偏五人？为什么就不可能是六人或四人、三人……？为什么必须是三男二女，而不能是二男三女或四男二女……？为什么吴敬梓要排行第五？难道就不能排行第三、第二……？这一连串的疑问，恐怕是不易回答的。

一张世系表，应以确实可靠的史料为依据。如果它竟成为驰骋想像力的产物，那就大大地降低了它的学术价值。根据我们到目前为止所掌握的史料，只能得出这样的结论：吴雯延有一个女儿，出继于吴霖起名下。如此而已。若问这个女儿到底有几个哥哥和弟弟，那只能老老实实回答：不知道。当然也可以进一步作若干推测。但，那也无非说，她可能至少有一个哥哥或弟弟。至于在表上列出，她有两个哥哥，一个妹妹，一个弟弟，说得是那样的肯定，就未免师心自用了。

和陈美林同志、陈汝衡同志不同，孟醒仁同志在这一点上是比较谨慎的。他在吴雯延名下仅仅列举两个子女，即吴敬梓和金氏。想来他也感到另外那三个子女的不可靠吧。当然，以吴雯延为吴敬梓之父，仍是他们三位的共同点。

更成问题的是吴雯延的父亲。他们三位都在世系表上径直地把吴雯延列为吴勖的第三个儿子。和陈美林同志、孟醒仁同志不同，陈汝衡同志在这一点上也是比较谨慎的。他在吴雯延名旁加注说："原名雾远。"

陈汝衡同志为什么要特意增添这四个字呢？

原来在这三份世系表上有一个共同的非常明显的破绽：把"雯延"列为吴勖的三子，也没有任何可靠的文字记载的依据。

我们知道，吴国对卒后，他的朋友陈廷敬撰有《翰林院侍读吴默岩墓志铭》[23]。其中胪列了吴国对子孙的名字。关于吴国对的子女，它是这样说的：

> 男子三人。旦，考授州同知，先卒。次勖，国学生。俱陈安人出。次昇，戊午举人。女子二人，皆适世家子。俱汪安人出。

吴旦、吴勖、吴昇兄弟三人的情况，和陈美林同志、孟醒仁同志、陈汝衡同志三家的世系表上所列的还是一致的。问题不在这里。问题在于吴国对之孙，《墓志铭》的记载是这样的：

> 孙男五人。长霖起，旦出。次霄瑞，次霜高，次雾远，俱勖出。次露湛，昇出。孙女六人。

谁都可以看得出来，其中不见"雯延"之名。相反的，其中有"雾远"之名，却又不见于陈美林同志、孟醒仁同志、陈汝衡同志三家的世系表。

这是耐人寻思的。

陈廷敬为康熙间人，他作为吴国对的同时代人，以及吴国对生前交往密切的好友，在《墓志铭》这类文字中提出的关于吴国对之孙的名字的说法，应当是比较准确和可靠的，因而也是我们可以信从的。

违反陈廷敬《墓志铭》的记载，把原有的"雾远"割舍掉，而另行填入一个陌生的、来路不明的"雯延"，并安排他来扮演吴敬梓生父的角色，这不能不说是陈美林同志、孟醒仁同志、陈汝衡同志三家的世系表的致命伤。

我们必须估计到，雯延会不会是雾远的改名？陈汝衡同志在"雯延"二字之旁加注"原名雾远"四字，无非就是企图从这个方面来弥补漏洞。

仔细想来，原名雾远、改名雯延这样的解释是不够圆满的。原因很简单，这不符合一般改名的习惯。年龄长大以后，对幼年的学名感到不满意，或出于其他的种种考虑，而重新取名，这在古人身上倒不算是罕见的。无论怎样，在原名和改名之间，总或明或暗地存在着一定的规律。而从"雾远"到"雯延"，却了无轨迹可寻。

孟醒仁同志对于陈廷敬的墓志铭中的"雾远"为什么会变成他的世系表中的"雯延"这个奇怪的现象，在他的《吴敬梓年谱》一书的正文中未做任何交代。陈美林同志却在他的论文《吴敬梓身世三考》中对此进行了解释。他不持改名说。他认为："据《广韵》：'延，远也。'《韵会》亦同。雾远即雾延。"又认为："铭文中的'雾'应该是'雯'，因形近而误写，雾延应该是雯延。"[24]

这样的解释，有说服力吗？

首先，这样的解释过于曲折，雾远＝雾延＝雯延，又是训诂，又是校勘，拐弯抹角太多了，给人以无巧不成书的感觉。

其次，在校勘和诠释古书的字句时，古时的同义词常被后世的学者引为通假的例证。但，运用这种训诂方法来作为改变清代人名的解释，却是没有先例的，而且也是不科学的。像吴敬梓家族那样，兄弟排行的命名，常以意义相同或相近的字构成。如果在没有任何确实可靠的证据的情况下，强行用同义词来进行考证，那就会非常容易地把生活中的两个不同的人变成了书面上的同一个人。

试看吴敬梓的祖辈，有吴"旦"、吴"晟"、吴"昱"、吴"显"、吴"晜"等名，这几个字都有"明亮"的意思。难道能用"某，某也"的通假方式，把这五个人任意进行省并吗？

因为"延"有"远"的意思，从而断定"雾远即雾延"——这是一种牵强附会的解释。因为"昱"有"晜"的意思，从而断定吴国龙的次子吴昱即吴国龙的五子吴晜，难道不是荒谬而可笑的推理吗？"雾远即雾延"的说法，岂不与之相仿佛？

最后，"雾"也不大可能是"雯"的"形近"的"误写"。这两个字的下半部，"方"和"文"的差别还是相当明晰的，特别是最后一笔。与其说"雾"是"雯"的形讹，还不如说"雾"是"霁"的形讹（说详后）。

总之，断定"雾远"即"雯延"，是没有根据的，因而也是缺乏说服力的。

吴雯延和吴雾远，他们是两个人，这有案可查。

六、吴雯延和吴雺远不是同一个人

吴雯延和吴雺远，他们究竟是不是一个人呢？

《全椒县志》给予了合理的回答。

康熙《全椒县志》的选举志记录了全椒县学全体生员的名单[25]。名单计分廪生、增生、附生三类。廪生二十六名，增生二十五名，附生一百七十名。吴雯延和吴霖起之名正在附生之内。

附生名单中，吴姓共二十一人。不少人可以确认为吴敬梓家族中的成员。例如，第一百十七名吴晸乃吴国龙的第五子，第一百五十五名吴雷焕乃吴晟的次子，第一百五十九名吴旱乃吴国龙的第六子。吴霖起为第一百四十六名，吴雯延则为第一百二十二名。

这说明，当康熙《全椒县志》修纂之时，吴雯延就已具有县学生员的资格了。

那么，康熙《全椒县志》修纂于何时呢？

根据康熙《全椒县志》卷首的题署，纂修者为蓝学鉴和吴国对二人。卷首另载他们二人所撰写的序文。吴序写于康熙十三年（1674）十二月。蓝序写于康熙十二年（1673）四月。这就是康熙《全椒县志》编写和完稿的时间。由此可见，最晚在康熙十二年、十三年之时，吴雯延这个名字就已作为正式的学名被使用了。

这一点是非常可靠的。因为参与康熙《全椒县志》修纂工作的人员大多属于吴敬梓的家族，纂修者之一的蓝学鉴，当时的全椒知县，他只是挂名而已。他邀请吴国对主持修志工作[26]。所以，县志的编写实际上是在吴敬梓的曾祖吴国对亲自参加和领导之下进行的。工作人员之中，"编辑"者有吴国龙的长子吴晟；"较阅"者有吴国对的长子吴旦、次子吴勖，吴国龙的次子吴昱、三子吴咏、四子吴显；"分辑"者有吴国鼎的长子吴暹吉等人。可以想像得到，在他们的纂修、编辑、校阅之下，安有把自己家族内部的人名写错的道理？

特别是吴勖，作为"较阅"者，假若吴雯延果真是他的儿子，如果吴雯延的名字写错了，他难道不会发现和更正吗？

因此，我们说，最晚在康熙十二年、十三年之时，吴雯延这个名字就已作为正式的学名使用了；这个名字，出现在康熙《全椒县志》上，是不可能写错的。

吴雯延的名字又曾出现在程廷祚《金孺人墓志铭》上："自幼以文学雯延之女，子于从父赣榆县教谕霖起。"考金氏卒于"乾隆五年七月初九日"，墓志铭则撰写于金氏安葬的前后。可知直到乾隆五年（1740）左右，吴雯延的名字仍在使用和流传。程廷祚是吴敬梓的朋友，墓志铭系应吴敬梓的请求而撰写，墓志铭的内容和文字又以吴敬梓自己所作的传记资料为依据[27]。他所书写的人名，当不致有误。

事实很清楚，从康熙十二年、十三年到乾隆五年，在这六十余年之中，吴雯延的名字一直在使用，并得到吴敬梓家族中的人们的认可，也为吴敬梓的朋友们所熟知。

陈汝衡同志不是说吴雯远是吴雯延的原名吗？陈美林同志不是说吴雯远即吴雯延吗？然而吴雯远这个名字所从出的陈廷敬《翰林院侍读吴默岩墓志铭》，却在时间上证明了这两种说法是不能成立的。

吴国对卒于康熙十九年（1680）十一月一日[28]。陈廷敬的墓志铭的撰写自然在这之后的不久。这足以证明，在康熙十九年左右，吴勖的第三子的名字是雯远，而不是别的。

如果说，原名雯远，改名雯延，或者雯远即雯延，那么，为什么康熙十二年、十三年间叫做雯延，大约六七年以后，即康熙十九年左右，反而恢复雯远的原名呢？如果说，原名雯延，改名雯远，或者雯延即雯远，那么，为什么康熙十九年左右叫做雯远，大约六十年以后，即乾隆五年左右，又恢复雯延的原名呢？改名说也好，通假说也好，恐怕都很难做出令人满意的回答。

从实际情况出发，从可靠的史料出发，唯一的圆满的回答应当是这样的：在康熙十二年、十三年间到乾隆五年左右叫做吴雯延的是一个人；在康熙十九年左右叫做吴雯远的，是另外一个人。吴雯延不可能是吴雯远的改名，吴雯远也不可能是吴雯延的改名。

同样，吴雯远也不等于是吴雯延。

吴雯延就是吴雯延，他根本不是吴雯远。

吴雯远则另有其人。

七、吴雯远和吴雯远是同一个人

吴勖第三子吴雯远的名字，我们在康熙《全椒县志》中遍觅无着。估计他在康熙十三年之前还没有进学。所以不见于康熙《全椒县志》选举志的生员名单。可是，我们在民国《全椒县志》的人物志中发现了一个叫做吴雯远的人。吴雯远和吴雯远，从姓名来看，"吴""远"都相同；"雯"和"雯"固然不是一个字，字形却十分相近。这两个字，写错和刻错的可能性非常大。他们会不会是同一个人呢？

吴雯远小传的全文如下：

吴雰远，字惠畴。以知州补台州府判。告归，浙江民攀辕、写图、歌诗在道。觐见时，世宗赐以《悦心集》《感应篇》。归筑赐书楼以志感。卒年八十一。㉙

依我看，这位吴雰远实即陈廷敬《翰林院侍读吴默岩墓志铭》中所提到的吴勋第三子吴雰远。

吴敬梓父祖两代的命名，都遵守着严格的规定。他的祖辈俱为单名，"日"字偏旁。例如吴国对之子三人：旦、勋、昇；吴国龙之子六人：晟、昱、咏、显、昺、早。吴敬梓的父辈双名，其上一字的偏旁俱为"雨"字。例如，吴旦之子一人：霖起；吴勋之子三人：霄瑞、霜高、雰远；吴昇之子一人：露湛。㉚

这种双名而上一字的偏旁为"雨"字的排行命名的方式，在吴国鼎、国器、国缙、国对、国龙兄弟五人的孙辈之外，从《全椒县志》等有关资料中，还没有发现其他人使用过。因此，不妨断定吴雰远为吴敬梓家族中人。

吴雰远或吴雰远，既为吴氏家族中人，且其排行命名完全遵照固定的格式而来，则其上一字或下一字，均不应和家族内其他兄弟辈人犯重，自在情理之中。

吴雰远和吴雰远二名，其下一字犯重，其上一字形状近似，书写和刊刻时极易讹错。二名之中，必有一误。换言之，他们虽是书面上的两个人，但在当时的生活中，他们实际上只是同一个人而已。

吴国龙的长子吴晟有子七人㉛，第三子名雰澍㉜。而吴雰远与吴雰澍为同曾祖的堂兄弟。"雰"字又恰为排行命名方式中的最关键的字，更不应犯重。同样，雰远和雰澍二名，其上一字必有一误。

雰远和雰远如为一人，则其下一字犯重的问题即不存在。雰远如为雰远之误，则其上一字和雰澍犯重的问题即不存在。也就是说，吴勋第三子的名字若是雰远而非雰远，则矛盾均告迎刃而解。

因此，我认为，民国《全椒县志》中的吴雰远和陈廷敬《墓志铭》中的吴雰远，他们不是两个人，而是一个人。

吴雰远即是国对之孙吴雰远，还有一个旁证。民国《全椒县志》吴雰远小传说，他"觐见时，世宗赐以《悦心集》《感应篇》。归筑赐书楼以志感"。"筑"字也系有误，"赐书楼"在全椒吴家却是实有其物。吴国对本人的诗文集二十四卷即以《赐书楼集》为书名㉝。可见赐书楼已成为吴国对一家引以为荣的特殊的建筑物。这不恰恰证明吴国对是吴雰远的先人吗？

吴雰远即吴雰远，则他当然就不可能再是吴雯延了。吴雯延既然不是吴雰远，则他更不可能是吴敬梓的生父了。

种种证据表明，吴敬梓的生父乃是吴霖起。

八、吴敬梓的父亲确为吴霖起

我们已经分析和论证了，吴敬梓的父亲不可能是吴雯延。迄今为止，我们还没有发现任何一项完整的或零星的、直接的或间接的可靠的记载，可以证明，除了生父之外，他另有一个所谓嗣父的存在。他的父亲只有一个，也就是他的生父，此人即吴霖起。

这个结论，不仅可以从康熙时人的可靠的记载中，而且还可以从乾隆时人的可靠的记载中，得到证明。这个结论，不仅可以从吴敬梓本人的可靠的记载中，而且还可以从吴敬梓的亲友们的可靠的记载中，得到证明。

让我们一一列举这些可靠的记载，用以证明吴敬梓的父亲确为吴霖起，同时，也用以再一次证明"吴雯延说"的错误和"生父、嗣父说"的不能成立。

证明一：程廷祚的《金孺人墓志铭》[34]。

程廷祚是吴敬梓的友人。他说，金氏乃赣榆县教谕吴霖起之女，而吴敬梓为金氏之弟。这意味着，吴敬梓系吴霖起之子。

证明二：方嶟的《文木山房集序》[35]和陈廷敬的《翰林院侍读吴默岩墓志铭》[36]。

方嶟也是吴敬梓的友人。他说，吴敬梓系吴国对的曾孙。而陈廷敬是吴国对的友人。他详细地记录了吴国对的子孙两代的名字。从其中可知，吴国对的长子名旦，吴旦之子名霖起。

参合方嶟、陈廷敬和程廷祚三家的记载，可证吴霖起乃吴敬梓之父。这在上文已有所述及。现再补充列举另外几项记载。

证明三：吴敬梓的《移家赋》和嘉庆《海州直隶州志》、民国《全椒县志》。

吴敬梓本人并没有直接说出他的父亲的名字。但，他在《移家赋》一文中提到了"吾父"。其中有一段描写了他的父亲暮年的学官生涯：

> 暮年黉舍，远在海滨。时规世范，律物正身。时游历于缁帷，天将以为木铎。系马堂阶，衣冠万屦。鲑鱼萧然，引觞徐酌。春夏教以诗书，秋冬教以羽惯。鸟革翚飞，云蔓连阁。见横舍之既修，歌泮水而思乐。

最后两句之下，有一条小注："先君为赣榆教谕，捐资破产修学宫。"隔了几句之后，原文接着说："归耕颍上之田，永赴遂初之约。"这两句也有一条小注："先君于壬寅年去官，次年辞世。"壬寅即康熙六十一年（1722）。关于他的父亲，吴敬梓告诉我们三件事：

（1）曾任赣榆教谕。

（2）有捐资修学宫之事。

（3）康熙六十一年去官。

这就提供了解决问题的线索。

我们已从程廷祚《金孺人墓志铭》中获悉，吴霖起曾任赣榆教谕。再查嘉庆《海州直隶州志》。在"职官表"中，排列着康熙年间的历任赣榆县教谕的名单。中有吴霖起之名，乃"全椒人，拔贡"[37]。在"学校考"中，详细记载了康熙五十七年（1718）募建尊经阁和康熙五十八年（1719）重建敬一亭的几位倡议者和主持者的姓名，"教谕吴霖起"均在其中[38]。

再查民国《全椒县志》，在"选举表"中，吴霖起乃康熙丙寅（二十五年，1686）拔贡，"江苏赣榆县教谕"[39]。

由此可见，吴敬梓的父亲是吴霖起无疑。

证明四：吴檠的《为敏轩三十初度作》诗[40]。

吴檠是吴敬梓的堂兄、僚婿。他在诗中说："汝时十八随父宦，往来江淮北复南。""广文不作常儿畜，归辄命之从梦庵。""浮云转眼桑成海，广文身后何嗜含！""广文"即儒学教官的别称。这和吴霖起的身份是一致的。

证明五：金榘的和诗《次半园韵为敏轩三十初度同仲弟两铭作》[41]。

金榘是吴敬梓的堂表兄。他的诗也说："旋侍家尊到海澨，斋厨苜蓿偏能甘。"赣榆地处海滨，正是"海澨"。"苜蓿"则是用典，形容学官的清苦冷落的生活。

证明六：金两铭的和诗[42]。

金两铭是金榘之弟。他提到了吴敬梓父亲的逝世："无何阿翁苦病剧，侍医白下心如惔。会当学使试童子，翁命尔且将芹探。试出仓皇奉翁返，文字工拙不复谙。翁倏弃养捷音至，夜台闻至应乐耽。"

这位"翁"或"阿翁"是谁呢？

陈美林同志认为，"金两铭诗中'弃养'的'阿翁'乃是生父吴雯延"[43]。我认为，这样说还缺乏足够的说服力。金两铭的原诗并没有暗示吴敬梓的父亲有生父与嗣父之分，也没有透露这位"阿翁"和"翁"不是吴霖起而是吴雯延的任何消息。

至少有下述四条理由，可以证明此人即系吴霖起：

第一，金两铭的诗，属于"和诗"的性质。要想探明他诗中提到的"阿翁"和"翁"为何许人，就不能撇开与此同时所创作的吴檠的原诗和金榘的和诗。三首诗之间存在着密切的联系。吴檠诗中的"父""广文"，金榘诗中的"家尊"和金两铭诗中的"阿翁""翁",应该就是同一个人,即吴敬梓的父亲吴霖起。吴檠和金榘指的是吴霖起,金两铭却说的是吴雯延——圆凿方枘,南辕北辙,安有这样的道理?

第二,不能强行割裂上下诗句的文义。在金两铭诗中,"无何阿翁苦病剧……"云云,承接上文而来。"无何"二字,就紧扣着上文"从宦祝其归里后"一句。而"从宦"二字,恰恰和吴檠所说的"汝时十八随父宦"、金榘所说的"旋侍家尊到海澨"其实是一码事。因此,卧病南京的"阿翁"如果不是曾任赣榆县教谕的吴霖起,那还能是谁呢?

第三,"阿翁""病剧"和"弃养"的时间正在吴霖起"去官"和吴敬梓赴"童子试"之后。吴霖起的"去官",据吴敬梓《移家赋》自注说,在康熙六十一年(1722)。他任教官已有数十年之久。不难想像,"去官"的原因之一是年迈体弱多病;在返里途中病倒了。于是吴敬梓"侍医白下"。其时,"会当学使试童子"。在清代,童生试每三年举行两次。各省学政巡回所属而主持的考试,称为科考,逢寅、申、巳、亥年举行。生员经科考合格后,方能于次年参加本省的乡试。吴敬梓"侍医白下"之时,紧接于吴霖起"去官"之后,即康熙六十一年壬寅,正值举行科考的年份。"翁倏弃养","倏"字表明,他的逝世紧接于他"病剧"和吴敬梓应试之后,即雍正元年(1723)。这和吴敬梓《移家赋》自注中的说法毫无二致。时间上的符合和衔接,可以作为"翁"即吴霖起的旁证。

第四,下文还写到了"阿翁"的逝世对吴敬梓的打击以及他日后的处境:"天崩地坼将何怙,自此门户身独担。"这个"独"字,说明了吴敬梓在日后的家族纠纷中的孤立无援的孱弱的地位。如果当时他还有一位"生父"在世,那么,金两铭是不是会这样来形容吴敬梓的。

证明七:吴烺的《哭程媪》诗四首[44]。

吴烺是吴敬梓的长子。他在诗前的小序中说:"媪,先王父广文公侧室也。"王父即祖父,广文公则是对吴霖起的尊称。可知吴烺的祖父乃吴霖起。

凡此种种,足以证明吴敬梓的父亲不是别人,而是吴霖起。它们出于吴敬梓本人以及吴敬梓亲友们的笔下,言之凿凿,确可信据。

九、结语

综合以上所述,我们的结论可以概括如下:

(一)吴敬梓的父亲确为吴霖起。

(二)朱绪曾《国朝金陵诗徵》吴敬梓小传"父雯延"之说是错误的,没有根据的。

(三)吴敬梓的父亲只有一个,无生父与嗣父之分。

（四）程廷祚《金孺人墓志铭》只能证明吴敬梓之姊金氏的生父是吴雯延，嗣父是吴霖起，不能证明吴敬梓本人的生父是吴雯延、嗣父是吴霖起。

（五）吴雰远可能就是吴雩远。

这几点看法，难免有欠妥或谬误之处，诚恳地希望能得到陈美林同志、陈汝衡同志、孟醒仁同志以及其他专家、学者的指教。

注释：

①朱绪曾：《国朝金陵诗徵》卷四十四。

②胡适：《吴敬梓年谱》，《胡适文存》二集卷四。

③陈美林：《吴敬梓身世三考》，《南京师院学报》1977 年第三期；《关于吴敬梓的身世问题——答张田有先生》，《艺谭》1981 年第三期；《吴敬梓》，江苏人民出版社，1982 年 11 月，南京。按：前两篇论文，陈美林同志已收入他的专著《吴敬梓研究》（上海古籍出版社，1984 年 8 月）一书中。第二篇论文改题《关于吴敬梓家世的几点辨正》。据陈美林同志在该书的"后记"中说，论文辑入时曾"作了全面修订乃至改写"。

④陈汝衡：《吴敬梓传》，上海文艺出版社，1981 年 2 月。

⑤孟醒仁：《吴敬梓年谱》，安徽人民出版社，1981 年 3 月。

⑥朱绪曾：《国朝金陵诗徵》卷四十四。

⑦陈作霖：《金陵通传》卷三十三。

⑧陈作霖生平事迹，详见陈三立《散原精舍文集》卷十一的墓志铭和林纾《畏庐三集》的石表。

⑨其中几处错误，在张田有同志《吴敬梓家世及其在全椒的遗址遗迹》（《艺谭》1980 年第 3 期）一文中已经论及。

⑩吴敬梓：《文木山房集》卷一。

⑪参阅陈美林：《吴敬梓》，25 页。

⑫金陵系南京的别称。而在清代，上元、江宁二县同城，治所都在南京城内。

⑬方嶟《文木山房集序》，载吴敬梓《文木山房集》卷首。

⑭陈廷敬：《午亭文编》卷四十五。

⑮陈美林：《关于吴敬梓家世的几点辨正》，《吴敬梓研究》，117 页。

⑯程廷祚：《青溪文集续编》卷八。

⑰何泽翰同志在《儒林外史人物本事考略》（中华书局上海编辑所，1956 年 9 月）一书中也认为"父雯延系霖起之误"（185 页）。

⑱陈美林：《吴敬梓身世三考》，《吴敬梓研究》，95 页。

⑲陈美林：《吴敬梓身世三考》，《吴敬梓研究》，95 页。

⑳陈美林：《吴敬梓研究》，106 页。

㉑孟醒仁：《吴敬梓年谱》，末页附录，《全椒吴氏世系（科第、仕宦、著述）一览简表》。

㉒陈汝衡：《吴敬梓传》，14 页，"吴敬梓家世简表"。

㉓陈廷敬：《午亭文编》卷四十五。

㉔陈美林：《吴敬梓研究》，96 页。

㉕康熙《全椒县志》卷七，选举一，庠彦。

㉖参阅吴国对《复蓝父母修县志书》，载康熙《全椒县志》卷首。

㉗按：《金孺人墓志铭》所云"弟敬梓持所为传诣余……"可证。

㉘陈廷敬《翰林院侍读吴默岩墓志铭》："君以庚申十一月一日卒于扬州寓舍，年六十有五。"

㉙民国《全椒县志》卷十，人物志，宦绩。

㉚这里的叙述和举例只限于吴国对、吴国龙（他们二人是孪生兄弟）之子，以及吴国对（他是吴敬梓的曾祖）之孙。在这个范围内，我们没有发现例外。

㉛陈美林同志和陈汝衡同志的世系表仅列五人，误。在这一点上，孟醒仁同志的世系表是正确的。

㉜储欣：《吴主事墓表》，《在陆草堂文集》卷六。

㉝民国《全椒县志》卷十五，艺文志，书目。

㉞程廷祚：《青溪文集续编》卷八。

㉟方嶟《文木山房集序》，载吴敬梓《文木山房集》卷首。

㊱陈廷敬：《午亭文编》卷四十五。

㊲嘉庆《海州直隶州志》卷四。

㊳嘉庆《海州直隶州志》卷十八。

㊴民国《全椒县志》卷十二，人物志三。

㊵附见金榘《泰然斋集》卷二。

㊶附见金榘《泰然斋集》卷二。

㊷附见金榘《泰然斋集》卷二。

㊸陈美林：《吴敬梓身世三考》，《吴敬梓研究》，99 页。按：陈美林同志曾对所谓吴雯延卧病南京一事作了一些具体的叙述和描写，见《吴敬梓研究》，26—27 页。

㊹吴烺：《杉亭集》，诗卷三。

"筠圃"考略

筠圃何许人也？

据舒元炜序文说，《红楼梦》舒本（舒元炜序本）的藏主，是"筠圃"。

这位叫做"筠圃"的人是谁呢？

他就是姚玉栋。

姚玉栋，或称玉栋，满洲正白旗人。姚是他的汉姓。同治《临邑县志》就直称他为"姚玉栋"。他的长子的名字就叫做姚荣誉。

一、啬于财而奢于聚书

"啬于财而奢于聚书"，此语采自王芑孙《山东阳信县知县玉君墓志铭》（下文简称"《墓志铭》"）①，是对姚玉栋的为人的一种评价。

王芑孙是姚玉栋的好友。在姚玉栋逝世后，王芑孙为他撰写了《墓志铭》，全文如下：

> 余所识辇下藏书家，无过玉栋筠圃。尝为作《读易楼记》者也。
>
> 筠圃所藏书，于集部尤富。以是洞晓古今学术，与其授受源流，持论空一世。所与游，翁学士方纲、周编修永年、桂进士馥，天下不四三人。偶从他所见余诗，趣驾十五里访余，既而邀余襆被所谓读易楼者，剧谈穷日夜。其家所藏金石书画，往往多余题识。
>
> 顷之，君再出官山东，余亦南还七八年。
>
> 其子荣庆以通判试用河南，以书告君之丧，且以状来征铭。
>
> 按状：君字子隆，玉栋其名，筠圃其自号也。本襄平民家姚氏，有貤赠光禄大夫、福州将军良贵者，自太祖时编入内府，为正白旗汉军。
>
> 曾祖章奇，赠资政大夫、江宁布政使。祖五格，赠资政大夫。父福葆，沟渠河道监督，授中宪大夫。母贺，封恭人。娶夏，封孺人。子六，存者四：荣庆、

桂庆、炳庆、烩庆。女一，适学生灵椿。

其卒，嘉庆四年六月三日，年五十五。以某月日葬某原。

君以乾隆庚寅举人拣选知县，发山东，补宁阳。故陆公燿方为按察使，荐调单县，中以事去。再补淄川，获要犯，引见，当迁，以亲老告。亲终，出补阳信。前后在山东几二十年，历署博兴、利津、章丘、乐陵，皆能其职。

君躯干修伟，博涉强记，无所不通。以旗人自晦为吏，故世不深知。而世所矜宠有名者，君亦不以屑意。

所著诗古文八卷、杂志二卷、金石过眼录五卷。他所诠次校定尚多。

性颇啬财，独奢于聚书，人亦以是靳之。尝过厂市，酬一书如其常值，弗与，再倍之，又弗与，君怒，拂衣登车去。夜不获寐，破晓，卒遣骑奴以三倍值驰取书归。其笃好若此。

余南还，再与君书，不报。荣庆之赴余也，书不详，第言悉倾所有，未审所谓，岂物理聚而思散，抑君身后官逋私责，有不可言者耶？惟君生平寡契，晚交得余，虽不言，意绪间一似重有托于余者，其忍不铭。

铭曰：

嗟君好书，亦施于政。其在利津，义学兴盛。其去乐陵，县民遮境。救荒章邱，民鲜菜色。大吏闻之，颁下其式。再莅河滨，岁缮荟薪。经画终始，役不及民。始宰单父，匄妇道僵。往瘗其殣，遗婴卧旁。收哺以长，有蔼慈祥。傥来倏往，物运相循。书则往矣，泽有攸存。归安斯宅，利尔嗣人。

从《墓志铭》的记述可知：

（1）姚玉栋字子隆，号筜圃。

（2）他的上世本是襄平（今辽宁省辽阳市）民家，姓姚，后编入内务府正白旗汉军。

（3）姚玉栋的世系，列表如下：

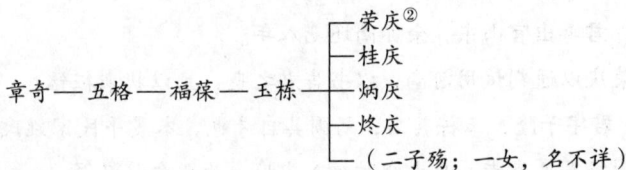

```
                              ┌─ 荣庆②
                              ├─ 桂庆
                              ├─ 炳庆
章奇 ── 五格 ── 福葆 ── 玉栋 ──┤
                              ├─ 烩庆
                              └─（二子殇；一女，名不详）
```

（4）姚玉栋的生卒年月：卒于嘉庆四年（1799）六月三日，享年五十五岁。以此逆推，可知他生于乾隆九年（1744）。

（5）他是京城著名的藏书家。

（6）与王芑孙、翁方纲、周永年、桂馥等人交游。

（7）他是乾隆三十五年（1770）庚寅举人出身。

（8）他在山东做官，出任多地知县，前后将近二十年之久。《墓志铭》先后提到的地点共有八处：宁阳、单县、淄川、阳信、博兴、利津、章丘、乐陵。

（9）单县之任，系出于山东按察使陆燿的荐调。

（10）著有诗古文八卷、杂志二卷、《金石过眼录》五卷。

此外，关于姚玉栋的生平事迹，还可以补充、说明的有以下五点。

第一，他是正白旗春岱管领下汉军，见于山东巡抚国泰乾隆四十五年八月初九日奏折[③]。

第二，他号筠圃，一作"云浦"。见于道光《济南府志》卷三十。

第三，在乾隆五十七年（1792）六月，姚玉栋与友人等（文宁、王又亮、陶焕悦、洪亮吉、胡翔云、罗聘、周厚辕、宋鸣琦、吴嵩梁、姚思勤、卢锡埰、陆元铉、张道渥、曹锡龄、刘锡五、何道生、徐準）十七人有积水潭之游，王芑孙虽未参加，却撰写《积水潭游记》一文记其事[④]。

第四，姚玉栋曾于乾隆六十年（1795）任临邑知县。

第五，在任山东阳信知县期间，姚玉栋曾邀请好友王芑孙来游阳信，王芑孙因故未能成行。此事见于王芑孙怀人组诗中的《玉筠圃大令》：

> 君家藏书甲辇毂，岂伊藏之实能读。
> 读书无伴苦相求，襆被留君读易楼。
> 楼前乍种梧桐树，匆匆出宰山东去。
> 归舟未得远相寻，半道留书写我心。

在第四句之下注云："壬子，君邀余为读书之伴，时时襆被君家。"壬子即乾隆五十七年（1792）。在第八句之下注云："君有书邀余迁道过其所宰之阳信县。余以舟程触热，方虑闸阻，不果赴约。"[⑤]

二、辇下藏书家

"辇下藏书家"，出自王芑孙《墓志铭》的首句。这显示了姚玉栋作为藏书家的知名度和重要性。

李玉章、黄正雨《中国藏书家通典》介绍姚玉栋说：

喜图籍，字少年时开始，收书无一日停止。对破书乱简及世上流传不广之书遍加搜罗。听说某地有善本书，虽千里之外必得之方后已。曾得王士祯、黄叔琳家藏善本数种，插架益富，收藏集部图书为多。建藏书楼"读易楼"，王芑孙作有《读易楼记》，称他为"辇下藏书家"。法式善、翁方纲均登楼观其藏书，翁方纲题有《筼圃读易楼图诗》相赠。法式善也题有《咏筼圃》云"南有天一阁，北有读易楼"。藏书印有"读易楼藏书记""子隆""筼圃"等。藏书散佚后，法式善又写有题诗云："阁尚巍然存，楼今为墟丘。"著有《诗古文》八卷。⑥

末句"著有《诗古文》八卷"，应去掉那个书名号。因为"诗古文"三字非是书名。《清稗类抄》也记载了姚玉栋的轶事：

玉筼圃藏书于读易楼。法时帆祭酒式善，字开文，蒙古正黄旗人。尝有赠玉筼圃句云："一官赢得十车书。"筼圃，名栋，字子隆，乾隆庚寅举人，官山东临邑知县，聪强嗜学，自少小以至宦游，舟车风雨，无一日暂废。尝过厂市，酬一书，如其常值，弗与，因倍之；再倍仍弗与，拂衣登车去。夜不获寐，晓遣骑奴以三倍值取之归。所藏边仲子诗册，即王文简所订之《睡足轩诗》也，前有徐东痴手记及文简跋，东痴墨书，文简朱书。翁覃溪题诗于原册，后复摹二本，以一赠时帆。时帆题诗有云："梧桐院落疏疏雨，石墨香分读易楼。"读易楼者，筼圃藏书处也。王惕甫为作《读易楼记》，称其于书无所不读。其插架不着标题，造次抽检，未尝辄误，非专治一经、治一艺者可比。惕甫询之，则曰："吾能目识之也。"

筼圃既于书无所不好，闻一书在某所，虽千里必宛转得之而后已，于是沈编坠帙，渝墨败纸，世所灭没不经见者，往往都在读易楼。故凡函幅之小大厚薄，潢治之精确敝好，一经涉目，便能记之。⑦

《清稗类抄》的记载实际上袭自王芑孙《墓志铭》及《读易楼记》。《读易楼记》说：

吾友玉栋筼圃于今辇下为藏书家。读易楼，其所贮书处也。迺者作图示余，属为之记。

筼圃于书无所不读，自其少小，以逮宦游，舟车风雨，无一日暂废。闲闻一书在某所，虽千百里，必宛转得之而后已。于是沈编坠帙，渝墨败纸，世所灭没不经见者，往往都来读易楼中。于凡函幅之小大厚薄，潢治之精确敝好，涉目便记。造次抽检，未尝辄误。予过楼中，怪其插架不著标题，

曰："吾能目识之也。"其好之之勤，而读之之遍，如此非专专治一艺、名一经者也……⑧

王芑孙《渊雅堂全集》"编年诗稿卷九"有《晋太康瓦蒻诗》，诗前有小序云："……吾友汉军玉栋筠圃拓其文，装界为册，以示余，而属余题其后。"

姚玉栋去世后，其所藏书尽归长子姚荣誉继承。《中国藏书家通典》在介绍姚玉栋之后，又接着介绍姚荣誉说：

> 子姚荣誉，字子誉，号梦鱼，别号小圃，别署东海松柏心道人，官河南鲁山知县，继承父遗书，亦能守其藏书，另建有"得月簃"，有藏书印曰"长白姚氏子誉""得月簃秘籍""水圃""荣誉族名荣庆""曾治老聃黄歇故里""长白姚氏读易楼珍藏男荣誉得月簃世宝"等。刻有《得月簃丛书》十种。

三、宦游山东二十年

王芑孙在《墓志铭》中介绍说，姚玉栋在山东做官，前后将近二十年之久。

姚玉栋做的都是地方官，知县。

姚玉栋在山东各地出任知县，王芑孙在铭文中是分作前后两段加以叙述的。

前段所述是"补宁阳……调单县……补淄川……补阳信"：

> a 宁阳——b 单县——c 淄川——d 阳信

后段所述，则是"历署博兴、利津、章丘、乐陵"：

> e 博兴——f 利津——g 章丘——h 乐陵

前后两段所述，地名毫不重复。

地名虽不重复，次序却有疑问。前段所述，井井有条。后段所述，则稍嫌紊乱。

另外，还遗漏了一处：

> j 临邑

可知姚玉栋总共在山东做过九地的知县。

现暂以 a、b、c、d、e、f、g、h、j 作为此九地知县的临时代号，分别依次考列于下：

| a 宁阳知县 |
| b 单县知县 |
| c 淄川知县 |
| d 阳信知县 |
| e 博兴知县 |
| f 利津知县 |
| g 章邱知县 |
| h 乐陵知县 |
| J 临邑知县 |

但依据我的考察，此表并不能真实反映姚玉栋在山东做官年月的顺序。

姚玉栋在山东做官年月的真实的顺序，应如下表所示：

1	e 博兴知县
2	a 宁阳知县
3	b 单县知县
4	c 淄川知县
5	g 章邱知县
6	f 利津知县
7	h 乐陵知县
8	j 临邑知县
9	d 阳信知县

1. 博兴知县

姚玉栋宦游山东的第一站是博兴。

他出任博兴知县，见于王芑孙《墓志铭》，但任职年份不明。

然而山东巡抚国泰乾隆四十五年八月初九日奏折提及此事，记录了具体的时间。

国泰奏折中有"（玉栋）于四十三年闰六月十六日到省，曾委署博兴县知县"之语（下文将具引奏折全文）。故知其初任知县之时在乾隆四十三年（1778）。

查民国《重修博兴县志》卷八"清职官表""知县"，乾隆间并无姚玉栋之名。在此前后之知县有周薰（三十九年）、燕增元（四十三年）、黄瑄（五十年）三人。

问题在于，姚玉栋始任此职是在燕增元之前，还是在燕增元之后？

《重修博兴县志》卷十二"宦绩"有燕增元小传，其中说：

> 燕增元，河南陕州人，乾隆丁丑进士，四十三年任知县。廉介爱民，煦煦如慈父母。民歌其俭，有"夫人种菜，相公著布"之谣。
>
> 郡守李涛初不喜，诮之曰："何瘦也？"增元答曰："面虽枯，心常自适。"守问："何所适？"曰："增元莅官五年，与民初无龃龉，以此自适。"守因仰思曰："吾判狱数十，惟汝县无来郡者。"遂优礼之，亲书匾文以赠曰："民其允怀。"
>
> 四十七年大水，抚臣委某道勘灾，曰："水仅尺耳，奚谓灾？"增元骤步水中，深及其胸，曰："尺水能如此乎？"道曰："休矣，燕君出，勿以致溺。贤官重吾辜。"遂白抚臣，请缓赋。
>
> 增元去后，民为立祠以祀。

小传中明言燕增元于乾隆四十三年任博兴县知县，四十七年大水仍在位，又自谓"莅官五年"，可见姚玉栋的任期必是在燕增元之前，而不可能在燕增元之后。

国泰奏折在"曾委署博兴县知县"一语之后又紧接着说："嗣奏署宁阳县知县。"从"嗣"字可知，姚玉栋委署博兴知县仅仅是短期的、暂时的。

2. 宁阳知县

姚玉栋宦游山东的第二站是宁阳。

他出任宁阳知县，见于王芑孙《墓志铭》，亦见于光绪《宁阳县志》。

但光绪《宁阳县志》于卷三"皇朝秩官表一"仅录姚玉栋之名，而未注明他具体的任职年份，并将他和严象琳二人的供职年份划于乾隆三十三年（1768）的郭撰和四十五年（1780）的孙祥凤之间。

据王芑孙《墓志铭》说：

> 君以乾隆庚寅举人拣选知县，发山东，补宁阳。故陆公燿方为按察使，荐调单县，中以事去。

姚玉栋乃"庚寅举人"，而庚寅为乾隆三十五年（1770）。故他出任宁阳知县必在中举之后的乾隆三十五年至四十五年（孙祥凤任期）之间。

据山东巡抚国泰乾隆四十五年（1780）八月初九日奏折说，

> 查有宁阳县知县玉栋……于四十三年闰六月十六日到省，曾委署博兴县知县，嗣奏署宁阳县知县，乾隆四十四年正月二十四日奉文准署任事。

可知姚玉栋宁阳知县之任始于乾隆四十四年（1779）正月。

3. 单县知县

姚玉栋宦游山东的第三站是单县。

他出任单县知县，见于王芑孙《墓志铭》，亦见于民国《续修单县志》。

依王芑孙《墓志铭》所说，姚玉栋先任宁阳知县，后任单县知县。

而据民国《续修单县志》卷五，"职官""知县"：

> （乾隆）四十六年，玉栋，满洲正白旗人，举人。

乾隆四十五年八月初九日，山东巡抚国泰有奏折，全文如下：

> 山东巡抚臣国泰跪奏，为要缺需员拣选奏调事。
>
> 窃照单县知县万在衡经臣奏请升署德州知州，仰蒙俞允，所遗单县员缺，系沿河繁、疲、难兼三要缺，例应在外拣员调补，臣与藩、臬两司于通省知县内详加拣选，非本任要缺，即人地未宜，一时实难得合例堪调之员。惟查有宁阳县知县玉栋，现年三十四岁，系正白旗春岱管领下汉军，由举人于乾隆四十三年五月初四日拣选引见，奉旨发往山东，以知县委用，于四十三年闰六月十六日到省，曾委署博兴县知县，嗣奏署宁阳县知县，乾隆四十四年正月二十四日奉文准署任事，扣满年限，已经题请实授。查该员才具明干，办事勤能，以之调补单县知县，实能胜任。惟该员历俸未满三年，与调补之例稍有未符，但人地相需，例得援例奏请，合无仰恳圣恩，准将玉栋调补单县知县，于地方实有裨益。如蒙俞允，所遗宁阳县员缺，系调补所遗，例得以试用人员补用。查有试用知县孙祥凤，现年四十八岁，浙江归安县举人，拣选知县，充补四库全书处誊录期满，议叙一等，签掣山东，引见，着发往试用，于乾隆四十四年二月二十二日到东。查该员才情明白，办事实心，前经委署馆陶县知县，并无贻误，已逾一年，试用期满，以之试署宁阳县知县，自堪胜任。照例俟试看期满，另请实授。
>
> 再，玉栋系以现任知县拣调知县，孙祥凤系以试用知县请署知县，均衔缺相当，毋庸送部引见。
>
> 又，玉栋参罚案件，除已参未准部覆者例不计算外，现在罚俸住俸案件仅止五案。该员系办差之员，本年正月初一、十五两次恭逢恩旨，例得查销。现在汇册咨部。又，孙祥凤并无参罚事件。合并陈明。为此，谨会同河东总河臣

李奉翰恭折具奏，伏祈皇上睿鉴。谨奏。

乾隆四十五年八月初九日。

此奏折涉及姚玉栋之事有六：

（1）姚玉栋系正白旗春岱管领下汉军。

（2）姚玉栋于乾隆四十五年（1780）为"现任"宁阳知县。

（3）乾隆四十三年（1778）闰六月，姚玉栋曾一度委署博兴知县。旋于次年正月署任宁阳知县。由此可见，王芑孙《墓志铭》所记姚玉栋在山东任各地知县的顺序有误，其间遗漏了他首任博兴知县之事。

（4）国泰说，姚玉栋于乾隆四十五年为三十四岁。按：王芑孙《墓志铭》曰："其卒，嘉庆四年六月三日，年五十五。"以此推算，则姚玉栋于乾隆四十五年应为三十六岁。这与国泰所说不合。

（5）王芑孙《墓志铭》曾说，"故陆公燿方为按察使，荐调单县"。此说不确。"荐调单县"之人，非山东按察使，而应是山东巡抚。国泰此奏折可证。误指陆燿的原因，也可能是源自姚玉栋本人或其家属的猜测，王芑孙只不过是以讹传讹罢了。

王芑孙在《墓志铭》的铭文中曾举例称赞姚玉栋在单县知县任内的作为：

> 始宰单父，匀如道僵。往瘗其殣，遗婴卧旁。收哺以长，有蔼慈祥。

4. 淄川知县

姚玉栋宦游山东的第四站在淄川。

他出任淄川知县，见于王芑孙《墓志铭》，亦见于道光《济南府志》。

道光《济南府志》卷三十"秩官八""淄川""知县"：

> 玉栋，满洲正白旗人，举人，四十九年任。

淄川是著名小说家蒲松龄的故乡。而姚玉栋既是曹雪芹《红楼梦》的喜爱者，也是蒲松龄《聊斋志异》的喜爱者。在淄川任职期间，他从蒲松龄裔孙手中获得《聊斋志异》佚稿四十二篇。后来，他的儿子姚荣誉把这四十二篇佚稿，以"聊斋志异拾遗"为题，刻进了他的《得月簃丛书》。

姚玉栋的前任是孙功烈，"四十七年任"。他的后任是王世腾，"五十三年任"。

从王世腾的始任年份看来，姚玉栋应于五十三年（1788）卸任。实际上不然。因为他于五十年（1785）至山东济南府章邱县赴任知县了。因此，姚玉栋淄川知县之任，应止于乾隆五十年。

5. 章邱知县

姚玉栋宦游山东的第五站在章邱。

他出任章邱知县，见于王芑孙《墓志铭》，亦见于道光《济南府志》、道光《章邱县志》。

上文已指出，他"于五十年（1785）至山东济南府章邱县赴任知县了"。

道光《济南府志》卷三十，秩官八，国朝，章邱知县，乾隆：

> 玉栋，字云浦，满洲正白旗人，五十年任，有传。

这里向我们透露了姚玉栋的表字。不知"云浦"是"筠圃"的谐音，还是"云浦"乃"筠圃"的谐音？我猜想是先有"筠圃"，后有"云浦"。

他的前任是萧学慎，"五十年任"。

他的后任是杨楷，"五十一年任"。

由此处的记载看来，姚玉栋的任期是乾隆五十年（1785）至五十一年（1786），前后约一年的光景。

在道光《济南府志》卷三十八，"宦迹六"，"章丘知县"，还有关于姚玉栋的记载：

> 玉栋，字云浦，满洲正白旗人。乾隆五十年知章丘县，勤政惠民。五十一年，岁大饥，赈济有策，全活者无数，咸感戴之。

这两处的记载再一次证明了，他的章邱知县任期，是从乾隆五十年到五十一年。

道光《章邱县志》卷七"职官表"，"乾隆"：

> 玉栋，满洲正白旗人，五十年任，有传。

其记载，除了"字云浦"三字之外，与道光《济南府志》卷三十的"秩官表"完全一样；其小传，也与道光《济南府志》卷三十八的"宦迹"毫无二致。

在章邱期间，姚玉栋曾有"救荒"的善政。王芑孙《墓志铭》的铭文记述了这件事：

> 救荒章邱，民鲜菜色。大吏闻之，颁下其式。

6. 利津知县

姚玉栋宦游山东的第六站在利津，第七站在乐陵。

他出任利津知县，见于王芑孙《墓志铭》："历署……利津……"；铭文中还说：

> 嗟君好书，亦施于政。其在利津，义学兴盛。

言之凿凿。

但咸丰《武定府志》卷十八"职官"、光绪《利津县志》卷三"职官表"、民国《利津县续志》卷五"职官表"均失载姚玉栋之名，原因不详。

7. 乐陵知县

姚玉栋宦游山东的第七站是乐陵。

他出任乐陵知县，见于王芑孙《墓志铭》："历署……乐陵，皆能其职"；铭文中并说：

> 其去乐陵，县民遮境。

同样是言之凿凿。

但咸丰《武定府志》卷十七"职官""乐陵知县"失载姚玉栋之名，原因亦不详。

那么，姚玉栋出任利津知县和乐陵知县的时间能不能可得而知呢？

上文已指出，姚玉栋章邱知县的任期是乾隆五十年（1785）至五十一年（1786），下文将指出，他临邑知县的任期是乾隆六十年（1795），阳信知县的任期是嘉庆元年（1798）至三年（1798）。不难看出，从五十一年至六十年是一个空白期。

而乾隆五十四年（1789）夏，姚玉栋在京。舒元炜与弟元炳客居其家，主持抄补《红楼梦》残本之事⑨。

上文也已指出，乾隆五十七年（1792），姚玉栋在京，曾几次邀请王芑孙夜宿其家，为读书之伴。

这证明了，姚玉栋于乾隆五十一年（1786）至五十七年（1792）期间，闲居在京。

而姚玉栋又于乾隆六十年（1795）出任临邑知县，于嘉庆元年（1796）出任阳信知县。

因此，他出任利津知县、乐陵知县的时间极可能是在乾隆五十八年（1793）、五十九年（1794）。依据王芑孙《墓志铭》的记述，是先提利津，后提乐陵，故不妨大胆断定，姚玉栋的利津之任在乐陵之前。

8. 临邑知县

姚玉栋宦游山东的第八站在临邑。

他出任临邑知县，不见于王芑孙《墓志铭》，而见于道光《济南府志》、同治《临邑县志》。

有的文章曾把"临邑"误记为同音的"临沂"。

道光《济南府志》卷三十二"秩官十""临邑知县"：

> 玉栋，姓姚氏，字筠圃，汉军人，庚寅举人。

道光《济南府志》没有注明姚玉栋任职临邑知县的年份。

他的前任是朱嵩，"二十六年任"。他的后任是王天秀，"三十年任"。由此可知，姚玉栋的任期在乾隆二十六年（1761）至三十年（1765）之间。

姚玉栋任临邑知县，又见于同治《临邑县志》卷七"职官志"，"知县"：

> 姚玉栋，汉军人，举人，乾隆间任。

同治《临邑县志》同样没有注明具体年份，只说他是"乾隆间任"，而没有说在哪一年。这有两种可能性。

可能性之一：编纂府志和县志的人士均不知晓姚玉栋任职起始和终止的年份，也没有从有关档案记载中查到他的任职年份，而只查出是在乾隆之时，所以使用了一个含混的说法（"乾隆间任"）。

可能性之二：在《临邑县志》中，姚玉栋名列乾隆时期知县之末位。而他的前任知县程华是"乾隆六十年署任"，他的后任知县王定恒是"嘉庆三年署任"。可知他的任期起于乾隆六十年，止于嘉庆三年。

比较起来，可能性之一的几率不大，

这从该县志职官表的排列顺序可以看出端倪。兹依次列举《临邑县志》所载乾隆间知县的名单于下：

> 关键：乾隆五年任。
>
> 吴儒清：乾隆十七年任。
>
> 蔡应彪：乾隆二十年任。
>
> 瑞泰：乾隆二十二年任。
>
> 冀国勋：乾隆二十四年署任。
>
> 徐名道：乾隆二十四年署任。
>
> 李华钟：乾隆间任。
>
> 许天成：乾隆二十四年署任。

朱必壎：乾隆二十五年任。

朱嵩：乾隆二十六年任。

王天秀：乾隆三十年任。

董朱英：乾隆三十年任。

汤桂：乾隆三十九年任。

陈洛书：乾隆三十四年任。

孙续：乾隆三十九年任。

孙理：乾隆三十九年署任。

史集梧：乾隆四十二年署任。

李汝堂：乾隆四十三年任。

梅云驹：乾隆四十四年署任。

温颖：乾隆四十八年兼理。

稽承群：乾隆四十八年署任。

魏博：乾隆四十九年任。

张耀台：乾隆五十一年署任。

吴于宣：乾隆五十三年任。

原逊志：乾隆五十七年任。

程华：乾隆六十年署任。

姚玉栋：乾隆间任。

王定恒：嘉庆三年署任。

其中有两点值得注意。

第一点，这个排列是严格地以任职年份为序的，一无例外。

第二点，用"乾隆间"交代任期的不止姚玉栋一人。同样被使用这个说法的另一人是李华钟。李华钟的前二任为冀国勋与徐名道，他们二人都是"乾隆二十四年署任"；李华钟的后任为许天成，此人也是"乾隆二十四年署任"。由此看来，李华钟夹在前二人与后一人之间，他的任期必定是短暂的，起于这一年，也止于这一年。以李华钟之例看姚玉栋，则夹在程华与王定恒之间的姚玉栋，他的临邑知县任期也必然应是开始于乾隆六十年（1795），结束于嘉庆三年（1798），或嘉庆三年之前。

为什么说是"或嘉庆三年之前"呢？

因为上述引文中的"乾隆间任"的说法极可能是指当年（李华钟：乾隆二十四年；或姚玉栋：乾隆六十年）。

这有旁证：姚玉栋于嘉庆元年（1796）出任阳信知县，见于咸丰《武定府志》、民国《阳信县志》的记载。

姚玉栋于嘉庆元年任阳信知县。则他任临邑知县的时间当为乾隆六十年（1795）而不可能晚至嘉庆元年至三年（1798）间。

9. 阳信知县

姚玉栋宦游山东的第九站，也是最后一站，在阳信。

他出任阳信知县，见于王芑孙《墓志铭》，亦见于咸丰《武定府志》、民国《阳信县志》。

咸丰《武定府志》卷十六，"职官"，"阳信知县"，"嘉庆"：

> 玉栋，内务府正白旗人。举人，元年任。

民国《阳信县志》卷二"职官志""县令"也作："玉栋，内务府正白旗人。举人，嘉庆元年任。"

他的前任是李文鹏，乾隆五十九年任。他的后任是赵湘，嘉庆三年任。可知他在任是从嘉庆元年（1796）至嘉庆三年（1798），大约两年左右。

另据嘉庆三年《缙绅录》"阳信"：

> 知县加一级：玉栋，奉天正白旗人，举人，元年三月题。

由此可知，至嘉庆三年（1798），姚玉栋犹在阳信知县之任。这是姚玉栋生前宦游山东的最后一站，难怪王芑孙把姚玉栋的这个官衔写进了《墓志铭》的标题。

四、姚玉栋年表

现据上文所述，制姚玉栋简略年表于下：

乾隆九年（1744）生。

乾隆三十五年（1770）中举。

乾隆四十三年（1777）闰六月任博兴知县。

乾隆四十四年（1778）正月任宁阳知县。

乾隆四十六年（1781）任单县知县。

乾隆四十九年（1784）任淄川知县。

乾隆五十年（1785）任章邱知县。

乾隆五十四年（1789）夏，在京。舒元炜与弟元炳客居姚玉栋家中，主持抄补《红楼梦》残本之事[12]。

乾隆五十七年（1792）在京。曾几次邀请王芑孙宿于其家，为读书之伴。六月中，曾与十七位友人（文宁、王又亮、陶涣悦、洪亮吉、胡翔云、罗聘、周厚辕、宋鸣琦、吴嵩梁、姚思勤、卢锡埰、陆元铉、张道渥、曹锡龄、刘锡五、何道生、徐準）有积水潭之游。

乾隆五十八年（1793）任利津知县。

乾隆五十九年（1794）任乐陵知县。

乾隆六十年（1795）任临邑知县。

嘉庆元年（1796）任阳信知县。

嘉庆四年（1799）六月十四日卒，年五十五。

注释：

①《渊雅堂全集》,《剔甫未定稿》卷十三。

②"荣庆"乃是谱名，后改名"荣誉"。

③中国第一历史档案馆：《宫中朱批奏折》。

④《渊雅堂全集》"惕甫未定稿"卷六。

⑤《渊雅堂全集》"编年诗稿"卷十四。

⑥《中国藏书家通典》，中国国际文化出版社，2016年。

⑦《清稗类钞》"鉴赏类"之二。

⑧《渊雅堂全集》"剔甫未定稿"卷六。

⑨见舒元炜序文。

《红楼梦》舒本第五回首页行款异常问题试解

所谓"舒本"是指《红楼梦》舒元炜序本；所谓"首页"是指第 1 叶的前半叶。本文从考察舒本第五回首页正文每行字数异常状况出发，再进而考察该回回前诗的插入、回目的异同，对舒本第五回首页前后两个底本来源问题作深入的探讨。

本文讨论的对象是舒本第五回的首页①。

翻开舒本第五回首页，一眼望去，不难发现，它的版面行款存在着一些异常的问题。

所谓"异常"，是指它有异于舒本其他的三十九回的首页。

这"异常"有着什么样的表现？

产生这种"异常"状况的原因何在？

这种"异常"又和第五回的底本问题有着何等样的联系？

这就是本文试图解答的问题。

一、舒本正文每页每行的字数

舒本每页每行正常的字数是 24 字。一般书目的著录都是如此记载。

但是，这个说法不够准确。

在舒本四十回中，正文每行保持 24 字的，见于下列二十九回：

```
1   2   3   4   9   10  12  13
14  15  17  18  21  22  25
26  27  28  29  30  31  32
33  34  35  37  38  40
```

下剩的 11 回都有例外。例外主要表现为每行 25 字、23 字或 26 字。

正文每行增为 25 字的，有下列 53 行，分见于下列 10 回：

回次	5	6	7	8	16	19	20	24	36	39
行数	3	12	4	4	1	15	5	2	6	1

正文每行字数减为 23 字的，仅见于 1 回（第 11 回）1 行。

正文每行字数增为 26 字的，也仅见于 1 回（第 24 回）2 行。

最奇怪的是第 5 回首页。它的正文有 5 行（第 5 行至第 9 行）。除了第 9 行仍维持 24 字外，其他 4 行都超出了 24 字。

二、第五回正文每行有多少字？

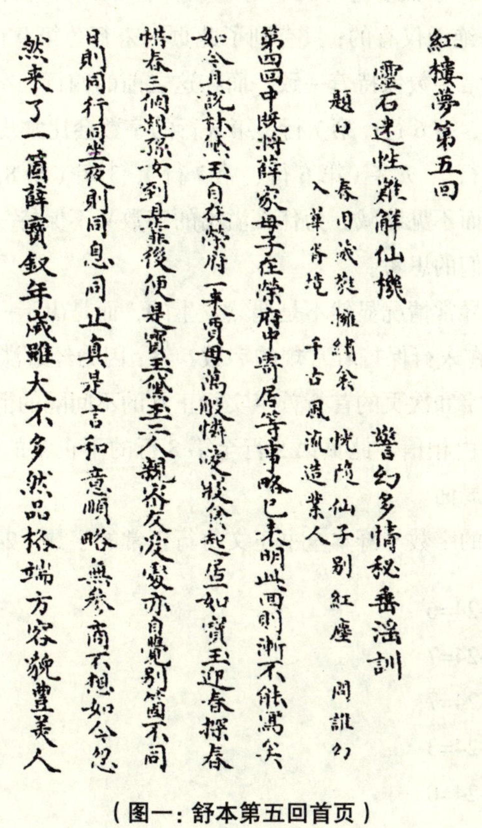
紅樓夢第五回
靈石迷性難解仙機　警幻多情秘垂淫訓
題曰　春困葳蕤擁綉衾　恍隨仙子別紅塵　問誰幻
入華胥境　千古風流造業人
第四回中既將薛家母子在榮府中寄居等事略已表明此回則漸不能寫矣
如今且說林黛玉自在榮府一來賈母萬般憐愛寢食起居一如寶玉迎春探春
惜春三個親孫女倒且靠後便是寶玉黛玉二人親密友愛亦自覺別個不同
日則同行同坐夜則同息同止真是言和意順略無參商不想如今忽
然來了一箇薛寶釵年歲雖大不多然品格端方容貌豐美人

（图一：舒本第五回首页）

舒本第五回首页正文位于第 5 行至第 9 行。

现按原来格式将舒本第五回首页这五行正文引录于下（参见图一）：

第四回中既将薛家母子在荣府中寄居等事略已表明此回则渐不能写矣

如今且说林黛玉自在荣府一来贾母万般怜爱寝食起居一如宝玉迎春探春

惜春三个亲孙女到且靠后便是宝玉黛玉二人亲密友爱处亦自觉别个不同

日则同行同坐夜则同息同止真是言和意顺略無参商不想如今忽
然来了一个薛宝钗年岁虽大不多然品格端方容貌丰美人

这五行字数的多寡见于下表所列：

行次	5	6	7	8	9
字数	30	31	31	27	24

从此表可以看出，字数多者（31）与字数少者（24）竟然相差七个字之多，这在舒本全书算得上是绝无仅有的；只有到了此页的末行（第9行），其字数（24）方与全书正文每行的正常字数保持着一致。而在这之前的四行，字数均告涨溢。

为什么在第5行、第6行、第7行、第8行的字数会比常规的字数（每行24字）分别溢出6字（第5行）、7字（第6行、第7行）、3字（第8行）不等？为什么这四行的字数只见溢涨而不见缩减？为什么溢出的字数又不保持一律而致参差不齐？

这不能不引起我们的思考。

我认为，这种种异常情况显然不是偶然发生的，而是出于一种有意的改动。

问：为什么恰恰在末行保持着常规的字数？答：因为经过涨溢的改动之后，正好可以使此页的末行末字和次页的首行首字实行正常的不间隔的衔接。

因此，我们有理由相信，此页第5行至第8行的不正常的字数，乃是因后来者的临时插入而造成的局面。

试请细看这四行的字数与舒本全书正文每行正常的字数（24）的比较：

第5行：30-24=6

第6行：31-24=7

第7行：31-24=7

第8行：27-24=3

第9行：24-24=0

这五个数字（6、7、7、3、0）相加的结果是：

6+7+7+3+0=23

我们不会忘记，舒本全书正文每行的正常的数字是24。而23，这正好是和24毗邻的数字！它恰恰接近于和每行正常的字数吻合。

为什么会发生这样的情况？原因何在？

三、第五回首页有几行？

舒本第五回首页的异常，除了表现在每行的字数上，还表现在此页的行数上。

按照舒本全书的格式，每页均为8行。在第五回之外的其他三十九回首页，一无例外（参见图二）：

第1行	书名＋回数
第2行	回目
第3行至第8行	正文

但在第五回首页却起了变化（参见图一）：

第1行	书名＋回数
第2行	回目
第3行 第4行	回前诗
第5行至第9行	正文

和正常的第一回首页相比：

（1）第1行、第2行没有变化。

（2）第3行、第4行多出了特有的回前诗一首。

（3）行有疏有密，不够匀称。

（4）正文不是8行，而是9行。

四、八行变成了九行

舒本第五回首页正文每行字数异常的原因在于此页行数的异常：1页8行变成了1页9行。

舒本第5回首页的异常，除了表现在每行的字数上，还表现在此页的行数上。

按照舒本全书的格式，每页均为8行。在第五回之外的其他三十九回，一无例外。以第一回为例（参见图二）：

第1行	书名＋回数
第2行	回目
第3行至第8行	正文

但在第五回首页却起了变化（参见图一）：

第 1 行	书名 + 回数
第 2 行	回目
第 3 行 第 4 行	回前诗
第 5 行至第 9 行	正文

和正常的第一回首页相比较：

（1）第 1 行、第 2 行没有变化。

（2）第 3 行、第 4 行多出了特有的回前诗一首。

（3）行有疏有密，欠匀称。

（4）正文不是 8 行，而是 9 行。

问题指向哪里呢？

五、后来者：回前诗

问题指向临时插入的后来者。

这个后来者就是我们现在看到的舒本第五回的回前诗：

春困葳蕤拥绣衾，恍随仙子别红尘。问谁幻入华胥境，千古风流造业人。

此回前诗，存在着四个引人注意的问题：

（1）在舒本现存四十回中，有回前诗的仅仅两回。一个便是这第五回，另一个则是第二回（"一局输赢料不真，香销茶尽尚逡巡。欲知目下兴衰兆，须问旁观冷眼人"）。

（2）舒本第五回的回前诗前面的提示语为"题曰"，而舒本第二回的回前诗前面的提示语是"诗云"。二者不一致。这似可表明，二者非出一源。

（3）舒本第五回的回前诗排列的格式，与第二回的回前诗也不同。舒本第二回的回前诗占三行（"诗云"占一行；诗句占两行）。而第五回的回前诗仅占两行（"题曰"二字与诗句的前 17 字占 1 行，诗句的后 11 字占 1 行）。

（4）舒本第五回回前诗的字体明显地小于此页其他的字。它所占有的的两行也比较拥挤，实际上相当于通常的 1 行的地位。既然是 2 行等于 1 行，那么，这正符合舒本每页 8 行的规格。

因此，不难看出，舒本第五回的回前诗确实是后来插入的。此回原先并没有回前诗（换言之，舒本第五回所依据的底本上，此回是没有回前诗的）。而且这个插入的时间应是在抄手已经抄完了第 1 页和第 2 页之后（或者说，也有可能是在抄手已经抄完了第五回全回之后）。

为了要在已抄缮完毕的 1 页上插入这首回前诗，为了要在插入回前诗之后使此页的末行末字能够和次页的首行首字实行“无缝对接”，便不得不在此页的行款上作必要的变更。

插入回前诗，因而破坏了原来的格局——这就是造成舒本第五回首页呈现异常状况的缘由。

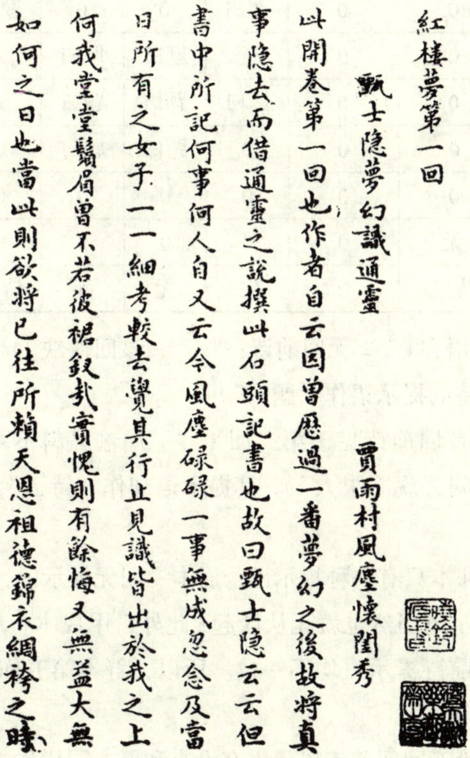
紅樓夢第一回
甄士隱夢幻識通靈　賈雨村風塵懷閨秀
此開卷第一回也作者自云因曾歷過一番夢幻之後故將真事隱去而借通靈之說撰此石頭記書也故曰甄士隱云云但書中所記何事何人自又云今風塵碌碌一事無成忽念及當日所有之女子一一細考較去覺其行止見識皆出於我之上何我堂堂鬚眉曾不若彼裙釵我實愧則有餘悔又無益大無如何之日也當此則欲將已往所賴天恩祖德錦衣紈袴之時

（图二：舒本第一回首页）

六、回前诗的提示语

在一般的情况下，回前诗字形的大小，应和全书正文字形大小保持着一致，给人以浑然一体的感觉。然而舒本第五回首页第 3 行、第 4 行的提示语"题曰"二字以及回前诗 28 字，其字形显然小于正文诸字，显示出它们是一个临时插入的后来者的角色。

回前诗一般均在诗前设置提示语二字。现存脂本所用的提示语有"诗云""诗曰""题曰"等。偶尔也有不设提示语的。

现将脂本四十回之前各回回前诗提示语列举于下：

回	甲戌本	庚辰本	己卯本	杨本	蒙本	戚本	彼本	眉本	梦本
2	诗云	诗云	诗云	诗曰	诗云	诗云	无	无	0
4	0	0	0	题曰	0	0	题曰	题曰	0
5	0	0	0	无	题曰	题曰	×	题曰	0
6	题曰	0	0	题曰	题曰	题曰	×	题曰	0
7	题曰	0	0	0	题曰	题曰	0	0	0
8	题曰	0	0	0	0	0	0	0	0
13	诗云	无	0	0	0	0	0	×	0
17	×	诗曰	0	诗曰	无	无	诗曰	×	0

（"无"＝无提示语；"0"＝无回前诗；"×"＝该回佚缺。）

舒本第五回回前诗的提示语作"题曰"。

舒本仅有的另一首回前诗见于第二回（"一局输赢料不真，香销茶尽尚逡巡。欲知目下兴衰兆，须问旁观冷眼人"）。其提示语却作"诗云"，与第五回不同。（参见图三。）

在脂本之中，己卯本只有一种提示语，眉本一回无提示语，另三回均作"题曰"，梦本全无回前诗，提示语当然也就无从谈起；此外，甲戌本、庚辰本、杨本、眉本、戚本、彼本各回的回前诗提示语均不一致。所以，舒本第五回和第二回的回前诗提示语亦复如此，不足为奇。

重要的是，各本第五回回前诗提示语有没有和舒本同样作"题曰"的？

经查，有。正是蒙本、戚本、眉本第五回回前诗提示语也作"题曰"。它也不同于杨本的无提示语。

因此，从回前诗提示语的角度说，舒本第五回回前诗提示语有来源于蒙本、戚本、眉本（或其底本）的可能性。

那么，这个可能性到底是否存在呢？

这就要考察第五回的那首回前诗本身了。

七、从有无、异同的比较寻找回前诗的来源

　　查现存脂本，有第五回者包括舒本、甲戌本、己卯本、庚辰本、杨本、蒙本、戚本、眉本、梦本九种。

　　在这九种脂本的第五回中，有无回前诗的情况见于下表：

舒本	有回前诗
杨本	有回前诗
蒙本	有回前诗
戚本	有回前诗
眉本	有回前诗
甲戌本	无回前诗
己卯本	无回前诗
庚辰本	无回前诗
梦本	无回前诗

　　（彼本缺第五回，其中有无回前诗不详。）

　　这就给了我们寻觅舒本第五回首叶的底本问题提供了很大的方便。

　　底本实际上有两个。一个是舒本第五回首页没有修改前（即原无回前诗）的底本，可称之为底本甲；另一个是舒本第五回首页已经修改后（即插入回前诗）的底本，可称之为底本乙。

　　舒本第五回首页既然出现了修改的痕迹，因此在寻找底本甲时，便首先要排除第五回拥有回前诗的四种脂本：杨本、蒙本、戚本、眉本（或其底本），然后再到这四种之外的甲戌本、己卯本、庚辰本、梦本等的范围内去寻找。而在寻找底本乙时，正好要沿着相反的途径。

　　杨本、蒙本、戚本、眉本四种或它们的底本便构成了舒本第五回后来插入的回前诗的来源。

　　但舒本、杨本、蒙本、戚本、眉本此回回前诗的诗句却存在着异文。异文出现在末句：

　　　千古风流造业人（舒本、杨本、蒙本、眉本）

　　　千古风流造孽人（戚本）

如果戚本的"孽"字不是出于后人（例如狄平子等）的改动，则舒本此回的回前诗当非来自戚本。

杨本、蒙本、戚本、眉本四种，在有回前诗这一点上，和舒本相同。而更引人注意的是，在此回的回目上它们也和舒本相同。

八、回目的异同

现存九种脂本的第五回回目也有歧异。其异文可以分为六种：

版 本	回 目
舒本	灵石迷性难解仙机 警幻多情秘垂淫训
眉本	灵石迷性难解仙机 警幻多情密垂淫训
蒙本 戚本	灵石迷性难解仙机 惊幻多情秘垂淫训
甲戌本	开生面梦演红楼梦 立新场情传幻境情
己卯本 庚辰本 杨本	游幻境指迷十二钗 饮仙醪曲演红楼梦
梦本	贾宝玉神游太虚境 警幻仙曲演红楼梦

其中舒本、眉本、蒙本、戚本四种的回目是基本上相同的，仅仅有"秘"与"密"，"警"与"惊"的区别。

所以，从舒本第五回首页所抄写的的回目看，它当与蒙本、戚本、眉本的回目同一来源。

但这里却又出现了一个奇怪的问题：舒本第五回回目开始的字位有异于舒本其他的三十九回。

从其他的三十九回看，舒本各回回目上下联独占 1 行，其上联首字均占第 3 字位，第 1 字位、第 2 字位是空白。例如第一回的回目：

甄士隐梦幻识通灵　　　　贾雨村风尘怀闺秀

而第五回回目所处的位置却与此有同有异。相同的是，都独占一行；相异的是，其上联首字却不在第 3 字位，而是处于第 2 字位，升高了一个字位，也就是说，其前只有一个空白的字位，而不是有两个空白的字位，如下：

灵石迷性难解仙机　　　　警幻多情秘垂淫训

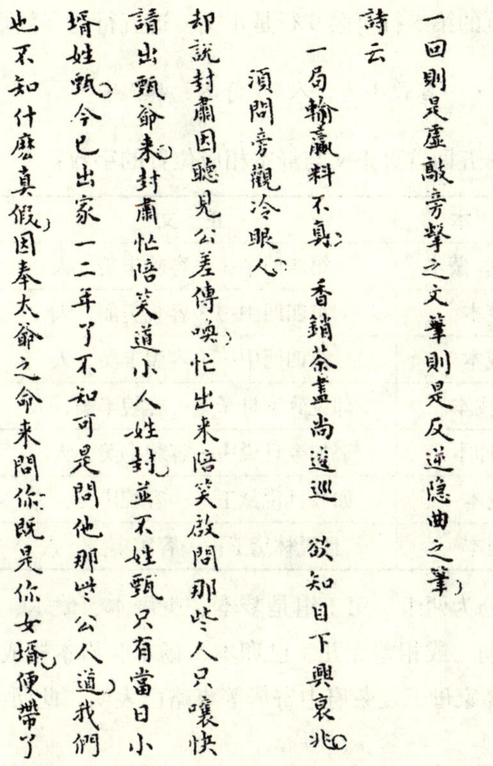
一回則是虛敲旁擊之文筆則是反逆隱曲之筆。
詩云
一局輸贏料不真。香銷茶盡尚逡巡。欲知目下興衰兆。
須問旁觀冷眼人。
却說封肅因聽見公差傳喚。忙出來陪笑啟問那些人只嚷快
請出甄爺來。封肅忙陪笑道小人姓封。並不姓甄只有當日小
婿姓甄。今已出家一二年了不知可是問他那些公人道。我們
也不知什麽真假。因奉太爺之命來問你既是你女婿。便帶了

（图三：舒本第二回第 3 页）

一个字位的挪移，破坏了原先的格局。这表明，此回目亦非舒本第五回原先所有，而是跟着回前诗一起从别的脂本上搬运过来的。否则就不会无端上提一个字位。

如果这个推测能够成立，则这个回目（“灵石迷性……”）极可能是和回前诗同样来自杨本、蒙本、戚本、眉本（或其底本）。

九、正文的字数

上文所说的底本问题（底本甲、底本乙），仅仅涉及回目和回前诗，而与正文无干。

寻找第五回首页正文的底本则需另辟途径。

现在试从舒本第五回首页正文与其他脂本第五回首页正文的比较入手，来判断它和哪个或哪几个脂本的关系最亲近。

在这一节先比较字数的多寡，在下一节再比较文字的异同。

舒本第五回首页的第5行至第9行是正文。这五行的字数则是：

"第四回中……容貌丰美，人"（舒本，143字）

再看其他脂本第五回首页正文与舒本相应位置的字数：

版　本	正　文	字数
庚辰本 蒙本	第四回中……容貌丰美，人	145
梦本	第四回中……容貌美丽，人	143
戚本	第四回中……容貌丰美，人	139
甲戌本	却说薛家母子……容貌丰美，人	140
己卯本	如今且说……容貌丰美，人	119
杨本	如今且说黛玉……容貌丰美，人	113
眉本	且说林黛玉……容貌丰美，人	109

以上数字可以分为两组。第1组是梦本、庚辰本、蒙本、戚本、甲戌本，它们的字数或和舒本相同，或相差无几。己卯本、杨本、眉本构成第2组，它们由于缺少"第四回中既将薛家母子在荣府中寄居等事略已表明，此回则暂不能写矣"两句，与舒本出入较大。

因此，在第五回首页正文字数上，与舒本完全相同的是梦本一种，与舒本最接近的是庚辰本、蒙本两种，与舒本比较接近的是戚本、甲戌本两种，而与舒本距离较远的则是己卯本、杨本、眉本。

这就引出了舒本第五回首页正文的底本：可能是梦本、庚辰本、蒙本，也可能是甲戌本、戚本。

这个结论的正确与否，还有待于考察第五回首页正文文字的结果。

十、正文的歧异

舒本第五回首页正文，可分为三个小段落，如下：

第四回中既将薛家母子在荣府中寄居等事略已表明，此回则渐不能写矣。

如今且说林黛玉自在荣府，一来贾母万般怜爱，寝食起居一如宝玉，迎春、探春、惜春三个亲孙女到且靠後。便是宝玉、黛玉二人亲密友爱处，亦自觉别个不同，日则同行同坐，夜则同息同止，真是言和意顺，略无参商。

不想如今忽然来了一个薛宝钗，年岁虽大多，然品格端方，容貌丰美，人……

比较——

（1）第一小段"第四回中……不能写矣"，庚辰本、蒙本、戚本、梦本基本上同于舒本，而己卯本、杨本、眉本无之。甲戌本则起首"第四回中既将"六字简作"却说"，其余仍同于舒本。

（2）第二小段"如今且说……略无参商"，庚辰本、蒙本、戚本、梦本、甲戌本以及己卯本、杨本、眉本基本上同于舒本；但个别字句有出入："一来"，甲戌本、戚本、杨本、眉本作"以来"；"迎春、探春、惜春三个"，梦本作"迎惜探三个"；"三个"，眉本作"等"；"亲"，梦本无；"到且靠后"，杨本作"且打靠后"；"便是"，己卯本、蒙本、戚本作"就是"；"之"，其他脂本均无；"处"，甲戌本无；"亦自觉"，甲戌本、己卯本、蒙本、戚本、杨本作"亦自较"，梦本作"亦较"，眉本作"较"；"同息同止"，梦本作"同止同息"；"略无参商"，梦本作"似胶如漆"。

（3）第三小段"不想如今……人"，也是庚辰本、蒙本、戚本、梦本、甲戌本以及己卯本、杨本、眉本基本上同于舒本；也是但个别字句有出入："忽然"，眉本无，蒙本、戚本作"忽"；"年岁"，己卯本、杨本作"岁数"，蒙本、戚本、眉本作"年纪"；"丰美"，梦本作"美丽"。

从第一小段可以看出，与舒本相同的是庚辰本、蒙本、戚本、梦本，与舒本基本上相同的是甲戌本，而与舒本不同的是己卯本、杨本、眉本。这构成了基调。而第二、三小段的异文则对这个基调没有产生重大的影响。

也就是说，对舒本第五回首页正文考察的结果是：在版本关系上，它与庚辰本、蒙本、戚本、梦本、甲戌本亲近，与己卯本、杨本、眉本疏远。

十一、结语

（1）舒本第五回首页版面行款存在着异常的状况：正文字体大小不一、每行字数多寡不侔；回目上下位置与其他三十九回不同；回前诗字体小于正文字体。

（2）舒本第五回回前诗是后来插入的。因而导致此页多出了1行。

（3）插入的回前诗来源于蒙本、戚本、眉本（或其底本）中的一种。

（4）随着回前诗的插入，回目也被更替。新的回目和蒙本、戚本、眉本（或其底本）同一来源。

（5）由于回前诗的插入，破坏了原先的格局。

（6）此页正文每行字数多寡不同，其原因在于：第一，因插入回前诗两行挤进一行。第二，为了保持此页末行末字与次页首行首字的不间隔的衔接，不得不把被挤掉的6行文字分散地放置到5行中去。也就是说，版面行款的变动仅仅限于首页，不涉及次页。

（7）舒本第五回首页的正文，与庚辰本、蒙本、戚本、梦本、甲戌本亲近，与己卯本、杨本、眉本疏远。

此文所论述，仅限于舒本的第五回，不涉及舒本的其他各回。此文所得出的结论，仅适用于舒本的第五回，对舒本的其他各回不一定适合[②]。

注释：

①这里所说的"首页"即第1叶的前半叶。"页"，有的学者一般称之为"半叶"，或以a和b分别代表前半叶和后半叶。拙文此处以"页"代指"半叶"，简易可行，以免辞费，读者谅之。

②关于这一点，我将另撰专文加以阐述。

移花接木：从柳湘莲上坟说起

——《红楼梦》创作过程研究一例

细读《红楼梦》，发现书中存在着几个疑窦。

这几个疑窦的存在，是孤立的现象，还是互有牵连？

这几个疑窦的存在，有助于说明曹雪芹创作过程中的什么问题？

——这就是我的发现、思考和解释。写在下面，向同道和广大读者求教。

一、柳湘莲上坟

柳湘莲上坟之事，见于《红楼梦》第四十七回 "呆霸王调情遭苦打，冷郎君惧祸走他乡"。他上的是秦钟之坟。引庚辰本于下：

> 宝玉便拉了柳湘莲到厅侧小书房中坐下，问他："这几日可到秦钟的坟上去了？"

> 湘莲道："怎么不去？前日我们几个人放鹰去，离他坟上还有二里，我想今年夏天的雨水勤，恐怕他的坟站不住，我背着众人走去，瞧了一瞧，果然又动了一点子。回家来，就便弄了几百钱，第三日一早出去，雇了两个人收拾好了。"

> 宝玉道："怪道呢，上月我们大观园的池子里头结了莲蓬，我摘了十个，叫茗烟出去到坟上供他去。回来我也问他，可被雨冲坏了没有？他说，不但不冲，且比上回又新了些。我想着，不过是这几个朋友新筑了。我只恨我天天圈在家里，一点儿做不得主，行动就有人知道，不是这个拦，就是那个劝的，能说不能行。虽然有钱，又不由我使。"

> 湘莲道："这个事也用不着你操心，外头有我，你只心里有了就是。眼前十月一，我已经打点下上坟的花消。你知道我一贫如洗，家里是没的积聚，总有

几个钱文，随手就光的。不如趁空儿留下这一分，省得到了跟前扎手。"

这几段文字，现存的脂本（彼本、蒙本、戚本、梦本）均基本上同于庚辰本。

这番对话令读者感到诧异。

我们记得，在书中，关于秦钟逝世的叙述见于第十六回"贾元春才选凤藻宫，秦鲸卿夭逝黄泉路"的末尾和第十七回"大观园试才题对额，荣国府归省庆元宵"的开首，柳湘莲的登场则见于这一回（即第四十七回）。除上述引文之外，书中再无其他片言只字涉及秦钟和柳湘莲二人事迹的交集。从现存的《红楼梦》本文看，可以说，在秦钟生前，他并没有和柳湘莲见面和结交的机会。那么，他们二人的友谊从何而来呢？

曹雪芹的《红楼梦》以细针密缕见长，书中甚少闲文赘笔，何以此处突然出现这样一段娓娓而谈的对话？着实令人不解。

这是第一个疑窦。

难道这竟是曹雪芹大师的败笔？

我宁肯不相信。

一定另有原因。这需要我们去寻找。

二、贾政为什么会出现在第六十七回？

在《红楼梦》中，贾政有过一段出差在外的经历。

此次出差初见于第三十七回"秋爽斋偶结海棠社，蘅芜苑夜拟菊花题"开首。引庚辰本于下：

> 这年贾政又点了学差，择于八月二十日起身。是日，拜过宗词（祠）及贾母起身诸事，宝玉诸子弟等送至洒泪亭。
>
> 却说贾政出门去后，外面诸事不能多记。单表宝玉……

这一段文字，同于或基本上同于庚辰本的，有己卯本、蒙本、戚本、梦本。

没有这一段文字的，是彼本、杨本。它们根本没有提及贾政"出门"之事，径以"却说宝玉……"作为本回的开端。

舒本则记事比较简略，既不同于己卯本、庚辰本、蒙本、戚本、梦本，也不同于彼本、杨本，而是介于二者之间，但却明确地点出了"出差"和"去外边"：

> 却说贾政出差去外边，诸事不能多记。单表宝玉……

那么，贾政此次出差又是何时返回京城和贾府的呢？

第七十回"林黛玉重建桃花社，史湘云偶填柳絮词"有三处文字写到了贾政，引庚辰本于下：

> 这日，众姊妹皆在房中侍早膳毕，便有贾政书信到了。宝玉请安，将请贾母的安禀拆开，念与贾母听。上面不过是请安的话，说六月中准进京等语。其余家信事务之帖，自有贾琏和王夫人开读。众人听说六七月回京，都喜之不尽……
>
> 原来林黛玉闻得贾政回家，必问宝玉的工课，宝玉肯分心，恐临期吃了亏，因此自己只妆作不耐烦，把诗社便不起，也不以外事去勾引他……
>
> 可巧近海一带海啸，又遭遇了几处生民，地方官题本奏闻，奉旨就着贾政顺路查看赈济回来。如此算去，至冬底方回……

以上三处文字，其他脂本基本上同于庚辰本。

可知贾政于该年年底（"冬底"^①）方能返京。

让我们接着再看第七十一回"嫌隙人有心生嫌隙，鸳鸯女无意遇鸳鸯"的开首。引庚辰本于下：

> 话说贾政回京之后，诸事完毕，赐假一月，在家歇息。因年景渐老，事重身衰，又近因在外几年，骨肉离异，今得晏然复聚于庭室，自觉喜幸不尽，一应大小事务，一概亦发付于度外，只是看书闷了，便与清客们下棋吃酒，或日间在里面母子、夫妻共叙天伦庭闱之乐。

以上文字，除杨本^②外，其他脂本基本上同于庚辰本。

从第七十回、第七十一回这几段文字，可以知道：从第三十七回起，至第七十回止，贾政一直不在京，不在贾府。

为什么要强调这个结论呢？

因为在现存的《红楼梦》中，在第六十四回的贾敬丧事活动中，居然出现了贾政的身影！

贾政的身影四次出现于第六十四回中。庚辰本缺此回。己卯本第六十四回不见贾政的身影，

但在其他脂本（彼本、蒙本、杨本、梦本）的第六十四回中，贾政却赫然亮相。现先引己卯本有关文字于下：

> 至次日饭时前后，果见贾母、王夫人等到来，众人接见已毕，略坐了一坐，吃了一杯茶，便领了王夫人等人，过宁府中来，只听见里面哭声震天，却是贾赦、贾琏a送贾母到家，即过这边来了。
>
> 当下贾母进入里面，早有贾赦、贾琏b率领族中人哭着迎了出来，他父子一边一个挽了贾母走至灵前，又有贾珍、贾蓉跪着扑入怀内痛哭。
>
> 贾母暮年人，见此光景，亦搂了珍、蓉等痛哭不已。贾赦、贾琏c在傍苦劝，方略略止住……
>
> 又过了数日，乃贾敬送殡之期。贾母犹未大愈，遂留宝玉在家侍奉。凤姐因未曾甚好，亦未去。其余贾赦、贾琏d、邢夫人、王夫人等率领家人仆妇，都送至铁槛寺，至晚方回。

引文中的四个"贾琏"，分别以a、b、c、d标示。

"贾琏a"，彼本、蒙本、杨本、梦本作"贾政"，戚本作"贾瑞、贾珖"。

"贾琏 b"，戚本无，蒙本、杨本、梦本作"贾政"。③

"贾琏 c"，彼本、蒙本、杨本、梦本作"贾政"，戚本作"合（和）众人"。

"贾琏 d"，彼本、蒙本、戚本、杨本、梦本作"贾政"。

看到了现存各脂本之间关于贾琏、贾政两个人名的歧异与纠缠，使我们明白，在这一回，己卯本压根儿没有让贾政露面；彼本、蒙本、杨本、梦本则在三处都安排了贾政出场；戚本只在一处保留了"贾政"之名，而在另外三处，或删去此名，或将此名分别改易为"贾瑞、贾珖"、"合（和）众人"。

试问，己卯本、戚本为什么要改掉贾政的名字？

答曰：因为这和第三十七回和第七十回的情节叙述抵牾。

贾政出差在外未归，却让他突兀现身于贾府，这难道又是曹雪芹大师的败笔？

我依然不相信。一定另有原因。

这需要我们继续去寻找。

三、尤二姐、尤三姐初次登场是在哪一回？

在大多数读者的印象中，尤二姐、尤三姐的初次登场应该是在第六十三回"寿怡红群芳开夜宴，死金丹独艳理亲丧"。那是在贾敬的葬礼之后。引庚辰本于下：

> 贾珍父子星夜驰回，半路中又见贾瑞、贾珖二人领家子（丁）飞骑而来，看见贾珍，一齐滚鞍下马请安。
>
> 贾珍忙问作什么。贾瑞回说："嫂子恐哥哥和侄儿来了，老太太路上无人，叫我们两个来护送老太太的。"
>
> 贾珍听了，赞称不绝。又问家中如何料理，贾瑞等便将如何拿了道士，如何挪至家庙，怕家内无人，接了亲家母和两个姨娘，在上房住着。
>
> 贾蓉当下也下了马，听见两个姨娘来了，便和贾珍一笑。
>
> 贾珍忙说了几声"妥当"，加鞭便走，店也不投，连夜换马飞驰。
>
> ……
>
> （贾珍）一面先打发贾蓉家中料理停灵之事。
>
> 贾蓉得（巴）不得一声儿，先骑马飞来。至家，忙命前厅收桌椅，下槅扇，挂孝幔子，门前起鼓手篷、牌楼等事，又忙着进来看外祖母、两个姨娘。
>
> 原来尤老安人年高喜睡，常歪着了。他二姨娘、三姨娘都和丫头们作活计。他来了，都道烦恼。

贾蓉且嘻嘻的望他二姨娘笑说："二姨娘，你又来了。我们父亲正想你呢。"

尤二姐便红了脸，骂道："蓉小子，我过两日不骂你几句，你就过不得了，越发连个体统都没了。还亏你是大家公子哥儿，每日念书学礼的，越发连那小家子瓢坎的也跟不上。"说着，顺手拿起一个熨斗来楼（搂）头就打。吓的贾蓉抱着头滚到怀里告饶。

这给了大家错误的印象，以为这方是尤氏姐妹在书中的初次露面。

实际上，远在前面的第十三回，书中就已经说到，在秦可卿丧礼的场合，出现了尤二姐和尤三姐的身影。但那只是一笔带过，可能并没有引起大多数读者的注意。引庚辰本于下：

贾珍哭的泪人一般，正和贾代儒等说道："合家大小、远近亲友，谁不知我这媳妇比儿子还强十倍。如今伸腿去了，可见这长房内绝灭无人了。"说着，又哭起来。众人忙劝："人已辞世，哭也无益。且商议如何料理要紧。"贾珍拍手道："如何料理？不过尽我所有罢了。"

正说着，只见秦叶、秦钟并尤氏的几个眷属、尤氏姊妹也都来了。

"尤氏姊妹"，这明确地指的是尤二姐和尤三姐。

但在脂本中，此处有两个比较重要异文——

（1）"秦叶"，甲戌本、己卯本、蒙本、戚本同于庚辰本，而舒本、彼本、杨本、梦本以及程甲本、程乙本作"秦业"。

"秦叶"和"秦业"的两歧，和我们目前要讨论的问题关系不大，且不去说它。

（2）"尤氏的几个眷属"，舒本作"秦氏的几个眷属"，其他脂本以及程甲本、程乙本同于庚辰本。

"尤氏"和"秦氏"的两歧，则需要多说几句。

依照庚辰本等脂本的描述，在关于秦可卿丧事的文字叙述中，可以见到秦可卿的父亲和弟弟，也可以见到秦可卿婆母尤氏的几个眷属，以及尤氏的两个异父异母的姊妹，却没有见到秦家的其他眷属。

按：在"尤氏（或"秦氏"）的几个眷属"七字之下，甲戌本、己卯本、庚辰本、蒙本、戚本、梦本有脂批云："伏后文。"④

这条批语是什么意思？我认为，可以有两种解释。

第一种解释——正文若作"尤氏的几个眷属"，则"后文"应理解为第六十三回及其以后数回的尤二姐、尤三姐故事。

但，从第十三回到第六十三回，长达五十回篇幅的距离，相隔未免久远。等一般读者读到第六十三回的时候，恐怕他们早已忘记了其前的第十三回中的那"尤氏姊妹"四个字了。

第二种解释——正文若作"秦氏的几个眷属"，则"后文"可以理解为第十六回秦钟逝世时提到的"秦钟的两个远房婶母并几个弟兄"：

> （宝玉）忙上了车，李景⑤、茗烟等跟随，来至秦钟门首，悄无一人，遂蜂拥至门内室，唬的秦钟的两个远房婶母并几个弟兄都藏之不迭。此时秦钟已发过两三次昏了，移床易簀多时矣。（庚辰本第十六回）

从第十三回到第十六回，中间相隔仅两回，与第十三回和第六十三回相隔五十回比较，似更为合理，更符合"后文"一词的内涵。

为什么尤二姐、尤三姐飘然而来，又飘然而去？为什么在第十三回昙花一现后，久无她们的下落，直到第六十三回才再度于贾府现身？

此乃第三个疑窦。

上述批语中的"后文"二字，不禁又让我联想到另一条遥相呼应的批语。

四、"上回"究竟是哪一回？

另一条批语见于第六十四回"幽淑女悲题五美吟，浪荡子情遗九龙珮"。

事情也真凑巧。第十三回的批语说"伏下文"，第六十四回批语则说"上回"如何如何。一"下"一"上"，其间相隔着整整五十回的篇幅。但它们之间却有一个微妙的连接点，那就是尤二姐、尤三姐的名字（其实用的是"尤氏姊妹"这一代称）和故事（在京剧中，叫做"红楼二尤"）。

虽然尤二姐、尤三姐的名字出现在第十三回秦可卿的丧事之中，而尤二姐、尤三姐的故事在第六十三回、第六十四回正式展开之时，也正好是在贾敬的丧事之后。她们两次现身，都和丧事有关。

在彼本第六十四回有一首回前诗：

> 深闺有奇女，绝世空珠翠。情痴哭泪多，未惜颜憔悴。
> 哀我千秋魂，薄命无二致。嗟彼桑间人，好丑非其类。

此诗为其他脂本所无。

在彼本此回还有回末诗联：

只为同枝贪色欲，致教连理起戈矛。

此诗联又见于蒙本、戚本、梦本。但在蒙本、梦本，"教"作"叫"；在戚本，"戈矛"作"干戈"。

我们知道，每回有回前诗和回末诗联，乃是曹雪芹当初拟定的一种体裁。由于在他生前《红楼梦》全书惜未完成，以致每回的回前诗、回末诗联未能一一补齐。因此，可以断言，在现存的《红楼梦》前八十回中，有回前诗的、有回末诗联的，无一不是初始的原貌。

在彼本第六十四回的回前诗之后，有一段批语说：

此一回紧接贾敬灵柩进城，原当铺叙宁府丧仪之盛，但上回秦氏病故，凤姐理丧，已描写殆尽，若仍极力写去，不过加倍热闹而已。故书中于迎灵、送殡极忙乱处，却只闲闲数笔带过，忽插入钗、玉评诗，琏、尤赠珮一段闲雅风流文字来，正所谓"急脉缓受"也。

此批语又见于戚本，但"凤姐"作"熙凤"，"插"误作"挥"，"珮"作"佩"。请注意"上回"二字。

"上回"何意？

"回"是个量词，在这里可以有两种解释。

（1）指事情的次数。

（2）指章回小说中"第几回"的"回"。

在这一段批语中，"上回"与"此一回"对举，可知应作第二种解释看。

这有旁证。《红楼梦》第十八回云：

已而入一石港，港上一面匾灯，明现着"蓼汀花溆"四字。

按：此四字并"有凤来仪"等处皆系上回贾政偶然一试宝玉之课艺才情耳，何今日认真用此匾联？况贾政世代诗书来往，诸客屏侍座陪者悉皆才技之流，岂无一名手题撰，竟用小儿一戏之辞，苟且搪塞……

它所说的"上回"即第十七回。而"蓼汀花溆"四字乃宝玉所题，正见于第十七回[⑥]。

从这里得到的启发是，书中正文、批语中所说的"上回"应该是指紧挨着"此回"之前的那一回。所谓"那一回"，是有上限的，根据我们的理解，自应在这之前的四、五回之内。

上引有"上回"二字的批语，指出"上回"内容情节包括"秦氏病故"和"凤姐理丧"。但在今日我们所见到的《红楼梦》书中，"秦氏病故"、"凤姐理丧"的情节却不见于第六十四回之前的四、五回（即近距离的第五十九回至第六十三回），却见于远距离的第十三回、第十四回。

从第十三回到第六十三回，相隔五十回之遥，安得谓之"上回"？

此乃第四个疑窦。

五、四个疑窦的破解

以上列举了四个疑窦。

给这四个疑窦以合情合理的破解，这就是我们努力寻找的途径。

首先，必须确定一个前提：我不相信，这四个疑窦的存在，是天才的文学巨匠曹雪芹属稿之初就已存在的疏忽；我认为，这一定另有原因。

试对这四个疑窦依次进行梳理。

（1）柳湘莲上坟见于第四十七回，而秦钟之死见于第十六回的结尾和第十七回的开首。因此，柳湘莲和秦钟缔交的时间段必然在第十六回之前。

（2）贾政赴外地出差见于第三十七回，而贾政回京见于第七十回和第七十一回。因此，贾政在贾敬丧事场合出现，只有两种可能性。可能性之一：此事必须发生于第三十七回之前。可能性之二：此事必须发生在第七十一回之后。两相衡量，我们认为可能性之二的概率极小极小。

（3）尤二姐、尤三姐初次现身，见于第十三回，而尤二姐和贾琏的嫁娶之事始于第六十三回，尤三姐属意柳湘莲之事则见于这之后的第六十五回的"尤三姐思嫁柳二郎"[⑦]。在现存的《红楼梦》中，从第十三回到第六十三回，是个"空白"的时段，其间的种种故事情节均与尤氏姐妹无涉，悬隔何其久远？而柳湘莲初次登场于第四十七回，在现存的《红楼梦》中，从第十三回到第四十七回，再到第六十五回，尤三姐既没有机会直接地看到柳湘莲本人，也没有机会间接地听到有关柳湘莲事迹。其次，尤三姐和柳湘莲的故事的起始，从时间上说，也不应晚于第四十七回。

（4）第六十四回批语所说的"上回"不应是指第六十三回，因为第六十三回和第六十四回写的都是贾敬的丧事。而该批语所说的"上回"的内容却是"秦氏病故"和"凤姐理丧"，前者见于第十三回，后者主要见于第十四回。因此，应该反过来说，第六十四回尤氏姐妹故事的设置应该是在"秦氏病故"（第十三回）、"凤姐理丧"（第十四回）之后的不久。

这样一来，就可以发现，四个疑窦之间其实存在着一个共同的交叉点：即第十四回（凤姐理丧）至第十六回（秦钟逝世）。

换言之，若将尤二姐、尤三姐、柳湘莲的故事情节安排在第十四回与第十六回之间，则我所指出的四个疑窦均可涣然冰释。

这样说，并不是我们想要打乱或改变现有的《红楼梦》的结构（就像王国华所谓的"太极红楼梦"那样），而是说，在曹雪芹的最早的初稿里，尤二姐、尤三姐、柳湘莲的故事情节是被放置在现有的第十四回至第十六回之间的。

因此，我认为，在曹雪芹的初稿里，描写尤二姐、尤三姐、柳湘莲故事的篇幅应位于现今我们所看到的第十四回至第十六回之间。它们被往后挪移了五十回，则是在曹雪芹"批阅十载，增删五次"[8]的创作过程中完成的。

我曾说过：

> 甲戌本第一回的一条朱笔眉批曾说，"雪芹旧有《风月宝鉴》之书。"这就向我们透露了一条重要的消息。曹雪芹《红楼梦》的创作过程，原来有两个不可混淆的阶段，一个是《风月宝鉴》写作的阶段，另一个是《红楼梦》写作和修改的阶段。

> 所谓《风月宝鉴》其实就是《红楼梦》的一部分初稿。我们今天所见到的曹雪芹的《红楼梦》则是在他的旧有的《风月宝鉴》一书的基础上增饰、改写而成的。因此，二者的人物和故事都有着若干的重复和交叉。但在重复和交叉中，人物的思想境界和性格特点都会有所发展和有所改变，故事的细节也会有所丰富和有所歧异。[9]

我还说过：

> 从艺术表现上说，在初稿写出后，曹雪芹同样需要芟除枝叶，以突出主干。贾宝玉、林黛玉和薛宝钗的恋爱、婚姻故事，是全书的精华，也是全书的中心线索。他必须采取一切艺术手段，使这条线索戚贯串全书的作用。尤其不能使它停滞、中断，甚至退避一侧，造成喧宾夺主的局面。[10]

这就是我对曹雪芹从《风月宝鉴》到《红楼梦》的创作过程的认识。

也就是说，尤二姐、尤三姐故事，和其他的故事（例如闹学堂故事、"秦可卿淫丧天香楼"故事、贾瑞与王熙凤故事、秦钟与智能儿故事、贾琏与多姑娘故事等等）一样，无疑都是"风月宝鉴"的内容。只不过其他的故事都还保留在原先的开卷二十回左右的位置上，惟有"二尤"故事往后挪移了五十回左右的篇幅。

我的结论是：尤二姐、尤三姐、柳湘莲故事，在《红楼梦》初稿中，原先被安排在现今的第十四回之后和现今的第十六回之前。

移花接木，这是曹雪芹在在创作过程（起草、撰写、修改、再修改）中，构思有所变化的一个实例。

注释：

①此二字，蒙本原作"冬底"，"冬"字后被点去，旁改"七月"。

②杨本第七十回开首残缺。

③自"贾母进入里面"至"他父子一边一个挽了"，彼本无；但在"又有贾珍、贾蓉跪着"与"扑入怀内痛哭"之间，彼本作"迎了出来，赦、政一边一个挽定了贾母，走至灵前，又有贾珍、贾蓉跪着"。这表明，彼本此处仍提到贾政。

④此三字，甲戌本为行侧朱笔批语，己卯本、庚辰本、蒙本、戚本、梦本为双行小字批语。

⑤"李景"，有的脂本作"李贵"。

⑥按：此段引文见于己卯本、庚辰本、舒本、彼本、杨本、蒙本、戚本。但己卯本、庚辰本第十七回、第十八回不分回，其他五本分回。而在其他五本中，此段引文位于第十八回之内。

⑦这是第六十五回回目的下联，见于己卯本、庚辰本、彼本、杨本、梦本、眉本。

⑧《红楼梦》第一回。

⑨请参阅拙著：《红楼梦版本探微》（华东师范大学出版社，2003年，上海），13—14页。

⑩《红楼梦版本探微》，56页。

附录：答周文业先生对"五十回"之说的批评

周文业先生是我的一位十分敬重的朋友。我们常常通话探讨《三国》《水浒》《红楼》和《金瓶梅》的版本问题。例如"新刊"、避讳、"庚寅本"真伪问题等等。凡我所知，我都尽情以告。

今年①七月二十五日上午，周先生驾临寒舍，赠送了他的大著《红楼梦版本数字化研究》（中州古籍出版社，2015年4月，郑州）上下两册。我们晤谈甚欢。良久，他始告别而去。

翌日，我翻阅他的大著，突然发现在目录上列有第七编第二章"也谈《红楼梦》中的'移花接木'"。当下心想，莫非是评论拙文《移花接木：从柳湘莲说起——〈红楼梦〉创作过程研究一例》（刊载于《文学遗产》2014年第4期，117—123页）？打开一看，果然如此。心中未免嗔怪周先生为何当面避谈此事，使我晚读了一日。

我读了周先生此文后，感触甚多。别的暂且不去说它。不妨先说说他着重地三番五次地提出的那"五十回"之事。

拙文曾说了这样几句话："因此，我认为，在曹雪芹的初稿里，描写尤二姐、尤三姐、柳湘莲故事的篇幅应位于现今我们所看到的第十四回至第十六回之间。它们被往后挪移了五十回，则是在曹雪芹'披阅十载，增删五次'的创作过程中完成的。"（123页4—6行）我自认为，这几句话从文字到标点实无欠妥之处。不料却被周先生揪住不放。他居然连续放了五炮！请看：

（1）他始而指出："实际是三十回"（531页3行）。

按：我说的并没有错，是五十回，而绝不是"三十回"！这其实是一个简单的算术题！欢迎复核。

（2）他继而以"柳湘莲上坟挪移五十回？"作为一个带有问号的标题（531页24行）。

按：我何时、何处说过"柳湘莲上坟挪移五十回"？欢迎检举。请不要把我没有说过的话扣在我的头上。柳湘莲上坟，见于《红楼梦》第四十七回。如果"往后挪移"五十回，就到了八十回开外了，那还能归于曹雪芹名下吗？

又按：我明明说的是"描写尤二姐、尤三姐、柳湘莲故事的篇幅"，怎么被偷换成了"柳湘莲上坟"？那完全是两码事！

（3）他有这样一段完整的文字："但刘先生又说'柳湘莲故事被后移了五十回'，这似乎就有问题了。这里刘先生所谓的'柳湘莲的故事'到底是指上述哪个故事？柳湘莲和秦钟相识肯定应在第十四回至第十六回之间，因此'柳湘莲故事'如指柳湘莲会秦钟就不可能'被往后挪移了五十回'，所谓'被往后挪移了五十回'的柳湘莲故事，只能是指柳湘莲为秦钟上坟故事。刘先生本意也是如此。"（531页，倒数10行至倒数6行）

按：写批评别人的文章，最讨嫌的一件事，就是割裂、歪曲被批评者文章中的文字。我在原文中说得非常清楚，"尤二姐、尤三姐、柳湘莲故事"。请注意三个人名之间用了两个顿号"、"。我在这里说的不是"柳湘莲故事"。第一，请不要在引文中弃尤而存柳。第二，我这里丝毫没有提及秦钟，不牵涉上坟之事。

又按：周先生说"只能是指……"，愚意则是"根本不可能是……"。

再按：周先生说，"刘先生本意也是如此"。应把"刘"姓换为"周"姓。因为刘某人的本意绝非如此。

（4）周先生又说："但即便是说柳湘莲上坟故事被挪移五十回，也不完全合理。因为秦钟是十六至十七回去世，从文字叙述看，柳湘莲上坟是秦钟死后较长时间才去上坟，而不是秦钟刚死就去上坟的。所以《红楼梦》描述柳湘莲在第四十七回才去上坟，是被后移五十回似乎不准确。"（531页倒数5行至倒数2行）

按：谢谢"似乎"二字轻饶了在下。

又按：被批评者说的是马嘴，而批评者说的却是驴唇。又放了一个空炮！

（5）他始终不放过那"五十回"三个字："而且从第十七回到第四十七回，实际此处应为三十回，而不是五十回。"（531页倒数1行）

按：从第十七回到第四十七回，确实是三十回，但这说的是从秦钟去世到柳湘莲上坟。而我说的是尤二姐和尤三姐、柳湘莲之事，与秦钟何干？我不禁想到了"喋喋不休"四个字。

批评别人，先要看清楚别人的文字（包括标点）和意思。愿与周文业先生共勉！

注释：

①按：此指2015年。

《红楼梦》脂本与程本的比较：柳五儿进怡红院

阅读或研究《红楼梦》这样一部八十回或一百二十回的大书，是需要认真地细读的。只有细读，方能获得新的、深入的体会。越是细读，越能发现一连串的奥妙的问题。

所谓"细读"，至少包含两层意思：反复读，熟读；既要读一百二十回本（程本），更要读八十回本（脂本）。前者是改本、续本，后者则是原著。

试举柳五儿进怡红院为例。

一、柳五儿进了怡红院没有？

柳五儿是厨役"柳家的"之女。她最早被介绍给读者，是在第六十回"茉莉粉替去蔷薇硝，玫瑰露引出茯苓霜"：

> 原来这柳家的有个女儿，今年才十六岁，虽是厨役之女，却生的人物与平、袭、紫、鸳皆类。因他排行第五，便叫他作五儿。因素有弱疾，故没得差。近因柳家的见宝玉房中的丫环差轻人多，且又闻得宝玉将来都要放他们，故如今要送他到那里去应名儿。正无头路，可巧这柳家的是梨香院的差役，他最小意殷勤，伏侍得芳官一干人比别的干娘还好，芳官等亦待他们极好。如今便和芳官说了，央芳官去与宝玉说。宝玉虽是依允，只是近日病着，又见事多，尚未说得。

这里说，柳五儿进怡红院之事仅仅停留在尝试的阶段。此时此刻她其实还没有如愿。

那么，她进了怡红院，还是根本没有踏入怡红院的大门？在第七十七回"俏丫鬟抱屈夭风流，美优伶斩情归水月"，曹雪芹给出了答案。

第七十七回有两段文字涉及柳五儿。一段见于八十回脂本，一段见于一百二十回程本；有趣的是，见于脂本的不见于程本，而见于程本的又不见于脂本。

在王夫人斥责芳官之时，王夫人说：

> 你还强嘴！我且问你，前年我们往皇陵上去，是谁调唆宝玉要柳家的丫头五儿了？幸而那丫头短命死了，不然进来了，你们又连伙聚党，遭害这园子呢！你连你干娘都欺倒了，岂止别人！

这里明确地指出，柳五儿已经死亡。因此，在曹雪芹的笔下，柳五儿企图进怡红院服役之事始终没有能够实现。

上述引文，一共十句，见于脂本（八十回本），在现存庚辰本、蒙本、戚本（包括张本、泽存本、有正本）、彼本、杨本、梦本的这一回，文字基本上相同。但在程本（一百二十回本）的这一回，王夫人的话只有头一句和最后两句，中间的七句完全消失。

也就是说，在程本里，柳五儿此时此刻并没有死。这是程本和脂本的巨大的、重要的歧异之一。

二、五点不合情理

为什么程本要删去这七句呢？

请看程本的第七十七回下文和第一百零一回、第一百零九回就可以明白。

程本第七十七回下文，在晴雯被领出之后。宝玉去探视晴雯，受到了晴雯嫂子的性骚扰，这时有这样一段文字：

> 正闹着，只听窗外有人问道："晴雯姐姐在这里住呢不是？"那媳妇子也吓了一跳，连忙放了宝玉。这宝玉已经吓怔了，听不出声音，外边晴雯听见他嫂子缠磨宝玉，又急又臊又气，一阵虚火上攻，早昏晕过去。那媳妇连忙答应着出来，看不是别人，却是柳五儿和他母亲两个抱着一个包袱，柳家的拿着几吊钱，悄悄的问那媳妇道："这是里头袭姑娘叫拿出来给你们姑娘的。他在那屋里呢？"那媳妇儿笑道："就是这个屋子。那里还有屋子。"那柳家的领着五儿刚进门来，只见一个人影儿往屋里一闪，那柳家的素知这媳妇子不妥，只打谅是他的私人，看见晴雯睡着了，连忙放下，带着五儿，便往外走。谁知五儿眼尖，早已见是宝玉，便问他母亲道："头里不是袭人姐姐那里悄悄儿的找宝二爷呢吗？"柳家的道："嗳呦，可是忘了。方才老宋妈说，见宝二爷出角门来了。门上还有人等着要关园门呢。"因回头问那媳妇儿。那媳妇儿自己心虚，便道："宝二爷那里肯

到我们这屋里来。"柳家的听说，便要走。这宝玉一则怕关了门，二则怕那媳妇子进来又缠，也顾不得什么了，连忙掀了帘子，出来道："柳嫂子，你等等我一路儿走。"柳家的听了，倒唬了一大跳，说："我的爷，你怎么跑了这里来了？"那宝玉也不答言，一直飞走。那柳五儿道："妈，你快叫住宝二爷不用忙，仔细冒冒失失被人碰见倒不好。况且才出来时，袭人姐姐已经打发人留了门了。"说着，赶忙同他妈来赶宝玉。

请看，在这里，柳五儿俨然变成了已在怡红院正式服役的丫环。

这样的叙述显然是暧昧不明的、不合情理的：

第一，此前，书中并没有交代柳五儿进入怡红院充当丫环成为事实。

第二，柳五儿此行，是奉袭人的差遣。她到底算不算怡红院的丫环？在这里的文字中没有给出直接的、明确的交代。

第三，如果柳五儿真的正式地成为怡红院的丫环，袭人派她来送钱则可，派柳家的来送钱则不可。因为柳家的工作地点在厨房，不在怡红院，不在袭人管辖的范围之内。

第四，袭人派丫环去送钱，没有必要让丫环的母亲陪着一起去，更不可能这趟差事竟是以母为主，以女为辅。这在大观园中是前所未有之事。

第五，最重要的，让柳五儿复活，这彻底地破坏了曹雪芹关于柳五儿已死的安排。

更何况，程本的这一大段文字在现存的任何脂本中均付阙如。

不难断定，这一大段文字和情节的插入，出于高鹗或程伟元的手笔，而与曹雪芹无涉。

这更进一步证明了柳五儿"短命死了"几句的删弃者是程伟元或高鹗。

高鹗或程伟元在这一回里的两个地方动了手脚，一是在王夫人话语中删弃了柳五儿已死的交代，二是增添了柳家的母女送钱的情节。看来，前者的删弃是为后者的增添服务的，已死之人万无去送钱的道理。为了要增添柳五儿送钱的情节，程本不得不回过头来对王夫人的话语进行删削，以消灭冲突。

三、为什么要增添柳五儿母女送钱的情节？

那么，高鹗或程伟元为什么要在这一回增添柳五儿母女送钱的情节呢？

这显然和后四十回中的第一百零九回"候芳魂五儿承错爱，还孽债迎女返真元"的情节描写有关。

　　第一百零九回是后四十回中少有的精彩篇章之一。为了思念黛玉，宝玉要到外间独睡，宝钗只得同意，并派了麝月和五儿去照料。三人各自歇下后——

　　那知宝玉要睡越睡不着，见他两个人在那里打铺，忽然想起那年袭人不在家时，晴雯、麝月两个人服事，夜间麝月出去，晴雯要唬他，因为没穿衣服着了凉，后来还是从这个病上死的。想到这里，一心移在晴雯身上去了。忽又想起凤姐儿说晴雯脱了个影儿，因又将想晴雯的心肠移在五儿身上，自己假装睡着，偷偷地看那五儿，越瞧越像晴雯，不觉呆性复发，听了听里面已无声息，知是睡了，却见麝月也睡着了，便故意叫了麝月两声，却不答应。

　　五儿听见宝玉唤人，便问道："二爷要什么？"宝玉道："我要漱漱口。"五儿见麝月已睡，只得起来，重新剪了烛花，倒了一钟茶来，一手托着漱盂，却因赶忙起来的，身上只穿着一件桃红绫子小袄儿，松松的挽着一个鬏儿。

　　宝玉看时，居然晴雯复生，忽又想起晴雯说的'早知担个虚名，也就打个正经主意了'，不觉獃獃的呆着，也不接茶。

　　那五儿自从芳官去后，也无心进来了，后来听得凤姐叫他进来伏侍宝玉，竟比宝玉盼他进来的心还急，不想进来以后，见宝钗、袭人一般尊贵稳重，看着心里实在敬慕，又见宝玉疯疯傻傻，不是先前风致，又听见王夫人为女孩子们和宝玉顽笑都撵了，所以把这件事搁在心上，倒无一毫的儿女私情了。

　　怎奈这位獃爷今晚把他当作晴雯，只管爱惜起来，那五儿早已羞得两颊红潮，又不敢大声说话，只得轻轻的说道："二爷漱口啊。"宝玉笑着接了茶在手中，也不知道漱了没有，便笑嘻嘻的问道："你和晴雯姐姐好，不是啊？"五儿听了，摸不着头脑，便道："都是姐妹，也没有什么不好的。"

　　宝玉又悄悄的问道："晴雯病重了，我看他去，不是你也去了么？"五儿微微笑着点头儿。宝玉道："你听见他说什么了没有？"五儿摇着头儿道："没有。"

　　宝玉已经忘神，便把五儿的手一拉，五儿急得红了脸，心里乱跳，悄悄说道："二爷有什么话只管说，别拉拉扯扯的。"宝玉才放了手，说道："他和我说来着：'早知担了个虚名，也就打正经主意了'。你怎么没听见么？"五儿听了这话，明明是轻薄自己的意思，又不敢怎么样，便说道："那是他自己没脸，这也是我们女孩儿家说得的吗？"宝玉着急道："你怎么也是这个道学先生？我看你长的和他一模一样，我才肯和你说这个话，你怎么倒拿这些话来遭塌他？"

　　此时五儿心中也不知宝玉是怎么个意思，便说道："夜深了，二爷也睡罢。别紧着坐着，看凉着。刚才奶奶和袭人姐姐怎么嘱咐了。"宝玉道："我不凉。"

说到这里，忽然想起五儿没穿着大衣服，就怕他也像晴雯着了凉，便说道："你为什么不穿上衣服就过来？"五儿道："爷叫的紧，那里有尽着穿衣服的空儿？要知道说这半天话儿时，我也穿上了。"宝玉听了，连忙把自己盖的一件月白绫子绵袄儿揭起来，递给五儿，叫他披上。

五儿只不肯接，说："二爷盖着罢，我不凉。我凉我有我的衣裳。"说着，回到自己铺边，拉了一件长袄披上，又听了听麝月睡的正浓，才慢慢过来，说："二爷今晚不是要养神呢吗？"

宝玉笑道："实告诉你罢，什么是养神，我倒是要遇仙的意思。"五儿听了，越发动了疑心，便问道："遇什么仙？"宝玉道："你要知道，这话长着呢。你挨着我来坐下，我告诉你。"五儿红了脸笑道："你在那里躺着，我怎么坐呢？"宝玉道："这个何妨。那一年冷天，也是你麝月姐姐和你晴雯姐姐顽，我怕冻着他，还把他揽在被里握着呢，这有什么的。大凡一个人，总不要酸文假醋才好。"

五儿听了，句句都是宝玉调戏之意，那知这位獃爷却是实心实意的话儿。五儿此时走开不好，站着不好，坐下不好，倒没了主意了，因微微的笑着道："你别混说了。看人家听见这是什么意思。怨不得人家说你专在女孩儿身上用工夫。你自己放着二奶奶和袭人姐姐都是仙人儿似的，只爱和别人胡缠。明儿再说这些话，我回了二奶奶，看你什么脸见人。"

正说着，只听外面咕咚一声，把两个人吓了一跳……

这一大段文字写得实在精彩（请原谅我不厌其烦地加以援引）。

文中，宝玉对黛玉的思念转移为对晴雯的思念，对晴雯的思念又寄托为对柳五儿的痴情，柳五儿少女含羞的神态，一种似懂非懂的误会，两人之间似真似假的纠缠，柳五儿一时难以摆脱的尴尬的处境，刻画得惟妙惟肖，生动传神。

读了这一大段文字，我们才悟到程本第七十七回那两段文字之所以一删弃、一增添的原因的所在。

它为什么要删弃王夫人所说柳五儿已死的话语呢？当程伟元或高鹗苦心搜集到后四十回续稿时，他们细心地发现，无名氏续稿说柳五儿没有死，且已在宝玉身边服役，而曹雪芹原稿却说柳五儿早已死去，生前并没有进入怡红院。这是天大的矛盾。怎么办？有两种做法可以选择。一种做法是，删弃第一百零九回的文字，而保留第七十七回王夫人的那句话。另一种做法是，删弃王夫人的那句话，而保留第一百零九回的大段精彩的描写。结果，他们采取了后者。

他们的修改远不止于此。他们接着发现，在第一百零九回中，还有这样几句："宝玉又悄悄的问道：'晴雯病重了，我看他去，不是你也去了么？'五儿微微笑着点头儿。"这显然和第七十七回原稿的情节脱笋。于是他们就在第七十七回增补了柳五儿母女送钱的情节，以作第一百零九回宝玉的话语的照应。

修改旁人的文稿总是一件吃力不讨好的苦差事，时有顾了这里、忘了那里的疏漏发生。程、高二人躲不过这个习见的缺点。

四、凤姐的一段话

他们所以在第七十七回中删弃了王夫人的那句话，固然和第一百零九回的情节维持着一致，他们在第七十七回所增补的柳五儿母女送钱的情节，固然和第一百零九回宝玉的那三句话也有照应。但是，他们粗心地没有注意到无名氏所续写的第一百零一回"大观园月夜感幽魂，散花寺神签惊异兆"中凤姐的一段话。

当时，凤姐来到宝玉房间里，看见宝玉穿着衣服歪在炕上，看着宝钗梳头，就问他为什么还不动身去看看舅太爷。宝玉就说，我只是嫌我这衣服不好，不像前年去看老太太时所穿的雀金呢那么好。凤姐又问他为什么不穿。袭人就在旁边解释说，因为他看见这件衣服就想起晴雯了。接着，凤姐就说了一大篇话，其中有这么几句：

> 还有一件事，那一天我瞧见厨房里柳家的女人，他女孩儿叫什么五儿，那丫头长的和晴雯脱了个影儿似的。我心里要叫他进来，后来我问他妈，他妈说是很愿意。我想着，宝二爷屋里的小红跟了我去，我还没还他呢，就把五儿补过来。平儿说，太太那一天说了，凡像那个样儿的，都不叫派到宝二爷屋里呢。我所以也就搁下了。这如今宝二爷也成了家了，还怕什么呢？不如我就叫他进来，可不知宝二爷愿意不愿意？要想着晴雯，只瞧见这五儿就是了。

后四十回续作者让凤姐说这番话，其实是为下文第一百零九回作铺垫的，表明柳五儿终于进入怡红院。因此，柳五儿在那个夜晚得以服事宝玉，也就不显得突兀了。尤其是最后两句。

但是，凤姐的这番话又和程伟元或高鹗在第七十七回所增补的送钱之事发生了龃龉：奉袭人之命给晴雯送钱，这说明柳五儿已取得了在怡红院服役的资格；而按凤姐的这番话，则柳五儿迟至此时还没有踏进怡红院的大门。

五、结语

关于柳五儿的删、增、改，是一个比较突出的例证。

如果不"细读"《红楼梦》，有些问题是发现不了的，是容易一溜眼就忽略过去了。

如果再对柳五儿问题深究下去，那么，我们不难看出，第一，后四十回不是曹雪芹所写的；第二，后四十回也不是程伟元所写的；第三，程伟元、高鹗只起了编辑、加工、修改的作用；第四，后四十回续作者另有其人。

我在这里引柳五儿为例，意在说明两点。

第一，发现问题，研究问题，解决问题（柳五儿死而复活？谁改的？为什么改？怎样改的？改得好不好，合理不合理？改的人是不是程伟元或高鹗？）——这就是学术研究的过程。

第二，我们研究《红楼梦》，若以一百二十回本为据，尽可以畅谈《红楼梦》这样、那样，而要避免说，曹雪芹这样、那样。稍一不慎，我们所举的引以为证的书中事例有可能非曹雪芹所写，而是出自高鹗、程伟元的改笔，或是来自无名氏的续书，而成为瑕疵。

我不禁想起了一桩往事。

那是在四十多年之前，文学研究所临时搬迁到日坛路6号。某日，有一所北方某大学的十几位研究生到文学所来"游学"。他们所找的对象是我。他们分三圈坐定，和我开始了面对面的座谈。话题是《红楼梦》研究。我请同学们先发表他们的看法。同学们踊跃发言，畅谈自己对曹雪芹和《红楼梦》的分析和评论。他们的发言有一个共同点：他们都是举出书中的人物形象、故事情节，做了比较深入的、细致的分析，论证了曹雪芹作为一位伟大的作家的思想和艺术成就。最后论到我发言，我也就同学们谈到的几个问题发表了自己的看法。然后，我着重地指出，不能用后四十回中的人物情节来说曹雪芹如何如何，因为曹雪芹并不是后四十回的作者，这已是红学界大多数学者的共识。这个问题，我提出后，全场鸦雀无声，一片沉默。事后，我觉得很奇怪，就向其中一位同学询问究竟，他低声地告诉我：他们的导师认为《红楼梦》一百二十回都是曹雪芹撰写的，他们也都接受了他的意见，而当时那位老师就坐在他们的身后。于是我恍然大悟，并有些后悔，不该当着他们老师的面孟浪地、直言不讳地提出那个令他们感到难堪的观点，不免使得大家有些扫兴。

《红楼梦》梦本八十回＋程甲本四十回＝最佳的组合

——《红楼梦》梦本校点本后记

一、新校点本的性质与特点何在？

放在我们面前的是一部《红楼梦》新校点本。

它具有双重的性质，双重的功能。一方面，它是个普及本；另一方面，它也可以说是个提高本。

它首先是作为一种普及性的读本出现的。举凡一切没有读过《红楼梦》的朋友，无论听说过，或者压根儿就没有听说过《红楼梦》的大名，都不妨来翻阅翻阅我们的这部新校点本。它可以提供给朋友们一个了解、认识、熟悉《红楼梦》的途径。

这部新校点本，我们施加了新式的通行的标点，并依照内容把正文分成了长长短短的段落；此外，还对全部的文字都进行了比较细致的校订。事实将证明，它是一部有可读性的、适合于广大读者群众的、版本和文字都比较可靠的《红楼梦》新校点本。

不少人说，《红楼梦》是世界文学宝库中的第一流的精品，也是我们中华民族的骄傲；对于这样一部重要的光芒四射的古典文学名著，作为有文化的中国人，我们怎么能不去阅读它、了解它，并领略一下它的艺术魅力呢？

不是有的名人说过吗，《红楼梦》起码要读三、五遍？的确，打个比方，这就好像吃橄榄一样，越吃就越有味。《红楼梦》，不读它三、五遍，不细细咀嚼，有些滋味是不容易体会到的。此话确实是经验之谈，值得我们深思。因之，已经粗读过《红楼梦》一、两遍的朋友们，也不妨再来读读我们的这部新校点本。当您读过以后，相信您不会产生"如入宝山空手回"的感觉。它肯定地会使您进一步加深对《红楼梦》的认识和体会。它更能使您了解到这部新校点本和您以往读到过的《红楼梦》的其他读本竟会在文字、情节等等方面有着不少大大小小的歧异。——这也许会引起您迈开步伐去探索《红楼梦》的版本问题或曹雪芹的创作过程的秘密的兴趣?

《红楼梦》有众多的版本（这一点，将在下文第四节作简略的介绍）。这部新校点本，有自己的固定的版本的依据。但，它的底本不是程甲本、程乙本，也不是甲戌本、庚辰本。它更不是那种汇集众本之长、择善而从的定字本、改字本。简单地说来，它以梦觉主人序本为唯一的底本。这是和目前已出版的其他校点本不同的所在。

梦觉主人序本原书藏于国家图书馆，它属于特藏的善本，一般的研究者、读者不易见到。它虽然有书目文献出版社的影印本（1989 年 10 月），但没有任何的标点，又不分段，许多的错字也无法加以订正，不便于一般读者的阅读、研究。这部新校点本的作用在于，它实际上就是梦觉主人序本《红楼梦》，它提供了一个让您阅读、认识、研究和使用梦觉主人序本《红楼梦》的机会。从这个角度说，在目前，它是别的《红楼梦》校点本所不能代替的。

因此，作为《红楼梦》的一个新校点本，它的功能又不仅仅局限于普及。它的读者对象，除了一般的广大读者外，还可以包括红学家，以及一切对红学感兴趣、有涉猎愿望的读者和研究者。

二、《红楼梦》是谁写的?

《红楼梦》的读者，首先想要知道的问题之一是，这部著名的小说究竟是谁写的?

我们现在所看到的一百二十回的《红楼梦》，并非从头至尾出于同一个人的手笔。它是由两个不同时的作家分别撰写的。先有前八十回，后有后四十回。前八十回未完，后四十回是为了补足全书而续写的。《红楼梦》的作者，具体地说，主要部分，即前八十回，为曹雪芹；其余部分，即后四十回，作者为另一人，他既不是曹雪芹，也不是某些人所说的高鹗或程伟元，而是生活时代略后于曹雪芹、略前于高鹗或程伟元的另外一位无名氏（姓名、生卒年月、生平事迹均不详，只能这样暂时称呼他）。

在我国古代，小说被看作是不登大雅之堂的东西。因此，小说作品的版本上往往不注明作者是谁。即使有所题署，也不会是作者的真名实姓。有时，还要施用障眼法，耍弄狡狯的伎俩，故意地隐瞒真相。后世的一些不明究竟的读者、研究者经常为某些古代小说作品的著作权而不止一次地引起争论，便不是没有原因的了。

不幸的是，《红楼梦》自问世以来，它的作者曹雪芹的著作权不断地遭到了不公正的否认。远的不说，近一二十年以来，不是一会儿有人说《红楼梦》的作者不是曹雪芹，而是什么“石兄”，或者甚至是曹雪芹的爸爸，一会儿又有人挖空心思地把

《红楼梦》作者的帽子从曹雪芹头上摘下来，而想赐给河北丰润的一个叫做"曹渊"的不相干的人吗？

其实，这个问题的是非曲直是不难辨别的。这有着《红楼梦》本书及其所附录的批语、曹雪芹的友人或同时代人在乾隆年间写下的文字记载作为证据。这里，限于篇幅，无法、也没有必要一一列举。曹雪芹对《红楼梦》所拥有的著作权是不容剥夺的。

曹雪芹名霑，字梦阮，号雪芹，又号芹溪、芹圃。他属于十八世纪的伟大的作家之列。生于清代康熙五十四年（1715）①。祖籍辽阳（今属辽宁省）。幼年是在江宁（今江苏省南京市）度过的。其后，随全家迁回北京。先后居住于城内及西郊等处。晚年生计匮乏，他的友人曾用"满径蓬蒿老不华，举家食粥酒常赊"的诗句描绘他那艰苦窘迫的贫困生活的景况。最后，在乾隆二十七年除夕（1763年2月12日）②，他逝世于东郊张家湾（今属北京市通州区）③。

他"身胖头广而色黑"，性格傲岸、放达，善谈吐，好饮酒。工诗，"诗胆如铁"，"诗笔有奇气"，诗的风格近似于唐代诗人李贺。能画，常以画石抒写胸中的块垒。

他出身于一个"诗礼簪缨"的世家。儿时"锦衣纨裤""饫甘餍美"，在"富贵温柔乡"中长大。他的曾祖母孙氏，做过清圣祖玄烨的保母。他的祖父曹寅（1658—1712），做过玄烨的伴读和御前侍卫。曹寅的长女，由玄烨指婚，于康熙四十五年（1706）嫁与平郡王讷尔苏。从曹雪芹的曾祖曹玺开始，自康熙二年（1663）起，一家祖孙三代四人，出任江宁织造一职，长达六十年之久。玄烨六次南巡，其中四次均以江宁织造署为行宫，由曹寅主持接驾。雍正五年（1727），曹寅的嗣子曹𫖯（有人说他是曹雪芹的父亲，也有人说他是曹雪芹的叔父）获罪，被撤职抄家，曹家终于败落。

曹雪芹家庭经历了由盛而衰的变化，这使他对社会、人生有了比较清醒的认识，也为他的《红楼梦》的创作提供了直接的感受和亲切的素材。

《红楼梦》是一部没有最后完成的作品。曹雪芹生前只写定了八十回。即使在这八十回中，也有几回留下了或多或少的空白。另外，甚至还有个别的前后不衔接、不照应的地方。但这丝毫也不影响伟大作品《红楼梦》的艺术价值和美学价值，丝毫也无损于伟大作家曹雪芹的崇高的成就和历史地位。

程甲本卷首有程伟元、高鹗的两篇序文，程乙本卷首又有程伟元、高鹗二人合写的引言——有人据此而断定《红楼梦》后四十回的续作者为高鹗，或高鹗、程伟元二人。张问陶诗《赠高兰墅（鹗）同年》七律的小注说："传奇《红楼梦》八十回以后俱兰墅所补。"这更增加了上述断语的分量。

高鹗和曹雪芹不同时。但他们二人之间却有着某种巧妙的联系。第一，他们的生卒年竟然是相互连接着的。在曹雪芹逝世的次年，高鹗来到了人间。第二，他们同是辽东人。曹雪芹祖籍辽阳，高鹗的祖籍则是铁岭（今属辽宁省）。两地相距甚近。第三，曹雪芹以《红楼梦》一书闻名于世，而高鹗的别号则是"红楼外史"。

高鹗（1763—1815），字兰墅。乾隆五十三年（1788）举人，六十年（1795）进士。嘉庆元年（1796）补授汉军中书。六年（1801）任顺天乡试同考官。十四年（1809）考选江南道监察御史。著有《月小山房遗稿》《砚香词》《兰墅文存》《兰墅十艺》《吏治辑要》等。

程伟元是高鹗的朋友。他大约比高鹗小十余岁。字小泉，苏州（今属江苏省）人。有文才，能诗善画。乾隆五十五年（1790）前，寓居北京。五十六年（1791）和五十七年（1792），先后两次邀同高鹗整理《红楼梦》一百二十回，并印行了两种木活字本（即程甲本、程乙本）。嘉庆初年入盛京将军晋昌幕府，佐理书翰奏牍。晚年卒于辽东。

其实，高鹗也好，程伟元也好，他们只不过是传播、印行《红楼梦》的功臣，或者说，只不过是《红楼梦》全书（包括后四十回在内）的整理者、修改者，而绝非《红楼梦》后四十回的作者。

这在他们自己为程甲本、程乙本撰写的序文、引言中说得很清楚：数年以来，他们一直在访求《红楼梦》的各种抄本，"竭力搜罗，自藏书家甚至故纸堆中无不留心"，有时还不惜重价购买；他们把各种抄本集合在一起，进行整理，"细加厘剔，截长补短，抄成全部"；付印的底本是他们"铢积寸累之苦心"的成果。由此可见，在付印之前，他们无非做了两项工作，一是搜集，二是整理。这都和"续写"是有原则区别的。

他们还特别指出："书中后四十回系就历年所得，集腋成裘，更无他本可考。惟按其前后关照者，略为修辑，使其有应接而无矛盾。至其原文，未敢臆改，俟再得善本，更为厘定，且不欲尽掩其本来面目也。"事实真相就是如此。如果没有掌握确凿可靠的证据，径自断言他们的上述种种话语都是撒谎，那将不是一位学者所应采取的严肃的、客观的、正确的态度。

程甲本的序文写于乾隆五十六年"冬至后五日"。程乙本的引言写于五十七年"花朝后一日"。两者相距仅两月有余。而从程甲本到程乙本，无论是前八十回，或是后四十回，正文都作了大量的修改。如果高鹗、程伟元是后四十回的作者，在如此短促的时间内，有必要对自己的作品进行如此匆忙、如此大量的改写吗？

所以，后四十回作者是曹雪芹、程伟元、高鹗之外的另一人。

三、《红楼梦》最初是怎样流传的？

乾隆五十六年（1791），在《红楼梦》传播史上，是一个值得纪念的年分。在这一年，出现了第一部《红楼梦》的印本——萃文书屋木活字本，《新镌全部绣像红楼梦》，即人们所习称的程甲本。该本有程伟元、高鹗的两篇序文。程序未署年月。高序则署了乾隆五十六年"辛亥冬至后五日"。

乾隆五十六年因之成为一条分界线。在这之前，《红楼梦》主要以稿本或传抄本、八十回本的形式流传；在这之后，则主要改以种种印本、一百二十回本的形式流传，直到如今。

《红楼梦》最初的流传，经历了三个阶段。

第一阶段：在曹雪芹撰写过程中，以及在部分章回脱稿之后，就开始不断地被传阅着。这时，流传的范围只限于和曹雪芹关系比较密切的亲友之间。被传阅的也仅仅是曹雪芹的稿本或誊清本。

第二阶段：由于最早的一群读者的誉扬和推荐，加以《红楼梦》的故事情节又具有格外吸引人的艺术魅力，传阅的范围逐渐地扩大，从而拥有了一批比较固定的读者。这时，出现了越来越多的传抄本。

第三阶段：职业的抄手参予了《红楼梦》抄本的缮写和流传。伴随着也就产生了以出租、出售《红楼梦》抄本为业的商人（当然，他们也出租、出售其他的小说作品）。出售的地点，有时在"庙市中"，有时在"鼓担上"。至于出租《红楼梦》和其他小说的则有所谓"蒸锅铺"。据有的学者介绍，"所谓'蒸锅铺'者，是清代北京地方一种卖馒头的铺子，专为早市人而设，凌晨开肆，近午而歇，其余时间，则由铺中伙计抄租小说唱本。""这种铺子所出租的小说唱本，不论有否木刻，一律由人工抄出，三数回钉为一册。抄数纸皆为近于毛边纸的纸张，棉纸为面……任人租阅。"④

四、《红楼梦》有哪些重要的版本？

《红楼梦》的版本种类很多，情况也很复杂。这里只能有重点地、有选择地介绍一些主要的版本。

按形式分，《红楼梦》的版本有抄本和印本的区别。而印本又有活字排印本、木刻本、石印本之分。这还不包括现代的铅字排印本在内。

若按内容分，则有脂本、程本两大系统的区别。

《红楼梦》经过多少年的流传，保存下来许多早期的抄本。它们反映出或接近于曹雪芹原稿的面貌。它们往往还附有和曹雪芹同时而又关系非常密切、对《红楼梦》的创作意图和创作过程十分了解和熟悉的脂砚斋等人的大量批语。有的本子甚至就以"脂砚斋重评石头记"作为书名。因此，人们把这些版本称为"脂本"。

脂本都是八十回本。而程高本则都是一百二十回本。

程本因整理、印行《红楼梦》的倡议者程伟元而得名。他多方搜集《红楼梦》的抄本，约请高鹗来共同进行整理。他们首次将前八十回和后四十回合为一书，首次公开印行于世。他们所整理的前八十回正文，虽以脂本为底本，却经过了他们的较大的改动。为了显示它们与脂本的区别，不妨称之为"程本"。

从版本的总体上说，《红楼梦》分为脂本、程本两大系统。但就版本的个体而论，《红楼梦》却呈现出甲、乙、丙、丁四种类型。现分别列举主要版本于下：

甲：脂本

1. 甲戌本（第一回正文中有"至甲戌抄阅再评"字样）——《脂砚斋重评石头记》，抄本，存十六回。

2. 己卯本（"己卯冬月定本"）——《脂砚斋重评石头记》，抄本，残存四十三回。

3. 庚辰本（"庚辰秋月定本"）——《脂砚斋重评石头记》，抄本，存七十八回。

4. 彼本（俄罗斯圣彼得堡藏本）——《石头记》，抄本，存七十八回。

5. 舒本（舒元炜序本）——《红楼梦》，抄本，存四十回。

6. 戚本（戚蓼生序本）

    A. 有正本——《国初钞本原本红楼梦》，清末民初上海有正书局石印本，八十回。

        a. 大字本

        b. 小字本

    B. 张本（张开模旧藏本）——《石头记》，抄本，存四十回。

    C. 泽存本（泽存书库旧藏本）——《石头记》，抄本，八十回。

7. 郑本（郑振铎旧藏本）——《石头记》（书口题《红楼梦》），抄本，存二回。

乙：脂、程混合本

8. 杨本（杨继振旧藏本）——《红楼梦稿》，抄本，一百二十回（其中七十回属于脂本系统，五十回属于程本系统）。

9. 蒙本（蒙古王府旧藏本）——《石头记》，抄本，存一百二十回（其中七十三回属于脂本系统，四十七回属于程本系统）。

丙：脂、程过渡本

10. 梦本（梦觉主人序本）——《红楼梦》，抄本，八十回。

丁：程本

11. 程甲本——《新镌全部绣像红楼梦》，乾隆五十六年（1791）萃文书屋木活字排印本，一百二十回。

12. 程乙本——《新镌全部绣像红楼梦》，乾隆五十七年（1792）萃文书屋木活字排印本，一百二十回。

以上，详细地举出了现存的全部的脂本（包括脂、程混合本以及脂、程过渡本）。在程甲本、程乙本出现后，程本系统的本子多如牛毛，它们的重要性不可与脂本同日而语，因之就没有必要在这里一一胪列了。

五、为什么要选择梦本？

本书的出版，便是基于以上的考虑。

我们的目标是要出版伟大作家曹雪芹的《红楼梦》，而不是随意出版一部被旁人做了许多重大修改的一百二十回的《红楼梦》。因此，我们的做法是：以某个特定的完整的脂本八十回为底本，并再配以比较接近于脂本的程甲本的后四十回，组成一部《红楼梦》的新的读本。

那么，为什么前八十回要选择梦本作为底本呢？

梦本有两个最大的特点。第一，在现存的所有的八十回的脂本中，除有正本外，数它最完整。而其他的脂本，或原就残缺，缺二回至数十回不等，如甲戌本、己卯本、庚辰本、舒本、彼本、郑本等；或用别的现成的本子配补，如杨本、蒙本等。第二，梦本是一种自脂本系统向程本系统过渡的中介本。在所有的脂本中，数它的文字最接近于程甲本。

这两个特点便成为我们选择梦本作为底本的理由。选择梦本，能够使前八十回保持同一个版本所具有的最纯粹的完整性，而不掺杂别的本子的成分。同时，选择梦本，也能够在最大的程度上减少因将脂本（1—80回）和程本（81—120回）捏合、拼接而带来的故事情节方面的前后抵牾、歧异、有失照应的弊病，从而多少扫除了阅读过程中的一些障碍。

如果我们在出版《红楼梦》的新校点本、排印本的时候，仅仅校点曹雪芹的前八十回，而不顾及续作者的后四十回，将会给一般读者造成不完整的感觉。他们读一部有头无尾的名著不可能过瘾。试想，刚读完精彩的八十回，被作者的生花妙笔吊起了胃口，却戛然而止，他们想了解人物和故事结局的迫切的心情，是完全可以理解的。所以，只保持前八十回而抛弃后四十回的作法，是不可取的。

若前八十回采用脂本，则后四十回只能配以程本，别无他途。而后四十回选择比较接近于脂本的程甲本，前八十回选择比较接近于程本的梦本，这将构成最佳的组合。

六、关于校点的几点说明

本书的前八十回以梦本（梦觉主人序本）为底本，后四十回以程甲本为底本。

在校点中，遵循忠实于底本的原则。一般来说，不改动底本的文字。即：

1. 凡可改可不改者，一律不改。

2. 前八十回：遇有语句不通顺、遗漏或文字模糊之处，则根据其他脂本或程甲本加以校正、补充。

3. 后四十回：遇有文字错误或印刷模糊不清之处，则参考蒙本、杨本或程甲本系统的其他版本（例如藤花榭本、《金玉缘》本等），或据程乙本，加以校正。

但为了避免烦琐，接受出版社的意见，不出校记，不交代改文的依据。

我们的目的是：整理出一种有特点的、有可读性的、有版本价值的本子。这样，它将既适合于一般读者的阅读，也适合于研究者、红学爱好者的使用。

注释：

①关于曹雪芹的生年，在学术界还有如下的说法：康熙五十年（1711）、雍正二年（1724）。

②关于曹雪芹的卒年，在学术界还有如下的说法：乾隆二十八年癸未除夕（1764）、乾隆二十九年甲申春（1764）。

③1968年秋北京市通县张家湾镇张家湾村农民平整土地时在当地俗称"曹家坟"的地方发现了曹雪芹的墓石。墓石中央一行镌刻着五个大字："曹公讳霑墓"；左下端镌刻着两个小字："壬午"。

④周绍良：《读刘铨福原藏残本〈脂砚斋重评石头记〉散记》。

读红偶谭

一、雪浪笺

《红楼梦》第三十八回"林潇湘魁夺菊花诗，薛蘅芜讽和螃蟹咏"写了宝玉和众姐妹作菊花诗的场景。事先，他们拟好了十二道诗题。这时——

> 十二题已全，各自誊出来，都交与迎春，另拿了一张雪浪笺过来，一并誊录出来，某人作的，底下赘明某人的号。

以上文字引自庚辰本。

其中"雪浪笺"三字，在不同的脂本中，存在着异文。

这三个字的异文情况是这样的：

> （1）"雪浪笺"——己卯本、庚辰本、蒙本、彼本、梦本。
> （2）"雪涛笺"——舒本。
> （3）"薛涛笺"——戚本。
> （4）"雪限笺"——杨本。

杨本的"雪限笺"的"限"字明显地是"浪"字的形讹，这不妨把它归入第一类，可以置而不论。

这是一个专门名词。怎样判断它们的正确与错误呢？

我认为，舒本的"雪涛笺"或戚本的"薛涛笺"是正确的，己卯、庚辰等本的"雪浪笺"则是错误的。

《红楼梦大辞典》（增订本）的条目有"薛涛"，而没有"薛涛笺"或"雪涛笺"。在"薛涛"的释文中，提到了"薛涛笺"：

> 擅音乐，工诗词，居成都浣花溪时创制深红小笺写诗，人称"薛涛笺"。①

这简明扼要地介绍了"薛涛笺"制作者的姓名（薛涛），制作的时间（居成都时）、地点（浣花溪），以及颜色（深红）、形式（小笺）。可谓要言不烦，给读者以清晰的理解。遗憾的是，《红楼梦大辞典》没有为"薛涛笺"单独设立条目。相反的，它有"雪浪纸"条目，释文却有别解云[②]：

> 雪浪纸：可能是对优质宣纸之美称，其名未见著录。考"雪浪"一词，见元稹《遭风诗》："俄惊四面云屏合，坐见千峰雪浪堆。"此言云山似"雪浪"。杜牧《题池州贵池亭》诗："蜀江雪浪西江满，强半春寒去却来。"此言江水犹如"雪浪"。手工制上好宣纸，柔细洁白，向阳照之，隐约如云如浪，或即名之由来。

该词条之目本身就是错讹的。在《红楼梦》书中，只有"雪浪笺"，而没有"雪浪纸"。"纸"与"笺"显然有别。请注意《红楼梦大辞典》"薛涛"词条释文中所说两点，一是"深红"，二是"小笺"。而"雪浪纸"词条弃"笺"用"纸"，弃"红"用"白"，恰恰是一种似是而非的解释。宋应星《天工开物》曾称赞"薛涛笺"："其美在色"。薛涛喜爱红色，故以红色制笺。其后有所变化，前人统计，薛涛笺有十色：深红、粉红、杏红、明黄、深青、浅青、深绿、浅绿、铜绿、残云。就中恰恰没有白色。或不谙此，径以宣纸和"柔细洁白"来比拟薛涛笺，那就失之悬隔了。

"薛涛笺"见于著录。"雪浪纸"则"未见著录"。孰正孰误，立见分晓。

如果勉强要把"雪浪"和"薛涛笺"扯在一起，那也不必像《红楼梦大辞典》那样联想到元稹和杜牧的诗句上去。愚意不如援引李商隐的《送崔珏往西川》诗似乎更能造成一种表面上的联系，里面既有"雪浪"，又有"笺"：

> 年少因何有旅愁，欲为东下更西游。
> 一条雪浪吼巫峡，千里火云烧益州。
> 卜肆至今多寂寞，酒垆从古擅风流。
> 浣花笺纸桃花色，好好题诗咏玉钩。

无奈李商隐此处笔下的"雪浪"，讲的依然是江水，而不是纸。

这说的是这个名词。至于《红楼梦》脂本的异文（雪浪笺、雪涛笺、薛涛笺）的出现，有什么规律可循呢？

愚意以为，在曹雪芹笔下，首先出现的应是"雪涛笺"（舒本），"雪浪笺"（己卯、庚辰等本）当是"雪涛笺"的舛错，"薛涛笺"则是有鉴于"雪浪笺"的讹谬而作的纠正。

二、异体字的晋升

2013 年 8 月 28 日教育部在新闻发布会上公布了《通用规范汉字表》。其中收入 8105 个汉字，并有 45 个转正的异体字。

在这 45 个转正的异体字中，我特别感兴趣的，也是和我们红学研究有着这样或那样联系的，有这样五个："晳""昇""陞""頫""澂"。这五个字，在用于电脑的某些"输入法"的字库中找不到，影响了我们写作的顺利进行。它们的转正，自然会受到我们的欢迎。

【晳】

"晳本"，即"晳庵藏本"或"晳庵旧藏本"的简称。它是一部目前藏于中国国家图书馆的仅有第二十三回和第二十四回的《红楼梦》残抄本。

它原为郑振铎旧藏。有人称之为"郑本"或"郑藏本"。但我认为，郑氏藏书多矣，《红楼梦》就多达数种。可称为"郑藏本"的《红楼梦》亦多矣。一般读者见到"郑藏本"的字样，匆忙之间，弄不清究竟何所指，容易造成混乱。这违反了版本简称的专一性、排他性。

此书首叶钤有一枚名章："晳庵"。此人当是郑振铎之前的一位收藏者。因此，我建议称此残抄本为"晳本"，以代替易生误解的"郑本"或"郑藏本"。

【昇、陞】

贾府有个管家，在程乙本之前的不同的版本中，他的姓有"来"和"赖"的两歧，他的名字也有"昇"和"陞"两种不同的写法：

第 6 回	来昇	脂本　程甲本
第 6 回	赖陞	程乙本
第 10 回	来昇	脂本　程甲本
第 10 回	赖陞	程乙本
第 14 回	来昇	脂本　程甲本
第 14 回	赖陞	程乙本
第 16 回	来昇	脂本　程甲本
第 16 回	赖陞	程乙本
第 53 回	赖昇	脂本　程甲本　程乙本

| 第 54 回 | 赖昇 | 脂本（程甲本、程乙本无） |
| 第 63 回 | 赖昇 | 脂本　程甲本　程乙本 |

姓不同，名亦异。但可确定，"来昇""赖昇""赖陞"为同一人无疑。

比较离奇的是，在当前的一些排印校点本中，以及在《红楼梦人物谱》和《红楼梦大辞典》的条目中，都仅有"来升"和"赖升"，而无"来昇""赖昇""赖陞"。这就使得此人的名字在"昇""陞"之外，又增加了一个"升"。

出现这种离奇现象的原因无他，受了在这之前规定的简体字归并方案（"昇""陞"归并为"升"）的约束而已。

这连带也使得清代戏曲大家洪昇变成了"洪升"。

【頫】

曹頫：有人说，他就是曹雪芹的父亲。也有人说，他乃曹雪芹的叔父。

此字曾一度被归并为"俯"字。

岂不知，曹氏家族子孙命名是有规律可循的。在曹雪芹祖父曹寅一代，其名是以"宝盖头"排行的；在曹頫一代，其名则是以"页字旁"排行的。如果"曹頫"变成了"曹俯"，那就该令不明真相的人们产生以"单立人"排行的疑窦了。

【澂】

曹雪芹的友人张宜泉有《春柳堂诗稿》存世。

这部诗集，除张宜泉自序外，还有两序一跋。跋文末署"光绪己丑季春，赐进士出身四品衔、国史馆协修、会典馆协修、工部主事、前翰林院庶吉士济澂谨跋"。应该承认，这是钩稽张宜泉史料的重要文献。

我们过去讨论过张宜泉《春柳堂诗稿》的真伪问题，曾经提及此跋。但在文稿中我们替跋文作者改了名，写作"济澄"。因为在那时，"澂"被定为异体字，需归并入同音、同义的"澄"字。现在则不必再作此无用功了。

三、我的宝玉

《红楼梦》第三十三回写宝玉挨打，是重要的章回。

在这一回，曹雪芹描写贾母和贾政二人的思想、语言、表情，生动逼真，十分传神。

我特别欣赏其时贾母的一句话中易被忽略的两个字。

试看当时气愤的贾母和愧疚的贾政之间的一段对话——

> 贾母："只是可怜我一生没养个好儿子，却教我和谁说去。"
>
> 贾政："为儿的教训儿子也为的是光宗耀祖。母亲这话，我做儿的如何禁得起？"
>
> 贾母："我说一句话你就禁不起，你那样下死手的板子，难道宝玉就禁得起了？你说教训儿子是光宗耀祖，当初你父亲怎么教训你来？"

以上引文据庚辰本。

其中那句"难道宝玉就禁得起了"，己卯本、彼本、蒙本、戚本、杨本、梦本同于庚辰本（惟彼本"得"作"的"）。但舒本中有两个多出的字。那是在"难道"之下、"宝玉"之上，多出"我的"二字。

"我的宝玉"——难道宝玉只是属于贾母，而不是属于贾政和王夫人吗？当然不是。"我的"，是在气急之下脱口而出的话语，带有强烈的色彩，充分显示出宝玉在这位溺爱的老祖母心目中的重要地位。

愚意以为，"我的"二字放在当时的语言环境中，是不可缺少的。

惜乎这一点没有受到现下一些点校本的整理者的青睐。

四、凤姐姐与宝姐姐

《红楼梦》第三十五回"白玉钏亲尝莲叶羹，黄金莺俏结梅花络"里，若说是单是会说话的可疼——

> 这些姐妹里头，也只是宝姐姐和林妹妹可疼了。

以上引文据舒本。

"宝姐姐"，其他脂本均作"凤姐姐"。

按：此语乃宝玉所说，"宝姐姐"指宝钗，"凤姐姐"指凤姐。

这可以有两种理解。

其一，以舒本（"宝姐姐"）为是。宝玉所说的"这些姐妹"不应包括凤姐在内。尽管在其他场合，宝玉也曾当面以"姐姐"称呼凤姐，那是两回事。钗、黛并提，体现了宝玉的一种审美观。

其二，以其他脂本（"凤姐姐"）为是。若说当众能言善道的表现，宝钗毕竟稍逊色于凤姐。

　　愚意持第一种理解。请看紧接着的下文，便知我等此言非虚：

> 　　贾母道："提起他姊妹来，不是我当着姨太太面奉承，千真万真，从我们家四个女孩算起，全不如宝丫头。"薛姨妈听说，忙笑道："这话老太太是偏说了。因老太太疼他，无论好不好，总说是好。"王夫人忙又笑道："老太太时常背地里和我说宝丫头好。这倒不是假话。"

　　宝玉勾着贾母，原为赞林黛玉的，不想反赞起宝钗来，倒也意出望外，便看着宝钗一笑。

　　（"因老太太疼他，无论好不好，总说是好"三句，乃舒本独异之文。）

　　试看，贾母所说的"他姊妹"和宝玉所说的"这些姐妹"，包涵的范围是一致的，也就是说，是指元春、迎春、探春、惜春（我们家四个女孩）和宝钗、黛玉等人，李纨、凤姐未列入其中。

　　宝玉不分优劣地揄扬钗、黛，贾母却偏偏单独挑出宝钗，加以青睐和赞誉。

　　所以，在曹雪芹笔下，这不是闲文。这预示着宝黛恋爱、婚姻悲剧的结局。

五、"两碗"与"两样"

　　《红楼梦》第四十回"史太君两宴大观园，金鸳鸯三宣牙牌令"正文有"两碗"与"两样"之异。

　　这一回写了大观园中有刘姥姥参加的宴会。饭后，刘姥姥笑对李纨、凤姐、鸳鸯说道："我看你们这些人都只吃一点儿就完了，亏你们也不饿，怪道凤儿都吹的倒。"下文引庚辰本为例——

> 　　鸳鸯便问："今儿剩的菜不少，都那去了？"婆子们道："都还没散呢。在这里等着一齐散与他们吃。"鸳鸯道："他们吃不了这些，挑两碗a给二奶奶屋里平丫头送去。"凤姐儿道："他早吃了饭了，不用给他。"鸳鸯道："他不吃了，喂你们的猫。"婆子听了，忙拣了两样b，拿盒子送去。
>
> 　　鸳鸯道："素云那去了？"李纨道："他们都在这里一处吃，又找他作什么？"鸳鸯道："这就罢了。"
>
> 　　凤姐儿道："袭人不在这里，你倒是叫人送两样c给他去。"鸳鸯听说，便命人也送两样d去。

在这三段引文中，首先要指出的是"散"字的含义。猛一看，会以为它是指众仆妇"散去"的意思。其实不是的。它是指："把剩菜分送给（谁）"。

其次就要说到"两碗"和"两样"了。

在庚辰本的引文中，"两碗"只出现一次，"两样"却前后出现了三次。为了说明问题的方便，兹用 a、b、c、d 代表之，以示区别。

"两碗 a"，其他七种脂本（己卯本、彼本、舒本、蒙本、戚本、杨本、梦本）均同于庚辰本。

"两样 b"、"两样 c"，舒本作"两碗"，其他脂本同于庚辰本。

"两样 d"，其他七种脂本（包括舒本）均同于庚辰本。

怎样分析"两样"和"两碗"的歧异，怎样评断"两碗"和"两样"的优劣，以及通过这个案例能否给《红楼梦》版本问题的研究以某种启示呢？

"碗"和"样"属于不同的概念。

"碗"可以是完整的概念。"两碗"菜就是"两碗完整的剩菜"。它自然把"一碗完整的剩菜"或"三碗完整的剩菜"排除在外。

注释：

①《红楼梦大辞典》（增订本，文化艺术出版社，2010 年，北京），337 页。

②《红楼梦大辞典》（增订本），294-295 页。

《镜花缘》的反封建倾向

《镜花缘》是李汝珍作的一部小说。李汝珍，字松石，直隶大兴人。他大约生活在清朝乾隆和嘉庆的时代，曾做过县丞之类的小官吏。他不但是一个著名的小说家，而且还是著名的音韵学家。除了《镜花缘》以外，他还写过一部《李氏音鉴》，内容是对于音韵的研究，很有学术价值。

李汝珍写《镜花缘》的时候，中国的封建社会已经进入了末期，处于崩溃的前夕。伴随着封建社会里的各种矛盾的充分展开，封建制度所造成的各种罪恶和弊病，全部无遗地在人们面前暴露了出来。和以前相比较，当时的人有可能更清楚的看到封建制度的本质所在。李汝珍通过他的艺术手腕，用讽刺的笔法对各种不合理的社会制度做了抨击。我们今天来肯定《镜花缘》这部小说的价值，主要就是从这一点来着眼的。

一、进步的妇女观

《镜花缘》的反封建倾向，首先表现在作者所持的对妇女的进步观点上，表现在反对男子压迫女子上。

在封建社会里，"男尊女卑"被看成是天经地义的事。社会的一切罪恶往往都会被转嫁到女子的头上去。李汝珍突破了这种看法的限制，和比他稍前的小说家蒲松龄、曹雪芹一样，把他的同情给与妇女。在全书里，他描绘了许多妇女的形象。而在后半部，更用主要的力量来写一百位才女的活动。他主张男女平等，认为女子自幼就应当读书，有和男子同样的参加考试的权利，认为女子也有管理国家的能力。作者反对纳妾，反对穿耳和缠足等残害妇女肢体的行为。在第十二回里，作者发出了这样的责问：

> 试问鼻大者削之使小，额高者削之使平，人必谓为残废之人；何以两足残缺，步履艰难，却又为美？

他并且进一步指出："细推其由，与造淫具何异？"

女儿国一段的描写是脍炙人口的。在这个幻想的国家里，男女正好相反，"男子反穿衣裙，作为夫人，以治内事；女子反穿靴帽，作为男人，以治外事"。林之洋上岸去卖货物，被国王看中，要收做王妃。宫娥们把他领到一座楼上打扮起来，凡是妇女过去所受的罪，林之洋都遇到了。左右耳各被"一针穿过"，戴了一副八宝金环。双足被宫娥放在膝盖上，"用些白矾洒在脚缝内，将五个脚指紧紧靠在一处，又将脚面用力曲作弯弓一般，即用白绫缠裹"，缠完以后，林之洋"只觉脚上如炭火烧的一般，阵阵疼痛"。"未及半月，已将脚面弯曲折作两段，十指俱已腐烂，日日鲜血淋漓"。"不知不觉，那足上腐烂的血肉都已变成浓水，业已流尽，只剩几根枯骨，两足甚觉瘦小。"

作者巧妙地把封建社会里男女之间的压迫与被压迫的关系颠倒过来。林之洋在女儿国所受到的残酷的待遇，实际上正是一般妇女所受到的压迫的反映。而她们在当时之所以会有这样的待遇，是因为在以私有制和剥削为基础的社会中，妇女永远处于被压迫被统治的地位。在这里，作者通过他的大胆的想像和描写，深刻地揭露了妇女在封建社会里的悲惨的遭遇。

二、对科举制度的抨击与讽刺

《镜花缘》对于以八股取士的科举制度，作了有力的攻击、讽刺和嘲笑。

科举制度是以八股取士的。鲁迅曾经说过：

> 八股原是蠢笨的产物。一来是考官嫌麻烦——他们的头脑大半是阴沉木做的，——甚么代圣贤立言，甚么起承转合，文章气韵，都没有一定的标准，难以捉摸，因此，一股一股地定出来，算是合于功令的格式，用这公式来"衡文"，一眼就看得出多少轻重。二来，连应试的人也觉得又省力，又不费事了。

《镜花缘》对这种情形作了轻蔑的嘲笑。譬如，作者通过秦小春的嘴，说当日有个"才子"，做"三十而立"的破题是"两当十五之年，虽有板凳椅子而不敢坐焉"。书里还描写了白民国的一个教书先生，他有两篇杰作："闻其声，不忍食其肉"的破题是"闻其声焉，所以不忍食其肉也"；"百亩之田，勿夺其时，八口之家，可以无饥矣"的破题是"一顷之壤，能致力焉，则四双人丁，庶几有饭吃矣"。这不是很生动地把这位教书先生的空疏的脑袋暴露出来了吗？

作者在《镜花缘》里还刻画出了那些热衷于科举考试的人的精神面貌。这些人对于考试、做官非常醉心，在盼望发榜的时候，患得患失，忽哭忽笑，丑态百出。
我们可以看一看林宛如和秦小春的例子：

> 秦小春同林宛如这日闻得明日就要发榜，心里又是喜欢，又是发愁。二人
> 同由秀英、田舜英同房，到晚，秀英、舜英先自睡了。小春同宛如吃了八杯酒，
> 和衣倒在床上，思来想去，那里睡得着，只得重复起来；坐在对面，又无话说。
> 好容易从二更盼到三鼓，盼来盼去，再也不转四更，只好房里走来走去。彼此
> 思思想想，不是这个长吁，就是那个短叹。一时想到得中乐处，忽又大笑起来；
> 及至转而一想，猛然想到落第苦处，不觉又哽咽起来；登时无穷心事，都堆胸前，
> 立也不好，坐也不好，不知怎样才好。

作者更通过田舜英比较细致地分析了她们这种忧欢莫辨、哭笑不分的情况：

> 他既得失心重，未有不前思后想：一时想起自己文字内中怎样炼句之妙，如
> 何搞藻之奇，不独种种超脱，并且处处精神，越思越好，愈想愈妙，这宗文字，
> 莫讲秦汉以后，就是孔门七十二贤也做我不过，世间那有这等好文字！明日放
> 榜，不是第一，定是第二。——如此一想，自然欢喜要笑了。……

> 及至转而一想，文字虽佳，但某处却有字句欠妥之处，又有某处用意错谬
> 之处，再细推求并且还有许多比屁还臭、不能对人之处，精神坏处多，好处少，
> 这样文字如何如何能中？——如此一想，自然闷恨要哭了。

秦小春、林宛如等一共四十五个人结伴赴考，议定如中一人，报喜人就放一炮。
发榜那天，她们起先只听见炮声响了三十七下。小春、宛如"坐在椅上，面如金纸，
浑身瘫软，那眼泪如断线珍珠一般直朝下滚"。二人"想想自己文字由不得不怕：只
觉身上一阵冰冷，那股寒气直从头顶心冒将出来；三十六个牙齿登时一对一对厮打；
浑身抖战筛糠，连椅子也摇动起来。"后来，多九公代她们买了题名录回来，告诉她
们榜上全都有名，她们才放下心来。

> 众人连忙收拾。谁知小春、宛如忽然不见，四处找寻，好容易才从茅厕里
> 找了出来。原来二人却立在净桶旁边，你望着我，我望着你，倒像疯癫一般，
> 只管大笑；见了众人，这才把笑止住。

这样的描写。真是淋漓尽致地揭发了科举制度对于人类心灵的毒害。这个地方
与《儒林外史》里所写的范进中举以后发疯有异曲同工之妙。

三、对腐败风俗习惯的讽刺

《镜花缘》对于当时社会上的腐败风俗、习惯也进行了讽刺。

封建社会发展到了末期，社会上的风俗习惯无不达到腐朽的顶点。所谓"世风日下，人心不古"，正是最好的说明。李汝珍首先就把他那讽刺的枪口对准了这种现象开火，反对虚伪，提倡真诚。假道学、伪君子是他所极端痛恨的。这在深目国、两面国、豕喙国等几段描写中都有所表现。比较突出的是关于君子国的描写。这个国家里的人民，"好让不争"。买东西的人会说出这样的话：

> 老兄如此高货，却讨恁般贱价，教小弟买去，如何能安！务求物价加增，方好遵教。

而卖东西的人有时是这样来向顾客介绍他的货物的："敝货既欠新鲜，而且平常，不如别家之美。"这样的情形当然在现实社会上是不可能存在的，作者这样来写，是含有深意在内的。它不是和当时社会上的"漫天要价，就地还钱"的坏作风形成一个鲜明的对比吗？

贪暴、吝啬的剥削阶级也是作者讽刺的对象。当百介山人和百鳞山人要把孽龙、大蚌禁锢在无肠国"富室"的东厕时，两个妖怪连忙跪求说：

> 蒙恩主禁于无肠东厕，小畜业已难受；若再迁于富室东厕，我们如何禁当得起？——不独三次四次之粪臭不可当，而且那股铜臭尤不可耐。惟求法外施仁，没齿难忘。

富室的"铜臭"使得妖怪都感到可怕，更不要说是人了。在这里，作者犀利地挖苦了那些以剥削人民起家的地主阶级分子。关于毛民国的描写，是对于剥削阶级"生性鄙吝，一毛不拔"的讽刺。

另外，作者还通过牛形药兽的形象讽刺了那些"不会切脉，也未读过医书""以人命当耍"的庸医；通过翼民国人头长五尺的形象，讽刺了那些"爱戴高帽子"的人；通过大人国官员的形象讽刺了地主阶级的帮凶官吏的瞒心昧己的行为。淑士国酒楼一段的描写则是对于知识分子的迂腐的讽嘲。

《镜花缘》全书内容，大致如此。

四、《镜花缘》的缺点

下面谈一谈它的缺点。

第一，文学作品主要是以艺术形象来表达思想内容的；而本书人物的性格，除了林之洋、多九公、唐敖、唐小山、孟紫芝几人还大致可以看出外，其余的人很难给读者一个深刻、鲜明的印象。这不能不说是本书的一个致命伤。

第二，本书说教的成分过多。作者不适当第加进了大量的药方、酒令等等卖弄学问的东西，削弱了文学作品的艺术感染力。

第三，由于作者受过传统的儒家思想的教育，再加上受到时代的限制，所以书中也流露出一些落后的思想成分。例如作者肯定的正面人物唐敖还有着庸俗的功名富贵思想。又如作者用卞俭、勤氏夫妇的故事来说明地主是勤俭起家的，因而掩盖了剥削的本质。而作者的一些正面主张有时候也是不彻底的。

第四，故事情节的发展上有"无巧不成书"的偶然巧合。例如徐承志巧遇丽蓉乳母的丈夫，又如缁瑶钗与缁氏投考时所报的名姓、乡贯竟然会完全相同。

论《九云记》

这里有三个书名和三个问题。

三个近似的书名:《九云梦》《九云楼》《九云记》。

它们各自都由三个字组成。前面两个字都是"九云",唯有最后一个字,"梦""楼"和"记"不同。

因之就有了三个有趣的问题:

(一)它们究竟是三部书呢,还是一部书或两部书?

(二)如果它们不是同一部书,那么,它们彼此之间又存在着什么样的关系呢?

(三)它们到底算是朝鲜小说呢,还是中国小说?

一、中韩文化交流史上的一段佳话

先说开头一个书名:《九云梦》。

它确实是一部不折不扣的朝鲜小说。

十七世纪八十年代有一位朝鲜文学家金万重,是他创作了这一部《九云梦》。

《九云梦》的作者虽为朝鲜人,全书却是从头到尾用娴熟的汉文写成的,内容演述的也纯粹是发生在中国本土上的中国人的故事。它实际上属于友人、法国国家科研中心陈庆浩教授所说的那种"域外汉文小说"的性质。

它有朝鲜刊本,中国的一些图书馆的书库内至今还珍藏着几部。

如果我们不掌握其他有关的资料,而仅仅阅读《九云梦》作品本身,那么,无论是从作品的内容,或是从作品的形式,都判断不出它究竟出于中国作者之手,还是出于朝鲜作者之手。因此,有时它在中国偶尔会被错误地当作中国小说加以著录①,也就是不难理解的了。

古代朝鲜文学家用汉文撰写的作品(包括小说),并非罕觏。《九云梦》只不过是中国小说创作对朝鲜小说产生影响的一个明显的例子而已。

再说末后一个书名:《九云记》。

它却是一部地地道道的中国小说。

大约在十九世纪初期，金万重的《九云梦》的朝鲜刊本自朝鲜传入中国本土。这时，又有一位中国文学家，以"无名子"为笔名，对《九云梦》进行改编和再创作，把篇幅从原来的三卷十六回扩展到九卷三十五回，并改易书名为《九云记》。他呈献给读者的，是一部新内容和旧内容相互结合的作品。——这却变成了朝鲜小说创作反过来对中国小说产生影响的一个鲜见的例子。

更为难得的是，长期以来，这部以"九云记"命名的小说，已在中国本土湮没无闻，也不见于公私各家书目的著录；偏偏它惟独保存在韩国：十几年前，在韩国岭南大学校中央图书馆汶波文库发现了《九云记》的汉文抄本。

这是中韩文化交流史上的一段佳话。从金万重《九云梦》的脱稿算起，到"无名子"《九云记》抄本发现的公开报道为止，前后经历将近三百年的时间，这构成了中韩文化交流史上的辉煌的篇章。

探讨朝鲜小说《九云梦》和中国小说《九云记》之间的关系，因之成为中韩文化交流史研究中的一个具体的、趣味盎然的、富有意义的课题。

二、一个引子

我第一次接触《九云梦》小说，是三十多年之前的 1956 年。

那时，我正想私下给孙楷第小说的《中国通俗小说书目》作补遗的工作，偶然在文学研究所图书馆的书架上发现了一部《九云梦》的刊本，急忙借来读了一遍，觉得文笔相当不错，故事情节也很吸引人。只见它的末册末页末行刻着七个字："崇祯后三度癸亥"。那指的不就是清代嘉庆八年吗？我当时以为它是清代作家撰写的一部中国小说，就把它拿去请孙楷第先生作鉴定。他翻了一下，然后告诉我，这可能是朝鲜的小说。我后来设法再借来一些别的朝鲜刊本书籍，互相一比较，果然发现它们在纸墨、版式、字体等方面都存在着很大的一致性。其后我仔细阅读《九云梦》本文，又发现：书中多处不讳避"玄"字、"弘"字，加以在纪年上，它不直接了当地说刻于清代嘉庆年间，却偏要声明是"崇祯后"几度云云，如果它确实是产生在中国本土的清代小说作品，岂不犯忌？在文字狱层出不穷的当时，难道这样做就不怕会给它的作者、刊刻者惹来杀身之祸？于是，我信服了孙楷第先生的判断。

我第一次知悉《九云记》其书的存在，则是在去年，1992 年。

去年 10 月，在扬州市举行了国际《红楼梦》研讨会。会议期间，我读到了韩国友人、汉阳大学教授、中国小说研究会会长崔溶澈的长篇论文《〈九云记〉的作者及其与〈红楼梦〉的关系》。它和韩国的另一位学者、高丽大学教授丁奎福，考证出《九云记》小说是中国文人的作品。他认为："从前的韩中关系，虽说是'文化交流'，但一般情况是单向式的，中国的文化给韩国影响的。现在这篇《九云记》是韩国的文学作品给中国文人起个影响的难得的一项有力的例证。"②他还强调地指出："这是在韩中比较文学史上，不可忽视的一件大事。将来韩中两国的小说研究者应加以注意。"③

大会发言时，崔溶澈教授恰巧和我并排坐在一起。他向我简明扼要地介绍了有关《九云记》的种种情况。这立即引发了我的浓烈的兴趣。1993 年 1 月间，他又委托一位友人把《九云记》抄本的复印本 9 册从韩国带到北京，送给了我。我准备在取得岭南大学校中央图书馆汶波文库的同意后，把这部罕见的秘籍公开发表在即将由中华书局继续影印出版的《古本小说丛刊》中，供海内外学术界研究、参考。

读了崔溶澈教授的论文之后，一个念头油然而生：研究《九云记》，也应该是中国学者义不容辞的责任。崔溶澈教授远道惠赠书籍的盛情厚谊，更促使我坚定了撰写一篇探讨有关《九云记》种种问题的论文的决心。

异日如有时间、精力等各方面的条件允许，我将对《九云记》进行更多的、更深入的、更细致的研究。眼下这篇献给"1993 年中国古代小说国际研讨会"的拙文，只能权作一个开端的引子。

三、从《碧芦集》看《九云楼》

三个书名，已说到了一头一尾。还剩下当中的那个：《九云楼》。

它出现于《碧芦集》一书中。

《碧芦集》是朝鲜后期间巷文人金进洙的诗集④。它的前集卷一，辑录了以"燕京杂咏"为共同标题的七绝，一共 315 首。诗的内容，全都是描写作者当年游览北京时的一些见闻和感想。其中，有这样一首诗：

> 墨鸢装虎迄无休，篇什丛残尽刻舟。
> 岂但梅花空集句，九云梦幻九云楼。

诗下还有小注，分别对"墨鸢""裴虎""篇什""丛残""梅花""集句""九云梦""九云楼"等词进行解释，或援引典故的出处，或阐述它们的含义。小注的最后一段是这样说的：

> 我东小说《九云梦》，增演己意，如杨少游系以杨震，贾春云系以贾充，他

皆仿此。皆写像于卷首，如圣叹四大书。著为十册，改名曰《九云楼》。自序曰：余官西省也，于舟中得见《九云梦》，即朝鲜人所撰也。事有可采，而朝鲜不娴于稗官野史之书，故改撰云。

诗后还附有黄钟显⑤的评语。评语的前半段谈"集句之法"，后半段则是：

若稗史演义，半属乌有，而以至杨小游系出杨震，八仙女皆有系派，写影于篇首，以无为有，反虚成实，有关伤败风俗，康熙时毁破圣叹《水浒传》刻板，亦由是耳。

不言而喻，金进洙的诗句、小注，以及黄钟显的评语，三者都是研究《九云梦》和《九云楼》的重要的有价值的史料。

从它们不难直接引申出如下的八个初步的结论：

（一）金进洙既然是朝鲜人，则他的小注中的"我东"，无疑是指他的祖国而言。他把《九云梦》称为"我东小说"，这自然表明《九云梦》小说是一部朝鲜作品。何况在金进洙所引述的《九云楼》作者的"自序"中，也明确地点出《九云梦》是一部"朝鲜人所撰"的小说。

（二）与此相反，《九云楼》当然不是金进洙所说的"我东小说"，也不是《九云记》作者"自序"所说的"朝鲜人所撰"的作品。换言之，它是一部出于中国作者笔下的小说。

（三）《九云楼》是在《九云梦》的基础上，"增演己意"，"改撰"而成的。

（四）《九云楼》作者"改撰"的起因，是由于对《九云梦》的不满。这种不满的表现则是：他认为，作为一位朝鲜人，《九云梦》的作者"不娴于稗官野史之书"。"稗官野史"，习惯上都是指白话通俗小说说的。而我们今天所见到的《九云梦》，恰恰是文言小说作品。由此可见，《九云楼》无疑是一部以白话通俗小说为体裁的中国作品。它的作者所说的"朝鲜不娴于"云云，正表明了他的中国人的身份。

（五）《九云楼》所增添的内容，至少有"杨小（少）游系出杨震"（或"杨少游系以杨震"）、"贾春云系以贾充"、"八仙女皆有系派"等三项。

（六）《九云楼》卷首（或"篇首"）绘有书中人物的图像（"写像"，或"写影"）。

（七）《九云楼》装订为10册。

（八）《九云楼》书前载有作者的"自序"。此"自序"后为金进洙所节引。

但是，这部题名为"九云楼"的中国小说作品，迄今为止，在海内外尚未发现。

四、《九云楼》是不是《九云记》？

金进洙所说的《九云楼》小说，和岭南大学校中央图书馆汶波文库所藏的那个抄本《九云记》小说，二者都属于中国作品，且书名仅有一字之差，它们之间究竟存在着什么样的关系？它们是同书异名呢，还是异名异书？

对此，崔溶澈教授在论文中有比较细致的分析。它提出了有三种可能性：

> 金进洙说此书的书名为《九云楼》，不说《九云记》。金进洙写其他部分较清楚，不会搞错书名。《九云记》的书名也不是随便起的，除了各卷的封面好卷首郑重标出的之外，第一回及第三十五回正文中也正式提到过。这么说，有两种不同的可能性。第一是金进洙的错误。是他看错了书名。第二、韩国所藏抄本的抄录者故意修改书名，不但封面和卷首，连正文中的书名也改掉。除此之外，第三种的可能性是《九云楼》和《九云记》是不同的两种书，都是以《九云梦》为主，加上"杨少游祖先"的一段故事，但这种可能性却不会很大。⑥

我愿意在此补充提出第四种可能性，即最大的可能性。

我认为，最大的可能性在于，《九云记》即《九云楼》，它们是有过两个两个书名的同一部小说，而不是内容近似的两部小说，更不是内容歧异的两部小说。

《九云楼》是《九云记》的又一名称，关于这一点，我相信，非常可能在作者的"自序"中曾有或详或略的交代或说明，而金进洙当年正好看到过这篇"自序"的全文。所以，他记住了这个书名。——这就是对金进洙何以称《九云记》为《九云楼》的一个比较合理的解释。

此外，从书名上，从作者"增演"的内容上，也能证明《九云楼》即《九云记》。

五、书名："楼"

一书多名，向来是中国古代小说的传统。像著名的《红楼梦》，不是在创作之初就有《石头记》《风月宝鉴》《金陵十二钗》《情僧录》等一连串的异名，在出版之后又曾被人改称为《大观琐录》《金玉缘》吗？《九云记》与《九云楼》，亦当作如是观。

在《九云记》中，不止一次写到了"九云楼"。第三十三回的回目叫做"三场试六子联金榜，九云楼八美说笑话"；该回的正文中写道：

> 魏王以群芳园里诸楼阁各为诸妇、娇女之所有，欠登临游玩之没处，园中

> 别构一楼，曲折游廊，朱槛彩阁，极其宽豁，上入云霄。取八夫人与同会游之义，匾以"九云楼"，每与八夫人登临啸咏。（9/10）⑦

接下去，第三十四回（9/32，9/43）、第三十五回（9/53）还继续写到了人们在九云楼中举行的种种活动。这"九云楼"的出现，有着象征的意义。作为一种标志。它实际上代表着书中主人公杨少游（魏王）一家的荣华富贵。

而在《九云梦》中，既没有出现过以"九云"命名的楼阁，也没有出现过"九云楼"的字样。有没有"九云楼"，遂成为《九云记》和《九云梦》的一个重大区别的所在。

在中国古代小说作品中，书名嵌入一个"楼"字，是一种习见的、比较普遍的现象。不妨随手举出几个著名的例子：《燕子楼》《花萼楼》《粉妆楼》《万花楼》《碧玉楼》《跻云楼》《梦月楼》《雅观楼》……等等。清初李渔的短篇小说集《十二楼》，包含十二篇作品，篇篇都以"××楼"为名，更为广大读者所熟悉。所以，《九云记》又名《九云楼》，完全有这个可能。

既然《九云记》又名《九云楼》，为什么金进洙在提到这部小说的时候，不称之为《九云记》，反而说是《九云楼》呢？分析起来，无非是两种可能的原因：

第一，比之于"九云记"，"九云楼"这个名称留给金进洙的印象更深刻，更难忘。因此，出现在他笔下的，是后者，而不是前者。

第二，金进洙是在写诗，而不是在写散文。写诗就要讲究格律，就要时时受到格律的限制。原诗一句七字，为"九云梦幻九云楼"。它属于第四句，位于全诗的结束处。"楼"字又是第四句的最后一个字，即韵脚的所在。它和前面一、二两句句尾的"休"字、"舟"字正好叶韵。如果撤去"楼"字，换上"记"字，岂非出韵？况且"记"为仄声，"楼"却是平声，而此句正呈"平平仄仄仄平平"式，从韵律的角度看，配放在这个位置上的字，显然也只能用"楼"，而不能用"记"。

六、"增演"：杨少游与杨震

再从金进洙、黄钟显所说的《九云楼》作者"增演"的三项内容来看，在第一项上，和《九云记》也是完全一致的。

三项"增演"的内容中，以第一项为最重要。因为杨少游是《九云记》的主人公，他处于全书情节是中心地位，一切故事都围绕着他而展开。关于他的出身的叙述，正在全书的引首之后，正文故事的起点。同时，也是因为这第一项内容是由金进洙、黄钟显二人共同提供的，不像第二项或第三项那样，只由其中一人分别提及，所以，作为史料来看，它的可靠性是特别值得重视的。

金进洙所说的"杨少游系以杨震"，以及黄钟显所说的"杨小（少）游系出杨震"，在《九云记》中都有所反映，而又恰恰为《九云梦》所无。

《九云梦》第一回介绍说，杨少游之父为杨处士，原系神仙下凡，在杨少游十岁时白日飞升（1/10a–11a）。"处士"只是对没有出仕的士人的一种称呼。书中始终没有向读者宣布这位杨处士的名字。

与之相反，《九云记》给杨少游的父亲安排了具体的名字（"名继祖"，"字仁举"），还列出了杨家的世系表：

　　　　杨震→……→杨彦→杨继祖→杨少游

第二回一开始，就是——

　　　却说湖广省武昌府咸宁县，有一位孝廉，姓杨，双名继祖，字仁举，是东汉安帝时尚书杨震之后。震尝为刺史，之郡前，震所举王密为令，夜怀金遗之，震曰："故人知君，君不知故人。"密曰："暮夜无知。"震曰："天知、神知、我知、子知，何谓无知？"却而不受。尝不开产业，语人曰："使后世称为清白吏子孙，遗之不亦厚乎？"……（1/24-26）

下文接着又叙述了杨少游祖父杨彦在明代嘉靖年间因直谏而遭贬官，最后归乡隐居，"年九十二，无病而亡"的事迹（1/25–26）。对杨少游的世系，可以说，交代得一清二楚。

这项"增演"，表明了《九云记》和《九云楼》的一致性，从而成为《九云楼》即《九云记》的佐证。

七、"增演"：八仙女的系派

"增演"的第三项内容，是黄钟显所说的"八仙女皆有系派"，这也基本上符合于《九云记》的情况。《九云记》所叙述的八仙女的出身和亲属关系，以及它们和《九云梦》的异同，列举如下：

（1）秦彩凤——

《九云梦》第二回说："原来此女子姓秦氏，名彩凤，即秦御史女子也。早丧慈母，且无兄弟"。（1/13a）

到了《九云记》第四回，她的父亲补上了名字：义和；她的母亲也添上了姓：刘。

（1/64）

（2）桂蟾月——

在《九云梦》第三回中，桂蟾月曾对杨少游说："妾本韶州人也，父曾为此州（洛阳）驿丞矣，不幸病死于他乡，家事零替，故山迢递，力单势蹙，无路返葬，继母卖妾于娼家，受百金而去。"（2/6a）

《九云记》第五回却改写为：其父系乡贡出身，"母氏早丧，他无兄弟"，"自鬻于娼家"，"幸亏表兄同在，托他携榇归葬"。（2/16）

（3）郑琼贝——

《九云梦》第四回是这样说的："原来郑司徒无它子女，惟有一女小姐而已。崔夫人解娩之日，于昏困中见之，则有仙女把一颗明珠入于房栊，俄而小姐生矣。"（2/12b–13a）

《九云记》第六回则给郑司徒增添了名、字、号：名繼，字玄宝，号石园；郑琼贝的诞生也变成："夫人崔氏，夜梦明珠投怀，生下小姐。"（2/27，31）

（4）贾春云——

《九云梦》第四回介绍说："原来春娘姓贾氏，其父西蜀人也，上京为丞相府胥吏，多有功劳于郑司徒家矣。未久，病死。时春娘才十岁，司徒夫妻怜其无依，收置府中。"（2/18a）

《九云记》第六回把她的籍贯改为"宣德府益州"；说她的父亲"善于程式文，乡贡在京，屡中不举，后为丞相府椽吏"；将其父生前和司徒的关系转变为："多蒙司徒顾眷"；其父死后，"妻苏氏相继而亡"；春云被司徒收留之时，也改为"年才十二"。（2/44）

（5）狄惊鸿——

《九云梦》第三回，桂蟾月向杨少游介绍说："惊鸿，播州良家女也，早失怙恃，依其姑母。自十岁美丽之色，名于河北。……遂愿自卖于娼家，必欲托身于奇男。"（2/7b–8b）狄惊鸿自己说过："自幼时，与蟾娘结为兄弟。"（2/15a）

到了《九云记》第五回，躲开了"播州"二字，径以之为"河北人"（3/41）；派定她和桂蟾月二人有"中表姊妹"的亲属关系（2/19）；改由"舅母"来抚育她长大（2/20）。

（6）兰阳公主——

《九云梦》第七回说："时皇太后有二男一女，皇上及越王、兰阳公主也。兰阳之诞生也，太后梦见神女奉明珠置怀中矣。"（3/17b）

《九云记》第十一回则改变了她的血统和亲属关系：她是驸马都尉李世迪之女，

世宗张皇后之外孙女，穆宗李皇后之养女；她诞生时，其母"一日梦见神女，赠一颗明珠"，其母"受而吞下，乃生一女"。(3/47-48)

（7）沈袅烟——

《九云梦》第八回有她的自述："妾本杨州人也，世为大唐之民。幼失父母，从一女子，为其弟子。其女子剑术神妙，教弟子三人，即秦海月、金彩虹、沈袅烟。袅烟即妾也。"(3/32b)但在第十四回，她回答越王时，又说："小妾袅烟，姓沈氏，西凉州人也。"(6/12b)

《九云记》第十六回则把"杨州人"或"西凉州人"改为"楚人"，说她曾"流落羁旅"，遇师之时为"年十岁"，"金彩虹"也变成了"金彩凤"。(4/49)

（8）白凌波——

《九云梦》第九回安排她为洞庭龙王的小女，前身是仙女，因尘缘而谪降。(4/2b)

《九云记》第十七回与之相同。(5/12)

从总体上看，《九云记》确实如黄钟显所说，是"八仙女皆有系派"。《九云梦》和《九云记》，在有关八位女主角的身世和亲属关系的叙述上，只有白凌波一人相同，其余七人都多少有所不同，而且《九云记》的叙述也确实比《九云梦》更详细和更具体。

第一项和第三项，当然都可以作为《九云楼》即《九云记》的佐证、

八、"增演"：贾春云与贾充

只有"增演"的第二项，情况特殊，是唯一成问题的所在。金进洙说，"贾春云系以贾充"，但这个内容在《九云记》中却找不到有关的描写，这应该怎样来解释呢？

试提出四种解释，并加以评议。

原书本来就没有"贾春云系以贾充"的描写，是金进洙看错了，或记错了，因而说错了。——这种解释，似乎说服力不强。为什么金进洙别的地方没有看错、记错、说错，而单单在这一点上看错、记错、说错了呢？如果不适当地贬低了金进洙的阅读能力、记忆能力、表达能力，那就无异于使《碧芦集》中关于《九云楼》的记载本身的可靠性打了很大的折扣。

《九云记》和《九云楼》本是两部不同的小说，金进洙所看到的是《九云楼》，而不是《九云记》。——这种解释，看来也难于成立。上文业已指出，"增演"内容中的第一项和第三项足以证明《九云记》和《九云楼》是同一部小说。不然，它们在"杨少游系出杨震"和"八仙女皆有系派"两点上也未免像天造地设似的过于巧

合了吧。

以上两种解释，其可能性是很小很小的。

第三种解释：在《九云记》的原稿上，是有关于"贾春云系以贾充"的描写的，但在缮写的过程中被抄手删掉了。——委实看不到抄手删掉它的必要性，找不到抄手删掉它的理由。可以说，这种可能性几乎是不存在的。

我主张最后一种解释：《九云记》初稿上原来就有关于"贾春云系以贾充"的描写，但在定稿的过程中被作者自己删掉了。作者一定是在他的"自序"或他所草拟的"凡例"中陈述了他改编和再创作的经过；其中，对他所作的这种删改（以及旁的删改）有简略的交代和说明。金进洙正是从他所看到的"自序"全文或"凡例"中了解这一点的。

至于作者为什么要删掉有关"贾春云系以贾充"的文字，我想，贾春云的身份不过是郑府中的一个丫环，恐怕没有必要追溯她的祖先为西晋时的大名人，——原因大约就在这里。

因此，基于上述种种理由，我认为，《九云楼》即《九云记》;《九云记》是正名，《九云楼》是异名，书名虽有所不同，其实是同一部小说。

九、传抄本的特征

金进洙指出，《九云楼》"著为十册"。既然《九云楼》即《九云记》，那么，为什么保存在岭南大学校中央图书馆汶波文库的《九云记》抄本却是九册呢？

我认为，《九云记》原书的确像金进洙所说的，装订为十册。金进洙看见的就是原书。后来，在传抄的过程中，传抄者有意识地省并了原书中的一册，遂造成现在的局面。而汶波文库收藏的《九云记》正是一种传抄本。

汶波文库藏抄本共 9 册。抄本封面上写有书名"九云记"三字。书名之下，还写有每册的序号，从"一"到"九"。这些字，大约为缮写者或收藏者所加。第一册以"总纲"和第一回开头。"总纲"中列出了第一回至第三十五回的回目。第 9 册则以第三十五回收尾。这个事实无可辩驳地表明，此抄本一开始就保持着 9 册的状态。

这个由 9 册构成的抄本，有几个特别值得注意的地方。

首先，从笔迹可以看出，抄手不止一人。他们所用的笔，他们所写的字，都有很大的不同，泾渭分明。

其次，常有漏抄的现象。漏抄的字句，有的已由抄手或后人在行侧添写，做了纠正和弥补。例如第二回（12/6）、第八回（2/70）、第九回（3/10）、第十回（3/40）。

有的则一直没有被发现。试举两个例子。

例一见于第三十三回杨少游所讲的笑话（9/27）：

> 只见朋友手中拿着一把扇子，面前却跪着一人，在那里央求，朋友拿着扇子，只管摇头，似有不肯轻易落笔，所以那人再三跪求，仍不肯写。

其中"似有不肯轻易落笔"一句，语意未完。查这段笑话系袭自《镜花缘》第八十四回。原文此句却作：

> ……似有不肯之状，此人看见这个样子，只当朋友素日书法甚佳，不肯轻易落笔……

共漏抄22个字。漏抄的原因，则是"不肯"二字的重叠，导致了跳行。

例二见于第35回（9/56）：

> 古人云："人杰地灵。"地安得灵？地不灵，树又安得而生？

其中第三句"地安得灵"来得突兀、古怪。细察上下文，方知其前必然脱漏了一句三字："人不杰。"

抄错的例子，最明显的，是第九回杨少游所作的吊张丽华冢五律，诗句的排列居然是这样的：

> 美人曾倾国，芳魂已上天。古墓空春草，管弦山鸟学。
> 罗绮野花传，秦天旧声价。虚楼自暮烟，今日为谁边。（3/18）

颠倒错乱，竟变成了"1，2，5，3，4，7，6，8"的组合。

以上三点表明，这个抄本只不过是个辗转而来的、成于众手的传抄本，它不是原抄本、精抄本，更不是作者自留的手稿本或清稿本。

再者，这个抄本根本不注意回避清朝皇帝的御名，诸如"玄"（康熙）"胤"（雍正）"弘"（乾隆）"颙"（嘉庆）"宁"（道光）等字，无不照旧写，照旧用。

此外，它还常有一些字，使用的是我们感到陌生的、在中国人笔下不易出现的写法，例如"剑""独""秦""龙""归""貌""那""实"等字。这些又表明，它当时的抄写者不像是中国人；如果说是出于几位朝鲜人的抄写，那倒可能离事实不远。

我认为，《九云记》是中国作者在中国撰写的小说；它从中国传入朝鲜境内的过程是这样的：当年有一位朝鲜人（像金进洙那样的人；或许就是他，也不是没有这个可能的），通过某种途径，在中国本土见到了《九云记》，十分喜爱，就设法获得了它，并把它带回朝鲜，其后，在流通中，由于受到更多的朝鲜读者的喜爱和赞赏，为了能使它有更广泛的阅读范围，又有人约请几位抄手分头抄写了几部。目前保存在韩国岭南大学校中央图书馆汶波文库的抄本，就是其中的一部。

十、十册为什么变成了九册？

《九云记》原书，一定是像金进洙当年所见到的那样，装订为十册。汶波文库藏抄本的第 1 册至第 9 册，当为原书的第 2 册至第 10 册。

原书的第 1 册是什么内容呢？为什么后来会被割舍掉呢？

现在的第 1 册有一篇"总纲"，共 4 页。"总纲"，实际上就是我们大家所熟悉的另一个名称"总目"，包括卷、回的序数以及回目。它应该属于原来的第 1 册。在传抄的过程中，它被归并到第 2 册（即现在的第 1 册）中去了。

除了"总纲"，原来的第 1 册应有：作者的"自序"，以及书中人物的图像。此外，还可能有：作者的友人们所撰写的序跋、题词，作者所拟的"凡例"或"读法"等等。

只有"总纲"被保留下来，其余的全部不可避免地被芟除了。它们被遗弃的真正原因，主要在于图像。对传抄本的抄手来说，要把图像不失真地复制或移录下来，在那个时代是十分困难的。这就注定了图像被割舍的命运。别的东西因此也就连带地遭到了池鱼之祸。10 册本和 9 册本的差异，大约由此而来。

9 册本分为 9 卷，每卷一册。这反映了原来的 10 册本的格式。因为"总纲"上就是这么标明的。从 9 册本看，卷 1 至卷 8 各有 4 回，卷 9 则有 3 回。分卷或分册的篇幅基本上的匀称的。

10 册本的第 1 册应称为"卷首"，第 2 册称为卷一，第 3 册称为卷二，以此类推。

值得庆幸的是，9 册本今日仍安然无恙，被珍贵地收藏在图书馆中。另一方面，令人感到遗憾的是，10 册本迄今为止尚未再度现身。

9 册本，每页 13 行，每行 21 字，每页共计 273 字。各册页数互有出入。统计如下：

1——83（"总纲"未计在内）

2——83

3——78

4——62

5——68

6——70

7——82

8——80

9——65

最多者为 83 页（第 1 册、第 2 册），最少者为 62 页（第 4 册）。前者每册约两万两千余字，后者一册约一万六千余字。

试看 10 册本的第 1 册，作为"卷首"，才那么一点儿稀薄的内容，它又能有多少页和多少字呢？充其量，能有 20 页（连图像在内），就算不错了。即使是 29 页左右，和另外的那些比它厚约三、四倍的 9 册摆在一起，未免太不相称。10 册本如果是刊本，在分册的比例上，篇幅相差不应如此悬殊。这违反了刊本分册是一般规律。

所以，我推测，《九云记》原书（10 册本）或许根本就没有刊印过。当年，它仅以抄本的形式流传着，金进洙见到的恐怕也是抄本，而不是刊本。

十一、关于作者的几点推测

《九云记》的作者是谁呢？

《九云记》每卷卷首都有"无名子添删"的题署。"无名子"，这只是作者自署的一个笔名。其含义和常见的"无名氏"一样，表明这位作者不愿意在读者面前公开暴露自己的真实的姓名。

无名子"自序"全文，我们尚未发现。但从金进洙所引述的他的"自序"中，可以窥察到两点：

（一）它一定阅读过当时流行的许多部古代小说作品（所谓"稗官野史之书"），有的甚至不止阅读过一两遍，他对它们的内容和形式都非常熟悉。他在《九云记》的写作中揉进了不少《红楼梦》《镜花缘》和《水浒传》《西游记》等作品的成分，便是一个明证。

（二）他在"西省"做过官，做的是什么官，则不详。"西省"是什么地方呢？当时，人们所说的"西省"是指山西省或陕西省，而清代做地方官向有回避本省的规定。由此可见，他不会是山西人，也不会是陕西人，另外，从使用"西省"一词时的心理看，也基本上排除了他的家乡处于中国西北地区或西南地区的几个省份的可能性。

另一方面，在《九云记》正文中，也或明或暗地透露了某些信息，特别是那些地理方面的讹误，有助于对作者的籍贯的推测。

例如第三回、第四回，杨少游乡试中举之后，遵从父母之命，远赴京城参加会试（1/60-62），他路过华阴县，偶遇秦彩凤，二人一见钟情，发生了唱和"杨柳诗"的故事（62-67）。后因战乱，京城终于未能去成，他只得返回家乡。第五回，他在次年再赴京城，"再过华阴"（2/2）。两次赴京，都是从家乡咸宁出发的。这条路线，咸宁→华阴→京城，十分蹊跷。从湖北咸宁到北京，又没有特殊的理由，为什么要绕远路，去踏上陕西华阴的土地？

途经华阴、再到京城的这条路线，并不是《九云记》作者的创造。在《九云梦》中，它早已出现。这牵涉到改编工作中的一个失误。在《九云梦》原作中，故事发生在唐代，唐代的京城是长安（今陕西省西安市）；杨少游的家乡在秀州（今浙江省嘉兴市）。所以，秀州→华阴→长安，这条旧路线是合理的、正确的。然而到了改编之后的《九云记》，行程的起点和终点都已作了较大的更改，由于故事发生的时间被推迟了，从唐代后延到明代的万历年间，当时的京城已不再是同华阴近在咫尺的长安，而变成了距离华阴甚远的北京。杨少游的家乡也从秀州向西迁移到咸宁。只有中途的华阴却没有变动，这条新路线的不合理、不正确因之便充分地暴露了。

这同样表明，自咸宁至北京的路线，对《九云记》的作者说来，是十分陌生的。一方面，他不可能是华阴所在的陕西省人；另一方面，当时从咸宁到北京，路上要经过河南、直隶（今河北）二省之地。舍弃这条便捷的途径不走，而是先奔西北，再转向东北，这无疑从侧面曲折地反映出：他的家乡并不在这条陌生路线上的河南、直隶二省的辖区之内。

此外，在《九云记》正文中，还有其他一些值得注意的信息。

作者对北京还算是比较熟悉的。《九云记》中不止一次地写到了北京的一些地名，甚至于一些小地名。例如广渠门（2/47）、安定门内大桥、东岳庙（2/24）、太平桥二条胡同（5/56）、朝阳门内隆福庵（5/53）、永定门外（6/27）等等。这表明，他在北京停留过，或居住过。很可能和他做官不无关系。

但，他的籍贯显然不是北京或大兴、宛平二县。证据在于第七回，杨少游出广渠门赏春，途中遇到张善等人，有联句之事。下文张善回家后，告诉其父，说是"城西柳林联句"（2/55）。广渠门位于北京城的东南方向；广渠门外乃是北京的东郊。怎么把城东说成了方向正好相反的城西？土生土长的北京人不会犯这样的方向性错误。

书中两次提到"益州"其地。一次是在第六回介绍贾春云出身时，说"其父宣德府益州人"（2/44）。"宣德府"，似无此地名。"益州"则乃汉、唐时地名，即今四川省成都市。另一次在第十五回，江有古禀告杨少游说，"曾在益州西羌之乱，朝廷征讨剿灭，伊时朝廷须（颁）赐纩衣十万件，才到济南，益州兵马已奏凯而还，天气未寒，纩衣申奏留置济南，尚此积在库里。"（4/41）在这里，"益州"既与"西羌"

连提，当指成都无疑。但，从北京向西南方向的成都发送棉衣，为什么要绕行东南方向的济南呢？无论从当时的驿道看，或从今日的路程看，从北京到成都，济南都不在途中，更不是必经之地。作者如果是山东人，在他的笔下，不可能出现如此不可思议的滑稽的路线。

第二十九回，"乐游园赏秋咏菊诗"，作者对大加夸赞，竟说它是"与西湖之虎丘、天台之赤城相将（埒）"（8/2）。"赤城"，山名，位于浙江省天台县北，乃通往天台山之要道。这倒是不错的。至于虎丘山，它不是明明在苏州吗？西湖，不是在杭州吗？怎么把苏州的虎丘山搬迁到杭州的西湖旁边去了呢？弄错了这样两个遐迩闻名的风景胜地的地理位置，不能不说是一大疵病。这表明，对作者说来，虎丘是十分生疏的，西湖的地理环境也是不甚了了的。因之，从这一点看，他不可能是出生在苏州、杭州的人士。

第三十一回中的"英阳主细评柏叶茶"一段，系自《镜花缘》第六十一回"小才女亭内品茶"挪用。《镜花缘》原文有这样一句："还是家父从前于闽、浙、江南等处觅来上等茶子栽种活的。"到了《九云记》，全句照搬，却唯独把其中的"江南"二字改成了"湖州"（8/38）。这就露出了破绽。须知原文中的"闽、浙、江南"三者，从语言文字结构上看，是并列的成分。它们都代表着省名。"闽"是福建省的简称。"浙"是浙江省的简称。"江南"则是指当时的江南省⑧。《镜花缘》将三个省名相提并论，是毫不足怪的。《九云记》以"湖州"取代"江南"，就未免令人感到诧异了。因为"湖州"乃是府名，处于浙江省的属下，怎么可以让浙江省和它下面的一个府平起平坐呢？如果作者是湖州府人，或者说浙江省人，他就肯定不会犯这样一种常识性的错误了。

十二、创作年代：第一个上限

《九云记》创作于什么年代呢？

它的创作年代，目前还没有找到直接的、明确的记载，但通过对有关种种资料的考察和探索，大致的轮廓还是能够有所知晓和了解的，具体的上限和下限还是能够加以判断的。

考察和探索的途径不外乎三个：《红楼梦》《九云梦》和《镜花缘》三部小说的版本及其刊行年代。

我们知道，《九云记》作者在改写过程中，曾参考和吸收了《红楼梦》的情节和文字⑨。则我们从《红楼梦》版本的刊行年代，无疑地也能判断出《九云记》创作年代的上限。

那么，《九云记》所依据的《红楼梦》是什么版本呢？

崔溶澈教授曾选取《九云记》第二十九回袭自《红楼梦》的一些词语，以五种版本（"戚序本""程甲本""程乙本""王评本""金玉缘"）相互校勘。然后，他在论文中指出："《九云记》中所运用的《红楼梦》文字属于《程乙本》的较多。"[⑩]我基本上同意他的看法，并在这里作些补充的说明。

我试图再作一次校勘，选取的两个例子都是《九云记》书中人物所写的诗歌，即第十五回的"即景五言排律"、第二十九回的"咏菊诗"，以区别于崔溶澈教授所选取的作者是散文式的叙述词语。我相信，《九云记》移录原诗比挪用原文，稳固性更大，灵活性更小。从原诗的移录来判断版本系统的归属，其结论将会产生更强的说服力。

我将用《九云记》和脂本[⑪]、程本（程甲本、程乙本）进行对校。我们知道，在程甲本、程乙本之后印行的各种《红楼梦》版本，绝大部分属于程甲本系统。所以，如果《九云记》所依据的是程乙本，就不必再对那些属于程甲本系统的版本进行重复的校勘了。如果它所依据的是程甲本，当然需要再细加分辨是其中的哪一种版本（例如"王评本"、"金玉缘"等等）。

"即景五言排律"（4/43-45）乃杨少游军中所写。实际上，它就是《红楼梦》第五十回的那首著名的"即景联句"（"一夜北风紧……"）的翻版。试与脂本作一比较，可以发现，全诗一共70句，却有20句存在着异文。这就首先把移录脂本的可能性排除掉了。其中有9句属于缮写时的讹误（例如"冷鞭"与"吟鞭"）；有两句属于作者或缮写者的修改（例如"今宵兴"与"今朝乐"）；另有9句则属于和程本相同的异文：

A "无心师萎苗"——"苗"，脂本均作"茗"。

"冻浦不生潮"——"不"，脂本均作"闻"。

"苦茗成新赏"——"苦茗"，脂本均作"煮芋"。

"孤松订久要"——脂本均作"撒盐是旧谣"。

"泥鸿从即（印）迹"——庚辰本、彼本作"苇蓑犹泊钓"。蒙本作"带蓑犹泊钓"。戚本作"艇蓑犹泊钓"。梦本无此句。

"林斧或闻樵"——"或闻"，庚辰本、蒙本、彼本、梦本作"不闻"（彼本误"闻"作"开"）；戚本作"乍停"。

"花缘经冷结"——"结"，庚辰本、蒙本、彼本作"绪"，戚本作"聚"。梦本同于程本。

"寂莫（寞）封台榭"——"封"，庚辰本、蒙本作"对"。"封台榭"，戚本作"荒池榭"。彼本、梦本同于程本。

"烹茶水渐沸"——"水"，脂本均作"冰"。

从这些例子可以看出，《九云记》所依据的《红楼梦》无疑是程本。但，是程甲本，还是程乙本，则尚未见分晓。

真正能够见出分晓的是另一个例子，"咏菊诗"（8/9-14）。它源出于《红楼梦》第三十八回的十二首"菊花诗"。全部96句，和脂本比较的结果，有异文的共19句。其中，有3句属于缮写时的讹误（例如"此"与"比"）；有3句属于作者或缮写者的修改（例如"出世"与"傲世"）；和程本相同的异文也有12句：

《忆菊》"冷月清霜梦有知"——"冷"，脂本均作"瘦"（蒙本误作"庚"）。

《忆菊》"寥寥坐听晚砧迟"——"迟"，己卯、庚辰本、蒙本、杨本、舒本、彼本、梦本作"痴"。戚本同于程本。

《忆菊》"谁怜我为黄花瘦"——"瘦"，脂本均作"病"。

《种菊》"篱畔庭前处处栽"——"处处"，己卯本、庚辰本、彼本作"故故"。蒙本、戚本、杨本、蒙本同于程本。

《种菊》"好和井迳绝尘埃"——"和"，己卯本、庚辰本、蒙本、戚本、杨本、舒本、彼本作"知"。梦本同于程本。

《吟菊》"毫端蕴秀临霜写"——"蕴"，脂本均作"运"。

《吟菊》"一从陶令评章后"——"评"，庚辰本、戚本、舒本作"平"，己卯本、蒙本、彼本、蒙本同于程本。

《问菊》"雁归蛩病可相思"——"雁"，己卯本、庚辰本、蒙本、戚本、舒本作"鸿"。杨本、梦本同于程本。彼本误作"鸟"。

《问菊》"莫言举世无谈者"——"莫"，脂本均作"休"。

《问菊》"解语何妨话片时"——"话片时"，庚辰本作"片语时"。己卯本、蒙本、戚本、杨本、舒本、彼本、梦本同于程本。

《菊影》"珍重暗香踏碎处"——"踏碎处"，脂本均作"休踏碎"。

《残菊》"半床落月蛩声切"——"切"，脂本均作"病"。

最值得注意的是这样一句：

《对菊》"秋光荏苒休孤负"——"孤"，脂本均作"辜"。程甲本也作"辜"。唯有程乙本独作"孤"。

这就证明了,《九云记》所依据的《红楼梦》版本属于程本系统,但不是程甲本,而是程乙本。这个结论和崔溶澈教授的结论是一致的。

程乙本出版于乾隆五十七年(1792)。因此,《九云记》的创作不可能早于此一年。

这是从《红楼梦》的版本推断出来的《九云记》创作年代的第一个上限。

十三、创作年代:第二个上限

《九云记》是根据《九云梦》改编和再创作的。改编和再创作的地点则在中国本土。那么,《九云记》的创作年代又必然受着《九云梦》的版本在中国本土传播的年代的制约。

金万重的《九云梦》写于朝鲜肃宗年间,其时相当于清代康熙二十六年至二十七年(1687—1688)之间[12]。《九云梦》流行的版本则主要有"老尊本""乙巳本"和"癸亥本"之分[13]。这三种刊本中,"老尊本"刊行于"乙巳本"之前;"乙巳本"刊行于乙巳,相当于清代雍正三年(1725);"癸亥本"刊行于癸亥,相当于清代嘉庆八年(1803)。

而中国的几个图书馆所收藏的《九云梦》却全是"癸亥本"。在中国,还没有发现过《九云梦》的"老尊本"和"乙巳本",这在很大的程度上意味着,《九云梦》的"老尊本"和"乙巳本"非常可能根本没有传入中国本土。

不妨大胆地设想,当年在中国本土流传的《九云梦》版本非常可能是那个"癸亥本"。因此,《九云记》作者在西去的船上所阅读的《九云梦》也非常可能就是"癸亥本"。

这样,《九云梦》"癸亥本"的刊行年代,嘉庆八年(1803),便自然而然地成为《九云记》创作年代的第二个上限了。

十四、创作年代:第三个上限

除了《红楼梦》之外,《九云记》还在许多地方参考和吸收了《镜花缘》的情节和文字[14]。而《镜花缘》版本的刊行年代也正好可以为《九云记》的创作年代的考定提供有力的佐证。

那么,《镜花缘》究竟刊行于哪一年呢?

早在1923年,胡适曾在《〈镜花缘〉的引论》一文中认为"一八二八年的芥子园本"为《镜花缘》的初刻本。但他在提出这个结论的时候,用的是"暂时假定"

的语气，表示了游移的态度⑮。7年以后，鲁迅在《中国小说史略》一书中却把这变成了一种肯定的说法："道光八年遂有刻本。"⑯又两年以后，孙楷第《中国通俗小说书目》著录北京大学图书馆所藏的《镜花缘》"原刊本"，说是"疑即广版所谓芥子园本"⑰，他们都主张《镜花缘》的原刊本或初刻本刊行于道光八年（1828）。

然而国家图书馆、上海图书馆等处都藏有《镜花缘》的道光元年（1821）刊本。因此，胡适、鲁迅、孙楷第诸家的上述主张难以成立。

那么，道光元年刊本是不是初刻本呢？

许绍蓬在《读镜花缘传说辨的反响》一文⑱中曾引用家藏李兆翱（李汝珍之侄）致许桂林小简二则，其一说："家叔趋赴吴门半月，赶刻《镜花缘》，命致意。"其二说："《镜花缘》一书，甫刻成，而江宁桃红镇已有人翻板，以致耽住吴门半月，书不能销，拟赴县禀办。"小简提到的苏州（吴门）刊本即是《镜花缘》原刻本。惜乎许绍蓬没有向读者交代小简是否署有年月日，以致我们也就一时无法根据他所提供的小简来准确地断定此本究竟刊刻于哪一年。

孙佳讯的《李汝珍生平考》及《关于〈镜花缘〉版本》对此一问题作了多方面的探讨和细致的考订。他认为，此苏州刻本系刻于嘉庆二十三年（1818）者⑲。另一方面，杨雍建在《梦华琐簿》中业曾说过："嘉庆间，新出《镜花缘》一书，《韵鹤轩笔谈》亟称之，推许过当，余独窃不谓然。"⑳杨雍建是道光、咸丰年间人，他的这番话谅非耳食之谈。看来，说《镜花缘》最早出版于嘉庆年间，是可信的。若然，则苏州刊本、江宁桃红镇刊本的刊刻时间都早于道光元年刊本。

从这个角度看，《九云记》的写作时间似不得早于嘉庆二十三年。

李汝珍在创作《镜花缘》的过程中，曾对原稿多次的修改。反映在刊本上，也就有了初稿、改稿的区分。以嘉庆本和道光本而论，它们在情节上和文字上是多多少少地有所出入的。因此，必须弄清楚《九云记》所依据的是哪一种刊本。现选择一段《镜花缘》和《九云记》共有的关于"黄食"的笑话，来作校勘——

先看《九云记》第三十二回的正文：

> 有一老蛆，在茅坑缺食甚饥，忽然磕睡，因命小蛆道："如有送食来的，即来唤我。"不多时，有人登东出恭。争奈那人因肠火结燥，蹲之许久，虽出，下半尚未坠落。小蛆远远看见，即将老蛆叫醒。老蛆仰头一望，果见空中悬着一块黄食，无奈终不坠下。老蛆喉急，因命小蛆沿坑而上，看是何故。小蛆蛆不多时，回来告诉老蛆道："我看那食在那里顽哩。"老蛆道："做什么顽？"小蛆道："他摇摇摆摆在空中，想是秋千呢。"（87/6）

在《镜花缘》中，这一段处于第七十五回的开端，从孙佳讯所考定的嘉庆二十三年原刊本来看，它不同于《九云记》的异文，计有9处：

（1）无"有一"二字。

（2）"登东"作"登厕"。

（3）无"争奈那人"四字。

（4）"虽出"之上有"粪"字。

（5）"下半"之下有"段"字。

（6）"终"作"总"。

（7）"什么"作"甚么"。

（8）"在空中"之上有"悬"字。

（9）"秋千"之上有"打"字，

数量虽不少，出入却不大。二者大体上还算是一致的。因为这毕竟不是对原文的照抄照搬，在改写的过程中，个别字词稍作修饰，是完全必要的；同时，缮写者在抄本上脱漏个别的字词，也是可以完全理解的。

相反的，若将嘉庆二十三年原刊本与道光元年刊本对校，则出现了另一种结果。有三条重要的异文：

（1）嘉庆本"茅坑"，道光本作"净桶"。

（2）嘉庆本"有人登厕"，道光本作"有位姐姐"。

（3）嘉庆本"沿坑而上"，道光本作"沿桶而上"。

二者的差别是很大的：解手处由"坑"变成了"桶"；解手者也由男人变成了女人。这三条异文成为嘉庆本和道光本之间的明晰的分界线。

试用这三条异文作为判断的标准，再拿《镜花缘》嘉庆本、道光本和《九云记》对校，则显而易见，道光本和《九云记》有着重大的区别，嘉庆本却和《九云记》基本上维持着一致。事实证明，《九云记》所依据的《镜花缘》，是它的嘉庆本，不是它的道光本。

这样，《九云记》的创作年代就有了第三个上限：嘉庆二十三年（1818）。

如果作品可以分拆为几片或几组来完成，则《九云记》可能分别写成于乾隆五十七年（1792）之后、嘉庆八年（1803）之后、嘉庆二十三年（1818）之后，如果把作品当成一个统一的整体看待，则《九云记》全书的完稿必在嘉庆二十三年（1818）之后。

十五、创作年代：下限

嘉庆二十三年只是《九云记》脱稿时间的上限。那么，下限呢？也就是说，它的脱稿，最晚的期限是哪一年呢？

《九云记》创作年代的下限，像上限一样，也可以举出三个。

根据我们掌握的资料，头一个提到《九云记》（《九云楼》）的，是朝鲜人金进洙。他的那首有趣的《燕京杂咏》七绝（"九云梦幻九云楼"）究竟写于何年何月，我们一时还不能确知。他的生平事迹，我们也知道得不多。只知道他一生没有做过官。他生于1797年（嘉庆二年），卒于1865年（同治四年）。《九云记》必然创作于金进洙的生前，即同治四年之前——这是凿凿有据的，但也仅仅是框出了一个较大的范围而已。

为金进洙的诗写评语的黄钟显，也是一位朝鲜人，生卒年不详。他曾于1864年（同治三年）任顺干府使，1876年（光绪二年）升任吏曹参判。他为金进洙的诗集《碧芦集》撰写了序文。序文题署的年月为1856年（咸丰六年）11月㉑。一般说来，这个年月标志着《碧芦集》的编辑、出版的时间。

既然《碧芦集》编辑、出版于咸丰六年，则那首刊载于《碧芦集》中、又提到了《九云记》（《九云楼》）的《燕京杂咏》七绝，必然也写于咸丰六年之前。这意味着，在这一年之前，《九云记》已然成书。

咸丰六年——这就是《九云记》创作年代的无可争议的第二个下限。

从嘉庆二十三年（1818）起，到咸丰六年（1856）止，前后将近40年之久。能不能再进一步缩小范围，以确定更具体的年限呢？

不妨尝试着另行寻觅一个突破口——清代皇帝御名的避讳。

讳字，各朝各代都不同，因之成为时代的标志。利用避讳的具体例证来辨别和断定作品所隐藏着的真实的年代，是考据学中的一种常见的、行之有效的方法。

我们首先把搜索的目光固定在"颙""琰"（嘉庆）"旻""宁"（道光）和"奕""詝"（咸丰）等六个字上。经初步检索，在这六个字中，有四个字不见于《九云记》（"琰""旻""奕""詝"）㉒；仅仅有两个字进入了我们的视野（"颙""宁"）。

我准备单独提出"宁"字来加以探讨。"宁"，是道光御名中的第二个字。按照当时的规定，臣民书写"宁"字时，必须避改为"甯"字。

上文第九节业已指出，在《九云记》抄本中，对清代几个皇帝的御名并不避讳，包括"宁"字在内。因此，一般来说，"宁"字不避讳，并不等于《九云记》必写于道光之前。但是，在这里，却存在着一个非常特殊的情况。我们已经知道，《九云记》

中的某些片段袭用了《镜花缘》中的原文，而《镜花缘》的版本正有嘉庆刊本和道光刊本之分。在《镜花缘》的原稿和嘉庆刊本中，多处出现过"宁"字。例如"万国咸宁"、"宁神养性"等等。这些"宁"字，到了道光刊本中，都一律被改刻为"甯"字。因此，用"宁"字，还是用"甯"字，便成了辨认和判断《镜花缘》刊本是嘉庆本，还是道光本的一个特殊的明显的标志。而在《九云记》所袭用的《镜花缘》的一段文字中，恰巧出现了这个"宁"字。辨认和判断《镜花缘》刊印年代的标志，遂又自然而然地转化为辨认和判断《九云记》撰写或抄缮的年代的标志。

《九云记》第三十一回有英阳公主评茶的一大段议论。它袭自《镜花缘》第六十一回。其中有这样几句：

> 盖家父近年茶量更大，每次必吃五碗，若少饮一碗，心内即觉不宁。（8/41）

最后一个字，《九云记》不是写作"甯"，而是写作"宁"。但在《镜花缘》道光刊本中，情况正好相反，这个字不是刻作"宁"，而是刻作"甯"。

这不啻向我们提供了一条宝贵的线索：《九云记》中的这一段文字，它所依据的《镜花缘》版本，不是道光本，而是嘉庆本。

上文第十四节已经引用其他例证断定，《九云记》所依据的《镜花缘》版本是嘉庆刊本，而不是道光刊本。把上述例证和眼下的这条例证拢总加在一起，无疑增添了上述断语的坚固性、可信性。

在我看来，不大可能发生如下的情况：《镜花缘》道光刊本上刻的是"甯"字，《九云记》的作者在引用此一道光刊本的文字时，却非要把它改写成"宁"字不可。反之，如下的情况却是有可能发生的：《镜花缘》嘉庆刊本上刻的是"宁"字，《九云记》的作者如果是在嘉庆年间引用此一嘉庆刊本的文字时，会把它依样画葫芦地写成"宁"字；他如果是在道光年间引用此一嘉庆刊本的文字时，会把它改写成"甯"字——一般说来，他是当官的，又是舞文弄墨的作家，在道光年间，他的笔下应该有把"宁"字改写成"甯"字的这种避讳的习惯。

所以，不但《九云记》作者在改编时依据的是《镜花缘》嘉庆刊本，而且他引用此一嘉庆刊本的文字进行改编，其时也应在嘉庆年间，而不在道光年间。

这就确切地表明，《九云记》的创作年代的最后一个下限为嘉庆末年（即嘉庆二十五年，1820）。

或许会有人提出疑问：安知不是《九云记》原本上这个字作"甯"，抄缮者这后来却在传抄本上把它改写成了"宁"字？我认为，不可能出现这样的情况。

第一，原本上如果是"甯"字，抄缮者似乎没有必要特意去消灭它，第二，抄缮者的任务，只是"录副"，即忠实地、依样画葫芦地按照原貌抄录原文，何况一部大书由几个人分头抄缮，他没有时间，也没有心思，去改动或修饰原文中的字词或文句。

第三，从这部传抄本的全书来看，对几位清朝皇帝的御名是并不避讳的。这有两种可能。一种可能是他们缺乏这方面的足够的常识，不知避讳为何物。如果遇到了"甯"字，那位朝鲜籍的抄手也许还不晓得它就是"宁"字的另一种写法。另一种可能是他们清楚地知道避讳是怎么回事，但却觉得这并不能形成对的有效的约束。在这样的情况下，他们尽可以心安理得地对原文中出现的避讳的字词放任不管，又怎么肯节外生枝，去费力地作复原的手术呢？

总之，从嘉庆二十三年到二十五年——《九云记》创作的时间（更准确地说，最后脱稿的时间），不出这三年之外。

十六、结语

（一）《九云楼》就是《九云记》。

（二）《九云记》是在《九云梦》的基础上改写而成的。

（三）《九云梦》是朝鲜小说，《九云记》却是一部中国小说。

（四）《九云记》以抄本行世，未曾刊印过。

（五）韩国岭南大学校中央图书馆所藏的《九云记》汉文抄本，是传抄本。

（六）《九云记》原本装订为 10 册，后在传抄过程中被删并为 9 册。

（七）《九云记》作者的籍贯，不会是陕西、山西二省，也不会是西北或西南几省；不会是河南、直隶二省；不会是北京（大兴、宛平）；不会是山东；不会是苏州、杭州一带；不会是浙江或湖州府。

（八）《九云记》创作年代的上限有三个：乾隆五十七年（1792），嘉庆八年（1803），嘉庆二十三年（1818）。

（九）《九云记》创作年代的下限也有三个：同治四年（1865），咸丰六年（1856），嘉庆二十五年（1820）。

（十）最大的可能：《九云记》撰写于嘉庆年间；它的脱稿则在嘉庆二十三年至二十五年（1818—1820）之间。

注释：

①吴敢、邓瑞琼：《未见著录之中国小说十种提要》，《明清小说论丛》第 3 辑（春

风文艺出版社，1985 年，沈阳），219 页。按：此文对《九云梦》的著录有三点错误。一是把它的回数（16 回）误记为"六回"；二是在"提要"中对它的内容竟作出了如此与全书情节不相符的概括："略言衡山六如和尚（一名六观大师）之弟子性真，聪明灵慧，通解经文，六如欲传予衣钵，乃对其各方考练。师徒颇历奇异，大宣教化，遂皆皈于极乐世界云"；三是对它的思想内容和艺术形式竟作出了如此与全书实际情况不相称的评价："本书文笔生硬，满篇佛理，几无故事，读之令人昏昏欲睡"。为什么会出现如此严重的失误？唯一可能的解释是：两位作者并没有认真地通读全书，而只不过匆忙地、草率地翻了一下开头和结尾的几页。

②崔溶澈：《〈九云记〉的作者及其与〈红楼梦〉的关系》，打印本，2 页。按：此文后正式发表于《红楼梦学刊》1993 年第 2 辑。此段引文见于《红楼梦学刊》该辑 279 页。

③同②，打印本 18 页；《红楼梦学刊》297 页。

④《碧芦集》，韩国汉城大学奎章阁藏，有《闾巷文学丛书》（丽江出版社，1986 年，汉城）第 5 辑影印本。按：崔溶澈教授的论文中附有"金进洙《碧芦集》目录及卷一部分""金进洙《碧芦集》中有关《九云梦》之诗"的书影。见打印本 19 页；《红楼梦学刊》301 页、303 页。

⑤黄钟显，字怡观，是朝鲜后期文人。

⑥同②，打印本 6 页，《红楼梦学刊》284 页。

⑦"9/10"代表：卷 9（第 9 册）10 页。下同。下文的"1/13a"则代表：卷 1 第 13 叶的前半叶（b 代表后半叶）。

⑧江南省建于顺治二年（1645），康熙六年（1667）分置为江苏、安徽二省。但在清代，常有人称江苏、安徽为"江南"。

⑨请参阅拙文《从朝鲜小说〈九云梦〉到中国小说〈九云记〉》。

⑩同②，打印本 15 页，《红楼梦学刊》296 页。

⑪"脂本"，《红楼梦》程甲本之前的各种早期的抄本。包括："己卯本""庚辰本""彼本"（俄罗斯圣彼得堡藏本）"蒙本"（蒙古王府旧藏本）"戚本"（戚蓼生序本）"舒本"（舒元炜序本）"杨本"（杨继振就藏本）"梦本"（梦觉主人序本）等。

⑫丁奎福《九云记研究》（版本研究），高丽大学出版部，1974 年，汉城。此书未见。据崔溶澈《〈九云记〉的作者及其与〈红楼梦〉的关系》转引。

⑬同②，打印本 17 页注 8；《红楼梦学刊》298 页注 8。

⑭请参阅拙文《从朝鲜小说〈九云梦〉到中国小说〈九云记〉》。

⑮《中国章回小说考证》（上海书店，1980 年），518 页。

⑯《中国小说史略》(人民文学出版社,1952年,北京),263页。

⑰《中国通俗小说书目》(人民文学出版社,1982年,北京),204页。

⑱原载1933年7月《连云报》副刊"海市"。现据孙佳讯《〈镜花缘〉公案辨疑》(齐鲁书社,1984年,济南)转引。

⑲《〈镜花缘〉公案辨疑》,17—27页,133页。

⑳鲁迅《小说旧闻抄》(人民文学出版社,1953年,北京),126页。

㉑关于金进洙、黄钟显二人的生平,参阅《〈九云记〉的作者及其与〈红楼梦〉的关系》,打印本4页、6页、17页注12;《红楼梦学刊》281页、283页、298页注12。

㉒这只是初步的统计的结果,不敢保证没有遗漏。

《九云记》，一部在中国久已佚失的小说

前几年，在韩国，接连发现了两部中国古代小说。一部是明末刊本《型世言》，现藏于汉城大学奎章阁；另一部是抄本《九云记》，现藏于岭南大学中央图书馆汶波文库。这两部书在中国国内都早已佚失不传，也不见于各家公私书目的著录。韩国所藏者可算是海内外仅存的孤本，弥足珍贵。

《型世言》目前已有了台湾中央研究院中国文哲研究所影印本，以及中华书局、山东文艺出版社、江苏古籍出版社等排印标点本。与此相反，在中国大陆，《九云记》却还鲜为人知。

在不久前于北京香山举行的"1993 中国古代小说国际研讨会"上，我发表了两万余字的论文《论〈九云记〉》，对《九云记》的情况作了比较详细的介绍，并考证了此书的创作年代及抄本的性质。此书的重要性方始引起了国内学者的注意。

《九云记》是在古代朝鲜小说《九云梦》的基础上改写而成的。《九云梦》是朝鲜作家金万重用中文写成的文言小说，书中所演述的也是发生在中国本土上的中国人的故事。而《九云记》则是白话小说，作者以"无名子"为笔名。

根据我的考证，《九云记》又名《九云楼》，作者乃中国人，成书于中国，其时在清代嘉庆二十三年至二十五年（1818—1820）；韩国岭南大学藏本是一种传抄本；它传入韩国的过程是这样的：当年有一位朝鲜人士在中国见到了此书，十分喜爱，就设法带回朝鲜，后来在流通中受到更多的朝鲜读者的喜爱和赞赏，又有人约请几位抄手分头抄缮了几部，而岭南大学藏本就是其中的一部。

拙文发表后，在小组会和大会上引起了争论。争论的焦点，集中在《九云记》的国籍上：它究竟是一部中国小说呢，还是一部朝鲜小说？

在古代朝鲜，有不少文人曾用比较娴熟的中文写下了许多文言小说。它们的内容，和《九云梦》一样，都是中国人和中国故事。人们如果不了解底细，猛然一看，十之八九会把它们错当成中国作家所写的中国小说。著名的例子，如前几年大陆出版的《明清小说论丛》之于《南征记》《九云梦》，《中国通俗小说总目提要》之于《红白花传》，自然全是属于这样的误会。

这一次把《九云记》认定为中国作品，会不会又是谬误的重复呢？——人们有这样的耽心，是不可避免的，也是不足为奇的。

据说，在韩国学术界，就曾存在过两派不同的意见。一派主张《九云记》是朝鲜小说，另一派则认为它是中国小说。

在香山会议上，讨论拙文时，法国国家科研中心研究员陈庆浩、台湾成功大学教授王三庆先后发言说，《九云记》中的一些用语和语法不像是出于中国人的笔下，而和朝鲜的中文小说却有相通之处。因此，他们相信《九云记》是朝鲜小说。韩国高丽大学名誉教授丁奎福的发言，则支持我的看法。他指出，在古代朝鲜，人们还不可能运用中国的白话文去写作小说；十八世纪的《热河日记》中首次出现了白话文，但是水平却很低；现存的朝鲜人写作的中文小说全是文言小说。

我也做了公开的答辩。我再一次援引了朝鲜后期间巷文人金进洙诗集《碧芦集》"燕京杂咏"小注中转引的《九云楼自序》中的如下一段话：

> 余官西省也，于舟中得见《九云梦》，即朝鲜人所撰也。事有可采，而朝鲜不娴于稗官野史之书，故改撰云。

我指出，这篇自序可以证明《九云记》不是朝鲜作品。我强调说：《九云楼》即《九云记》；这段话出于《九云记》作者，而从语气不难看出，他绝对不可能是朝鲜人；"稗官野史之书"云云，指的就是中国的白话小说。我还指出，个别的用语和语法如有可疑之处，那极可能是在传抄过程中产生的讹误。

我认为，我的见解是有说服力的。若然，则中国古代小说书目上又要添加一个新的名字了。

《九云记》是中国小说，还是朝鲜小说？

在"1993 中国古代小说国际研讨会"上，发生了一场关于《九云记》小说的国籍问题的争论。这场争论和我有关。不妨在这里向大家作一个汇报。

一、《九云记》是一部什么样的小说？

《九云记》是一部什么样的小说？它为什么又会存在着所谓"国籍"问题呢？

《九云记》——这个书名，你乍一听，或许会感到陌生。不瞒你说，我也是一年前才知道它的。它的发现，以及它的引起人们的注意，至今只不过约摸十多年的光景。

十多年前，在韩国岭南大学中央图书馆汶波文库里，发现了一部古代小说的抄本，名叫《九云记》。它是根据著名的古代朝鲜小说《九云梦》改写而成的。

《九云记》的作者使用了一个笔名——"无名子"，而没有披露他的真名实姓。他的身份是什么，甚至他究竟是哪一个国家（古代的朝鲜，中国）的人，无不给读者们留下了猜测的余地。

由于《九云记》是用汉文写成的，不但故事的男女主人公是中国人，连故事发生的地点和环境也被安置在中国本土，这就不可避免地引发一个有趣的问题：它是朝鲜小说呢，还是中国小说？因为在古代朝鲜，恰恰出现过不少类似于这样形式的作品，它们全部出于朝鲜作家之手，当今有些华裔学者称之为"域外汉文小说"。有的学者之所以会提出《九云记》是朝鲜小说的怀疑，应该承认，不是完全没有道理的。

关于《九云记》小说的国籍归属问题，在目前韩国的学术界，存在着两派对立的意见。

一派主张《九云记》是朝鲜小说，另一派则把《九云记》送进了中国小说的行列。

我细读《九云记》多遍，又浏览了一部分有关的材料。我作出了自己的判断：它确实是中国作家所写的一部中国小说。它是清代嘉庆年间的作品，脱稿于嘉庆二十三年至二十五年（1818—1820）；它以抄本行世，未曾刊印过；韩国岭南大学藏本属于传抄本性质，系由几位朝鲜人抄缮而成。

　　韩国学者已撰写出关于《九云记》的多篇论文和专著。我认为，作为中国学者，展开对《九云记》的研究，我们同样有着义不容辞的责任。于是，我写出了两篇论文：《论〈九云记〉》《从朝鲜小说〈九云梦〉到中国小说〈九云记〉》。前一篇已于10月上旬提交"1993中国古代小说国际研讨会"，文中比较详细地发表了我的一系列见解。此外，我还有机会在小组讨论会上简要地介绍了拙文写作的经过，以及主要的论点。

　　我的一些看法发表后，在会上会下，以及在会前会后，引起了某些同行的友好的争辩。

　　支持我的看法的，有韩国高丽大学名誉教授丁奎福、韩国中国小说研究会会长及汉阳大学教授崔溶澈等。法国国家科研中心研究员陈庆浩、台湾文化大学讲师陈益源、韩国成和大学讲师朴在渊则提出了商榷的意见。我在大会和小组会上先后作过两次答辩。现在再一次重申我的结论，并介绍几条比较重要的材料，作一些粗浅的分析和说明，供关心这一问题的朋友参考。

二、金进洙的诗与小注

　　最重要的一条材料，出自朝鲜后期间巷文人金进洙（1797—1865）的诗集《碧芦集》。

　　在《碧芦前集》卷一，有以"燕京杂咏"为总题的一首七绝说：

> 墨鸢裴虎迤无休，篇什丛残尽刻舟。
> 岂但梅花空集句，九云梦幻九云楼。

诗后附有作者本人所加的小注。小注的最后一段是对诗的末句的笺释：

> 我东小说《九云梦》，增演己意，如杨少游系以杨震，贾春云系以贾充，他皆仿此。皆写像于卷首，如圣叹四大书。著为十册，改名曰《九云楼》。自序曰："余官西省也，于舟中得见《九云梦》，即朝鲜人所撰也。事有可采，而朝鲜不娴于稗官野史之书，故改撰云。"

试对这条带有关键意义的材料作一些必要的分析。

　　我已在《论〈九云记〉》一文中举出若干证据，考定：《九云楼》是《九云记》的又名，它们是同一部小说。我还指出：《九云记》原抄本订为十册，现岭南大学所藏的传抄本已被后人删并为九册。这些，我在这里就不再赘述了。

　　金进洙的上述小注，可分为前后两个部分。前半部分是他自己的注释，后半部分则是他所节引的《九云记》作者的《自序》。

在上述一段小注里，金进洙首先称朝鲜小说《九云梦》为"我东小说"。这亮明他的朝鲜人的身份。"我东"当然是指他的祖国。他同时提到了两部小说，一部是《九云梦》，另一部是《九云记》（即《九云楼》）。可是他特别给《九云梦》加上了"我东小说"的冠语。《九云记》则没有。这似乎意味着，《九云记》不属于他所说的那种"我东小说"的范畴。实际上，他在承认《九云梦》是朝鲜小说的同时，又在否认《九云记》是朝鲜小说。其次，不可忽视的是，金进洙的这首诗列于总题"燕京杂咏"之下。"燕京"指的是当时中国的都城北京。如果《九云记》是朝鲜作家的作品，金进洙又有什么必要在诗中把它和"燕京"联系起来？

三、《自序》透露了什么样的消息？

《九云记》作者的《自序》说得更清楚，也更直截了当。

第一，他说，他在"西省"做官。从上下文来看，这个"西省"在中国，而不在朝鲜。

第二，所谓"西省"，正是清代中叶人们对山西省或陕西省的称呼。如果他是像金进洙那样的以"我东"自称的朝鲜人，他决不会用中国人特有的这种"西省"式的称呼。

第三，他是在山西省或陕西省做地方官。我们似乎还没有听说过，在清代中叶曾有朝鲜人被任命为山西省或陕西省地方官员的例证。可见这位作家不是朝鲜人。

第四，他说，他看到的《九云梦》小说"即朝鲜人所撰也"。这更无疑表明，他不是朝鲜人。不难看出，他是站在非朝鲜人的立场上说这番话的。如果他是朝鲜人，他的笔下决不会流露出这样的一种语气。

第五，他承认，他的《九云记》是根据朝鲜作家创造的《九云梦》改写的。字里行间，岂非正说明《九云记》不是朝鲜小说吗？

第六，他又说，因为"朝鲜不娴于稗官野史之书"，所以他才要把《九云梦》改写为《九云记》。所谓"稗官野史之书"，当然指的是中国的白话通俗小说。它们的实际情况和《自序》所说的完全合拍。这同样不啻告诉我们，前者是朝鲜小说，而后者却是中国小说。

第七，"朝鲜不娴于……"云云，这番话由傲慢的腔调和苛刻的指责组成，显然不可能是朝鲜籍的小说家的自述。若把这种自负而又自信的口吻归之于一位中国籍的小说家，八九不离十的。

通过以上的分析，我认为，足可以得出两点结论："无名子"（即《九云记》的作者）是一位中国作家，而不是朝鲜作家；《九云记》（即《九云楼》）是一部中国小说，而不是朝鲜小说。不知你以为然否？除非你能够证明金进洙诗和小注中所说的《九云楼》不是韩国岭南大学所藏的那部《九云记》。

四、《九云记》非朝鲜作品的可能性

我曾向一位对"域外汉文小说"素有研究的学者请教：韩国保存下来的汉文小说中，有没有用白话通俗小说体裁写成的作品？他回答说，没有，全都是文言小说。

这一现象也可以作为判断《九云记》小说的国籍问题的重要的佐证。

《九云记》原是朝鲜作家所写的作品，如果有另一位朝鲜作家企图将它改写，那就会出现两种可能：

第一种可能——他把它改写为文言小说。《九云梦》本身就是文言小说。他这样做，岂非多此一举？何况现存的《九云记》，从总体上看，并不是文言小说。因此，这种可能性可以置而不论。它与我们讨论的问题无干。

第二种可能——他把它改写为白话通俗小说。现存的《九云记》恰恰属于这样的文学体裁。我已考证出，《九云记》脱稿于清代嘉庆二十三年至二十五年（1828—1820）之间。请问，在那个时代，在朝鲜，有人用汉文写过白话通俗小说吗？如果答案是"没有人写过"，那么，我敢断言，《九云记》的作者不可能是朝鲜作家。

在"1993 中国古代小说国际研讨会"的小组会上，丁奎福教授曾指出，古代朝鲜作家如果要用汉文去改写《九云梦》，那不可能用白话文去做，因为当时朝鲜人运用汉语白话文的水平很低。这也就有说服力地否定了第二种可能性。

有一位韩国学者还说，《九云记》作者使用了"无名子"的笔名，这完全符合古代朝鲜作家的习惯，可见"无名子"是朝鲜人，而不是中国人，《九云记》是朝鲜小说，而不是中国小说。我想，这个辩解是不能成立的。"无名子"无非就是"无名氏"的意思。中国的文人常用这样三个字作为一种代称，来隐没真实的姓名。直到二十世纪的四十年代，文坛上还出现过一位著名的小说家，他的笔名就叫做"无名氏"。所以，清代嘉庆年间的一位小说家在他的作品中署名"无名子"，——这件事，不是罕见的特例，它完全符合历代中国文人的习惯。

至于在古代朝鲜，有个别的作家因受了中国文人习气的影响，而以"无名子"为笔名，我倒是相信的。但，这毕竟不能证实《九云记》的作者非朝鲜人不可。除非能在古代朝鲜的典籍上找到某一位作家，他既使用过"无名子"这个笔名，又同时拥有《九云记》作者的身份。至少到目前为止，我们还没有见到有人能提供出这样的硬证据。

十七世纪八十年代后期，在中国文化的影响下，朝鲜文学家金万重创作了汉文小说《九云梦》。一百三十年至一百五十年之后，在中国本土上湮没已久的《九云记》终于再度在韩国公开露面。这一循环往复的过程，在中韩文化交流史上有着重要的、特殊的意义。

正像丁奎福教授在《〈九云梦〉的主题与中国小说》一文中所说的：

> 受到中国小说的影响所完成的《九云梦》，又再一次输出到中国，被中国的作者改编扩大写成《九云楼》的事实，在韩中文化交流上有很重要的意义，应引起很多人的注目。其理由是，在韩中文化交流史上，韩国自古单方面地受到中国文化的影响。再逆回给予中国文化的影响，在历史上还是首次。

这又一次证明了：文化交流，从来是双向的，而不是单向的。

关于《狄梁公四大奇案》

——校点后记

《狄梁公四大奇案》，六十四回，佚名撰。

本书有异名多种：《武则天四大奇案》、《武则天四大奇案全传》、《狄梁公四大奇案》、《狄公案》、《狄梁公全传》。为什么我们采用"狄梁公四大奇案"，而不采用其他的书名呢？

这有以下几点可说：

第一，比较通行的书名是《武则天四大奇案》，它见于原书的封面，也见于一些图书馆书目的著录。但是，它显然和全书内容不完全相符。武则天虽在书中出场，却不是中心人物，不是主人公，而仅仅是个次要的角色。如果把"武则天四大奇案"理解为"武则天时代的四大奇案"，也许勉强可通。把"武则天四大奇案"几个字堂而皇之地印在封面上，无非是旧时的书商们玩弄的把戏，目的在于引起读者猎奇的兴趣。所以，我们割舍了这个大有噱头的书名，以及它后缀的"全传"二字。

第二，"狄梁公全传"倒是达到了书名和内容相符的要求。书中正好写了狄仁杰的一生。

第一回从他幼年写起，"自从父母生下他（狄仁杰）来，六七岁上就天生的聪明，攻书上学，目视十行，自不必说，到了十八九岁时节，已是学富五车，才高八斗"；而第六十三回回目的下联就是"念老臣狄公病故"。这样的结构自然无愧于"全传"二字。"狄梁公全传"岂不是一个最佳的抉择吗？无奈这样一来，读者在未读本书之前，乍见此一书名，他根本猜想不到这会是一部公案小说，这岂不有违标点、出版本书的初衷？

第三，有的公案小说以"×公案"为名，例如《包公案》《海公案》《李公案》《蓝公案》《毛公案》《于公案》等等。这一类书名的共同特点是：普遍地出现"公案"二字，并以"×"代表着主人公的姓氏。遵循此一惯例，本书似可名为"狄公案"。然而已故的荷兰汉学家高罗佩的以狄仁杰为主人公的公案小说的中文本恰巧也采取了"狄公案"这个书名。为了避免重复，本书只得放弃原定的使用这个书名的打算。

再三思索的结果，方选定了"狄梁公四大奇案"这个书名。"奇案"二字突出了公案小说的色彩。"狄梁公"三字传递给读者的信息——狄仁杰是断案的主角。狄仁杰（607—700）是唐代一位有名的清官，死后被追封为梁国公。因此"狄梁公"成为后人对他的尊称。

《狄梁公四大奇案》是一部出现于十九世纪的公案小说作品。孙楷第《中国通俗小说书目》、大冢秀高《增补中国通俗小说书目》、刘世德主编的《中国古代小说百科全书》均未著录。现存清代光绪年间的小型石印本。有的明确地题署着具体的出版年代。例如光绪十六年（1890）、光绪二十八年（1902）；有的虽然缺乏具体的出版年代的记载，但从版本学的常识不难判断出它必是光绪年间的产物。此外，有些后出的小型石印本则印行于民国初年。

原书未署作者之名。在没有获得进一步的可靠的资料之前，我们只能称之为无名氏。但从书中的情节和具体描写，可以窥知，作者对于官场中的诉讼、刑罚、判案等等细节相当熟悉。因此，如果猜测他曾从事州县衙门中的文牍工作，大概是离事实不远的。

在书中，狄仁杰的形象塑造得比较突出。他性情刚直，嫉恶如仇；观察事物，敏锐而又深刻；善于开动脑筋，勤于思索问题；胆大心细，决断果敢。他在古代公案小说清官形象画廊中占有一个重要的位置。

作者以编织故事见长。结构富有匠心。一波未平，一波又起。多条线索交叉在一起，同时先前发展。这无疑造成了对读者的极大的吸引力。

全书的前半部，以民间诉讼、断案为主。这没有脱离明清短篇公案小说结构、内容的窠臼。随着狄仁杰官职的擢升，后半部故事情节的重点转移到了忠奸斗争上。这实际上是明清长篇历史演义小说、公案小说合流的继续。

此次出版的校点本系以日本东京大学东洋文化研究所藏石印本为底本，并参校了中国社会科学院文学研究所藏石印本。

关于本书的校点，有以下三点需要说明：

（一）在一般的情况下，若无版本依据，则不改动底本；更不用"五四运动"以后才出现的字（例如"她"）去改换原有的字（例如"他"）。

（二）原书是不分段的。为了有利于眉目清晰、阅读流畅，我们对原文作了分段的处理。分段的原则是：细而不琐碎。一方面力求避免给读者以那种黑压压一大片的感觉，另一方面也要避免采用那种一句话一段的"新式"标点法。

（三）标点符号的使用，仅限于逗号、顿号、句号、引号（包括双引号、单引号）数种。有意识地避免使用分号、惊叹号、破折号——在校点者看来，它们与古人行文时的语气、习惯有较大的距离。

由于学识水平有限，本书的校点工作容或存在某些缺点，敬请读者诸君不吝赐教。

评《晚清小说史》

对我国近代文学的研究，在我国学术界，是非常薄弱的。绝大多数的文学史著作都把其中叙述的时期限制在鸦片战争以前，而一些"新文学史"的著作也都撇开这个时期，从五四运动开始叙述。所以，展开和加强对近代文学的研究，是当前学术界的重要的迫切问题之一。而编写和出版有关近代文学方面的书籍更是大家盼望已久的事了。因此，阿英先生的《晚清小说史》在 1955 年由作家出版社重印以后，立即受到了读者们的注意，这是可以理解的。

阿英先生的《晚清小说史》在 1937 年曾由商务印书馆印行过。远在二十年以前，阿英先生就写出了这样一本专门性的著作，这不能不说是一件有意义的事情。

晚清小说在近代文学史上占有重要的位置。如果我们把晚清小说界的情况同明代及清代其他各个时期比较一下，那就可以发现三件值得注意的事情：

第一，晚清小说的数量大有可观，达一千余种以上。

第二，它们从各个不同的角度，广泛地反映了当时的社会生活，尤其是政治生活。

第三，当时，还出现了一些理论文章，比较深刻地阐明了小说的价值，例如梁启超《论小说与群治之关系》一文认为：

> 小说为文学之最上乘也。……其性质，其位置，又如空气然，如菽粟然。

他并且还强调说：

> 欲新一国之民，不可不先新一国之小说。故欲新道德，必新小说；欲新宗教，必新小说；欲新政治，必新小说；欲新风俗，必新小说；欲新学艺，必新小说。乃至欲新人心，欲新人格，必新小说。何以故？小说有不可思议之力支配人道故。

这都是以前所没有的。虽然不用讳言，晚清小说作品的艺术性一般是比较差的，"辞气浮躁露，笔无藏锋"，很少创造出成功的典型人物，没有一部可以和以前的《三国志演义》《水浒传》《西游记》《儒林外史》《红楼梦》等巨著相提并论，但在我国的文学发展史上仍然是有重要的意义的。因此，像《晚清小说史》这样的著作，应该受到我们的重视。更值得注意的是，作为论述晚清小说的著作，本书不但是最早的一部，而且至今还是唯一的一部。

阿英先生不但是一位著名的学者，而且还是一位著名的藏书家。在晚清小说作品的收藏数量方面，国内目前还无人能够超过他。这就给本书创造了一个优越的条件：占有丰富的材料。书中所提到的作品，有许多是目前一般人不容易见到的。因而书中对于对于这些作品的介绍和叙述，显然可以使读者对晚清小说有更多的知识和了解。

此外，本书的见解也有可取之处。例如，在第一章中，作者对晚清小说繁荣的原因、晚清小说的特征、晚清小说普遍采用《儒林外史》的写作方法的原因、晚清小说的总评价等问题所作的说明，比较全面，大部分也比较正确。

在叙述的方法上，本书也有一些值得提出来的地方。晚清小说是那样的众多，作者没有一一平均地胪列和介绍。他着重地提到了一些反映了重大社会生活、艺术性较高的重要作品。同时，作者在介绍作品的时候，往往把一部作品从思想内容道艺术描写和其他同类的作品作比较，指出他们的异同和优劣。例如，第三章讲到欧阳巨源的《负曝闲谈》的时候，把他和李宝嘉的作品做了比较，说：它"文笔爽健灵活"，这是李宝嘉不及的长处；但它"魄力不大，不能作大段有力描写"，这是不如李宝嘉的短处。又如，第九章介绍了颐琐的《黄绣球》，说：

> 开始第一回，是用的隐喻，写黄绣球家房子坏了，商议怎样改造。晚清小说例很流行着这一种方法，《文明小史》的楔子，《老残游记》的第一回，都是如此。

这种比较的介绍和叙述对读者很有用，它不但有助于读者对这些作品的理解，而且还使读者知道了这些作品的思想性和艺术性在整个晚清小说中的地位。

由于本书基本上是二十年前的旧作（这一次重印，仅仅略加删节，未作重大修改），同时也是近代小说研究领域中的一本最早的专著，当然它也不可避免地还存在着许多缺点。

我们首先可以说这就是一个缺点：本书的名称题作"晚清小说史"，事实上却只能算是"晚清小说概论"。作为一部"小说史"来要求，它有很多地方是不够的。

合乎理想的断代小说史著作应该叙述小说作品在这一时期的历史的发展情况，揭示出发展的规律性和进程，指明这个时期的小说在历史上的继往开来的意义。而这些问题在本书内完全被忽略了。读者们所看到的是一个作品接着一个作品的介绍和叙述；从这里面，读者们了解了大多数作品的内容，但却无法知道它们彼此之间在发展上的关系和影响。因此，本书第二章到第十三章，给读者的印象仿佛是许多篇各自独立的分类的作品介绍和叙述的凑合。

本书有重点地叙述了一些比较重要的作品，但对主要作品的注意还是不够。像晚清小说的四部代表作品，本书所给与的篇幅是要少了：《官场现形记》有四千字，《二十年目睹之怪现状》《孽海花》有三千余字，《老残游记》则只有两千来字。相反的，《自由结婚》《活地狱》《热血痕》《上海游骖录》这样一些比较次要的作品却各都占据了三、四千余字的篇幅。甚至于像《新中国未来记》，仅仅作成四回，连作者梁启超自己也不满意而在《绪言》中贬之为"结构之必凌乱，发言之常矛盾，自知其决不能免也"，"似说部非说部，似稗史非稗史，似论著非论著，不知成何种文体，自顾良自失笑"，本书却不吝惜笔墨地作了将近两千字的叙述，用这样的比例来分配篇幅，不能不被认为是轻重失当。

小说史的内容，除了作品之外，还有作家。重要的作家更是不可少。但在本书中，对重要作家的专门而又有系统的评述却是缺乏的。譬如说，李宝嘉和吴沃尧两人，就他们作品的数量和质量而言，都可以算得上是当时的主要作家。他们的作品《官场现形记》《二十年目睹之怪现状》同为列入晚清小说的四大代表作品。他们曾分别担任《绣像小说》和《月月小说》的主编。这两个杂志和《新小说》《小说林》是清朝末年的四大小说杂志。举凡晚清小说中的代表作品和比较优秀的作品差不多都在这些杂志上发表过。所以，李宝嘉和吴沃尧在当时小说界的地位和作用是不容忽视的。我认为，在《晚清小说史》中，每人至少给他一章的篇幅，并不算过份。本书只是在叙述《文明小史》和《二十年目睹之怪现状》的时候顺带地简略地介绍了一下两人的生平。显然，这样做的结果很难使读者们对他们有比较完全的认识。

作为一部文学史著作，在里面对作家、作品和问题做出比较客观和比较恰当的评价和论断，是非常必要的。鲁迅先生的《中国小说史略》就是一个范例。而本书在这一方面还不能令人满意。

比较突出的例子是《文明小史》。我们知道，文学史研究者向来公认李宝嘉的《官场现形记》是晚清小说的四大代表作品之一。阿英先生在本书里提出了一个与此不同的新看法，主张以《文明小史》代替《官场现形记》。他认为，《文明小史》胜于《官场现形记》，理由有二：一是它全面地反映了时代，写了许多方面，涉及的地域非常广阔；二是它在写作方法上用流动的、不断替换的人物作干线。

我觉得，这看法大可商榷。首先，这两个理由就难以成立。只要作家观察生活深刻，塑造人物形象成功，即使是在作品里少写几个方面和几个地域，也能够集中地、概括地反映那个时代。我们评论一部文学作品如何反映时代，主要应该看其中的人和事是否写得典型，而不是看是否写得多。同时，《官场现形记》和《文明小史》采用的写作方法是相同的，要判断它们的高下，必须从别的方面着手。

在我看来，《文明小史》是不及《官场现形记》的。就艺术性而论，《官场现形记》的人物描写，尤其是小官僚佐杂的描写，无疑要比《文明小史》生动和深刻。而有些大段的描写，像胡统领严州剿匪数回写得那样的淋漓尽致，《文明小史》更是无法比拟的。就思想性而论，《官场现形记》还没有显示出巨大的毛病，《文明小史》则不然。它在讽刺那许多投机取巧的假维新的同时，没有写出一个维新派的正面人物形象。维新派全被丑化了。这样的描写起了不好的客观效果，容易把读者引向对在当时起了一定进步作用的维新派的否定。同时，《文明小史》里还有大段的对于民主主义革命派和农民运动的诬蔑和谩骂。我们知道，《老残游记》黄龙子论"南革北拳"一段是相当反动的。而《文明小史》第五十九回的这一大段是和它基本上相同的（最近的重印本已把这段话删去）。另外，若就成书以后的广泛流传而论，《文明小史》也比不上《官场现形记》。

作者在本书第十三章中用了一句话来解释"吴语小说"繁荣的原因说："实由于帝国主义侵略，半殖民地化的结果。"这样的论断未免太简单化和教条主义了。

本书的另一个缺点在于，它没有把晚清小说当文学作品看待，过多地强调了其中的社会史料的价值，因而是本书有时好像"晚清社会史"一样。

文学研究著作首先应该把它所研究的对象看成是文学。然后对作品进行思想和艺术的分析，指出它们在风格、创作方法上的特点。本书的着眼点却不在这里。作者远远离开人物形象的性格和活动，忙于从晚清小说里寻找出一些枝节的片段的描写，企图以此证明它们是如何真实地反映了当时的社会情况。

例如，作者指出张春帆的《宦海》第十七回"接触到机械的描写"，引述了它对轮船里的轻重机的一段说明，说："虽然机械早已输入了中国，在文学上的描写，简直不多见。"其实，这段描写根本没有一点文学的味道。

又如，在介绍姬文的《市声》时，作者说："在《市声》里能看到的，除这一些并非'真商'的人物活动外，只有很少几件当时商业方面的事，中国商业在外国资本压迫下的失败过程。"接着就孤立地摘引了四段说明丝、茶叶的话。依照我的理解，文学作品主要是写人的，高尔基就曾经把文学称为"人学"。所以，《市声》里写人物活动过多，写商业资料过少，并不是什么遗憾的事情。专门注意其中有关商业活动的说明，恐怕只能是经济史研究领域中的课题。

再如，作者认为壮者的《扫迷帚》最好的部分是苏州迷信风俗的叙述，并引了盂兰会、社戏、赛会三大段作证。

同样的例子是李宝嘉的《活地狱》。作者对它的评价是："这是一部非常重要的社会史料书。"

在缺乏艺术分析的同时，本书把相当多的篇幅给予了转述故事和举例引文。这样的情形在全书遍地皆是。当然，因为晚清小说的很多作品读者们不易见到，适当地介绍故事内容还是必要的。不过，对一本文学史专著来说，这种方法终究是不宜过多采用的。如果用这来代替对作品的分析和评价，那就更不适当了。这带来了一些缺点。最突出的便是生硬地把作品割裂开来叙述和介绍。由于社会生活是错综复杂、千头万绪的，反映和再现社会生活的文学作品的内容因之便不可能是单一的。小说尤其如此。有许多作品若用既定的分类小框子去硬套，结果便不免破碎支离，难窥全豹。例如，对李宝嘉的《官场现形记》《文明小史》，吴沃尧的《恨海》《新石头记》《劫余灰》等等，莫不两处分述。倘若作者能从文学作品出发，而不是把它们看作社会史料，我想，这种缺点是可以避免的。

还有一些小缺点，不妨也在这里指出。

第一，本书往往旁及其他体裁的作品，超出了小说史的范围。例如，第九章的开头讲了不少关于弹词和戏曲的题外话。第十章又详细地介绍和叙述了弹词《醒世缘》的故事情节。这些都徒然增加了本书的篇幅。另外，作者专辟第十四章来谈翻译小说，也是可以斟酌的。里面介绍了一些当时翻译界的一些情况和资料，以及翻译的技术问题。但这与晚清小说恐怕关系甚小，似无必要在小说史中提到。

第二，本书把暴露监狱生活黑暗的《活地狱》列入"官僚生活的暴露"一章，把反对专制、鼓吹无政府主义的《东欧女豪杰》列入"种族革命"一章，在分类上是可以再加考虑的。另外，第十三章讲"拟旧小说"，"它们大都是袭用旧的书名与人物名，而写新的事"。其中提到了笑龛居士的《新痴婆子传》。可是，据我所知，《新痴婆子传》是一部以反对迷信为主题的小说，叙华家妯娌三人夏夫人、鹂娘、鸳娘的故事，不应当被看做是"拟旧小说"。尽管它的书名，除掉"新"字，和明代芙蓉主人的猥亵小说《痴婆子传》完全相同，但内容完全不同。前者根本没有袭用后者的"人物名"。它们之间无所谓"拟"与被"拟"的关系。

第三，本书有时候体例不一。例如，第四章提到了吴公雄的《义和团演义》和徐哲身的《红灯罩》，这是入民国以后的作品；可是，在其他几章，尤其是第十三章讲"写清小说"时，根本没有涉及入民国以后的作品。又如，本书在大多数地方多少以作品为主，可是在第七章讲到黄小配的《大马扁》时，突然又以作家为主，介绍了他的其他一些按照分类标准不该在此叙述的小说。

第四，在资料方面，本书还偶尔有一些疏忽的地方。例如《禽海石》的作者是符霖，本书却写作符灵;《负曝闲谈》的作者蘧园就是欧阳巨源,《泡影录》的作者东亚破佛就是彭俞,《邻女语》的作者忧患余生就是连梦青,本书都没有注明。

最后，要说明的是，我说这本书有这许多缺点，并非企图否定这本书。对于一本二十年前的旧著，我们是不应该要求得过高、过苛。我的目的仅仅在于把这样一些读后的意见写出来，提供阿英先生和这本书的读者参考。不妥当之处，请阿英先生和读者们指正。

卷四 ╱ 小说小说

谁鞭督邮？

谁鞭督邮？张飞。——也许有人会不假思索地这样回答。

这样回答是对的。鞭督邮的人是张飞。我们可能都看过京剧《鞭督邮》。那是一出以净角为主的戏。里面就是这样演的。我们可能都看过小说《三国志演义》，里面同样把鞭督邮一事归在张飞的头上。

但是这样回答是不完全对的。因为张飞鞭督邮只是小说和戏剧里的描写，而在历史上，张飞并没有鞭过督邮。那么，鞭督邮的人又是谁呢？是张飞的大哥刘备。

请看陈寿《三国志》卷三十二《先主传》：

> 除安喜尉。督邮以公事到县，先主求谒，不通，直入缚督邮，杖二百，解绶系其颈着马柳，弃官逃命。

裴松之注引《典略》说：

> 其后州郡被诏书，其有军功为长吏者，当沙汰之，备疑在遣中。督邮至县，当遣备，备素知之。闻督邮在传舍，备欲求见督邮，督邮称疾不肯见备。备恨之，因还治，将吏卒更诣传舍，突入门，言'我被府君密教收督邮。'遂就床缚之，将出到界，自解其绶，以系督邮颈，缚之着树，鞭杖百余下，欲杀之。督邮求哀，乃释去之。

刘备鞭督邮，看来这是言之凿凿的历史事实了。

鞭督邮的人由刘备变成张飞，这只不过是出于小说家的"捏合"而已。但是，小说家为什么要把刘备的事写到张飞的身上呢？照我看，这是为了更鲜明地突出人物的性格。

在小说里，刘备性格的一个重要特征是宽厚仁慈。而鞭督邮一事，对于他的这种性格特征说来，自然是不典型的。在创作的过程中，小说家有权根据具体的需要对素材加以选择。合则用之，不合则弃之。因此，小说里写刘备而不写他鞭督邮，是完全可以理解的。

相反，小说里的张飞的性格，却和刘备有着显著的不同。爽直而暴躁，是其中的一个重要的方面。这个方面，若用鞭督邮一事来表现，倒是十分合拍的。于是，在作家的笔下，鞭督邮的人便变成张飞了。

在创作历史题材的小说的时候，作者成功地把甲的事移到乙的身上，而又不违背甲和乙二人在小说中应有的性格——这提供了一个良好的例子，有助于我们在目前的有关于历史剧的讨论中进一步思索一些问题。

瞿佑生卒年考

《剪灯新话》的作者瞿佑，他生于哪一年，又死于哪一年呢？

这在几部流行的文学史著作和工具书中都写作："13441—1427"，即生于元至正元年，死于明宣德二年。这个说法，本于梁廷灿《历代名人生卒年表》。其根据当为《列朝诗集》的瞿佑小传。

而《列朝诗集》的瞿佑小传是这样说的："洪熙乙巳，英国公奏请赦还，令主家塾三载，放归，卒，年八十七。"乙巳即洪熙元年（1425）。"三载"之后，岂非宣德二年乎？

殊不知，这样的推算，必须有两个不可缺少的前提：第一，所谓"三载"，必须是指洪熙元年（1425）、宣德元年（1426）和宣德二年（1427）。第二，"三载"之后，必须当年（即宣德二年）"放归"；"放归"之后，又必须当年立刻死亡。只有在这样两个必不可缺的前提下，才能得出卒于宣德二年的结论。在这个基础上，再逆推，才能得出生于至正元年的结论。

然而《列朝诗集》瞿佑小传的这段文字还可以有别样的更正确的理解。"三载"之说很难落实在具体的三个年分上。你说是1425年至1427年，固然可以。你说是1426年至1428年，甚或是1427年至1429年，亦无不可。总之，除了不得早于1425年之外，其他的上下年限似乎都是灵活的。何况"放归"之年也不一定包含在"三载"之内。它可能是1427年，也可能是1428年、1429年。再者，把"放归，卒，年八十七"的标点改为"放归，卒年八十七"，恐怕更符合古人行文的习惯。"放归"和"卒"之间，可能是相隔不足一年，也可能相隔一年以上，甚至两年、三年……。总之，把"放归"之年和卒年等同起来，在推算上含有巨大的危险性，其论据是相当脆弱的。

《古本小说丛刊》第35辑收有日本内阁文库浅草文库藏本《剪灯新话句解》的影印本。该书卷末附有瞿佑的《重校剪灯新话后序》。《后序》有年月及作者的署名："永乐十九年，岁次辛丑，正月灯夕，七十五岁翁钱塘瞿佑宗吉甫书于保安城南寓舍。"这个确凿的记载可以订正前人的错误说法。

从《后序》的署名看，永乐十九年（1421），瞿佑是"七十五岁翁"。据此，不难推算出，他生于元至正七年（1347）。再根据《列朝诗集》"卒年八十七"的说法，又可推算出他的卒年，明宣德八年（1433）。

"1347—1433"和"1341—1427"，二者之间相差六年。结论的不同，是由于推算法的不同，即对于"赦还""主家塾三载""放归""卒"四者的时间距离的理解不同。

马中锡生卒年考

《中山狼传》是明人传奇小说中的佳作。它在中国文学发展史上占有一席重要的地位。东郭先生的慈悲心肠，中山狼的忘恩负义，无不描绘得生动而又深刻。这篇寓言故事，在我国业已脍炙人口，几乎到了家喻户晓、妇孺皆知的地步。

但是，它的作者马中锡的生平事迹，对于普通读者来说，还是相当陌生的。在一般的文学史著作、选本以及中学语文课本里，对作者马中锡的介绍大多语焉不详，一笔带过。甚至连他的生卒年也作为不可考知的项目，而往往付诸阙如。最典型的例子是上海辞书出版社的新版《辞海》。我们知道，新版《辞海》对于一些文学家的生卒年的著录。很下过一番功夫，考证比较严谨，结论也比较准确，获得了学术界的赞誉。然而关于马中锡的生卒年，它也仅仅写作"？—约1512"，生年不详，卒年则只是一个约略的估计。

难道马中锡的生卒年就真的这样不可考吗？

不是的。他的生卒年完全可以考得出来。

查马中锡《东田集》卷末附录了何塘所写的一篇《东田马公传》，传中提到了马中锡逝世的年、月、日和年寿：

> 壬申五月二日卒，年六十七。

按：壬申为明武宗正德七年（1512），由此上推，知马中锡生于明英宗正统十一年（1446）。

何塘的记载是否可靠呢？这需要检验。《东田马公传》的下文还有这样一段话：

> 又三十年，公子师言以公传托余，乃阅太仆孙公所撰状，取公事节为传。

这说明，何塘的这篇传记乃是根据"太仆孙公"的行状进行编辑的。那么，这位"太仆孙公"又是何等样人呢？

原来他就是马中锡的同乡、姻家晚辈。何塘所说的"太仆所撰状"当即孙绪的《资善大夫都察院左都御史东田先生马公行状》，载于他的文集《沙溪集》卷六。在这篇行状中，孙绪不仅明确地记载了马中锡逝世的年、月、日和地点、年寿：

> 在狱八月，感疾而卒，壬申五月二日也。年六十七。

而且还同样明确地记载了马中锡诞生的年、月、日：

> 公生于正统十一年三月十六日。

孙绪行状和何塘传记的记载，完全吻合一致，足见确凿无疑。况且孙绪的妹子嫁给了马中锡之子师言，他们两家既是世交，又是姻亲，孙绪对马中锡的生平甚为熟悉，用孙绪自己的话来说，是"绪于公为姻家，且故人子也，知公颇悉"。故而他的叙述不致有误。

今后在一切有关马中锡的传记或生平介绍的文字中，都可以把这样的内容补充进去：他生于正统十一年（1446），卒于正德七年（1512）。

《一片情》刊行年代考

《一片情》，四卷十四回。不题撰人。清顺治年间好德堂刊本。日本东京大学东洋文化研究所双红堂文库藏。《古本小说丛刊》第3辑影印本。

全书共收小说十四篇，每回一篇。

卷首载有序文，署"沛国□仙题于西湖舟次"。下有印记两方，一阴文："一段云"；一阳文："好德堂印"。

第三回正文引用"明太祖"对和尚的评语，不类明人口吻。全书不讳"由"（天启、崇祯）"检"（崇祯）二字。第十二回正文以"这首诗单表弘光南都御极"开端。可知此书的撰写与刊刻必在清代顺治二年（1645）之后。全书又不讳"玄"（康熙）字。可知必刊刻于顺治三年至十八年（1646—1661）之间。

书名又称《新镌绣像小说一片情》。但双红堂文库藏本无图。

半叶八行，每行十八字。

此书另有啸花轩刊本，目录标明九回，正文残存三回（有缺叶）。无图。半叶九行，每行二十字。中央美术学院藏。

孙楷第《中国通俗小说书目》断定此书作者为"明无名氏"；并著录此书之中央美术学院藏本、日本千叶掬香藏本（即日本东京大学东洋文化研究所双红堂文库藏本），但对二者未加区别，一律称之为"明末刊本"。胡士莹《话本概论》亦以中央美术学院藏本为"明末刊本"。日本秋水园主人《小说字汇》曾引此书。

《劝毁淫书征信录》引《禁毁书目》、余治《得一录》卷十一"计毁淫书目单"及同治七年（1868）江苏巡抚丁日昌查禁淫词小说书目均列有此书。

目录：

卷一　第一回　钻云眼暗藏箱底
　　　第二回　邵瞎子近听淫声
　　　第三回　憨和尚调情甘系颈
　　　第四回　浪婆娘送老强出头

艳情小说《春灯闹》

《春灯闹》，上下两卷，十二回，烟水散人撰，清顺治年间紫宙轩刊本，日本佐伯文库藏。

封面题"春灯闹""桃花影二编""烟水散人新著"；左上侧有紫宙轩主人识语云：

> 从来正史取义，小说取情。文必雅驯，事须绮丽，使观之者如入金谷园中，但觉腻紫娇红，纷纷夺目，而有丽人在焉，呼之欲出，且又洞房乐事，俱从灵腕描来，锦帐春风，尽属情根想就，方足以供闲窗娱览，而较之近时诸刻不大迳庭者哉。故《桃花影》一编，久已脍炙人口，兹复以《春灯闹》续梓，识者鉴诸。

卷首有《题春灯闹序》，末署"东海友弟幻庵居士题"。序云：

> 乃秋涛子方沾沾焉，闭户撝思，以应书林氏之请……是亦秋涛子点述是编之意乎？鸳矶咫尺，我当载酒而问之。

书名又作《新镌批评绣像春灯闹奇遇艳史》。

第一回前，署"檇李烟水散人戏述""东海幻庵居士批评"。

半叶八行，每行十八字。无图。每回回后有"总批"。

按：第一回开端，"明朝崇祯年间"云云，是清人口吻。第三回正文述及李自成进京称帝；第十一回正文真生与崔子服晤面，有"曩在金陵，弟见新主绝无中兴恢复之举"之语。可知此书之撰写、刊刻必在清代。且全书不讳"玄"字，可知刊刻于清代顺治年间。

又按："烟水散人"系徐震之别署。徐震，字秋涛（即"识语"和"序"中所说的"秋涛子"），浙江嘉兴人，清初小说家。作品甚多，有《后七国志乐田演义》《珍珠舶》《合浦珠》《赛花铃》《梦月楼情史》《鸳鸯媒》《桃花影》等小说。

第一回总批云：

虽极绮艳，决不至《野史》《浪史》之俚亵太甚也。

其中所提到的"浪史"，即风月轩入玄子的《浪史》(一名《浪史奇观》《巧姻缘》)；"野史"则疑即吕天成的《绣榻野史》。

此书又名《灯月缘》。孙楷第《中国通俗小说书目》著录啸花轩写刻本。啸花轩写刻本无幻庵居士序。半叶九行，每行二十字。内容微异，第六回回目作"俏梅香灯夜携云"；结尾亦不同。

《劝毁淫书征信录》"禁毁书目"、余治《一得录》卷十一"计毁淫书目单"、同治七年（1868）江苏巡抚丁日昌查禁淫词小说书目均列有此书。

目录：

《醒风流》作者与刊行年代考

《醒风流》小说，现存两种版本。一为法国国家图书馆藏本，有《古本小说丛刊》第 32 辑影印本。另一为大连图书馆藏本。

法国国家图书馆藏本封面、自序均已佚失。

《醒风流》共二十回。第一回说：

> 如今待在下说一个忠烈的才子、奇侠的佳人，使人猛醒，风流中人大有关系于伦理的故事。

这解释了创作的意图。演述的是南宋时期梅幹和冯闺英的故事。

全书不分卷，共二十回。回目双句，除第十五回、第十六回八言，第十七回四言外，其余都是七言。

每半叶九行，每行二十字。书末有总评。有若干叶显系出于后来的补刻。第三回第十叶以下原阙。

此书卷端题曰"醒风流奇传初集"。"初集"二字殊堪注意。这正和封面所题的"二集嗣出"四字相呼应。由此可知，《醒风流》只是"初集"，另有继出的"二集"在。

这里所说的"二集"是哪一部作品呢？

另有小说《凤箫媒》，署名"崔市散人编次"。"崔"即是"鹤"字。恰恰《醒风流》卷端也同样署名"崔市散人编次"。因此，这个《凤箫媒》小说极可能就是"二集"。

《醒风流》有作者自序，其中说：

> 壬子夏，与二三同志啸傲北窗，追古论今，淑慝贞奸，宛在目前。笑愚蒙之昧昧，羡聪达之惺惺。于是摘所详忆一事，迅笔直书，以为前鉴……录凡二十回，旨有所归，不暇计其词句之工拙也。既成，质之同志。同志曰：是编也，当作正心论读。世之逞风流者，观此必惕然警醒，归于老成，其功不小。因遂以名，而授之梓。

自序署"崔市道人题"。

因此这里出现了三个署名："崔市道人"（《醒风流》卷端、自序），"崔市散人"（《凤箫媒》），"崔市主人"（《醒风流》封面）。此名，一共四个字，其中三个字完全相同，仅有一个字不同："道""散""主"。依我看，"道人""散人""主人"三者的歧异并不重要。重要的是"崔市"二字的一再重复。尤其是那个比较少见的"崔"字的相同，更使人个感觉到，"道人""散人""主人"三者的变换，无非是文人取名的一种花样。我们如果说，这三个名字同时指向同一个人，那将是离事实不远的。

查《隋唐演义》自厚堂重刊本封面题有"吴鹤樵先生评"字样。其卷端又署"吴鹤市散人鹤樵子参订"。估计这位"吴鹤樵先生"或"吴鹤市散人鹤樵子"应当就是那位喜欢在名字上玩弄花样的《醒风流》作者。

问题在于，"吴"字何意？是姓氏，还是指里贯？遽难断定。

还有一个问题，也是遽难断定的。这就是：《醒风流》刊行于什么时代？

有人说，《醒风流》刊行于明代；也有人说，《醒风流》刊行于清代乾隆年间。

据自序说，《醒风流》撰写于"壬子夏"。这个"壬子"指的是哪一年呢？

以壬子计年者，有：

> 万历四十年（1612）
>
> 康熙十一年（1672）
>
> 雍正十年（1732）
>
> 乾隆五十九年（1792）
>
> 咸丰二年（1852）

再查自序，其中还有一段话值得注意：

> 余少时，得忠孝节义文数篇，喜而读之。凡三易书，秘之筍篑，爱如珠玉，因其文而重其人。越二十载，而时移事变，其人行与文违，殆不可说。余乃出其文，尽行涂抹，唾而骂之，灭之丙火。

其中那句"时移事变"，明显指的是明清易代之事。这可以证明自序中所说的"壬子"可以排除万历四十年。也就是说，可以否定《醒风流》刊行于明代的猜测。

那么，它究竟刊行于清代何时呢？

日本宝历甲戌《舶载书目》著录了《凤箫媒》的素位堂刊本。宝历甲戌相当于我国的乾隆十九年（1754）。《凤箫媒》如果是《醒风流》的"二集"，则作为"初集"的《醒风流》不可能撰写于乾隆十九年之后。这样一来，就排除了"壬子"是乾隆五十九年和咸丰二年的可能。

又，日本天明甲辰秋水园主人《小说字汇》引及《醒风流》。而天明甲辰相当于我国的乾隆四十九年（1784）。因此，这又一次排除了"壬子"是乾隆五十九年和咸丰二年的可能。

查《隋唐演义》自厚堂重刊本卷端鹤市散人署名有"参订"二字，则其人当与《隋唐演义》作者褚人获同时。而褚人获为康熙年间人。则《醒风流》自序中所说的"壬子"以康熙十一年的可能性为最大。

但是，仍存在一个疑问。《醒风流》第七回回目"玄墓山看梅了悟"，不讳"玄"字，不缺笔，似又存在非刊行于康熙年间的可能。除非这个"玄"字是漏网之鱼。

《春柳莺》作者、评者与刊行年代考

《春柳莺》，四卷，十回。清南轩鹗冠史者撰。

演明代嘉靖年间石液（字延川，号池斋）与毕临莺、梅凌春的婚姻故事。其间还穿插了柳姑（书童柏儿所扮）的故事。

此书有两种不同的刊本。一为日本东京大学文学部藏本，一为大连图书馆藏本。

两本行款不同。日本东京大学文学部藏本，每半叶十行，每行二十五字。大连图书馆藏本，每半叶八行，每行二十字。

两本所题署的作者，亦微有差异。日本东京大学文学部藏本，卷一署"南轩鹗冠史者编"。大连图书馆藏本的作者则署名为"南北鹗冠史者"。

按：日本东京大学文学部藏本作者、评者署名并列

此本刊刻年代不详。刘廷玑《在园杂志》卷二曾论及此书，可知其创作或刊刻必在康熙五十一年（1272）之前。书中讳"玄"字，亦可证明刊刻于康熙年间（或康熙以后）。

封面、目录、版心均题"春柳莺"。卷一署"石庐拚饮潜夫评"。

大连图书馆藏本与日本东京大学文学部藏本有六点不同：

（1）有序及凡例八则。

（2）有图五幅。

（3）每半叶八行，每行二十字。

（4）作者题名为"南北鹗冠史者"。

（5）序文作者署"吴门拚饮潜夫"。

（6）序文撰写时间署"康熙壬寅秋八月"。

按：壬寅纪年，或为康熙元年（1662），或为康熙六十一年（1722）。证以刘廷玑的记载，当以前者为是。

《鸳鸯谱》的特征

以"鸳鸯 ×"为书名的小说，可谓多矣。一口气接连数出七八种来，并不算是难事：例如《鸳鸯媒》《鸳鸯灯》《鸳鸯针》《鸳鸯会》《鸳鸯配》《鸳鸯影》《鸳鸯碑》《鸳鸯剑》……等等。"鸳鸯"本来是双双成对的，在文人的笔下，常用作夫妻的比喻。一部描写男女爱情的书，冠以"鸳鸯 ×"的书名，自然是顺理成章，不足为奇。

我举出的《鸳鸯谱》这个书名，对您来说，也许会感到陌生吧？

叫做"鸳鸯谱"的小说，有两种。

一种是清末出现的短篇小说集，两卷，十二回。又称《新印秘本小说鸳鸯谱》，新新社印行。它其实就是已被改头换面了的《石点头》。另起了一个动听的名字，又删去了其中的一篇，不过是书商所玩的把戏而已。这里且不去说它。

我要说的是另一种：短篇小说，一篇，全名叫做《司马元双订鸳鸯谱》。

它是清代前期的作品。全书以明代嘉靖年间为背景，演述司马元和史玉英、刘桂香一见钟情而缔结婚姻的故事。玉鸳鸯则是他们之间定情的信物。

这篇小说有两点值得注意。

首先，它不见于任何书目的正式的著录。譬如说，颇具权威性的孙楷第《中国通俗小说书目》就遗漏了它。今后，在清代小说的全部名单上应该把它补列进去才对。

其次，它并不是独立地存在的。它被保存在《幻中真》十回本之中。

《幻中真》小说有两种版本。一为十二回本，一为十回本。十二回本藏于法国国家图书馆，乃顺治年间写刻本。现有中华书局《古本小说丛刊》第 2 辑影印本。十回本藏于日本内阁文库、日本东京大学文学部、日本天理大学天理图书馆、日本大谷大学等处。现有中华书局《古本小说丛刊》第 27 辑影印本。十二回本为原本，十回本则是后出的删改本。

《幻中真》十回本共分四卷。不难发现，全书一分为二，卷一是另一部小说，即《鸳鸯谱》；卷二至卷四方才是《幻中真》的本文，一至三回为卷二，四至六回为卷三，七至十回为卷四。中篇小说或长篇小说而有这样的体制，是十分奇特的。

为什么要把《鸳鸯谱》置放在《幻中真》的前面呢？《鸳鸯谱》的末尾一段是

这样说的：

> 我看司马元，不过是个风流才子，遇着了窈窕佳人，成了一段姻缘，遂传为千古佳话。还不如后边的吉梦龙，一人身上，忠孝节义俱全，奇奇幻幻，做出多少事来，更有甚于此者。

其中的"后边"指卷二至卷四的《幻中真》本文，"吉梦龙"则是《幻中真》的主人公。由此可见，在这里，《鸳鸯谱》实际上带有话本小说中的那种"入话"的性质。由一个内容、情节大略相似的故事过渡到正文，正是"入话"在体制上所起的作用。

但是，《鸳鸯谱》又与"入话"有明显的不同。在话本小说中，一般的"入话"都与正文不可分割地联系在一起，既不独立成章，也没有标目；而《鸳鸯谱》却占据整整一卷的地位，甚至还拥有一个独立的书名。它的出现，显然是接受了"入话"的影响的结果，但另一方面它又跳出了机械地模仿的圈子，而有着自己的创造性。

在体制上，短篇的话本小说怎样影响了后来的长篇小说或中篇小说——这篇《鸳鸯谱》为我们的研究提供了一个实例。

《醒梦骈言》——据《聊斋志异》改编的小说

《醒梦骈言》，十二回。每回演述一篇故事。它是一部写得还算不错的别具一格的白话短篇小说集。

它的完整的版本，现存两种。一种是齐如山旧藏本，后归美国哈佛大学汉和图书馆，刊刻者不详，现有中华书局《古本小说丛刊》第 5 辑影印本。一种是首都图书馆藏本，系稼史轩刊本，书名又作《新刊醒世奇言》。另外，阿英曾藏有两个残本，辽宁省图书馆也藏有一个残本，均未见。

这部小说的作者是谁呢？在作者的题署上，哈佛本与首图本有明显的不同。哈佛本目录页题"菊畦主人偶辑"。首都本封面题"守朴翁编次"，正文首叶题"蒲崖主人偶辑"。名字一共出现了三个。其中，哪个是真正的作者呢？不妨根据哈佛本和首图本共有的闲情老人所撰写的序文来作判断。闲情老人序中说：

> 菊畦子盖迫欲为若人驱睡魔也，因集逸事如干卷，颜曰《醒梦骈言》。

它明确地点出了作者的名字："菊畦子"。这正和哈佛本的题署保持着一致。不言而喻，"菊畦子"等于"菊畦主人"。它们都是作者所使用的笔名。

由此可见，哈佛本实乃原刊本；首图本不过是后出的一种刊本罢了。

古代小说版刻史告诉我们，书商在翻印某些小说的时候，为了赢利的目的，往往在书名、作者题名上耍弄花样。要么改易书名或作者名，要么增添一两个臆造出来的新鲜的书名或作者名。

在稼史轩刊本上，"醒世奇言"的亮相，以及"守朴翁""蒲崖主人"的并驾齐驱，无一不可归结为书商的伎俩。"醒世奇言"，无非是巧妙地引诱读者们联想到"三言"中的那部《醒世恒言》上去。"蒲崖"，一是把字形近似的"菊畦"稍加变动的结果（金庸的武侠小说一畅销，书摊上就纷纷摆出了"全庸"的武侠小说，正是异曲同工的现象），二也和《聊斋志异》作者蒲松龄的"蒲"字挂上了钩。

《醒梦骈言》的题材和故事情节与《聊斋志异》雷同。二者的对应关系如下：

《醒世骈言》回次	《聊斋志异》篇名
第 1 回	《陈云栖》
第 2 回	《张诚》
第 3 回	《阿宝》
第 4 回	《大男》
第 5 回	《曾友于》
第 6 回	《姊妹易嫁》
第 7 回	《珊瑚》
第 8 回	《仇大娘》
第 9 回	《连城》
第 10 回	《小二》
第 11 回	《庚娘》
第 12 回	《宫梦弼》

但是，作品中的人物姓名却不同，故事发生的时间和地点也有所不同。作者的叙述语言当然更不同，一个是文言，一个变成了白话。

那么，是《醒梦骈言》把《聊斋志异》从文言改编为白话呢，还是《聊斋志异》把《醒梦骈言》从白话改编为文言？

这牵涉到这部小说的创作和刊刻的时代问题。

据我所知，在学术界，对《醒梦骈言》的时代问题约有四种不同的看法。

（1）时代不明。孙楷第《中国通俗小说书目》卷三"明清小说部甲"将此书列入"不能考订其时代"的"明清小说"一类。

（2）清代乾隆之前。阿英《小说三谈》一书收有《书话六则》，其第五则即谈《醒梦骈言》者："从图文两方面看，当在乾隆之前。"

（3）清初。胡士莹《话本概论》第十五章第三节"清人编刊的拟话本集叙录"说：《醒梦骈言》两种刊本"刊刻时代，皆在清初"。

（4）明代。哈佛本卷末载有齐如山写于"甲申（1944）初伏"的跋语，其中说："《中国通俗小说书目》未能断定作者为清人抑或明人。以余揣度，当系明人无疑。其每段均有一帽，乃系'三言二拍'的体裁，盖明季短篇小说流风使然也。且每段末尾，皆有子孙几人、科名如何等情节，此亦因明朝极重科名，故作者乐于书之……至其刊板中，有若干页字系方体，亦能表现明板气味。"

我认为，这四种看法都不够正确。从表面上看，哈佛本、首图本都没有留下任何关于创作和刊刻的明确的、直接的记载。不过，如果我们仔细阅读书中的文字，还是能够寻找到一些富有时代特征的标识的。并不像孙楷第先生所说，"不能考订其时代"。

请看下面三点：

（一）各回都很认真地点明了故事发生的时间。不是说"前朝"，就是说"明朝"。例如：

> 第二回："前朝建文年间"。

"前朝"二字醒豁地流露出清人的口吻。明人怎会这么说呢？再如：

> 第一回："明朝成化年间"；
>
> 第三回、第十二回："明朝嘉靖年间"；
>
> 第四回、第九回、第十回："明朝永乐年间"；
>
> 第五回："明朝正德年中"；
>
> 第六回："明朝正统年间"；
>
> 第七回："明朝万历年间"；
>
> 第八回："明朝正德年间"；
>
> 第十一回："明朝崇祯年间"。

一无例外地都有"明朝"二字。其实只有清朝人才这样说。明朝人仅仅说出"成化年间"（或"嘉靖年间"……等等）即可，不会要那多余的两个字："明朝"。这表明，这部小说集出于清人之手。

（二）有时讳"玄"字。清圣祖之名为"玄烨"。自康熙元年之后，临文书写时，须避"玄"字，或用"元"字代替，或缺最后一笔。兼讳"弦""炫""率"等字。而书中"弦"字均缺最后一点（例如第四回"纵使续了弦"；"年已七十多岁，断了弦"）。这表明，这部小说集不可能出现在康熙元年之前。

（三）书中有时还讳"弘"字。"弘历"乃清高宗之名。自乾隆元年之后，临文书写时，须避"弘"字，或用"宏"字代替，或缺最后一笔。书中恰恰保存着用"宏"代替"弘"的例子。第五回有一首引头词《念奴娇》，最后两句是：

> 那得许宏，任射牛作脯吃。

许弘，历史上实有其人（545—610），《隋书》《北史》有传。以"宏"易"弘"，可证本书的出现必在乾隆元年之后。

从这三点来看，无论是齐如山的"明人"说，还是阿英的"乾隆之前"说，或是胡士莹的"清初"说，用以考订《醒梦骈言》的时代，总觉得格格不入。"清初"说或"乾隆之前"说过于抽象，不着边际，缺乏必要的说服力。"明人"说虽然列举了几点证据，但又隔靴搔痒，似是而非。即以"每段均有一帽"而论，既然是"盖明季短篇小说流风使然也"，岂非正证明它是"明季"之后的清代的作品吗？而所谓"每段末尾，皆有子孙几人、科名如何等情节"，更是文言小说中的熟套，连《聊斋志异》未能免俗。这如何能成为区分明人小说和清人小说的标识？

依据我的判断，《醒梦骈言》是清代乾隆年间的作品。

我们知道，《聊斋志异》是清代康熙年间的作品。在蒲松龄生前，《聊斋志异》并没有刊行。它的第一次刊印，以及开始普遍流传，都是乾隆年间的事。《醒梦骈言》之所以会出现在乾隆年间，不是偶然的。

因此，从这两部小说集的关系说，是《聊斋志异》在前，《醒梦骈言》在后，而不是《醒梦骈言》在前，《聊斋志异》在后；是《醒梦骈言》改编了《聊斋志异》，而不是《聊斋志异》改编了《醒梦骈言》。

关于吴敬梓《老伶行》与吴培源《会心草堂集》

——给《文学遗产》编辑部的信

编辑同志：

读贵刊 517 期所载去病同志《吴敬梓的〈老伶行〉》以后，有下列几点意见：

一，去病同志在文内说："最近，我阅读杨钟羲的《雪桥诗话》，在《余集》卷四里，又发现吴敬梓的一首不见于四卷本的长诗：《老伶行——赠八十七叟王宁仲》。"从文意上看，去病同志似乎是把这首长诗作为新的"发现"来介绍的。这也正是他撰写这篇短文的由来。但是，据我所知，吴敬梓的《老伶行》并不是在"最近"才被"发现"的，而且对于研究吴敬梓的同志说来，这首长诗也并不是很陌生的。1958 年 10 月，科学出版社曾经出版了范宁同志编辑的《吴敬梓集外诗》，其中第 17—18 页，收录有《老伶行》一诗，并且注明"录自杨钟羲《雪桥诗话》余集卷四"。去病同志既然想向读者介绍吴敬梓的"佚诗"，不知在引文之先查阅了这本书没有？

二，去病同志在文内又说："吴培源于乾隆二年中进士后作上元县教谕，达六七年之久……。"我不知道去病同志在下这个断语的时候，有什么可靠的根据？吴培源即《儒林外史》中所写的虞博士的原型。《儒林外史》第四十六回写到虞博士曾对杜少卿说过，"我本赤贫之士，在南京来作了六七年博士……。"1959 年 6 月，中华书局上海编辑所出版了何泽翰同志的《儒林外史人物本事考略》。在这本书的第 60 页上，何泽翰同志引了上述虞博士一段话，并说："从上面一段文字看，吴培源可能真在南京干了六七年的教谕……"这似乎就是去病同志的根据。但是，第一，《儒林外史》的话，只是小说中的人物虞博士在南京作了六七年博士，并不能证明历史上的吴培源作上元县教谕达六七年之久；第二，何泽翰同志文内有"可能"二字，他的说法分明属于猜测之词，不足为据。要断定吴培源"作上元县教谕达六七年之久"，是需要另有确凿的证据的。

去病同志还说："吴培源没有诗文留下来……"这话也说得不符合事实。吴培源的诗集叫《会心草堂集》，现存乾隆初年刊本，北京、上海几处图书馆均藏。《会心草堂集》共收诗六卷，词一卷。卷四有《题敏轩〈老伶行〉诗后》，作于壬戌（1742），后附吴敬梓原作《老伶行，赠七十八叟王宁仲》（"七十八"，《雪桥诗话》误作"八十七"），即去病同志所引。此外，卷四还收有《辛酉（1741）正月上弦与敏轩联句》一诗，诗余部分收有《满江红·除夕和敏轩韵》一词，都提供了一些吴敬梓的资料。中华书局 1962 年 10 月出版的《文学遗产增刊》11 辑，对于古典文学研究者来说，该不是一部难见的书吧，不知去病同志行文之先查阅过没有？这部书收有汪蔚林同志《从两部诗集里所见到的有关吴敬梓的资料》一文，它对吴培源的生平以及《会心草堂集》内有关吴敬梓的资料作了专门的介绍，其中特别提到了有关《老伶行》的问题。

　　总而言之，我认为，既然一篇文章的作者是在向读者介绍吴敬梓的"佚诗"，那么，读者就有理由要求他在充分地掌握时人已知有关吴敬梓的原始资料的基础上，在充分地了解当前研究界有关吴敬梓研究的学术情报的基础上，提出自己的意见和判断。只有这样，才能够避免"原地踏步"，甚或得出错误的结论。

　　以上意见，不一定正确，仅供参考。

"二奇"何所指?

"三言二拍"出版之后,受到了读者的欢迎。于是,坊肆之间纷纷推出了形形色色的"三言二拍"的选编本。最有名、影响力也最大的,是《今古奇观》。连东邻日本也不落后,出现了几部这样的选编本。

现在来介绍一部四川出版的同类的产品。

那是在光绪四年(1878),重庆有个二胜会,刊印了一部书,名叫《二奇合传》。此书在国内罕见。倒是在日本的东京大学文学部藏有一部。

这是一个选本。选者乃是"芝香馆居士",真实姓名不详。

"二奇"究竟何所指呢?

芝香馆居士在"删定《二奇合传》叙"中说:

> "二奇"者,《拍案惊奇》《今古奇观》也。合而辑之,故曰"二奇"也。

每回有单句回目。回目之下,有个三字句,点明篇内劝诫的题旨。例如第一回:"劝积德";第二回:"戒狂生";第三十九回:"劝从良";第四十回:"劝交友"。

每回一篇,共四十篇。

严格地说,它还不能算是"三言二拍"的选本。第一,它并没有直接从《古今小说》(《喻世明言》)《警世通言》《醒世恒言》《二刻拍案惊奇》中选取,却是从选本《今古奇观》中再选。第二,它的取材还来自"三言二拍"之外的清代作品。

其中三十八篇的出处如下:(今 =《今古奇观》; 拍 =《拍案惊奇》)

1	刘刺史大德回天	今18	刘元普双双生贵子
2	卢太学疏狂取祸	今15	卢太学诗酒傲公侯
3	三孝廉让产立贤名	今1	三孝廉让产立高名
4	两县令竞义婚孤女	今2	两县令竞义婚孤女
5	裴晋公雅度还原配	今4	裴晋公义还原配
6	滕大尹捣鬼断家私	今3	滕大尹鬼断家私

在上述列举的篇目中缺少第三十四回"曾孝廉解开兄弟戒"（"劝孝弟"）和第三十六回"毛尚书小妹换大姊"（"戒嫌贫"）。原因无他。原来它们并非来自《拍案惊奇》和《今古奇观》，而是源自蒲松龄的《聊斋志异》。前者即《聊斋志异》的《曾友于》。后者即《聊斋志异》的《姊妹易嫁》。此二篇不知系据《聊斋志异》改编，抑或另有来源？

《醒梦骈言》也是据《聊斋志异》改编的小说集。但其中的第五回"逞凶焰欺凌柔懦，酿和气感化顽残"和第六回"违父命孽由己作，代姊嫁福自天来"，虽然也是据《曾友于》和《姊妹易嫁》改编，但与此书两回不同。

《施公案》刊行年代考

《施公案》(《施案奇闻》)最早刊行于什么年代?

孙楷第《中国通俗小说书目》所著录的最早刊本,为"清道光十八年刊本"[①]。而《中国通俗小说总目提要》所著录的最早刊本,则为"道光庚辰(即嘉庆二十五年,1820)厦门文德堂藏板,小型本"[②]。哪一个对呢?

可以说,哪一个也不对。孙氏《书目》所著录的,未免太晚。《中国通俗小说总目提要》所著录的,又不准确。

清代道光的年号一共三十年(1821—1850)。从辛巳到庚戌,其中并没有庚辰的干支纪年。那么,这个"庚辰"是从哪里来的呢?

《中国通俗小说总目提要》的依据来自柳存仁《伦敦所见中国小说书目提要》。柳氏书目是这样解释的:"道光无庚辰,庚辰为嘉庆二十五年,……是年七月嘉庆帝死了,道光嗣位,所以有这样的年号。"[③]这似乎确定了《施公案》必然是刊行于这一年的七月至十二月之间。但这仅仅出于后人的臆测,并不符合当时的实际情况。因为据《东华录》所载,道光帝于嘉庆二十五年八月庚戌正式即位,"颁诏天下,以明年为道光元年"。可见当时规定道光年号的使用必须自嘉庆二十五年的次年开始。如果在这之前提前使用,那就算违抗圣旨,一般人(包括书商在内)是不敢这样做的。所以,《施公案》书上的"道光庚辰"纪年,要对它打上问号。

柳氏书目所著录的《施公案》厦门文德堂刊本,系英国博物院的藏书。以前我们无缘目睹,只能把怀疑闷在心里。现在《古本小说丛刊》[④]第35辑已收入此书的影印本,我们才有了验证的机会。我们发现,此书封面的题署,除书名、刊行者外,还有"道光庚寅夏镌"六字。和柳氏书目相比,有一个非常关键的字不同:"庚寅",柳氏书目误记为"庚辰"。庚辰为嘉庆二十五年(1820),而庚寅却为道光十年(1830)。一字之差,遂使此书的刊行时间人为地提前了十年。

那么,道光十年是不是《施公案》最早的刊行时间呢?

也不是的。

就在这个厦门文德堂刊本上,有一篇序言,末尾题有"嘉庆戊午年孟冬月新镌"

十个大字；在大字之下，另有两行小字说："住福建泉州府涂门城外后坂社施唐培督刻"。戊午即嘉庆三年（1798）。可知厦门文德堂刊本的底本乃泉州施唐培督刻本，而施唐培督刻本则刊行于嘉庆三年，早于文德堂刊本三十余年。

嘉庆三年，这才是现知《施公案》的最早的刊行年代。也就是说，它是嘉庆年间的作品，而不是道光年间的作品。——这一点，对判断《施公案》小说和《施公案》戏曲的孰先孰后来说，是相当重要的。

注释：

①《中国通俗小说书目》。

②《中国通俗小说总目提要》。

③《伦敦所见中国小说书目提要》。

④《古本小说丛刊》第 35 辑。

《白牡丹》作者考

《白牡丹》是一部光绪年间的小说。

它的作者是谁？各家书目的说法颇异。孙楷第《中国通俗小说书目》说是"翁山"，其后，有的书目沿袭了孙氏之说，例如《中国古代小说百科全书》、朱一玄等《中国古代小说总目提要》（人民文学出版社）。

按：此书的光绪十七年（1891）刊本作者的题名是"武荣翁山柱石氏琮编"。这就是以"翁山"为作者姓名的依据。从一般的情况看，小说作者的署名有可能是"地名＋姓名"。而此处恰巧貌似符合这个规律。但是，这样的解说无法回答下列的疑问：底下那个"琮"字何意？

所以，此书的作者不可能叫做"翁山"。

那么，此人的真实姓名是什么呢？

请看书中的下列记载：

> 武荣翁山柱石氏琮编（封面）
>
> 武荣翁山柱石氏题（小序）
>
> 武荣翁山柱石氏琮编（各卷卷首）
>
> 武荣翁山洪柱石琮编次（目录）

第一处和第三处的记载仍然给不出"琮"字的答案。但，值得注意的是第四处，它却解决了"琮"字的疑问。它多出来的那个"洪"字，从位置上看，无疑是此人之姓。"琮"正好是此人之名。

这就告诉我们，《白牡丹》小说的作者姓洪，名琮，字柱石。

"武荣"，则是地名，在福建泉州。这可能是洪琮的原籍或祖籍的所在。至于"翁山"则有两个可能：或是洪琮的别号，或是"武荣"之下的一个地名。

可笑的是，有的书目竟把两个字合并为一个字，误"柱石氏"为"柱砥"。

《生花梦》与《炎凉岸》

《生花梦》，四卷，十二回。清古吴娥川主人撰。清初写刻本，美国哈佛大学图书馆藏。有《古本小说丛刊》第一辑影印本。

《炎凉岸》，八回。清娥川主人撰。青门逸史点评。刊本，日本东京大学东洋文化研究所藏。有《古本小说丛刊》第 39 辑影印本。

目录及卷端题"新编清平话史炎凉岸"（有的书目误夺"话"字），注云："生花梦三集"。署"娥川主人编次，青门逸史点评"，版心题"炎凉岸"。

不分卷。共八回。回目双句，七言至十五言不等。

每半叶八行，每行二十字。第二回第十叶以下和第四回第一叶的上半叶原阙。

演弘治年间袁七襄之子化凤与冯国士之女的婚姻故事。

大连图书馆藏有此书的日本抄本。

此书题"《生花梦》三集"。《生花梦》二集乃《世无匹》。

按：《生花梦》"本衙藏板"本署"古吴娥川主人编次，青门逸史点评"。作者、评者均与此书同。

有序，署"癸丑日初冬，古吴青门逸史石仓氏偶题"。癸丑即康熙十一年（1733）。序云：

> 《生花梦》何为而作也？曰：予友娥川主人所以慨遇也，所以寄讽也，所以涵泳性情，发抒志气，牢骚激昂，淋漓痛快，言其所不能言，发其所不易发也。主人名家子，富词翰，青年磊落，既乏江皋之遇，空怀赠佩之缘，未逢伯乐之知，徒抱盐车之感，而以其幽懆，播之新声，红牙碧管，固已传为胜事矣。迨浪迹四方，风尘颠蹶，益无所遇……予与主人居同里，长同游，又同有情癖，知主人者深，故言之特真且至耳。

《生花梦》第一回云：

> 这节事，不出前朝往代，却在康熙九年庚戌之岁。

可知书成于康熙十一年（1672）。《炎凉岸》既为《生花梦》三集，成书当更在其后。

日本秋水园主人天明甲辰《小说字汇》引及《炎凉岸》，天明甲辰相当于我国乾隆四十九年（1784）。其成书必在此前。而书中不讳"弘"字。因此，《炎凉岸》的刊行，当在康熙或雍正年间。

《再团圆》与《人中画》分集之谜

　　《再团圆》和《人中画》是两部短篇小说选集。它们的分集都很奇怪。

　　这两部选集，国内无藏本，日本却存有多部，藏于内阁文库、东京大学、东北大学等处。

　　《再团圆》，步月主人编，清代乾隆年间泉州尚志堂刊本。它共选收小说五篇：《蒋兴哥》《崔俊臣》《宋金郎》《金玉奴》和《裴晋公》。在封面上，这五篇小说又被称为《真珠衫》《芙蓉屏》《破毡笠》《竹篱棒》和《紫衣人》。

　　其实，它们分别来源于《古今小说》卷一的《蒋兴哥重会珍珠衫》，《拍案惊奇》卷二十七的《顾阿秀喜舍檀那物，崔俊臣巧会芙蓉屏》，《警世通言》卷二十二的《宋小官团圆破毡笠》，《古今小说》卷二十七的《金玉奴棒打薄情郎》和《古今小说》卷九的《裴晋公义还原配》。它们曾共同被选入《今古奇观》卷二十三、卷二十七、卷十四、卷三十二和卷四。看来，它们的进入选本已不止一次了。

　　《再团圆》不分卷而分集。分集的情况如下：《蒋兴哥》"午集"，《崔俊臣》"巳下"，《宋金郎》"寅下"，《金玉奴》"未上"，《裴晋公》"五上"。最后一个"五上"，当为"丑上"之误。从这里可以归纳出分集的规律。它们是按地支分集；而每集又分上下，各包括两篇小说。《蒋兴哥》独占一集，大约是因为它的篇幅稍长。

　　奇怪的是，它们既然按地支分集，为什么不"子丑寅卯……"顺序地排列？午、巳下、寅下、未上、丑上的排列，不仅是跳跃式的，而且还是前后颠倒的。有的有下无上，有的却有上无下。

　　说也凑巧，《人中画》竟和《再团圆》有相似之处。

　　以"人中画"为名的小说集，有两种。一种包括五篇，即：《风流配》《自作孽》《狭路逢》《终有报》和《寒彻骨》。现存清代顺治年间啸花轩刊本、琉球抄本。另一种包括四篇：《唐季龙》《柳春荫》《李天造》和《女秀才》。现存清代乾隆四十五年（1780）泉州尚志堂刊本。我所说的《人中画》是后者（四篇本），不是前者（五篇本）。

　　四篇本《人中画》同样不分卷而分集。分集的情况如下：《唐季龙》"丑下"，《柳春荫》"酉上"，《李天造》"未下"，《女秀才》"戌上"。它完全符合《再团圆》分集的规律。

四篇本《人中画》的来源也不难找到。那就是五篇本《人中画》的《终有报》《狭路逢》《寒彻骨》和《二刻拍案惊奇》卷十七的《同窗友认假作真，女秀才移花接木》。值得注意的是，最后一篇《女秀才》也曾选入《今古奇观》卷三十四。

两书相似之处，计有以下四点：

第一，以三字立篇名，而且大多数是人名。

第二，除三篇选自五篇本《人中画》外，其余六篇都选自《今古奇观》。

第三，行款相同，都是半叶十行，每行二十五字。

第四，分集情况相同。

显然，这不是偶尔的相似。尤其最后一点，极易把人引上一条思路：它们可能自同一部书中析出单行。

但，它们出于何书呢？这一直是个谜。

前几年访日时，在天理大学天理图书馆获睹《今古奇观》的另一种版本，方才解破了这个谜。

天理图书馆藏本《今古奇观》与通行本《今古奇观》不同。通行本收四十篇作品，天理本仅收二十一篇作品。两本相重的作品计为十六篇，以通行本卷数统计如下：

> 1　2　4　6　7　14　17　18　20　23　27　28　32　33　34　37

下剩五篇，为天理本所独有，其中三篇来自五篇本《人中画》，另两篇则来自《拍案惊奇》的卷七和卷九。

天理本行款与《再团圆》《人中画》完全相同。最具有特征意义的则是，它按地支分集，从"子丑寅卯"到"申酉戌亥"，一丝不乱。卯、午、亥三集，每集各收一篇作品。其他九集，每集各自分作上下两集，共收十八篇作品。

持《再团圆》《人中画》与天理本《今古奇观》对看，分集情况完全吻合。这可以确凿地证明，《再团圆》五篇、《人中画》四篇是从天理本《今古奇观》中析出单行，并且另立书名的。

这三部书的刊刻者全是福建泉州的尚志堂。天理本《今古奇观》刊行于清代乾隆二十年（1755），《人中画》则为乾隆四十五年（1780）刊本。《再团圆》刊刻年代不详，估计亦当在乾隆四十五年前后。

这几篇小说改头换面的出版，一来表明了书坊主人牟利的意图，二来也从侧面向小说史研究者传递了一个明晰的信息：这些小说如果缺乏顽强的生命力，如果没有受到当时的读者们的欢迎，那么，就不会被一再用各种方式重印了。

两部《幻中真》

《幻中真》小说铺演吉梦龙夫妻、父子的离合悲欢的遭遇。主人公吉梦龙文武双全，忠孝节义兼备，是封建时代一般知识分子心目中的理想人格。

从思想、艺术成就看，这部小说是平平的。

作者署名"烟霞散人"。烟霞散人是清初的一位著名的小说家。用这个笔名编述的作品，还有《凤凰池》。由于樵云山人（刘璋）的《斩鬼传》抄本题"烟霞散人手著"，所以王青平同志认为烟霞散人可能就是刘璋[①]。

《幻中真》现存两部：

> 法国藏本——不分卷，十二回。写刻本。法国国家图书馆藏。
> 日本藏本——四卷，十回。刊本。日本内阁文库藏[②]。

它们之间，除了分卷、分回以外，有没有不同？能不能确定它们的创作、刊行的年代呢？

法国藏本卷首载有天花主人序。序文一开始，就开宗明义地说："天下事何一非幻，第幻有真假、善恶之不同耳。"下文主要是从这一点大加发挥，阐释《幻中真》命名的意义。

天花藏主人也是清初的一位著名的小说家。他答允为《幻中真》撰写序文，说明了他和烟霞散人有交往。据我看，他们之间很可能存在着非同一般的友谊。

序文落款为"天花藏主人题于素政堂"。下有印记二方，一阳文："天华藏"；一阴文："素政堂"。这可以证明，天花藏主人和素政堂主人是同一人。

现存小说中，《人间乐》《梁武帝西来演义》《济颠大师醉菩提全传》三种的作者是天花藏主人。而天花藏主人为之撰序的小说，除《幻中真》外，还有《锦疑团》《玉娇梨》《平山冷燕》《两交婚小传》《金云翘传》《后水浒传》《飞花咏小传》《麟儿报》《画图缘》《赛红丝》《定情人》等。其中，落款和《幻中真》完全相同的，是《平山冷燕》《飞花咏小传》《麟儿报》《画图缘》《赛红丝》等五种；《定情人》的落款则为"素政堂主人题于天花藏"。此外，《玉娇梨》和《平山冷燕》两种，曾合刻为《天花藏合刻七才子书》。

从这些情况看，天花藏主人不仅是一位著名的小说家，还是一位著名的编辑家或出版家。

《幻中真》约创作于清代顺治二年（1645）至十八年（1661）之间。

这个结论是由两项证据支持的。

第一项证据：《幻中真》法国藏本第一回的开端说：

> 话说那前朝年间，江南苏州府吴县，一个有名秀才姓吉名存仁……

这里有两点值得注意。

第一，"前朝"云云，这显然是清朝人指称明朝的口气。

第二，"江南"云云，这样的用法，显然是省名，而不是用以泛指地区名。我们知道，"江南"作为省名，是从顺治二年（1645）开始的。这一年，将明代设置的南直隶省改为江南省。直到康熙六年（1667），才又分置为江苏、安徽二省。

由此可见，《幻中真》创作年代的上限，必然是顺治二年；至于它的下限，则可能是康熙六年，也可能是康熙六年以后。

第二项证据：第四回出现了一个人物，龙池寺的大和尚，法号静玄。第十回和第十一回分别有"赫然炫耀"及"头眩目摇"二语。不止一处，都不讳"玄"字。可知此书必写在康熙元年（1662）之前。

第一项证据提供了《幻中真》创作年代的上限，第二项证据则提供了《幻中真》创作年代的下限。

注释：

①王青平：《刘璋及其才子佳人小说考》，《明清小说论丛》第 1 辑（春风文艺出版社，198 年，沈阳）。

②此外，尚有东京大学藏本、天理大学藏本、大谷大学藏本，未见。

李汝珍的《蔬庵诗草序》

李汝珍的著作，除了小说《镜花缘》之外，今天我们所能见到的，不过是关于音韵学的《李氏音鉴》和关于围棋的《受子谱》两部书而已。遗憾得很，他的诗文集没有流传下来。

我发现了他的一篇《蔬庵诗草序》。全文如下：

> 从来诗之一道最难言矣。见闻未广，不足以瀹襟期。酝酿未深，尤不足以发性情。昔吴立夫言：胸无三万卷书，目无奇山奇水，纵使能文，亦是小儿女语。斯言信不诬也。
>
> 吾友许蔬庵先生，邗江名士，余与神交久矣，迨壬申岁，始得亲承丰采，情义交孚，遂称莫逆。知先生自幼秉经酌雅，上窥千古，下逮百家，与凡所历名山大川，靡弗博闻强记，以自得于风雨晦明之外。其发为诗，则豪宕自雄，勃勃有奇气，实有关乎风教，不失三百篇之遗意焉。此非学业醇厚而出之于性情者，乌能若是。至如楷法，则取资阁帖，脉理则专尚奇经，抑且兼通音韵，尤擅骈体，莫不各臻其奥，此又其余事也。
>
> 兹以各集付梓，属序于余，用赘数语，俾读是诗者知不徒以吟咏见长，而于先生闳中肆外之处，亦足以见一斑也夫。
>
> 是为序。
>
> 时嘉庆丙子长至月，愚弟大兴李汝珍松石拜撰。

这是一篇为许祥龄的《蔬庵诗草》而写的序文。许祥龄，字蔬庵，江苏甘泉人。李汝珍和许祥龄有着深厚的交谊。许祥龄曾为李汝珍的《受子谱》写过序。《镜花缘》内也附有不少他的眉批和回后总批。他的诗集名为《蔬庵诗草》，内收《舟车集》《垂帘集》《吴门诗草》《嘉禾游草》《西湖游草》五种，现存嘉庆间原刻本。《诗草》有黄文旸、阮元、阮亨、李汝珍等人的序文四篇以及许祥龄的自序一篇。

从李汝珍的这篇序文中，我们不难窥出他对文学创作的一些看法。他认为，有了深广的生活阅历作为基础，才能写出好诗。应该承认，这的有一定的见解的。另外，他又称赞许祥龄的诗，在艺术风格上是"豪宕自雄，勃勃有奇气"，在思想上"有关乎风教不失三百篇之遗意"。这其实也表达了他所使用的文学批评标准的一些具体的内容。

《新石头记》三种

清末小说以"新石头记"命名者有三种。

（一）《新石头记》，古瀛痴虫撰。未见。

古瀛痴虫撰有小说《五日缘》，现存光绪三十四年（1908）改良小说社刊本、宣统元年（1909）刊本。其《五日缘》序言云：赋性颖异，长于文辞，精通佛氏之文，著有《梦之痕》《新石头记》等小说。

（二）《新石头记》，十回，两册。南武野蛮撰。

上海小说进步社宣统元年（1909）排印本。

故事内容：林黛玉留学日本，任大同学校教授。贾宝玉从上海赶到日本，与黛玉相会。后贾桂（宝玉之子）、贾兰出使日本，奏请清皇后钦赐完姻。大同学校校长也呈请日皇赐婚。

吴克岐《忏玉楼丛书提要》云：

> 是书无甚精彩，又逊我佛山人之作矣。

"我佛山人之作"指吴沃尧《新石头记》。

（三）《新石头记》，四卷，八册，四十回。吴沃尧撰。

《小说粹言》及其他三种

访日期间，在东北大学图书馆内见到了一种中国话本小说选集《小说粹言》，所选篇目全部来自"三言二拍"。情况如下——

《小说粹言》，五卷五回，日本奚疑斋主人选，风月堂刊本。

五卷的目录是：

卷一　王安石三难苏学士（选自《警世通言》）
卷二　转运汉巧遇洞庭红（选自《拍案惊奇》）
卷三　吕大郎还金完骨肉（选自《警世通言》）
卷四　包龙图智赚合同文（选自《拍案惊奇》）
卷五　怀私怨狠仆告主翁（选自《拍案惊奇》）

书的封面题"宝历戊寅新刊"，"京师书房风月堂梓行"。宝历是日本桃园天皇使用的年号（1751—1764）。戊寅即宝历八年（1758），相当于中国的乾隆二十三年。

书前有奚疑斋主人自序，写于"宝历丁丑三月既望"，丁丑是宝历七年（1757）。序中说：

> 余诵习暇日，耽小说家书，赏心独盛，随抄随译，装为十回。旧藏帐中，以其汰淫媟猥亵，题曰"粹言"。

序言的末页，题云："宝历八年戊寅春二月发行，京师书坊风月堂左卫门梓。"

此书封面载有十卷十回目录，而书仅存前五回。但此书末页有广告语云：

> 《小说粹言》五回发行。
>
> 同六回至十回近日发行。

可知此书实分为上下两集，分别刊印。上集现存，下集则不知梓行否？

其后五卷之目录为：

此书末页广告列有该风月堂刊行的小说目录，除《小说粹言》外，还有两种：

《小说精言》，五回。发行。

《小说奇言》，五回。发行。

《小说精言》《小说奇言》，未见。它们与《小说粹言》一样，无疑也属于中国话本小说选本的性质，并在宝历八年二月之前业已发行。

此外，目录还列有未见的一种：

《小说奇观》，十回，嗣刻。

此书后来有没有印行，不详。

以上情况，告诉我们：当时，中国的话本小说在日本十分流行。另外，借此亦可入窥出日本的出版者、读者在"三言二拍"系列中，分外喜爱的到底是哪些作品？

吴沃尧生卒年考

我们在文章里，或在讲坛上，谈到某一个比较重要的作家的时候，总免不了要介绍一下他的生平；而在介绍某一个作家的生平的时候，也总免不了要说明他生在哪一年，死在哪一年。所以，考证生卒年是考证作家生平的工作的一个组成部分。同时，对于作家生卒年的考证，也就应当力求准确。

现在，我来谈一下清末著名的小说家吴沃尧（吴趼人，我佛山人）的生卒年问题。

目前一般人都认为吴沃尧生于 1867 年，卒于 1910 年，享年四十四岁。那是根据鲁迅在《中国小说史略》里所下的结论①而来的。

在吴沃尧死后的不久，李葭荣写了一篇《我佛山人传》②，比较详细地介绍了吴沃尧的生平事迹。其中有一段说：

> 庚戌初春，余恒就君夜话，君语余："尝肆星士之术，举以自律，今岁十二晦朔，于法必不免。"余曰："达士之言，当如是耶？"君笑曰："子疑我殆非真达士。"乃竟以喘疾，是年九月十九日卒于上海旅寓。

后来，江南烟雨客在《吴农絮语》③一文中谈到吴沃尧的时候也说：

> 庚戌春，累喘致疾，以九月十九日卒于上海旅次。

这些话都明确地说出了吴沃尧逝世的原因、时间和地点。庚戌是宣统二年（1910）。因此鲁迅说吴沃尧死于 1910 年，这是可以相信的。问题在于，鲁迅说他生于 1867 年，这个说法能不能成立？鲁迅下这个结论，不知是根据什么，《中国小说史略》没有明白交代。而根据我所接触到的一些有关吴沃尧的材料看来，鲁迅这个结论是应该加以修正的。

李葭荣的《我佛山人传》在上述一段引文之后，紧接着又说：

> 得春四十有四，得秋四十有五。

那么，吴沃尧显然是活了四十五岁；他不是在春季诞生的，所以李葭荣说他得春四十有四。若由 1910 年往上推算，则吴沃尧的生年应当是公元 1866 年，即同治五年。李葭荣是吴沃尧生前的好友，他的话当不致有误。

我在吴沃尧本人的著作里发现了两个证据，都可以证明李葭荣的说法是正确的。

第一个证据见于《趼廛笔记》。吴沃尧在该书的"神签"条里说：

> 光绪壬午八月，得先君书，诏赴宁波省疾。时余年甫十七。

壬午是光绪八年（1882）。他自己说他这一年是十七岁。由此可见，他的生年正好是在 1866 年，而不会在 1867 年。

第二个证据见于《趼廛诗删剩》[⑤]。吴沃尧曾作了一首诗《都中寻先兄墓不得》，诗前有序，序里有这样一句话：

> 岁丙寅，沃尧坠地，先兄夭亡。

丙寅恰恰正是同治五年（1866）。

因此，我们如果要向读者们或听众介绍吴沃尧的生卒年时，就应该这样说：他生于 1866 年，死于 1910 年，享年四十五岁。

注释：

① 《中国小说史略》，第二十八篇。
② 《小说世界》第 13 卷第 20 期。
③ 《江苏研究》第 3 卷第 2、3 期合刊。
⑤ 《月月小说》第 1 年第 4 期。

卷五／小说小记

记《三分事略》建安书堂刊本

《三分事略》三卷，不署撰人。元至元三十一年建安书堂刊本。日本天理大学天理图书馆藏。有《古本小说丛刊》第7辑影印本。

封面题"新全像三国志故□""建安书堂""甲午新刊"。

全书分上、中、下三卷。

卷上、卷中的首叶，题"至元新刊全像三分事略"。卷上、卷中的末叶和卷下的首叶，题"照元新刊全相三分事略"。

按：甲午即至元三十一年（1294）。"照元"的"照"字，疑是"肇"字的假借。元世祖忽必烈卒于至元三十一年正月，太孙铁木耳接位于四月，是为元成宗，故此书可能开始刊刻于至元三十一年正月，世祖逝世之前竣工于当年四月成宗即位之后，或竣工于次年，即元贞元年。

上图下文。每半叶二十行，每行二十字。

原阙卷上第二十叶至第二十二叶（但第二十三叶插图标有阴文"十九"二字）。脱叶之处，正文均不衔接。

此书内容文字与《至治新刊全相平话三国志》大致相同。但从插图、标题、书名等情况来判断，此书实早于《至治新刊全相平话三国志》。

此书系海内外仅存的孤本，孙楷第《中国通俗小说书目》失载。

记《三国志传》笈邮斋刊本

《三国志传》二十卷，罗贯中撰。笈邮斋刊本。英国牛津大学图书馆藏。有《古本小说丛刊》第21辑影印本。

封面上端为桃园结义图，下端题"全像英雄三国志传"，"笈邮斋藏板"。

有《序三国志传》，题"岁在屠维季冬朔日，清澜居士李祥题于东壁"。其中说："余故重订其传，以言弁其额云。"

屠维指己年。万历时，七年（1579）、十七年（1589）、二十七年（1599）、三十七年（1609）、四十七年（1619）俱为己年，此序不知撰于何年？

有"新镌全像三国志传君臣姓氏附录"。

卷端所题书名略见歧异：

新镵全像通俗演义三国志传（卷三、卷七）

新锲全像通俗演义三国志传（卷八）

新镌全像大字通俗演义三国志传（卷九）

新镌京本大字通俗演（夺"义"字）三国志传（卷十三）

新锲全像大字通俗演义三国志传（其余各卷）

版心题"出像三国志传"。"像"偶或作"相"，

各卷所署梓行者：

书林乔山堂梓行（卷一至卷三、卷五、卷七、卷十一、卷十七）

书林乔山堂刘氏梓（卷九）

书林刘龙田梓行（卷十三）

书林乔山堂（卷十五）

卷十、卷十二、卷十六末叶有木记，仅存长方形单线边框，框内文字已划除。

卷二十末叶有木记，双线边框，云："闽书林笈邮斋梓行"。可知此原为乔山堂刘龙田刊本，板片后为笈邮斋所得，遂加以重印。刘龙田乃万历时期建阳著名的出版家。

上图下文。图上有横排标题一行。半叶一图。图占十三行、八字地位。每半叶十五行，每行三十三字。正文中夹有双行小字评注。原阙卷八第二叶的后半叶和第三叶的前半叶。

此本未见国内流传。

记《插增田虎王庆忠义水浒全传》哥本哈根藏本

《插增田虎王庆忠义水浒全传》，残本，明刊本，丹麦皇家图书馆（哥本哈根）藏。有《古本小说丛刊》第25辑影印本。

分卷分回情况不详。仅存：

卷十五：第七十四回至第七十六回、第七十八回。

卷十六：第七十九回至第八十一回。

卷十七：第八十三回至第八十七回。

卷十八：第八十七回至第九十一回。

卷十九：第九十八回。

（第八十七回在回数上重复；第九十回误作第九十一回。）

（阙第七十七回、第八十二回、第九十二回至第九十七回。）

（第八十五回无回目。）

阙叶情况如下：

卷十五：阙一至四、七、九至十一、二十二、二十三。

卷十六：阙十七、二十五以下。

卷十八：阙八、二十四以下。

卷十九：阙一至二十六、二十八至三十二、三十三后半叶以下。

各卷所题书名不一：

京本全像插增田虎王庆忠义水浒全传（卷十六）

新刊京本全像插增田虎王庆忠义水浒传（卷十七）

新刻全像插增田虎王庆忠义水浒全传（卷十八）

版心所题书名亦不一：

全像水浒

全像水浒全传

全像水浒传

全相水浒传

像水浒传

卷十五第二十四叶版心甚至讹为"释音三国全传"。

上图下文。每半叶十三行，每行二十三字。

此本与《插增田虎王庆忠义水浒全传》法国巴黎藏本相同，当为一书。巴黎藏本残存卷二十以及卷二十一的一部分，与此哥本哈根藏本不重复。

记《跨海征辽》永顺堂刊本

《跨海征辽》，不题撰人。明成化七年永顺堂刊本。上海博物馆藏。有上海市文物保管委员会、上海博物馆《明成化说唱词话丛刊》影印本、中华书局《古本小说丛刊》第36辑影印本。

封面残存半面，有"北京新刊"四字。

卷首题"新刊全相唐薛仁贵跨海征辽故事"。版心题"仁贵"或"莒仁贵"。

图十三幅。每半叶十三行，每行二十三字。

有说有唱。唱词为七字句，另有"攒十字"。

有标目十二：

> 房玄龄谏帝征辽东　宣敬德不伏老去征东
>
> 太宗探看叔保病　太宗作梦征辽东
>
> 仁贵妻柳氏嘱咐夫投军　唐太宗御笔写诏征东
>
> 秦王排总管　太宗看海
>
> 太宗过海　太宗到辽东海岸
>
> 薛仁贵告御状　唐太宗受准御状

末叶有木记云："成化辛卯，永顺堂刊。"辛卯即成化七年（1471）。

此系海内外仅存的孤本。

记《剪灯余话》张光启刊本

《剪灯余话》五卷，明李昌祺撰。张光启刊本。日本天理大学天理图书馆藏。有《古本小说丛刊》第五辑影印本。

卷首有张光启序，残存半叶。前四卷题署"广西左布政使庐陵李昌祺编撰，翰林院庶吉士文江刘子钦订立，上杭县知县张光启校刊"。最后一卷则作"庐陵李昌祺著"。

据张光启序，可知他刊刻时的底本得之于刘子钦。而他本《剪灯余话》卷首有刘敬（子钦）序，其中说：

> 宣德癸丑夏，知建宁府建宁县事盱江张公光启，锐意欲广其传，书来，谓子所录得真，请寿诸梓。遂序其始末，以其本并《元白遗音》附之，以同其刊云。是岁七月朔旦也。

癸丑乃宣德八年（1433），可知张光启起意刊刻此书之时在宣德八年。当时，他任建宁知县。但此本却作"上杭县知县"。可知此本的刊行已在他迁调上杭之后。其时约在正统年间（1436—1449）。

此书的分卷很奇怪。没有总目。最先一卷，卷首题为"卷之一"，卷尾却作"卷之五"。其次四卷，则分别作"卷之六""卷之七""卷之八""卷之九"或"卷之终"。版心作"余话五卷"（唯第一叶例外）"余话六卷""余话七卷""余话八卷""余话九卷"或"还魂记九卷"。由此可见，此书原是与瞿佑《剪灯新话》（共四卷）合刻，前四卷已佚失。卷八、卷九的尾题均作"新刊剪灯新余话"，将《剪灯新话》与《剪灯余话》并题，也是有力的旁证。

卷九所题的书名为《新刊增补全相剪灯余话续集》。"全相"当然是指每叶上栏的插图。"增补"则有两处。一是卷八末尾的《至正妓人行》，以及《诸名公跋》。二是卷九的《贾云华还魂记》，标明"续集"。但据李昌祺自序，"次为二十篇，名曰《剪灯余话》，仍取《还魂记》续于篇末"。可知《还魂记》原为附录。不在"二十篇"之内。其独立成为一卷，殆出张光启之手。

《剪灯余话》是《剪灯新话》的仿作和续作。《剪灯新话》分为四卷，每卷五篇。若略去卷八的《至正妓人行》（即刘敬序中所说的《元白遗音》）及卷九的《贾云华还魂记》不计，则《剪灯余话》的卷数、篇数正与《剪灯新话》一致。

上图下文。每半叶十六行，每行二十四字。卷七原阙第九叶和第十叶。卷八第十叶系抄补。

记《富贵孝义传》永顺堂刊本

《富贵孝义传》二卷，不题撰人。明成化十三年（1477）永顺堂刊本。上海博物馆藏。有上海市文物保管委员会、上海博物馆影印《明成化说唱词话丛刊》本、《古本小说丛刊》第37辑影印本。

卷首题"新刊全相说唱开宗义富贵孝义传"。版心题"开家"。

演开宗义一家孝义事。

图八幅。每半叶十三行，每行二十四字。

有说有唱，唱词均为七字句。

末叶有木记云："成化丁酉，永顺堂书房印行"。丁酉即成化十三年（1477）。

此系海内外仅存的孤本。

记《西游记》清白堂杨闽斋刊本

《西游记》二十卷，一百回，不题撰人。明万历年间清白堂杨闽斋刊本。日本内阁文库藏。有《古本小说丛刊》第 36 辑影印本。

封面题"新镌全像西游记传","书林杨闽斋梓行"。按：闽斋乃扬起元之号。

有《全像西游记序，署"秣陵陈元之撰"，内云：

> 《西游》一书，不知其何人所为。或曰，出天潢何侯王之国。或曰，出八公
> 之徒，或曰，出王自制……旧有叙，余读一过，亦不著其姓氏作者之名，岂嫌
> 其丘里之言与？……书奇之，益俾好事者为之订校，校其卷目梓之，凡二十卷，
> 数千万言有余，而充叙于余……属梓成，遂书冠之。时癸卯夏念一日也。

癸卯当即万历三十一年（1603）。

目录题"新镌京板全像西游记"。版心题"全像西游记"。

卷端所题书名殊不一律：

"鼎镌京本全像西游记"（卷一、卷二）

"新刻京本全像西游记"（卷八、卷九、卷十五）

"新镌京本全像西游记"（卷十二）

"鼎锲京本全像西游记"（卷十四）

"新锲京本全像西游记"（卷十六）

"镌京本全像西游记"（卷十九）

"鼎镌原本全像西游记"（卷三至五、卷七、卷九、卷十七、卷十九）

"鼎镌全像西游记"（卷十二、卷十五、卷十六）

"鼎镌京本全像唐僧西游记"（卷三至五、卷十一、卷十三至十五、卷二十）

"鼎镌京本全像唐僧取经西游记"（卷六、卷十、卷十六至卷十九）

所题刊行者亦不一律：

"闽书林杨闽斋梓"（卷一、卷十三）

"清白堂杨闽斋梓"（卷二、卷三、卷七、卷八）

"建书林杨闽斋梓"（卷四、卷十、卷二十）

"书林杨闽斋梓行"（卷五）

"闽建书林杨氏梓"（卷六、卷十一）

"书林清白堂绣梓"（卷九、卷十八）

"闽建邑清白堂梓"（卷十四）

"书林清白堂梓行"（卷十五）

"闽书林清白堂梓"（卷十六）

"闽建清白堂重梓"（卷十七）

"书林清白堂重梓"（卷十九）

卷一至二十署"华阳洞天主人校"。

以"月到天心处，风来水面时，一般清意味，料得少人知"二十字分卷，共二十卷。每卷五回，共一百回。回目双句，以七言为主。

上图下文。最后半叶为"四众皈依正果"图。

每半叶十五行，每行二十七字。

此本系海内外仅存的孤本。

另有世德堂刊本，卷首亦载陈元之序，文字相同，但纪年作壬辰，即万历二十年（1592），与清白堂杨闽斋刊本不同。两本陈序均有"唐光禄既购"一语。而唐氏乃金陵世德堂书坊主人，陈元之又为秣陵人，可知金陵世德堂本为原本，福建清白堂杨闽斋本系重刊本。卷十七、卷十九署"清白堂重梓"，也是旁证。杨闽斋重刊时，将陈元之序中的纪年由"壬辰"该成了"癸卯"。

记《大宋中兴演义》清江堂杨涌泉刊本

《大宋中兴演义》八卷，七十四则，明熊大木编辑。附录三卷，明李春芳编辑。嘉靖三十一年（1552）清江堂杨涌泉刊本。日本内阁文库藏。有《古本小说丛刊》第37辑影印本。

首载熊大木《序武穆王演义》。其中说：

> 武穆王精忠录，原有小说，未及于全文。今得浙之刊本，著述王之事实，甚得其悉。然而意寓文墨，纲由大纪，士大夫以下遽尔未明乎理者，或有之矣。近因眷连杨子，素号涌泉者，挟是书谒于愚曰："敢劳代吾演出辞话，庶使愚夫愚妇亦识其意思之一二。"余自以才不及班、马之万一，顾奚能用广发挥哉？既而恳致再三，，义弗获辞，于是不容臆见，以王本传行状之实迹，按《通鉴纲目》而取义。至于小说与本传互有同异者，两存之，以备参考……屡易岁月，书已告成，锓梓公诸天下，未知览者而以邪说罪予否？

序署"嘉靖三十一年，岁在壬子，冬十一月望日，建邑书林熊大木钟谷识"。

有《凡例》七条。

图四十八幅。

卷一题"新刊大宋演义中兴英烈传",署"鳌峰熊大木编辑,书林清白堂刊行"。卷二至卷八题"新刊大宋中兴通俗演义"。

版心题"中兴演义"。"演"或作"衍"。

每半叶十一行,每行二十二字。有双行小字注释。正文中有按语;亦有评语,或以"论曰""评曰""断曰""断云"起,或引述为"纲目断云""宋纲断曰""史评曰""史臣曰""吕东莱先生评曰""琼山丘氏曰"。引刘后村、姚子章、闻益明、姚震、张琳、洪兆、宋元章等人诗及徐应镳文。

卷二第九叶阙。卷三第四十七叶、第四十八叶阙,第五十二叶以下阙。卷五第五十叶以下阙。卷七第十七叶、第二十三叶、第二十四叶阙。

分则,无顺序数。共七十四则(按阙叶处不分则计算)。每则有标目,单句。七言,偶有八言者。

演南宋中兴诸将事,而以岳飞为主。第一则"斡离不举兵南寇",始自靖康元年(1126);最后一则"冥司中报应秦桧",止于绍兴二十五年(1155)。

卷八附录岳飞所作之文:《御书屯田三事跋》《东松寺题记》,诗:《题翠严寺》《寄浮屠慧海》《送紫岩张先生北伐》。其他作品,则已散见于正文之中。

卷六正文:

> 却说郦琼既杀了吕祉,恐宋兵廹袭,连夜投奔伪齐去了。

其下注云:

> 此一节与史书不同,止依小说载之。

卷八正文:

> 秦桧既死,次日事闻于朝,高宗随即下诏黜其子秦熺罢职闲住,其亲党曹泳等三十二人皆革去官职,全家遣发岭南去讫。

其下注云:

> 此小说如此载之,非史书之正节也。

卷八末叶有木记云:"嘉靖壬子孟冬,杨氏清江堂刊"。按:卷一署"书林清白堂",而此作"杨氏清江堂"。疑二者为一家书坊,主人杨氏。

附录《会纂宋岳鄂武穆王精忠录后集》三卷。署"赐进士巡按浙江监察御史海阳李春芳编辑，书林杨氏清白堂梓行"。内容有古今褒典、古今论述、古今赋咏、律师等。末叶有木记云："嘉靖壬子年秋，清白堂新梓行"。最后有李春芳《重刊精忠录后序》，撰于"正德五年，岁次庚午，秋八月哉生明"。

此刊本系海内外仅存的孤本，亦为此书最早的刊本。

记《唐书志传通俗演义》清江堂刊本

《唐书志传通俗演义》八卷，九十一节。明熊钟谷撰。清江堂刊本。日本内阁文库藏。有《古代小说丛刊》第4辑影印本。

又名《秦王演义》《唐国志传》《唐书演义》。全书记隋唐之际事，自隋炀帝大业十三年（617）起，至唐太宗贞观十九年（645）止，而以秦王李世民事为主。

卷首有序，署"时龙飞癸丑年，仲秋朔旦，江南散人李大年识，书林杨氏清江堂刊"。

另有"唐臣纪""诸夷蕃将纪""皇族纪"及"别传"。

癸丑系嘉靖三十二年（1553）。

书末有木记云："嘉靖癸丑孟秋，杨氏清江堂刊"。

全书共分九十节。每节有标题两句。但目录第三十五节、第三十六节无标题；正文第三十四节之后，第三十七节之前，仅一节，其节数及标题亦阙；正文第八十九节之后，有一节，其节数及标题亦阙。

无图。每半叶十二行，每行二十五字。原阙卷五第二十三叶。

卷一题"金陵薛居士的本，鳌峰后人熊钟谷编集"。熊钟谷系明代福建建阳著名的刻书家。《潭阳熊氏宗谱》中的熊福镇，号钟谷，应即其人。"鳌峰"则指其曾祖熊本立创建的鳌峰书院。

《唐书志传通俗演义》现有几种版本流传，而以此清江堂刊本为最早。且作者熊钟谷之名赖此刊本以存。他本均削而不书。李大年序则因中有"《唐书演义》，书林熊子钟谷编集"之语，而被他本改换。

此刊本现存两部。另一部藏于国家图书馆。

记《全汉志传》克勤斋余世腾刊本

《全汉志传》十二卷，一百十八则。明熊钟谷撰。克勤斋余世腾刊本。日本蓬左文库藏。有《古本小说丛刊》第5辑影印本。

又名《京本通俗演义按鉴全汉志传》（或增"全相"二字，"演义"或作"增演"，

"京本"或作"京板")。由前集《西汉志传》和后集《东汉志传》组成。《西汉志传》,六卷,六十一则。《东汉志传》,六卷,五十七则。

上图下文。每半叶十四行,每行二十二字。原阙《东汉志传》卷一第十二叶,卷四第二十三叶。

卷一题"鳌峰后人熊钟谷编次,书林文台余世腾梓行"。卷首有《叙西汉志传首》及《题东汉志传序》,均题"万历十六年秋月,书林余氏克勤斋梓"。

按:克勤斋乃福建建阳余氏书坊,万历年间刊行了不少的书籍。其刊刻者署名有余碧泉、余明台等。此书各卷所署刊刻者亦均有"文台""余世腾""克勤斋""余氏"字样;惟《东汉志传》卷一题为"爱日堂继葵刘世忠梓行"。尾叶图中有木记云:"清白堂杨氏梓行"。

按:清白堂乃福建建阳杨氏书坊,在万历、天启、崇祯年间刊刻了不少的书籍。大约余氏此书板片后为爱日堂或清白堂所得并重印。

熊钟谷编次的《全汉志传》的刊行年代早于西清堂詹秀闽刊本《两汉开国中兴传志》。两书有一定的渊源关系。

此书系海内外仅存的孤本。

记《皇明开运英武传》杨明峰刊本

《皇明开运英武传》,八集,八卷,六十节。不题撰人。明万历十九年(1591)杨明峰刊本。日本内阁文库藏。

全书分为金、石、丝、竹、匏、土、革、木八集。每集一卷。共六十节。每节有节目,双句七言,但不记顺序数。

演明太祖平定天下事。自"元顺帝纵欲骄奢,脱脱相正言直谏"至"沐英三战克云南,太祖一统平天下"。叙事起于元顺帝至正元年(1341),止于明洪武十四年(1381)。

有《皇明英武传序》,残存一叶,未完。

版心题"皇明英武传"。目录及卷一、卷四、卷七题"新锲龙兴名世录皇明开运英武传"。"新锲",卷二、卷五作"新编",卷三、卷八作"新刻"。"皇明",卷八作"国朝"。"龙兴",卷六误作"龙与"。

卷一署"原板南京齐府刊行,书林明峰杨氏重梓"。

每半叶十四行,每行二十六字。原阙卷三第九、十叶和卷八第十九叶。

有插图,共四十二幅。除书末之"天生祥瑞"图外,均插于正文之中,成上图下文形式。有插图之半叶,仅四十一。有的书目以全书为上图下文形式,不确。

书末有木记云："皇明万历辛卯年岁次孟夏月吉旦重刻"。辛卯即万历十九年（1591）。

此系《英烈传》小说的今日所知最早的刊本，国内无。

记《唐书志传题评》世德堂刊本

《唐书志传题评》八卷，八十九节。不著撰人。万历年间世德堂刊本。日本静嘉堂文库藏。有《古代小说丛刊》第 28 辑影印本。

有《唐书演义序》，署"时癸巳阳月，书之尺蠖斋中"，内称：

> 载览演义，亦颇能得意。独其文词时传正史，于流俗或不尽通，其事实时采譌诓，于正史或不尽合。因略掇拾其额为演义题评。

癸巳为万历二十一年（1593）。

附有"新刊唐书志传姓氏"。

目录题"新刊秦王演义"。版心题"唐书志传"，下端或有"世德堂刊"四字。

卷端题"新刊出像补订参采史鉴唐书志传通俗演义题评"，署"姑孰陈氏尺蠖斋评释，绣谷唐氏世德堂校订"（"校订"，卷五至卷八作"校梓"）。

每节有回目，双句，七言。

有图二十四幅，附于正文之中，每图一叶。

图中有四处记载画工姓名：

（1）卷一第一幅图"诸将佐具陈智略"曰："上元王少淮写。"

（2）卷四第一幅图"敬德大战美良川"曰："上元王氏少淮写。"

（3）卷五第一幅图"小秦王箭射殷狄"曰："上元王少淮写像。"

（4）卷七第一幅图"庆善宫太宗饮宴"曰："王少淮写相，万八刊。"（"万八"当是"万历八年"的简写。）

每半叶十二行，每行二十四字。

有眉批。正文中，间有双行小字注释。

此本正文与《唐书志传通俗演义》嘉靖三十三年（1553）杨氏清白堂刊本实同。

此本国内无。

记《南北两宋志传》世德堂刊本

《南北两宋志传》二十卷，一百回。不题撰人。陈氏尺蠖斋评释。世德堂刊本，日本内阁文库藏。有《古本小说丛刊》第 34 辑影印本。

全书分为南宋、北宋两部分。各十卷、五十回。卷数、回数，自成起讫。共二十卷，一百回。每卷五回。回目七言双句。

南宋部分——

有《叙锲南宋传志演义》，云：

> 光禄既取锲之，而质言鄙人。鄙人故拈其奇一二首简以见一斑，且以为好事者佐谭。时癸巳长至，泛雪斋叙。

癸巳当即万历二十一年（1593）。

目录题"新刊出像补订参采史鉴南宋志传通俗题评"。版心题"南宋志传"，下端或有"世德堂刻"四字。卷端题"新刊出像补订参采史鉴南宋志传通俗演义题评"，署"姑孰陈氏尺蠖斋评释，绣谷唐氏世德堂校订"（"校订"，卷三至卷十作"校梓"）。

自卷一第一回"董节度应谶兴王，石敬瑭发兵征蜀"至卷十第五十回"宋祖赐宴符刘铱，曹彬誓众定江南"，起于后唐明宗天成元年丙戌（926），止于宋太祖开宝八年乙亥（975）。

北宋部分——

有《叙锲北宋传志演义》，署"癸丑长至日叙"。

癸丑当即万历四十一年（1613）。

目录题"新刊出像补订参采史鉴北宋志传通俗演义题评"。版心题"北宋志传"，下端或有"世德堂刻"四字。卷端所题书名与目录同，署"姑孰陈氏尺蠖斋评释，绣谷唐氏世德堂校订"。

十卷分为十集，以天干为目。目录以卷一为"甲续集"，卷十为"癸续集"。卷首则以卷一为"续甲集"，以卷十为"续癸集"。

自第一回"北汉主屏逐忠臣，呼延赞激烈报仇"至第五十回"杨宗保平定西夏，十二妇得胜回朝"，起于宋太祖开宝八年乙亥（926），止于宋真宗乾兴元年壬戌（1022）。

每半叶十二行，每行二十四字。

《北宋志传》卷八第二十八叶以下原阙。

有眉批。偶有双行小字注释。

插图，两个半叶合为一幅，共九十五幅。南宋五十一幅，北宋四十四幅。南宋、北宋第一幅图各题"上元王少准写"。

按：北宋开端有按语云：

> 谨按是传前集纪一十卷，起于唐明宗天成元年石敬瑭出身，至宋太祖平定诸国止。今续后集一十卷，起宋太祖再下河东，至仁宗止，收集《杨家府》等传，总成二十卷，取其揭始要终之义。并依原成本参入史鉴年月编定。四方君子览者，幸垂藻鉴。

可知此书亦南宋十卷为"前集"，以北宋十卷为"后集"，此书有"原成本"，编纂过程中曾对《杨家府》小说有所参考。

记《刘生觅莲记》

《刘生觅莲记》二卷，不题撰人。明万历二十五年（1597）万卷楼周曰校重刊《国色天香》本。日本内阁文库藏。有《古本小说丛刊》第38辑影印本。

演刘一春、孙碧莲事。分为上、下两卷。见于《国色天香》卷二、卷三下层。

文中提及四部小说之名：

> 文仙出《娇红记》，与生观之。
>
> 闻扣门声，放之入，乃金友胜。因至书坊，觅得话本，特持与生观之。见《天缘奇遇》，鄙之曰："兽心狗行，丧尽天真，为此话者其无后乎！"见《荔镜奇逢》及《怀春雅集》。留之。

可知此书成于《娇红记》《天缘奇遇》《荔镜奇逢》《怀春雅集》四书之后。

记《花神三妙传》

《花神三妙传》，不题撰人。明万历二十五年（1597）万卷楼周曰校重刊《国色天香》本。日本内阁文库藏。有《古本小说丛刊》第40辑影印本。

演元代至正年间白景云与赵锦娘、李琼姐、陈奇姐事。

标目十三：

> 白锦琼奇会遇　白生锦娘佳会　饮宴赏月留连

白生琼姐佳会　　三妙寄情倡和　　白生奇姐佳会

四美连床夜雨　　庆节上寿会饮　　凉亭水阁风流

玉椀卜缔姻□　　锦娘割股救亲　　奇姐临难死节

碧梧双凤和鸣

有插图五幅。第二十九叶原阙。

见于《国色天香》卷六下层。

记《龙会兰池录》

《龙会兰池录》，不题撰人。明万历二十五年（1597）万卷楼周曰校重刊《国色天香》本。日本内阁文库藏。有《古本小说丛刊》第34辑影印本。

演蒋世隆、黄瑞兰事。与戏曲《拜月亭》或《幽闺记》题材同，惟易"王"为"黄"，且情节略异。文中有插图六幅。

见于《国色天香》卷一下层。

记《双卿笔记》

《双卿笔记》，不题撰人。明万历二十五年（1597）万卷楼周曰校重刊《国色天香》本。日本内阁文库藏。有《古本小说丛刊》第39辑影印本。

演华国文、张端（正卿）、张从（顺卿）事。

末云：

> 时无以知其事者。惟兰备得其详，逮后事人，以语其夫，始扬于外。予得与闻，以笔记之。不揣愚陋，少加敷演，以传其美。遂名之曰《双卿笔记》云。

有插图三幅。

见于《国色天香》卷五下层。

记《东游记》余象斗刊本

《东游记》二卷，五十六回。明吴元泰撰，凌云龙校。万历年间余象斗刊本。日本内阁文库藏。

封面题"全像东游记上洞八仙传""书林余文台梓"。

有《八仙传引》，署"三台山人仰止余象斗言"。

版心题"全像八仙出身东游记"，或"全像八仙出身传"，或"八仙出身东游记"，或"八仙出身传"，或"八仙出处"，或"全像东游"，或"东游"。

卷上题"新刊八仙出处东游记"。"新刊"，卷下作"新刻"。署"兰江吴元泰著""社友凌云龙校""书林余氏梓"。

分上、下两卷，共五十六回。目录仅有回目，而不记回数。但在正文中，自第四回至第二十九回，记回数；其余则不记回数。回目单句，以六言为主。

附录：《桂溪升仙楼阁序》，署"时万历癸未冬大唐真人纯阳序"，癸未即万历十一年（1583）；《升仙楼阁跋》；《重锲感应篇序》，署"时明万历丙申冬朔后一日，大唐真人纯阳吕书于升仙楼阁"，丙申即万历二十四年（1596）；《蓬莱景记》，有"时万历丙申季秋朔越十日癸卯"之语；《心箴示张日熹》；诗词五十首，联语二十。

此书国内无明刊本。

记《真武志传》熊仰台刊本

《真武志传》四卷，二十四则。明余象斗撰。熊仰台刊本。英国博物院藏。有《古本小说丛刊》第9辑影印本。

封面佚失。

卷端题"刊北方真武祖师玄天上帝出身志传"。

各卷卷尾所题书名为（卷二无）：

> 刊北方真武祖师志传（卷一）
>
> 刊北方真武传（卷三）
>
> 刊北方真武出身志传（卷四）

卷一、卷三、卷四卷首所署作者、刊刻者为"三台山人仰止余象斗编，建邑书林余氏双峰堂梓"。而卷二卷首所署作者、刊刻者却变成了"三台山人仰止口口口编，建邑书林口氏口口堂梓"。其中七字已被剜去。

上图下文。每半叶十行，每行十七字。

卷四末叶有木记云：

> 壬寅岁季春月，书林熊仰台梓。

按：余象斗乃万历年间人。以壬寅纪年者，有嘉靖二十一年（1542）、万历三十年（1602）、康熙元年（1662）。书中不讳"玄"字。故知此"壬寅"非清康熙元年。而余象斗乃万历年间人。故可排除嘉靖二十一年。书中又有"至我朝永乐爷爷三年""今至二百余载，香火如初"等语，而自永乐三年（1405）至万历三十年，首尾共计一百九十八年。故知此"壬寅"确为万历三十年。

从卷二题名被剜去"余象斗""余""双峰"六字看，可知此本系熊仰台据余氏双峰堂原刊本重印者。

此书后被辑入《四游记》，改名《北游记》。但国内所藏的《北游记》无明刊本。

记《征播奏捷传》佳丽书林刊本

《征播奏捷传》六集，六卷，一百回。玄真子撰。万历三十一年（1603）佳丽书林刊本。日本京都大学文学部藏。有《古本小说丛刊》第18辑影印本。

封面题"刻全像音诠征播奏捷传通俗演义""宣慰肆猖獗，狂动干戈，卒致身夷族灭；总兵杨威武，尽捣巢穴，始贻国泰民安""巫峡望仙岩藏板"，"万历癸卯秋，佳丽书林谨按原本重镌"。癸卯即万历三十一年（1603）。

有《刻征播奏捷传引》，署"时龙飞万历昭阳阏单重光作噩哉生明，九一居住人撰"。昭阳阏单即癸卯（万历三十一年）。其中说：

> 玄真子性敏好学……偶自出庚子征播酋杨应龙事迹始末，辑成一帙，额曰"征播奏捷传"，属余序。予公余游阅，观其言事论略，皆有根由实迹，实同之蜀院发刊《平播事略》，并秋渊野人《平西凯歌》、道听山人《平播集》等书中来，又非托虚架空者埒。

有"凡例"及"领目"。后者包括《历代总目诗》《历朝君祚考》以及玄真子的《历代治乱总论》。

版心题"征播奏捷传"。

卷端题"新刻全像音诠征播奏捷传通俗演义"，署"清虚居吉瞻仙客考正，巫峡岩道听野史纪略，栖真斋名衢逸狂演义，凌云阁镇宇儒生音诠"。

全书分为六卷，以礼、乐、射、御、书、数名集，每集一卷，目录列有一百回，回目单句。但正文无回数，计四十九则。每则有双句标题，相当于两回的回目。第九十九回"逸狂赞颂平播诗"、第一百回"翰林川贵用兵议"，仅仅附录"玄真子《赞平播功臣诗集》"、"玄真子自叙"及"翰林李胤昌撰《川贵用兵议》"，并无故事情节。

有"后叙"，署"玄真子谀"。从这个署名可以看出，"玄真子"和"名衢逸狂"实际上是同一个人。

有插图。每半叶十一行，每行二十二字。正文中夹有双行小字注释。

文中有玄真子的诗、词，以及"论""评"。"玄真子论曰：……予因据义演之"；"玄真子演至此，作诗一首吊之"。可证作者"名衢逸狂"即"玄真子"。

书末有木记云：

> 西蜀省院刊有《平播事略》，备载敕奏文表，风示天下。道听子纪其耳聆目瞩事之颠末，积成一帙，梓行坊中。不佞因合二书之所述事迹，敷演其义，而以通俗命名，令人之易晓也。即未必言言中寁，事实协真，大抵皆彰善瘅恶，非假设一种孟浪议论，以惑世诬民，盖期张天威于塞外，垂大戒于域中，褫奸魄，振士气，使世之为土酋者，不敢正视天朝，安常守职，无蹈前车之覆辙云耳。具法眼者谅之，幸毋罪嘤声之妄。癸卯冬，名衢逸狂白。

此书国内无传本。日本藏有两部。另一部藏于尊经阁。

记《列国志传评林》三台馆余象斗刊本

《列国志传评林》八卷，二百三十四则。明余邵鱼撰。三台馆余象斗刊本。日本蓬左文库藏，有《古本小说丛刊》影印本。

又名《春秋五霸七雄列国志传》（或增"京本""按鉴演义""全像"等字）《史纲总会列国志传》。分上下两部。卷一至卷六为上部，演五霸事；卷七、卷八为下部，演七雄事。

封面题"三台馆刻"；有题记云：

> 《列国》一书，迺先族叔翁余邵鱼按鉴演义纂集。惟板一付，重刊数次，其板蒙旧。象斗校正重刻，全像批断，以便海内君子一览。买者须认双峰堂为记。余文台识。

卷首有《题全像列国志传引》，署"时大明万历岁次丙午孟春重刊，后学畏斋余邵鱼谨序"；有《题列国序》，署"时大明万历岁次丙午孟春重刊，后学仰止余象斗再拜序"。丙午即万历三十四年（1606）。各卷题署"后学畏斋余邵鱼编集，书林文台余象斗评梓"（卷七仅作"书林余象斗校评"）。

上图下文。每半叶十三行，每行二十字。原阙卷四第八十八叶，卷六第七叶，卷七第六十叶、第七十三叶，卷八第十一叶。

《列国并吞》后有木记，但木记中的文字已被剜去。

此完整的三台馆万历三十四年刊本仅藏于日本蓬左文库。国内藏有两部残本。国家图书馆藏本残存卷五、卷六、卷八；大连图书馆藏本残存卷二至卷六。上海图书馆则藏有万历四十六年重刊本。

记《陈眉公批评列国志传》龚绍山刊本

《陈眉公批评列国志传》十二卷，二百二十三段，不题撰人。明陈继儒重校。万历年间龚绍山刊本。日本内阁文库浅草文库藏。有《古本小说丛刊》第40辑影印本。

封面题"陈眉公先生批点列国传""阊门龚绍山梓"，并钤有方形印章："每部纹银壹两"。

有《叙列国传》，署"时万历乙卯仲秋，陈继儒书"。乙卯即万历四十三年（1615）。

有《列国源流总论》，云：

> 然其数百年间，人物臧否，国势强弱，并吞得失，又非浅夫鄙民如邵鱼者所能尽知也。邵鱼是以不揣寡昧，又因左丘明氏之传以衍其义，非敢献奇搜异，盖欲使浅夫鄙民尽知当世之事迹也。

可知此书的作者乃是余邵鱼。

目录题"新镌陈眉公先生批评列国志传"。版心题"批评列国志传"。卷端题"新镌陈眉公先生批评春秋列国志传"。

卷一至卷九署"云间陈继儒重校"，目录、卷十至卷十二署"云间陈继儒校正"。卷四署"古吴朱篁参阅"。卷一、卷二署"姑苏龚绍山梓行"。

全书分为十二卷，共二百二十三段。

每半叶十行，每行二十字。有眉批、分段、分则夹批，每卷有总批。另有双行小字注释。有图，共一百二十幅。

记《海刚峰先生居官公案传》万卷楼虚舟生刊本

《海刚峰先生居官公案传》四卷，七十一回。金陵万卷楼刊本。国家图书馆藏。有《古本小说丛刊》第7辑影印本。

书名又作《海忠介公居官公案》，或增"新刻""新镌""全像"等字，或无"传"字。

海刚峰即海瑞。他为学以刚为主，故以"刚峰"自号。

各卷署"晋人羲斋李春芳编次，金陵万卷楼虚舟生镌"。

卷首有序，落款"万历丙午岁，夏月之吉，晋人羲斋李春芳书于万卷楼中"。丙午即万历三十四年（1606）。其中说：

> 时有好事者，以耳目睹记，即其历官所案，为之传其颠末。余偶过金陵，虚舟生为予道其事若此，欲付诸梓，而乞言于予。

可知此"晋人羲斋李春芳"并非作者或编者。而李春芳之名，似亦系假托者。明人李春芳，字子实，号石麓，兴化人，嘉靖二十六年（1547）进士第一，隆庆初为首辅，卒于万历十二年（1584）。另一李春芳，字元实，号凤冈，山西沁水人，嘉靖三十二年（1553）进士。均非此羲斋李春芳。

全书以案分回，共七十一案。

卷首有海公遗像。卷一附《皇明都御史忠介公海刚峰传》。

有图，合页连式，二十二幅。每半叶十二行，每行二十三字。

记《拥炉娇红》

《拥炉娇红》二卷，不题撰人。明万历年间萃庆堂余泗泉刊《燕居笔记》本。日本内阁文库藏。有《古本小说丛刊》第 35 辑影印本。

演申纯、王娇娘、飞红事。

有插图五幅。

见于《燕居笔记》卷八、卷九上层。

《燕居笔记》，卷一题"新刻增补全相燕居笔记"。"新刻"，卷二、卷三作"新镌"，卷四至卷七作"新锲"，"全相"，卷三、卷八至卷十字作"全像"。卷一、卷二署"芝士林近阳增编，书林余泗泉梓行"。卷三至卷十署"闽芝士林近阳增编，萃庆堂余泗泉梓行"。

记《杜骗新书》存仁堂陈怀轩刊本

《杜骗新书》四卷，八十三则。明张应俞撰。万历年间存仁堂陈怀轩刊本。美国哈佛大学汉和图书馆藏。

封面题"杜骗新书""存仁堂陈怀轩梓"，并列举"脱剥骗"至"法术骗"等二十三种名目。

分为四卷。共八十三则。按内容分为二十四类。计二十四骗：

脱剥	丢包	换银	诈哄	伪交	牙行	引赌	露财
谋财	盗劫	强抢	在船	诗词	假银	衙役	婚娶
奸情	妇人	拐带	买学	僧道	炼丹	法术	引嫖

与封面相较："在船骗"，封面作"船中骗"；"买学骗"，封面作"黉缘骗"；"引嫖骗"，封面无。

目录及卷三、卷四题"新刻江湖历览杜骗新书"。卷一、卷二题"鼎刻江湖历览杜骗新书"，署"浙江夔衷张应俞著，书林梓"（"书林"以下原有若干字，已剜去）。

图四幅，分置于各卷之首。图题为"燃犀照怪""明鉴照心""烛照绮筵""心如明鉴"。

每半叶九行，每行二十字。

记《郭青螺六省听讼录新民公案》日本抄本

《郭青螺六省听讼录新民公案》，日本延享元年（1744）抄本。台湾大学藏。有《古本小说丛刊》第3辑影印本。

简称《新民公案》。"郭青螺"即郭子章（1542—1618）；"六省"系指郭子章任官的六个省份：福建、广东、山西、四川、浙江和云南。

内容封为八类，存四十一则。阙卷三的第一则、第二则。

卷首有《新民录引》，落款"时大明乙巳孟秋中浣之吉，南州延陵还初吴迁拜题"。乙巳即万历三十三年（1605）。吴迁大约就是作者或编者。

按：吴迁也是《天妃济世出身传》小说的编者。《天妃济世出身传》现存明万历中正堂熊龙峰刊本，日本东京大学东洋文化研究所双红堂文库藏，题"南州散人吴还初编"。

卷一题"建州震晦杨百明发刊，书林仙源金成章绣梓"。可知抄本所据的底本乃一建阳刊本，

查明代建阳书坊主人有余成章，而无金成章。"余""金"形近而讹。

余成章，字仙源，生于嘉靖三十九年（1560），卒于崇祯四年（1632）。他刻有《牛郎织女传》等书。他还在万历二十四年（1596）刻过一部与郭子章有关的书：《鼎锲青螺郭先生注释小试论彀评林》。

此书系海内外仅存的孤本。孙楷第《中国通俗小说书目》失载。

记《明镜公案》

《明镜公案》七卷，五十八则。残存四卷，二十五则。明吴沛泉汇编。万历年间三槐堂王昆源刊本。日本内阁文库藏。有《古本小说丛刊》第 32 辑影印本。

封面题"精采百家诸名公""明镜公案""三槐堂梓行"。

目次题"新刻名公汇集神断明镜公案"。卷端题"新刻名公神断明镜公案"（"新刻"，卷四作"新刊"）。卷尾题"新刻诸名公奇判公案"（卷一）《新刻续皇明公案传》（卷二）《精新刻皇明诸司廉明公案》（卷三）《新刻诸名公廉明奇判公案传》（卷四）。版心或题"公案"二字，或空白。

卷一署"葛天民吴沛泉汇编，三槐堂王昆源梓行"。

全书七卷，分为十类：

    人命　索骗　奸情　盗贼　雪冤　婚姻　图赖　理冤　附古　古案

残存卷一至卷四，共四卷。其中，卷三盗贼类"摸佛钟验出真贼"、卷四雪冤类"汪禄诬李彬逆谋"、婚姻类"徐守恂题诗调奸"三则有目无文。残存二十五则。

上图下文。每半叶十行，每行十六字或十七字。

卷三"陈风宪判谋布客"一则云：

    间阅包龙图公案，曾有蝇蚋迎马首之事，今日或亦其故辙，未可知也。

可知此书成于《龙图公案》之后。

此书系海内外仅存的孤本。

记《天妃传》忠正堂熊龙峰刊本

《天妃传》二卷，三十二回。明吴还初撰，余德孚校。万历年间忠正堂熊龙峰刊本。日本东京大学东洋文化研究所藏。有《古本小说丛刊》第 37 辑影印本。

封面题"锲天妃娘娘传"。

目录题"新刻宣封护国天妃林娘娘出身济世正传"。版心题"出像天妃出身传"。"出像"或作"全像"。

全书分上下两卷，共三十二回。回目单句七言。

卷端题"新刊出像天妃济世出身传"，署"南州散人吴还初编，昌江逸士余德孚校，潭邑书林熊龙峰梓"。

　　按：《新民公案》卷首有《新民录引》，署"南州延陵还初吴迁拜题"。此"南州散人吴还初"当即其人。"余德孚"，有的书目误作"涂德口"。

　　演北天妙极星君之女玄真托生福建莆田林长者家，后被汉明帝封为护国庇民天妃林氏娘娘，全家白日飞升。上图下文。每半叶十行，每行十六字。

　　末叶有木记云："万历新春之岁，忠正堂熊氏龙峰行"。

　　此书系海内外仅存的孤本。孙楷第《中国通俗小说书目》失载。

记《观音传》焕文堂刊本

　　《观音传》四卷，二十五则。明西大午辰走人订著，朱鼎臣编辑，焕文堂杨春荣刊本。英国博物院藏，有《古本小说丛刊》第16辑影印本。

　　封面题"全像观音出身南游记传""书林焕文堂刊行"。按：《海刚峰先生居官公案传》万卷楼刊本有焕文堂重印本，与此焕文堂当为同一书坊。

　　卷首题"新锲全相南海观世音菩萨出身修行传"，"锲"或作"刊"，"全相"或无，"观世音"或作"观音"，"传"上或有"全"字。

　　卷一署"南州西大午辰走人订著，羊城冲怀朱鼎臣编辑，浑城泰斋杨春荣绣梓"。

　　演兴林国妙善公主出身、修行始末。妙善后被封为大慈大悲救苦救难南无灵感观世音菩萨。

　　上图下文。每半叶十行，每行十七字。

　　此本系海内外仅存的孤本。

记《皇明诸司公案传》三台馆余文台刊本

　　《皇明诸司公案传》六卷，五十九则。明余象斗编辑，三台馆余文台刊本。日本国会图书馆藏。有《古本小说丛刊》第6辑影印本。

　　封面分上下两截。上截为断案图。下截题"全像续廉明公案传"，"三台馆梓行"。卷端题"新刻皇明诸司公案传"。

　　目录题"全像类编皇明诸司公案"。全书按内容分类，每卷一类，计六类：

　　　　人命　奸情　盗贼　诈伪　争占　雪冤

　　目录共五十八则。但正文实有五十九则。在卷二最后一则《孟院判因奸杀命》之前，多出一则：《彭理刑判刺二形》。

各卷署"山人仰止余象斗编述，书林文台余氏梓行"（"编述"，卷六作"编辑"）。

上图下文。每半叶十行，每行十七字。原阙卷五第四十四叶的后半叶、第四十五叶的前半叶。

此书系海内外仅存的孤本。

记《详刑公案》明德堂刘太华刊本

《详刑公案》八卷，四十则。明归正宁静子辑。明德堂刘太华刊本。日本日光轮王寺慈眼堂藏。有《古本小说丛刊》第4辑影印本。

封面绘断案图，下题"新镌详刑公案"，"明德堂梓"。

版心题"详刑公案"。卷一题"京南归正宁静子辑，吴中匡直淡薄子订，潭阳书林刘太华梓"。书末有木记云："南闽潭邑艺林刘氏太华刊行。"潭阳，潭邑，均为福建建阳的古称。

卷一末叶书名作"新镌国朝明公神断详明公案"。其他各卷"详明"均作"详刑"，或无"国朝二字"。

全书内容分为十六类：

> 谋害　奸情　婚姻　奸拐　威逼　除精　除害　窃盗
> 抢劫　强盗　妒杀　谋占　节妇　烈女　双孝　孝子

每则一案。

上图下文。每半叶十一行，每行十八字。原阙卷二第二叶的前半叶，第十八叶的后半叶，第十九叶的前半叶。

此刊本现存两部。另一部藏于大连图书馆，但系后印本，且卷一残缺不完，仅存三则。

记《韩湘子》天启刊本

《韩湘子》三十回，明杨尔曾撰。天启年间刊本。日本内阁文库藏。有《古本小说丛刊》第34辑影印本。

有《韩湘子叙》，云：

> 仿模外史，引用方言，编辑成书，扬搉故实。阅历疏窗，三载搜罗传往蹟。

标分绮帙，如干目次布新编。文章奇诡，笔纵意宏；识记博洽，锋豪藻振。遡灵毓于雄衡山，源原有自；夺胎气于白鹤侣，化育无穷……分合不相抵牾，首尾不为矛盾。有《三国志》之森严，《水浒传》之奇变，无《西游记》之谑虐，《金瓶梅》之衮淫。谓非龙门兰台之遗文不可也。

署"时天启癸亥季夏朔日，烟霞外史题于泰和堂"。癸亥即天启三年（1623）。

全书共三十回。回目双句七言。

卷端题"新镌批评韩湘子"，署"钱塘雄衡山人编次，武林泰和仙客评阅"。版心题"韩湘子"。

有韩湘子像赞一叶，图三十幅。

每半叶九行，每行二十字。

有回后总评。第九回第一叶原阙。

据孙楷第《中国通俗小说书目》，此系武林人文聚刊本。

第六回总评云：

> 莫说《平妖传》乜道人、贾道士被胡媚娘哄得滴溜儿转……

可知此书刊行于《平妖传》四十回之后。

按：雄衡山人乃杨尔曾别号。尔曾，字圣鲁，又号夷白主人，浙江钱塘人。

记《廉明公案》萃英堂重刊本

《廉明公案》二卷，一百零五则。不题撰人。明天启年间萃英堂重刊本。日本内阁文库藏。有《古本小说丛刊》第28辑影印本。

书分上下两卷，十五类，一百零五则。一则一案。但其中仅有状词、判词而无故事情节者六十四则。

目录及上卷卷尾题"新刊诸司廉明奇判公案"。上卷卷首题"皇明诸司廉明奇判公案传"。下卷卷首题"皇明诸司廉明奇判公案"。版心题"全像公案传"。

上图下文。每半叶十二行，每行二十二字。

上卷署"建邑书林□氏萃英堂刊"（"□"原系空白，后人墨笔补填"郑"字）。下卷署"建邑书林郑氏宗文堂梓"。

按：宗文堂，又名宗文书堂，乃建阳著名书坊。所印书籍，今所见者，有正统八年（1443）刊《皇明文衡》一百卷，万历二十四年（1606）刊《书言群玉要则》

二十卷等。书房主人题名有郑世豪、郑世魁、郑云斋、郑云竹等。而萃英堂则系天启年间建阳书坊。因知此书原为郑氏宗文堂刊本（可能刊行于万历年间），板片后归萃英堂，遂剜改上卷署名，加以重印。后人不明究竟，误以宗文堂、萃英堂为一家，故而妄填"郑"字。

末叶有墨笔跋语两行，云：

> 天明甲辰之岁孟秋朔，得之乎□□□（或四字，已涂去）。

下署"□□（或三字，已涂去）藏书"天明甲辰即清乾隆四十九年。

国家图书馆藏有余氏建泉堂刊本，四卷，题"三台山人仰止余象斗集"，有余象斗万历二十六年（1598）自序。

此书之日本藏本，共有四种。除萃英堂重刊本外，尚有：林罗山抄本，内阁文库藏；万历三十三年（1605）余氏双峰堂刊本，富冈铁斋旧藏；三台馆余氏双峰堂刊本，蓬左文库藏。

记《古今小说》天许斋刊本

《古今小说》四十卷，明冯梦龙辑，绿天馆主人评。天启年间天许斋刊本。日本内阁文库藏。有《古本小说丛刊》第31辑影印本。

封面题"全像古今小说"。有识语云：

> 小说如《三国志》《水浒传》，称巨观矣。其有一人一事可资谈笑者，犹杂剧之于传奇，不可偏废也。本斋购得古今名人演义一百二十种，先以三之一为初刻云。

题"天许斋藏板"。

有绿天馆主人叙，云：

> 茂苑野史氏，家藏古今通俗小说甚富，因贾人之请，抽其可以嘉惠里耳者，凡四十种，畀为一刻。余顾而乐之，因索笔而弁其首。

总目题"古今小说一刻"，署"绿天馆主人评次"。

此书即《醒世恒言》陇西可一居士所说的"明言"。从总目及封面识语可知，此乃"古今小说"（"三言"）的第一种。

全书四十卷，每卷一篇。

版心题"古今小说"。书名下题篇名简称，而无卷数。惟卷二十二、卷二十五、卷二十六、卷二十九、卷三十有若干叶版心下端题有卷数。

卷七《羊角哀舍命全交》，篇名下注云："一本作《羊角哀一死战荆轲》。"

总目与正文篇名歧异者：

> 卷二十一，总目作"临安里钱婆留发积"，正文作"临安里钱婆留发迹"。
>
> 卷二十三，总目作"张舜美元宵得丽女"，正文作"张舜美灯宵得丽女"。
>
> 卷三十三，总目作"张古老种瓜娶文女"，正文作"张古老种瓜聚文女"。
>
> 卷三十七，总目作"梁武帝累修成佛"，正文作"梁武帝累修归极乐"。

图八十幅。每卷两幅。第四十七图"梁武帝累修成佛道"，署"素明刊"。

每半叶十行，每行二十字。

有眉评。

此系原刊本，国内无。

记《警世通言》兼善堂刊本

《警世通言》四十卷，明冯梦龙辑。天启年间兼善堂刊本。日本蓬左文库藏。有《古本小说丛刊》第32辑影印本。

封面题《警世通言》。有识语云：

> 自昔博洽鸿儒兼采稗官野史，而通俗演义一种，尤便于下里之耳目，奈射利者尚取淫词，大伤雅道。本坊耻之。兹刻出自平平阁主人手授，非警世劝俗之语不敢滥入，庶几木铎老人之遗意，或亦士君子口所不弃也。金陵兼善堂谨识。

有叙，署"天启甲子腊月，豫章无碍居士题"。甲子即天启四年（1624）。内云：

> 陇西君，海内畸士，与余相遇于栖霞山房，倾盖莫逆，各叙旅况，因出其新刻数卷佐，酒，且曰："尚未成书，子盍先为我命名。"余阅之，大抵如僧家因果说法，度世之语，譬如村醪市脯，所济者众，遂命之曰《警世通言》，而从臾其成。

此书即《醒世恒言》陇西居士叙所说的"通言"，乃"三言"的第二种。

全书共四十卷，每卷一篇。

目次署"可一主人评，无碍居士较"。

版心题"警世通言"。书名下题卷数，而无篇名。

目次与正文有出入者三篇：

《王娇鸾百年长恨》，目次作第三十四卷，正文作第三十九卷。

《况太守路断死孩儿》，目次作第三十五卷，正文作第三十四卷（正文回目无"路"字）。

《福禄寿三星度世》，目次作第三十九卷，正文作第三十五卷。

第八卷《崔待诏生死冤家》篇名下注云：

宋人小说，题作《碾玉观音》。

第十四卷《一窟鬼癞道人除怪》篇名下注云：

宋人小说，旧名《西山一窟鬼》。

第十九卷《崔衙内白鹞招妖》篇名下注云：

古本作《定山三怪》，又云《新罗白鹞》。

第二十卷《计押番金鳗产祸》篇名下注云：

旧名《金鳗记》。

第二十三卷《乐小舍拚死觅偶》篇名下注云：

一名《喜乐和顺记》。

第二十四卷《玉堂春落难逢夫》篇名下注云：

与旧刻《王公子奋志记》不同。

有图，八十幅。每卷两幅。但第七十七图、第七十八图版心作"卷三十四"，而非"卷三十九"。第一图"洋洋乎意在高山，汤汤乎志在流水"，题"素明刊"。

每半叶十行，每行二十字。有眉评。

《王娇鸾百年长恨》一篇，卷首即版心，不作"卷三十九"，而作"卷三十四"。又，卷四十第六十九叶、第七十叶版心均误刻为卷三十九。

此本国内无。

记《醒世恒言》叶敬池刊本

《醒世恒言》四十卷，明冯梦龙辑。可一居士评，墨浪主人校。天启年间叶敬池刊本。日本内阁文库藏。有《古本小说丛刊》第30辑影印本。

封面题"醒世恒言""绘像古今小说""金阊叶敬池梓"。

有叙，署"天启丁卯中秋，陇西可一居士题于白下之栖霞山房"。丁卯即天启七年（1627）。叙称：

> 此《醒世恒言》四十种，所以继《明言》《通言》而刻也。明者，取其可以导愚也。通者，取其可以适俗也。恒则习之而不厌，传之而可久。三刻殊名，其义一也……以《明言》《通言》《恒言》为六经国史之辅，不亦可乎？若夫淫谭亵语，取快一时，贻秽百世，夫先自醉也，而又以狂药饮人，吾不知视此"三言"者得失何如也？

此为"三言"的第三种。从叙中可知，第一种原名"明言"。而封面题名又表明，"古今小说"原系"三言"的总称。

全书共四十卷，每卷一篇。

目次署"可一居士评，墨浪主人较"。

版心题"醒世恒言"。书名下题卷数，而无篇名。

目次与正文篇名歧异者：

> 第九卷：陈多寿夫妻姻缘（目次）
>
> 陈多寿生死夫妻（正文）
>
> 第二十二卷：吕纯阳飞剑斩黄龙（目次）
>
> 吕洞宾飞剑斩黄龙（正文）

第二十二卷末叶末行题"第二十七卷终"。

第五卷"大树坡义虎送亲"篇名下注云："一名《虎媒记》，又名《虎报恩》。"

第二十三卷"十五贯戏言成巧祸"篇名下注云："宋本作《错斩崔宁》。"

有图，每卷两幅。阙卷三（第五图、第六图）、卷二十一（第四十一图、第四十二图）、卷三十二（第六十五图、第六十六图）。存七十四幅。

第二十一图、第二十二图版心下端署"郭卓然镌"。第三十九图、第四十图版心下端署"郭卓然刻"。

每半叶十行，每行二十二字。有眉评。

原阙：

> 卷十三：第二十一叶、第二十二叶。
> 卷二十三：第三十二叶。
> 卷二十六：第十八叶。
> 卷三十四：第三十四叶。
> 卷三十七：第五叶。

此系海内外仅存的孤本。

记《三教偶拈》天启刊本

《三教偶拈》，三集。明冯梦龙编。明天启刊本。日本东京大学东洋文化研究所双红堂文库藏。有《古本小说丛刊》第4辑影印本。

此书分儒、释、道三集，辑录小说三篇：

> 《皇明大儒王阳明先生出身靖难录》
> 《济颠罗汉净慈寺显圣记》
> 《许真君旗（旌）阳宫斩蛟传》

卷首有叙（原阙第一叶），署"东吴畸人七乐生撰"。下刻印记两方，一阳文"子犹"；一阴文"七乐斋"。作者即冯梦龙。叙中说：

> 余于三教概未有得，然终不敢有所去取。其间于释教吾取其慈悲，于道教吾取其清净，于儒教吾取其平实。所谓得其意皆可以治世者，此也。

这可以看出冯梦龙编辑此书的意图。

《皇明大儒王阳明先生出身靖难录》演王守仁事。据冯梦龙叙：

> 偶阅王文成公年谱，窃叹谓文事武备，儒家第一流人物，暇日演为小传，使天下之学儒者，知学问必如文成，方为有用。因思向有济颠、旌阳小说，合之而三教备焉。

可知此篇出自他的创作。卷首题"墨憨斋新编"。墨憨斋主人即冯氏的笔名。

《济颠罗汉净慈寺显圣记》演济颠事。

《许真君旌阳宫斩蛟传》演许旌阳事。此篇即冯梦龙编辑的《警世通言》的第四十卷《旌阳宫铁树镇妖》。

有眉评。间有双行小字评注。

无图。每半叶十行，每行二十字。

书中正文讳"由"字，而不讳"检"字。可知刊行于明天启年间（1621—1627）。

此书系海内外仅存的孤本。国内藏有此书的满文译本（抄本，存四十三册），名《三教同理小说》。

记《二刻拍案惊奇》尚友堂刊本

《二刻拍案惊奇》四十卷，明凌濛初撰。明尚友堂刊本。日本内阁文库藏。有《古本小说丛刊》第 14 辑影印本。

有序，署"壬申冬日，睡乡居士题并书"。有小引，署"崇祯壬申冬日，即空观主人题于玉光斋中"。壬申即崇祯五年（1632）.

有图，七十八幅。每卷两幅。所缺者乃卷四十的两幅。其中，三幅刊有刻工的姓名："进香客莽看金刚经"图，"刘□□摹"；"李将军错认舅"图，"刘君裕刻"；"春花婢误泄风情"图，"君裕刻"。

每半叶十行，每行二十字。有眉批、行侧小字批。

卷首题"二刻"。版心题"二刻惊奇"，下端刊有"尚友堂"字样。但有个别的例外。卷五题"二续拍案惊奇"；除末叶外，从第一叶至第二十四叶，版心均题"二续惊奇"。另外，卷八第十九叶，卷九第五叶、第六叶、第九叶至第十六叶、第二十三叶、第二十四叶，卷十四第五叶至第十叶、第十五叶、第十六叶，版心亦题"二续惊奇"。

卷四十非小说，乃《宋公明闹元宵杂剧》九折，署"贵耳集、瓮天脞语纪事，即空观填词"，版心无卷数，唯"闹元宵杂剧"、"尚友堂"等字。

卷二十三与《拍案惊奇》卷二十三同，卷首、卷末所题书名犹为"拍案惊奇"，版心则已改题"二刻惊奇"。

国内仅国家图书馆藏有尚友堂刊本，残存二十二卷（卷一至卷十二，卷三十一至卷四十）。

记《片璧列国志》五雅堂刊本

《片璧列国志》十卷，一百零四回。不题撰人。五雅堂刊本。日本京都大学藏。有《古本小说丛刊》第 38 辑影印本。

封面题"绣像演义","片璧列国志","李卓吾先生评阅","金阊五雅堂刊本"。

有《列国志叙》，署"三台山人仰止子撰"。叙云：

> 小说多琐事，故其节短。自罗贯忠（中）氏《三国志》以国史演为通俗，汪洋百余回。为世所尚、因而将《列国》一书重加辑演，始乎周，迄乎秦，本诸左史，旁及诸书，考核甚详，搜罗极富，虽敷衍不无增添，形容不无润色，而大要不敢尽违其实。……兹编更有功于学者，浸假两汉以下，以次成编，与《三国志》汇成一家言，称历代之全书，为雅俗之巨览。

按：此"三台山人仰止子"未知是余象斗否？有的书目题此书之作者为"冯止子"，不确。

引首及目次题"袖珍列国志"。版心题"列国志"。

图五十幅。

每半叶十行，每行二十二字。

全书分为十卷。有单句标目二百一十八则。但有分为一百零四回，无回目，每回不止一则。

此本不知刊行于何时，杜信孚《明代版刻综录》称之为崇祯十五年（1642）刊本，不知根据何在。

记《隋史遗文》名山聚刊本

《隋史遗文》十二卷，六十回。袁于令撰。名山聚刊本。日本早稻田大学藏。有《古本小说丛刊》第9辑影印本。

封面题"新镌绣像批评隋史遗文"，"名山聚藏板"。各卷所题书名则为"剑啸阁批评秘本出像隋史遗文"。

卷首有袁于令自序，署"崇祯癸酉玄月无射日，吉衣主人题于西湖冶园"。癸酉即崇祯六年（1633）。书中多处讳"检"字，可证刊行于崇祯年间。

有图，六十幅。每半叶九行，每行十九字。原阙卷三第五十一叶，卷十二第五十三叶。

以秦琼为中心人物，演瓦岗寨诸英雄故事。此书对清代褚人获的《隋唐演义》有重大的影响。《隋唐演义》约有三分之一的篇幅直接来源于《隋史遗文》。

此书国内仅有国家图书馆藏本；昔年大连图书馆有一藏本，但已遗失。

记《近报丛谭平虏传》崇祯年间刊本

《近报丛谭平虏传》四卷，二十则。明吟啸主人撰。崇祯年间刊本。日本内阁文库藏，有《古本小说丛刊》第 5 辑影印本。

书名又称《近报平虏丛谭》。版心题"平虏传"。

记崇祯二年（1629）秋后金入犯京师事，至三年春袁崇焕下狱止。

卷首有吟啸主人序，其中说：

> 今奴贼已遁，海晏可俟，因记邸报中事之关系者，与海内共欣逢见上之仁明智勇，间就燕客丛谭，详为纪录，以见天下民间亦有此之忠孝节义而已……
>
> 因名曰《近报丛谭平虏传》。"近报"者，邸报；"丛谭"者，传闻语也。

可知作者即吟啸主人。书当成于崇祯三年（1630），或其后之数年间。

每卷各有图三幅。每半叶八行，每行二十字。

正文中插有吟啸主人诗。

第十一则"兵部查恤阵亡大将"，在卷二目录这列为第一则；但在正文中，实为卷一的最后一则。目录的标题文字亦与正文多有差异。

此书日本藏有两部。另一部藏于尊经阁文库。国内无。

记《艳史》人瑞堂刊本

《艳史》八卷，四十回。齐东野人撰。人瑞堂刊本。日本东京大学图书馆藏。有《古本小说丛刊》第 18 辑影印本。

封面题"艳史""绣像批评""人瑞堂梓"。

有"隋炀帝艳史叙"，署"笑痴子书于咄咄居"；"艳史序"，署"崇祯辛未岁清和月，野史主人漫书于虚白堂"。辛未为崇祯四年（1631）。野史主人即作者齐东野人的另一化名。有"艳史题辞"，署"时崇祯辛未朱明既望，檇李友人委蛇居士识于陶陶馆中"，其中说：

> 余友东方裔也，素饶侠烈，复富才艺，托姓借字，构《艳史》一编，盖即隋代炀帝事而详谱之云。

有"《艳史》凡例"十三则、"隋《艳史》爵里姓氏"。

版心题"艳史"。卷端题"新镌全像通俗演义隋炀帝艳史"。卷一署"齐东野史编演，不经先生批评"。

演隋炀帝事。书末云：

> 不年余，李世民成了帝业，躬行节俭，痛除炀帝之习，重立大唐三百年之天下，别有传记，故不复赘。

图赞八十叶，前图后赞。每回二图，共八十幅。原阙第四十一叶至第五十叶之图赞。

每半叶九行，每行二十字。

有行侧小字评、卷后总评。

阙第三回第一页前半叶，第六回第一页前半叶，第三十回第十四叶后半叶、第十五叶前半叶。

记《英烈志传》崇祯刊本

《英烈志传》四卷，六十节（残存一卷、十五节）。不题撰人。崇祯年间刊本。英国博物院藏。有《古本小说丛刊》第18辑影印本。

"序一"阙。"序二"残存一叶半。末云：

> 于是纂集当时之事，作《英烈传》以垂不朽。

目录之后，为"皇明开运辑略武功名臣首录"。

版心题"皇明英烈传"。卷端题"全像演义皇明英烈志传"。

上图下文。半叶一图。图之两侧有标题，四、六、八言不等。

每半叶十四行，每行二十四字。正文中有双行小字注释。

仅存卷一。卷一以后阙。卷一共十五节。每节不标顺序数字，有节目，七言或八言双句。但在目录上，节目一律改为六言单句。卷一正文十五节，二目录仅列二十八目，漏列二目。从目录可以看出，卷一、卷二、卷三均为一十八目；卷四虽仅存三目，亦必为二十八目无疑。

目录每半叶十二行，卷一、卷二、卷三的节目各占十行。卷四残存的三目占第二叶前半叶的末行，而第三叶前半叶为"皇明开运辑略武功名臣首录"，可知其间仅阙第二叶后半叶，证明全书仅有四卷。卷一既为十五节。则卷二、卷三、卷四亦必为十五节，全书共计六十节。

书中引录了瞿佑、素斋老人、东鲁素斋等人的诗句。

注释中有三处提到"旧本《英烈传》"或"旧本"字样。可证此本系《英烈传》的改编本。

此本孙楷第《中国通俗小说书目》失载。

记《杜丽娘慕色还魂》

《杜丽娘慕色还魂》，不题撰人。明崇祯年间李澄源刊《燕居笔记》本。日本内阁文库藏。有《古本小说丛刊》第35辑影印本。

演杜丽娘、柳梦梅事。开端云：

> 闲向书斋览古今，罕闻杜女再还魂。聊将昔日风流事，编作新文历后人。

与汤显祖《牡丹亭》（《还魂记》）传奇题材同。

见于《燕居笔记》卷九下层。

此《燕居笔记》李澄源刊本与萃庆堂余泗泉刊本不同。

《燕居笔记》，卷一至卷四、卷六至卷十题"重刻增补燕居笔记"，卷五题"重刻燕居笔记"。卷一署"金陵书林李澄源新□"。有"重刻增补燕居笔记引"，署"古临琴涧居士何大抡元士题"。共十卷，分上下两层。系通俗类书性质，除小说外，内容另分诗、词、歌、赋、文、书、联、曲、吟、图、赞、箴、铭、行、判、辩本、供状、疏等类。

记《辽海丹忠录》翠娱阁刊本

《辽海丹忠录》八卷，四十回。翠娱阁刊本。明平原孤愤生撰。翠娱阁刊本。日本内阁文库藏。有《古本小说丛刊》第7辑影印本。

版心题"丹忠录"。各卷所题书名为"新镌出像通俗演义辽海丹忠录"。

叙明末辽东之役，而于毛文龙事独详。记事起自万历四十七年（1619），至崇祯三年（1630）春止。

卷首有序，落款"事崇祯之重午，翠娱阁主人题"。下有"翠娱主人"及"雨侯氏"印记。翠娱阁主人即陆云龙。序中说：

> 此予弟丹忠所缕录也。

可知作者实系陆云龙之弟。

有图，四十幅。每半叶九行，每行十九字。有眉评、回后总评。

此书系海内外仅存的孤本。

记《拍案惊奇》尚友堂安少云刊本

《拍案惊奇》四十卷，明凌濛初撰。尚友堂安少云刊本。日本日光轮王寺慈眼堂藏。有《古本小说丛刊》第 13 辑影印本。

封面题"拍案惊奇"，"即空观主人评阅出像小说"。有识语云：

> 即空观主人胸中磊块，故须斗酒之浇；腹底芳腴，时露一脔之味。见举世盛行小说，遂寸管独发新裁，撷拾奇衺，演敷快畅。原欲作规箴之善物，矢不为风雅之罪人。本坊购求，不啻供璧。览者赏鉴，何异藏珠。

下署"金阊安少云梓行"。"即空观主人"乃凌濛初之笔名。

有"拍案惊奇序"，署"即空观主人题于浮樽"。此序亦见于通行本，但已删节而使语意含混。

有"拍案惊奇凡例"五则。署"崇祯戊辰初冬，即空观主人识"。戊辰即崇祯九年（1628）。此凡例为通行本所无。

版心题"拍案惊奇"。下端刊有"尚友堂"字样。

有图，八十幅。每半叶十行，每行二十字。有眉批、行侧小字批。

此系原刊本，乃海内外仅存的孤本。

此系四十卷足本。通行本仅三十六卷。缺卷三十七至卷四十。日本广岛大学另藏有尚友堂刊本的重印本，书名改题"初刻拍案惊奇"，三十九卷。所缺者为卷二十三，而以原刊本的最后一卷（卷四十），移前顶替。

记《皇明中兴圣烈传》崇祯刊本

《皇明中兴圣烈传》五卷，四十八则。明乐舜日撰。崇祯刊本。日本东京大学东洋文化研究所双红堂文库藏。有《古本小说丛刊》第 4 辑影印本。

版心题"圣烈传"。演魏忠贤事。

卷首有《皇明中兴圣烈传小言》，署"野臣乐舜日熏沐叩首题"。其中说：

> 我圣烈传，西湖野臣之所辑也……递珰恶迹，罄竹难尽。特从邸报中，与

一二旧闻，演成小传，以通世俗。

卷一题"西湖义士述"。西湖义士、西湖野臣、乐舜日，盖即一人也。

有图，十幅。其中三幅，自《警世通言》取材，而改头换面。

每半叶八行，每行二十字。

国内无此书明刊本。

记《详情公案》存仁堂陈怀轩刊本

《详情公案》六卷，两册。不题撰人。明刊本。日本东京大学东洋文化研究所藏。

封面题"眉公陈先生选""详情公案"，"存仁堂陈怀轩刊"。

卷端题"新镌国朝名公神断李卓吾详情公案"。

内容分为十一门：

> 节妇、烈女、双孝、孝子、强盗、谋害、人命、索骗、妒杀、谋占、婚媾。

共二十九则。

此书国内无藏本。日本则藏有三种版本。除东京大学东洋文化研究所藏本外，另有蓬左文库藏本、内阁文库藏本。

蓬左文库藏本，六卷（卷之首至卷六），两册。

封面题"陈眉公案"。

卷端题"新镌国朝名公神断陈眉公详情公案"。署"临川毛伯丘兆麟订，建邑怀轩陈梓"。

内容分为十五门：

> 雪冤、奸情、强盗、抢劫、窃盗、奸拐、威逼、人命、索骗、妒杀、谋占、节妇、烈女、双孝、孝子。

共三十九则。

内阁文库藏本，残存三卷。有《古本小说丛刊》第三十七辑影印本。

上图下文。每半叶十行，每行十七字。

有双行小字注释。有评语，以"无怀子曰"引起。

全书卷数不详，残存卷二至卷四。

卷二题"新镌国朝名公神断□□□详情公案"。"□□□"三字已剜去而空白。

卷三同。卷四一并剜去"详情"二字。

卷尾所提书名，卷二作"李卓吾公案"，卷三、卷四剜去"李卓吾"三字。由此可知，卷端所剜去者亦当为"李卓吾"三字。

现存七门二十二则。其目如下：

> 卷二　强盗门　断明火劫掠　断强盗掳劫
>
> 抢劫门　断抢劫段客　断僻山抢杀　证儿童捉贼　判路旁失布
>
> 窃盗门　断木碑追布　断妇人盗鸡
>
> 卷三　奸拐门　断游僧拐妇　断和尚奸拐
>
> 威逼门　梦黄龙盘柱
>
> 卷四　人命门　判雪二冤　郑刑部判杀继母　孙知州判兄杀弟　察非火死
>
> 宽宥卜者陶训　听妇人哀惧声　判僧杀妇　判谋孀妇　录大蛇
>
> 判误人命
>
> 索骗门　搜僧积财

三本实系来自同一祖本。三本相加，除重复者不计外，共得四十七则。

记《剿闯小说》兴文馆刊本

《剿闯小说》十回，懒道人口授。明末兴文馆刊本。日本内阁文库藏，有《古本小说丛刊》第 38 辑影印本。

有《剿闯小说叙》，署"西吴九十翁无竞氏题于云溪之半月泉"。叙云：

> 余结夏半月泉精舍，遇懒道人从吴下来，口述此事甚详。因及西平剿贼一事，娓娓可听，大快人意。命童子援笔录之。可怒可喜，具在编中，用以激发忠义，惩创叛逆，其于天理人心，大有关系，非泛尝因果平话比。故兴文馆请以付梓，而余为叙数行于首。

目录题"新编剿闯通俗小说"。不分卷，共十回。回目双句。版心题"剿闯小说"。

第一回题"新编剿闯小说"，署"西吴懒道人口授"。第六回所题书名与目录同，署"西葫懒道人口授"。

有图，十幅。每叶八行半，每行二十二字。

记李自成始末，至吴三桂奏捷，晋封蓟国公止。

记《盘古至唐虞传》余季岳刊本

《盘古至唐虞传》二卷，七则。明末余季岳刊本。日本内阁文库藏。有《古本小说丛刊》第 7 辑影印本。

书名又作《按鉴演义帝王御世盘古至唐虞传》。封面分上下两截。上截中央是图，两旁说明文字分别为"自盘古分天地起""至唐虞交会时止"。下截题"盘古志传""钟伯敬先生演义""金陵原梓"。版心题"盘古唐虞传"。

卷首有钟惺序，以及《历代统系图》《历代帝王歌》。题"景陵钟惺伯敬父编辑，古吴冯梦龙犹龙父鉴定"。钟惺的题署殆出于伪托。

全书分上下二卷，共七则。上卷三则，下卷四则。每则有标题，七言两句。

卷末有跋语，落款"书林余季岳谨识"，云：

> 是集出自钟、冯二先生著辑，自盘古以迄我朝，悉遵鉴史通纪，为之演义，一代编为一传。以通俗谕人，总名之曰"帝王御世志传"。

可知此书乃是《帝王御世志传》的第一集。

许多小说均以"京本"标榜。此书封面所题的"金陵原梓"四字，当即此意。书林余季岳疑系福建建阳人。书中遇有"由"字或讳或不讳。可证此书刊行于天启、崇祯年间。

书中插有钟伯敬诗三首、冯犹龙诗二首、余季岳诗二首。

上图下文。每半叶十行，每行十八字。

此书日本藏有两部。另一部藏于东京大学东洋文化研究所双红堂文库。国内无藏本。

记《有夏志传》余季岳刊本

《有夏志传》四卷，十九则。余季岳刊本。日本内阁文库藏，有《古本小说丛刊》第 7 辑影印本。

书名又作《按鉴演义帝王御世有夏志传》。封面上截中央是图，两旁说明文字分别为"大禹受命治水起""成汤放桀南巢止"。下截题"有夏志传""钟伯敬先生演义""金陵原板"。版心题"有夏传"。

卷首有钟惺序。题"景陵钟惺敬伯父编辑，古吴冯梦龙犹龙父鉴定"。钟惺的题署殆出于伪托。

每则有标题，七言两句。

书中插有钟伯敬诗二十六首、冯犹龙诗八首、余季岳诗八首。

上图下文。每半叶十行，每行十八字。

此本的行款格式和《盘古至唐虞传》余季岳刊本完全相同。

此书是《帝王御世志传》的第二集。

此书现存两部，均藏于日本内阁文库。国内无明刊本、

记《才美巧相逢宛如约》醉月山居刊本

《才美巧相逢宛如约》四卷，十六回。惜花主人批评。醉月山居刊本。国家图书馆藏。有《古本小说丛刊》第1辑影印本。

此书另有清初写刻本，不分卷，十六回，中国社会科学院文学研究所藏。

醉月山居刊本系据清初写刻本重刊。

清初写刻本多有漫漶之处。

清初写刻本与醉月山居刊本，除了一些误字之外，基本上相同。但写刻本之唯一的一条批语，即第十一回第二叶"李尚书道……"处夹批：

> 此父真明快人，不愧吏部，其子确是豚犬。

却被删去。

此外，醉月山居刊本第十二回回末"若是李酒鬼是"以下二百四十二字与写刻本不同，极大可能是所据底本缺叶，乃补写入刻。《古本小说丛刊》影印本已将写刻本第十二回末叶影印，附于醉月山居刊本之后，以资辨认。

记《钟情记》清初刊本

《钟情记》六卷，六回。不题撰人。清初刊本。美国哈佛大学汉和图书馆藏。

演辜辂、瑜娘事。

每半叶九行，每行二十字。卷一第五叶原阙。

卷首题"新刻钟情记"（"刻"或作"镌"）。版心题"钟情记"。

第一回回目不详。其余五回回目如下：

　　二　归故里巧遇微香　托贺寿两复绸缪

记《无声戏》顺治写刻本

《无声戏》十二回，清李渔撰。杜濬评。顺治年间写刻本。日本尊经阁文库藏。有《古本小说丛刊》第 39 辑影印本、

有《无声戏序》，署"伪斋主人漫题"。印章二："伪斋主人"，"掌华阳兵"。

目次及卷首题"无声戏小说"。版心题"无声戏"。

卷首署"觉世稗官编次，睡乡祭酒批评"。

图赞十二叶，每回一图。第三回、第六回、第九回、第十回、第十一回、第十二回图均题"蔡思璜刊"。

每半叶八行。每行二十字。有眉批及回后总评。

第一回"丑郎君怕娇偏得艳"注云："此回有传奇即出。"第二回"美男子避惑反生疑"注云："此回有传奇嗣出。"第十二回"妻妾抱琵琶梅香守节"注云："此回有传奇嗣出。"

此伪斋主人序本乃海内外仅存的孤本。

记《醒名花》顺治写刻本

《醒名花》十六回，墨憨斋编。清顺治年间写刻本。美国哈佛大学汉和图书馆藏。有《古本小说丛刊》第 35 辑影印本。

有叙，署"墨憨主人漫识"。

共十六回。回目双句，七、八言不等。

演湛国瑛、梅杏芳事。醒名花乃梅杏芳之别号。

有图赞四叶。

每半叶八行，每行二十字。

第十六回第十叶后半叶阙。

日本天明甲辰秋水园主人《小说字汇》引及《醒名花》。则此书必刊行于乾隆

四十九年（1784）之前。

按：第一回云：

> 如今且演说一段佳人才子的新奇故事，这事在明朝年间……

明是清人语气。而书中不讳"玄""弘"二字，当刊行于顺治年间。

书名冠以"墨憨斋新编"五字，似系托名冯梦龙者。

记《鸳鸯配》顺治刊本

《鸳鸯配》四卷，十二回。檇李烟水散人撰。清顺治年间刊本。日本内阁文库浅草文库藏。

封面、版心均题"鸳鸯配"。封面有"臧（藏）板"二字，书坊名称已削去。

目录署"檇李烟火散人编次"。"火"，当为"水"字的形讹。

演南宋末年申云、崔玉英及荀文、崔玉瑞的姻缘，中间穿插贾似道、谢翱及义士任季良、侠士陆佩玄、火龙真人等事。

书中不讳"玄"字，且有人物以"玄"字命名者，可知此书之创作及刊刻必在康熙之前。

每半叶九行，每行二十五字。

此书另有美国哈佛大学藏本，每半叶十行，每行二十四字，封面题"天花藏主人订"。又有《鸳鸯媒》《绣像第三奇书玉鸳鸯》，实即此书之易名。前者为旧刊本，与哈佛大学藏本同；后者为上海书局光绪年间石印本。

记《飞花艳想》写刻本

《飞花艳想》十八回，清樵云山人撰。写刻本。日本京都大学图书馆金西文库藏。有《古本小说丛刊》第16辑影印本。

封面题"飞花艳想""樵云山人编"。卷首署"樵云山人编次"。

目次题"新编飞花艳想"。回目单句，第三回至第八回为八言，其余均为七言。

演柳素心（友梅）及梅如玉、雪瑞云因题诗而缔结婚姻的故事。书中描写文字，有蹈袭明末清初另一部小说《玉娇梨》的地方。

全书不讳"玄"字，"弦""泫"等字亦不减笔。可知刊行于顺治年间。

每半叶九行，每行二十字。有行侧批。原阙第八回第五叶、第六叶。

此书后曾易名《幻中春》《梦花想》《鸳鸯影》出版，字句略有出入。《梦花想》有齐如山旧藏本，现归美国哈佛大学汉和图书馆。《鸳鸯影》有道光二年（1822）刊本，似即《飞花艳想》的删节本。

此书另有大连图书馆藏本，卷首载"岁在己酉菊月未望"樵云山人序，据云系"雍正刻本"。按：己酉在清代为康熙八年（1669）或雍正七年（1729）。此序如为原刻本所有，书中既不讳"玄"字，则似不可能刻于康熙八年，更不可能刻于雍正七年。或许有另外的可能：此序乃后来的翻刻本所加；"己酉"为"乙酉"（顺治二年，1645）或"丁酉"（顺治十四年，1657）之误。

记《一片情》好德堂刊本

《一片情》四卷，十四回。不题撰人。清顺治年间好德堂刊本。日本东京大学东洋文化研究所双红堂文库藏。《古本小说丛刊》第3辑影印本。

全书共收小说十四篇，每回一篇。

卷首载有序文，署"沛国□仙题于西湖舟次"。下有印记两方，一阴文："一段云"；一阳文："好德堂印"。

第三回正文引用"明太祖"对和尚的评语，不类明人口吻。全书不讳"由"（天启、崇祯）"检"（崇祯）二字。第十二回正文以"这首诗单表弘光南都御极"开端。可知此书的撰写与刊刻必在清代顺治二年（1645）之后。全书又不讳"玄"（康熙）字。可知必刊刻于顺治三年至十八年（1646—1661）之间。

书名又称《新镌绣像小说一片情》。但双红堂文库藏本无图。

半叶八行，每行十八字。

此书另有啸花轩刊本，目录标明九回，正文残存三回（有缺叶）。无图。半叶九行，每行二十字。中央美术学院藏。

孙楷第《中国通俗小说书目》断定此书作者为"明无名氏"；并著录此书之中央美术学院藏本、日本千叶掬香藏本（即日本东京大学东洋文化研究所双红堂文库藏本），但对二者未加区别，一律称之为"明末刊本"。胡士莹《话本概论》亦以中央美术学院藏本为"明末刊本"。日本秋水园主人《小说字汇》曾引此书。

《劝毁淫书征信录》引《禁毁书目》、余治《得一录》卷十一"计毁淫书目单"及同治七年（1868）江苏巡抚丁日昌查禁淫词小说书目均列有此书。

目录：

记《合浦珠》写刻本

《合浦珠》四卷，十六回。清烟水散人撰。写刻本。日本东北大学图书馆狩野文库藏。有《古本小说丛刊》第 16 辑影印本。

封面题"合浦珠，无心子题""烟水散人编次"。各卷题"新镌批评绣像合浦珠传"（卷三误作卷九）。卷一、卷三和卷四署"樵李烟水散人编次"。

"樵李"乃浙江嘉兴的古称。"烟水散人"则系徐震的笔名。徐震，字秋涛，清初顺治、康熙时人。

卷首载有桃花坞钓叟题辞，其中说：

> 烟水散人半生不遇，落魄穷途。今是编一出，吾知斯世必有刮目相待，当无按剑而眄者矣。

又有《合浦珠序》，署"醉里烟水散人自题"。"醉里"即樵李。自序说：

> 忽于今岁仲夏，友人有以合浦珠倩予作传者……而友人固请不已，予乃草创成帙……

明确承认自己就是作者。

每卷四回。回目单句，除一、二、十一、十二回为八言外，其余各回均为七言。

每半叶八行，每行十九字。有回后总评，间有行侧批。另有一些眉批和行侧批，乃日本藏书者所加。第十三回第十六叶以下原阙。

第十六回说：

> 兹者天造逢剥，潢池之乱难弭，而煤山之祸已兆……今有真主已出，太平在迩……至明年甲申三月，果有彰义门之变，大行皇帝缢死煤山。

可知此书写于甲申（明崇祯十七年，清顺治元年，1644）之后。全书不讳"玄"字。"裴玄"之名屡见，"兹""弦"等字均不缺笔。可知此书必刊于康熙元年（1662）之前。

国内藏有此刊本，但有阙叶，无封面，无桃花坞钓叟题辞，醉里烟水散人自序落款一行亦已佚失。

记《章台柳》醉月楼刊本

《章台柳》四卷，十六回。不题撰人。醉月楼刊本。有《古本小说丛刊》第4辑影印本。

创作和刊刻的时代，一时尚难断定。像是明人的作品，但也不排除刊行于清初的可能。

演韩翃和柳姬故事。系据明代梅鼎祚《玉合记》传奇改编而成。因而书中人物常有代言体的独白。

无图。每半叶九行，每行二十四字。

此书现存两部。另一部为齐如山藏本，现归美国哈佛大学汉和图书馆。

记《情梦柝》顺治刊本

《情梦柝》七卷，二十回。清安阳酒民撰，灌菊散人评。顺治年间刊本。法国国家图书馆藏。有《古本小说丛刊》第12辑影印本。

目录及卷首均署"蕙水安阳酒民著，西山灌菊散人评"。

演胡玮（楚卿）、沈若素、秦蕙卿及吴子刚、衾儿的爱情、婚姻故事。

第一回云：

但情之出于心正者，自享悠然之福，出于不正者，就有揠苗之结局。若迷而不悟，任情做去，一如长夜漫漫，沉酣睡境，那个肯与尔做冤家，当头一喝，击柝数声，唤醒尘梦耶？

书末有诗云：

终朝劳想皆情幻，举世贪嗔尽梦团。满纸柝声醒也未，劝君且向静中看。

这都揭示了书名的含义。

每半叶十行，每行二十字。有卷后总评。

故事发生于"崇祯年间"。刘廷玑《在园杂志》卷二论述"近日之小说"，已提及此书。且书中不讳"玄"字。故知此书当创作和刊行于清代顺治年间。

国内有康熙年间啸花轩刊四卷本。另有六卷本，题"步月主人"订；咸丰七年（1857）芥子园刊本，改名《三巧缘》。

记《照世杯》酌玄亭写刻本

《照世杯》四卷，四回。酌玄亭主人撰。酌玄亭写刻本。日本佐伯文库藏。有《古本小说丛刊》第十八辑影印本。

封面题"照世杯""谐道人批评第二种快书""酌元亭梓行"。

序署"吴山谐野道人载题于西湖之狎鸥亭中"。其中说：

客有语酌元主人者曰："……今冬过西子湖头，与紫阳道人、睡乡祭酒纵误（谈）今古，各出其著述……是则酌元主人之素心也哉，抑即紫阳道人、睡乡祭酒之素心焉耳。"

卷端题"照世杯""谐道人批评第二种快书"，署"酌元亭主人编次"或"□□亭主人编次"。版心题"照世杯"。

序文中提及紫阳道人（丁耀亢）、睡乡祭酒二人。睡乡祭酒乃杜濬为李渔的小说《无声戏》《连城璧》《十二楼》作评时使用的笔名。可知此书成于李渔小说之后。

封面的"酌元亭"、序文中的"酌元主人"的"元"字，笔划稍细，显示出改刻的痕迹。卷端的"酌元亭主人"中的"元"字，或同此，或连同"酌"字，一并剜去。可知此本原刊于顺治年间，重印于康熙年间。

此本乃海内外仅存的孤本。

记《绣屏缘》日本抄本

《绣屏缘》二十回，苏庵主人撰。日本抄本。荷兰汉文研究院藏。有《古本小说丛刊》第 12 辑影印本。

有序，署"康熙庚戌端月望，弄香主人题于丛芳小圃之集艳堂"。庚戌即康熙九年（1670）。有凡例九则，署"苏庵漫识"。附"苏庵杂诗八首"（实仅五首）、《九嶷山》南吕散曲一套。

卷首题《新镌移本评点小说绣屏缘》，署"苏庵主人编次"。

演元顺帝时赵青心（云客）与王玉环、孙蕙娘、吴绛英、秦素卿、韩孝苕的恋爱、婚姻故事。

每半叶十行，每行二十字。原阙第十七回第五叶的前半叶，第十八回第九叶。

每回之后，有作者自撰的总评，偶附作者自撰的绝句、小调、八股文等。

苏庵主人另有《归莲梦》小说。二书均见于日本宝历甲戌《舶载书目》的著录。弄香主人序撰于康熙七年。而第六回总评说：

> 赵云客初遇玉环，可敬可爱，而不可亲。若是《肉蒲团》，便形出许多贱态矣。

可知必作于清代顺治年间或康熙初年。

第十二回回末"附言"说："余刻此书未竟……"可知此书有作者的自刻本。《附言》又说："余困鸡窗有年，今且为绛帐生涯，且夕侫佛。"可知作者生活困苦，曾以设馆教读为生。

第十四回回末"附言"说：

> 忆余往时，读书城东小楼，与白香居士讨论时义得失，雅相善也。

此白香居士即《归莲梦》小说的"校正"者。

此抄本系荷兰高罗佩的旧藏，后归荷兰汉文研究院。

记《吕祖全传》康熙元年刊本

《吕祖全传》一卷，清汪象旭重订，何应春、吴道隆、费钦、郑汝承、钟山、查宗起同校。康熙元年（1662）刊本。美国哈佛大学汉和图书馆藏，有《古本小说丛刊》第 39 辑影印本。

封面题"吕纯阳祖师全传""西陵憺漪子重订"。左侧有五行小字，模糊不清。

目录题"绣像吕洞宾祖师全传"。卷端及版心题"吕祖全传"。版心下端有"蜩寄"二字。

卷端署"唐弘仁普济孚佑帝君纯阳吕仙撰，奉道弟子憺漪子汪象旭重订，同道何应春、吴道隆、费钦、郑汝承、钟山、查宗起同校"。汪象旭名下，注云："原名淇，字右子。"

有《纯阳吕仙传叙》，署"上清玉虚得道真人白玉蟾撰"。

有《憺漪子自纪小引》，署"康熙元年初夏，西陵奉道弟子汪象旭右子氏书于蜩寄"。下刻印章三方："汪淇之印""右子""汪象旭号憺漪"。另有《校辨俚说》，署"奉道弟子憺漪子叩识"。

附王处一、林逋、张仲子、默玄子、广成子赞词。

内容分为神通变化、更名显化、进谒儒门、经从道观、游戏僧寺、市廛混迹、庵堂赴会、丹药济人、景物题诗、因缘会遇等十段。全书假托吕仙自述语气。

图五叶。第一叶为"吕祖像"及"正阳真人赠吕祖丹诀歌"。第四叶图中有"念翊"三字。

每半叶九行，每行二十四字。

书中屡屡不讳"玄"字。这有两种可能：一，书刊行于康熙元年初，其时尚未明令避讳；二，序撰于康熙元年初夏，而书实刊刻于顺治年间。

末附齐如山跋语。

此系海内外仅存的原刊初印本。

按：汪象旭即《西游证道书》的笺评者。《西游证道书》原刊本插图亦为胡念翊所绘。

记《连城璧》康熙写刻本

《连城璧》十八回，清李渔撰，杜濬评。康熙年间写刻本，日本佐伯文库藏，有《古本小说丛刊》第 20 辑影印本。

封面题"木铎余音""觉世名言连城璧""内外计十八集"。

版心题"连城璧"。各回署"觉世稗官编次""睡乡祭酒批评"。

每半叶八行，每行二十字。有眉批及回后总评。原阙《连城璧全集》午集卷七第二十九叶。

有杜濬序。署"睡乡祭酒漫题"。其中说：

故予于前后二集皆为评次，兹复合两者而一之。

此书系由《连城璧全集》《连城璧外编》组合而成。

《连城璧全集》以地支分集，从子集到亥集，共十二集。每集一回，计十二回。

《连城璧外编》分为礼、乐、射、御、书、数六卷。每卷一回。计六回。

此刊本乃海内外仅存的孤本。大连图书馆藏有此书的日本抄本，但《外编》仅四卷（阙射、御二卷）。

记《铁花仙史》恒谦堂刊本

《铁花仙史》二十六回，清云封山人撰。恒谦堂刊本。法国国家图书馆藏。有《古本小说丛刊》第17辑影印本。

封面题"绣像铁花仙史""一啸居士评点""恒谦堂藏板"。

版心、回首均题"铁花仙史"。署"云封山人编次，一啸居士评点"。

序署"三江钓叟漫题"。

演王儒珍、蔡若兰、苏馨如、陈秋遴、夏瑶芝以及苏紫宸等人的故事。

绣像，十叶。每半叶八行，每行十七字。原阙第二十五回第十一叶。有回后总评。

回目单句，以七言、八言为主，亦有十言、十一言者。回目两回对偶。

三江钓叟序评论《平山冷燕》《玉娇梨》二书的命名说：

> 传奇家摹绘才子佳人之悲欢离合，以供人娱耳悦目也旧矣。然其书成而命之名也，往往略不加意。如《平山冷燕》，则即才子佳人之姓为颜。而《玉娇梨》者，又至各摘其人名之一字以弁之。草率若此，非真有心唐突才子佳人，实图便于随意扭捏成书，而无所谓难耳。

第一回总评也说：

> 亦犹《平山冷燕》。山、燕为正中正，平、冷为正中陪。

可证此书成于《平山冷燕》《玉娇梨》之后。

第十八回叙述苏紫宸上疏劾贾学士罪款时说：

> 原来故明制度，凡有本章，俱系内监经收，转呈御览。

可知此书作于清代。而书中讳"玄"字，则又可大致确定其刊刻年代在康熙时。

记《引凤箫》康熙、雍正间刊本

《引凤箫》四卷，十六回。清枫江半云友撰。康熙、雍正年间刊本。日本内阁文库藏。有《古本小说丛刊》第 35 辑影印本。

目录、卷端题"引凤箫"，署"枫江半云友辑，鹤皋俗生阅"。版心题"引凤箫"。

全书分为四卷。每卷四回，共十六回。回目双句七言。

每半叶十行，每行二十一字。

按：日本宝历甲戌《舶载书目》著录此书。宝历甲戌相当于我国乾隆十九年（1754）。则此书必刊行于此前。又按：书中"玄"字缺笔，而不讳"弘""历"二字，可知此书之刊行，当在康熙、雍正年间。

演白引、金凤娘记婢女霞箫事。

记《巧联珠》可语堂写刻本

《巧联珠》十五回，清烟霞逸士撰。雍正年间可语堂写刻本。美国哈佛大学汉和图书馆藏。有《古本小说丛刊》第 39 辑影印本。

封面题"巧联珠""续三才子书""可语堂梓"。

有序，署"癸卯槐夏，西湖云水道人题"。序云：

> 烟霞散人博涉史传，偶于披览之余，撷逸搜奇，敷以菁藻，命曰《巧联珠》。

可知此书的作者为烟霞散人。

不分卷，共十五回。回目双句七言。

目次题"新镌绣像巧联珠"，署"五彩堂编次"。

卷端题"新镌批评绣像巧联珠小说"，署"烟霞逸士编次"。

演正德年间闻友（字相如）与胡茜芸、方芳芸、柳丝二妻一妾的婚姻故事。

每半叶八行，每行二十字。有眉评、航测评。

按：作者署名有三：烟霞散人（云水道人序）、烟霞逸士（卷端）、五彩堂（目次）。当即同一人。

书中讳"玄"字。必刊行于康熙年间或康熙以后。日本宝历甲戌《舶载书目》曾著录此书得月楼刊本（四卷本）。可知此书之刊行必在乾隆十九年（1754）之前。而云水道人序所署的癸卯，在此期间，仅有两年：康熙二年（1663）或雍正元年（1723）。以后者的可能性较大。

可语堂另刊有《飞英声》小说。

记《警世选言》贞祥堂刊本

《警世选言》六回，贞祥堂刊本。日本天理大学天理图书馆藏。有《古本小说丛刊》第 16 辑影印本。

目录题 "李笠翁先生汇辑警世选言"，回首题 "贞祥堂汇纂警世选言集"（第二回误 "祥" 为 "解"）。版心作 "选言集"。

此书系短篇小说选本性质。六回，选作品六篇。回目单句，七言或八言。第一回和第二回，第三回和第四回，第五回和第六回，回目各自相对。其中，第三回、第四回的回目，目录与正文略异。

第一回《灵光阁织女表误词》，演唐代会稽处士段令言于天河灵光阁遇织女故事，据瞿佑《剪灯新话》卷四《鉴湖夜泛记》改编，情节有所增益。

第二回《慈航渡朱生救功畜》，演明代景泰年间朱寿仁事，劝戒世人杀牛。

第三回《荆公两谪苏子瞻》，演苏轼、王安石事，本《警世通言》卷三《王安石三难苏学士》。

第四回《小妹三考秦少游》，演苏小妹、秦观事，本《醒世恒言》卷十一《苏小妹三难新郎》。

第五回《许长公二难让产》，演许武、许晏、许普兄弟事，本《醒世恒言》卷二《二孝廉让产立高名》。

第六回《陈希夷四辞朝命》，演陈抟事，本《古今小说》卷十四《陈希夷四辞朝命》。

书中不讳 "胤""弘" 二字。可知不是刊刻于清代雍正、乾隆年间。目录所题书名上虽有 "李笠翁先生" 字样，但书中不讳 "玄" 字，"舷""炫""慈""畜""铉" 等字又不减笔，可知也不是刊刻于康熙年间。可能刊刻于顺治年间，也有可能为明末刊本。其 "李笠翁先生" 五字颇似为剜板后添入者。

国内有继溪堂刊本、聚升堂重刊本，均晚于此本。

记《绿野仙踪》抄本

《绿野仙踪》一百回，清李百川撰。美国俄亥俄大学图书馆藏。有《古本小说丛刊》第 41 辑影印本。

有序文两篇。第一篇署"乾隆二十六年，洞庭侯定超拜书"。第二篇署"乾隆二十九年春二月，山阴弟陶家鹤谨识"。

陶序云：

> 予于甲申岁二月得见吾友李百川《绿野仙踪》一百回，皆洋洋洒洒之文也。

陶序之后，另附陶家鹤识语云：

> 通部内句中多有傍注评语，而读者识见多有不同，弟意宜择其佳者，于钞录时分注于句下，即参以己意亦无不可，将来可省批家无穷心力。

可知李百川原稿所附之批语，均写于句旁行侧。

全书共一百回。卷首署"百川李先生著"。

演冷于冰、连城璧、金不换、温如玉等事。

像四书二幅。每半叶十行，每行二十五字。有双行小字批语。夹于正文正文之中。

按：此书之旧抄本，有北京大学图书馆藏本（每半叶九行，每行二十五字）、国家图书馆藏本（每半叶十一行，每行二十七字）、吴晓铃藏本（残存一至五十回，每半叶十一行，每行二十六字）等。中国社会科学院语言研究所另藏有一种小型的抄本。

此书有抄本、刊本两大系统。刊本均为八十回，抄本则系一百回。

俄亥俄大学藏本佚失作者自序。

俄亥俄大学藏本及吴晓铃藏本之侯序，均署乾隆二十六年（1761）；而北京大学藏本、国家图书馆藏本之侯序，则署乾隆三十六年（1771）。据作者自序，此书完稿于壬午，即乾隆二十七年（1762）。据陶序，陶家鹤获睹此书之稿本于甲申，即乾隆二十九年（1764）；又据侯序文意，侯定超所见者系首尾情节完整之稿本，这其序文不可能撰写于乾隆二十七年之前。凡此均可证明，"二十六年"实乃"三十六年"之误。在原书，侯序当置于陶序之后。后人不察，误以为二十六年序不应置于二十九年序之后，遂在装订时加以调整。

记《幻中游》本衙藏板本

《幻中游》四卷，十八回。清步月斋主人撰。乾隆年间"本衙藏板"本。日本东京大学文学部藏。有《古本小说丛刊》第20辑影印本。

封面题"幻中游""烟霞主人编述""本衙藏板"。

卷端题"新刻小说幻中游醒世奇观"，署"步月斋主人编次"。

演明末石茂兰事。

每半叶十一行，每行二十八字。

末叶题云："大清乾隆三十二年菊月新编。"

此系海内外仅存的孤本。

记《英云梦》聚锦堂刊本

《英云梦》八卷，十六回。清九容楼主人松云氏撰。乾隆年间聚锦堂刊本。日本东京大学文学部藏。有《古本小说丛刊》第31辑影印本。

封面、目录、卷首、版心均题"英云梦传"。封面题"聚锦堂梓行"。

弁言署"时岁在昭阳单阏良月，同里扫花头陀剩斋氏拜题"。其中说：

> 癸卯之秋，予自函谷东归，逗留石梁之铜山，与松云晨夕连床，论今酌古，浑忘客途寂寞。一日，检渠案头，见有抄录一帙，题曰《英云梦传》。随坐阅之。阅未半，不禁目眩心惊，拍案叫绝。

"眩"字缺末笔。"昭阳单阏"即癸卯。自康熙以来，癸卯年有康熙二年（1663）、雍正元年（1723）、乾隆四十八年（1783）、道光二十三年（1843）等。以乾隆四十八年为最可能。

全书分八卷。每卷两回，但无回次；有回目，双句七言。共十六回。

卷首署"震泽九容楼主人松云氏撰""扫花头陀剩斋氏评""嵩山樵子梅村氏较""松云弟良才友云氏镌"。

演唐德宗年间王云与吴梦云、滕英娘婚姻故事。

每半叶十一行，每行二十二字。

此系《英云梦》现知最早的刊本。

此书另有嘉庆年间书业堂刊本，经元堂刊本，二友堂刊本；光绪年间上海书局石印本改题《英云三生梦传》；另有坊刻本，改题《英云梦三生姻缘》。

记《疗妒缘》延南堂写刻本

《疗妒缘》四卷，八回。清静恬主人撰。延南堂写刻本。日本内阁文库藏。有《古本小说丛刊》第7辑影印本。

封面题"疗妒缘""静恬主人戏题""延南堂藏板"。目录下署"静恬主人戏题"。

查《金石缘》小说序文亦署"静恬主人戏题"，当即同一人。而《金石缘》文光堂刊本所载总评，落款为"乾隆十四年，岁次己巳，仲春谷旦，日省斋主人重录"，则静恬主人系乾隆年间人无疑。

此书后曾易名《鸳鸯会》重刊。《鸳鸯会》日省轩刊本有庚戌年序，庚戌为乾隆五十五年（1790）。可知《疗妒缘》刊行于乾隆年间。

演朱纶、秦淑贞、许巧珠夫妻故事。

无图。每半叶九行，每行二十四字。原阙卷二第三回第十叶至第十四叶。

国内无《疗妒缘》藏本。

记《东汉演义》善成堂刊本

《东汉演义》八卷，三十二回。清清远道人撰。善成堂刊本。日本大谷大学图书馆藏。有《古本小说丛刊》第14辑影印本。

自序署"时岁在旃蒙大渊献竹秋，清远道人书"。旃蒙大渊献即乙亥。乾隆二十年（1755）、嘉庆二十年（1815）、光绪元年（1875）均为乙亥，不知此序撰于其中的哪一年？

书中讳"弘"字。可知刊于乾隆年间或乾隆以后。

自序说，《东汉演义》"捏不经之说，颠倒史实"，于是他"重为编次"，"撼拾史事，系以末识，离为八卷"。

卷端题"新刻批评东汉演义"，署"珊城清远道人重编"。

版心题"东汉演义评"，下端间或有"善成堂"字样。

有绣像，三十幅。每半叶十一行，每行二十六字。有回后总评，行侧小字评语。正文中夹有双行小字注释。

记《醉菩提》书业堂刊本

《醉菩提》二十回，清天花藏主人撰。书业堂刊本。日本京都大学文学部图书馆藏。有《古本小说丛刊》第16辑影印本。

封面题"乾隆四十□□（前一字似"二"，后一字当是"年"）镌""济颠大师玩世奇迹""醉菩提传""金阊书业堂梓"。

版心题"济颠全传"。卷首题"新镌济颠大师醉菩提全传"，或"济颠全传"。

卷一署"天花藏主人编次"。

按：日本《舶载书目》著录此书，题"西湖墨浪子偶拈"，有天花藏主人序。光绪六年（1880）老二酉堂刊本亦署"西湖墨浪子偶拈"。《舶载书目》所著录者，乃宝历甲戌九番船持渡小说三十部之一。而宝历甲戌即乾隆十九年（1754）。可知此书之撰写与刊刻必在此前。

有桃花庵主人《醉菩提序》。但仅存首叶的前半叶及末叶的后半叶。（此书业堂刊本的宝仁堂翻印本之序文全存。）

每半叶九行，每行二十字。

此为《醉菩提》现存最早的刊本。

记《说呼全传》书业堂刊本

《说呼全传》十二卷，四十回。清半痴道人撰。书业堂刊本。法国国家图书馆藏，有《古本小说丛刊》第十七辑影印本。

封面题"绣像呼家后代全传""内附陈琳救主始终同载""半闲居士批点""金阊书业堂梓"。

版心、卷端题"说呼全传"。

序署"乾隆四十有四年清和月吉；滋林老人书于西虹桥畔之罗翠山房"，下有印章一方。

卷九署"半痴道人戏编，笔畔老叟加点"。卷三至卷六署"学圃主人、半闲居士同阅"。其余各卷署"半闲居士、学圃主人同阅"。

回目文字、目录与正文不尽同。

像赞十叶。每半叶九行，每行十八字。

记《列国志辑要》四知堂刊本

《列国志辑要》八卷，一百九十节。清杨庸辑。四知堂刊本。日本京都大学文学部图书馆铃木文库藏。有《古本小说丛刊》第21辑影印本。

封面题"东周列国志辑要""南昌彭云楣先生鉴定""乾隆乙巳新镌""四知堂藏板"。乙巳即乾隆五十年（1785）。

卷端题"列国志辑要""丰城杨庸邦怀氏辑，男冈凤鸣校"。

版心题"东周列国志辑要"，下端有"四知堂"字样。

每半叶九行，每行二十一字。

记《南史演义》陈景川局刊本

《南史演义》三十二卷，清杜纲撰。乾隆六十年（1795）陈景川局刊本。日本京都大学文学部图书馆铃木文库藏。有《古本小说丛刊》第 20 卷影印本。

封面题"南史演义""乾隆乙卯年镌""玉山杜纲草亭氏编次，云间许宝善穆堂氏批评，门人谭载华南溪氏校订"。版心、卷首题"南史演义"。

有许宝善乾隆六十年三月序，仅存首叶的前半叶。

有凡例十则，阙。

目录仅存末叶的后半叶。目录后题"玉峰陈景川局镌"。

此书继《北史演义》而作。演南朝事，自晋迄隋。

文中有双行小字夹批，回后另有总批。

每半叶九行，每行二十字。

有像赞十六叶。

原阙卷二十八第五叶下半叶和第六叶上半叶。

此为原刊本。

记《鬼谷四友志》乾隆刊本

《鬼谷四友志》三卷，六回。清杨景淐评辑。乾隆年间刊本。首都图书馆藏。有《古本小说丛刊》第 5 辑影印本。

卷首有序，署"时乾隆六十年""书于乐志轩中，东泖杨澹游笔"。

凡例六则。

所谓"鬼谷四友"，是指鬼谷子的四位弟子：孙膑、庞涓、苏秦和张仪。

图五叶。每半叶八行，每行十七字。原阙卷一第十一叶。

从自序及凡例可知，系据《东周列国志》《孙庞斗志》改编而成，内容有所增删，并附加评语。此书对研究列国故事的流传和影响有参考价值。

记《希夷梦》本堂藏板本

《希夷梦》四十卷，清汪寄撰。"本堂藏板"本。法国国家图书馆藏。有《古本小说丛刊》第 27 辑影印本。

封面题"希夷梦""本堂藏板""嘉庆十四年（1809）新镌"。

自序署"新安蜉蝣氏汪寄志原"。另有自称"野马"者所撰写的序文。

载有未署名的《南游两经蜉蝣墓并获〈希夷梦〉稿记》,介绍了汪寄的生平。其中说:

> 蜉蝣于风和日丽则杖履寻山,雨雪晦冥则挥毫消遣,积有卷帙,名之曰《希夷梦》,未梓而患偏废,卒于西湖。

文中还叙及:有老人,名戚礼,因见汪寄文而与之神交莫逆,后闻汪寄殡于旅,遂代为营葬,复往歙,访汪寄之子孙,则其子皆贫,于外为佣,其孙又幼而哑。

此文有"丙午仲春,西入华岳"之语。丙午即乾隆五十一年(1786)。可知汪寄卒于乾隆年间。

言宋初吕仲卿、韩速及李之英、王之华事。吕、韩二人梦中居海外浮石岛五十载,而中国已历三百余年。

分卷而不分回。实际上,一卷即一回。

每半叶九行,每行二十字。有图赞十二叶。

原阙:

> 卷二第十八叶以下
>
> 卷十二第二十四叶以下
>
> 卷十八第一叶后半叶和第二叶前半叶
>
> 卷二十一第二十四叶后半叶和第二十五叶前半叶
>
> 卷三十二第五、六叶
>
> 卷四十第二十九叶后半叶和第三十叶前半叶

此书后曾改名《海国春秋》印行。

记《婆罗岸》合兴堂刊本

《婆罗岸》二十回,不题撰人。清嘉庆九年(1804)合兴堂刊本。美国哈佛大学汉和图书馆藏。有《古本小说丛刊》第36辑影印本。

封面题《婆罗岸全传》,"嘉庆九年新镌""合兴堂藏板"。

有叙,署"嘉庆九年清和月谷旦,圆觉道人题"。"圆觉"二字分置于前半叶之末及后半叶之首。孙楷第《中国通俗小说书目》因而误夺"圆"字。

总目、卷首、版心均题"婆罗岸"。

每半叶八行，每行十九字。第十五回第十一叶一下原阙。

全书以南极岭太虚洞白花蛇幻化人世故事开端，演述"淫为恶首，报尤惨毒"之轮回因果。

记《三祥报》稿本

《三祥报》，六集，二十四卷，二十四回。清陶炳南撰。稿本，日本京都大学图书馆藏。有《古本小说丛刊》第 29 辑影印本。

首载《御制悯忠诗三十韵》，末云："嘉庆十四年（1809）七月初一日颁发。"

目录及卷首题"三祥报"。惟卷四、卷六题"三祥弑主记"，卷五题"三祥报弑主记"。

末叶有题记云："嘉庆十六年辛未岁（1811）编成，锦峰陶炳南著""稿本《三祥报》两册"。

目录及卷首署：

"虞山指樵氏炳南锦峰著"

"虞山指樵氏锦峰陶炳南著"

"常熟锦峰陶炳南著"

"常熟锦峰陶镕著"

"虞山指樵氏陶口著"

"常熟陶锦峰著"

"锦峰陶炳南著"

"锦峰陶炳南指樵著"

可知作者姓陶，名炳南，一名镕，字锦峰，号指樵。

回目双句，四、五、七、八、九言不等。

目录第六回上方，原有墨笔"缺半段"三字，后圈去，另在其上方添云："缺六回已补全。庚寅八月初十日记。"第七回、第十二回目录上方，亦原有"缺"字，已圈去。庚寅即道光十年（1830）。书原阙第一回第二叶。

有唱有白。以叙事为主，代言为辅。

关于本数的体裁。有人说是弹词，有人认为应归入小说一类。

记《白圭志》永安堂刊本

《白圭志》四卷，十六回。清崔象川撰。永安堂刊本。法国国家图书馆藏。有《古本小说丛刊》第 21 辑影印本。

封面题"纪晓岚评第十才子""绣像白圭全传""嘉庆丁卯新镌""永安堂梓"。丁卯即嘉庆十二年（1807）。

总目、卷一署"博陵崔象川辑"。

有晴川居士序。其中说：

> 戊午之夏，博陵崔子携书一部，名曰《白圭志》，请余为序……是以详加评论，列于才子书之八，付子刊之。

戊午即嘉庆三年（1798）。可知此书之成，当在该年夏季之前。而书中评语则系晴川居士所加。

有凡例六则。其第二则说：

> 此书事略，出于张氏谱中，另附此小传也。象川是以按其事而辑之。若曰无影生端，冤哉枉也。

可知作者撰写时有所依据。

分元、亨、利、贞四集（四卷），每集四回。

有图，八幅。每半叶八行，每行十六字。有回前总评。原阙卷二第九叶的后半叶和第十叶的前半叶。

版心题"白圭志"。总目、卷二、卷三、卷四题"第十才子书白圭志"。卷一题"第八才子书白圭志"。所题之顺序书殊不一律，总目、卷二、卷三、卷四同于封面，卷一则与晴川居士序同。

演张庭瑞、杨菊英、刘秀英及武建章、张兰英等人的故事。张庭瑞、张兰英之父张衡才为张宏所害，托报冥间，在一尺白圭上尽诉其被害原委，故以"白圭志"为名。

记《慈云走国全传》福文堂刊本

《慈云走国全传》八卷，三十五回。富文堂刊本。法国国家图书馆藏。有《古本小说丛刊》第 25 辑影印本。

封面题"绣像后宋慈云走国全传""后续五虎将平南""内附善善国兴师""嘉庆乙卯新镌""福发兑文堂"。乙卯乃乾隆六十年（1795），即嘉庆元年之前一年。

版心题"慈云走国全传"。目次、卷首题"新镌绣像后宋慈云太子逃难走国全传"（卷四"逃难走国"作"走国逃难"）。

不题撰人。有叙，亦不署名。

演宋徽宗（慈云太子）事。中有高勇（高怀德之后）、郑成（郑恩之后）、呼延庆（呼延赞之后）、狄龙（狄青之后）、杨文广（杨宗保之后）五位藩王起义及善善国主狄虎（狄青之后）兴师等情节。

书末云：

> 此书上接《五虎平南》之后，下开《说岳精忠》之书。

有像赞，十二叶。每半叶十行，每行二十字。

此为《慈云走国全传》现存最早的刊本。

记《双凤奇缘》兆敬堂刊本

《双凤奇缘》八卷，八十回。清雪樵主人撰。兆敬堂刊本。法国国家图书馆藏。有《古本小说丛刊》第17辑影印本。

封面题"绣像双凤奇缘昭君传""说汉奇书""兆敬堂藏板""嘉庆丙子年镌"。丙子即嘉庆二十一年（1816）。

卷一所题书名为"双凤奇缘传"，其余各卷及总目、版心则题"昭君传"。

书末云：

> 此书已终，名为《双凤奇缘》。因前有昭君，后有赛昭君，续姻报仇，始终异梦，总不外"忠孝节义"四字，青史标名，人人钦仰，千古奇女子出于一家姊妹，故云《双凤奇缘》。

有《昭君传序》，署"嘉庆十四年（1809）春月上浣之三日，雪樵主人梓定"。又有《序》，不题撰人，不署年月，细审其内容，则系《绣戈袍》之序文，不知何以误入此书？

总目题"兆敬堂藏板"。绣像前三叶及卷一前三叶版心下端亦有"兆敬堂"字样。

此本不见于孙楷第《中国通俗小说书目》的著录，乃现知《双凤奇缘》最早的刊本。有的书目著录了所谓"嘉庆十四年（1809）忠恕堂藏板本"，不确。忠恕堂刊本残存六十四回，藏于英国博物院，书中并无刊刻年分的记载，"嘉庆十四年"仅仅是雪樵主人序文所署的年分。

记《争春园》大经堂刊本

《争春园》四十八回，不题撰人。大经堂刊本。法国国家图书馆藏，有《古本小说丛刊》第 16 辑影印本。

封面题"绣像争春园传""内附铁球山招赘""道光五年（1825）新镌""大经堂藏板"。大经堂乃嘉庆、道光间书坊。

有《争春园全传叙》，尾署"时在己卯暮春修禊日，寄生氏题于塔影楼之西偏"。己卯即嘉庆二十四年（1819）。此寄生氏曾为《五美缘》小说作序，署"甲申谷雨前二日，寄生氏题于塔影楼之西榭"。甲申即则为道光四年（1824）。

版心未题书名，但有少数例外：

> 争春园：目录、第三十二回第十叶、第三十五回第八页、第三十六回第五叶及第六叶、第四十三回第九叶及第十叶。
>
> 三侠剑：第四十一回第七叶及第八叶。

回前所题书名，大多数为"争春园全传"。但亦有例外：

> 争春园全集：第三十一回至第三十五回。
>
> 新抄争春园全传：第四十二回至第四十八回。
>
> 刻抄三侠剑全传：第四十一回。

演汉代郝鸾、鲍刚、马俊等侠士，以及孙珮、凤栖霞的故事。司马徽曾赠与郝鸾龙泉、攒鹿、诛虎三剑。郝鸾自留龙泉剑，而以攒鹿剑赠鲍刚，以诛虎剑赠马俊。故此书又名《三侠剑》。

有像赞八叶。每半叶八行，每行十八字。回目为七言单句。第四十七回正文的回目，空行无字。

英国博物院藏有此书的道光元年（1821）三元堂刊本。

记《清风闸》华轩斋刊本

《清风闸》四卷，三十二回。不题撰人。道光元年（1821）华轩斋刊本。法国国家图书馆藏，有《古本小说丛刊》第 12 辑影印本。

封面题"绣像清风闸全传""道光元年镌""华轩斋藏板"。

版心题"清风闸"。卷端题"新刻清风闸"，"刻"或作"录"。

序署"嘉庆己卯夏五月既望，梅溪主人书于奉孝轩"。己卯即嘉庆二十四年（1819）。其中说：

> 唯《清风闸》一书，既实有其事，复实有其人……予因是书脍炙人口，可以振靡俗，挽颓风，惜向无刻本，非所以垂久远，今不惜工价，付诸剞劂。

据李斗《扬州画舫录》卷十一，当地评话称绝技者，有浦天玉《清风闸》。该书卷九又说：

> 浦琳，字天玉，右手短而掫，称拄子……乃以己所历之境，假名皮五，撰为《清风闸》故事。

据此可知此书的原作者是浦琳。

演皮奉山发财致富，并为岳父孙大理伸冤事。

回目双句，四言至八言不等。

每半叶九行，每行二十字。

绣像，九叶。

原阙第十四回第五叶下半叶和第六叶上半叶。

此本当是《清风闸》最早的刊本。有的书目著录了嘉庆二十四年奉孝轩刊本，似即就梅溪主人序所署的时间、地点而做出的推测，疑不确。

记《施案奇闻》文德堂刊本

《施案奇闻》八卷，九十七回。不题撰人。清道光十年文德堂刊本。英国博物院藏。

封面题"绣像施公案传""厦门文德堂藏板""道光庚寅夏镌"。庚寅即道光十年（1830）。

有《施公案序》，署"嘉庆戊午年孟冬月新镌"。戊午即嘉庆三年（1798）。下有小字云"住福建泉州府塗门城外后坂社施唐培督刻"。

目次、卷端及版心题"施案奇闻"。

全书分为八卷，共九十七回。回目双句，五、六、七言不等。

绣像十二幅。没半叶十一行，每行二十一字。

第九十七回末云：

> 要知天师提（捉）怪，惊走黑面僧人，真人敕命黑龙潭借雨一坛，傻和尚借天师法力得雨，原形显化归山，施公山东赈几（饥），万岁访垛子和尚，俱在下部分解明白。

可知此书未完，尚有"下部"。

按：据序文可知此书原刊于嘉庆三年（1798），为泉州施唐培所刻。又，此文德堂刊本封面上的"庚寅"二字，有的书目误引作"庚辰"，致将此本刊行年代提前了十年。

记《红楼幻梦》疏影斋刊本

《红楼幻梦》二十四卷，二十四回。花月痴人撰。疏影斋刊本。日本天理大学天理图书馆藏。有《古本小说丛刊》第二十八辑影印本。

封面题"幻梦奇缘""道光癸卯新刊""疏景斋珍藏"。（此据他处藏本，天理图书馆藏本之封面已佚失。）癸卯即道光二十三年（1843）。

自序署"时道光癸卯秋，花月痴人书于梦怡红舫"。其中叙述了编撰此书的缘起和意图：

> 同仁默庵问余曰："《红楼梦》何书也？"余答曰："……余尝究心是书。"默庵曰："子可知是书乃红楼中一梦耳？"余曰："然。"彼则曰："子曷不易其梦，而使世人破涕为懂，开颜作笑耶？"余曰："可。"于是幻作宝玉贵，黛玉华，晴雯生，妙玉存，湘莲回，三姐复，鸳鸯尚在，袭人未去，诸般乐事，畅快人心，使读者解颐喷饭，无少唏嘘。

书系接《红楼梦》第九十七回而作。

卷端、版心均题"红楼幻梦"。

每半叶九行，每行二十字。原阙第十回第十九叶的后半叶和第二十叶的前半叶。

记《八仙缘》寓春居士刊本

《八仙缘》四卷，十二回。清梅庭撰。寓春居士刊本。英国博物院藏。有《古本小说丛刊》第5辑影印本。

封面题"绣像八仙缘""道光己丑新镌""寓春居士藏板"。己丑即道光九年（1829）。目录题"新刻时调说唱八仙缘全传"。卷端略去"全传"二字。署"梅庭氏编辑"。

每卷两回。虽分四卷，卷二、卷三各自重复。实为六卷。第四回至第六回。第十一回至第十二回，叶码相连。其余各回叶码自成起讫。

有图。十二叶。每半叶八行，每行二十字。

此书为说唱体小说。演七仙度何仙姑（静莲）故事。所有引、唱、白、表，均加框标出。可供研究说唱文学与小说演变关系参考。

记《桃花女阴阳斗传》丹柱堂重印本

《桃花女阴阳斗传》四卷，十六回。不题撰人。清丹柱堂重印本。英国博物院藏。有《古本小说丛刊》第 4 辑影印本。

又名《阴阳斗传》《阴阳斗传奇》（或增"新镌""绣像""异说"等字）。

演周公、桃花女斗法故事。周公为玄天上帝的戒刀下凡投胎，桃花女则是刀鞘。

有图，六幅。每半叶十行，每行二十四字。

封面题"丹柱堂藏板"。但卷首序文题"联益堂藏板"，署"道光岁次戊申孟冬月新镌"。戊申即道光二十八年（1848）。版心下端有"联益堂"三字。卷四题"省城联益堂藏板"。目下，以及多回（二至四、六、九至十四）首末，有"联益堂""联益堂刊""联益堂板""联益堂藏板"字样。可知此书的原刊本为联益堂刊本，刊刻于道光二十八年；丹柱堂本则为联益堂本的重印本。

记《俗话倾谈》华玉堂刊本

《俗话倾谈》四卷，十篇。邵彬儒撰。华玉堂刊本。英国博物院藏。有《古本小说丛刊》第 6 辑影印本。

全书共收十篇作品：

> 横纹柴
>
> 七亩肥田
>
> 邱琼山
>
> 种福儿郎

　　闪山风

　　九魔托世

　　饥荒诗

　　瓜棚遇鬼

　　鬼怕孝顺人

　　张阎王

用文言及广东方言混合写成。各篇偶有评注。

无图。每半叶九行，每行二十字。

卷首有序，不著撰人姓氏。卷一署题"博陵纪棠氏评辑"。

按：此书光绪二十九年（1903）文裕堂公司排印本载有作者自序，署"岭南布衣纪棠邵彬儒书于觉世社"。故知"纪棠氏"即邵彬儒。

扉页左下端题"省城学院前华玉堂藏板"。省城指广州。

由于《俗话倾谈二集》刻于同治十年（1871），可知初集必刻于此年或此年之前。

国家图书馆另藏有同治九年粤东五经楼初集、二集合刻本。

记《俗话倾谈二集》同治刊本

《俗话倾谈二集》二卷，七篇。清邵彬儒撰。同治十年（1871）刊本。英国博物院藏。有《古本小说丛刊》第6辑影印本。

全书分上下两卷。上卷收四篇作品，下卷收三篇作品：

　　上卷

　　骨肉试真情

　　泼妇

　　生魂游地狱

　　借火食烟

　　下卷

　　好秀才

　　砒霜钵

　　茅寮训子

各篇偶有评注。

无图。每半叶九行，每行二十字。

封面题"同治十年春镌"。二集与初集行款相同，但刻工字体不同。

国家图书馆另藏有同治九年粤东五经楼初集、二集合刻本。

记《三下南唐》英文堂刊本

《三下南唐》八卷，五十三回。清好古主人撰。同治十三年（1874）英文堂刊本。英国博物院藏。有《古本小说丛刊》第39辑影印本、

封面题"绣像宋太祖三下南唐""内附布演五雷阵""好古主人撰""同治十三年新镌""佛镇福禄大街英文堂藏板"。

有序，未署姓名及年月。

目录题"新镌绣像宋太祖三下南唐，被困受州城"。卷一题"新镌绣像宋太祖三下南唐，被困寿州城"。版心题"三下南唐"。

像赞二十六幅。每半叶十行，每行二十字。

全书分为八卷，共五十三回。但各卷起讫，目录与正文不同。目录前七卷均以七回为一卷，卷八含最后四回。而正文却是：

卷一：一至五回。　　卷二：六至十二回。

卷三：十三至十九回。　卷四：二十至二十六回。

卷五：二十七至三十三回。　卷六：三十四至四十回。

卷七：四十一至四十七回。　卷八：四十八至五十三回。

回目双句七言，目录与正文亦有歧异。

记《忠烈侠义传》光绪活字本

《忠烈侠义传》一百二十回，石玉昆述，问竹主人删改。光绪五年（1879）活字本。英国博物院藏。有《古本小说丛刊》第二十九辑影印本。

封面题"忠烈侠义传""石玉昆述"。封里题"光绪五年岁次己卯首夏校字"。

问竹主人光绪己卯孟夏序云：

是书本名《龙图公案》，又曰《包公案》。说部中演了三十余回，从此书中又续成六十多本。虽是传奇志异，难免怪力乱神。兹将此书翻旧出新，添长补

短，删去邪说之事，改出正大之文。极赞忠烈之臣、侠义之士，且其中烈妇烈女，义仆义鬟，以及吏役平民，僧俗人等，好侠尚义者不可枚举。故取传名曰"忠烈侠义"四字，集成一百二十回。

可知问竹主人实是此书的编者。他进行了添补和删改的工作。

入迷道人光绪己卯夏月序云：

辛未春，由友人问竹主人处得是书而卒读之，爱不释手……是以草录一部而珍藏之。乙亥，司榷淮安。公余时，从新校阅，另录成编，订为四函，年余始获告成。去冬，有世好友人退思主人者，亦癖于斯，因携去。

辛未、乙亥分别为同治十年（1871）、光绪元年（1875）。可知此书成于同治十年之前，最后的定稿者和誊录者则为入迷道人。

退思主人光绪己卯新秋序云：

戊寅冬，于友人入迷道人处，得是书之写本，知为友人问竹主人互相参合删定，汇而成卷，携归卒读，爱不释手，缘商两友，就付聚珍版，以供同好云尔。

戊寅即光绪四年（1878）。

每半叶十行，每行二十二字。

此为《忠烈侠义传》原刊本。

此书又名《三侠五义》。后有俞樾修改本，更名为《七侠五义》。

此书未完，下接《小五义》。第一百二十回末尾预告续书关目，云：

这便是《忠烈侠义传》收缘。要知：群雄战襄阳，众虎遭魔雄，小侠至陷空岛、茉花村、柳家庄三处飞报信，柳家五虎奔襄阳，艾虎过山收服三寇，柳龙望路结拜双雄，卢珍单刀独闯阵，丁蛟、丁凤双探山，小弟兄襄阳大聚会，设计救群雄，直至众虎豪杰脱离难，大家共议破襄阳，设圈套捉拿奸王，施妙计扫除群寇，押解奸王夜赶开封府，肃清襄阳郡，又叙铡斩襄阳王，包公保众虎，小英雄金殿同封官，紫髯伯辞官出家，白玉堂灵魂救按院，颜查散奏事封五鼠，包太师闻报哭双侠，众英雄开封大聚首，群侠义公厅同结拜，多少热闹节日（目），不能一一尽述。也有不足百回。俱在《小五义》书上，便见分明。

记《升仙传》成文信刊本

《升仙传》八卷，五十六回。清依云氏主人撰。成文信刊本。日本东京大学文学部藏。有《古本小说丛刊》第 13 辑影印本。

封面题"绣像升仙传演义""光绪壬辰年春刊""成文信藏板"。壬辰即光绪十八年（1892）。

版心题"升仙传"。卷端题"新刻升仙传演义"。

有"升仙传弁言"，署"依云氏主人书于宝月堂"。其中说：

> 至稗官野史所载济仙诸人，虽事皆奇异，疑信参半，而其扶善良，除奸邪，其足以兴起人好善恶恶之心者，与古今史册无异焉。其较诸后世之淫哇新声，荡人心志者，自不侔也。大雅君子讵必置之勿道也哉。于是集为一编，名之曰《升仙传》，而付诸梓以公于世焉。

演明代嘉靖时济小塘事。第一回开端：

> 说的是济小塘功名未随（遂），立志修行，云游四海之外，受尽奔波之苦，得遇野人传授法术，广行善事，虽则惹了无限灾殃，终至羽化飞升。

有图，十幅。每半叶十行，每行二十四字。原阙卷六第三十九回第二十九叶的前半叶和第三十叶的前半叶。

记《绣鞋记警贵新书》蝴蝶楼刊本

《绣鞋记警贵新书》四卷，二十回。清乌有先生撰。蝴蝶楼刊本。英国博物院藏。有《古本小说丛刊》第 9 辑影印本。

封面题"绣鞋记警贵新书""叶户部全传"。卷端题"新刻绣鞋记全传"。版心题"警贵新书"。演户部主事叶荫芝事。

卷首有南阳子虚居士序，沧浪隐士跋。又有罗浮山下烟霞客、痴飞子戮、梅华道人题词。

有图，十二幅，每半叶十行，每行二十字。

书中主角叶荫芝，"莞邑石井乡人"。而罗浮山下烟霞客题词第一首也说："寒声传诵家家遍，清磬縼今播岭南。"可知作者乌有先生为广东人。蝴蝶楼乃广东书坊。

记《四巧说》清刊本

《四巧说》，四篇。清梅庵道人编辑。清刊本。日本东京大学东洋文化研究所双红堂文库藏。有《古本小说丛刊》第9辑影印本。

此书系选本性质。选录小说四种。每种各有三字篇名，另有八字双句标题。如下：

> 补南垓　收父骨千里遇生父　裹儿尸七年逢活儿
> 反芦花　幻作合前妻为后妻　巧相逢继母是亲母
> 赛他山　假传书弄假反成真　暗赎身因暗竟说明
> 忠义报　忠格天幻出男人乳　义感神梦赐内官须

在目录上，每篇各分为六段。每段又各有七字标题一句。

《补南垓》选自《八洞天》卷一。《反芦花》选自《八洞天》卷二。《赛他山》选自《照世杯》第一回《七松园弄假成真》。《忠义报》即《八洞天》卷七《劝匪躬》。

各卷署"吴中梅庵道人编辑"。

无图。每半叶九行，每行二十字。原阙《补南垓》第五叶。

此书国内无藏本。

记《忠烈全传》清刊本

《忠烈全传》六十卷，六十回。不题撰人。清刊本。法国国家图书馆藏。有《古本小说丛刊》第37辑影印本。

封面及目录题"绣像忠烈全传"。版心题"忠烈全传"。

有序，题《绣像忠烈传》，署"正德元年，戏笔主人题"。"正德元年"四字显系伪托。

分为六十卷，每卷一回，共六十回。

有图赞十叶。

每半叶九行，每行二十字。

演姚梦兰、顾孝威事。

按：戏笔主人序论述《西游记》《金瓶梅》等书之后，云：

> 是醒世之书反为酣嬉之具矣。然亦何尝无惩创之篇章，但霾没泥涂中者安能一一在耳目间，故知之者鲜。不遇观光，莫传姓氏。今见六十首，淋漓透达，

报应分明。意则草蛇灰线，文则中矩中规，语则白日青天，声则晨钟莫鼓。吾不知出于仙佛之炎炎皇皇耶，出于儿女子之凄凄楚楚耶，抑出于觐光之谆谆借存提命耶？问之觐光，不知也，曰："吾只知甫搁管时若有所凭，不可遏者，奔注笔端，乃一决而成焉。吾固不知孰为仙佛，孰为儿女，而遂成《忠烈传》之六十首也。"余曰："此有系风教之书，即当缮写，公诸同事，但未审观众暨谈说者为何如矣。"

据此，则作者即"觐光"其人，惜乎不知其姓氏为何也。

记《走马春秋》丹宝堂刊本

《走马春秋》四卷，十六回。不题撰人。清丹宝堂刊本。日本东京大学东洋文化研究所仓石文库藏。有《古本小说丛刊》第 34 辑影印本。

封面题"绣像走马春秋全传""省城上陈塘丹宝堂""妖仙摆设胭脂阵""借火遁孙膑归山"。

目录题"新刻走马春秋"。卷一题"新刻绣像走马春秋"。卷二至卷四题"新刻绣像走马春秋演义"。版心题"走马春秋"。

全书分为四卷。每卷四回，共十六回。回目双句，以七言为主。

像赞八幅。

每半叶十一行，每行二十三字。

目录及卷三题"上陈塘丹宝堂板"。卷一末叶题"粤东省上陈塘丹宝堂板"。

演乐毅伐齐事。

卷六

回忆录

忆之一

——忆钱钟书先生

一、题写书名

钱钟书先生不喜藏书，但却收藏了不少的碑帖。

他的书法很有造诣。他的字，俊朗飘逸，很美。

他曾应我之求，题写过三个书名。

我们在创办《红楼梦研究集刊》时，请他题写了刊名。他同时还亲自为我们审定了《红楼梦研究集刊》的英文书名："Essays and Studies on the Red Chamber Dream"。

据我所知，在建国之后，这是钱先生第一次在公开出版物上题写书名。

第二次，在上世纪六十年代，我曾想给自己编个集子，收录此前发表过的有关中国古代小说的论文。我请钱先生拟定并题写书名。他挥笔写下了"古代小说初论"六个字。

十分遗憾，这个集子后来没有编成，辜负了钱先生的美意。

第三次，我和两位朋友想创办一个学术刊物《中国古代小说研究》。钱先生再度为我们题写了刊名，并拟定和用毛笔题写了此刊物的英文名称："Studies in Chinese Classical Fiction"。

同样是非常遗憾，由于种种原因，这个刊物虽然收到了不少朋友（例如袁世硕先生、章培恒先生等）的大作，仍未能成功出版。

数年以后，经过我和石昌渝、竺青两位先生不懈的努力，这个刊物终于在人民文学出版社和几个大学的帮助下，得以面世，现已出版了四辑，扉页上移用了钱先生原先题写的书名。

值得一提的是，钱先生的题字并不是写在宣纸上，而是写在普通的白纸上。

二、选与注

文学研究所曾和人民文学出版社合作编选了一套"中国古典文学读本丛书"，其中有钱先生的《宋诗选注》。

有一次，余冠英先生让我去对钱先生说，丛书中别的书都叫做"某某选"（例如《诗经选》《史记选》《唐诗选》《话本选》等），是不是也请钱先生改一改书名，不要那个"注"字。我奉命向钱先生转达了这个意见。钱先生不以为然，说："我这部书不能去掉'注'字。要知道，我最得意的是'注'，而不是'选'。"

后来，这部书就一直保持着"宋诗选注"的书名。

三、喜欢与不喜欢

逢年过节，我和静霞常去问候钱先生和杨先生。

钱先生常和我们谈论一些学术问题。

有一次，钱先生主动地问我："你喜欢《红楼梦》吗？"我答说："喜欢。"然后，钱先生说："我不喜欢《红楼梦》。我也不喜欢《三国演义》。我喜欢《西游记》，喜欢《儒林外史》。"

钱先生喜欢《儒林外史》，只要是读过《围城》，我想，人人都会猜得出来。但是，钱先生喜欢《西游记》，这却出乎许多人的意料之外。

我认为，研究现代文学的学者、研究钱钟书、《围城》的学者似乎应当去研究《围城》从《西游记》继承了什么等问题；同样，研究古代文学、《西游记》的学者似乎也应当去研究《西游记》给予了钱钟书、《围城》什么样的影响等问题。

忆之二

——忆李福清教授

一、名字

有一次，李福清、陈毓罴和我三人在文学所会客室聊天。

那时，他的名字不叫李福清，而是叫"李福亲"。

毓罴兄说，这个名字听起来不顺，改一改罢。

李福清问，你们看，改叫什么好？

我说，叫"亲"字的人不多，不如改叫"李福清"，怎样？

毓罴兄说，好。

李福清愉快地接受了。从此，他就改叫"李福清"了。

二、校旗

有一次，李福清来舍下作客。妻特意下橱，为他做了几道菜。由于事先了解到他有犹太人的血统，在饮食上有很多禁忌，所以尽可能地加以避免。

饭后，他赞不绝口，连说：人好，菜好！

他拿出莫斯科大学的一面三角形的小校旗，作为礼物，赠给我们，一面说：临行匆忙，忘了带像样的礼物。一面小小的校旗，只是表示我的谢意，用中国话说，叫做"不成敬意"，请笑纳。

至今，那面校旗还放置在书柜里。见到它，我就想起了李福清的那张带笑的脸。

三、编委

打开中华书局出版的《古本小说丛刊》，就可以看见一张编委会的名单。其中列有李福清的名字。当我们当面送上聘书的时候，他很高兴地说，我一定尽到我作为编委的责任。

他实现了他的诺言。

他到过西欧一些国家的图书馆。他搜集了许多关于中国古代小说的宝贵的资料。有的是缩微胶卷，有的是照片。他无私地交给了我们，希望能对《古本小说丛刊》有所帮助。

收录在《古本小说丛刊》第19辑的德国德累斯登萨克森州图书馆藏《忠义水浒传》残本就是由他提供的。

四、秋江

当年，戈尔巴乔夫来中国访问时，他担任戈尔巴乔夫的顾问和翻译。在这之前的几天，他和我通了电话，说在这个期间，公事繁忙，抽不出时间和我见面，请我原谅他的失礼。

有一天，半夜里两三点钟，我已睡熟。忽然电话铃声把我吵醒。拿起话筒，竟是李福清打来的。他连声道歉，说是事情紧急，请我帮他一点忙。我问，什么事？他急急地说：明天，中方要招待戈尔巴乔夫看一场京剧，剧名叫做"秋江"。他向我提出了一连串的问题，要求帮他查一下："秋江"二字是什么含义？剧中演的是什么故事？哪个朝代的事？剧中的主角叫什么名字，是什么身份？这个戏有什么特色？

好朋友的忙不能不帮。我带着睡意告诉他，不用查，可以立刻给出答案。于是我一一地作了详细的解说。他表示满意，说了两声"谢谢"，匆匆地挂断了电话。

我不禁对他的认真负责的工作态度表示佩服。然而，接下去，我却失眠了。

五十年前事

——围绕着"曹雪芹逝世二百周年纪念展览会"

1962 年和 1963 年，离开今天已经半个世纪过去了。

五十年前事，有的已经忘怀，有的至今犹然点点滴滴保存在我的记忆里。

关于五十年前已举行的"曹雪芹逝世二百周年纪念展览会"和未举行的"伟大作家曹雪芹逝世二百周年纪念大会"，我已写过三篇有关的回忆文章（《回忆陈毅同志谈〈红楼梦〉》《旧事杂忆——关于曹雪芹逝世二百周年纪念展览会》和《辛苦的种树人——怀念何其芳同志》）[①]，有兴趣的读者可一并参阅。

一、一张照片引起的回忆

这是我保存的一张珍贵的照片，它摄于 1962 年夏，是"曹雪芹逝世二百周年纪念展览会"筹备小组成员的合影。

且介绍一下这张照片上的人员。

从左到右——第一排：王遐举，丁聪，杜继琨，阿英，王露，黄苗子；第二排：在下，周啸邦，曹孟浪。

地点：北京，故宫博物院文华殿前。当时正在这里筹备举办"曹雪芹逝世二百周年纪念展览会"。展览会筹备小组的工作地点就在这里。

筹备小组的成员还有杨乃济和一位故宫博物院的工作人员（我只记得他彷佛姓许或徐，但已忘记他的大名），拍照时正巧他们二人不在场。

展览会由中华人民共和国文化部、中国文学艺术界联合会、中国作家协会、故宫博物院主办。筹备小组的组长是阿英。组员则来自中国文学艺术界联合会、人民美术出版社、人民画报社、中国戏剧家协会、北京电影制片厂、文化部文物局、故宫博物院、中国古代建筑研究院以及中国科学院文学研究所等单位。筹备小组的上级领导人先后换过三次，依次是文化部副部长齐燕铭、文化部副部长林默涵和中国作家协会党组书记、副主席邵荃麟。展览会的推动和倡议者则是两位著名的红学家，北京市副市长王昆仑和中国科学院文学研究所所长何其芳。

在王昆仑的领导下，动员北京市的文化、文物部门的人力和物力做了两件事：一是派人在北京西郊各地探寻曹雪芹墓地的痕迹，迄无所获。《北京晚报》对此作了连续的报导。王副市长曾亲口告诉我："难啊，旗人的风俗是死后不立碑，难找啊！"二是派人广泛搜寻曹雪芹的家谱，终于从北京曹姓后人家中找到了《辽东曹氏宗谱》，里面列有曹雪芹上世从曹锡远到曹颙、曹頫等人的名字。经过一些红学家和文物专家的鉴定，确认这就是真实可靠的曹雪芹的家谱。

在何其芳的支持下，在《光明日报·文学遗产》《文汇报》等报刊上连续地展开了关于曹雪芹卒年问题的讨论，一时成为红学界的热点。

他们这样做，都是在为 1963 年在北京举行大规模的"伟大作家曹雪芹逝世二百周年纪念大会"作准备。

举办展览会之事，我事先略有所闻，但没有想到自己会参与其中。那是在一天的上午，何其芳同志（在文学研究所，人们都是这样称呼他的）把我叫到他的办公室，对我说：

> 王昆仑同志和我商量过，要在北京举办一个"曹雪芹逝世二百周年纪念展览会"，这已经获得了上级领导的批准。筹备小组也已经组成，由阿英同志领导。

现在阿英同志点名要你参加。你如果没有意见，就准备一下，到故宫文华殿去报到。

于是我赶往文华殿，和阿英同志见了面。

在筹备小组，黄苗子负责全面的工作，相当于"副组长"。丁聪负责展览、陈列的设计、规划，曹孟浪负责资料收集，王遐举负责物品的登记、保管，王露负责摄影，杜继琨是秘书，我主要负责撰写展览会的全部说明文字。另外，在预展期间，我还负责陪同当时一些中央领导同志陈毅、陈伯达、康生、李雪峰、胡乔木等参观并在旁解说。

筹备小组的成员来自文艺界的四面八方，有的是文艺界的领导人，有的是美术史研究家，有的是漫画家，有的是戏曲文物收藏家，有的是古代建筑史研究家，有的是书法家，有的是摄影家。他们大多并不以红学家闻名。但，他们都对《红楼梦》十分喜爱，大多是读了不止四五遍的热心的读者。我认为，以他们为筹建"曹雪芹逝世二百周年纪念展览会"所付出的辛勤的努力而论，以他们为此所作出的贡献而论，红学史家应该永远记住他们的名字。

在参加展览会筹备工作之前，我和他们并未谋面，只闻其名，而没有任何来往。

这里暂谈我和阿英和黄苗子二人的交往。关于其他人，有的我已在其他回忆文章中谈过，这里不再重复；有的准备另写，此处限于篇幅毋需旁涉。

阿英同志平易近人，对我热情而又亲切。尤其在对古代、近代小说的研究上，我们有很多共同的语言。我读过他的许多著作。他的几部《小说闲谈》，以及《晚清小说史》《晚清戏曲小说目》等，都是我的案头必备书。他不把我当外人，无私地把他所珍藏的稀见小说借给我看，并亲笔签名赠送新出版的《红楼梦版画集》《杨柳青红楼梦年画集》二书。

那时，我们的工作忙碌、紧张而有序地进行着。中午有时顾不上回家，就叫来盒饭，集体用餐。饭后稍事休息，各自继续干着各人的活儿。

一开始，我们是上班、下班、回家。后来，一度又借住在附近的翠明庄中组部招待所。

阿英同志常常在中午拉上我和杜继琨到文联餐厅去吃饭。那时文联还在王府大街旧址，在大楼地下一层有一个内部的餐厅。我们三人就变成了那里的常客，服务员见了我们，口口声声的"阿老"，使我有一种新奇感。

小杜（组内都这么称呼她）私底下对我说：

老头儿（指阿英同志）近来跟家里的老伴儿闹点儿别扭，心情郁闷。他和你谈得来，你要多和他谈谈，让他心情爽快一些，开朗一些。

我接受了她的暗示，尽可能地和阿英同志畅谈有关《红楼梦》和古代小说、小说史的种种问题，其他非我所长，不敢旁涉。我是后辈，又是书生，抱着虚心讨教的态度，他也热心地在治学途径、处世经验等方面对我进行了细致的指点。我自己感到，在这将近一年的时间里，我完成了小杜交给我的"任务"。

展览会正式开幕后，我回到了文学所。

世事变化。我最后一次见到阿英同志，是在"文化大革命"中。那种凄凉、伤心的氛围，使我不忍再下笔描述。姑且援引另一篇拙文的回忆于下：

> 我打听到阿英同志病重，赶忙到棉花胡同去看望他，那是我最后一次见到阿英同志，一间简陋的小屋，他孤独地躺在病床上，破旧的棉被，憔悴的脸庞，模糊不清的语言，他紧紧地抓住我的手，我没有说更多的话，只是哽咽地祝福他早日恢复健康。

组内另一位重要的人物是黄苗子。他负责全面的工作，实际上起着"副组长"的作用。

我们一致地亲切地叫他"苗子"。他对《红楼梦》很熟，其熟悉的程度几乎超过了当时的我。他对红学界的情况也有所了解。他对红学界的争论也很关心，并有自己的看法和判断。他尤其是对个别的红学家的见解深不以为然。他的手边放着一本红色封面的小开本《曹雪芹》，里面用圆珠笔画了许多红色的杠杠，还潦草地写了不少的批语，批语都是针对该书作者的质疑和反驳。和组内其他成员比较起来，他应当够得上是"红学家"的水平，使我大为折服。

后来，展览会后，我还保持着和他的联系。

当时，他住在朝阳门内南小街的芳嘉园胡同。而我住在朝内大街，每天上下班骑车，南小街都是必经之路。更巧的是，我的女儿正在总工会主办的芳嘉园幼儿园上学，每天由我接送。这样，我隔三差五地造访苗子的家，我们经常喝茶聊天，海阔天空，几乎无所不谈。他打听古代文学研究界的情况，我也向他了解文艺界的动态。有时在晚上造访，郁风的兴致很高，穿上和服，端着茶杯，一再热情邀请我常到中国美术馆去参观。

有一次，我突然接到了团结报社的邀请，去参加一个座谈会。到了那里，才发现苗子也在座。原来是他建议邀请我的。于是每期的《团结报》都赠送给我，并约我写稿。遗憾的是，一因业务工作忙，二因一时找不到合适的题目，终于爽约，辜负了苗子的好意。

苗子约请我为广州《羊城晚报》和香港《文汇报》的副刊开辟专栏撰写短文。我又转约了周绍良、沈玉成共同参加。专栏由苗子定名"三鱼小札"并亲笔题写。"三鱼"谐音"三余"，取《三国志·魏书》王肃传"三余"之义。我们前后在该专栏发表了一二十篇文章，我写的主要是和曹雪芹、《红楼梦》《三国志演义》、元好问等有关的内容。

我家有一幅祖传的赵孟𫖯的《桃园图》。不知是什么原因，也可能是保管不善，此画已遍体鳞伤。我拿去请苗子鉴定，是真是假，有无可能裱装还原？他说，你放在这里，待我仔细验看和研究；你明天来取。次日，我如约而至，他告诉我，"画可能是真迹，但裱装不合算，很贵，你还是放起来吧，以后再说。"我听从了他的劝告。可惜的是，在"十年动乱"中，这幅画竟告不翼而飞，至今下落不明。

在"文化大革命"中，我和苗子仅见过一面。那是在南小街上，他走在路东的人行道上，由南向北，我走在路西的人行道上，由北向南，由于人所众知的原因，我们没有停步上前交谈，只是各自点点头，扬一扬手，打了个招呼。

最后一次和苗子见面是在四五年前。

我和浙江富阳的华宝斋主人蒋放年有过交往，他曾将华宝斋影印的古籍多种赠送给我，其中我认为最宝贵的是《红楼梦》庚辰本。2006 年，他去世。他的女儿继承了他的事业。

那一年，华宝斋在北京举行座谈会，蒋放年的女儿邀请了黄苗子、冯其庸等人参加，我也叨陪。我迟到，坐在末排。只见老态龙钟的苗子端坐在主席台上。休息时，我上前去见苗子寒暄问候。谁知这时竟然发生了他和我之间的一番奇怪的对话：

> 刘：苗子，你好。
>
> 黄：你是哪个单位的？
>
> 刘：中国社会科学院文学研究所。
>
> 黄：我有一个朋友，在你们单位，叫刘世德，你认识吗？
>
> 刘：我就是刘世德。
>
> 黄：啊？

由于会场上人多，正好这时有人上主席台来找苗子说事，我只好离开。会散后，一群人簇拥着苗子等人走了。我没有机会再接近他。

苗子的迟钝、衰弱、健忘，使我大吃一惊。莫非是由于"十年动乱"对他的身体和头脑造成的伤害？

这个感觉用"可怕"二字形容，一点也不过分。我回家后，陷于沉思，一夜无眠。

二、另一张照片引起的回忆

照片上十人，可称为首都红学家合影。

时间：1962年夏。地点：故宫博物院文华殿门前。

这十人是：从左至右——周汝昌、吴恩裕、陈毓罴、周绍良、吴世昌、朱南铣、俞平伯、刘世德、邵荃麟、阿英。其中九位已然仙去，目前还留在尘世的只剩了在下一人，重新检出这张照片，细审各位师友的容貌、神态、衣着，不禁感慨系之。

这是在一次"曹雪芹卒年问题座谈会"会后的合影。

记得与会者还有两位，一位是吴组缃师，他因家住远在西郊的北京大学，会后匆匆离去；另一位是邓绍基，会后也因有事而先行离去。所以照片中没有他们二位。座谈会还邀请了何其芳，他因要参加别的重要会议而缺席。

座谈会的地点在中国作家协会的会议室举行，由邵荃麟主持。会后聚餐。有人提议摄影留念，又有人建议拍照的地点改在故宫文华殿门前更佳。于是就有了这张照片。

当时为什么要开这个座谈会呢？

在筹备展览会期间，因需在文字说明中向参观者介绍曹雪芹的生平，首先就躲不开四个一时难以确定的问题：曹雪芹生于哪一年？他死于哪一年？他的祖籍是哪里？在社会上流传的所谓"曹雪芹小像"是真是假，要不要摆进展览会？

经过筹备小组反复的、细致的讨论和研究，得出了一致的意见，并报请领导批准，在文字说明中确定：曹雪芹生于康熙五十四年（1715）；曹雪芹的籍贯是辽阳，不是丰润。至于画像问题，筹备小组认定曹雪芹生前没有画像流传下来，所谓王冈"幽篁独坐图"和陆厚信"雪芹小像"的像主均非曹雪芹。展览会另行约请当代画家刘旦宅、贺友直、林锴绘《曹雪芹画传》陈列。

但是，卒年问题比较麻烦。红学界在当时的报刊上争议不断，主要是"壬午除夕说"和"癸未除夕说"的对立。

壬午为乾隆二十七年（1762），除夕则是1763年2月12日。癸未为乾隆二十八年（1763），除夕则是1764年2月1日。当时发表论文参加争论的学者，主张"壬午说"的有俞平伯、王佩璋、周绍良、陈毓罴、邓允建（邓绍基）等；主张"癸未说"的有周汝昌、曾次亮、吴恩裕、吴世昌等。在文学研究所的同事中，赞同"壬午说"的占绝大多数，除俞平伯、王佩璋、陈毓罴、邓绍基外，还有何其芳、胡念贻、曹道衡和我；赞同"癸未说"的也有，除吴世昌外，还有蒋和森（蒋荷生）。

红学界的争议比较大，如何取舍，使筹备小组感到为难。于是就由邵荃麟同志出面召开了这次座谈会，希望能在会上取得一致的意见和谅解。

座谈会上散发了作协铅印的朱南铣未公开发表的论文《关于〈辽东曹氏宗谱〉》。

我根据邵荃麟同志的指示，首先在会上发言、汇报。我在发言稿中对曹雪芹卒年问题的争议作了比较全面的详细介绍：

> 以时期而言，论辩的发展过程可以分作三个阶段。
>
> 第一阶段是在解放以前。1928年，在"甲戌本"《红楼梦》发现后，有人提出"壬午说"。1947年，周汝昌首创"癸未说"。
>
> 第二阶段是1953年至1957年。1953年，周汝昌在《红楼梦新证》一书中重申"癸未说"。同年，作家出版社整理、重印《红楼梦》，编辑部在书前所附的《关于本书的作者》一文中采用了"癸未说"。1954年3月，俞平伯在《曹雪芹的卒年》（《文学遗产》第1期）一文中首先反对"癸未说"，仍主"壬午说"。这时，他还在香港《大公报》上发表了《读红楼梦随笔》，其中的第14节是《曹雪芹卒于一九六三年》。4月，曾次亮在《曹雪芹卒年问题的商讨》（《文学遗产》第5期）一文中反驳俞平伯的意见。1957年5月，王佩璋在《曹雪芹的生卒年及其他》（《文学研究集刊》第5册）一文中同意"壬午说"，继续反驳"癸未说"。

第三阶段则自 1962 年 3 月开始。为了筹备纪念曹雪芹的逝世二百周年，人们重又开始探讨这个问题。在这以前，已有一些新的材料发现。因此，大家对于这些材料进行了细致的考察，提出了一些新的论点。参加论辩的人较前增多了。这场论辩正朝着更细致、更深入的方向发展。

接着，我介绍了和曹雪芹卒年问题有关的原始资料：脂砚斋的批语、敦敏和敦诚的诗。然后又逐一地介绍了论辩双方对这些原始资料的不同的解释，以及由此而产生的不同的结论。

在这个会上，我还引用了 1949 年之前天津报纸上刊载的胡适致周汝昌公开信以及俞平伯在 1949 年之前某些文章中的提法，证明他们二人当时曾一度接受周汝昌的看法，同意"癸未说"。只不过二人后来又改变过来坚持"壬午说"了。此语一出，令与会者大吃一惊，感到意外。因为胡、俞二人后来绝口不提此事，以致知者甚少。

对我的发言，会上无人表示异议。

与会的红学家纷纷发言，论争很热烈。他们全都坚持各自的原先的论点。

最后由邵荃麟作总结发言。他说：

> 曹雪芹卒年问题是个学术问题。大家未能取得共识，这是很自然的。不能强求一致。但是，在展览会的说明文字中，又必须要有比较明确的说法，不能含糊了事。现在筹备小组的初步意见是："曹雪芹卒于乾隆二十七年除夕（1963 年 2 月 12 日），一说卒于乾隆二十八年除夕（1964 年 2 月 1 日）。希望大家对这种安排发表意见。

对邵荃麟的提议，会场上齐声表示赞同，没有异议。

三、一个笔记本引起的回忆

我有一个旧笔记本，里面记载了和"曹雪芹逝世二百周年纪念展览会""伟大作家曹雪芹逝世二百周年纪念大会"有关的两件事。一件是记载：展览会开幕之前，1963 年 8 月 11 日陈毅同志来文华殿参观预展的情况，以及他在参观之后和筹备小组有关人员座谈时的谈话；另一件是记载：1963 年 8 月 5 日邵荃麟同志和我在中南海胡乔木同志家中，向胡乔木同志、周扬同志汇报曹雪芹逝世二百周年纪念展览会筹备进展情况，并听取他们对展览会的意见，以及关于"伟大作家曹雪芹逝世二百周年纪念大会"的指示和大会报告的内容。前一件事，已见于拙文《回忆陈毅同志谈〈红楼梦〉》。这里只谈后一件事。

胡乔木同志在前后三次参观展览会预展之后，约我们到他家中谈话。于是邵荃麟同志携我前去。落座不久，周扬同志也来到。

这次会见主要谈到了三件事。一是谈对"曹雪芹逝世二百周年纪念展览会"的预展的意见，二是谈关于筹备"伟大作家曹雪芹逝世二百周年纪念大会"的事宜，三是谈一些机构调整的事。

【关于展览会】

邵荃麟同志首先汇报了展览会筹备工作的进展：展览会已经在内部预展，在听取领导和专家学者的意见后，正在作进一步的修改。

胡、周二位接着谈他们看了"曹雪芹逝世二百周年纪念展览会"预展之后的意见。我根据当时的记录，依次引述于下，供参考：

> 周：袁水拍的文章要摆放到展览会上。争论部分，摆许多刊物，说不出什么名堂。
>
> 胡：批判部分有很大问题。那天因为闭馆，没有细看那一部分。《红楼梦》出书以后，有社会舆论，说要禁止的不少，又流传开了，出现了续书等等。现在展览会没有什么思想。续书是庸俗化的表现。读者看了，可能会引起好奇心，有女学生读《红楼梦》，成天学林黛玉。消极面不能不估计到。续书的陈列没有意思，不足以证明《红楼梦》的影响，属于反面的现象。这说明，封建社会的作者不能认识到《红楼梦》的价值。趣味恶劣，最后到了《花月痕》，线索一路下来，直到鸳鸯蝴蝶派。这也是一种歪曲，妨碍读者认识《红楼梦》的真相。索隐派认识它的价值，与鸳鸯蝴蝶派不同。胡适派不能说没有一点功劳（弄清了曹雪芹的家世），用一部分不充分的材料，片面强调自传，影响很大，直到现在。胡适派看到了它的文学价值。
>
> 周：肯定写实，估价低。
>
> 胡：没有看到社会意义。
>
> 周：大大缩小了它的意义，写了没落。
>
> 胡：仅仅是惋惜。展览会差一点也可以，将来还可以改。郭老建议搞纪念馆。展览会要多一点思想才好。
>
> ……
>
> 胡：生年最好要落实些。

周：生年打问号，不好看。有新证据，再改正也可。请红学专家来谈一下，看生年有无分歧。

胡：可以两条腿走路。

周：挂了好几幅大画，说明当时的服装，只是注重趣味。

胡：在卒年讨论中，"癸未说"文章写得好，"壬午说"写得差，文章拖沓。

周：展览会我再去看看。

胡：我也参加。

胡、周二位的意见和指示，我回到文华殿后，向筹备小组全体成员作了传达。

【关于纪念会】

在二十世纪五十年代，1950 年成立世界和平理事会以来，连续几年有纪念"世界文化名人"的盛举。我国文化界当时积极参与了这项活动。每届纪念的对象有四人至十人不等。我国被列名纪念的文化名人，先后计有李时珍（1951 年）、屈原（1953 年）、吴敬梓（1957 年）、杜甫（1962 年）等。

于是国内的学术界拟议在 1963 年纪念曹雪芹。"曹雪芹逝世二百周年纪念展览会"的举办正是为"伟大作家曹雪芹逝世二百周年纪念大会"开路。

在这次谈话中，胡乔木、周扬、邵荃麟三位所谈的内容主要是关于纪念会的事。他们花了更多的时间，议论纪念会的报告怎样写，有些什么内容，以及他们对曹雪芹和《红楼梦》等作品的见解和评价。当时我作了详细的记录。现根据当时的记录，依次引述于下，供参考：

胡：纪念会要开。否则，日本也要开。找毛主席汇报一下，听听他的意思。他对《红楼梦》的兴趣始终不衰。

周：最近见到毛主席。毛主席说，已看到吴世昌等人写的文章了。我说，纪念会没有多大意思，主要还是写文章纪念。毛主席说，纪念会由你们商量。我们不偏袒一方。纪念诞生更好一些。生年意见也不一致。现在大家相当紧张，气氛也不十分谐调。除非文章很有战斗性。

胡：少奇同志在讲话中提到了何其芳的文章，指的是消极方面。其他文章，如李、蓝等，都没有提到消极性。

周：主席说，《红楼梦》是四大家族兴亡史，应按这线索去看。一般文章对这点注意不够。一般人都对爱情注意。如果有人写一篇文章比过去进一步，有点新见，还可以。

胡：毛主席说，《红楼梦》的主题就在"红楼梦曲"之中。一般人只看到贾宝玉、林黛玉的爱情，许多人被作者蒙混过去了。过去写爱情的比较多，真正用批判的眼光写盛衰、兴亡的少。《金瓶梅》在这方面有一定的反映。

周：面写的宽，写市民社会。

胡：《红楼梦》是自觉的批判。

周：甲戌本批语有些值得注意。有些话比较清楚，后来删去了。再三辩护不是毁谤朝廷之书。

胡：抄家，恩将仇报，为先朝作了许多工作，一下子来此一手，有愤慨。

周：个人遭遇，可以看到很多缺点。看问题就不同了。从敦氏兄弟的诗，可以看出曹雪芹的傲岸，尤其在遭受打击之后。《红楼梦》反对才子佳人。书中佳人很多，才子不少。要和历史上的才子佳人小说作对比，有革新。曹雪芹可能接受了李卓吾的影响，但没有材料证明这一点。"大事记"不好，很大，第一条就说是顾炎武死了。看了茅盾的文章。总要讲点新意见，"唯陈言之务去"。

邵：李希凡写了一篇，不见得比1953年水平高。张天翼写了一篇，谈年轻人如何看《红楼梦》。其余都是红学专家写的。要创新，但找不到马克思主义的东西，又不满足老意见。研究文章中，其芳那篇还不错，翻成外文，反映还不错。

周：《红楼梦》中，牺牲的人，丫头，黛玉，可卿。四大家族的人没有牺牲。在封建势力统治下，被折磨死的，还是丫头死的多。

胡：王凤姐如果是被休，最后也是牺牲。

邵：开头是秦可卿，是第一个被折磨死的，后来归结到黛玉，遥遥相对。有的付出生命，有的被折磨。

周：文章有两点要求：第一，马克思主义，化点力气，要有新意见，过去没有讲过，阐扬伟大作品的意义。第二，对《红楼梦》批判的意义，现在还有意义。这几年古典文学研究和戏曲改革在走回头路。

胡：还要讲：用无产阶级观点评价《红楼梦》。除去看到积极面，也要看到它的消极面。不可以把它当作不可动摇的典范，亦步亦趋。世界上，对待资产阶级文艺遗产，马克思主义与非马克思主义有区别。苏联对托尔斯泰不讲缺点。有人说，普希金在过去不能发挥上层建筑作用，要到社会主义时代才能发挥。话不能说得太多，不能骂曹雪芹，但需要把我们的态度与资产阶级、修正主义态度对照。

邵：1957年至1958年青年读古典作品，这几年有了发展。

胡：旧时代作品的伟大，相对于它的时代。一般读者没有分析能力。有个反革命集团，学的是《水浒》。有的作品能起意想不到的作用。报告要写得提纲挈领，听了使人有所得。过去主要是论战，面向群众不够。把《红楼梦》与历史上其他作品作对照，如那些小说对那些问题采取什么态度，《红楼梦》采取什么态度，包括阶级斗争，提出几个大题目。有个骨架，比较容易写，听后也比较容易使人认识《红楼梦》。鲁迅以来，很少人如此考虑。这也适合郭老性格。可找出几个题目，说它怎样与众不同。例如，它和才子佳人小说是怎样的对立。也可以拿来与《金瓶梅》对照。《金瓶梅》没有愤慨，只是网开四面的暴露。《水浒传》有个缺点，反映了农民运动的弱点，没有一贯的社会观点，如对妇女、恶霸，昨天是恶霸，投到梁山泊，就是另一回事了。过去的如民国时期的孙美瑶就是这样。要成为那个局面，有各种人物。

周：《水浒传》中，真正的农民并不多。《水浒传》写集团、圈子写得好，面不广。人民生活没有写到。小庄主被人欺负，则有。

胡：没有写普通老百姓，这是缺点。很多英雄好汉都是骑在百姓头上的。孔明、孔亮是大坏蛋，浪里白条是恶霸。历史上的农民革命免不了如此。朱元璋、刘邦等都要利用他们。《水浒传》把卢俊义搞得如此重要，有人说是出于后来的插入。这是大弱点。卢俊义是大地主，上山，有何目的？好似没有卢俊义，就不能十全十美。这些问题如不讲清楚，很难使后一代得到正确的教育。

周：现在提纲讲的问题太多了。贾宝玉是否新人，涉及曹雪芹的估价问题。这可以研究一下。他有些新的思想，新的东西。如对待妇女、奴隶的态度，是平等。

胡：李卓吾对妇女也有平等的。

周：李卓吾、汤显祖比较彻底地反封建。强调真实，像欧洲的启蒙主义。

胡：李贽没有接触到土地问题。《红楼梦》用焦大一类人的目光批判贾府。过去的小说，吴敬梓也不能到这一步，他心目中的劳动人民只能是王冕和隐士，不能用反抗对待。焦大的摧毁的态度，对封建制度不可调和。新人问题，有困难。《红楼梦》在后世没有继承，不成为思潮。曹雪芹是大思想家，但是孤立的，与其说是先声，不如说是尾声。在乾嘉时代，没有继响。

周：恩格斯评但丁，既是先声，又是尾声。

胡：龚自珍、魏源离得远一些。

周：古代，全国的手段差些。又遭到禁止，恋爱又写得多。

胡：《红楼梦》有虚无的观点，不可能不如此。

周：富贵闲人就是浪子，多余的人。

邵：恩格斯评巴尔扎克，以婚姻反映全社会。

胡：封建社会人人对恋爱有兴趣。

周：纯粹写恋爱，不会成为伟大的作品。

胡：《红楼梦》超过《西厢记》《牡丹亭》。后者没有社会内容，女主人公也没有思想，如崔莺莺。《西厢记》的人物，张生去考状元，宝玉坚决不考，黛玉坚决反对。不怕不识货。这种讨论比较通俗，一般人会有兴趣。曹雪芹受过庄子影响，但曹雪芹与庄子完全不同。如真是色空，他就不会写此书。他并不是玩世不恭、齐物论。虚无主义仅是他思想的限制，而不是思想基础。既不是出发点，也不是终局，只是找不到出路。

邵：曹雪芹有何新的思想？这是过去没有谈过的问题。还有，他的消极思想是什么？斗争中的绝望的悲观主义，找不到出路，又不妥协。

周：但丁的《神曲》，拉伯雷、薄伽丘等早期的民主主义到底怎样？

胡：外国有宗教的背景，中国则有礼教的背景。《十日谈》的社会意义不可能与《红楼梦》相比，主题不断重复，而且说故事的都是以此为消遣的贵族。对但丁，我没有研究。也可以考虑，但需要时间。跑不出大观园的围墙，所以有悲观主义。挨打后，只能找黛玉求安慰。是弱者，不是战士。晴雯也不能说是战斗，叛逆也有限。

邵：和过去的戏曲小说，对批判的深度作对比。二是新的东西。三是消极的东西。贾宝玉做和尚和一般人不同，是一种抗议。

胡：是否定。

邵：鸳鸯、司棋比晴雯更强烈。

胡：曹雪芹并不肯定宗教。外壳不能当做他的真的东西。妙玉没有当作理想人物来刻画，描写她的虚伪。

周：好几处提到毁谤僧道。

邵：另外讲一下批判，及对遗产的马克思主义态度。艺术性问题，把现实主义发展了一步。"三言二拍"中，倾向强烈，道教思想强。有明一代的小说比较倾向于自然主义，尤其是《金瓶梅》。

胡：小说的艺术，为何《红楼梦》是最伟大的？在这方面，除了从思想艺术说以外……（按：被打断）十八世纪，《吉尔·布拉斯》是那时的小说。《堂·吉诃德》很难说有多少批判，虽是伟大的小说。

周：社会上出现什么现象，带有普遍性，给作家抓住了。马克思把温莎估价的那么高。现实主义是基础。

胡：浪漫主义，离开现实主义，也就没有意思。首先只有认识现实，才可能比现实高。

周：《红楼梦》写到激烈的斗争：维护封建制度与破坏封建制度。而且曹雪芹没有简单化。宝钗、黛玉是有一些优点，相互之间有一定的友情。现实主义厉害在这些地方。

胡：黛玉依附四大家族，她追求的目标是和宝玉结婚，无非还是加入四大家族。毕竟不是大观园以外的人，她的限制就在这里。

周：探春厉害，也写了许多优点，母亲也不认，很讨厌。袭人……

邵：薄一波说，有些人看起来是正面人物，实际上是反面人物。黛玉有缺点，但是正面人物。

周：写出了人的复杂性。

胡：宝玉的基本群众只有黛玉。这就是限制。曹雪芹十三岁抄家，到北京后，如即写作，也记不起许多东西。吴世昌的解释有道理，宝玉是他和脂砚斋的混合。曹雪芹不可能有这些经历。自传说在这些地方讲不通。与丫环发生性的关系，在十岁左右也不可能。脂砚斋是书中主人的一部分，或大部分，这是重要的发现。曹雪芹破产，脂砚斋也应破产。如是这样，故事还是发生在南京。有些事，一个记不起来，一个不知道。

……

胡：不开会不行。

周：还有比较的问题。明年莎士比亚要纪念。

胡：纪念，只有展览会，也不好。

周：关键在于要有一篇文章。

邵：纪念会的文章不要太长。

胡：有骨架，就有声势。

周：五六千字。

邵：对作品的思想如何估价，是主要的。艺术是次要的。

周：曹雪芹有民主思想。现在一谈，就牵涉资产阶级、资本主义萌芽。

胡：这问题要研究，现在的经济情况，我担心会上溯到明初，甚至南宋。如官场手工业很难说明代中叶以后才会有。只是在明末找到这些材料，不能说以前没有。邓拓的文章没有逻辑。现在提出的证据不是强有力，也没有什么人反驳。

邵：找些具体东西来谈民主性。

胡：反对什么，要求什么，这就是民主性。这方面不算是困难。四大家族，要讲多方面的罪恶，有系统地讲一下，要第一、第二、第三，有些列举。含糊地说，就不会给人印象。对统治集团的罪恶要一条一条地分析。书中的内容、特点，地位、价值，无产阶级如何对待。消极面，要用陪衬的话来说。提纲不够清楚。轮廓要分明一些。文章本身不安小标题，写时，心目中要有清楚的段落。否则会与茅盾的文章差不多。茅盾的文章，如"锦衣玉食"一段，不够通俗。个人的身世之感，这是文学作品中长久以来的主题。《红楼梦》的作者并未掉入这个套子，他是透过自己的经验，作了一般的批判、控诉。这样，才不是个人身世的感伤。它不是什么什么作品（如才子佳人小说），这要说得清楚。这就从原则上说清楚了"自传说"的错误。如能把这些方面写进去，这个报告是可以发表的。

周：可以把过去的批判中没有讲清楚的有些重要的问题现在讲清。这就是提高。

胡：马克思主义者也可以写自传。高尔基也写了自传小说。自传说者是：曹雪芹感伤，看破红尘，一切只是红楼一梦，色即是空。王国维说，文学价值在于把个人的变成一般的。这是唯心论的说法。《红楼梦》把自己亲身经历的变成一般的主题，这并不错。不能以此作为叔本华悲观主义的例证。他不是写才子佳人小说，也不是看破红尘。他又确实有这些东西。但这不是重要的。

周：这，一来是思想矛盾，二来是摆的迷阵。

胡：这就是说，要破三个：自传、才子佳人、悲观主义。话要说得好。要有辩证法，不然就变成绝对的否定。他破产，不可能没有感伤。但是，他做了这许多工作，为了什么呢？这是最重要的内证。描绘、纪念闺阁中人，这只是伪装，否则不需要其他人物来否定整个大观园的生活（糜烂，黑暗）。

邵：先从三破开头。接着讲作品通过大观园生活对四大家族作了批判。

胡：一定也要包括恋爱观。政治，文化，家庭。

周：上层建筑都批判了，就是基础没有批判。

邵：通过恋爱批判社会，与巴尔扎克相似。他追求的是什么？

胡：个性解放。他追求的东西，可以说。男女平等也是。追求个性解放，男女平等，婚姻自主，家庭民主，人与人的平等关系，要求政治上的民主，就是说，对贪污专权暴露了很多。

周：最中心的是要求个性自由。宝玉不欣赏人为的东西。错误的论点，举些来谈。

邵：最后讲批判遗产的问题。这样，共三部分。

胡：还有：文学史上的地位，与过去的作品的区别，特殊的成就。

周：即：总结，概括。结构可以再研究。

胡：报告文章要轮廓分明。不然，听了以后，不知说些什么。

邵：一，三破。二，批判什么？追求什么？三，54年批判的意义。

胡：单独有独立的一段讲"地位"。批判，站在无产阶级的立场，如何看待曹雪芹与《红楼梦》，再说到历来的评价及53年批判，这样，容易展开。

邵：再搞一个提纲。曹雪芹的时代等等可以不讲。否则，可能陷入泥坑，拔不出来。

周：我原来主张后年纪念，茅盾偏向于今年纪念。十一月也可以。我觉得还是写文章的问题。有一个比较的问题，明年要纪念莎士比亚。

胡：只有展览会，没有纪念会，也不好。

周：关键在于要有一篇好文章。

胡：由郭老致开幕词，何其芳作报告，茅盾演讲。

经过交换意见，最后决定："伟大作家曹雪芹逝世二百周年纪念大会"明年在北京举行。

归途，邵荃麟同志命我根据三人谈话记录写出纪念大会报告的新提纲，转交何其芳同志，最后请他写出全文。我立即赶往北戴河中国作家协会疗养所去见正在那里度假的何其芳同志，作了详细的汇报。

遗憾的是，当时由于国内外政治形势的种种原因，"伟大作家曹雪芹逝世二百周年纪念大会"未能得到机会举行。而何其芳同志亲自执笔为纪念会撰写的报告《曹雪芹的贡献》则作为一篇独立的论文在《文学评论》1963年第6期公开发表了。

【其他】

在这次谈话中，胡、周二位还谈到了成立外国文学研究所和《文学遗产》改版的事。

周扬同志先说，其芳主张成立外国文学研究所，请冯至负责。邵荃麟同志接着说，作协有个《世界文学》编辑部，如果成立外国文学所，可以把《世界文学》编辑部的编制拨给他们。胡乔木同志对此表示赞同。

五十年沧桑，物是人非，回忆前事，不胜怆然。应《红楼梦学刊》编辑部之约，遂写下了以上的回忆片断，供红学史家参考。

注释：

①三篇拙文均见于《红学探索——刘世德论红楼梦》（文化艺术出版社，2006 年，北京）。

六十年情缘

——我与《文学遗产》

一、我与《文学遗产》的结缘

我与《文学遗产》结缘，是从六十年前开始的。

从以往看，对《文学遗产》说来，我有着四重身份。

第一，我是它的忠实的读者。自创刊号起，我每期都看，至今，我还保存着它停刊之前的单页报纸的合订本，以及复刊之后的每一期单册。

第二，我是它的热心的作者，我向它提供过不少的论文、短评、书评和综合报道。

第三，我曾两次担任它的勤勤恳恳的编者。一次是在 1959 年，另一次是在 1964—1965 年。

第四，我曾担任它的编委，现在则是顾问。

二、初进《文学遗产》

我第一次接触《文学遗产》，是在 1954 年。

1951 年，我在上海考上清华大学中文系。1952 年，全国高等学校院系调整，我们转入北京大学中文系。当年，聆听游泽承讲授的"中国文学史（一）"课程，对屈原的作品有了比较全面的和深入的了解，引发了我学习和钻研屈原作品的浓厚兴趣。恰巧 1953 年"世界和平理事会"决定纪念"世界四大文化名人"（中国诗人屈原逝世二千二百三十周年、波兰天文学家哥白尼逝世四百一十周年、法国作家拉伯雷逝世四百周年、古巴作家和民族运动领袖何塞·马蒂诞生一百周年）。受了游师讲授的启发，我和金申熊（金开诚）、沈玉成两位同班同学合作，撰写了一篇论文《屈原作品中的现实主义》。脱稿后作为一篇课余的习作，呈交游师。游师阅后，表示满意，随即亲笔给他的友人、当时的《光明日报》副总编辑写了一封推荐信，并嘱咐我和金、沈二兄进城当面呈交。后来这篇文章终于在《文学遗产》第 8 期（1954 年 6 月 7 日）发表了。

论文发表后，我又和金、沈二兄应邀进城到《文学遗产》编辑部去做客。那时，编辑部的办公室在东总布胡同 22 号中国作家协会的后院。我们见到了编辑部的翔老（陈翔鹤）、劳洪（熊白施）、金玲（陈白尘夫人）、白鸿（叶丁易夫人）、王迪若（陈翔鹤夫人）几位。他们热情地接待了我们，说了很多给予我们鼓励的话。

那时《文学遗产》编辑部的编制属于中国作家协会，归作协的古典文学部领导。而古典文学部的部长是郑振铎，副部长是何其芳。何其芳其实还兼任作协书记处的书记。还有一位专职的副部长是从四川调来的陈翔鹤（川西文教厅副厅长），他成为《文学遗产》的主编。

当时《文学遗产》作为《光明日报》的副刊，于 1954 年 3 月 1 日创刊。开始时，每星期一刊出①。后应读者的要求，《文学遗产》改为可单独购买和订阅，因之改为每逢星期日刊出。

三、给《文学遗产》看稿、写稿

1955 年大学毕业后，我和邓绍基兄先后进入文学研究所。比我们早到两三年的，有胡念贻兄、曹道衡兄。翔老经常从城里到西郊来看我们。他每次来，始终是脚穿布鞋，手挟一方蓝布包袱皮，里面包着书或文稿。一口半川半京的普通话，笑容可掬，和蔼可亲，不以老前辈自居。他说，他喜欢和年轻人打交道。他又说，《文学遗产》的主要依靠对象是年轻学人。他和我们四个年轻人称得上是忘年交。他和我们畅谈古典文学研究界的现状，他请我们为《文学遗产》审阅某些来稿，并点题约请我们写稿，无论是长文，还是短评，他说，无不需要，尤其是后者，他更欢迎。因此，我们写了不少这样的文字。

1956 年秋，《文学遗产》编辑部从作协并入文学研究所，办公室设于中关村社会南楼。

我们所在的古代组的办公室则在北京大学燕园内的哲学楼二层。两地相距不远，翔老来找我们聊天的时间更是日趋频繁。于是我们也就几乎成为《文学遗产》上的"常客"。

在这个时期，我在《文学遗产》上发表了四篇论文：

略谈《碾玉观音》的人物描写（第 86 期，1956 年 1 月 1 日）

《封神演义》的思想内容和艺术描写（第 134 期，1956 年 12 月 9 日）

吴沃尧的生卒年（第 172 期，1957 年 9 月 1 日）

《中国文学史简编（修订本）》批判（第 187 期、第 188 期，1957 年 12 月 15 日、22 日，与邓绍基合写）

另外，还发表了《几个牵强附会的例子》《这是什么样的校订工作》《消灭不应有的错误》等短评，以及有关徐澄宇《乐府古诗》的书评三篇。

四、第一次做了真正的编辑

1957 年底，中国科学院组织植物研究所、文学研究所的青年同志下乡"劳动锻炼"，我所前去的地点是河北北省建平县（今河北平山）转嘴村，为时一年，和贫下中农"三同"（同吃同住同劳动），接受"再教育"。1958 年底回所。

回所报到后，何其芳同志找我谈话。他说："目前所内的重点研究项目是'开国十年文学总结'。我已和翔鹤同志谈好，派你去临时参加《文学遗产》编辑部的工作。一年后，你再回古代组来。"我遂即愉快地去向翔老报到。

那时，《文学遗产》编辑部已随文学所搬迁到城里建国门内大街"旧海军大楼"。

到了编辑部，翔老分派给我两项任务，主要是负责看"二审"稿，另外是协助王则文同志（他是从光明日报调来的工作人员）做"划版面"的工作。审看稿件，对我来说，没有问题。但"划版面"的工作却是第一次遭遇到。在王则文同志的细心指导下，我尝试着进行了几期的试验，收获了成功的喜悦，并且对此产生了浓厚的兴趣。于是主动请缨，分担了王则文同志的任务，以便让他专心做校对和其他的行政事务工作。在这大半年的时间里，每期的"划版面"的工作都是由我承担的。

在这期间，有两件事值得说一下。

那时，钱钟书先生在报刊上受到了"拔白旗"的批判。

钱钟书先生是深受何其芳同志重视的学者。建所之初，何其芳同志就邀请钱钟书、杨季康（杨绛）夫妇来文学所。钱先生原在清华大学外文系执教，他对中国文学和外国文学的研究都有深厚的功力。当时的文学所分置中国文学部和外国文学部。钱先生的初意是想和杨先生一起到外国文学部工作。何其芳同志却执意把他留在中国文学部，后来还请他担任唐宋文学组的实际负责人。他的《宋诗选注》也被列为文学研究所的重要研究成果之一。

　　有一天，何其芳同志把我叫到了他的办公室，对我说，钱先生的《宋诗选注》是一本好书。最近他当上了外界"拔白旗"的对象。这不公平。我们不能坐视，要想办法给他"平反"，还他一个公道。最好请一位北京以外的、在学术界有威望的学者写一篇有分量的书评，在《文学遗产》上发表。

　　我们商议的结果是，认为杭州大学的夏承焘教授是最佳人选。于是何其芳同志把这件事交给我去办。

　　我回到编辑部，一面向翔老作了汇报，一面立即按照何其芳同志的吩咐，用"《文学遗产》编辑部"的名义，执笔写信向夏承焘教授约稿。信中详细说明我们的意图。很快，夏承焘教授就如约寄来了那篇著名的论文《如何评价〈宋诗选注〉？》，我立即拿去请何其芳同志审阅。

　　夏承焘教授的论文，原来有个七字的正标题，我现在已忘，只记得包含有"金针度人"四个字。何其芳同志看到后，说这个标题好是好，但不易引起人们的注意，可改为"如何评价《宋诗选注》？"开门见山，直接切入本题。于是没有再对文字作任何的修改，拿去直接发排。由于时间急促，来不及和夏承焘教授本人协商修改标题的事。这篇论文立即在第 272 期（1959 年 8 月 2 日）上刊发，结果在学术界引起了很大的反响。

　　在这里需要说明的是，后来夏承焘教授在日记里记载了此事，但他却说成了是陈翔鹤同志向他约的稿[②]。这和我所亲历的内情不符。

　　这一年正赶上编辑、出版《文学遗产选集》第三辑。翔老指定由我提出初步的选目，供开会讨论决定。选目中有一篇是叶余的《关于〈聊斋志异〉的几种本子》（第 204 期，1958 年 4 月 3 日）。当时我正在研究《聊斋志异》版本问题，觉得这篇论文写得不错，故而列入。最后，会上决定此篇当选。会后请王则文同志在来稿上查找叶余的电话号码，并打电话通知叶余本人。王则文同志把电话拨了过去，两次得到的回答都是"没有这个人"。几天后，第三次改由白鸿同志耐心地再拨打，接电话的那位女性答称，此人出差在外。当白鸿同志说明原因，索要邮寄稿费的地址时，对方才给了一个邮箱的号码。当时是由白鸿同志负责联系这位作者的，她说："这个作者怎么如此神秘呀？"我们谁也没有想到，事隔多年之后，方了解到这位"叶余"竟是康生的化名。

　　我们又回忆出在这之前，这位"叶余"的论文也曾出现在第 169 期（1957 年 8 月 11 日），内容也是关于《聊斋志异》版本的。

　　1960 年之后，我又回到了古代组，投入编写《中国文学史》三卷本的工作。

　　《文学遗产》于 1963 年 9 月休刊。在这之前，我还在《文学遗产》上发表了几篇文章：

"鬼狐史"，"磊块愁"——《聊斋志异》卮谈之一（第 374 期、第 375 期，1961 年 7 月 30 日，8 月 6 日）

元明清文学分期问题琐谈——漫谈在编写中国文学史中的问题（第 406 期，1962 年 3 月 18 日）

《合浦珠》传奇的作者（第 432 期，1962 年 9 月 16 日）

《窦娥冤》的创作年代（第 434 期，1962 年 9 月 30 日）

李汝珍的《蔬庵诗草序》（第 440 期，1962 年 11 月 18 日）

此外，我还为《文学遗产》写过座谈会综合报导《第一部红色的中国文学史著作》，来稿综合报导《关于陶渊明的讨论》，书评《推荐〈论红楼梦〉》《〈辽金元诗选〉读后》《文学研究战线上的新收获——喜读〈中国文学史〉修订本》（与胡念贻、邓绍基合写），短论《关于引文》《应正确地引用和解释毛主席著作中的文字》《从两句杜诗谈起》《从作家生卒年想起的一些问题》等。

其中那篇《关于陶渊明的讨论》，翔老曾喜悦地告诉我，它获得了陈毅副总理的称赞。

另一篇《从作家生卒年想起的一些问题》，内容意在为当时在报刊上热烈展开的曹雪芹卒年问题的讨论打边鼓，发表后引起了一些反响，红学界赞成我的看法，自不待言。却不料听到了一个意外的消息。那时的中宣部副部长、文化部副部长林默涵同志看到这篇文章后有点儿生气，认为是在批驳他的意见。实际上，我重视古代作家生卒年的研究，是一贯的。另外，我对林副部长也一向是尊重的，我事先一点儿也不知晓他对曹雪芹卒年问题的讨论在什么场合发表过什么意见，所以此文根本没有包含针对他的意图。我想，这不过只是一场误会而已。

五、又一次做了客串的"编辑"

我再一次参加《文学遗产》的编辑工作，是从 1964 年下半年开始，直到 1965 年我前往江西丰城参加"四清"而结束。

在这之前，由于那时所特有的种种复杂的原因，文学研究所主办的《文学遗产》不得不在 1963 年 6 月宣告休刊。

但仅仅一年以后，在 1964 年 6 月，《文学遗产》又宣告复刊。这次复刊，仍列为《光明日报》的副刊，但和已往的《文学遗产》有两点不同：第一，主办单位由中国科学院文学研究所改为"光明日报",由报社的文艺部负责。第二,刊载文章的内容由单纯的中国古典文学研究扩大到中国和外国古典文学研究兼容;据我所知,这大概是根据胡乔木同志和周扬同志的指示改变的③。

《光明日报》文艺部指定章正续同志负责复刊后的《文学遗产》的编辑工作。

章正续兄是上海人,为人正直、热情,健谈、善饮。我也是半个上海人,他和我一见如故,十分投合。被他引为遗憾的是,我滴酒不沾。但这并不妨碍我们成为好朋友。

他找到了我,要我帮他编这个刊物。他谦虚地表示,他有缺点,对古典文学是外行。但,他的长处却在于,对文艺界的人和事都很熟悉。他用了一句北京话说是"门儿清"。他要我起"参谋"的作用,帮他筹划《文学遗产》每期的内容,并审阅一部分稿件。

那时,我还住在东四。正好幼女诞生后,妻参加了文学研究所组织的赴山东龙口、海阳的"劳动锻炼"和"四清",幼女暂住上海,由祖父母抚育,长女则随曾祖母居住在文学所宿舍院中另一处房舍,我一人独居,少却许多家务杂事,换来清闲,得以帮助章兄打理《文学遗产》的编务。这完全是出于朋友的情分,属于"义务"的性质,没有领取过光明日报社哪怕是一分钱的酬劳。

在每期出版之前,章兄从石驸马大街赶来东四,在寒舍,我们一起审看来稿,决定取舍,一起筹划和制定每期的重点内容和组稿的对象,然后由他把计划和待用的稿件带回报社,再去付排,以及外出奔走和忙碌。

如果说,当时还存在着一个"《文学遗产》编辑部",那么,这个所谓的"编辑部"其实就是主要由"编内"的章兄和"编外"的我,两个人组成的。

我们两个人是有分工的。我只管坐在家里,看稿,出主意,他在外奔走,联系文艺界,联系北京和外地研究古典文学的学者,承担当面约稿的任务。我在忙于我自己所内的本职工作之外,有时还尽量为章兄"救急",赶写一些"凑版面"的"补白"性质的文章。

在这一年左右的时间里,我在《文学遗产》发表了以下的大大小小的文章:

为何曲意回护——从孔尚任的一首诗谈起(第 488 期,1964 年 11 月 29 日)

《桃花扇》的出现适应了清初封建统治者的政治需要(第 494 期,1965 年 1 月 17 日)

不能这样分析人物的阶级性(第 498 期,1965 年 2 月 14 日)

怎样看待古人的"早慧"?(第 500 期,1965 年 2 月 28 日)

读《项脊轩记》札记（第 505 期，1965 年 4 月 11 日）

关于高鹗的《月小山房遗稿》（第 507 期，1965 年 5 月 2 日）

关于张凤翼的《水浒传序》（第 508 期，1965 年 5 月 9 日）

对尤侗评价的一点意见（第 511 期，1965 年 6 月 6 日）

试谈孔尚任罢官问题（第 514 期、第 515 期，1965 年 6 日 27 日、7 月 4 日）

关于吴敬梓《老伶行》和吴培源《会心草堂集》（第 522 期，1965 年 8 月 29 日）

在这期间，我还在其他报刊上发表了七篇关于《施公案》《三侠五义》《彭公案》和《济公全传》的文章（其中的五篇是和邓绍基兄合写的）。这都是为了配合当时的潮流，应报刊需要而写的，在这里聊记一笔，不过是当作一种不应忘记的历史资料罢了。另外还有一篇和李修章兄合写的《越南杰出的诗人阮攸和他的〈金云翘传〉》。

"文化大革命"开始，《文学遗产》逃脱不掉再度停刊的命运。

六、建议与编委

"文化大革命"之后，《光明日报》文艺部在前门饭店召开了一次首都古典文学研究界的座谈会，广泛征求意见，准备在报纸上恢复《文学遗产》，我应邀参加了那次会议，发了言，主要是谈感想，表示拥护，并介绍了我所知道的《文学遗产》以前受中央领导同志重视的具体情况。

但是，在会后，这次的酝酿复刊的计划没有了下文，我不了解其中的缘由。

反而是文学研究所敲响了《文学遗产》复刊的锣鼓。《文学遗产》脱离了光明日报，再归文学研究所，改为期刊的形式，于 1980 年 6 月出版了复刊号。

在复刊之初，以及复刊之后，我曾在会上和会下，一再向领导上提出两个具体的意见：

第一，改变季刊的形式，不要一年出四期，而要一年出六期，成为双月刊。这样，多了和读者见面的机会，能进一步扩大刊物在学术界的影响，同时也能容纳更多的的学术论文。

第二，不要再继续采用郭老题写的刊名。不是说郭老写得不好，而是说，从书法艺术的角度看，那个简体的"产"字有所欠缺，不平衡，呈现侧偏的形势，不符合书法艺术的美学原则。应改为繁体，并可考虑从古代著名书法家的字帖中去选取。

我很高兴，这两条蒭菲之见，最终获得了主事者的采纳。

复刊以后，我担任了编委。

有一个时期，我还同时担任所内另一刊物《文学评论》编委。

忽然，某一天《文学遗产》作出了一个规定：《文学遗产》编委不得同时再担任《文学评论》的编委，必须二者选其一。那时，同时担任这两个刊物编委的，连我在内，只有两个人。主事者再三对我说，个中另有原因，绝非对我而发。我接受了这个解释。最后，我选择辞去《文学评论》编委的头衔，以表示我对《文学遗产》的重视和忠诚。

一两年后，忽然事情又发生微妙的变化。另一位我的同事原为《文学评论》的编委，这时却被增补为《文学遗产》的编委。这似乎又违反了上次的决定和原则，令人纳闷。至今我也没有彻底弄明白其中的究竟。不过，这并没有对我和《文学遗产》的良好关系产生丝毫的影响，只是略觉愧对《文学评论》。

复刊以后，至今我应邀在《文学遗产》上继续发表了若干篇关于《红楼梦》《三国志演义》《水浒传》的论文，事在近年，为当今读者所知，在这里就不必再一一列举篇目了。

七、感谢

应《文学遗产》编辑部之约，就创刊六十周年纪念，啰啰嗦嗦地说了以上我所经历的一大堆琐事，只是想从我个人的角度提供片纸只字，聊充资料，供日后修史者抉择之用。

《文学遗产》编辑部《四十周年寄言》曾说：

> 另一方面，本刊作者群中人数更多的还是一大批中、青年学者。这些学者在 1949 年以后陆续成长起来，成为当今中国古典文学研究的中坚力量。有人说："半个世纪以来，《文学遗产》培育了一批又一批中国文学史研究的人才。"（作者采信）……但倘说四十年来本学科的几代学者，在他们的成长道路上，大多与《文学遗产》有过文字交谊，《文学遗产》曾给他们以相当的助力，当是不差的。其中相当一部分人的处女作是在《文学遗产》上发表的，也是事实。以五十年代崭露头角的一批学者为例说，他们在《文学遗产》上发表论文时，尚是"始冠"未久的青年，而今早已成为成就卓著的学科带头人。[④]

这段话完全和我的情况相符。但，要说是"成就卓著"和"学科带头人"，则我愧不敢当。

我不禁要说——

《文学遗产》，我深深地感谢你！没有你的"培育"和"助力"，就不会有我的成长。

《文学遗产》，我衷心地祝愿你成为古代文学研究园地里的永不凋谢的鲜花！

注释：

①《文学遗产》大事记（1954—1995）》："创刊初始，占《光明日报》一个整版，（约一万多字，两周一期，周六出版。"按：最后四字有误。创刊号刊出于1954年3月1日。而该日为星期一，不是星期六。

②夏承焘教授的日记，据说已经公开出版，我并没有见到。日记中的这个说法，是一位朋友在报纸上看到有关的报道以后转告我的。特此说明。

③曾当面听到胡乔木同志和周扬同志发出过这样的指示。请参阅拙文《五十年前事——围绕着"曹雪芹逝世二百周年纪念展览会"》（《红楼梦学刊》2013年第6辑。

④《〈文学遗产〉纪念文集》（文化艺术出版社，1998年，北京）。

附录

越南杰出的诗人阮攸和他的《金云翘传》

一

阮攸（1765—1820），越南乂安镇（今属河静省）德光府宜春县仙田村人。他出身于一个封建贵族家庭。仙田阮氏，当时不仅在政治舞台上扮演着重要的角色，而且在文坛上也占据着一定的地位。那时的诗人中有所谓"安南五绝"之称。阮攸和他的侄子阮衡就是其中之二。

阮攸具有丰富的文化素养。琴、棋、书、画，无所不能，还精通武艺，熟悉中国古典文学。当然，他的最大的成就，还在于他的文学创作。

诗人所生活的时代，正是封建社会逐渐走向没落、崩溃的时代。这时，以"西山起义"①为主导的农民起义遍及南北。伴随着政权的更换，社会上动荡不安，广大人民群众受尽了种种压迫和剥削，处于水深火热之中。

当阮攸成年的时候，他的家庭开始衰败。他不得不度过了十余年颠沛流离、饥寒交迫的患难生活。正像他在诗中所写的：

> 行脚无根任转蓬，江南江北一囊空。
> 百年穷死文章里，六尺浮生天地中。②
>
> 十载风尘去国赊，萧萧白发寄人家。
> 长途日暮新游少，一室春寒旧病多。③

生活环境的变迁，使他有机会去接近和熟悉普通人民，去了解和同情民间的疾苦。这对他以后的创作生活起了重大的影响和积极的作用。

1802 年，阮福映统一了整个越南后，阮攸开始了他的宦途生活。1813 年，他充任出使中国的正使。1820 年，当他再度准备出使中国时，未及启程，便突患重病，终于在九月十六日逝世，享年五十六岁。

在第一次出使中国的时候，诗人写出了一系列著名的诗篇。他凭吊了屈原、贾谊、嵇康、李白、杜甫、柳宗元、欧阳修等中国古代著名的文学家的祠墓或遗迹，用作品来称赞他们的才能和造诣，表达自己对他们的景慕。例如，他在《耒阳杜少陵墓》中写道：

> 千古文章千古师，平生佩服未常离。

在这些诗人中，特别是屈原和杜甫，对阮攸在创作上的影响是很大的。中国历史上的一些著名的政治、军事活动家和爱国志士，如蔺相如、廉颇、岳飞、文天祥、瞿式耜等，也都受到了诗人的不同程度的颂扬。他一方面热情洋溢地讴歌中国历史上的英雄人物和事迹，另一方面又运用自己的诗笔，有力地抨击他所耳闻目睹的中国当时的黑暗的社会现实。例如，途经湖南，他写了一首《反招魂》：

> 魂兮魂兮胡不归？东南西北无所依。
> 上天下地皆不可，鄢郢城中来何为？
> 城郭犹是人民非，尘埃滚滚污人衣。
> 出者驱车入踞坐，坐谈立议皆皋夔。
> 不露爪牙与角毒，咬嚼人肉甘如饴。
> 君不见，湖南数百州，只有瘦瘠无充肥！
> 魂兮魂兮率此道，三皇之后非其时。
> 早敛精神返太极，慎勿再返令人嗤。
> 后世人人皆上官，大地处处皆汨罗。
> 鱼龙不食豺虎食，魂兮魂兮奈魂何！

诗人鞭挞了封建统治阶级残害人民的凶恶面目，揭露了封建社会的真相："人人皆上官""处处皆汨罗"，真是一个豺虎食人的世界！在《五月观竞渡》里，诗人又写道：

> 魂若归来也无托，龙蛇鬼蜮遍人间！

基于这样的认识，他对那些生活在鬼蜮阴影笼罩之下的普通人民的悲惨境遇产生了深切的同情。当他乘坐使船经过广西的时候，在一个"江风萧萧江月明"的夜晚，他见到邻舟有一位年老的瞽者在"卖歌乞钱"："且弹且歌无暂停""口喷白沫手酸缩"。但是，"殚尽心力几一更，所得铜钱仅五六"。诗人写了一首《太平卖歌者》，发出自己的感慨：

> 我乍见之悲且辛，凡人愿死不愿贫。
>
> 只道中华尽温饱，中华亦有如此人！
>
> 君不见，使船朝来供顿例，一船一船盈肉米。
>
> 行人饱食便弃余，残肴冷饭沉江底。

另外，在《所见行》里，他一方面描写了母子四人流落异乡，沿途求乞的惨状，一方面又回忆起"昨宵西河驿"筵席上的铺张、奢侈的盛况：

> 鹿筋杂鱼翅，满桌陈猪羊。
>
> 长官不下箸，小的只略尝。
>
> 拨弃无顾惜，邻狗厌膏粱。

和《太平卖歌者》一样，《所见行》也通过鲜明的对比，尖锐地指出了压迫者与被压迫者、剥削者与被剥削者之间的贫富不均的事实，从而控诉了不合理的黑暗的封建制度的罪恶。就是这样，在许多诗篇里，诗人把自己的同情给与了中国封建社会的受苦受难的普通人民。

阮攸遗留下来的作品，分为汉字、喃字两种。汉字作品有《清轩前后集》《南中杂吟》和《北行诗集》④，其中，《清轩前后集》和《南中杂吟》两部诗集主要收集了他在国内漂泊和隐居时期所写的作品；《北行诗集》中的诗篇则描写了他在出使中国途中的见闻和感受。喃字作品有《十类众生祭文》和《金云翘传》等。长篇叙事诗《金云翘传》，原名《断肠新声》，越南经常简称为《翘传》，是阮攸的代表作。这部作品的出现，奠定了他在越南文学史上的地位。

二

《金云翘传》作于阮攸出使中国（1813—1814）之后的不久⑤。诗人根据自己对于封建社会生活的理解，认识到无论在中国或在越南，普通人民的命运是相同的。在这部杰出的作品里，诗人对封建社会的种种黑暗和不合理的现象都有所揭露，反映了普通人民的种种不幸的遭遇，从而使得它的思想内容在客观上具有了批判封建社会的意义。

王翠翘是一个美丽而又聪明的女子。她和青年书生金重一见钟情，经过几度相会以后，他们交换信物，订下了你嫁我娶的盟言。看来，幸福即将降临到这一对年轻人的身上。然而，一连串的打击使得这一切全都成为泡影。先是金重的叔父在辽阳逝世，金重奉父命前去奔丧，两人不得不在匆遽之中凄然告别。接着，王翠翘的老父幼弟，因受丝商诬告，被捕入狱，面临着贪官酷吏的严刑拷打，她被迫卖身赎父。从此，这位"生长深闺"⑥的天真、纯洁的少女便离开了自己的家庭，开始了痛苦的生涯。她先后被卖给临淄、台州两地的妓院，受到马监生、秀婆、楚卿、宦氏、薄婆、薄倖⑦等人的欺骗、侮辱和虐待。无情的生活的巨浪就这样把一个"生长绮罗丛"的少女，卷进了急剧的漩涡。在一开始的时候，她曾企图有所反抗，但依然无法避免凶恶的波涛一个接着一个地向她迎头袭来。由于在她的身上有着封建意识的沉重的负担，因此她不得不听任命运的摆布。"如今债赎前生，纵使花残玉碎，我亦无言！"在这种自叹命薄的信念的支配下，她长期地过着含垢忍辱、逆来顺受的生活。

王翠翘的遭遇是十分不幸的，她虽然出身于一个员外的家庭，但却充当过妓女和侍婢，尝尽了被践踏在生活底层的滋味。在漫长的十五年之内，单是妓院的门槛，她就跨进了两次。她所遭到的迫害是多方面的，而且超出了家庭的范围。可以说，王翠翘身受的苦难是深重的。她的境遇反映出了封建社会的普通妇女被折磨、受蹂躏的事实。

诗人告诉读者，在那遍地皆是虎狼的社会里，广大的普通人民根本缺乏正常地生活下去的保障，时时刻刻存在着被蹂躏、被吞噬的危险；在那既没有公理、也没有正义的时代，一个普通的妇女的命运就是如此可悲！王翠翘这个形象所体现的"才命两相妨"的思想实际上是反映了旧时代的许多有才能的人和当时的社会现实的矛盾这一可诅咒的现象。诗人的出色的描绘把封建社会的黑暗和腐朽暴露在读者的面前，对它们进行了批判。

作为王翠翘的对立面，诗人描写了一系列的反面人物形象，勾勒出他们的丑恶的嘴脸，鞭挞了敲诈勒索的奸商，爱财如命、残民以逞的昏官，乘人之危、逼良为娼的人贩子，威逼利诱、无所不用其极的鸨母，花言巧语、为虎作伥的流氓，封建官僚家庭出身的手段阴险毒辣的妒妇，死心塌地为地主阶级服务的狗腿子，卑鄙无耻的总督等等人物。正是他们，上至朝廷的大官，下至妓院的老板，一个一个地露出狰狞面目，张开血盆大口，伺伏在他们所设下的陷阱的近侧。在他们的威胁、逼迫之下，许多善良的人民走投无路，成为他们的俎上之肉。他们的活动遍于社会的各个角落。通过对他们的刻画，诗人对封建社会的许多方面都是有所揭露的。

对于作品的主人公王翠翘，诗人是同情的；对于那些反面人物，诗人是憎恨的；对于那个"智勇双全好汉"徐海，诗人则基本上采取了一种歌颂的态度。他热情洋溢地叙述着徐海的事业的进展："战果连连，兵威远震。立朝廷，称霸一方，分文武，界画山川"；"江川经划从容，多少侯王一手封。旗开处，谁敢争雄？"在王翠翘陷入深重的苦难以后还真挚地爱她，尊重她的人格，以具体行动援救她，进而帮助她报仇雪恨的，并不是膏粱子弟束其心，甚至也不是后来做了高官的金重，而恰恰是草莽英雄徐海。这样的描写不是没有意义的。它告诉读者，在那个暗无天日的社会里，一切压迫都是合法的存在，只有成为封建社会的叛逆者，才有可能摆脱压迫者的桎梏，改善自己的命运。从这一点来说，诗人对徐海的歌颂，实际上看就是对当时的封建秩序、封建统治的一种批判。而大胆地歌颂具有叛逆性格的英雄人物，也正是诗人的一种进步观点的表现。但徐海终不免遭到了封建统治阶级的暗算，他所领导的事业随着也就失败了。

徐海是个什么样的人物呢？他是一个在中国明代嘉靖时候伙同外国海寇，在江、浙沿海一带肆行掳掠的强盗头子。他的活动对当时的封建统治阶级，固然是一种反叛，但对沿海一带人民的生命财产也造成了很大的破坏。不过在徐海的队伍中，也有不少是属于"官逼民反，不得不反"的人，是一些不堪忍受繁重的赋税，被逼得铤而走险的人民，因此他们的活动又带上某种反抗封建官府的色彩。作为《金云翘传》里面的徐海，阮攸显然并没有拘泥于这个真实的历史人物的本来面貌，他是根据自己的想像再创造了这个人物。阮攸称赞这个徐海是"燕颔蚕眉好汉""雄姿英发"，是"精通拳棍，更兼才略高强"的"顶天立地男子汉"，完全略去了他和外国海寇的勾结，他对人民生命财产的破坏，就说明了他创作这样一个人物，既是为了抒写他的"佳偶配英雄"的故事，也是借了对这个人物的某些肯定来讴歌封建时代的所谓草莽英雄人物对封建王朝的反叛。在过去的文学创作中，是允许不拘泥于历史人物的本来面貌的写法的。我们《三国志演义》中的曹操并不很符合历史上的真人真事，我们《西游记》里的唐三藏也不大符合那个去西竺取经的和尚的性格。

三

中越两国的文学，如同两国人民的友谊一样，在历史上一直有着极为亲密的关系。十八世纪末和十九世纪初，正当阮攸生活的时代，越南的许多作家根据中国文学作品进行改编或再创作，一时蔚为风气，先后涌现了《西厢传》《潘陈》⑧《二度梅》《花笺》等等著名的作品。而阮攸的《金云翘传》则是其中的佼佼者。

王翠翘的故事在中国曾经流传。十七、十八世纪以它作为题材的文学作品，散文方面有余怀的《王翠翘传》⑨，小说方面有《生报华萼恩，死谢徐海义》⑩、青心才人的《金云翘传》⑪，戏剧方面有夏秉衡的《双翠圆》⑫等。以上这些作品，都是以王翠翘为主人公而开展故事情节的⑬。其中，青心才人的小说《金云翘传》的内容比较丰富和完整。阮攸的《金云翘传》就是根据它改变和再创作的。

阮攸用天才的艺术能力和经验，通过自己在长时期内积累起来的对封建社会的敏锐的观察和清晰的认识，用诗歌的形式成功地叙述了这个故事。在越南，在诗人以前或以后，还有不少人曾经作了改编《金云翘传》的工作。但是，他们的作品已差不多完全被读者忘记了。一百多年以来，只有诗人的《金云翘传》流传下来，经受了时间的考验。

诗人的《金云翘传》用越南人民所喜闻乐见的诗歌形式"六八体"写成。"六八体"是越南民族独有的一种诗歌形式。它们起源于民间，是越南民歌中的最主要、最普遍的一种形式。到十五、十六世纪以后，它才逐渐受到文坛的重视。经过几个世纪的锤炼，它变得更加完整，更加优美。它的形式特点是这样的：每两句中，上句六字，下句八字；上句第六字必须与下句第六字同韵；下句第八字又必须与后面上句的第六字同韵；这样一直贯串到底。诗人在长达三千余行的《金云翘传》中炉火纯青地运用了这种形式，全诗一气呵成，前呼后应，自然流畅。《金云翘传》的出现，宣告越南古典诗歌的"六八体"艺术已经到达了完整优美的高峰。

从小说《金云翘传》到长篇叙事诗《金云翘传》，诗人虽然没有着重地去更改小说的情节，但他并不是仅仅铺叙故事情节的进展，而是在许多地方用优美的诗的语言生动地、细致地抒发了作品中的人物的思想感情的活动。例如，王翠翘自戕被救，秀妈假意允许洁身待聘，把她安置在凝碧楼上：

> 凝碧楼头春锁，
> 近月远山同清。
> 西望天涯无际，——
> 黄土堆，红尘路，荒凉景。
> 朝云夜灯无限羞，
> 芳心碎，半为物景，半为多情。
> 忆当年月下同杯，
> 星霜换，信息无凭。
> 天涯海角独凄零，
> 何日才把污名洗净。
> 辜负倚同人，
> 问阿谁替我问暖嘘寒孝敬？
> 凄然望，黄昏海港，

掩映白帆，天际归舟谁放？
凄然望，滚滚狂波，
花谢水流，归向何方？
凄然望，绿草平原，
连天碧，云海茫茫。
凄然望，风卷海面，
危坐处，惊涛激浪。

这些诗句由于反复地咏叹，把景物描绘和人物内心情感的抒写结合起来，因而产生了巨大的艺术魅力。

山溪流水清清，
桥边，丝丝柳叶分明。
她回到画帘绣阁，
日沉山背，城楼又报初更。
明月窥人，
水泛金液，庭笼树影。
棠阴轻拂楼台，
风露中轻轻摇摆。
寂寞夜深明月，
思今念远，愁绪难排。

枫林秋色凄零，
马足扬尘，
夕照一丝鞭影。
归来后，她捱尽五更寂寞，
马上人，也觉山川万重。
一轮月色，半照孤眠，半送长征。

这些诗句的浓郁的抒情气氛也都是很有感染力量的。

这部杰出的长篇叙事诗，无论在人物的塑造上，或细节的描写上，都与小说有许多不同的地方。这并不仅仅是由于文学表现形式的不同，更重要的，也是阮攸的《金云翘传》在艺术上完全是一部新的创作。阮攸的出色的艺术才能和辛勤的劳动，使他运用这个王翠翘的故事在越南古典文学中创造出来了一部杰出的作品。他的诗体《金云翘传》在越南广泛流传，远远地超过了青心才人的小说在中国流传的程度。这里面可能有复杂的原因，但群众的欢迎总是证明了作品的很大的成功。从艺术描写方面来说，诗人不但把景物的描绘和人物内心情感结合得很好，而且在典型的情景中刻画了典型的人物，他在很多地方是把景物的描绘作为人物活动的背景来处理的。阮攸在长诗中描绘事物有很多变化。他描写王翠翘三次自尽、三次思家、三次梦见淡仙、四次弹琴，都写得各具特色，形象生动。诗人驾驭语言的才能也是惊人的。阮攸精通中国文化，他在《金云翘传》中吸取了中国唐代和其他朝代的一些诗人在诗歌语言上的成就，运用了不少中国的典故和词汇，使他当时运用的越南的书写文字（喃字）更丰富了，表现能力更强了。当然，主要还在于阮攸掌握了越南语言的丰富的声调的变化和音乐性。他把上述两个方面构成了一个统一的艺术语言的整体。阮攸在运用中国的诗词的语言和典故到他的作品中去时，在把它们翻译为当时越南的文字（喃字）的时候，符合越南语言的规律和特点，使广大的越南读者不觉得奇怪，而且感到和谐，统一。学习外国的语言，并把它吸收到自己国家的语言里，使其更丰富，应当说阮攸是一个很好的榜样。诗人对越南不少的民歌、谚语的运用，更使他的作品带有一些民间文学的色彩。这也是他的《金云翘传》在越南人民中能够广泛流传的原因之一。越南文学院副院长怀青同志说："阮攸运用语言，在任何时候，都是适时、适地、适情、适景的。"他又说："阮攸有着越南文学史上任何一个作家、诗人所无法相比的丰富的语言。"《金云翘传》在越南文学史上很重要的地位，我们也可以引越南文联主席、越南文学院院长邓台梅同志的评价来说明。他说："谁也不能否认，在以前的全部越南文学中，《金云翘传》是最成功、最具大、最典型的作品。"⑮

四

《金云翘传》在越南民间的影响是巨大而惊人的。在越南人民中间，大部分人都能背诵几句、几段，不少人甚至能背诵几百句或上千句。在民间文学领域中，涉及《金云翘传》的，有咏翘、赋翘、祭翘文、对联，而在从北宁、义静、顺化一直到南方的民歌中，民间传说和民间故事中，都可以明显地看到《金云翘传》的影响。此外还有"集翘"（借全句，或把原句作新的断句法，把几处的句子凑并成一段）"咏翘"（借人物和故事再创作）、谜语（猜年月、人物、玩字、猜句意等），都是受《金云翘传》的影响而产生的民间文艺形式。《金云翘传》还在语言、艺术技巧等方面为许多作家提供了借鉴。越南的许多话剧、改良戏、嘲剧中，也经常在舞台上演出《金云翘传》

的全本或片段，例如《翠翘游春》《翠翘卖身》《宦氏嫉妒》《翘传》一、二、三集等。甚至越南人民反侵略战争时期，还有些诗人和革命干部采用《金云翘传》的题材和表现方法来编写宣传品和抗敌诗歌。总之，像《金云翘传》这样广泛地流传并产生了巨大的影响，在越南古典文学中确的罕见的。

当阮攸的《金云翘传》一问世，就有一些人进行仿作，但都没有能够达到阮攸已达到的水平。当时的封建统治阶级和后来的法国殖民主义者曾以种种方法对《金云翘传》肆意歪曲。十九世纪中叶阮朝的一个皇帝就曾下令删改《金云翘传》中的一些句子，并根据封建统治阶级的立场，要责打阮攸三十皮鞭，如果他还活着的话。第一次世界大战以后，法国殖民主义者的御用文人范琼、陈仲金别有用心地叫嚷：“《翘传》在，我们的语言在；我们的语言在，我们的国家在。”表面上看来，他好像很爱自己的国家的语言，也好像很喜欢《翘传》，但这其实完全是一种伪装。他要故作惊人之语，却恰恰暴露了他的丑恶的面目。如果相信了范琼的谎言，那么，一部《翘传》似乎就可以救国了，便不用去抗击外国侵略者了。他的这种言论实际上是在执行法国殖民主义者的意图，引导越南爱国青年放弃抗法的斗争。范琼讲这番话时，正当越南革命浪潮高涨的时候，所以他的话是十分错误的，也是十分有害的。那时的爱国志士吴德继、黄叙沆，曾写文章揭露了他们这种破坏抗法斗争、毒害青年的阴谋诡计。

1943 年，大革命前夕，张酒大肆歪曲《金云翘传》，企图抹杀它的民族性。到 1956 年、1957 年，以张酒为代表的越南文艺界的一小撮修正主义分子（“人文佳品”集团），又恣意歪曲《金云翘传》，企图否定它的真实价值。但他们立即受到了有力的驳斥和批判。不管封建统治阶级、殖民主义者和反动派如何排斥、歪曲阮攸的《金云翘传》，它一直受到越南人民和正直的文学家的热爱和珍视。在八月革命成功以后，特别是 1954 你以来，越南文艺界的同志更努力以马克思列宁主义为指导，来研究《金云翘传》的进步意义，同时也批判了它的消极因素。

《金云翘传》到目前为止，已被译成许多种不同的文字，其中有中文、英文、法文、俄文、捷克文、德文、日文……等等。1959 年中文译本出版以后，先后有人写过评论和介绍的文章。阮攸的《金云翘传》是依据中国小说再创作的作品，所以它体现了中越两国文化交流的友谊。正如已故的越中友协会长裴杞在中译本序文中所说的：“中而越，越而中，正如人体中之动静脉，循环不息，一气沟通，感到两民族文字有密切大姻缘……”今天，中越两国的文化交流，在马克思列宁主义的光辉照耀下，展开了崭新是一页，体现了中越两国人民的战斗友谊。中越两国的文化交流，犹如长江、红河，永流不息；两国人民的战斗友谊，犹如泰山、长山，巍然屹立。

注释：

①西山起义（1788—1802）是越南历史上最大的一次起义，由阮惠领导。最后被阮朝镇压。

②"漫兴"，见《阮攸汉字诗集》（文化出版社出版，1959年，河内）。

③《幽居》，见《阮攸汉字诗集》。

④一作《北行杂录》。

⑤关于《金云翘传》的创作年代，目前在越南学术界尚无一致的意见。有人定为在出使中国之后，但也有人主张在出国之前。

⑥本文所引阮攸《金云翘传》诗句，均据黄轶球译本（人民文学出版社，1959年，北京）。惟其中有一些不甚妥切的地方已经过我们校订或重译，以下不另注明。

⑦黄译本误为"白倖"。

⑧即《玉簪记》。

⑨见涨潮辑《虞初新志》。

⑩见梦觉道人《幻影》第7回。此书又名《拍案惊奇三刻》，现存崇祯刊本。

⑪现存清初刊本。

⑫现存乾隆刊本。

⑬另外还有小说《胡少保平倭战功》（见《西湖二集》）及戏曲《秋虎丘》（见《古本戏曲丛刊》三集）《两香九》（见《曲海总目提要》卷三十五），都只是部分情节写到王翠翘的故事，或只是以王翠翘劝说徐海投降这一情节穿插其中。至于小说《双奇梦》（清代道光刊本《怡园五种》收有这部作品）则系青心才人《金云翘传》的缩写本。

⑭《批判与评论》（文学出版社，1960年，河内），271页，290页。（缺）

⑮《在学习和研究的道路上》（文学出版社，1955年，河内），233页。

《何其芳论红楼梦》序

先师何其芳先生不但是著名的诗人，著名的散文家，著名的文艺理论家，还是著名的红学家。

他的红学代表作有三："红楼梦选修课"讲稿，《论红楼梦》论文，《曹雪芹的贡献》论文。这奠定了他在红学史上的重要地位。

1951年，我考入清华大学中文系，当时的系主任是吴组缃先生。1952年，清华大学中文系并入北京大学中文系，我和吴先生都转到了北京大学。我听了吴先生开设的现代文学作品选讲的课程。1955年，大学毕业后，我被分配到中国科学院文学研究所（当时它还有另外一个名称叫"北京大学文学研究所"）工作。何其芳先生亲自决定由他来担任我的导师。1956年，北京大学中文系开设了《红楼梦》选修课。由吴、何两位老师分别讲授。两位的观点不尽一致，讲课采取的是"打擂台"方式。当时的文学研究所就设在北京大学校园内的哲学楼。因此，我得以有了听讲的机会。我听完了全部的课程，并且记下了比较详细的笔记。遗憾的是，两位先生的讲稿没有公开发表，似乎也没有保存下来；我的那个笔记本在经历了"十年动乱"之后，也已不知放到什么地方去了。

《论红楼梦》发表于1958年。这是我们"《红楼梦》研究小组"（由何其芳、胡念贻、曹道衡、邓绍基和我五人组成）的四篇系列论文之一，也是小组的主要的带有总结性质的长篇论文。这篇论文的主要部分曾经作为"代序"一度刊载于人民文学出版社的《红楼梦》排印本的卷首。在这之前，何先生曾在北京大学、中央文学讲习所作过关于《红楼梦》的演讲，都为这篇论文的产生作了初步的准备。伴随着这篇论文的产生，我们小组的其他成员事先也曾为何先生查阅、搜集了一些相关的资料。后来，我用笔名（解叔平，谐音"写书评"）写了一篇关于《论红楼梦》的简介。

1962年，我受何先生的派遣去参加文化部、中华全国文学艺术界联合会、中国作家协会、故宫博物院主办的"曹雪芹逝世二百周年纪念展览会"筹备组的工作。筹备期间，不少中央领导同志来到文华殿参观展品，提出指导性的意见。胡乔木同志热心地来过三四次。1963年8月5日，胡乔木同志约请周扬同志、邵荃麟同志谈话。邵荃麟同志时任中国作家协会副主席、党组书记，负责领导展览会筹备组的工作。我随他来到了胡乔木同志中南海的家中。谈话的内容很多，主要是关于展览会以及对曹雪芹和《红楼梦》的评价问题。我一一作了比较详细的记录。谈话中，他们决定在北京召开"曹雪芹逝世二百周年纪念大会"，并由何先生作大会报告。事后，邵荃麟同志命我去向何先生汇报，并由我根据胡乔木同志、周扬同志谈话的精神代何先生撰写报告的初稿。但，何先生没有用我起草的报告提纲，而是自己动手撰写报告，题为《曹雪芹的贡献》。因为迫于当时的政治形势，纪念大会最终没有开成。那篇大会报告也就仅仅以普通论文的形式发表在《文学评论》上了。

1966 年 5 月底，我正在江西丰城参加"四清"，突然接到文学所学术办公室主任朱寨先生的电话，调我回京，去完成一项紧急任务。抵京后，方知何先生应邀访日，所领导调我回京为何先生做一些资料方面的准备。我立刻赶到何先生寓所。何先生让我先稍事休息，然后为他的演讲内容搜集有关的资料，主要是关于中国古代小说，尤其是关于《红楼梦》方面的资料。我的"休息"尚未结束，"文化大革命"的风暴即已来临。六月初，在一次全所大会上，有两位《新建设》编辑部的人来"串连"，当场用一种带有福建口音的腔调喝令："何其臭，站起来！"从此，何先生被打成"黑帮分子"，挨批挨斗，关进了"牛棚"。他的日本之行也就没有了下文。而他的《红楼梦》论文也因之成为"大毒草"。

以上所说，是在"我·何其芳·《红楼梦》"这个框架内的一些情况。

至于何先生《红楼梦》研究的成就，以及他在红学史上的地位等等，则未著一笔，暂付阙如，因为这已远非我这篇小小的序文所能负担的任务。好在时贤的论著，以及本书"附录卷"的"何其芳红学年谱""何其芳论红楼梦研究综述""整理校订者言"对此都已有所介绍、评议和分析，毋庸我在这里再饶舌了。

白山出版社的董志新先生等热心于"何其芳论《红楼梦》"课题的研究，花费了大量的精力搜集有关的资料，并作出了精彩的评论。我怀着愉悦的心情读完了他们编辑和撰写的这部专著。作为何先生的学生，我在这里向白山出版社和董志新等先生表示衷心的尊敬和感谢。

2009 年 4 月 9 日灯下

张锦池《三国演义考论》序

一

我与锦池兄同出身于北大。他比我低两届。但在燕园，我们没有会过面。

1980 年，哈尔滨，中国红楼梦学会成立，这三者的交集，是我和锦池兄结识和结交的开始。

那年行前，为筹组学会，我去拜见吴组缃师，征求意见。谈话间，我问了一句，在红学界，时下有什么值得注意的杰出人士？吴师脱口而出："张锦池，有头脑！学生里面，我比较欣赏他。"

如今回忆起吴师此语，心中深深佩服他老人家的识人的犀利眼光。

其后，我和锦池兄同在红学界跌爬滚打，几年下来，对他有了进一步的认识：他不愧是一位正派的、鲠直的学者；他是我的诤友。

二

吴师常说，研究古代小说，要走两条道，一是研究小说史的源流和发展，不论是竖向的，还是横向的，二是研究名著，特别是四大名著，三国、水浒、西游、红楼；前者是博，后者是专。

锦池兄心中一直牢记着吴师的教诲。他不屑于区区"红学家"的称号。除了《红楼梦》以外，多年来，他还致力于《西游记》《水浒传》《三国志演义》的研究。他已出版了《红楼十二论》《红楼梦考论》《西游记考论》《水浒传考论》《中国四大古典小说论稿》等专著，现在又向读者呈献了这本《三国演义考论》，完成了吴师寄望于他的遗愿。

清人王芑孙曾在《读易楼记》中称赞一位学者说："其好之之勤，而读之之遍，如此非专专治一艺、名一经者也。"显然，"专治一艺"与"专名一经"为昔之学者所轻。

锦池兄与某些"红学家"有异，恰恰与王苣孙的见解暗合。这也是他在学术上取得耀目成绩的原因之一。

三

在学界，锦池兄并不以"考据家"著称，人们更多地注意到，他其实是一位富有创见的"理论家"。

他努力地走在"理论"和"考据"相结合的道路上。

他的专著多冠以"考论"之名，这本书也不例外。有"考"又有"论"，这是他的追求；而且他把"考"字列于"论"字之前。可见他对"考"字的强调与重视。不难看出，他在论文和专著中表现出的许多真知灼见，都是精彩的、有说服力的。我认为，在他的笔下，"论"与"考"达到了和谐的组合。

我想起了一件往事。

锦池兄有一位学生，热情、浪漫，是个写诗的有前途的年轻人。锦池兄在此人大学毕业之时，推荐他到北京来报考我招收的研究生，并亲自给我打了电话。他的意思是，此生乃可塑之材，"虚"已有，缺的是"实"，希望能在我的门下多学习些"实"的工夫。我不敢辜负老友的期望，努力地去做了。

从这一点可以看出锦池兄在治学上的追求。

四

著作多，不难。难的是，力戒浮词滥调的堆砌；难的是，要有创见，有深度！

从治学上说，在我的心目中，锦池兄的论著就是这样，多有创见，且有深度。

读锦池兄的文章，我的脑中时时回忆起吴师所说的那三个字："有头脑"！

在这一点上，我自愧弗如。

以上肤浅的愚见，不知锦池兄以为然否？

至于这本书写得如何，读者诸君细阅之后，当信吾言非虚。

乙未初春，时年八十有三。

后记一

此书汇集了我自上世纪五十年代以来所写的大大小小的论文和札记。

三四十年前，我曾准备把我已在报刊上公开发表的论文编成一本集子，寻求出版。当时，我请钱钟书先生为此书命名和题签。钱先生欣然挥毫，题写了六个俊朗飘逸的大字："古代小说初论"。但是，辜负了钱先生的美意，由于种种原因，此书始终没有机会和读者见面。现在，在那个集子的基础上，再加上后来续写的（包括近年新写的）文章，编成此集。我已进入耄耋之年，且早已出版了另外的十部专著和论文集，时过境迁，再用"初"字岂不显得有点儿"装嫩"，遂改易今名。

此书论述的作家作品，除《红楼梦》《水浒传》外，以蒲松龄《聊斋志异》、吴敬梓《儒林外史》、无名子《九云记》为重点。

本书分为六卷，另有"附录"。

卷一"古代小说概论"，共有论文八篇。

第一篇《论古代短篇小说——〈中国古典短篇小说〉前言》写于 1979 年，原是《中国古典短篇小说》（上海文艺出版社，1980 年）一书的前言，系应金子信同志之约，与邓绍基兄合写。

上海文艺出版社当时准备出版《中国古典短篇小说》，出版社特地约请绍基兄与我二人撰写前言和提供选目。金子信同志原为文学研究所同事，后调往上海文艺出版社工作。老友情面难却，遂赶写此文以应。

谁知出版社临时变卦。选目改由他们自定，我们只需负责前言的撰写。因此，关于该书选目的优劣、正误，我们概未过问。

绍基兄与我在研究所内共事六十年之久。他已于 2013 年 3 月 25 日因病逝世。当年他和我合写过不少的文章，一度被所内同事戏称为"刘邓大军"。他正直、善良、大度，待人宽厚，虽一度居于领导岗位，却谦虚、谨慎、公正、低调。最为人称道的一点是，从不给下属"穿小鞋"。我至今仍深深地怀念着这位良友。

在进所之初，我们两个人的分工是，他研究戏曲，我研究小说。有一次闲谈中，我说，我们也不必框住自己，不妨试验一下，你来写一篇谈"三言二拍"的。绍基兄甚表同意。他说，你对洪昇有兴趣，就来一篇谈《长生殿》的得了。我也点了头。可是，绍基兄写出了研究"三言二拍"的论文，而我的研究《长生殿》的论文却失了约，着实惭愧。

不妨在这里追记二十三年间（1957 年至 1980 年）他和我合写的文章篇目（共十三篇），如下：

《评〈红楼梦〉是"市民文学"说》（《北京大学学报》1957 年第 2 期）

《〈中国文学史简编〉（修订本）批判》（《光明日报》1957 年 12 月 15 日、22 日《文学遗产》第 187 期、第 188 期）

《文学研究战线上的新收获——喜读〈中国文学史〉修订本》（《光明日报》1959 年 12 月 20 日《文学遗产》第 292 期）

《不能混淆古和今的界限——关于评价古代作家、作品的两个问题》（《光明日报》1963 年 3 月 21 日）

《关于实事求是及其他——对古典文学研究中的学风和方法的几点意见》（《光明日报》1963 年 3 月 31 日《文学遗产》第 457 期）

《评古代文学研究和评论工作中的一种现象》（《光明日报》1963 年 12 月 16 日）

《〈红楼梦〉的主题》（《文学评论》1963 年第 6 期）

《清代公案小说的思想倾向——以〈施公案〉、〈彭公案〉和〈三侠五义〉为例，兼论"清官"和"侠义"的实质》（《文学评论》1964 年第 2 期）

《为什么说〈施公案〉是一部坏书？》（《中国青年》1964 年第 7 期）

《〈施公案〉、〈彭公案〉和〈七侠五义〉都是坏书》（《中国青年报》1964 年 6 月 13 日）

《〈济公全传〉宣扬了什么思想？》（《中国青年报》1964 年 7 月 18 日）

《怎样看待〈七侠五义〉中的侠义人物》（《中国青年》1964 年第 15 期）

《〈中国古代短篇小说〉前言》（《中国古代短篇小说》，上海文艺出版社，1980 年 9 月）

（其中有几篇发表时用的是笔名"司马从"。）

这样做的目的，一来是为了表达对他的怀念，二来也是作为一种史料供读者参考。

第二篇《论古代公案小说——〈古代公案小说丛书〉前言》是为群众出版社"古代公案小说丛书"而写。大约在 1999 年左右，应孟向荣同志之约，我和竺青兄主编了这套丛书。

第三篇《论明代神魔小说》系应程毅中学兄点题之约，写于 1991 年，载于他所主编的《神怪情侠的艺术世界——中国古代小说流派漫话》（中共中央党校出版社，1994 年，北京）。因限于该书统一的体例，发表时标题被改为"变化多端的神魔小说"。现恢复原题。

第四篇《论清代小说》原是为《中国古代小说百科全书》所写的词条。我兼任该书"清代文学"部分的主编，编委会遂指定由我撰写此一词条。

第五篇《清代公案小说的思想倾向——以〈施公案〉〈彭公案〉和〈三侠五义〉为例，兼论"清官"和"侠义"的实质》，系应毛星同志点题之约，与邓绍基兄合写于 1964 年 3 月，原载《文学评论》1964 年第 2 期。此文曾在当时于首都召开的一次全国性的关于戏剧改革的会议上分发，被列为会议的重要参考文件之一。

第六篇《重读经典，要细读、精读——以〈三国〉与〈红楼〉为例》，写于 2009 年 6 月，系应周建渝兄之约，为《重读经典——中国传统小说与戏曲的多重透视》（牛津大学出版社，2009 年，香港）一书所写的序言。现在的标题是新加的。

2008 年 1 月香港大学中文系主办了"重读经典：中国传统小说与戏曲国际学术研讨会"，我应邀参加会议，并提交了论文《〈红楼梦〉眉盒藏本：一部新发现的残抄本》，并在大会上作了主题发言。会后，香港大学中文系选辑四十七篇会议论文结集出版，拙文也列于其中。

第七篇《关于小说版本研究与古今贯通研究的随感——在一次学术研讨会上的发言》是根据我在会议上的发言录音记录的。我在这里要向那位没有署名的整理记录的同志表示感谢。这篇发言录音稿，事后曾在《文学遗产》上发表。当年《文学遗产》编辑部曾和几所大学联合举办过几届"文学遗产论坛"。我应邀参加过在福州、兰州、湘潭的几次。这个录音稿仿佛记得是在湘潭会议上的发言。

卷二"明代小说作家作品论"，共有论文七篇。

第一篇《〈京本忠义传〉：在繁本与简本之间》，系应胡世厚、郑铁生二兄之约，写于 2014 年四月底、五月初，刊载于《罗学》第 3 辑（社会科学文献出版社，北京）。

在此文的原稿上，本来署的是笔名。我在 2014 年 4 月 29 日寄给胡、郑二兄的电子邮件中，曾专门提醒说："此文将以'赵有纾'的笔名发表，目的是为了避嫌。"孰知当我收到这期刊物时，才发现依然用的是真名实姓。

关于《水浒传》，1998 年 6 月，应顾青兄之约，我另写有一文：

《化工肖物，摩写逼真——〈水浒传〉宋江故事选读》(《中华活页文选》(成人版)1998年第22期

目前手上没有该文，只好付诸阙如了。

第二篇《赵弼与〈效颦集〉——明代小说史札记》，初稿写于1985年，1995年改定。原拟写五节，后仅写出前三节，因他事而中止。没有写出的两节是：第四节"《效颦集》的形式与内容"，第五节"《效颦集》在小说史上的重要性"。

此文的撰写原是为我自己拟议中的《明代小说史》做准备。那年在沈阳的凤凰饭店召开一个国际学术研讨会。会议主办者要求我在会上发言，介绍近期的工作规划。我说，正在准备撰写一部《明代小说史》专著，并详细介绍了我的思路和方案。万万没有想到，这番话竟惹出了一场风波。一位同事会后跑到某位国际友人的房间内大哭大闹，认为我挡了她的路。于是法国国家科研中心的陈庆浩兄来劝解和安慰我，不必和她一般见识。次日，我立即在会上当场宣布：我和她并不站在同一条跑道；我要做的事很多，我可以不再撰写《明代小说史》专著。于是，这桩可笑的事遂戛然而止。至今我还信守着这句公开许下的诺言。

第三篇《论〈封神演义〉的思想内容和艺术描写》，写于1956年7月，载《文学遗产》第134期（《光明日报》1956年12月9日），后收入《明清小说研究论文集》（人民文学出版社，1959年，北京）《文学遗产选集》三辑（中华书局，1960年，北京）二书。

这篇论文让我回忆起幼年间的一件往事。那还是我在上海读小学四年级的时候。我在这之前买到了上海亚东图书馆出版的《封神榜》（即《封神演义》）。囫囵吞枣地读了两三遍。不禁又向同学们夸耀地推荐了此书。同学却无意间告诉了老师。于是，在一堂课上，那位老师突然停下课堂的讲授，要我上前给同学们讲说《封神榜》故事。我怀着两种心情，一是当时我记忆力不佳，二是年纪幼小，在讲坛上张不开嘴。无奈之下，忐忑不安地双手捧书，照本宣科。谁知才念了一两页，几个调皮的同学就骚动起来，大嚷："听不懂！没劲！"老师连忙打圆场，叫我停下，放下书："讲故事，不要念书，也不要紧张。"于是，我就离开了书，把脑中记住的几个饶有趣味的故事勉强地讲说了一遍，同学们终于安心静听。我也总算过了一关。

第四篇《论〈钟馗全传〉》，原载《文学遗产》1989年第3期。原来的标题是《〈钟馗全传〉札记》。此文发表后，日本东北大学矶部彰教授惠赠《钟馗全传》（日本静冈县立中央图书馆藏本）影印本一册，遂又对此文作了相应的补充，并改易标题，以答谢矶部彰教授赠书的盛情。

遗憾的是，此文末节讨论乌盆故事来源时，忘了写进有关"成化说唱词话"的内容。

第五篇《〈三言二拍〉的精华和糟粕》系应路坎同志点题之约，写于1959年1月，原载《文学知识》1959年第三期。路坎同志事前叮嘱说："我们这个刊物是给年轻人看的，文章要写得通俗些，谈优缺点，各占一半。"我按照他的提示，完成了任务。

1956年前后，文学所的研究人员准备筹办两个刊物。一个叫《文学知识》，由中国青年出版社出版，面向广大青年读者。一个叫《繁星》，将作为《北京日报》的副刊，由樊骏兄主编，拟办成同仁刊物。所领导希望所内同事多为这两个刊物写稿。《文学知识》顺利地面世，《繁星》则胎死腹中。

关于此文，还有一个值得回忆的背景。

在我到所之前，所内原派曹道衡兄去担任孙楷第先生的助手。后因种种原因和误会，二人未能和谐地共事，而且还出现了一些小风波。于是，何其芳同志改派我去代替曹兄。行前，何其芳同志专门嘱咐我，事事小心，谦虚求教。我欣喜地前往朗润园中的那个"半岛"式的独家小宅，拜见孙先生。孙先生欢迎我的到来，要求我做两件事，一是，帮助他整理《小说旁证》的散叶资料。这是我到孙宅之前就已计划好的；二是，整理《录鬼簿》资料，并以尤贞起抄本为底本，完成《录鬼簿》的汇校本。这是到后共同商议的。孙先生给予我很大的信任，把《小说旁证》的为数不少的散叶的资料交给我整理。我牢记何其芳同志的告诫：孙先生曾怀疑上海的某位先生抄袭了他的有关"三言二拍"的资料，你在这方面千万要小心谨慎，不要引起他同样的怀疑。

因此，我写那篇关于"三言二拍"文章的时候，只谈思想内容、艺术分析，没有一字一句涉及题材来源的考证。果然，文章发表后，有一天，孙夫人温芳云（她在文学研究所图书室工作）对我说："听说你发表了一篇谈'三言二拍'的文章，能给我看看吗？"我焉敢怠慢，立即呈上那期的《文学知识》。过了两天，孙夫人把那本杂志还给我，说："我给子书看了，他说写得很好。"我心里的一块石头终于落下了地。

记得我还在《文学知识》1959年第9期上发表过一篇《读司马迁的〈项羽本纪〉》。

第六篇《〈碾玉观音〉的人物描写》写于1955年，以笔名"淦之"发表于《文学遗产》第86期（《光明日报》1956年1月1日）。

原文末段曾援引当时流行的苏联季摩菲耶夫《文学原理》中的一段话。这次删去了引文，并把相同的意思用自己的叙述语言加以表达。这样，上下文的衔接可能会更紧密一些。

这是我进文学研究所以后所写的第一篇论文。在这之前，我在北京大学读书期间，曾写过三篇论文。一篇是《屈原作品中的现实主义》（与金申熊、沈玉成二兄合写），发表于《文学遗产》第8期（《光明日报》1954年6月7日），另一篇是《评李著〈中国文学史略稿〉》（与金申熊、沈玉成二兄合写），发表于《文学遗产》第68期（《光明日报》1955年8月21日），标题上的"李"是指李长之。还有一篇是谈京剧《搜孤救孤》与元杂剧《赵氏孤儿大报仇》的（与金申熊兄合写），以笔名"梁道西"（谐音"两人道戏"）发表于《新民晚报》（上海），标题与发表的年月日都忘记了。

第七篇《论〈杜十娘怒沉百宝箱〉》系应《十月》编辑部之约，写于1979年冬，原载《十月》1979年第四期，后收入《借鉴与探讨——中国文学部分》（北京十月文艺出版社，1985年）一书。此文的原标题作《读〈杜十娘怒沉百宝箱〉札记》发表时不知被何人改易为《在生活的波澜中刻划人物》。

卷三"清代小说作家作品论"，共有论文十七篇和附录一篇。

第一篇《蒲松龄与〈聊斋志异〉》，是为《中国古代小说总目》（山西教育出版社，2004年，太原）而写。该书由石昌渝同志主编，我担任顾问，并为该书撰写了有关《聊斋志异》和《红楼梦》的两个大条目和另外几个小条目。这个条目的内容和字数则是遵照编委会规定的标准执行的。

第二篇《论〈聊斋志异〉的思想与艺术》，原连载于《文学遗产》第374期（《光明日报》1961年7月30日）、第375期（《光明日报》1961年8月6日）。此文后又收入《文学遗产选集》第三辑（中华书局，1961年，北京）。此文发表时，原来的标题是《"鬼狐史"，"磊块愁"——〈聊斋志异〉卮谈之一》。副标题之所以有"之一"二字，是因为，我曾计划连写"之二"（《笑与婴宁》）"之三"（《谈〈红玉〉的结构》）……结果因所内安排了其他的工作任务而告中止。

第三篇《评〈聊斋志异〉会校会注会评本》一文写于1962年冬，原载《文学评论》1963年第一期。那时，上海古籍出版社曹中孚同志来访，并以新出的张友鹤先生此书相赠。阅后，有些想法，遂草写了此文。

关于此文，有三点说明：

一，此文收入本书，仅仅改动了三个地方：

（1）在《文学评论》发表时，标题原作《〈聊斋志异〉会校会注会评本》。因为该杂志设有"书评"专栏，题花上已有"书评"二字。这次在原来的标题上增加了一个"评"字。

（2）原来发表时，标题之下单列一行文字，注明系"张友鹤辑校，中华书局上海编辑所出版"，这是《文学评论》杂志发表书评时的统一的体例。这次删去了这一行文字，在正文第一段首次出现的"《〈聊斋志异〉会校会注会评本》"书名之中增加一条小注，注明辑校者和出版者，并且还添上了出版的年分。

（3）在注文中补上了发表在《郑州大学学报》上的那篇文章的标题。

除此以外，别无其他改动。

二，我在文内指出，我所看到的王金范本是乾隆五十年（1785）重刊本；又在一条小注中指出，河南省辉县发现的那个王金范本很可能是重刊本，而不是原刊本。此文发表后，读到了陈乃乾先生的《谈王金范刻十八卷本聊斋志异》（《文物》1963 年第 3 期）。陈文说，"有人说这是翻刻本"。即暗指拙文。陈文认为，我们所见到的王金范本"就是原刻本"。关于这个问题，今后如有时间，我将另撰专文来加以探讨。

三，《聊斋志异》会校会注会评本还有一个重要的缺点，由于当时的某种原因，我没有在文中谈到。它的会校，常常有错误的地方。这只要拿它和手稿本、铸雪斋本或青柯亭本对校，立即可以发现。试举失校六例、误校四例于下：

失校——

例 1：《狐嫁女》"席地枕石，卧看牛女。一更向尽，恍惚欲寐。"

无校语。按：手稿本实无"一更"二字。

例 2：《王六郎》"既而终夜不获一鱼。"

无校语。按：手稿本"终夜"作"中夜"。

例 3：《董生》"反自咎适然之错。"

无校语。按：铸雪斋本"适然"作"适人"。

例 4：《庙鬼》"见一妇人入室。"

无校语。按：铸雪斋本"妇人"作"美人"。

例 5：《娇娜》"偶猎郊野，逢一美少年，跨骊驹，频频瞻顾。"

无校语。按：青柯亭本"骊驹"作"青驹"。

例 6：《珠儿》"闻妾哭子声。"

无校语。按：青柯亭本"哭子"作"悲痛"。

误校——

例 1：《促织》"后岁余，成子精神复旧。自言身化促织，轻捷善斗，今始甦耳。抚军亦厚赉成。"

校语："此据青本，后岁余至厚赉成句，稿本、抄本作由此以养虫名，屡得抚军殊宠。"按：手稿本"养虫"上有"善"字。

例 2：《捉狐》"翁恐其脱。"

校语："此据青本，稿本、抄本作'公'。"按：铸雪斋本实与青柯亭本同，作"翁"，而不作"公"。

例 3：《陆判》"忽醉梦中，觉脏腹微痛。"

"觉脏腹"三字校语："上三字，抄本作腰腹。"按：铸雪斋本上一字"觉"无，下二字实仍作"脏腹"，不作"腰腹"。

例 4：《公孙九娘》"心怅怅不忍归，因过叩朱氏之门。"

"叩"校语："此据青本，稿本、抄本作拍。"按：青本实作"扣"，不作"叩"。

中国社会科学院文学研究所藏有王金范重刊本《志异摘抄》，书内有王芑孙手书批语。我有《王芑孙〈聊斋志异〉批语汇辑》一文转录。1980 年 9 月山东大学蒲松龄研究室编辑、齐鲁书社出版的《蒲松龄研究辑刊》创刊。当时，我正拟创办《中国古代小说研究》。我与袁世硕兄约定，相互支持。袁兄寄来了大作，但因拟议中的《中国古代小说研究》中途夭折，袁兄以及章培恒兄关于《聊斋志异》的论文均未能刊出。我应约给袁兄寄去此文，以示支持。而《蒲松龄研究辑刊》出至第四辑后，亦因故停刊。于是，袁兄又将此文转交淄博蒲松龄纪念馆主办的《蒲松龄研究》发表（第十三期，1994 年 2 月）。

第四篇《吴敬梓评传》系应吕慧鹃同志之约，写于 1984 年 9 月，载于山东大学文史哲研究所主编的《中国历代著名文学家评传》（山东教育出版社，1985 年，济南）第 5 卷。

按照该书的体例，此文末尾注明"主要参考书目"。现照录于下：

1.《儒林外史》，人民文学出版社本。

2.《文木山房集》，排印本。

3. 范宁编《吴敬梓集外诗》，科学出版社版。

4.《吴敬梓研究论文集》，作家出版社版。

5.《儒林外史研究论文集》，安徽人民出版社版。

6. 胡适《吴敬梓年谱》。

7. 孟醒仁《吴敬梓年谱》。

8. 陈汝衡《吴敬梓》，上海文艺出版社版。

第五篇《吴敬梓的父亲是谁？》原载《中华文史论丛》1985 年第 3 辑，后又被选载于《1953–2003 文学研究所学术文选》第 2 册（中国社会科学出版社，2003 年，北京）。此文系有感而作。我始终认为，胡适关于吴敬梓生平的研究是值得肯定的，他的几个结论也是基本上正确的，但却在上世纪受到了某些学者的不公正的对待。此文批评了几位同道，但我和他们之间并不存在个人的恩怨。我们仅仅是学术观点上的分歧。

第六篇《筠圃考略》曾应宋庆中先生之约，刊载于《红楼梦研究辑刊》第 10 辑（上海作家协会·华语文学网，2015 年）。

第七篇《〈红楼梦〉舒本第五回首页行款异常问题试解》发表于《红楼梦学刊》2015 年第二辑。

第八篇《移花接木：从柳湘莲上坟说起——曹雪芹创作过程研究一例》，系应竺青兄之约而写，刊载于《文学遗产》2014 年第 4 期。

关于脂批"上回"的发现和解读是受到了夏薇同志的启发。揭出此点，以示不敢掠美。

附录《答周文业先生对"五十回"之说的批评》，是一篇反批评的文章，曾发表于"中国古代小说网"（2015 年 7 月 29 日）。

第九篇《〈红楼梦〉脂本与程本的比较：柳五儿进怡红院》，写于"2010 年 12 月 14 日，北京入冬以来最冷的一天"。此文原为应某位友人之请，为他的一本专著所写的序言，后因故未能刊出，现改易标题，并删弃头尾，作为一篇独立的论文，应萧凤芝女士之约，刊载于《红楼梦研究辑刊》第九辑。

第十篇《梦本八十回 + 程甲本后四十回 = 最佳的组合——〈红楼梦〉梦本校点本后记》写于 1995 年 2 月。

《红楼梦》（绣像本）梦本校点本系应岳凤翔同志之约，由中国青年出版社（北京）于 1998 年 2 月出版。这是该社出版的"中国古典文学名著精华书系"之一。据该社的"出版说明"介绍，这个书系有四大特点：选目精，版本有特色、校勘较精，有精美的绣像、插图，装帧版式新颖。

该书前八十回系以梦本（梦觉主人序本）为底本，后四十回则以程甲本为底本。

在这个校点本的"后记"中原有一节，名为"五十年代以来的影印本和排印本"，时过境迁，已失去时间性，故删去。

第十一篇《读红偶谭》，系与夏薇同志合写，刊载于《红楼梦研究辑刊》第 8 辑。

关于《红楼梦》研究，我还发表过下列短文和发言：

《曹雪芹和〈海客琴尊图〉》（《红楼梦研究集刊》第 10 辑）

《谭光祜谱〈红楼梦〉剧》（《红楼梦研究集刊》，第 10 辑）

《真乎？假乎？曹雪芹的又一件遗物——折扇》（香港《文汇报》1979 年 8

月 11 日）

　　《记齐白石绘〈红楼梦断图〉》（香港《文汇报》1980 年 2 月 13 日）

　　《〈自题画石诗〉不是曹雪芹的手笔》（香港《文汇报》1980 年 2 月 23 日）

　　《在〈红楼梦学刊〉五十辑纪念座谈会上的发言》（《红楼梦学刊》1992 年
第 2 辑）

　　《学术研究要尊重事实，尊重材料——1995 年 3 月 29 日在首都“关于曹
雪芹祖籍、家世和〈红楼梦〉著作权问题研讨会”上的发言》（《红楼梦学刊》
1995 年第 3 辑）

　　《关于黛玉眉目的异文》（《中华读书报》2007 年 6 月 20 日）

　　第十二篇《〈镜花缘〉的反封建倾向》系应傅璇琮学兄之约，写于 1956 年七月，
载于《读书月报》1956 年第 8 期。

　　第十三篇《论〈九云记〉》写于 1993 年春夏之际，是提交“1993 年中国古代小
说国际研讨会”的论文。此文的删节版，曾刊载于《 '93 中国古代小说国际研讨会
论文集》（开明出版社，1996 年 7 月，北京）；它的完整版曾作为“附录”刊载于《九
云记》江琪校点本（江苏古籍出版社，1994 年 4 月，南京）。

　　此文曾由韩国崔溶澈教授译为韩文，刊载于韩国《中国语文论丛》第 8 期（1995
年 8 月，汉城）。

　　第十四篇《〈九云记〉——一部在中国久已佚失的小说》，系应《文艺报》编辑
部之约，写于 1993 年 10 月，刊载于《文艺报》1994 年 1 月 22 日。

　　第十五篇《〈九云记〉是中国小说，还是朝鲜小说？》是应一家报刊之约而写的，
已发表，但我却把剪报丢失，幸亏我还在电脑上保存着原稿。

　　第十六篇《关于〈狄梁公四大奇案〉——校点后记》写于 1999 年 7 月。在署
名上耍了个小花样：署了两个女性化的笔名：赵冬蓓、赵冬蕾；“赵”则是我母亲的
姓。“朝阳”也不是东北那个地名，而是暗指北京市的朝阳区（那时我正住在劲松
九区）。

　　第十七篇《评〈晚清小说史〉》原载《文学研究》（《文学评论》前身）1957 年
第 2 期。

　　这篇文章原文有一句“阿英先生是一位藏书家”。钱钟书先生看到这篇书评后，
对我说：“这句话不妥。”我听后，经过仔细推敲，觉得钱先生讲的确有道理。那句话
客观上对阿英先生的学术地位有所贬低。后来，我在“曹雪芹逝世二百周年纪念展览
会”筹备期间，趁着和阿英先生共事的机会，当面向他表达了歉意。现在，我把这句

话改为："阿英先生不但是一位著名的学者，而且还是一位著名的藏书家。"特此说明。

卷四"小说小说"，共收二十篇短文。

第一篇《谁鞭督邮？》，原载《今晚报》（天津）。

昔年，我曾应天津《今晚报》一位姓李的编辑同志（请原谅，事隔多年，我已忘记了他的大名）之约，开辟专栏"南是楼杂记"。《谁鞭督邮？》是其中的一篇。

为什么叫做"南是楼"呢？

那是在上世纪五、六十年代，我居住在东四头条胡同一号的中国科学院宿舍。那是一个大院，前门朝南，在东四头条胡同，后门朝北，在东四三条胡同。大院内住着几十户，包括考古研究所、哲学研究所、近代史研究所、自然科学史研究所等单位的研究人员，但最多的还是文学研究所的同事，包括钱钟书、余冠英、范宁、李荒芜、夏森、胡念贻、曹道衡、邓绍基、马世龙等。全院只有独立的一栋楼，其余全是平房。我的宿舍门窗朝南，前面正好是那栋两层楼，故以为名。

现在那个楼已不存在了。东四头条胡同原先是西通东四北大街，南通朝阳门内大街。后来把胡同中的三号院扩大，盖起了文化部宿舍大院，和位于朝阳门内大街北侧的文化部、对外文委大楼连成一片，把头条胡同拦腰截断。于是，原三号东边的一号变成了朝阳门内大街 201 号；原三号西边的五号等民宅继续叫头条胡同。而原一号大院后来也已面目全非，平房和那个单独的两层楼俱已拆掉，全部新盖为一排一排的两层楼房（因为东侧有"九爷府"，属于文物保护单位，它的近侧不允许盖两层以上的楼房），还堆砌了假山，凿了水池，种上了花木。

1963 年，我还在《天津晚报》用笔名（"朱蔚"和"时生蕤"）发表过下列几篇文章：

> 漫谈中国文学史著作的几个问题（1 月 17 日，1 月 18 日，2 月 10 日，2 月 28 日，3 月 6 日，3 月 14 日，3 月 19 日）
> 马致远袭用金人诗句（7 月 11 日）
> 曹"雪芹"画像之谜（9 月 14 日）

第三篇《马中锡生卒年考》系应傅璇琮学兄之约而写，与另外两篇（《金圣叹的后人》《贾雨村的籍贯》），以"稗乘脞记"为总名，刊载于《学林漫录》二集（中华书局，1981 年，北京）。

马中锡的《中山狼传》究竟应该归入小说范畴，还是应该算是散文，是个有争议的问题。我对此没有固定的看法。因此，在这本书里，我收入了此文。而在其他场合，我有时又把它看做是散文作品。例如，在我编选的《明代散文选注》（上海古籍出版社，1980 年）里，就选录了这篇作品。

第十篇《关于吴敬梓〈老伶行〉与吴培源〈会心草堂集〉——给〈文学遗产〉编辑部的信》，发表于《光明日报》1965 年 8 月 29 日《文学遗产》第 522 期。此文是读去病《吴敬梓的〈老伶行〉》一文（《文学遗产》第 517 期）有感而写，是作为"读者来信"发表的，署名"夏襄乾"（谐音"下乡前"；其时正在前往江西丰城参加"四清"之前夕）。发表时，文后附有原作者去病的答复：

> 我那篇谈《老伶行》的短文，由于下笔前未广泛查阅近年来出版的有关资材，由而出了不应有的差错，很抱歉。夏襄乾同志的宝贵意见，对我帮助很大，异常感激。

第十七篇《李汝珍的〈蔬庵诗草序〉》刊载于《文学遗产》第 440 期（《光明日报》1962 年 11 月 18 日）。当时，我住在朝阳门内大街，离中国科学院图书馆（原在王府大街近代史研究所、考古研究所旁侧，现已迁往西郊）很近，常去那里看书。此文是那时的众多收获之一。

第十九篇《〈小说粹言〉及其他三种》写于 1998 年，刊载于《中国古代小说总目提要·白话卷》（山西教育出版社，2004 年，太原）。

那时，我应聘担任日本东北大学的客座教授。该校图书馆藏书丰富，设备先进，书库恒温，借阅方便。至今我还在记忆中保存着在那静无一人、恒温的书库中的书桌旁埋首阅读和作笔记的景象。得见《小说粹言》一书，就是那时的收获。

第二十篇《吴沃尧的生卒年》写于 1957 年，发表于《文学遗产》第 172 期（《光明日报》1957 年 9 月 1 日），后收入《明清小说研究论文集》（人民文学出版社，1959 年，北京）。

此文中曾说："鲁迅下这个结论不知是根据什么，《中国小说史略》没有明白交代。"后阅魏绍昌同志所编的《吴趼人研究资料》（上海古籍出版社，1980 年），书中收有魏绍昌同志所写的《鲁迅之吴沃尧传略笺注》，其中第十六条说："鲁迅当时误引《新庵笔记》中《六朝金粪》一条说趼人'得春秋四十有四'一语，把生年误算为一八六七年；阿英的《晚清小说史》以及他人后来编写的几本文学史中，均因而误记。"可供参考。

文中所援引的资料，除江南烟雨客《吴农絮语》外，均已辑录于魏绍昌《吴趼人研究资料》一书之内。

这篇文章产生的背景是：当时，上海古籍出版社约请我写一本小册子《晚清小说》，我遂即开始做一些基本资料的准备工作。惜乎当年年底，我参加了中国科学院文学研究所、植物研究所组织的"劳动锻炼"，前往河北建屏（今平山）转嘴村和贫下中农"三同"（同吃、同住、同劳动），前后一年整。《晚清小说》小册子的撰写，因之告吹。

建屏此行，有二事可记：（1）我们参观了革命圣地西柏坡。（2）出发时，按照领导的规定，需要全体转移户口。因此，我也这样做了。结果发生了一件令我啼笑皆非的事：我结束了"劳动锻炼"，回到北京，我的户口也随着我转回了北京。而我的新户口簿上至今却留下了这样的记载——"何时由何地前来本市"："1958 年，河北省"。我的第一故乡是山西，第二故乡是北京，第三故乡是上海，现在竟又增加了第四故乡河北。

卷四所收其他几篇，则都是编辑《古本小说丛刊》时的"副产品"，此前都没有单独和公开发表过。

卷五"小说小记"，共收札记一百篇。

当年编辑《古本小说丛刊》时，每辑的说明文字都是由我负责撰写的，主要是记述一般公认的书志学所要求的内容，现从其中选录百篇，供研治古代小说史的学者参考。这些短文或许还能起到《古本小说丛刊》的"索引"的作用。

附录收一篇论文和两篇序文。

《越南杰出的诗人阮攸和他的〈金云翘传〉》一文，写于 1965 年 11 月 14 日，系应《文学评论》编辑部之约，与李修章兄合写，刊载于《文学评论》1965 年第 6 期。

阮攸的长篇叙事诗《金云翘传》系根据中国清代小说《金云翘传》改写和再创作，故将此文作为"附录"，收入本书，供读者参考。

李兄为研究越南文学的专家，为人热情，忠厚朴实，学识丰富。我们原是文学研究所的同事。1963 年，外国文学研究所自文学研究所析出之后，虽在两个不同的单位上班，但友好关系依旧。此次合作，出于领导上的安排，由李兄提供资料和意见，我操觚，发表时，二人共同署名。

张锦池兄曾约请我为他的《水浒传考论》写序。我答应了，但由于种种原因，迟迟没有写成，深深引以为憾。锦池兄不以为迕，这次又请我为他的大著《三国演义考论》写序。我怀着愧怍的心情为老友写下了这篇序文。

我曾长期生活于北京、上海两地。按上海人的说法，我今年是八十五岁；而按北京人的说法，则我今年是八十四岁。

我已步入耄耋之岁的门槛，正在努力向着期颐之年前进。

2016 年 2 月 17 日，钻石婚纪念日

永定河畔，孔雀城，荣园

后记二

　　这部书稿，是 2014 年编成的。放在电脑里，已有两年了。因为目前正在致力于《红楼梦》脂本的研究，无暇他顾，几乎忘却了它的存在。

　　尤其麻烦的是，最近换了一部新电脑。而那部书稿恰恰依旧保存在旧电脑里。

　　回想起来，不算台机，笔记本电脑我已用过了四部。头一部是什么牌子，已记不起来。第二部是"联想""天逸"。第三部是"Gateway"，那是外孙一泓归国后赠给我的。他说，在加拿大，他们很多人用的是这个牌子。"Gateway"稍大而重。我每次从华城前往固安孔雀城，往返携带，成为一个负担。于是，我就有了换新的想法。这次委托一泓去买，说是要稍小而轻的。于是他挑选了这一部"Dell"。

　　把这部书稿从"Gateway"迁移到"Dell"，费了我半天的劲。由于有部分章节临时找不到，又忙碌了一阵。换电脑之初，女儿曾告诫过我，需要保存的文件，一定要完整地转存到 U 盘里去，并为此而给我买了一个"Toshiba"移动硬盘。后悔没有完全听从她的劝告，以致花费了好多的时间。

　　此书的编成先后得到过于鹏兄、马丽同志、王亮鹏同志、潘建国兄、石昌渝兄、夏薇同志等的帮助，也在这里再一次向他们表达谢意。

　　此书得以顺利地出现在读者的面前，实有赖于国家图书馆出版社副社长殷梦霞女士的青睐以及责任编辑程鲁洁博士的细心、认真的工作，在这里敬向她们表示衷心的感谢。

2016 年 8 月于北京华城小区

时年八十有四

左目病发，已在北京医院做完手术